Silvio Blatter
Zunehmendes Heimwe

Silvio Blatter

Zunehmendes Heimweh

Piper Edition

Mehr über unsere Autoren und Bücher:
www.piper.de

ISBN 978-3-492-50027-2
Januar 2017

erstmals erschienen 1980 beim Suhrkamp Verlag
Covergestaltung: zero-media.net, München
Covermotiv: FinePic®, München
Printed In Germany

FÜR
MONA UND LISA

Erster Tag

I

Es war Winter und kalt, es war an einem Sonntagmorgen mit allen Hoffnungen, die Sonne schien, auf dem Weg, der dem Fluss folgte, ging eine junge Frau, und über ihrem Bauch spannte der Mantel, denn sie war schwanger.

Margrit Fischer zählte fünfundzwanzig Jahre, sie erwartete ihr erstes Kind.

Über Nacht hatte ein Schneefall die Straßen und Häuser der Stadt, den Wald und die umliegenden Felder in seinen weißen Besitz genommen. Nur die Reuss zog unverändert dahin, spiegelte Licht und führte nur wenig Wasser wie immer im Januar. Margrit ging behutsam; in den Taschen des Mantels versteckt, legte sie die Hände auf den Bauch und spürte die Bewegungen ihres Kindes; in zwei Wochen sollte es zur Welt kommen.

Die Reuss bildete einen weiten Bogen und zog eine Schlaufe, in deren schmalster Stelle die Stadt Bremgarten gebaut war. Geteilt in zwei Terrassen, gesäumt von den flach ansteigenden Höhenzügen des Wagenrains und den schrofferen Hängen des Hasenbergs, lag sie größtenteils in der breiten und kiesigen Talsohle der Reuss. Die enge Oberstadt besetzte einen Sporn, die weitläufigere Unterstadt erstreckte sich mit ihrem Vorgelände in die Au hinaus.

Die Helligkeit schmerzte in den Augen, doch Margrit ging fühllos gegen das Licht. Sie hatte sich ein Kind gewünscht und war doch ein wenig irritiert gewesen, als der Arzt ihre Vermutung bestätigt und ihr gesagt hatte, dass sie schwanger sei: da hatte in ihrem

Bauch etwas zu wachsen begonnen und war von Monat zu Monat leibhafter geworden, und dennoch war es anfänglich ein Vorgang gewesen, dem sie nicht mit dem Verstand allein hatte beikommen können, und erst ein Gefühl, das sie allmählich für dieses Wachsen hatte aufbringen können, hatte daraus ein Kind gemacht, ihr Kind.

Margrit blieb an einer Stelle stehen, wo das Ufergelände freien Blick auf die Reuss gab, Kies und Sandbänke lagerten im Flussbett, das gegenüberliegende Ufer wurde von Bäumen abgeschlossen, dahinter stand Wald.

In den ersten drei Monaten der Schwangerschaft war es ihr manchmal übel geworden, sie hatte erbrechen müssen, aber sie war auch froh, während dieser Zeit im Gesicht keine Pickel bekommen zu haben, auch die Beine hatte sie nie einbinden müssen; nur ihr rundgeschnittenes, braunes Haar war stark nachgedunkelt, nun glänzte es im Sonnenlicht.

Eigentlich hatte Margrit die Messe besuchen wollen, und während die Kirchenglocken den hellen Tag mit ihrem Geläute metallisch durchwirkten, war sie an der Kirche vorbeigegangen und hatte, ohne nach Gründen zu fragen, den Weg an die Reuss genommen; es war eine plötzliche Laune gewesen, der sie nachgegeben hatte.

Margrit war in Bremgarten aufgewachsen; schon als Kind war sie, an schulfreien Nachmittagen, zum Fluss gelaufen, damals mit Zeichenblock und Malkasten, und hatte verschwiegene Plätze am Ufer aufgesucht. Sie hatte einen granitenen Findling als ihren liebsten Platz gewählt, der sich wie der Rücken eines Elefanten aus dem Flussbett erhob und den sie durch das knietiefe Wasser watend erreichen konnte. Im Sommer saß sie auf dem warmen Stein; mit den Füßen im Wasser planschend, malte sie ganze Nachmittage. Sie hatte die Stunden vergessen. Das Alter des Steins, den der Gletscher vor Jahrtausenden gebracht und bei seinem Rückzug liegen gelassen hatte, hob die Zeit gänzlich auf. Sie malte Aquarelle in den klaren Farben von Himmel, Wasser und Stein. Flussbilder, die Struktur der Kiesel, und den Vogelzügen gab sie das Treibgut ihrer Träume mit. Wenn es eindunkelte und der Stein seine Wärme verlor, die Sonne nur noch die Wipfel der Bäume am anderen Ufer streifte, ging sie schweigend nach Hause, verwahrte Blätter in der Mappe, die niemand zu Gesicht bekam, denn in ihren Zeichnungen hätte man sie selbst erkannt, und das wollte sie nicht.

Margrit wandte sich wieder dem Weg zu, der schon nach ein paar Schritten von Bäumen und Sträuchern gesäumt wurde. Sie war eher schmal gebaut, mittelgroß, sie benötigte Kraft, den schweren Bauch zu tragen, und die Spur, die sie hinter sich zurückließ, war etwas zu breit. Doch Margrit war auch zäh, ging Schritt für Schritt durch unberührten Schnee und atmete die kalte Luft ein. Sie kam an einem vereinzelt stehenden Haus vorbei, dessen Scheiben das Sonnenlicht sammelten und gleißten. Ein paar Hunde, die in einem groß angelegten Zwinger gehalten wurden, liefen ans Gitter ihres Geheges und verbellten sie, doch sie hatte keine Angst vor den Tieren. Nach dem Zeltplatz erreichte sie das Holzlager der Genietruppen, auf den Stämmen lag Schnee. Von Weitem sah sie, dass ihr ein Läufer entgegenkam, sein roter Trainingsanzug leuchtete im Weiß. Der Läufer trabte mit tierischer Ruhe seinen Weg. Als er an Margrit vorbeigelaufen war, versuchte sie, seiner verlassenen Spur zu folgen, doch seine Schritte waren länger als die ihren, und es wäre ein anstrengendes Spiel gewesen, in seinen Stapfen zu gehen.

Die Bretterstapel und die aufeinandergeschichteten Stämme des Holzlagers grenzten einen weiten Platz von der Reuss ab, das Ufer war flach und setzte seinen sanften Abfall auch ins Wasser hinaus fort, sodass ein Teil des Flussbettes unter dem Wasserspiegel sichtbar blieb.

Margrit verweilte und schaute aufs Wasser hinaus. Im Juli hatte sie hier an einem sommerheißen Samstagnachmittag Anita, mit der zusammen sie drei halbe Tage jede Woche in der Mohrenkopffabrik arbeitete, anvertraut, dass sie schwanger sei. Sie war auf einem Badetuch gelegen, über Bauch und Badehose hinweg hatte sie Anita betrachtet, die in einem orangefarbenen Bikini vor ihr stand und in jeder Hand eine Orange hielt.

Dann kommt das Kind im Winter zur Welt, hatte Anita sofort nachgerechnet. Es ist auch angenehmer, nicht gerade während der ärgsten Hitze hochschwanger zu sein.

Am Tag vorher hatte Margrit dieselbe Mitteilung auch ihrer Tante Anna Villiger gemacht, mit der sie seit dem Tod ihrer Mutter sehr vertraut war. Anna Villiger hatte sich über die Mitteilung gefreut und Margrit umarmt. Und an dieser Uferstelle war sie auch mit Herbert gestanden, in jenem Sommer, als sie einander kennengelernt hatten, er hatte zu den Sternen hochgeschaut und gesagt: Wenn du an die Distanzen zwischen den einzelnen Sternen denkst, verlieren alle Maßstäbe ihre Bedeutung und Lichtjahre werden zu Katzensprüngen, dann ist der Weg von Zürich nach Bern nichts mehr, gar nichts.

Und trotzdem brauchst du zwei Tage und Nächte, um ihn zu gehen, hatte sie lachend geantwortet, oder ein schnelles Auto, das die Strecke in einer guten Stunde schafft.

Dann waren sie weitergegangen, sie hatte sich bei ihm untergehakt und gesagt: Sterne, das sind auch Wünsche und Hoffnungen, aber wenn sie verraten werden, fallen sie vom Himmel, darum hat es hier so viele Steine. Damals war sie achtzehn Jahre alt.

Von dieser Uferstelle waren es nur noch wenige Schritte bis zur Militärbrücke, zu der Margrit über schmale Stufen hochstieg. Auf dem Rückweg zur Unterstadt begegneten ihr langsam fahrende Autos. Einzelne, sonntäglich gekleidete Kirchgänger, das Messbuch in der Hand, Nachdenklichkeit im Gesicht, dehnten den Heimweg zu einem Spaziergang aus. Kinder ereiferten sich bei einer Schneeballschlacht und versuchten, den pulvrigen Schnee zu Bällen zu formen, doch im Wurf fielen die Geschosse meist auseinander. Ein Mann zog einen Schlitten hinter sich her, auf dem zwei in dicke Kleider vermummte Mädchen mit unbewegten Gesichtern saßen und auch nicht lachten, als Margrit ihnen zuwinkte. In einem Garten, von dessen Zaun Margrit die weichen Schneekappen streifte, wühlte ein Hund im Schnee, scharrte ihn mit Sätzen und Sprüngen auf und rannte kläffend hinter einem blauen Gummiball her, den ihm eine Frau immer wieder abnahm, um ihn erneut in den Schnee zu werfen. Ein alter Mann, dem Margrit ausweichen musste, schlurfte, den Weg mit dem Stock ertastend, dem Friedhof zu und fror in sich hinein.

Nach ein paar Minuten langte Margrit bei der Kirchentreppe an, die Unterstadt und Oberstadt über breite Steinstufen miteinander verband, an deren Fuß ein altes, von der Kirchgemeinde renoviertes Fachwerkhaus stand, in dem Anita wohnte. Auf halber Höhe der Treppe, die immer nach einer Stufenfolge eine Plattform hatte, blieb Margrit ein Weilchen stehen, bevor sie weiterstieg und am oberen Ende der Treppe zur »Alten Apotheke« kam, wo sie links abbog, um auf dem Trottoir zur Sternengasse hinaufzugehen. Dabei beobachtete sie eine fette Taube, die vor einem Auto flüchtete und sich erst im letzten Augenblick darauf zu besinnen schien, dass sie ein Vogel war und fliegen konnte.

Die Häuser der Sternengasse bildeten eine Grenze, die Frontseiten richteten sich gegen die Oberstadt, die rückwärtigen Fenster aber schauten über Terrassengärten und Mauern auf die Unterstadt hinunter, in deren Zentrum die katholische Kirche stand. Das Haus, das Margrit betrat, war etwas schäbig, der Verputz bröckelte ab, die Tür war um die Klinke herum stark abgegriffen.

In diesem Haus war sie geboren worden, aus diesem Haus hatten ihre Eltern ausziehen müssen, nachdem sich ihr Vater mit dem Eigentümer überworfen hatte. Noch für die Zeit eines Jahres würde Margrit in diesem Haus wohnen können, dann beabsichtigte der Besitzer eine Renovierung, die mit der Aushöhlung des Hauses gleichbedeutend sein würde, und bei deren Durchführung nur die Fassade stehen bleiben konnte.

Seit Margrit verheiratet war, wohnte sie wieder in ihrem Geburtshaus, doch ihrem Mann käme ein Umzug nicht ungelegen, da ihn nichts an die alten Zimmer band und er den Geruch von im Ofenrohr bratenden Äpfeln, der die Räume dieses Hauses früher im Winter durchzogen hatte, nicht kannte.

Von hier aus kannst du jedem Auto aufs Dach spucken, hatte er spottend gesagt. Doch Margrit liebte die Gärten hinter dem

Haus, den Platz der Stachelbeersträucher und die sonnenwarmen Mauern, an denen die Spalierbirnen hochwuchsen und zu süßer Reife gelangten, die Spielorte ihrer Kindheit.

Als Margrit im Hausflur stand, hörte sie Geräusche aus dem Wohnzimmer, aus denen sie schließen konnte, dass Herbert vor dem Fernseher saß und der Übertragung eines Skirennens folgte. Sie erinnerte sich daran, dass er dieses Rennen schon beim Frühstück erwähnt hatte, es war der zweite Lauf eines Riesenslaloms für Herren.

Anlässlich eines Fasnachtsballs, den der Fußballclub jedes Jahr veranstaltete, hatte sie Herbert kennengelernt und den ganzen Abend und bis spät in die Nacht hinein ausschließlich mit ihm getanzt, wobei sie gleich eine starke Zärtlichkeit für ihn empfunden hatte. Sie war mit einer Freundin als Zigeunerin verkleidet zu dem Ball gegangen. Als er sie am frühen Morgen nach Hause begleitet hatte, hatte sie ihm vor der Haustür ihr rotes Halstuch geschenkt. Er war ihr mit den Händen über die Haare gefahren und hatte nicht versucht, sie zu küssen, obwohl sie sich das gewünscht hätte und gleichwohl erleichtert war, dass er es nicht tat.

In der Folge hatten sie einander regelmäßig getroffen. Ihr Vater, dem sie seit zwei Jahren den Haushalt führte, hatte zu ihrer Bekanntschaft nichts gesagt, er legte ihr weiterhin regelmäßig seinen Zahltag auf den Tisch, wie er das früher auch bei der Mutter gehalten hatte, und sie verwaltete ihn gut.

Herbert war Bankangestellter und drei Jahre älter als Margrit. Nach einigen Wochen hatte ihn Margrit auch Anna Villiger vorgestellt, an diesen fröhlichen Abend erinnerte sie sich gern. Anna hatte ihnen selbst gebackenen Apfelkuchen vorgesetzt, den sie zu einem heißen Milchkaffee aßen. Später hatten sie eine Flasche guten Rotwein getrunken, Anna kannte sich da aus. Sie verstanden einander sofort, sonst hätte sie Herbert ihre Fotoalben nicht gezeigt, ihre Fotografien, die sie vielleicht eine Stunde betrachteten, während Anna erzählte. Ihr ganzes Alleinsein war da Erzählen geworden, als ob in ihr die Erinnerungswut ausgebrochen wäre, wie Herbert das später nannte. Drei Jahre blieb Herbert Margrits Freund, dann hatten sie geheiratet.

Du machst eine gute Partie, hatte Anna gesagt, der Mann gefällt mir.

Und jetzt? Manchmal begriff Margrit den Ehrgeiz ihres Mannes nicht, der noch vor seinem dreißigsten Geburtstag Prokurist sein wollte. Ihr war dies als Ziel gar nicht so wichtig.

Sie malte ihre Bilder, las, hörte Vorträge und war mit dem Leben nicht unzufrieden. Jedenfalls, dachte sie, hängt mehr Glück bestimmt nicht von ehrgeizigen Plänen ab. Am Beispiel Anna Villigers, deren Leben ein amputiertes war, seit ihre Kinder erwachsen waren und sie nicht mehr benötigten, ein einsames dazu, seit ihr Mann verstorben war, hatte Margrit erkannt, dass es darauf ankam, sich einen eigenen, einen inneren Bezirk zu schaffen.

Vor der Wohnungstür zog sie Schuhe und Mantel aus, sie trat leise in die Stube und legte Herbert die Hände auf die Augen. Nachdem er ihre Hände in seine genommen hatte, die ganz warm waren, beugte sie sich zu ihm hinunter, küsste ihn und teilte ihm mit, dass sie noch auf ihr Zimmer gehe, denn für gewöhnlich ließ er sich vor dem Fernseher nicht stören, schon gar nicht, wenn eine Sportveranstaltung ausgestrahlt wurde.

Sie zog ihre Hausschuhe an und stieg die Treppen in den Dachboden hinauf, wo sie eine Kammer ausgebaut und als Arbeitszimmer eingerichtet hatte, in der sie sich häufig aufhielt, um allein zu sein und ungestört arbeiten oder lesen zu können. Sie hatte sich einen Rahmen aufgebaut, um Teppiche zu knüpfen. In ihrem Zimmer malte sie Aquarelle, legte Farbschicht über Farbschicht. Hellfarbige Bilder entstanden: Aussichten aus dem Fenster, mit einem fernblauen Streifen Horizont als Zeichen einer Sehnsucht; immer gehörte zu jedem Bild ein Stück ihrer selbst.

Sie betrat das Zimmer und schloss die Tür. Sie ging zum Fenster und betrachtete die mit Wohnblöcken überbaute Au, wobei sie dem Weg, den sie gegangen war, nochmals folgte. Es war ein Blick auch auf die verschneiten Dächer der Unterstadt, über denen die vergoldeten Zeiger der Kirchenuhr auf ihrem im Kern blauen und am Rand schwarzen Zifferblatt ruhten.

An diesem frostklaren Morgen reichte die Aussicht weit über den Fluss hinaus bis zu den im blauen Dunst daliegenden, fernen Hügelzügen des Schwarzwaldes. Obwohl sie wusste, dass dies nur eine Träumerei war, wünschte sich Margrit manchmal, die Welt möge hinter diesen Wäldern ein Ende finden. Eine überschaubare, fassbare, sinnliche Welt, das wäre ein Wunsch. Doch sie hatte nur drei Wünsche frei, und zwei schon verspielt, und der dritte galt ihrem Kind. Dies dachte sie, während sie sich an den Tisch setzte.

Sie spürte die Bewegungen ihres Kindes, als sie eine Zeitlang in Gedanken verloren am Tisch saß und ein Buch in den Händen hielt, ohne ans Lesen zu denken. Ihr Blick aus dem Fenster suchte keinen Halt und verlief absichtslos ins Weite. Aus dem Radio, das sie eingeschaltet hatte, spielte eine Mandoline, zu der ein Mann mit rauer Stimme mehr sprach als sang, ein bekanntes Hitparadenlied, das sie verlockte mitzusummen.

In letzter Zeit hatte Margrit viel gelesen, dabei war in ihr etwas aufgebrochen. Auch hatte sie mit dem für das Kind aufgebrachten Vertrauen ein Vertrauen zu sich selbst gewonnen, das wachsende Gefühl für das Kind war ein ebenso starkes Gefühl für sie selbst geworden. Es galt, dem Kind eine Welt zu schaffen, aber in dieser Welt musste sie ihre eigene behaupten. Zu Herbert hatte sie am Anfang der Schwangerschaft, als er sie übertrieben nachsichtig behandelt hatte, etwas spitz gesagt: Ein Kind bekommen ist keine Krankheit. Sie hatte ihn damit verletzt, das wusste sie genau. Ich brauche keinen Beschützer, hatte sie weiter gesagt, ich brauche einen Mann, der mir Mut macht, ich selber zu sein.

Sie hatte über ihre Empfindungen mit Herbert gesprochen und ihm ihre Vorstellungen klargemacht. Sie war auch mehrmals nach Kallern gefahren, um mit Hans Villiger, mit dem sie einen Teil ihrer Kindheit verlebt hatte und der auch der Pate ihres Kindes werden sollte, über ihre Ansichten und Probleme zu reden.

Manchmal hatte sie einen Hang zur Melancholie.

Margrit legte das Buch ungeöffnet beiseite und wärmte die Hände zwischen den Schenkeln.

Manchmal wurde ihr klar, dass ihr Denken bloß ein Wünschen war.

2

Die breite, fruchtbare und torfreiche Ebene der Bünz erstreckte sich zwischen Wagenrain und Lindenberg. Der Wagenrain war ein gegen Süden auslaufender, bewaldeter Hügelzug, der behäbig mitten im Freiamt hockte; an seinem Westhang lag Wohlen, über seinen Rücken führte die Straße nach Bremgarten. Am Lindenberg, wo auch das Quellgebiet der Bünz auszumachen war, befand sich die weitläufige Gelegenheit der Gemeinde Kallern, die sich aus den Höfen Unterhöll, Oberhöll, Kallern, Oberniesenberg und Unterniesenberg zusammensetzte.

Hier wohnte Hans Villiger.

Ein Bauer hatte etwas abseits der Straße auf freiem Feld, nicht ganz auf der Kuppe des Hanges, eingebettet in einer Senkung, einen neuen, aus Wohnhaus, Stall und Scheune bestehenden Hof gebaut. Als Wohnhaus diente ein geduckter, einstöckiger Steinbau mit ziegelbedecktem Dach, breitverglasten Fenstern und einem holzgezimmerten, sich längs der ganzen Hausfront erstreckenden Balkon.

Im Erdgeschoss lagen auf der Rückseite die Kellerräume, auf die Straße hinaus die auch als Werkstatt benutzte Garage und ein geräumiges Zimmer, das über einen vom Balkon teilweise überdachten Vorplatz durch eine Glastür, die beidseitig von einem Fenster flankiert wurde, zu betreten war.

Die Aussicht dieses Zimmers reichte über Wiesland, die entferntere, kaum befahrene Straße und verlor sich am Waldrand.

Der Eingang zur Wohnung des Bauern befand sich auf der Rückseite des Hauses und führte, weil die Baute in den Hang eingepasst war, auf der Höhe des ersten Stockwerkes ebenerdig in den Flur. Neben der Tür, geschützt im Windfang des Kamins, mümmelten die den Kindern gehörenden Kaninchen in ihren Verschlägen, am flacher auslaufenden Rand der Mulde hatte die Bäuerin den Gemüsegarten angelegt.

Vom Wohnhaus her war der Viehstall über einen weiten und ebenfalls abschüssigen Schotterplatz zu erreichen, eine beträchtliche Stallung, backsteingemauert, mit eternitgedecktem Giebeldach und lukenartig eingeschachteten Fenstern. Im Innern des Stalles, der das Wohnhaus ein wenig überragte, bot eine Futterstraße bequem Platz zum Abladen, sodass der Bauer mit dem Graswagen hineinfahren konnte. An diese Futterstraße stießen die Krippen an. Die Kühe standen sich in zwei Reihen gegenüber. Der Stall, mit einem Anbau für Rinder und Mastkälber, hielt fünfunddreißig Kühen Platz, war beheizbar und verfügte über eine Melkanlage.

Seit zwei Jahren wohnte Hans Villiger in Kallern, er hatte das Zimmer im Erdgeschoss des Wohnhauses zur Miete bekommen. Manchmal stieg er den hinter dem Haus ansetzenden Weg zur Bergkuppe hinauf, wo sich ein großes, steinernes Kreuz befand, und schaute in die Ebene der Bünz hinunter, blickte über Weidland und Äcker auf die Straße, die Wohlen und Muri verband, und auf den geraden Strang der Bahnlinie. Er hörte den über weite Distanz verwehten Pfiff der Lokomotiven, wenn sich im Tal zwei Züge kreuzten. Bäume setzten Merkpunkte in die absinkende Schräge. Vereinzelt standen sie in seichten Gräben oder in kleineren Gruppen auf tellerartigen Höckern: häufig Kernobst, wenig Steinfrüchte.

Die Sicht von der buckelartigen Höhe, auf deren Höcker das steinerne Kreuz thronte, fiel auf die dunklen Waldungen des Wagenrains, dessen wulstig ausgestreckter Sattel die frei überblickbare Ebene der Bünz vom verdeckten Tal der Reuss schied, und reichte über die mächtigeren, fleckenweise bewaldeten, von Straßen zerschnittenen Hänge des Hasenbergs bis zu dem ihn überragenden Uetliberg, der mit seiner Silhouette, aus der sich ein Sendeturm wie ein Zeigefinger in den hellen Himmel erhob, den Horizont abschloss.

Im Süden schimmerten bei günstiger Wetterlage die Alpenzüge firnweiß, wasserblau, kalt. Jetzt, im Winter, fielen Krähen schwarmweise in verschneite Felder und punktierten sie schwarz. Schneestille.

Die Abgeschiedenheit, in der Hans Villiger lebte, brachte es mit sich, dass er nur wenig Besuch bekam; häufig saß er allein in seinem Zimmer, was ihm nicht unlieb war, schrieb Briefe, hin und wieder an Maria Cohen in Amsterdam, der er von sich und seinen Gedanken erzählte, manchmal in einer Sprache, die erst die Stille möglich machte.

Dreimal jede Woche fuhr Hans Villiger nach Muri, wo er an der Bezirksschule als Hilfslehrer unterrichtete. Eine Anstellung als Hauptlehrer fiel zurzeit außer Betracht; immerhin sicherten ihm die Stunden, die er unterrichten konnte, ein wenn auch nicht großes, so doch genügendes Einkommen, das es ihm erlaubte, ein nach seinem Ermessen angenehmes Leben zu führen.

Ein klarer Nachmittag. Hans Villiger saß an seinem Schreibtisch. Das Fenster bildete ein lichtes Rechteck; ins Gegenlicht ragte der ausgefranste Wipfelkamm des Waldes. Darüber hingeworfen und grenzenlos verteilt, baute ein helles Blau den Himmel auf. Kalte Mittagsluft.

Das Zimmer wurde durch eine Tür, die sich zu den Kellerräumen öffnete, in zwei Hälften geteilt. Auf der einen Seite war eine Kochnische eingebaut, in der Ecke, auf der anderen Seite, stand Hans Villigers Bett, die Wand zwischen Bett und Tür unterbrach ein Schrank, die Zimmerbreite füllte ein Büchergestell. Wenn Hans Villiger an seinem Schreibtisch arbeitete, hatte er seine Bücher im Rücken, der Schreibtisch mit Lampe, Schreibmaschine und einem mit verschiedenen Tabakspfeifen bestückten Ständer, stand quer zum Fenster. In der anderen Zimmerhälfte nahmen ein Esstisch und vier Stühle den Fensterplatz ein, an der Seitenwand hingen Bilder, dabei war auch ein von Margrit gemaltes Aquarell. Zur weiteren Ausstattung gehörten zwei lederne Hocker und ein Lesestuhl.

Hans Villiger schrieb an einer Arbeit über einen Aufstand der Freiämter Bauern im Jahre 1841, er saß seit dem Mittagessen über seinem Manuskript. Den Auftrag, über dieses Geschehen zu schreiben, hatte er von der Redaktion des »Freiämter Kalender« erhalten. Auf den kommenden Samstag war die Arbeit dem verantwortlichen Redaktor versprochen, und den Termin wollte Hans Villiger halten.

Er rauchte und trank Tee. In Schreibpausen schaute er über die Weite der schneebedeckten Felder zwischen Waldrand und Haus. Die Zäune schafften Distanzen. Die schmale, die Landschaft durchquerende Straße war ein grauer, trockener Strich, der das Schneefeld stumpf zerschnitt.

Die eindringenden Geräusche störten nicht, Hans Villiger hatte sie längst als etwas Vertrautes angenommen.

Vor dem Haus zerteilte das glucksend aus der Brunnenröhre laufende Wasser die nachmittägliche Ruhe. Vom Stall her war ein Scharren zu hören, dumpf schlugen Hörner an die Futtermulde, manchmal ein Muhen. Er kannte diese Geräusche. Auch das Gerassel der Ketten, mit denen die Kühe an ihren Plätzen festgebunden waren, und das gelegentliche Anschlagen des Hundes, der Spaziergänger verbellte, gehörten dazu wie das Gegacker der von der Bäuerin aufs freie Feld gescheuchten Hühner. Die Hennen schwärmten aus, flügelten ihr schmutziggelbes Federweiß über blankes Schneeweiß, im Schnee vor dem Stall leuchteten rot Bart und Kamm des Gockels. Die Einsamkeit sammelte die Kälte. Der Brunnen war mit einer dicken Eisschicht überzogen; gleißende, teilweise abgebrochene Eiszapfen behingen die Röhre, nur unter dem Wasserstrahl war eine offene Stelle, in der Eisklumpen schwammen. Die Stille des Zimmers sperrte alles aus. Hans Villiger versuchte, in seiner Arbeit die Stimmung, die den Bauernaufstand von 1841 begünstigt hatte, zu beschreiben, und er wollte auch seinen Verlauf darstellen. In einem Land, das so sehr auf seine politische Ruhe stolz und bedacht war, schien ihm die Beschreibung von Aufruhr und Unruhe nicht unwichtig zu sein. In der Pfeife gloste rundum ein gleichmäßiger Brand, sie zog wunderbar durch.

Man war früher gewohnt, das Freiamt als den verlorenen Sohn des Kantons Aargau zu bezeichnen.

Einst wohnten in diesem Amt nur freie Leute, daher der Name Freiamt. Doch diese Bezeichnung wurde zur eigentlichen Ironie. Die Landesbewohner verloren ihre Freiheit. Als Gemeinfreie des großen deutschen Reiches hatten sie dem Heerbann zu folgen und auf vielen Kriegszügen selbst für ihre Verpflegung und Bewaffnung zu sorgen. Sie gaben darum eine mit solchen Opfern verbundene Freiheit lieber auf und traten in den Schutz der Adeligen und Klöster. Nach der Eroberung durch die Eidgenossen brachten diese dem Land keine Freiheit. Dienstbarkeit blieb nach wie vor das Los des Landvolkes dieser Gegenden. Das Freiamt wurde gemeine Herrschaft, in deren Regierung die eidgenössischen Orte durch Landvögte abwechselten. Die gemeinen Herrschaften waren die Stiefkinder der alten Eidgenossen, denen kaum ein Schatten bürgerlicher Rechte zugestanden wurde. Die Landvögte glichen den ausgejagten habsburgischen Vögten der Waldstätte. Viele von ihnen verstanden nichts so gut, als ihre Einnahmen durch Kniffe und Erpressungen zu steigern.

Gerade durch das Regiment der Landvögte, unter denen das Freiamt fast vier Jahrhunderte litt, wurde seinen Bewohnern Misstrauen und Hass gegen jede Regierung eingeimpft. Männern, sobald sie nur Front gegen die Regierung machten, von der man sich traditionell unterdrückt glaubte, lieh das Freiamt immer ein geneigtes Ohr.

Da besonders das Kloster Muri der übermächtige Gläubiger vieler Bauern war, woraus eine nicht zu unterschätzende Abhängigkeit entstand, und da die bäuerliche Bevölkerung jeder Aufklärung konsequent den Rücken kehrte, weil die Kirche davor als vor einer Ausgeburt der Hölle warnte, fiel es den Freiämter Klöstern leicht, jenes frömmlerische Wesen und jenen Glauben an die geistliche Autorität großzuziehen, die schließlich des Freiämters zweite Natur geworden sind. Das Freiamt, vor allem der Bezirk Muri, wurde durch die Reuss vom Fortschrittskanton Zürich getrennt, aber, vom Lindenberg abgesehen, durch das offene Land der Kantone Zug und Luzern umschlossen. Während der Verkehr mit Zürich spärlich war und mit dem eigenen Kanton sozusagen nicht stattfand, holten die Freiämter von jeher Geld und guten Rat in den Kantonen Zug und Luzern. Sie und die Urkantone standen im Rücken des Freiamtes und machten es zum Vorposten gegen jede fortschrittliche Bestrebung.

Mit dem Jahre 1830 begannen in der Schweiz die Verfassungsänderungen und wurden fast überall unter Stürmen durchgeführt.

Rechtsgleichheit der Bürger, Beseitigung der Wahlbeschränkungen, kurze Amtsdauer, Trennung der vollziehenden und der richterlichen Gewalten, Pressefreiheit und Öffentlichkeit der Großratsitzungen wurden eingeführt.

Und mitten in diesen politischen Auseinandersetzungen kam ein neuer und wichtiger Gedanke auf: Die Revision des Bundesvertrages.

Doch die Urkantone, Feinde aller Reformen, brachten schließlich das Projekt eines neuen Bundesvertrages zum Scheitern. Diese Verwerfung war ein harter Schlag gegen die liberale Schweiz. Da in der Folge Schwyz von den Bundesgenossen militärisch besetzt worden war, blieben die Urkantone einer Bundesverfassung immer feindlich gesinnt.

Zu dieser Zeit waren die Vertreter der liberalen Ideen vornehmlich reformiert und die Bewahrer des konservativen Denkens mehrheitlich katholisch.

Auf katholischer Seite nahmen die Vereine zum Schutz der Religion ihren Anfang.

Es begannen die Kämpfe des Staates mit der Kirche. Am 20. Januar 1834 versammelten sich die Abgeordneten von acht Kantonen, um die Verhältnisse zwischen Staat und Kirche zu ordnen.

Während die vaterländisch gesinnte Geistlichkeit gegen die gefassten Konferenzbeschlüsse keine Bedenken hatte, wurden diese vom päpstlichen Stuhl förmlich verdammt, als strebten sie die Kirche zu unterwerfen und die katholische Schweiz von Rom zu lösen. Erheblicher Widerstand erwuchs auch durch die Klostergeistlich-

keit, weil die klösterliche Selbstherrlichkeit aufgehoben und die Besteuerung eingeführt wurde.

Die Bevölkerung des Freiamtes wurde umso rascher zur Überzeugung gebracht, die Religion sei in Gefahr, als hier der Fanatisierung schon längst und umfassend durch den in Luzern gestifteten »Katholischen Verein« vorgearbeitet war, der große Aktivitäten entwickelte und die gemischten Schulen und alle fortschrittlichen Bestrebungen mit Wort und Schrift leidenschaftlich bekämpfte. Dieser Verein, der nur aus Geistlichen bestand, übte einen wesentlichen Einfluss auf die religiöse Verängstigung der Bevölkerung aus. Angelehnt an ihn wurde im Freiamt der »Verteidigungsverein« gegründet, der in seine Statuten aufnahm … unter Verteidigung der Religion sei einzig und ausschließlich nur die römisch-katholische Religion zu verstehen.

Dieser »Verteidigungsverein« lehnte sich gegen die Beschlüsse des Großen Rates auf, der unter anderem verlangte, die Geistlichkeit müsse der Staatsbehörde den Eid der Treue leisten. Der verlangte Eid der Treue wurde als etwas Ungeheuerliches und dem katholischen Glauben zuwider, als Tatsache höchster Religionsgefahr erklärt und dazu benutzt, um gegen etwas ganz Materielles, gegen das erlassene Verwaltungsdekret der Klöster anzukämpfen.

Jedenfalls wurde die Bevölkerung des Freiamtes durch Predigten, Flugblätter und Klostergeld so weit gebracht, dass sie aufrührerische Bewegung rüstete.

Die Bundesverfassung der Eidgenossenschaft verlangte nach der Zeit von zehn Jahren die Verfassungsrevision der Kantone, und als der Große Rat sich im Dezember 1839 für die obligatorische Revision entschied, war er weit davon entfernt, die Folgen zu ahnen, die sich an den Beschluss knüpfen sollten.

Ein im Freiamt gegründeter Ausschuss hatte es sich zur Aufgabe gemacht, durch Beunruhigung der katholischen Bevölkerung – eine Verfassungsrevision beeinträchtige ihre Religionsfreiheit und Religionsinteressen – den Gang der Revisionsarbeiten zu trüben und sich durch Ausbreitung der geschaffenen Unruhe und Verunsiche-

rung zu einer Macht im Staate emporzuarbeiten, stark genug, der rechtmäßigen Staatsgewalt und der sie anerkennenden Bevölkerung durch drohende Stellung zu imponieren und gewissermaßen Bedingungen vorzuschreiben.

Als die Forderungen der von diesem Ausschuss einberufenen katholischen Volksversammlung bekannt wurden, äußerten sich darüber im ganzen übrigen Kanton nur Stimmen der Entrüstung und des Unwillens. Nicht nur das Festhalten an der sogenannten Parität in der Volksvertretung wurde ausdrücklich als ein unantastbares Recht der katholischen Bevölkerung gefordert, was durch die reformierte Bevölkerung als freiwillige Gabe, mit Verzicht auf das volle Verfassungsrecht, stillschweigend gutgeheißen worden wäre. Nein, weiter wurden verlangt:

Eine konfessionelle Trennung, verwirklicht durch zwei abgesonderte Großratskollegien mit eigener Administration für Kirche und Schule.

Wiedereinsetzung der Klöster in ihre vorherige Unbeschränktheit.

Erklärung ihrer Besitztümer als ausschließlich katholisches Gut.

In verschiedenen Versammlungen im ganzen Kanton fanden die katholischen Forderungen heftigen Widerspruch. Die Losung zu energischen Gegenerklärungen war gegeben. Der Trennungsgedanke wurde als verderblich an sich bezeichnet und einmütig abgelehnt. Man sagte, er trage für alle Folgezeit den Keim des Verderbens, des Zwiespalts und der Auflösung des Gemeinwesens in sich.

Doch der Ausschuss verdoppelte nur seine Tätigkeit. Kein Mittel blieb ungenutzt, das katholische Volk ganz zu gewinnen und kirchlich zu fanatisieren.

Nach verschiedensten Umtrieben auf beiden Seiten kam es dazu, dass der dem Volk vorgelegte, neue Verfassungsentwurf in allen Landesteilen und aus den entgegengesetztesten Motiven mit großer Mehrheit verworfen wurde.

Eine neue Kommission wurde eingesetzt und beauftragt, einen zweiten Verfassungsentwurf zu erarbeiten. Eine im Freiamt ver-

teilte Broschüre »Bestrebungen der Katholiken, ihre Kirche durch konfessionelle Trennung zu sichern« bereitete eine neue Auseinandersetzung vor.

Zudem ließen die Führer des Ausschusses verlauten, sie würden, wenn auch die zweite Verfassung nicht befriedige und verworfen werde, selbst einen Entwurf ausarbeiten und ihn einer katholischen Volksversammlung vorlegen. Wenn die reformierten Bezirke sich damit nicht zufriedengeben würden, werde die Trennung vom Kanton Aargau mit allen Mitteln durchgesetzt.

Für den 29. November bereitete der Ausschuss eine zweite katholische Volksversammlung vor. Ein gedruckter Aufruf, von einflussreichen Männern aus allen katholischen Gegenden unterzeichnet, fand in großer Auflage Verbreitung. Die Kirche erteilte dieser Versammlung ihre Weihe und ermahnte zum Besuch. Sogar Geldentschädigungen wurden dafür ausgesetzt. Unter lärmendem Gedränge fand die Zusammenkunft statt.

Die bereits früher aufgesetzten Forderungen wurden nochmals lautstark erhoben.

Nachdem der Große Rat am 17. Dezember 1840 die Beratung des zweiten Verfassungsentwurfes beendigt hatte, steigerte sich die Aufregung im Freiamt.

»Es verlauteten dumpfe Gerüchte von einem nahe bevorstehenden Volksausbruch, es fielen Drohungen gegen regierungstreue Bürger.

Alles schien gerüstet, wie am Vorabend ernster, wichtiger Dinge.«

Die letzte Aussage hatte Hans Villiger einem Protokoll entnommen. Er wusste in seiner Arbeit Sätze, die konnte er nicht nur auswendig hersagen, sie liefen ihm nach durch die Tage und verfolgten ihn nachts und zogen verknotete Schnüre durch Träume und Schlaf. Davon hatte er auch Maria Cohen berichtet und ihr aus einem Buch den Satz zitiert:»Muri und Bremgarten boten am 10. und 11. Januar 1841 das betrübende Bild ungebundener Roheit und gegen Personen und Eigentum ausschweifender Anarchie.«

Die Pfeife war Hans Villiger ausgegangen, er zündete sie erneut an, sie sürfelte ein wenig, weil er zu hastig geraucht hatte, doch als er ruhig und langsam sog, gab sich das wieder. Bevor er nach Kallern gezogen war, hatte er in einem anderen Kantonsteil unterrichtet und, zusammen mit Maria, auch ein Jahr in Amsterdam gelebt. Er hatte Maria eingeladen, ihn zu besuchen und für längere Zeit zu bleiben, und wartete schon seit einigen Tagen auf ihre Antwort.

Vor zwei Jahren war er aus Amsterdam zurückgekehrt. Seither hatte er die Abgeschiedenheit besonders schätzen gelernt. Ganze Nachmittage konnte er durch die Umgebung streifen, durch die Wälder, wo versteckte Teiche lagen und Gräben voller Torf. Doch er liebte es ebenso, allein in seinem Zimmer zu schreiben, oder zu lesen, ganz aufgehoben in einem Buch. In Amsterdam hatte er ein zunehmendes Heimweh verspürt und war darum auch zurückgekehrt, obschon ihm der Abschied von Maria und der Stadt zu schaffen gemacht hatte.

Vor dem Haus rannten Leute vorbei. Sie fuchtelten mit Knüppeln und Stecken und verteilten sich in einer Kette über das Feld. Auch vom Oberen Niesenberg kamen mit Heugabeln und Spaten bewaffnete Leute gerannt. Zurufe stießen wie Messerstiche in die Stille. Wenn die Männer Kommandoworte schrien, formten sie mit den Händen Trichter vor dem Mund, aus denen Sprechblasen wuchsen. So kalt war der Nachmittag.

Dann sah Hans Villiger das Tier. Ein rotbraunes, langgestrecktes Tier hetzte übers Feld. Ein fliehendes Bündel Angst und Verstörung. Seine Lage war aussichtslos. Einer der Männer, der Jagdaufseher in grünbrauner Kleidung, trug eine Flinte bei sich. Er legte sie an und schoss. Ein Aufschrei der Männer und Buben folgte dem Knall. Alle liefen zum Fuchs, der sich überschlagen hatte und tot liegen blieb. Die Bauern umringten den Kadaver. Von weiter her kamen Frauen und kleinere Kinder heran. Die Männer stützten sich auf die Knüppel und Schaufeln. Einer zeigte mit dem Spaten auf das ausgestreckte Tier; langsam versickerte das frische Blut im Schnee. Der Jagdaufseher schob den erschossenen Fuchs mit dem Stiefel in einen Sack und zündete sich einen Stumpen an.

Unterniesenberg, Kallern, Oberniesenberg: Tollwut – Sperrgebiet.

Hans Villiger stand von seinem Schreibtisch auf.

Die Pfeife im Mund, trat er vor das Haus.

Sofort die Kälte, die Stimmen.

Er ging langsam, die Hände in den Hosentaschen vergraben, auf das Feld hinaus. Der Schnee, der durch die Treibjagd aufgewühlt worden war, knirschte unter seinen Schuhen.

3

Seit Anna Villiger verwitwet war, wohnte sie allein in Wohlen, einem eigentlichen Bachzeilendorf, das sich mit ausgedehnten Überbauungen bis weit in die Ebene der Bünz erstreckte, und arbeitete in der Mohrenkopffabrik in Waltenschwil, wo sie trotz ihres Alters als zuverlässige Hilfe galt. Meist war sie an der Verpackungsmaschine beschäftigt, sah Greifarme süß duftende Schokoladenmohrenköpfe fassen und in firmenbeschriftetes Stanniolpapier wickeln, und legte sie dann eigenhändig in Kartons zu fünfzig Stück.

Am Morgen kam sie pünktlich zur Arbeit, band eine blaue und stets saubere Schürze um, stempelte ihre Zeitkarte ab, und um sieben Uhr, wenn die Arbeit begann, langte sie nach dem ersten Mohrenkopf und war bei der Sache.

Drei Halbtage jede Woche, wenn sie mit Margrit arbeiten konnte, ging Anna Villiger gerne zur Fabrik. Die einfachen Handgriffe erlaubten den Frauen Gespräche, das half gegen die Monotonie. Doch oft kam es vor, dass sie wortlos nebeneinander standen, jede in Gedanken versponnen, aber mit stets fleißigen Händen. Manchmal ein Blick, ein Wort, das Margrit an Anna richtete, hoben den Tag schon von der endlosen Reihe der anderen ab, an denen sie allein war mit ihren Tätigkeiten.

Anna und Margrit, auch die junge Anita, die als Bürogehilfin angestellt war und den Frauen manchmal aushalf, wenn dringende Lieferungen vorbereitet und Bestellungen erledigt werden mussten, saßen über Mittag gemeinsam in einer nahe gelegenen Wirtschaft an einem für sie reservierten Tisch. Hier ergaben sich Unterhaltungen, die Anna lieb waren. Sie konnte sich nur schwerlich vorstellen, bald darauf verzichten zu müssen, doch Margrit würde nach der Geburt nicht mehr zur Arbeit kommen, vorläufig wenigstens nicht. In der alten und warmen Wirtsstube, während aus dem Radio leise Musik spielte und der Kanarienvogel, dessen Käfig auf einem Fenstersims stand, an seinem Kalkstein knabberte und die Chauffeure, die häufig hier zu Mittag aßen, bei schwarzem Kaffee saßen und sich über einem Kartenspiel ereiferten, erzählte Margrit von den Bildern, die sie malte, oder von Herbert, ihrem Mann, und gut gemeinte, das Kind betreffende Ratschläge nahm sie so entgegen, dass Anna nie das Gefühl haben musste, sie würden als Einmischungen empfunden. Anita, die am Morgen oft wortfaul und mürrisch war, gab sich beim Essen stets gut gelaunt, lehnte sich in ihrem Stuhl zurück, hatte ein Lachen im Gesicht, spaßte, spielte mit einem Bierdeckel und sprach von Pep, ihrem Freund. Anna Villiger vermochte so ihre Einsamkeit zu vergessen, die Einsamkeit einer älteren, alleinstehenden Frau: denn die Abende, wenn sie ihren kleinen und anspruchslosen Haushalt besorgt hatte, verbrachte sie meist allein in der Stube, wusste mit dem Feierabend nicht viel anzufangen, fühlte sich müde, aber nicht müde genug, und war auch zu unruhig, um schon schlafen zu können, und fürchtete, was sie ebenso hinderte, bereits zu Bett zu gehen, einen Traum, der in letzter Zeit wiederholt aufgetreten war.

Sie sah sich darin als einen zu einem Punkt geschrumpelten Menschen bewegungsunfähig in einer Wüste und wurde von einem erscheinenden Riesenfisch, dessen Lippen sich lautlos öffneten und schlossen, bedroht. Aufgeschreckt aus dem Schlaf, klopfenden Herzens, schweißnass und außer Atem gekommen, blieb sie nach diesem Traum wach, musste aufstehen und das Herz beruhigende Medikamente einnehmen. Sie lag danach lange schlaflos im Bett und fühlte sich am anderen Morgen weder ausgeschlafen noch ausgeruht, sondern war niedergeschlagen und kraftlos. Oft plagte sie ein Angstgefühl vor diesem Traum und war ein weiterer Grund, der es ihr vorteilhaft erscheinen ließ, abends lange wach und in der Stube zu bleiben. Doch der Fernseher, den sie sich zu ihrem sechzigsten Geburtstag gekauft hatte und in dessen Blauschimmer getaucht sie abends oft stundenlang saß, war weder ein Ersatz für ein Gespräch noch dazu geeignet, die aufkommende Angst vor dem Traum zu zerstreuen und dem Abend einen beruhigenden Sinn zu verleihen. Meist hatte sie gar keine andere Wahl, als allein zu bleiben, fern zu sehen, dabei, das lenkte ab, für sich und für Margrit zu stricken. Margrit, das wusste sie, würde sich über die Kindersachen freuen, auch für Anita hatte sie einmal einen modischen langen Wollschal gestrickt.

Das war vor Weihnachten gewesen: zusammen saßen sie beim Mittagessen. Anita zeigte ihren Arbeitskameradinnen in einem Modejournal einen vierfarbigen Wollschal. Das Mädchen war so begeistert gewesen, dass Anna abends nach der Arbeit zum Kiosk gegangen war, um dasselbe Journal zu kaufen.

Auf dem Heimweg war sie an einer Strickwaren- und Wollhandlung vorbeigekommen und hatte sich gleich die notwendige Wolle besorgt und zu Hause noch am selben Abend mit der Arbeit begonnen. Beim Stricken hatte sie ein Gefühl des Glücks und der Vorfreude empfunden. Als sie den Wollschal Anita als Weihnachtsgeschenk mit einem Kärtchen versehen auf ihr Schreibpult gelegt, hatte sich das Mädchen darüber gefreut und Anna die Freude auch gezeigt.

Wenn Anna Villiger das Haus am Abend noch verließ, um bei schönem Wetter einen Spaziergang zu machen, und sie dann nicht in ein ruhiges Restaurant einkehrte, um einen Zweier Magdalener zu trinken, endeten diese recht ausgedehnten Spaziergänge immer auf dem Friedhof beim Grab ihres Mannes.

Doch da sie nach einem Arbeitstag meist müde und ausgelaugt war, kam es eigentlich selten vor, dass sie sich, nachdem sie gegessen hatte, nochmals aufraffte, um die Wohnung zu verlassen.

Oft blieb sie müde sitzen, und obwohl sie in der Fabrik eine größtenteils sitzend zu verrichtende Arbeit ausübte, brannten ihr die Fußsohlen, hatte sie angeschwollene Beine und Schmerzen im Kreuz. Im Kopf fühlte sie sich jedoch frisch und angeregt, es hatten sich tagsüber Gedanken versammelt, die sich nicht einfach beruhigen und nur durch Überlistung wegschieben ließen.

Am heutigen Sonntag hatte sie einen weiten Spaziergang unternommen, nach der Neun-Uhr-Messe hatte sie den Friedhof besucht und war dann losgezogen über die verschneiten Felder des Wagenrains bis nach Bremgarten hinunter. Durch den Wald hatte sie den Weg genommen, später der Reuss entlang ins Städtchen hinein. Im »Engel« war sie eingekehrt, hatte sich vom Wirt zur Begrüßung die Hand geben lassen und bei der Serviertochter einen Zweier Magdalener und ein Restbrot bestellt. Eine Stunde war sie vielleicht in der Gaststube sitzen geblieben. Betrieb war nicht viel. An einem Tisch saßen ein paar ältere Männer und spielten Karten. Der Hund des Wirtes lag hinter der Theke und ließ sich nicht stören. Von Zeit zu Zeit ging die Serviertochter zur Musicbox und drückte eine Platte. Das Mädchen summte die Melodie mit, wenn sie hinter dem Büffet stand, Gläser wusch und trocken rieb. Die Männer hänselten sie aus, weil sie immer dieselbe Platte spielte.

Mit der Bahn war Anna zurückgefahren. Vorbei am Spittelturm, über die Reussbrücke, durch den Wohlerwald: die Bäume prangten mit verschneitem Astwerk, und die Kälte stand eisklar über dem verwehten Schnee, ein paar Spaziergänger winkten zum Zuge hin, Rehe sah sie nicht.

Nun saß sie in der Küche, die Strümpfe ausgezogen und den Rock bis über die Knie hochgekrempelt, die sehr weiß, mit teilweise verschrumpelter Haut, aber auch mit weich aufgefüllten Wülsten alt aussahen. Auf einem Schemel hockte sie und hatte die Füße in ein rotes Plastikbecken getaucht, das mit heißem Wasser, dem sie einen erfrischenden Kräuterzusatz beigegeben hatte, aufgefüllt war.

Regelmäßig unternahm sie diese Spaziergänge durch die Wälder des Wagenrains. Die Höhenunterschiede machten ihr manchmal zu schaffen, der Arzt hatte sie gewarnt vor einer Überanstrengung. Doch sie liebte diesen Wald, die granitenen Findlinge, die überall anzutreffen waren, die stillen Wege, das Wild, das hin und wieder zu beobachten war.

Gegen ein Glas Wein hatte der Arzt keine Einwände, ein Glas Wein schmeckte nach einem Spaziergang durch den Wald besonders gut. Für die Befürchtungen Margrits, die sich ängstigte, sie mute sich zu viel zu, hatte Anna nur ein Lächeln übrig. Aber eines, das nicht Halt machte, bevor es auch die Augen erreichte.

Eine wohlige Wärme durchdrang Anna Villiger. Sie kannte und liebte diese Behaglichkeit. Auch nach strengen Arbeitstagen nahm sie ein heißes Fußbad. Es erfrischte nicht nur die Füße, machte nicht nur die Beine leichter, es milderte ebenso den Schmerz im Rücken, oder ließ ihn etwas vergessen, und lullte die Gedanken ein. Dies besonders. Die Füße, wenn Anna sie aus dem Wasser zog, waren rot und heiß, als ob sie an ihren blassen Beinen rote Socken tragen würde. Alles war warm und weich, sie fühlte sich in einer angeregten, offenen Stimmung, in die, das wusste Anna Villiger, die Traurigkeit nur umso leichter einbrechen konnte.

Abends traurig zu sein, war zu einer Gewohnheit geworden, gegen die anzukämpfen ihr meist die Kraft und immer häufiger auch der Wille fehlten und die sich darum zunehmend in ihr Herz eingenistet hatte.

In der Fabrik, im Beisein von Margrit und Anita, konnte sie es vertuschen; da fiel es ihr leicht, gelöst zu sein und sich unbeschwert zu geben.

Wenn sie plaudernd zusammensaßen und Anita Sprüche machte, lachte Anna ihr helles und fröhliches Lachen, und es war auch schon vorgekommen, dass Margrit zu ihr gesagt hatte: Du bist ja noch richtig jung, Anna.

Margrit wusste von Annas Einsamkeit, wusste, dass es sich in Melancholie verwandeln konnte, dieses Lachen, und trotzdem liebte sie es. Auch wenn sie nur selten aus einer spontanen Stimmung herauskam, war Fröhlichkeit noch möglich.

Abends diese Traurigkeit, der sie ihr Alleinsein unterstellt, in der sie sich eingerichtet hatte, stand gegen das helle Lachen und konnte es unwirklich machen. Vielmehr passte diese Traurigkeit zu den Möbelstücken und Gegenständen, den Fotoalben und alten Briefen, die ihr in letzter Zeit immer lieber geworden waren und die sie auch früher geliebt hatte.

In solcher Stimmung, allein vor einem alten Brief oder blätternd in einem Fotoalbum, kam Anna der Alltag meist entfernter vor als die Vergangenheit, die sie sich vergegenwärtigte. Einmal hatte Margrit zu ihr gesagt: Anna, du gehst mit deinen Erinnerungen wie mit Möbelstücken um. Du besserst sie auf mit Politur.

Sogar die Landschaft, den Ausblick aus dem Fenster der Stube, der sie in eine kleine Parkanlage sehen ließ, wo umschlossen von Grünflächen, deren Ränder Blumenrabatten zierten, alte Kastanien standen und den Rasen unterteilende Kieswege angelegt und Sitzbänke aufgestellt waren: oder den Sonnenuntergang, der schnell und beinahe heftig ablief, sobald die Sonne den Giebel des ersten Daches berührte: und manchmal auch die Felder auf der Höhe des Wagenrains, die sie bei Spaziergängen aufsuchte, deren Weite und plötzlicher Abschluss am Waldrand, bezog sie in ihre Traurigkeit ein, die sie manchmal auch wunschlos liebte und beinahe als persönlichen Besitz begriff, den sie glaubte, vor anderen schützen zu müssen.

Anna Villiger hob die Füße aus dem Wasser und rieb sie trocken. Sie zog wollene Strümpfe über, schlüpfte in ihre Hausschuhe, trug das Plastikbecken in die Toilette und goss das Wasser aus. Darauf versorgte sie das Becken in der Küche, trat in die Stube, stellte sich ans Fenster und schaute hinaus. Es war schon dunkel. Die einzelnen, punktartigen Lichter gaben den Gegenständen wenig Deutlichkeit und schafften keine Zusammenhänge. Sie fasste mit der Hand an den Riegel des Fensters. Er war kalt, und kalt war auch die Scheibe.

Wenn die Kälte noch ein paar Tage anhalten würde, musste das

Fischbacher Moos, ein in die am Fuß des Wagenrains auslaufenden Moränen gebetteter Weiher, gefrieren, und die Eisfläche konnte dann Schlittschuhläufer tragen. Sie nahm sich vor, bei einem nächsten Spaziergang zum Moos zu gehen. Sie hatte zwar schon am Nachmittag daran gedacht, hatte aber den Weg nach Bremgarten vorgezogen und einen Moment lang auch im Sinn gehabt, Margrit einen Besuch zu machen. Der Verzicht darauf hatte sie nicht fröhlicher gestimmt, im »Engel« sitzend, hatte sie es sogar ein wenig bereut. Sie wollte Margrit nicht lästig fallen, das nicht. Als sie mit diesen Gedanken durch den Wald gegangen war, hatte sie auch wahrgenommen, dass die Waldarbeiter dieses Jahr viel Holz geschlagen hatten. Entastet, gesägt und zu Ster- und Klafterblöcken geschichtet, war es am Wegrand gelegen. Es war schnell dunkel geworden, oder heute hatte sie Zeit gehabt, das Einnachten zu beobachten und es sich zu merken. Manchmal stellte sie fest, dass sie langsamer geworden war auch in ihren Beobachtungen. Sie wollte die Vorhänge schließen, langte nach der Kordel und zog eine blau gemusterte Stoffwand vors Fenster. Auf dem Büffet rückte sie eine Fotografie ihres Mannes zurecht. Sie zeigte ihn in der Uniform der Schweizer Armee, als Gefreiten im Grenzdienst während des Zweiten Weltkrieges.

Ob sie noch ein Glas Wein trinken sollte? Anna Villiger ging nochmals in die Küche, um eine Flasche und ein Glas zu holen. Sie sah neben der Tür das Kreuz an der Wand, es hing leicht schief, der Zweig, den sie am Palmsonntag dahintergesteckt hatte, war verdorrt und geruchlos geworden.

Da schellte das Telefon. Anna erschrak, so schrill und unvermutet lärmte die Glocke.

Es war Margrit. Herbert sei noch auf ein Bier im »Löwen«, sagte sie, dem Stammlokal der Fußballer, und sie hatte Zeit für Anna.

Nein, vor Füchsen fürchte ich mich nicht, lachte Anna. Sie erzählte Margrit von ihrem Spaziergang und gab zu, einen Stock mitgenommen zu haben, wie es in einem an alle Haushaltungen verteilten »Merkblatt über die Tollwut« geraten wurde.

Weißt du, erklärte Margrit freundlich, nur im Gehirn der toten Füchse können die Chemiker den Tollwut-Virus mit Sicherheit nachweisen.

Und darum werden die Füchse abgeknallt, meinte Anna und war ein wenig erbost, 3000 Stück in einem Jahr. Man vergast sie, prügelt sie zu Tode, als gelte es, sie auszurotten, Kopf um Kopf.

Anna saß im dunklen Flur und hörte Margrits Stimme. Sie war ihr angenehm. Sie empfand die Worte als Zärtlichkeiten, die auch körperlich gemeint waren. Nach einem einsamen Nachmittag brachte dieses Gespräch das, was sie für den Abend gewünscht hatte. Sie war vergnügt und aufgeräumt, lockte Margrits Lachen heraus und fing es bereitwillig auf. Durch die halb offene Tür sah sie in die Stube. Für einmal stand der Fernseher blind und stumm, und der bereits angelaufene Film kümmerte sie nicht.

Du sagst ja nichts mehr, Anna.

Doch, doch, ich dachte nur an dein Kind.

Nachdem Margrit das Gespräch beendet hatte, blieb Anna noch eine Weile sitzen. Sie hörte das laute Ticken der Standuhr, die ihren Platz seit Jahren neben dem Stubenbüffet hatte und deren Pendel langsam hin und her schwang, als müsste es von einer zähen Zeit dicke Scheiben abschneiden.

Anna holte in der Küche den Wein und ging wieder in die Stube. Langsam, in Gedanken noch bei dem Gespräch, setzte sie sich an den Tisch und schenkte sich aus der halb vollen Flasche ein Glas ein. Er schmeckte herb, frisch und war etwas zu kalt. Die Tischdecke war voller Flecken, Anna nahm sich vor, sie nächste Woche zu waschen. Mit beiden Händen wärmte sie das Glas, schloss alte, aber nicht schwächliche Finger, die gerötet waren, etwas rissig, fleckig auch, um das Weinglas. Doch ihre Hände wärmten nicht nur den Wein, sie wurden selber auch kühler dabei. Das Licht der Lampe warf einen hellen Kreis auf den Tisch. Vom nahegelegenen Bahnhof hörte sie die Signalglocke anschlagen, regelmäßig und metallisch. Sie öffnete das Fotoalbum, das vor ihr auf dem Tisch lag.

Da sah sie auf gelbstichigem Foto ein junges Mädchen, die braunen Zöpfe kranzartig um den Kopf geflochten. Ein Band, sie entsann sich, es musste blau gewesen sein, hielt die dichten Haare zusammen und war ihnen Schmuck.

Das Mädchen war sie.

1930. Es war ein Sonntag im Januar. Die Mutter Annas wollte in Muri die Messe besuchen, Anna durfte sie begleiten. Nüchternen Magens gingen sie zwei Stunden den Wald hinauf, von dem in der sumpfigen Reussebene gelegenen Merenschwand nach Muri. Die Mutter erklärte Anna unterwegs die am Vortage erstmals aufgetretene Sache mit dem Blut zwischen den Beinen, die sie nun regelmäßig Monat für Monat schmerzhaft erwartete. Anna war zwar nicht ganz ahnungslos gewesen, aber so richtig Bescheid hatte sie auch nicht gewusst und war darum zuerst über das Blut erschrocken, wie sie nun ein wenig mit Stolz erfüllt war.

Nüchternen Magens gingen sie. Anna verspürte die Schmerzen und ertrug sie trotzig, ein Ziehen im unteren Bauch, vor allem auf der linken Seite, und erstmals die Unbequemlichkeit einer gestrickten Binde zwischen den Schenkeln, die ihr beim Gehen bergauf doch hinderlich war.

Nüchternen Magens gingen sie, denn sie wollten in Muri nicht nur die Messe besuchen, sondern auch die Kommunion empfangen. Sie trugen ein Geheimnis zusammen, Anna und ihre Mutter: eine Frauensache. Und als zwei Frauen knieten sie in den Holzbänken der Kirche, und zusammen gingen sie zur Kommunion, senkten die Knie in die weichen Kissen, mit denen die Kommunionbank gepolstert war und empfingen den Leib des Herrn vor dem geschmückten Altar. Noch nie zuvor hatte sich Anna mit ihrer Mutter so verbunden gefühlt. Trotz dumpfer Schmerzen im Bauch empfand sie Glück. Nach der Messe, als die Kirche leer war und die letzten Orgelklänge verrauscht, als der Organist den Deckel hörbar zugeklappt und das Schloss verriegelt hatte, als der Sigrist im schwarzen Rock aus der Sakristei trat, um auf dem Altar die Tücher zu falten, die Opferstöcke einzuholen und liegengebliebene Messbücher einsammelte, gingen die beiden Frauen, auch wenn sie der Hunger plagte und sie stark ermüdet hatte, zum Marienaltar. Dort nahm die Mutter eine weiße Kerze aus einem Behälter und warf das Geld, aufgerundet auf einen Franken, in die angebrachte Kasse ein, wo es hell aufschlug. Sie zündete die Kerze an und steckte sie zu den anderen, die bereits zur Ehre Mariens brannten.

Dies war als Fürbitte gedacht, als Dank. Um den Marienaltar waren Licht und Wärme und der süßliche Geruch katholischer Feierlichkeit, den Anna liebte.

Das ist, weil du jetzt kein Kind mehr bist, Anna.

Damit du unter dem Schutz der Muttergottes stehst.

Und Mutter kannst du jetzt auch einmal werden.

Dann besuchten sie in Muri die Eltern der Mutter, und anschließend an ein spätes Frühstück, bei dem ihnen Milchkaffee, Käse, Butter, Sonntagszopf und Aprikosenkonfitüre vorgesetzt wurde und dem sie auch herzhaft zusprachen, nahm der Großvater mit einem Fotoapparat, den er auf Weihnachten geschenkt bekommen hatte, das Bild der drei Frauen auf, das Anna nun betrachtete.

1930, im Januar, der kalt war und viel Schnee gebracht hatte.

Anna Villiger verglich die Gesichter der drei Frauen auf der Fotografie. Am ehesten könnte sie ihr eigenes nun mit demjenigen der Großmutter verwechseln. Und ihre Mutter, so jung sah sie aus auf dieser Fotografie, könnte ihre Tochter sein, und sie selbst ihre Enkelin. Oder so wie die Mutter aussah, sie hatte ein frisches, weiches Gesicht mit etwas breiten Backenknochen, auffällig große Augen, eine schmale Nase, den Haaransatz hoch in der Stirn und blondes, volles Haar, so hatte sie selber einmal ausgesehen. Nun glich sie der Großmutter. Auch sie hatte denselben Haaransatz, doch ihre Haare waren weiß und nach hinten zu einem Knoten gebunden, während Anna die Haare kurz geschnitten trug, leicht gewellt, aber ungetönt grau belassen. Die Nase, eine feingeschnittene Nase mit geradem Rücken und schmalen Flügeln, hatten sie alle dieselbe: Großmutter, Mutter und Anna.

Dann, als Anna der Frau, die auf der Fotografie ihre Mutter war, am meisten geähnelt hatte, 1940, war die Großmutter gestorben. Und eine Aufnahme aus dem November 1959, dem Begräbnistag ihrer eigenen Mutter, zeigte eine Anna Villiger, die den drei abgelichteten Frauen am wenigsten glich. Etwas füllig war sie damals gewesen, eine Dauerwelle trug sie, die ihr, so fand sie nun, nicht stand und ihrem Gesicht eine Härte gab, die es nie hatte.

Anna Villiger schloss das Fotoalbum, nahm die Brille ab, schenkte Wein nach und lehnte sich in den Stuhl zurück. Der Begräbnistag ihrer Mutter ... doch jetzt an den Tod denken, wenn Geburt und Taufe ins Haus standen?

Beim Bahnhof schlug wieder die Signalglocke an. Anna stand auf. Sie war müde geworden, der Wein hatte Gedanken und Körper schwer gemacht, in den Erinnerungen und den alten Bildern hatte sie Geborgenheit gefunden.

Sie ging in ihr Schlafzimmer und richtete das Bett.

Als sie das Licht löschte, fürchtete sie die Nacht und den Traum nicht.

4

Pep fürchtete diese Nacht.

Die Wohlerstraße lief über den Wagenrain nach Bremgarten hinunter, wechselte den Namen, hieß Bogen und zog als Marktgasse und Zürcherstraße weiter. Sie lag als breite Schneise in den Wald geschlagen und erlaubte den Fahrzeugen hohe Geschwindigkeiten. Es tastete sich aus der oberen, einer Linkskurve, der Scheinwerfer eines Motorrades heraus. Unter dem ausspähenden Fernlicht blinkten die Sicherheitslinien auf, kein Gegenverkehr beeinträchtigte die Fahrt. Pep trieb den Motor seiner Yamaha hoch, die Maschine pflügte die Dunkelheit und zerriss nachtschlafende Stunden.

In dieser Nacht schien ein heller Mond, der das Gefängnis von Bremgarten in sein milchiges Licht tauchte. Es war ein alter, klotziger Bau, schäbig die Fassaden, Fugenrisse und ausgebröckelter Verputz, die Fenster vom ersten Stock aus dreiviertelhoch zugemauert, der Rest war vergittert. Dreimal zwei fünfzig maß eine Zelle, deren schmutziggrau gestrichene Wände sich dem Mobiliar, einer Pritsche, einem Hocker und einem Tisch anpassten.

Das Licht war seit neun Uhr nach Vorschrift ausgelöscht. Lur lag immer noch wach auf seiner Pritsche, die Beine leicht gespreizt und die Arme über der Brust verschränkt, mit geschlossenen Augen: die vom Mondlicht beschienenen Wände hätten ihn sonst wahnsinnig gemacht. Er regte sich kaum, doch als er sich seitwärts zur Wand kehrte, berührten seine Hände etwas Kaltes; es war schmal, hart, lang und lag unter der Decke, ein Brecheisen.

Pep steuerte seine Yamaha über die Reussbrücke und fuhr mit gedrosseltem Motor den Bogen hoch in die Marktgasse, die Zürcherstraße und zum Bahnhof. Der letzte Zug war längst abgefertigt, die Schalter standen geschlossen, der Wartesaal zugesperrt; auch das Bahnhofsrestaurant war verriegelt. Pep parkte seine Maschine vor der Bank und schritt am Kiosk vorbei zur Telefonkabine.

Im Zimmer des Polizisten, der im ersten Stock des Gefängnisses über der Wachstube schlief und Pikettdienst hatte, klingelte das Telefon. Als der Beamte den Hörer abnahm, hörte Lur seine bei aller Verschlafenheit mürrische Stimme, so still war die Nacht, so still war es in seiner Zelle. Wenn er das Gespräch auch nicht verstehen konnte, wusste er doch, was es zu bedeuten hatte.

Die Uhr des Spittelturmes schlug zweimal, zwei Uhr war als unverdächtiges Zeichen ausgemacht. Lur konnte sich vorstellen, wie viel Überredungskunst Pep aufwenden, wie viel Besorgnis seine Stimme spielen musste, wie viel Überzeugung sie herzugeben hatte, um einen Polizisten, der immerhin schon seit vier Jahren im Dienst war, um diese Zeit aus dem Bett und in die Uniform zu locken.

Der Polizist stand auf, kleidete sich an, klaubte eine Zigarette aus der Packung, zündete sie an, schnallte seine Pistole um und verließ das Zimmer.

Lur hörte klopfenden Herzens das Geknarr in der Diele, das Holz der alten Treppe gab den Schritten ächzend nach, das Husten des Polizisten verschwand im unteren Stock.

Dann verhallten Schritte über den steinernen Fliesen des Korridors, die eichene Tür fiel ins Schloss.

Der Ankicker einer Vespa wurde betätigt, einmal, zweimal, nochmals, der Motor sprang an. Lur, der am Fenster stand, hellwach, sah den Lichtkegel des Scheinwerfers die Straße ausmessen, die Vespa drehte ab, der Scheinwerfer beschrieb einen Bogen über die Mauer des Schellenhauses, der Polizist fuhr weg.

Lurs Zelle befand sich im ersten Stock auf der Rückseite des Gefängnisses direkt über dem Flur des Erdgeschosses. Eine übermannshohe Bretterwand, versehen mit einer Holztür, verband das

Gefängnis mit der alten Spittelkirche, einem ebenso großen wie baufälligen Gebäude, das bis auf die Räume, die dem städtischen Bauamt als Depot dienten, leer stand. Hinter Bretterwand und angelehnter Tür führte eine die Fassade hochsteigende, angebaute und in Holz verkleidete Treppe in den oberen Teil der Kirche, einen großen, leer stehenden Raum. Der kleine, von Gerümpel überstellte Hof zwischen Gefängnis und Kirche war gegen die Straße und den Kegelplatz mit Schellenhaus und Schlössli abgegrenzt und öffnete sich auf der vierten und einzig unverschlossenen Seite über ein schmales Grasband zum ehemaligen, nun unbenützt stehenden, wiederum von Mauern, Überresten der alten Stadtmauer, eingefassten Feuerweiher, der auf der Ostseite, wo sich auch der Eingang zum Gefängnis befand, durch einen hohen Lattenzaun abgegrenzt wurde. Auch im Feuerweiher lag Gerümpel, die Mauern waren von Moos und Flechten überzogen, im Sommer wucherte rundum Unkraut.

Pep hatte die Zelle, in der Lur untergebracht war, schon vor einiger Zeit ausfindig machen können und sich vorgenommen, ihm aus der zwangsweise verpassten Behausung fliehen zu helfen.

Auch Lur, oft am Fenster stehend, wozu er den Schemel an die Mauer stellen musste, um auf die Ellenbogen abgestützt, aus dem obersten Fensterteil durch Gitterstäbe behindert, hinausschauen zu können, hatte damit gerechnet, dass Pep ihm aus der Klemme helfen würde. Wie hätte auch einer, der sich sogar in Freiheit eingeengt und gefangen fühlte, der ein Streuner war und dem oft nicht einmal sein Motorrad genügend Weite einholen konnte, wie hätte so einer, groß und breitgebaut, mit Händen, die zupacken, und Fäusten, die zuschlagen konnten, ein streunender Hund nach den Worten seines Vormundes, in einem Gefängnis festgehalten werden können?

Bei Tag war Pep mehrmals beim Gefängnis vorbeigegangen, damit Lur, den er am Fenster vermutete, ihn hatte sehen müssen, das Zeichen Lurs war denn auch eine erste Bestätigung seiner Annahmen gewesen.

Vor ein paar Nächten hatte Pep seine Yamaha vor der Turnhalle geparkt und war durch Rigistraße und Zugerstraße ins nächtliche Städtchen gegangen, hatte aber nicht offen und gerade über den Kronenplatz und dort treppauf das Gefängnis angesteuert, sondern den Weg quer über den Schulhausplatz, vorbei am Kiosk, dort über die Straße, unter dem Tor des Spittelturms hindurch genommen, um über die Postgasse von hinten an die alte Kirche und das Gefängnis heranzukommen. Mühelos hatte sich die Tür zwischen Gefängnis und Kirche öffnen lassen, kein Mensch war auf der Straße, niemand hatte ihn sehen und erkennen können. Nachdem er die Holztreppe halb hochgestiegen war, hatte er sich auf der Höhe von Lurs Zelle befunden und ein plastenes, kaum ellenlanges Blasrohr unter der Jacke hervorgezogen. In das Rohr hatte er ein paar Mandarinenkerne gesteckt und sie gegen das Zellenfenster geblasen. Es war ihm unlieb gewesen, aber er hatte die Übung wiederholen müssen, Lur schlief tiefer, als er gedacht hatte, nicht ruhelos wie einer, der unentwegt auf Fluchtgedanken sann. Doch bald war ein Schatten hinter Gitter und Glas erkennbar geworden, Pep hatte das herunterklappende Fenster gehört und Lurs Gesicht erkannt; als heller Fleck, so war es im Dunkel gestanden.

Pep gab Lur den bekannten Zischlaut als Reverenz, knäulte ein beschriebenes Papier zusammen und stopfte es ins Blasrohr, um es durch das offene Fensterloch in die Zelle zu blasen. Nur ein paar Worte standen darauf:

Streck die Hände durchs Gitter. Du bekommst ein Stück Holz zu fassen.

Pep war die Treppe höher gestiegen bis zur Tür, die ins Obergeschoss der Kirche führte und schreckte dort eine Fledermaus aus dem Gebälk des Vordaches, in das er klettern musste, um auf die hintere, von der Straße aus nicht einsehbare Dachseite zu gelangen. Dort nahm er ein Stück Dachlatte aus seiner Jacke. Schon zuhause hatte er es an einem Ende durchbohrt und durch das Loch ein Wäscheseil gezogen, auf die Latte hatte er ein maschinenbeschriebenes Blatt geheftet und mit Klebeband einen Kugelschreiber und eine Taschenlampe festgemacht. Aus dem Gebälk heraus hatte Pep die Kluft, die sein Vordach von der Gefängnismauer trennte, mit Dachlattenstück und Wäscheseil überpendelt. Dies schien ihm die angebrachteste Methode zu sein, eine Botschaft zu überbringen und sich Auskunft geben zu lassen. Hätte er von der halb erstiegenen Treppe aus versucht, dem Häftling Holzstück und Seil zuzuwerfen, und hätte dieser im Versuch, die Latte zu fassen, danebengegriffen, wäre sie in den Hof abgestürzt. Dies hätte Lärm gemacht, Aufsehen erregen und zur Entdeckung führen können; auf dem gleichen Stockwerk schlief ja der Polizist. Auch das Blasrohr wäre für die Art und Ausführlichkeit der Unternehmung ungeeignet gewesen, denn auf ein Blatt, das klein genug war, um in ein Blasrohr gesteckt zu werden, hatte Pep seine Mitteilungen nicht abfassen wollen; ihm lag an Ausführlichkeit. Wenn ihm Eile geboten schien, dann bei der Durchführung der Flucht; beim Planen, hatte er gedacht, wäre sie viel zu riskant.

Darum hatte Pep das Holzstück heranpendeln und das Seil, das im Hof und vorbei am Vordach gegen den Feuerweiher hin genügend Raum zum Ausschwingen hatte, länger werden lassen, ohne dass es gegen das Gemäuer oder ans Gitter schlagen konnte. Lur hatte das Holzstück am Seil näher kommen sehen, regelmäßig hin und her und hin und her, und er zählte mit, hatte sofort begriffen und das Holzstück gefasst. Pep hatte dem Seilzug nachgegeben, das Ende aber fest in den Händen behalten und die Leine durch die Finger gleiten lassen. Lur hatte Seil und Holz zweimal um einen Gitterstab geschlagen, die Botschaft, den Kugelschreiber und die Taschenlampe gelöst.

Lur stellte sich vor, wie sich der Lichtkegel der Vespa entfernte, hörte den Motorenlärm zwischen den Häusern in der Nacht verebben, sprang dann hastig zum Bett und zog sein Brecheisen hervor. Er hieb es Spitz voran mit der Kraft von einundzwanzig Jahren und achtzig Kilogramm Körpergewicht in das Linoleum des Zellenbodens und gab dem dumpfen Aufschlag nicht Zeit, im Raume zu verhallen, sondern rammte das Eisen nochmals ein und wieder.

Pep ging zu seiner Yamaha zurück, schob sie vom Parkplatz

übers Bahngeleise, hinter das Depotgebäude gegen die Bärenmatte und startete sie erst, als sich auf der Hauptstraße die erwartete Vespa des Polizisten entfernte, saß dann auf und rollte durch die Stadt und über die Reussbrücke auf den Casinoplatz, wo er bei ausgelöschtem Licht wartete. Er hörte dem Rauschen der Reuss zu und betrachtete die Stadt in mondbeschienener Kälte, es war eine Nacht, die Silhouetten liebte. Er verbot es sich, eine Zigarette anzuzünden, damit ihn niemand erkennen konnte, der zufällig einen Spaziergang durch Mondlicht und Rauschen der Schlaflosigkeit von Stundenschlag zu Stundenschlag vorgezogen hatte.

Lur stieß das Brecheisen in den Zellenboden, schlug Loch für Loch und riss das Linoleum auf, dann hielt er sein Brecheisen schräg, stemmte es in den Boden hinein, bis es Widerstand fand und drückte es gewaltsam hoch, die Bretter splitterten.

Deine Zelle liegt über dem Flur vor der Treppe in den ersten Stock, hatte auf dem Zettel gestanden. Ist das richtig? Das stimmte genau. Wie ist die Beschaffenheit des Fußbodens in deiner Zelle? Linoleum, hatte Lur dann geschrieben. Klopf mal auf den Boden! Unter dem Linoleum ist Holz, ein gewöhnlicher Bretterboden, hatte Lur mitgeteilt. Darunter im Flur ist eine Gipsdecke. Sie wird getragen von Balken, die in Abständen von einem halben Meter quer durch die Zelle verlaufen.

Der Boden dürfte nicht stärker als zwanzig Zentimeter sein, war auf den Zettel geschrieben. Die Gipsdecke wird von einem Lattengeflecht getragen. Zwischen Decke und Fußboden ist Hohlraum, spärlich gefüllt mit Isolationsmaterial, Staub und Bauschutt. Das stimmte nochmals. Lur erinnerte sich, ein Rascheln gehört zu haben, das nur von Mäusen im Boden hatte herrühren können.

Lur hatte die Wolldecke, wie es Pep ihm aufgeschrieben hatte, sorgfältig über das Fenster gehängt, und zusätzlich abgesichert unter der Pritsche liegend, die Fragen mit ungelenker Schrift beantwortet, denn Pep hatte sie schriftlich an ihn gerichtet und sich schriftliche Antwort erbeten.

Nach einiger Zeit war das Pendel zurückgeschwungen.

Lur arbeitete angestrengt, verwandte seine ganze Kraft auf Hieb und Stoß, knapp zehn Minuten durfte er brauchen, um die mürbe Decke zu durchschlagen, damit er sich in den Flur durchzwängen konnte. Die schwierigste Arbeit war das Aufreißen des Linoleums. Als er mit dem Eisen eine genügend große Fläche losgelöst hatte, versuchte er, es mit den Händen wegzureißen, stückweise brach der Belag. Lur ermittelte den Verlauf der Bretter und setzte das Eisen zwischen zwei Fugen an, benutzte sie als Widerstand und den Hocker als Unterlage für einen Hebel. Er hob das erste Brett an, die Nägel lösten sich aus den Balken, drei Bretter musste er entfernen, dann war das Loch weit genug.

Nachdem er das Pendel zurückerhalten hatte, war Pep geräuschlos aus dem kleinen Hof verschwunden und zwei Nächte später mit dem Brecheisen zurückgekehrt. Wieder spielte das Blasrohr den Fensterklopfer, nochmals hatte das Pendel Lurs Hände gefunden.

Zieh das Wäscheseil zu dir. Lass es der Mauer lang in den Hof hinunter. Dies hatte die Anweisung auf dem Zettel verlangt. Lur gehorchte und war erstaunt über das Gewicht, das er hochzuziehen hatte, nachdem Pep vom Treppenvordach geklettert war und ihm im Hof durch ein Ziehen am Seil angezeigt hatte, dass er hochleinen konnte. Und Lur hatte in dunkler und wolkenverhangener Nacht längs der Gefängnismauer ein Brecheisen hochgeliftet, das auch von unten mit einer Leine gehalten worden war, damit es nicht an die Wand schlagen konnte. Lurs Staunen war erst gewichen, nachdem er das Brecheisen in der Zelle stehen hatte. Darauf ließ er das Dachlattenstück, die Botschaft, den Kugelschreiber und die Taschenlampe in den Hof hinuntergleiten. Und Pep war auf leisen Sohlen verschwunden.

Die Nacht vom Sonntag auf den Montag, wenn du den Polizisten mit der Vespa wegfahren siehst. Achte auf die Turmuhr. Wenn sie zwei schlägt, wird das Telefon klingeln. Achte unbedingt auf das Schellen. Wenn der Polizist nicht den Weg nimmt, den ich mir als den kürzesten ausgedacht habe, siehst du ihn nicht und musst dich auf dein Gehör verlassen.

Der Zwischenboden gab problemlos nach, das Lattengerüst war alt und morsch, zwei Schläge mit dem Eisen öffneten schuhgroße Löcher, der Gips bröckelte ab und schlug in Fladen auf im Flur.

Es wäre sinnlos, war auf dem zweiten Zettel gestanden, die Gitterstäbe durchsägen und sich der Mauer nach abseilen zu wollen. Das brauchte die Zeit vieler Stunden. Durch den Boden kommst du am schnellsten und ohne allzu großen Lärm. Anfangs ein paar Hiebe und Stöße, dann Facharbeit mit dem Hebel. Deine Arbeitszeit: höchstens fünfzehn Minuten.

Die Öffnung war jetzt groß genug. Lur warf das Brecheisen in den Gang hinunter, klirrend schepperte es auf. Er stellte die Pritsche über das Loch, damit er sich an ihrem Gestell festhalten konnte, baumelte über dem Flur und ließ sich fallen. Zwar schmerzte der Aufprall in den Knien, doch das hinderte ihn nicht. Gleich rechts neben der Treppe war, so Pep, die Gefängnisküche, in der die Frau eines Polizisten die Mahlzeiten, die sie zu Hause vorbereitete, richten konnte. Und weil diese Küche, die nun verschlossen war, ein Fenster gegen den Feuerweiher hinaus besaß, schlug Lur das Schloss mit einem Schlag seines Brecheisens aus der Fassung und betrat sie. Er öffnete das Fenster, fasste das Eisen, sprang hinaus, folgte dem verunkrauteten Weg entlang dem Feuerweiher, kam in den Hof, stellte sein Eisen wie ein Werkzeug nach verrichteter Arbeit scheinbar absichtslos in eine Ecke zu anderen Stangen, ordentlich beinahe, zwischen Fässer und Balken, als ob es da immer gestanden und nach jedem Gebrauch zurückgehörte.

Er spähte aus der angelehnten Tür und verschwand ebenso geräuschlos, wie Pep das schon vorgemacht hatte.

Während der genarrte Polizeibeamte auf seiner Vespa die Zürcherstraße wieder stadteinwärts fuhr, lief Lur schon den Kegelplatz hinunter, ging die Postgasse hinab, überquerte beim Spittelturm die Marktgasse, fand mühelos den Weg stadtauswärts an die Reuss, ihr entlang bis zur Brücke, und wurde beobachtet von Pep, der am anderen Ufer auf den Flüchtigen wartete, der immer nach dreißig Schritten in den Lichtkegel der Wegbeleuchtung trat.

Wären nicht Gipsleisten, Gipsfladen und die Holzsplitter zerschlagener Bretter am Boden gelegen, der missgelaunte Polizist hätte das Loch in der Decke nicht einmal bemerkt. Dann nützte es nichts, dass er die Treppe hochlief, am Schlüsselbund herumfingerte und die Zelle aufschloss. Es hatte ihn nicht nur einer mit List aus dem Bett gelockt, es war ihm überdies auch einer davongelaufen, unter Gewaltanwendung und Sachbeschädigung, aber immerhin, es war der einzige gewesen, den er zu bewachen hatte. Und nur noch diese Nacht.

Wie ausgemacht trafen sich Pep und Lur auf dem Casinoplatz. Lur setzte sich auf den Soziussitz, Pep startete seine Yamaha, ließ die Kupplung springen, dass sich das Vorderrad vom Boden abhob, und fuhr los, die steile Weststraße hinauf gegen Hermetschwil.

Lur wohnte zwar in Bremgarten, doch es schien Pep ratsam, ein erstes Versteck auswärts zu suchen. Er brachte Lur nach Merenschwand, wo er ihn vor dem Haus seiner Großeltern absetzte.

Anita wohnte bei ihren Eltern. Das Haus stand in der Unterstadt am Fuß der Kirchentreppe gegenüber dem des Pfarrers und war mit der Stadtmauer verbunden.

Pep, zurück von Merenschwand, kletterte über das Treppengeländer und die Stadtmauer zum Fenster ihres Zimmers. Er besaß zwar einen Hausschlüssel, aber er befürchtete, seine Schritte könnten auf den ächzenden Dielen gehört werden. Er klopfte ans Fenster. Anita schlief, sie hatte ihn nicht mehr erwartet. Nur mühsam und durch Traumbilder konnte sie die Klopfzeichen als wirkliche erkennen, dann nahm sie Knöchelschläge auf Glas deutlich wahr, richtete sich auf und sah den einen Schatten hinter Vorhang und Scheibe und erkannte das Gesicht bei den Klopfzeichen. Sie öffnete das Fenster und ließ ihn ein.

Lur ist frei, sagte Pep.

Anitas Zimmer war nicht groß, ein länglicher, nur mit wenigen

Möbeln ausgestatteter Raum. Sie setzte sich mit angezogenen Beinen auf ihr Bett. Pep zog sich aus und ging zu ihr.

Ich habe ihn herausholen müssen, es blieb mir gar nichts anderes übrig.

Und warum hast du mir nichts gesagt?

Ich wollte dich nicht erschrecken.

Sie saßen und rauchten, an Schlaf war gar nicht zu denken. Lur hockte in Merenschwand, und es kam Pep vor, als wäre er aus einem bösen Traum erwacht, und die Wirklichkeit, von der er sich einen Halt versprochen hatte, war nichts anderes als der Scherbenhaufen einer kaputten Welt, und eine Sache, die ein Abschluss hätte sein müssen, stand nun am Anfang.

Während Anita eine weitere Zigarette anzündete, spürte sie ein Weinen aufkommen, Tränen füllten plötzlich ihre Augenwinkel aus. Unwillig versuchte sie, diese mit der Hand wegzuwischen. Ohne dass Pep darauf vorbereitet war, schlang sie ihre Arme heftig um seine angezogenen Beine und vergrub ihr Gesicht zwischen seinen Knien. Ihre Augenhöhlen passten auf seine Kniescheiben. Tränen liefen über Peps Beine, er fasste in Anitas Haar, er wäre jetzt gerne zuversichtlich gewesen, aber er war hilflos; doch unter seinen Zärtlichkeiten, die ihr wohltaten, erstickte Anita ihr Weinen.

Allmählich verlor die Dunkelheit an Dichte, der Morgen war vorerst die Abfolge grauer Farbtöne, ablesbar an Möbeln, Decke und Wänden. Auf Anitas Tisch bekamen Muscheln und Steine, die sie seit Jahren sammelte, Konturen und Gewicht, und die Posters an den Wänden, Bilder von Bäumen und eine Fotografie von Bob Dylan, wurden deutlicher in ihren Umrissen. Die Gitarre, die neben dem Tisch lehnte, sammelte Stille. Weiches Licht füllte das Fensterviereck, auf dem Sims war ein Stein als Pyrit zu erkennen.

In Merenschwand hat er Großeltern, sagte Pep.

Und die lassen ihn hinein?

Er wird sie nicht fragen, aber er weiß, wo der Schlüssel zur ehemaligen Knechtekammer aufbewahrt wird.

Neben dem Pyrit lag ein Kristall, fing und spiegelte Licht.

Es war im vorletzten Sommer gewesen. Pep fuhr mit dem Motorrad von Muri nach Merenschwand hinunter. In Merenschwand bog er beim »Hirschen« ab; seine Yamaha lief auf ebener Straße durch ungeordnet verbautes Gebiet. Wohnhäuser, Bauernhöfe, Industriebauten säumten die Straße hinunter zur Reussbrücke. Der Tag gab sich fleckenlos sommerlich, trat auf in sehr hellem Weiß, das blendete, und hatte noch nicht die milderen Farben, die gelblichen und rötlichen Brauntöne, die dieselbe Gegend schon einen Monat später wie eine Lasur überzogen. Angenehm zog der Fahrtwind, die Maschine passierte Fahrräder, Mopeds, überholte ein Heufuder, das hinter einem Traktor her schwankte und Büschel verlor. Er sah Wäsche an freier Leine ausgehängt, Frauen, die zum Einkauf gingen, er legte sich in Kurven; die Yamaha gab jeder Gewichtsverlagerung des Körpers nach, die Maschine gehorchte dem sanftesten Druck, bald schon schillerte von fern her die Reuss und spiegelte Sonnenlicht in gekräuseltem Wasser. Doch vor der Einfahrt zur Brücke standen zwei Burschen und hielten mit einer schweren Kette die Straße gesperrt; in deren Mitte baumelte eine an den Füßen aufgehängte Krähe tiefschwarz, gelenklos, tot.

Pep nahm Gas weg, schaltete hinunter, stoppte zwangsweise den Lauf seiner Maschine, stemmte die Beine gespreizt auf den Asphalt. Die Burschen grinsten, ein dritter kam vom Reussufer her und befahl Pep abzusteigen. Die beiden andern schwangen die Kette wie ein Springseil rundum, die Krähe baumelte mit, schlaff und zerschunden.

Pep stieg aus dem Sattel, stand neben seiner Yamaha, steifbeinig, den Kopf hielt er leicht schräg, blickte trotzig vor sich hin, quarrte die Burschen an, verbat sich den Unfug und forderte seine Weiterfahrt. Ein vierter Bursche kam hinzu und drehte ihm kurzerhand den linken Arm hinter den Rücken. Sofort ließen die ersten beiden die Kette fallen und griffen nach der Lenkstange seiner Yamaha und schoben das Motorrad ins Gebüsch. Pep suchte sich aus dem Griff zu befreien, doch der Schmerz, der in die Schulter stach, hinderte ihn, sich mit Kraft zu wehren. Unerwartet löste der Bursche den Griff von selbst. Pep richtete sich auf, hatte schon Rückzug im

Blick und sah sich von vier Burschen umringt, die ungefähr gleich alt waren wie er. Er ließ die Schultern hängen, das machte ihn schmaler, als er ohnehin war, öffnete die Fäuste zu loser geballten und zog das Gesicht kaum merklich schief, verkleinerte den Mund und gab seinen Augen so viel Kälte wie Schlauheit: es wäre sinnlos, jetzt zuzuschlagen, die würden ihn fertigmachen, so oder so.

Im Gesicht des einen, er schien etwas älter zu sein als die andern und war ein breitschultriger, großer Kerl mit unebenen Zügen, einer ausgeprägten Stirn und wildem Blick, wuchs nun ein Zucken, das an verschiedenen Stellen, um Mundwinkel und Augen zugleich seinen Anfang genommen hatte, zu einem breiten Grinsen aus.

Dieser Kerl war Lur.

Zweiter Tag

5

Draußen war es finster und kalt. Herbert hatte die Wohnung bereits verlassen und war zur Arbeit gegangen. Margrit saß allein in der Küche am Frühstückstisch. Nur vereinzelte Geräusche von der Straße her unterbrachen die Stille des Morgens. Margrit füllte sich nochmals die Tasse mit Kaffee. Sie tat dies vor allem, weil sie den Duft des heißen Getränkes liebte. Auf dem Tisch lag eine Mandarine. Sie nahm sie in die Hand und befühlte die Rundung der Frucht. Mit dem Daumennagel drückte sie eine Kerbe in die Schale und begann sie bedächtig zu schälen. Sie aß Schnitz für Schnitz und trank von ihrem Kaffee. Die auf dem Tisch liegenden Schalenstücke hob sie nochmals auf, zerrieb sie zwischen den Händen und hielt sie vor ihr Gesicht und atmete den frischen Geruch ein. Das kitzelte ein wenig in der Nase. Die Finger rochen stark und angenehm, und sie massierte diesen Geruch in ihr Gesicht ein. Dann zerstreute sie die Schalenreste über den Tisch, legte das Rot zwischen Eierschalen, Brotkrümel und Geschirr.

Ab neun Uhr empfing ihr Arzt Patienten zur Sprechstunde. Margrit war angemeldet. Gern ging sie nicht hin.

Margrit stand auf und ging ins Schlafzimmer. Dort öffnete sie den Morgenrock und streifte ihn ab. Sie stand vor dem großen Spiegel und beschaute ihren Bauch, der sich unter dem Nachthemd wölbte. Sie legte die Hände darauf und spürte ihr Kind.

Alles, was man liebt, dachte sie, muss man anfassen, damit man es leibhaftig fühlt.

Und sie dachte auch, dass es nur noch ein paar Tage dauern

würde, bis sie diesen leidigen, dicken Bauch, der sie bei allen Bewegungen hinderte, loshaben würde.

Margrit hatte unruhig geschlafen. Mehrmals hatten sie Geräusche aus dumpfen Träumen aufgeschreckt. Das Kind hatte sich bewegt. In einem dieser Träume hatte sie sich und das Kind als Kirsche und Kern geträumt und in diesem Traum das Fruchtfleisch gegessen und den Kern ausgespuckt.

Einmal, als sie wach gelegen war, hatte sie auch darüber nachgedacht, ob das Kind wohl gezwungen war, an ihren Träumen teilzunehmen. Sie wünschte ihm das nicht.

Durch den dünnen Stoff des Nachthemdes tastete sie nach den Brüsten. Sie waren voll und schwer und fühlten sich ein wenig zu hart an. Manchmal schmerzten die versteiften Warzen. Margrit wollte das dem Arzt sagen.

Sie wandte sich vom Spiegel ab. Es war Zeit, sich zu duschen. Aus dem Schrank nahm sie ein Frottiertuch, und als sie die frische Wäsche bereitlegte, fiel es ihr ein, dass sie in ein paar Tagen die Schwangerschaftskleider beiseitelegen und wieder ihre gewohnten Sachen tragen konnte. Dieser Gedanke erfüllte sie mit Freude. Sie suchte ein paar ihrer Röcke und Hosen aus dem Schrank und legte sie aufs Bett. Während der Schwangerschaft hatte sie darauf geachtet, nicht zu viel an Gewicht zuzunehmen, und eine Tabelle geführt. Nun wählte sie die Kleider aus, die sie nach der Geburt anziehen wollte. Nach einigem Hin und Her entschied sie sich für einen dunkelblauen Rock, den ihr Herbert zum Geburtstag geschenkt hatte, und für einen schwarzen Pullover, von dem sie das Gefühl hatte, dass er ihr besonders gut stand.

Sie löste den Rock vom Bügel und trat vor den Spiegel. Damit sie sich das Kleidungsstück vorhalten konnte, musste sie das zu lange Nachthemd hochheben. Jetzt wirkte der Rock komisch vor dem unförmigen Bauch. Auch die Beine waren zu blass ohne Strümpfe.

Margrit versorgte die Kleider wieder und ging ins Bad. Sie zog sich aus und stellte sich unter die Dusche. Warm rieselte das Wasser über den Körper. Margrit seifte sich ein, die Brüste, den Bauch,

Schenkel und Gesäß. Es war ihr angenehm, den Schaum über die glatte Haut zu verteilen. Als sie die Arme wusch, roch sie unter den Achselhöhlen ein wenig Schweiß. Dies störte sie nicht. Sie formte die Hände zu einem Gefäß und füllte sie mit Wasser. Das goss sie über den Bauch. Zuletzt drehte sie den Wasserhahn auf »kalt« und stellte sich mit geschlossenen Augen unter den Strahl. Am ganzen Körper wuchs ihr eine Gänsehaut. Sie rieb sie mit dem Frottiertuch wieder weg.

Margrit kleidete sich an und trocknete ihr Haar.

Sie färbte sich die Lippen mit einem hellen Rot, schwärzte die Wimpern nach und zog einen feinen blauen Lidstrich. Ihr Haar kämmte sie ausgiebig und mit festen Strichen, dass es in der Bürste knisterte. Dann zog sie Schuhe und Mantel an und verließ das Haus.

Von der Reuss her stiegen Nebelschwaden in die Stadt und schlossen sie ein. Das Kopfsteinpflaster schimmerte unter der Straßenbeleuchtung. Dämmerfarbige Gassen. Margrit empfand die Frische des Morgens. Der Tag hatte weiche Konturen. Sinnlichkeit mit jedem Atemzug. Empfindungen und Gedanken wurden körperlich. Margrit ging mit ihrem Kind durch den Morgen wie durch einen Traum, der Bild für Bild eine Geschichte abschloss, die in der Nacht noch bedrohlich gewesen war.

Schon die nächsten Häuser umhüllte der Nebel, die übernächsten waren nur an den erleuchteten Fenstern erkennbar. Die begrenzte Sicht löschte das Gefühl für Distanzen aus, aber das Wissen darum und die Erfahrung erinnerten die Tiefe der Gassen. Eine Wolke diffusen Lichts umgab die Straßenbeleuchtung. Es war ein Morgen für schwimmende Gedanken.

Margrit ging an verschlossenen Wirtshäusern vorbei und sah hinter den Fenstern die auf die Tische gestapelten Stühle. Dies löste in ihr das Gefühl von Leere aus, von morgenscheuem Warten. Die Stühle, die auf dem Tisch standen, machten die Stille trostlos. Und dazu passte es, dass plötzlich ein Staubsaugergeräusch und abgestandene Luft von einem Ventilator auf die Straße geblasen wurden.

Vor einer Bäckerei, deren Auslagen hell präsentiert wurden, blieb Margrit stehen. Im Geschäft standen schwatzende Frauen und warteten auf Bedienung. Die Verkäuferin zählte Wechselgeld in ihre Kasse.

Margrit betrat die Bäckerei, im Grunde musste sie nichts kaufen. Der süßliche Geruch von frischer Hefe, der auf die Straße gedrungen war, hatte in ihr die Lust auf ein Zuckerkreuz geweckt. Der ganze Laden war ausgefüllt vom Duft warmen Brotes. Durch die offene Tür zur Backstube, in der ein Bäcker in ein großes, bereits mit Teig ausgelegtes Blech Apfelschnitze legte und mit einem Aufguss aus Eiern und Quark überschüttete, strömte wohlriechende Wärme.

Die Frauen standen beisammen, zwischen den Bestellungen, die sie aufgaben, erzählten sie von einem Ausbrecher. Nachts, sagten sie, habe einer im Gefängnis den Boden aufgebrochen und sei abgehauen. Heute hätte der Flüchtling nach Lenzburg ins kantonale Gefängnis überführt werden sollen. Davon habe er wahrscheinlich Wind bekommen. Die Frauen erzählten einander nicht ohne Aufregung, und während sie mutmaßten und redeten, packten sie die gekauften Brote in ihre Taschen. Als die Reihe an Margrit war, verlangte sie ein Zuckerkreuz und nahm es gleich in die Hand, um es auf der Straße zu essen.

Vor dem Schaufenster des Geschäfts blieb sie nochmals stehen. Zwischen den schwatzenden Frauen hindurch blickte sie in die offene Backstube, wo auf einem hölzernen Arbeitstisch die Brote in einer langen Reihe zum Abkalten lagen. Im Laden befanden sich verschiedene Brotsorten bereits in den Regalen. Sie lagen aufgeschichtet und leibhaft. In Gestellen und Drahtkörben unter den Regalen hatte es Brötchen und Gipfel. Gebackene Körper zum Anfassen. In der Auslage wurden vor allem Konditorgebäcke feilgeboten: Mohrenköpfe, Nussgipfel, Torten und Kuchen.

Das Zuckerkreuz schmeckte, kam frisch aus dem Ofen, war noch warm. Der Zucker schmolz am Gaumen. Die Süßigkeit füllte die ganze Mundhöhle aus und verbreitete ein Lustgefühl. Es war wie eine Schluckimpfung zur Befriedigung des ganzen Körpers. Margrit schleckte die Finger ab, als sie unter dem Tor des Spittelturms durchging. Auf dem Schulhausplatz mischte sie sich unter die spielenden Kinder und spürte die Blicke auf ihrem Bauch und spürte das Kind. Sie stieg die Treppe vom Schulhausplatz zur Zugerstraße hoch, fasste mit einer Hand nach dem gusseisernen Geländer, obwohl es nass war und kalt. Es war gut, Nässe und Kälte an der Handfläche zu spüren. Die Tropfen, die unter der glatten Geländerkufe hingen, streifte sie ab wie damals, als sie ein Kind war.

Sie erreichte das Haus des Arztes.

Auf ihr Klingeln öffnete ein Summer die Tür. Sie trat ein, zog den Mantel aus und hängte ihn auf, sie ging ins Wartezimmer. Die wenigen bereits anwesenden Patienten saßen in steifer Haltung in dem nüchternen, kahlen Raum. Kaum ein Nicken, kaum ein Gruß. Gespräche waren, selbst im Flüsterton geführt, Peinlichkeiten. Margrit setzte sich auf einen der freien Stühle, die den Wänden entlang wie eingeschüchterte Schüler in einer Reihe standen. Als einziges Bild hing ein Kunstdruck an der Wand: der Sämann von van Gogh. Auf einem Tischchen in der Ecke lagen Illustrierte. Die spärliche Deckenbeleuchtung tauchte den Raum in gespenstisches Licht. Manchmal räusperte sich jemand, sonst war, abgesehen von dem auffällig hörbaren Blättern in den Illustrierten, eine bedrückende Ruhe.

Kranksein machte offensichtlich verlegen und stumm. Nur ein Mann, der mit einem eingegipsten Fuß dasaß, konnte sich ein Grinsen erlauben. Ein Skiunfall war etwas Sportliches und verriet Vitalität. Ihm pulste nicht irgendeine Krankheit durch die Adern, er litt nicht an der Fehlleistung einer Drüse, in seinem Bauch wucherte kein Geschwür, und sein Husten verriet nicht, dass die Lunge Löcher hatte. Er benötigte weder dämpfende noch aufputschende Medikamente. Beim Skifahren im Lauberhorngebiet hatte er einen Sturz getan und sich dabei den Fuß gebrochen. Davon könnte er eine Geschichte erzählen: den

Hergang des Unfalls, wie er in eine Schneeverwehung geraten war, wie sie ihn mit dem Schlitten zu Tal fahren mussten. Die Patienten, denen keine äußerlichen Verletzungen anzusehen waren, die stumm dahockten, sich zögernd bewegten und kaum rührten, hatten müde Gesichter und farblose Wangen. Sie waren schuld an der trüben Stimmung im Wartezimmer, sie bestimmten, dass der Sportler seine Unfallgeschichte, die er in jedem Wirtshaus anbringen konnte, hier für sich behielt. Ihnen mutete man Blutspucken zu, sie verschuldeten den Geruch, der Wartezimmern anhing. Die Vorstellung von Blut, von Eiter, von Jod und Penizillin, von verseuchtem Atem und drohender Ansteckungsgefahr. Margrit empfand das Verhalten dieser Kranken plötzlich als beängstigende Verschwörung gegen das Leben. Sie hasste Wartezimmer. Sie trug die Frische des Morgens in sich. Was kümmerte es sie, krank zu sein?

Sie wusste ein Kind in ihrem Bauch. Das war doch gesund? Was hatte dieser Zerfall mit ihr zu tun, was scherte sie der Tod?

Damals. Ein Tod.

Am Ende ihrer Schulzeit wollte Margrit vor der Berufsausbildung für ein Jahr in einem Haushalt mit Kindern arbeiten, denn es war ihre Absicht, später das Kindergärtnerinnenseminar zu besuchen.

Auf ein Zeitungsinserat hin schrieb sie nach Morges und fand eine Anstellung, die ihren Wünschen entsprach.

Margrit reiste ins Welschland.

Die Eltern und Geschwister begleiteten sie zur Bahn. Ihr Vater trug den Koffer, den sie zusammen mit der Mutter gepackt hatte: Wäsche, Kleider, ein paar ausgewählte Bücher, zuunterst hatte sie Malkasten und Zeichenblock gelegt. Doch schon drei Monate später rief sie der Vater mitten in der Nacht an und bat sie mit verlorener Stimme, sofort nach Hause zu kommen.

Ihre Mutter war gestorben.

Am anderen Morgen nahm sie den ersten Zug, die Heimfahrt war ihr in Erinnerung geblieben: In sich versunken saß sie in der Bahn und hatte wenig Sinn für die sommerliche Üppigkeit der Landschaft und das leuchtende Rot des Klatschmohns, der in

Kornfeldern stand, und den sie, nicht zuletzt um seiner Vergänglichkeit willen, vor allen anderen Blumen liebte. Sie saß wie ausgetrieben aus sich selbst, hielt die Hände im Schoß verschränkt und fühlte sich von einem frohen Tag in einen schweren Traum gestoßen, aus dem sie nicht hochkommen konnte. Embolie, sagten die Ärzte. Harmlos der Anfang. Bei Aufräumarbeiten hatte sich die Mutter an einem Nagel den Fuß verletzt, der kleinen Wunde jedoch wenig Beachtung geschenkt und den Arzt erst konsultiert, als Schmerzen sie plagten und eine kleine Geschwulst sie beim Gehen behinderte. Der Arzt stellte eine Blutvergiftung fest, die zwar ernst genommen sein wollte, aber keinesfalls als lebensgefährlich galt, und wies die Frau ins Spital ein.

Embolie war auch das Wort, das der verstörte Vater sagte, als er Margrit am Bahnhof abholte. Für ihn hatte es nur einen Inhalt: Meine Frau ist tot.

Nachdem die Tote drei Tage im Haus aufgebahrt gewesen war und Margrit für ihren hilflosen Vater alle notwendigen Formalitäten und Aufgaben erledigt hatte, in dieser Zeit auch in Nachtwachen beim Sarg sitzend von der Mutter Abschied genommen hatte und ihr, bevor der Sargschreiner den Deckel aufgesetzt und verschraubt hatte, nochmals mit der Hand über die wächserne Stirn gefahren war: es war da schon nicht mehr die Mutter gewesen, es war ihre Hülle, kam der Tag der Beerdigung.

Dabei blockte Margrit alle Gefühle ab, der Schmerz wäre sonst aus ihr herausgestürzt.

Sie stand vor dem offenen Grab und weinte nicht, und als die Träger den Sarg hinabsenkten, sah sie zu ihrem Vater hin, der seine Tränen nicht zurückhalten konnte, und als ihr Bruder mit einer Schaufel Erde ins Grab warf, hörte sie den polternden Aufschlag auf dem hölzernen Sarg und sah die auffällig verengten Augen des Buben, und als sie selbst ein kleines Sträußchen mit Feldblumen in die Grube fallen ließ, verspürte sie ein Gefühl der Leere.

So nahm sie teil an der Trauerfeier, als wäre die Tote eine Fremde, denn fremd kam sich Margrit selbst vor.

Nach der Ansprache des Pfarrers traten alle Teilnehmer des

Trauerzuges zum Grab und spritzten mit einem Wedel Weihwasser hinein. Dann gingen sie nach Hause. Die engsten Angehörigen hatten vereinbart, sich im »Stadtkeller« zu einem Imbiss zu versammeln. Anna Villiger ging mit den Schwestern und dem Bruder Margrits voraus; sie gab sich Mühe, mit den Kindern etwas Heiteres zu plaudern. Margrit und ihr Vater sonderten sich von den Verwandten ab und gingen zusammen an die Reuss hinunter.

Kanufahrer glitten durch den Fluss, Fischer standen ruhig am Ufer, die Sonne brannte und warf ein helles Licht auf das Wasser. Doch die beiden waren so mit sich selbst beschäftigt, dass sie nichts um sich aufnehmen konnten. Der Wille hatte mit den aufgebrachten Gefühlen zu kämpfen. Unbeachtet quakten Frösche in einem abgelegenen und vertümpelten Arm der Reuss.

In den beiden war es finster. Doch keine Wolke schob sich vor die Sonne. Der Vater hatte Margrit untergehakt, das Sprechen bereitete ihm Mühe. Sie kam der Frage, die ihm nicht über die Lippen wollte, mit einer Antwort zuvor: Natürlich werde ich zu Hause bleiben.

Es galt drei noch schulpflichtige Kinder und einen Vater zu versorgen.

Am Abend desselben Tages reiste Margrit nach Morges, um ihre Sachen abzuholen. Als sie am nächsten Morgen heimkam, erwarteten sie die beiden Schwestern am Bahnhof, denen sie nun schon anfing, Mutter zu sein.

Weitere Patienten betraten das Wartezimmer und passten sich in ihrem Verhalten der vorherrschenden, kleinmütigen Stimmung an. Margrit beobachtete eine strickende Frau, die ein ernstes graues Gesicht hatte. Ihre ausdruckslosen Augen zeigten an, dass sie in Gedanken an einem anderen Ort war und die Hände ihre Arbeit mechanisch verrichten ließ. Masche für Masche. Und Margrit stellte sich vor, diese Frau würde, ohne es zu bemerken, einen Pullover mit einem unendlich langen Ärmel stricken, in den sie ihre Krankheit mit hinein verarbeitete, dass diese dinglich werden müsste. Ein unheimliches sinnleeres Anhängsel.

Um neun Uhr genau öffnete die Sprechstundenhilfe zum ersten Male die Doppeltür zwischen Behandlungs- und Wartezimmer, begrüßte die Patienten und fragte: Wer ist an der Reihe?

Ein älterer, heftig atmender Mann mit einem aufgedunsenen Gesicht stand auf und ging zur Tür.

Jedes Mal, wenn die Sprechstundenhilfe nach einer Behandlung die Tür wieder öffnete, stellte sie dieselbe Frage: Wer ist an der Reihe? Sie schaute dabei ins Leere, als ob sie einen kleinen Augenfehler hätte und sagte ihren Satz, ohne die Stimme zu erheben. Schon stand der nächste Patient in der Tür, schneller aufgestanden und hingekommen, als man es einem Kranken zugemutet hätte.

Margrit schaute aus dem Fenster, das von einem weißen durchsichtigen Vorhang bedeckt war. Draußen war es jetzt heller geworden. Das Blau des Morgens ließ sich nicht mehr vom Nebel verdrängen. Gegenüber der Arztpraxis stand ein großes Lebensmittelgeschäft. Die Schaufenster verbreiteten ein verschwommen gelbes Licht, das an seinen Rändern kalt und dunkelgrün zerrann, im Versuch den Nebel zu lösen.

Margrit dachte an die bevorstehende Untersuchung:

Der Arzt würde ihr den Bauch abhorchen, ihr den Puls fühlen und den Blutdruck messen.

Das Kind liege schon tief, würde er sagen und ihr mit seinen Händen weiche Dellen in die Bauchhaut drücken.

Gegen die aufgetretenen Schlafstörungen konnte er ein leichtes Medikament verordnen.

Sie würde ihm sagen, dass sie manchmal Brustschmerzen hatte und auch, dass ihr in der letzten Woche ein paar Blutstropfen abgegangen waren.

Diese Mitteilungen würden seinem Gesicht einen Ausdruck von Besorgnis geben. Er legte dann die Stirn in quere Falten. Margrit stellte sich den Arzt vor:

Er saß hinter einem Schreibtisch aus heller Buche. Er wirkte massig in seiner weißen Bekleidung, die ihm auch Stattlichkeit verlieh und versteckte, dass er etwas dicklich war. Seine Hand führte den Kugelschreiber flink über den Rezeptblock. Die Schrift stand zierlich und lesbar bis zur punktlosen Unterschrift. Obwohl er ein großer und schwerer Mann war, pflegte er den Schein mit einer leichten Bewegung vom Block zu reißen und über den Schreibtisch zu reichen.

Seit Margrit zurückdenken konnte, besuchte sie diesen Arzt. Er hatte damals auch die Mutter ins Spital eingewiesen. Margrit vertraute ihm. Sie traute seinen Augen, die tief über den schlaffen Tränensäcken hockten. Wie Sehschlitze unter buschigen Brauen. Wässrig braun hinter dickem Brillenglas. Sie fassten den Blick des Patienten mit Sicherheit. Margrit traute seiner Stimme.

Wenn er sie berührte, empfand sie keine Scham. Er hatte ihr einmal, als sie noch ein Kind war, einen Kirschkern aus der Nase geholt. Mit einem Schwall von Blut war der herausgestürzt. Ihr Traum kam ihr wieder in den Sinn.

Erneut öffnete sich die Doppeltür, das Gesicht der Sprechstundenhilfe erschien: Wer ist an der Reihe? Margrit Fischer erhob sich.

6

Wo sich das Quellgebiet der Bünz in mehrere Bäche zerfaserte, lag locker gebaut und in verschiedene Dorfteile und Einzelhöfe aufgelöst, Muri. Im Westen zog sich der auf seiner Kuppe bewaldete Lindenberg dahin, auf der Ostseite führten flache Talübergänge und Moränenwälder ins Reusstal. Die ausgedehnte Anlage des Klosters, aus deren Mitte drei Türme und eine Kuppel ragten, verriet die Lage des Dorfes nach allen Seiten. Der »Adler« war als freisinnige Wirtschaft bekannt. An der Tür zur Wirtsstube hing eine Plakette des Rotarier Clubs. Der Wirt stellte seinen Stolz darüber offen zur Schau. Wenn in Muri Militär einquartiert war, bezogen die Offiziere ihre Zimmer im »Adler«. Und hier saß auch Hans Villiger regelmäßig, denn hier bekam man den besten, mit Apfelschnaps aufgehellten Kaffee-Luz vorgesetzt.

Nun hockte er zusammen mit einem Lehrer am runden Stammtisch, das Glas mit dem dampfenden Kaffee vor sich.

Im schwarzen Freiamt, sagte der Lehrer, und jeder meinte hier mit schwarz katholisch und die katholische Partei, wenn es sich um Politik handelte, im schwarzen Freiamt ist doch der Freisinn die einzige Opposition. Freisinn, erläuterte der Lehrer, heiße hier Fortschritt, Widerstand, Aufgeklärtsein. Der Lehrer bestellte nochmals Kaffee-Luz. Der Wirt selbst bereitete ihnen das Getränk zu, sparte nicht mit Schnaps, füllte auch sich ein Glas und trug die heißen Gläser zum Tisch. Er schob das Tablett in die Tischmitte, ließ sich dann schwerfällig zu seinen Gästen nieder: es wurde über Politik gesprochen. Das war sein Fach.

Der Wirt war ein kleiner, dicklicher Mann. Wenn er sich zu

seinen Gästen an den Tisch setzte, meinte er das als Auszeichnung. Es konnte dann vorkommen, dass er eine Runde freihielt. Sein Bauch stand wie der Beweis von Wohlstand und bürgerlicher Küche von seiner sonst eher schwächlichen Figur ab. Er trug eine weiße Jacke, die ihn als Küchenchef ausweisen sollte, vor seiner Wirtschaft war eine Tafel angebracht mit der Aufschrift: Hier gut essen. Doch in der Küche stand meist seine Frau. Sie war in den Hüften breit, hatte einen massigen Busen und unerwartet straffe Gesichtszüge. Sie stocherte in den dampfenden Töpfen und löschte das Brutzeln in den Pfannen, sparte nicht mit Weißwein, wenn sie Saucen anrührte und schnitt von einem gelagerten Stück Rindsfilet die Scheiben fingerdick ab, ließ ein Kotelett den Raum des ganzen Tellers ausfüllen und geizte nicht mit Zugaben. Das alles bedankte der Gast; es verlieh dem Haus guten Ruf. Es brutzelte, dampfte und roch wohl in dieser Küche, in der die Wirtin einen Jugoslawen nach ihren Befehlen laufen ließ. Er stapelte das Geschirr in die Maschine, richtete Gemüse, schälte Kartoffeln, wusch den Salat und machte sich nützlich, eine Latte von Mensch, der mit zwei Dutzend Worten Deutsch auskam.

Dem Wirt spannte die weiße Jacke, die ihm dorfbekanntes Aussehen gab, über dem Bauch und betonte seine schmalen Schultern; ein hochgeschlossener Kragen würgte den Hals. Die Gesichtsfarbe des Mannes war ein glanzloses Rot. Seine Augen blitzten listig, und wenn er auch nicht klug war, Bauernschläue stritt ihm keiner ab. Sein Gesicht war in den Jahren recht fleischig geworden, nur der Mund wollte dazu nicht passen, der schürzte sich gern, stand dann verkniffen und klein unter der breiten Nase.

Der Wirt hatte sich, vornehmlich bei Offizieren und den Mitgliedern seiner Partei, beliebt gemacht, er verstand es vortrefflich, über die Armee zu berichten und wusste die unbedingte Einsatzbereitschaft und das willige Gehorchen der Soldaten jedem Gast zu loben. Er hatte gut reden. Er machte mit dem Militär sein Geschäft. Es schickte ihm nicht nur die Offiziere ins Haus, sie aßen auch in seinem »Stübli«, und in seiner Dependance war die Feldküche untergebracht. Das Militär hielt in seinem großen Saal Theorieübungen ab. Abends bevölkerten die Soldaten die Wirtschaft und vertranken mehr als nur ihren Sold. Auch für den Kompanieabend hatte der Wirt eine geeignete Räumlichkeit anzubieten und kassierte nochmals, was ihn den Verlust von ein paar zerbrochenen Gläsern großzügig auf eigene Kosten nehmen ließ. Der Wirt trug das Haar kurz geschnitten und glatt am Kopfe anliegend. Pomade gab ihm mehr schwarz, als ihm zustand. Den Scheitel zog er täglich vor dem Spiegel gerade. Wenn der Wirt auf seinem Stuhl hinter einem Kaffee-Luz hockte, die Beine weit auseinander gespreizt, damit der Bauch bequem zwischen den Schenkeln lag, den Rücken gerade hielt, etwas steif, und die Hände lieber auf die Knie stützte, als auf den Tisch, wenn das Gespräch nach seinem Geschmack geriet und von Politik und Militär handelte, was für ihn ein und dasselbe bedeutete, wenn die Sozialisten Haue bekamen und Fahrkarten nach Moskau, dann glänzte ihm bald der Schweiß auf der Stirn und setzte der Hautfarbe Licht auf. Sein Augenweiß wurde dabei etwas wässriger: doch nicht minder schlau und aus etwas zu tiefen Höhlen linste sein wissender Blick.

Der Wirt war es, der die Rede auf den Ausbruch Lurs brachte. Er verstand die Polizei, die den Kerl möglichst bald einzubringen gedachte, und betonte die Schwierigkeiten, vor die sie gestellt war. Er nahm einen langen Schluck aus seinem Glas und verbreitete mit dem nächsten Satz eine Fahne von Apfelschnaps und Kaffee. Wenn die Polizei so einen Kerl nicht mit Samthandschuhen anfasse, der Wirt schlug jetzt den eigenen Schenkel, werde sie durch die Presse verunglimpft. Und gibt ein Polizist Warnschüsse ab, die auch einmal treffen können, und ist dann so ein Schurke noch tödlich verletzt, dann wollte er nicht, so der aufgebrachte Wirt, in der Haut eines Beamten stecken, dem es Pflicht war, für Ordnung zu sorgen.

Der Lehrer hatte seinen Spaß daran, weil im alten Bezirksgefängnis in Bremgarten wieder einmal einer ausgerissen war, er scherzte, auch um den Wirt zu reizen: es sei leichter, einen Sack Flöhe zu hüten, als in dieser Bruchbude einen Häftling.

Der Wirt und der Lehrer waren dann erstaunt, als Hans Villiger erklärte, dieser Lur Heggli sei ihm bekannt als sein ehemaliger Schüler. Dem Wirt kam dies sonderlich vor, ein schräger und schräg gemeinter Blick traf Hans Villiger. Die Verlegenheit in den Augen des Lehrers tarnte eine Brille mit dunkel gefärbtem Glas.

Es war ein Frühling, vor Jahren. Die wehrpflichtigen Männer im Auszugsalter mussten in den dreiwöchigen Wiederholungskurs einrücken. Der Winter war nochmals eingefallen und hatte den Krokussen im Schulgarten ein frühes Ende bereitet. Da hatte Hans Villiger, noch im Studium, einen Lehrer vertreten, der als Unteroffizier einberufen war. In frisch gebügelter Uniform, die trotzdem nach Kampfer roch, mit Sack und Pack, mit dem gereinigten Gewehr und vierundzwanzig Schuss scharfer Munition unter dem Rucksackdeckel hatte er sich bei seiner Truppe zu melden. Als Hans Villiger ins Schulzimmer trat, saßen dreißig Oberschüler der sechsten bis achten Klasse in ihren Bänken und schossen dann hoch. Das verriet den militärischen Grad ihres abkommandierten Lehrers. Einer unter ihnen, ein Achtklässler, schon damals breitschultrig und größer als die anderen, er stand zuhinterst, versteckte nicht einmal seine Langeweile und lehnte sich an die Bank mit lose geballten Fäusten. Er hieß Lur Heggli.

Nicht dass er nur schlecht reden könnte über ihn, sagte Hans Villiger, aber dem stand schon damals viel Widerstand im Blick, Unruhe war ihm anzusehen. Im Turnen stemmte er die große Hantel ohne Mühe hoch. Der Lehrer Hans Villiger ließ sich nicht auf den geforderten Kräftevergleich ein, weil er einer Niederlage sicher war und sie vermeiden wollte. Er war nicht dumm, dieser Lur Heggli, hatte sofort begriffen, warum der neue Lehrer die Herausforderung ablehnte.

Und von der Stunde an erlaubte er sich lässigere Haltung in der Schulbank, die er hätte sprengen können mit seinen kräftigen Beinen, prahlte mit loserem Mundwerk während des Unterrichts, der ihn nicht interessierte.

Die Kälte und Abweisung, die sein Blick ausdrückte, gab dem Lehrer das Gefühl, überhaupt nicht an ihn herankommen zu können. Hans Villiger empfand nur Ohnmacht, wenn er Lur mit dem Rotstift durch die Aufsätze pflügte, und wusste genau um die Sinnlosigkeit seiner Korrekturen, die dem Schüler längst gleichgültig waren. Er versuchte ihm zuzusprechen, redete von der Zukunft und einem guten Beruf, doch Lur stand neben ihm, spielte mit einem Apfel, den er in den Händen hielt, und gab keine Antwort.

So erzählte Hans Villiger. Beide hörten wortlos zu und waren um eine Antwort verlegen und froh, dass Hans Villiger gar keinen Kommentar erwartete. Mit einem Schluck leerte er seinen Kaffee-Luz, schaute auf die Uhr und rief die Serviertochter. Als das Mädchen zu ihm an den Tisch kam, bezahlte er und strich das Herausgeld ein.

Dann stand er auf, gab dem Lehrer und dem Wirt die Hand, zog seine Jacke an und verließ die Wirtsstube. Vor dem »Adler« stand sein Moped. Er streifte die Handschuhe über, kickte es an, saß auf und fuhr weg.

In Kallern hielt der Nachmittag mit Einschränkungen, was die Wettervorhersage versprochen, setzte Wolken über den Wald und gab dem Himmel nur spärlich Gelegenheit, sein Blau zu zeigen. In die Lücken, zwischen fette weiße Wolken, schlug die Sonne ein pralles Gelb, das weniger Wärme verteilte, als es den Fahrer blendete, der von Boswil her sein Moped gegen Kallern hinauftrieb. Mit hochtourigem, schartigem Lärmen fuhr das Moped die Straße hoch, Hans Villiger war froh, nicht schon in die Pedale treten zu müssen. Noch schaffte es der Motor allein, wenn auch mit hörbarer Anstrengung, die Stille und Kälte aufriss. Der Schnee auf den Feldern war durchwirkt von eisigem Blau. Die Siedlung schien sich ins Gelände zu ducken, gleich einem Körper, der sich vor dem Erfrieren schützt. Die letzte Steigung schaffte das Moped nie. Hans Villiger half nach mit Beinkraft. Sie brachte den Motor aus dem Stottern und Wärme in die Glieder. Bei den ersten Antritten schmerzten die Knie in den Gelenken, die kalte Luft stach in die Lunge. Auf dem letzten Teilstück, einer leicht abfallenden

Geraden, schüttelte der Motor seine Beschwerden beinahe unwillig ab, drehte nochmals hoch und jaulte auf.

Der Bauer führte eine Stoßkarre dampfenden Mist vom Kuhstall zum Miststock und grüßte Hans Villiger, der bereits wieder aufrecht im Sattel saß. Über dem Miststock kräuselte sich dünnschwadiger Dampf. Der aufklatschende Mist vertrieb ein paar Spatzen, die nervös wegflatterten und sich nicht weit entfernt setzten, den Kopf schief haltend, nervös nach den Bewegungen des Bauern äugend, der mit einer Gabel den Haufen ordnete, Stich für Stich den Mist zu einem Muster flocht. Die beiden Männer wechselten ein paar Worte, der Bauer kündigte eine Nacht an, die Unruhe bringen konnte. Eine Kuh sollte kalben, es schien ihm nicht alles so zu sein, wie er wünschte. Er stand breit auf dem Misthaufen, hielt die Gabel lose im Arm und wälzte eine Toscani von einem Mundwinkel zum anderen, spuckte dann Tabaksaft aus. Hans Villiger erzählte von einem anscheinend tollwütigen Marder, der am Morgen eine Frau, die zur Frühmesse gehen wollte, anfiel und sich in ihren Mantel verbiss, bis ein Knecht, der schon mit der Melkarbeit fertig war und vor dem Haus stand, die Schreie der Frau hörte, hinzugelaufen kam und das Tier mit einer Schaufel totschlug. Der Bauer fasste die Gabel wieder, spuckte den Toscanistummel aus und stach in den frischen Mist, bevor er anfrieren könne, wie er scherzhaft beifügte. Hans Villiger ging auf das Haus zu. Die Spatzen stoben auf, zogen als Schwarm hinüber zur Scheune und setzten sich schilpend aufs Dach.

Hans Villiger schlug die Schuhe gegen das Scharreisen und klopfte den Schnee von den Sohlen. Der metallische Klang lockte den Hund herbei: der wedelte, öffnete das Maul leicht, zog über der Nase die Haut in Falten, bleckte die Zähne als Ausdruck der Freude. Er fuhr dem Tier durchs Fell. Es fühlte sich rau an, und hart war darunter die knochige Schulter des Hundes. Durch die Glastür betrat Hans Villiger sein Zimmer. Er hatte noch zu arbeiten.

In den Wirren von 1841 sah die Regierung dem von Kloster und Kirche geschürten, fanatischen Treiben lange zu, ohne sich einzumischen, doch als die regierungsfeindliche Stimmung sich zusehends ausbreitete, lud sie die führenden Männer des Ausschusses zu einer Unterredung vor, um sie zu beschwichtigen. Da dieser Versuch ergebnislos verlief, sah sich die Regierung gezwungen, Haftbefehle gegen die Mitglieder des Ausschusses zu erlassen und die Aufrührer und Religionsfanatiker gefangen zu setzen.

Der Bezirksamtmann von Bremgarten, ein vaterländisch gesinnter Mann, erhielt den Befehl, die Mitglieder des Ausschusses Ruepp, Weber, Hagenbuch und Weissenbach zu verhaften. Er ließ ihn unverzüglich ausführen.

So machten sich zwei Landjäger auf den Weg zum Haus des alt Gerichtsschreibers Ruepp. Nicht, dass ihnen dies leichtgefallen wäre. Ruepp war ein Mann, den sie zu fürchten gelernt hatten. Er war etwas wunderlich geworden mit den Jahren und hatte es nie verkraften können, aus seinem Amt entlassen worden zu sein. Gehorchen konnte er nicht. Befehle erteilen war ihm eine Selbstverständlichkeit. Nun hatten ihn die Landjäger festzunehmen, das bereitete ihnen Kummer. Es war die Nacht vom 9. auf den 10. Januar 1841. Über die Stadt wölbte sich ein kalter Himmel, Sterne glitzerten, die Häuserzeilen waren nur spärlich erleuchtet. Ruepp hatte Licht, er saß in seiner Schreibstube über einer Schrift, die er diese Nacht abzuschließen gedachte, saß da, den Kopf voller Pläne, als sie ihn holten. Ganz zum Erstaunen der Landjäger ließ er sich ohne Widerspruch verhaften, beinahe kleinlaut sogar, so taumelig hatten ihn seine Gedanken gemacht. Aus ihnen tauchte er nur in verzögerten Schüben auf.

Sie holten nicht ihn allein. Weissenbach, ein Anwalt, galt als bekanntester Redner des Ausschusses. In vielen Dörfern war er nach seinen Reden gegen die neue Verfassung und die Regierung beklatscht worden. Er schlief bereits, als die Landjäger, die zu seiner Verhaftung kamen, an die Tür klopften. Die Landjäger nah-

men auch den Gemeindeschreiber Hagenbuch von Lunkhofen fest, einen Mann, der es durch Reichtum zu großem Einfluss gebracht hatte und der Regierung als Wühler bekannt war. Während er nach Bremgarten überführt wurde, gelang dem Gemeinderat Weber, der als nächster hätte arrestiert werden sollen, die Flucht.

In Bremgarten bestand eine Trinkgesellschaft. Sie suchte im Wein nicht nur die Wahrheit. Ihre hitzköpfigen Mitglieder bestärkten einander in ausgiebigem Schwatzen über öffentliche Zustände, das dann überging in lautstarke Beschimpfung der Regierung, der Behörden, der sogenannten Radikalen. Aufrührerische Reden gehörten also zu den Trinksitten. Ein Mitglied der Runde, der Tierarzt, verfertigte Schmähschriften auf regierungstreue Männer, verbreitete sie durch Abschriften in der Stadt und auf dem Land, drückte den Bauern, deren Vieh er kurierte, nicht bloß die Hand, er gab ihnen gleich noch etwas zu lesen, und die katholischen Frauen erhielten nicht nur Ratschläge, die ihr Federvieh betrafen, er erläuterte ihnen auch, wo Gott hockte, und dass die freisinnige Regierung Gott austreiben wolle.

Die Trinkgesellschaft besaß einen eigenen Marsch, den »Freiämter Marsch«, er wurde im Chor als vielstimmiges Gesellschaftslied gesungen. Seine Strophen schmeichelten der Regierung nicht.

Die rührigsten Mitglieder der Gesellschaft hatten beim Gemeinderat von Bremgarten vorgesprochen und sich die Bewilligung zum Aufstellen eines Freiheitsbaumes erbeten. Sollte ihr Begehren abgewiesen werden, so drohten sie, wüssten sie Abhilfe, und kündigten an, ein Baum sei ausgewählt und für geeignet erachtet, eine schlanke, gesund gewachsene Tanne. Wenn die Stadt die Aufrichtung verwehre, das Kloster begrüße sie sicher auf seinem Grund und Boden.

Die Mitglieder dieser Trinkgesellschaft vernahmen, die Landjäger hätten heimlich Verhaftungen vorgenommen, Weissenbach, Ruepp und Hagenbuch säßen im Gefängnis. Daraufhin versammelten sie sich in ihrer Wirtschaft. Sie sprachen dem Wein zu, und der Mut ihres Freiämter Marsches wurde ihr eigener. Sie beschlossen in lauthals gelallter Einigkeit, und dabei gingen schon Gläser in Brüche, die unverzügliche Befreiung der gefangenen Anführer.

Boten liefen von Haus zu Haus. Türklingeln wurden gezogen. Geflüster in der Stadt. Fenster gingen auf. Lichter wurden angemacht. Die Männer kleideten sich an, hatten eine Flinte im Schrank, einen Karabiner, fanden ein Bajonett in einer Truhe, ein scharfes Messer, nahmen einen Säbel von der Wand, dessen Klinge sie nun prüften. Aus der Werkstatt holten sie Wagenspeichen, hartes Buchenholz, versorgten damit auch Nachbarn. Einer vertraute dem Morgenstern. Ein anderer besaß eine vielschwänzige Lederkatze, ein weiterer wusste um die Schlagkraft seiner Hellebarde. Zumindest eine Heugabel oder eine kleine Wagendeichsel fand jeder, und jeder wollte bereit sein.

Boten liefen von Dorf zu Dorf. Alle Männer des katholischen Freiamtes wurden aufgefordert, ihren Herrgott zu retten vor den Herren in Aarau, ihr Kloster zu verteidigen, die bedrohte Religion und den Glauben. Auch hatte mancher, wie er meinte, zusätzlich eine eigene Rechnung mit den Behörden zu begleichen.

Die Frauen sorgten für eine nahrhafte Suppe und schnitten ihren Männern das Brot. Sie segneten die Keulen und Gewehre mit Weihwasser, das gefror in der Kälte der Nacht. Mancher kniete vor seinem Weggang nieder beim Kreuz in der Stube. Die Frauen beteten vor dem Bildnis der Heiligen Muttergottes Maria, zündeten ihr eine Kerze an, die lichten Schein in die Stube warf und große Schatten an die Wände. Hordenweise liefen die Männer von ringsher zusammen und bildeten Trupps. Kampfbereit und bereit, ihren Anführern zu gehorchen. Es galt, der Regierung den Willen zu zeigen. Es gab Gefangene, sie mussten befreit sein.

Hans Villiger blätterte in einem Buch nach. Er hatte darin einen Satz aus einem Verhörprotokoll angezeichnet: »Ich zog mit vielem Volk in die Stadt: ich war mit einem Gewehr bewaffnet und hatte die neue Verfassung darangehängt.«

Am frühen Morgen des 10. Januar sammelten sich die Aufständischen vor dem Rathaus, eine wild schreiende Schar von aufgebrachten Männern. Sie forderten die Befreiung der Gefangenen. Der Bezirksamtmann saß in seinem Büro und erstattete der Regierung in Aarau einen schriftlichen Bericht über die erfolgten Verhaftungen. Er bemerkte die Unruhe der Landjäger nicht, die bei ihm in der Kanzlei saßen. Den Lärm von der Straße, den er, versunken in seine Schreibarbeit, zu überhören schien, den hörten die Landjäger wohl, und der Schweiß trat ihnen auf die Stirn; schon tönte es bedrohlich laut, dieses Schreien und Rufen. Sie wunderten sich, dass dies dem Amtmann nicht auffiel, der über seinem Bericht sinnierte und schon wieder gedankenverloren die Feder in die Tinte eintauchte. Da kam ein weiterer Landjäger in die Kanzlei, trat an den Schreibtisch und flüsterte dem Bezirksamtmann etwas zu. Der stand auf und ging hinaus. Die Landjäger wussten warum und folgten ihm, wenn auch nur ungern. Im Korridor zeigte sich der Amtmann am offenen Fenster und wurde von der Menge sofort entdeckt.

Wildes Geschrei, erhobene Fäuste, Keulen und harthölzerne Schlägel. Einer fuchtelte mit der Heugabel in der Luft. Ein anderer zeigte furchtlos die Flinte.

Der Amtmann versuchte, sich mit lauten Worten Gehör zu verschaffen, die Menge schrie ihn nieder. Doch er fand eine Gelegenheit, dem aufgebrachten Volke klarzumachen, dass eines nicht in Frage käme: Die Befreiung der Gefangenen.

Als Beamter und Bezirksamtmann, als der Regierung ergebener treuer Ehrenmann sehe er sich außerstande, dem rechtswidrigen Begehren zu entsprechen und die auf Befehl der Regierung rechtmäßig verhafteten Anführer frei zu lassen:

Di Gfangene blibed em Loch!

Das Geschrei des Volkes verhöhnte seine Worte, der Bezirksamtmann wurde grob verlacht und weckte die Wut der Aufständischen gegen sich selbst.

Wenn die Bürger Gewalt anwenden, rief er in den Tumult, machen sie sich eines schweren Verbrechens schuldig. Und im Gegensatz zu den eingeschüchterten Landjägern vertraute er auf Staatsautorität und Amtswürde, bis er durch das Skandieren eines Sprechchores belehrt wurde:

Herunter mit dem alten Kaib!

Noch während der Bezirksamtmann sich verständlich zu machen versuchte, drängte eine Gruppe Meuterer die Treppe hinauf. Ein breitschultriger Kerl packte den Amtmann am Rock, ein anderer legte einen Griff um seinen Hals und meinte ihn nicht freundschaftlich. Auch gab das Zuschreien und Hochrufen den beiden Männern recht. Der Griff war ein grober Würgegriff. Der Amtmann fand keine geeigneten Worte mehr, die Zunge lag ihm als Klotz im Mund. Doch er wollte standhaft bleiben, schüttelte den Würger ab und schrie, nichts sei da zu holen:

Di Gfangene blibed em Loch!

Die Menge quittierte den Ausruf auf eigene Art. Nun fassten die Männer den Amtmann erneut, einer holte aus mit dem frisch geschnittenen Stamm einer jungen Espe. Auch wurde der Amtmann von einem Scheit getroffen, in den Bauch getreten und ins Gesicht geschlagen. Schon war ihm der Hemdkragen verrutscht, floss Blut aus seiner Nase. Umfallen konnte er nur deshalb nicht, weil die Männer so dicht gedrängt standen, dass sie ihn stützten. Seine Haare waren zerrauft, mit dem Stockschlag waren Angst und Enttäuschung aus seinem Blick gewichen. Der war jetzt blind und leer.

Ein Schuss fiel. Der Amtmann zuckte zusammen. Die Kugel durchschlug ihm Rock und Weste, und immer noch blieb ihm verwehrt, wozu er ein Recht gehabt hätte: zu fallen. Eine Frau eilte herbei und drängte sich vor. Sie war etwas dick, doch sehr beweglich, und setzte auch ihre Ellenbogen ein. Sie hatte ein gerötetes

Gesicht und wusste nicht einmal, wie mutig sie war, als sie ängstlich und mit schriller Stimme, die sich überschlagen wollte, in die Menge schrie:

Der Amtmann hat ja gar nicht die Schlüssel.
Die Schlüssel hat ja mein Mann.
Ich will sie hergeben.

Die Männer ließen den Bezirksamtmann los, er stürzte zu Boden, wurde da noch geschlagen, gestoßen, getreten. Seine Rolle war ausgespielt, das Spiel verloren. Ausgestreckt lag er auf dem Boden im eigenen Blut; die Menge gab sich nicht sonderlich Mühe, zartfühlend über ihn zu steigen. Er hatte, was er abbekam, doppelt und längst verdient. Auch die Frau des Gefangenenwärters erhielt Schläge, der Mann, der die Schlüssel an sich brachte, tat es keineswegs zimperlich.

Der Lärm verhallte laut in den Gängen des Rathauses und verzog sich zu den Gefangenenräumen.

Der Bezirksamtmann lag noch immer vor der Kanzlei, bewusstlos, Hände und Brust im Blut. Die Landjäger schleiften ihn ins Zimmer des Gefangenenwärters. Unterwegs wurde er noch beschimpft, angespuckt und verwünscht, bis der Arzt dann erschien.

Hans Villiger erhob sich, die Schreibarbeit hatte ihn ermüdet, die Luft im Zimmer war vom Pfeifenrauch verdorben. Er öffnete die Glastür. Kälte floss ein. Draußen dämmerte ein später Nachmittag. Schnee lag unter grauem Dunst, die Sonne war hinter den Lindenberg gesunken und schlug noch vereinzelte Strahlenbündel durch die halb zugezogene Wolkenwand. Im Brunnen vor dem Haus spielte das Wasser mit einem kleinen Holzstück, das sich noch gegen das Anfrieren am Trogrand wehrte. Ein gelbliches Licht füllte die schmalen Fenster des Stalles, die Geräusche von aneinanderschlagenden Metallgeschirren klirrten aus der halb offenen Tür.

Hans Villiger, die Hände in den Hosentaschen vergraben, ging zum Stall hinüber. Der festgetretene Schnee knirschte unter den

Schuhen. Er öffnete die angelehnte Tür und trat in den Viehstall. Der Bauer war damit beschäftigt, die Melkanlage abzuräumen. Die Kühe standen in langen Reihen, kauten mit kreisenden Bewegungen der Mäuler ihre Heuration, muhten bedächtig, und es schien Hans Villiger, als würden sie damit ausdrücken, dass sie es nicht unzufrieden waren, im warmen Stall zu stehen. Einzelne Tiere drehten den Kopf nach ihm. Er schlug ihnen mit der flachen Hand auf den Hals. Dann stand er vor dem Tier, dem der Bauer nicht traute, der Kuh, die kalben sollte diese Nacht. Mit stumpfem Blick lag sie im Stroh. Ihr Bauch war aufgetrieben, die Augen blickten leer. Nichts bewegte sich unter dem glanzlosen Fell, da schien der Bauch nur hart gebläht. Die Kuh reagierte kaum, als Hans Villiger sie anfasste. Der Hund lag im Gang hinter ihr. Das war er gewohnt. Seine Nase stellte genau fest, wenn eine Kuh zum Kalben kam. Er legte sich nie hinter die falsche. Wenn der Tierarzt der Kuh mit bloßem Arm in den Bauch griff, weit hinein, um dem Kalb herauszuhelfen, dann wusste der Hund Bescheid. Wenn das neugeborene Kalb im Stroh lag, die Mutter es ableckte und der Bauer es mit frischem Stroh abrieb, machte sich der Hund bereit. Es war die Nachgeburt, auf die er wartete und scharf war. Kaum wurde sie sichtbar, wurde sie ausgestoßen, sprang der Hund schon danach und schnappte sie sich. Die Nachgeburt war sein Anteil, und er verschlang ihn gierig vor dem Stall, eifersüchtig knurrte er jeden an, der da nur näherkam, auch wenn er gar nicht den Appetit hatte, ihm den blutigen, qualligen Happen streitig zu machen.

Noch war es nicht so weit. Der Bauer kam hinzu, er befürchtete eine Totgeburt und meinte etwas bitter, es wäre die dritte innerhalb eines Jahres. Damit meinte er, nicht gerade Glück im Stall zu haben. Und was er noch mehr fürchtete als ein totes und somit wertloses Kalb, war die Gefahr, die Kuh könnte ihm bei der Geburt auch noch eingehen. Er erzählte von einer Totgeburt, bei der der Tierarzt, um die Kuh zu retten, das tote Kalb im Mutterleib in Stücke hatte trennen müssen, um es aus dem Bauch herausholen zu können.

Diesmal hoffte er auf ein wenig mehr Glück.

Ein totes Kalb, das ließe sich verkraften. Dazu den Tod einer guten Milchkuh, das wollte er sich gar nicht ausdenken. Die Kuh lag ruhig, doch sie lag dem Bauern zu ruhig. Ihr Blick und ihre Apathie gefielen ihm nicht.

Unverdrossen wartete der Hund.

7

In der milchigweißen Kugellampe über dem Küchentisch brannte das kalte Licht einer 60-Watt-Birne, zeichnete Schatten an die Wände und auf die Ablagen. Das Nachtessen stand bereit, doch keiner griff nach dem Löffel. Ungeschöpft dampfte die Suppe. Anitas Vater beharrte auf einem Tischgebet und trug es selber vor, forderte Anteilnahme von seiner Familie, die es aufgegeben hatte, sich dagegen zu sträuben.

So sprach er denn die verbliebene Formel: Dem Herrn sei Dank für Speis und Trank. Amen.

Der Vater schickte den Worten Stille nach, für Anita war es ein betretenes Schweigen, und nur der Mutter stand es zu, wortlos zu entscheiden: jetzt ist es genug. Jedenfalls löste sie die gefaltenen Hände zuerst, langte nach der Schöpfkelle und füllte die Teller.

Es roch nach Mehlsuppe in der Küche, die Mutter hatte sie schmackhaft bereitet aus frisch geröstetem Mehl, einer Fleischbouillon und gedämpften Zwiebeln. Der Vater streute geriebenen Parmesan ins kreisende Suppenbraun. Anita hatte aufgehört, mit dem Vater über Sinn oder Unsinn eines Tischgebetes zu streiten: Von wem kommen sie denn, Speis und Trank?

Wer geht jeden Tag in die Fabrik, und wer gibt ausreichend Kostgeld ab?

Es war wirklich sinnlos, da noch zu reden. Vater bestand auf dem Gebet, auch wenn Pep mit am Tisch saß und jedes Mal etwas verlegen wurde, wenn Anitas Vater das kurze Beten als eine fromme Nummer inszenierte. Pep hockte da, den Rücken gekrümmt, unfähig mitzuspielen und die Hände zu falten. Er versteckte sie unter dem Tisch und empfand sie als untätige Greifer, er war außerstande, die Worte mitzusprechen. Mitbeten fiel auch Anita nicht ein, nur die Mutter fand dünnstimmig Einlass in Vaters Leierton, den das rasche Ticken der Küchenuhr wie eine rechthaberische Spur begleitete. Manchmal hatte Anita den Eindruck, das Tischgebet sei ein Teil von Vaters Wehleidigkeit, mit dem er täglich demonstrieren konnte, wie entfremdet sie sich der Familie hatte, wie unverstanden er selbst war.

Die Suppe schmeckte. Löffel tauchten in die Münder. Auf dem Tellergrund das Kratzen von Steingut und Stahl. Pep schätzte die von Anitas Mutter bereiteten Mahlzeiten. Wenn sein Appetit trotzdem nur klein war, lag es nicht an der Suppe. Als er in die Schale mit dem geriebenen Käse griff, wich er dem Blick des Vaters aus, auch Anita hielt ihre Augen gesenkt, rührte beinahe versonnen ihre Suppe. Schweigend saßen sie um den Tisch. Plötzlich löffelte Anita ihren Teller rasch leer, als wäre ihr etwas Erlösendes eingefallen. Den Blick der Mutter, der fragend meinte, ob sie noch nachgeschöpft haben wolle, verneinte sie. Der Vater brach eine Scheibe Brot auseinander und brockte die Stücke in die Suppe. Dann aß er Löffel um Löffel und gab sich den Anschein, über alle Maßen beschäftigt zu sein, unansprechbar.

Nach der Suppe erhob sich Anita, um die bereitstehende Röstiplatte zu holen, während ihre Mutter bereits am Herd Eier in die Bratpfanne schlug und frische Butter zugab. Pep stellte die Teller zusammen und brachte sie zum Abwaschtrog.

Der Vater blieb sitzen, stemmte die Ellenbogen auf den Tisch und stützte das Gesicht in die Hände, er schwitzte, auf seiner Stirn glänzten dicke Tropfen. Das Brutzeln der Spiegeleier, das Knallen der heißen, zerlassenen Butter machte ein Gespräch nochmals unnötig.

Ein würziger Duft erfüllte die Küche.

Anita stellte die Platte auf den Tisch und schob sie dem Vater zu. Er löste bedächtig die unter dem Kinn verschränkten Hände und schöpfte seinen Teller voll. Die frische gelbbraune Rösti dampfte, die Speckstücke lugten weiß daraus hervor. Die Mutter brachte die Eierpfanne, sie hatte die Dotter mit Salz und Paprika gewürzt, und setzte dem Vater drei Spiegeleier auf seinen Röstihaufen. Pep brach sein Brot und tunkte es ins Eigelb. Der Vater zerschnitt seine Eier und mengte sie unter die Kartoffeln. Gelbe Bissen führte Pep zum Mund, gelbes, dickflüssiges Eigelb rann in Vaters Rösti. Anita schenkte Kaffee ein und schüttete Milch dazu. Schweigend nahmen sie ihr Nachtessen ein. Ein Gespräch konnte nicht aufkommen, denn alle wollten sie ein Thema vermeiden: Lurs Flucht.

Nach dem Essen stellte die Mutter die Teller zusammen. Der Vater zündete einen Stumpen an und schaltete das Radio ein. Das war jeden Abend so. Die Nachrichten verpasste er nie. Früher hatte vor den Nachrichten und dem Stumpen das Nachtischgebet seinen Platz. Doch dieses hatte der Vater nicht halten können. Sein Verlangen nach einem Stumpen, das sich nach jeder Mahlzeit unweigerlich meldete, hatte wohl beigetragen zu seiner nachgiebigen Haltung in diesem Punkt. Überhaupt hatte er Änderungen nicht verhindern können. Neuerdings kamen für eine Mahlzeit gleich zwei Teller auf den Tisch. Früher hatte man den Suppenteller mit Brot blank gewischt. Heute räumte man den Suppenteller ab, denn er stand in einem flachen Teller, und auf diesen wurde die Rösti serviert. Doch der Vater wischte seinen Suppenteller blank, auch wenn er abgetragen sein musste.

Jetzt folgte dem Essen, dass er sich behaglich in den Stuhl zurücklehnte, der Stumpen (Hediger blond), die Nachrichten.

Der Vater blies dicke Rauchschwaden in die Küche, wenn der Sprecher von Vorkommnissen berichtete, die ihm nicht passten, und er nickte zustimmend, wenn der Sprecher ihm die eigene Meinung bestätigte, und einen Kommentar ließ er folgen, wenn das als eingetroffen gemeldet wurde, was er vorausgewusst und längst gesagt hatte. Die Nachrichtenwelt und die eigene: der Vater wusste beide unter einen Hut zu bringen.

Anita und Pep verabschiedeten sich und verließen das Haus. In den Gassen brannte das Licht der Straßenbeleuchtung, das Pflaster gleißte vor Nässe. Sie gingen die Schulgasse hinaus gegen die Reuss zu und vorbei am Altersheim. Gedämpfter Lichtschein fiel aus den Fenstern, das große Haus wurde von einer sanften Stille umschlossen. Sie stiegen die hintere Kirchentreppe, eine steinerne, breite Stiege hinauf und kamen zu einem großen Brunnen, dessen massiver Sockel in den dunkeln Abend ragte. Eisklumpen und Eiszapfen behingen die Röhre, ein Wind verwehte den Strahl zu einem ausgefächerten Kaltwasservorhang, Der Brunnen bildete eine sechseckige, schwarze Fläche, in der das Licht der Straßenbeleuchtung stellenweise reflektiert wurde. Kaum Bewegung.

Pep ging zum Brunnen und beugte sich über den breiten, steinernen Rand. Unter der spiegelnden, dunklen Fläche bewegten sich ruckartig einzelne Fische. Am Boden hatten sich die Tiere, es waren hauptsächlich Forellen, zu einem dichten Schwarm zusammengeschlossen. Manchmal brach ein Fisch aus und huschte der Trogwand entlang: ein Schwanzschlag genügte, und das Tier jagte unbewegt starr wie ein Pfeil ringsum und tauchte wieder unter im Pulk. Es war in der Dunkelheit nicht feststellbar, ob immer dasselbe Tier ausbrach.

Möglich wäre es schon, sagte Pep zu Anita, die neben ihm stand und ihn untergehakt hatte.

Aber wahrscheinlich nicht, gab sie zur Antwort und drängte sich enger an seinen Arm.

Vielleicht drehen die Fische in der Gefangenschaft durch, oder sie spüren den nahen Tod, sie merken, dass sie totgeschlagen werden, wenn man sie aus dem Brunnen holt, sagte Anita und rieb ihre Stirn an Peps Schulter.

Dies wollte Pep nicht wahrhaben.

Fische, sagte er und löste sich von Anita, Tiere überhaupt, wissen nicht, dass sie sterben müssen.

Aber auf Blut reagieren sie, antwortete Anita, und sie erkennen das Blut der eigenen Art am Geruch. Das versetzt sie in Panik.

Sie wissen nicht, dass sie totgeschlagen werden, darauf beharrte Pep.

Die Fische waren Eigentum des Stadtkellerwirtes, seine Fischgerichte waren bekannt, und er besaß auch in der Gaststube ein Aquarium: Hecht, Forelle, Egli, das waren seine Spezialitäten. Ein Gast konnte vor dem Aquarium die Fische beobachten. Wenn er bestellen wollte, durfte er mit dem Finger auf den lebenden Fisch zeigen. Der Wirt fischte ihn heraus, hielt den geschmeidigen, den schmalen und kalten, schlüpfrigen Tierleib mit sicherem Griff fest in der Hand. Der Fisch schnappte dann, schlug mit dem Schwanz.

Jedenfalls früher konnten das die Gäste tun, sagte Anita. Sie erinnerte sich an die leuchtenden Fischaugen, die sie bei einem Taufessen gesehen hatte, als der Wirt einen Fisch herausgeholt hatte.

Der glotzt dich an mit starren Augen, ganz kalt, sagte sie ein wenig erregt, und du hast das Gefühl, der Blick lasse dich nicht mehr frei, nachts träumst du davon.

Wenn der Gast gewählt hatte und wieder vor dem Gedeck an seinem Platz saß, gelangweilt an einem Weißwein nippte, schlug der Wirt in der Küche dem Fisch mit einem schweren Holzstab über den Kiemen auf den Kopf.

Fische zucken sekundenlang, wusste Pep, und im Sterben öffnen sie die Kiemen. Korallenrot und lappig und ganz rau gezähnelt sind sie im Augenblick des Todes.

Aber der Blick bleibt derselbe, nur ist es jetzt ein toter Blick.

Das ist so, meinte Anita, weil Fische keine Augendeckel haben. Darum starren sie so. Fische können die Augen nicht schließen.

Der Wirt hatte einen Küchenburschen, der ein paar Jahre älter war als Pep. Er tötete die Fische auf eigene Art. Der steckt ihnen, fuhr Pep weiter, und er legte es darauf an, Anita zu erschrecken, der steckt ihnen einfach den langen Zeigefinger ins Maul und in den Rachen, biegt ihnen so den Kopf nach hinten und bricht das Genick.

Die Fische im Brunnen dienten als Nachschub für das Aquarium. Dort standen sie dann im Wasser, leicht die Flossen bewegend, das Maul rieben sie am Glas, sie ließen sich von Bewegungen der Gäste vor der Scheibe irreführen und jagten sinnlos einem Finger nach, der zum Spaß übers Glas geführt wurde.

Hinter dem Brunnen fügte ein Torbogen das letzte Haus an die Stadtmauer an. Das hohe Tor aus altem Holz war unverschlossen. Pep stieß es auf und schlüpfte mit Anita durch eine schmale Öffnung. Sie standen in einem geräumigen Innenhof. Noch vor ein paar Jahren hatte es hier nach Scheune und Stall gerochen. Nun gähnte ein leeres Betonbecken, wo früher der Misthaufen aufgebaut war. Früher hatte man die Geräusche aus dem Stall vernommen und das frisch eingebrachte Heu riechen können … im Stall stand zuvorderst ein Pferd in einem abgetrennten Abteil. Wenn ein Kalb geboren wurde, trennte der Bauer mit einem Bretterverschlag von der Pferdebox eine Nische ab. Neben dem Pferd standen die Kühe, und zuhinterst im Stall rüsselten Schweine.

Pep erinnerte sich gerne daran. Als Bub hatte er dem Bauern oft geholfen. Zuoberst auf dem Heufuder, eingegraben neben dem Bindbaum, war er durchs Tor in die Scheune eingefahren. Den Wagen hatte immer ein Fuchs gezogen, den er dann ausschirren und zur Tränke an den Brunnen führen durfte.

Nun war die frühere Ordentlichkeit zerfallen, Gerümpel verstreut in der ausbetonierten Mulde des Miststockes. Verkommene Gerätschaften lehnten an rissigen Mauern. Abgebrochene Gabeln, ein verbogener Rechen, ausgefranste Seilenden, ein zerschlissener Korb, morsches Holz, ein angerostetes Hufeisen, die Kufe eines Schlittens, Teile einer Ladebrücke, zersprungene Fassdauben, ein Leiterwagen mit zerschlagener Deichsel erweckten den Eindruck zerstörerischer Verlassenheit. In der Scheune hockte eine Katze. Ihre Augen blitzten grün auf. Pep scheuchte das Tier hinaus, es floh mit weiten Sätzen.

Die Tür zum Stall war nur angelehnt. Mit einer Taschenlampe leuchtete Pep ihn aus. Keiner war da.

Dieser Stall war zu einem bewohnbaren Raum ausgebaut worden: jemand hatte einen Bretterboden eingelegt, die Wände mit Tannenholz ausgeschlagen und die Decke geweißelt. Doch eine Sitzbank, Stühle und ein langer Tisch lagen umgestoßen am

Boden und waren beschädigt. Etwas schief und zerkratzt hing ein Schild mit der ölgemalten Aufschrift »Folk Fairport« an der Wand.

Der Raum, noch vor kurzer Zeit wohnlich ausgestattet, blieb nun unbenutzt und verlotterte wie die angebaute Scheune, in der es zugig und schneidend kalt war, deren Dach ziegelweise zusammenstürzte: mürbe Balken zerfielen, Schindeln lagen zersplittert zwischen den Ziegelscherben am Boden, Nachthimmel blaute dunkel in die Lücken, und der Wind fiel durch die Böden.

Im ausgebauten Stall war es nur wenig wärmer als im Freien. Pep schob ein paar herumliegende Holzstücke mit dem Fuß beiseite. In einer Ecke lag eine Theke umgestoßen am Boden. Davor befand sich eine ausgediente Autobank, auf die Anita sich setzte. Pep klaubte aus einem Fach der hölzernen Theke eine Kerze und zündete sie an. Hinter der Sitzbank war ein elektrischer Ofen versteckt, den Pep an einer in die Wand eingelassenen Steckdose anschloss und vor die Bank stellte. Dann hockte er sich zu Anita.

Sie zog eine Packung Zigaretten aus der Tasche und nahm zwei heraus, steckte beide in den Mund, brannte ein Streichholz an, sog den Rauch ein und gab Pep eine der angerauchten Zigaretten. Die Kerze erhellte den Raum und legte einen Lichtkegel um die beiden Sitzenden. Rot leuchteten die verschlungenen Drähte des Ofens, er strahlte angenehme Wärme aus.

Im Sommer hatte der Stall noch ordentlich ausgesehen: auf einer Kommode lief ein Plattenspieler, die neu eingebaute Theke stand in der hinteren Ecke, überall waren Sitzgelegenheiten, an den Wänden hingen Poster. Hier war der Treffpunkt »Folk Fairport«. Die Jugend aus dem Städtchen kam zusammen, um Musik zu hören, zu tanzen und zu reden.

Die Idee dazu war von Pep ausgegangen. Er kannte den Bauern, der seine Wirtschaft altershalber aufgegeben hatte, und mit dem Vorschlag, im alten Stall eine Diskothek einzurichten, hatte er ihn angesprochen. Wir bauen den unbenutzten Stall aus, schlug Pep vor. Die meisten machen doch irgendeine Lehre, das bekommen wir klar ohne großen Geldaufwand.

Der Bauer hatte keine Einwände, er konnte den Stall nicht mehr gebrauchen. Jahre hatte er nun bereits leer gestanden und war zerfallen. Die Einwilligung bekam Pep also leicht. Dann organisierte er Freunde und Bekannte. Am freien Samstag rückten sie an, die Arbeit konnte beginnen.

Der Stall musste saubergefegt und desinfiziert werden. Dann strichen sie Decke und Wände mit einer Farbe, die den Staub binden sollte. Ein Fußboden wurde ausgelegt: der Länge nach richteten sie Vierkanthölzer, befestigten sie und nagelten quer Tannenbretter darüber, die sie mit Ölfarbe anstrichen. Dann täfelten sie die Wände aus, dafür besorgten sie sich Tannenschwarten, Abfallholz, in der Sägerei, schlugen Dachlatten der Höhe nach vom Fußboden zur Decke, nagelten die Bretter daran und strichen sie buntfarbig an. Sie trugen Sitzgelegenheiten herbei, alte Stühle, Bänke, Fauteuils vom Dachboden, Autositze. Zwei Schreinerlehrlinge zimmerten die Theke, ein Bodenleger plättelte die Ablagefläche, ein Elektriker zog Leitungen ein, ein Spengler schloss die Wasserleitungen an. Während vier Samstagen richteten sie »Folk Fairport« ein. Pep konnte einen Plattenspieler und Lautsprecherboxen auftreiben, die Platten nahm jeder von zu Hause mit.

Der Gemeinderat musste angefragt werden und erlaubte den Ausschank von Mineralwasser, Tee und Kaffee zu Selbstkostenpreisen. Jeden Freitagabend, am Samstag und Sonntag den ganzen Tag, stand »Folk Fairport« den Jugendlichen ab 14 Jahren offen. Es wurde geredet, getanzt und geraucht. Sie unterhielten sich gut, die Jungen. Zu gut, anscheinend, denn bis die ersten Beschwerden beim Gemeinderat und der Polizei eingingen, dauerte es nur ein paar Wochen.

Jetzt war »Folk Fairport« aufgehoben, zerstört. Pep legte den Arm um Anita, sie suchte seine Nähe. Sie beide gingen immer noch hin, wenn sie ungestört und allein sein wollten. Den elektrischen Ofen und die Kerzen hatte Pep nachträglich wieder hingebracht.

Es wurde kühler im Raum, der Ofen heizte nur ungenügend. Von der Wand her kroch die Kälte vor und hockte sich in der

Rücklehne des Sitzes fest. Pep und Anita breiteten eine Decke über die Beine aus.

Sie haben dich abgefangen und dir die Yamaha abgenommen? fragte Anita.

Ja, und ich musste mich ihnen fügen, sie waren zu viert und hätten mich fertiggemacht, wenn ich mich zur Wehr gesetzt hätte.

Der grinsende Kerl war Lur.

Die vier Rocker führten Pep durchs Gebüsch ans Reussufer hinunter. Da hockten noch ein paar andere, alle in Jeans und entsprechende Jacken gekleidet. Am Rücken trugen sie ihr Zeichen aufgenäht: eine Krähe. Es war eine ganze Bande, sie nannten sich »Blackbirds«. Einige lagerten am Uferbord, eine Bierflasche in der Hand, oder sie tranken Schnaps aus einem Flachmann. Die leeren Bierflaschen warfen sie in die Reuss hinaus, grölten, wenn das Glas im Fluss aufschlug. Auch Mädchen saßen unter den Rockern. Die Bande machte wenig Lärm, wenn man bedachte, dass immerhin gegen zwanzig Burschen zusammensaßen. Ein paar waren allerdings betrunken und lagen reglos auf dem Boden. Beim Hinuntersteigen sah Pep auch ihre Motorräder: sie trugen ebenfalls das Zeichen der Krähe. Seine Yamaha stand etwas abseits daneben. Die Burschen pufften ihn vorwärts, noch immer grinste dieser Kerl, den sie Lur nannten, und der auch der Boss zu sein schien. Sie führten Pep in ihr Lager als einen, den man zum Spaß mal festsetzte und unter Zwang stellte, nur zum Beweis der eigenen Macht. Pep war klug genug, das sofort zu begreifen. Es war ein Spiel, das er mitspielen musste, wenn er sich die Hoffnung erhalten wollte, einigermaßen ungeschoren davonzukommen.

Das Reussufer war unterhalb der Brücke mit flach verlaufenden Steinplatten ausgelegt. Auf diesen fliesenartigen Platten standen sich zwei Burschen gegenüber. Sie hatten den Oberkörper entblößt und hielten einen Abstand von vielleicht acht Metern zwischen sich. In geduckter Haltung belauerten sie einander und warfen ein großes scharfes Messer hin und her. Es war ein Tauchmesser mit beidseitig geschliffener Klinge und einem Hartgummigriff, ein schweres Messer, breit wuchs die Klinge aus dem Heft und lief in eine scharfe Spitze zu. Es schnellte vom einen zum anderen, blitzte auf und fand eine zupackende Hand. Und von den Händen der beiden Burschen rieselte das Blut, sie waren rot, verschmiert und zerschnitten. Wenn die zupackende Hand den Griff verfehlte, fasste sie die Schneide. Doch keiner stellte den Kampf ein.

Da gab Lur den beiden ein Zeichen, und sie beendeten das Duell. Der Bursche, der Pep den Arm auf den Rücken gedreht hatte, ließ ihn los und nahm von ihm Abstand. Pep bemerkte, dass er ein gleichartiges Tauchmesser aus der Jacke zog und lachte.

Unvermittelt stand Pep allein. Die anderen hatten sich zurückgezogen und mimten gelangweilte Zuschauer. Pep gegenüber stand nur noch einer, der lachte, grinste, hatte ein schiefes Kinn und schadhafte Zähne und ein großes, dunkles Muttermal am Hals. Drohend hielt er sein Tauchmesser in der Hand, stand aufrecht da, wippte leicht mit dem Oberkörper, hatte die Augen voller Hass. Pep war ihm ausgeliefert. Er wünschte sich, der Abstand möge anwachsen, wünschte sich weg, irgendwohin, nur heraus aus dieser Klemme. Er fühlte die Angst in der Brust klopfen, und ohne dass er genau hinschaute, nahm er wahr, wie der andere ausholte und das Messer auf ihn zuschleuderte. Die Klinge war ein Strahl, ein Geschoss, das ihn treffen konnte. Alles in Pep spannte sich, war nur noch Reflex. Blitzschnell wich er aus, als würde er gesteuert, drehte sich ab, fasste nach dem Messer und hielt den Griff in der Hand. Und ohne lange zu fackeln, ohne zu überlegen, zielte er auf seinen Gegner und schleuderte das Messer zurück, so heftig und präzis, dass der Bursche sich überrumpelt duckte und in die Luft griff. Das Messer flitzte an ihm vorbei, schlug auf die Steinplatten, schlidderte darüber, glitt ab an einer Kante und klatschte ins Wasser der Reuss, die ruhig dahinfloss und es beiläufig schluckte.

Nun kam Lur auf Pep zu und schlug ihm mit der Hand auf die Schulter. Pep zuckte nicht, fasste Lurs Blick und grinste. Damit war die Sache abgetan. Lur setzte sich ans Reussufer und hieß Pep, sich neben ihn zu hocken. Dann winkte er einem der Burschen. Dieser lief weg und kam mit Bier zurück, während Peps Gegner bis zu den Hüften im Reusswasser stand und unter den Beschimpfungen Lurs nach seinem Messer fischte.

Obwohl Pep Bier nicht besonders gern trank, dachte er, es sei wohl klug, mit Lur anzustoßen, und gemeinsam setzten sie die Flaschen an.

Pep nahm die leere Flasche und warf sie dann nicht ins Wasser, sondern in einem gewaltigen Bogen über die Reuss. Im Gestein am anderen Ufer zerbarst sie mit einem heftigen Knall.

Nochmals staunte Lur, und nochmals lachte Pep. Er war zwar nicht besonders kräftig, aber schon in der Schule immer der beste Werfer gewesen. Als Kind hatte er bereits Steine über die Reuss geschleudert, den Vater nachahmend, der den Fluss mühelos überwerfen konnte. Nun hatte er seine ganze Technik beschworen, gut Griff gefasst am Klappverschluss und die Flasche über die Reuss geschleudert, die allerdings bei der Brücke in Rickenbach nicht besonders breit war. Doch als Demonstration hatte der Wurf seine Wirkung getan. Lur betrachtete Pep von nun an als zu den Blackbirds gehörig. Und Pep?

Es dünkte ihn besser, die ihm so schmerzlos angebotene Mitgliedschaft anzunehmen. Hätte er sie ausgeschlagen, wäre das wohl nicht ohne Prügel ausgegangen.

Lur hatte er schnell durchschaut: der war unberechenbar, kein Dummkopf, unbeherrscht sicher, und trauen wollte er ihm so auf Anhieb nicht.

8

Der zermürbende, unerträgliche Traum schob sich wieder in den Schlaf. Anna Villiger sah Sand um sich, nichts als Sand, eine endlose, glühende Wüste, in der sie selber lag als zusammengeschrumpelter, unkenntlicher Mensch.

Die Luft, zu Hitzeplatten gepresst, ließ sich kaum einatmen, die Lungen verbrannten, und im ausgetrockneten Mund verdorrte die Zunge.

Da tauchte im Flimmermeer über der Horizontlinie der gefürchtete Traumfisch auf, ein breitlippiges Monster, blendend weiß aus gleißendem Blau.

Anna Villiger drängte sich selbst in ihren Traum: unmöglich war das ja, ein Fisch in der Wüste. Doch die Unmöglichkeit erwies sich als wahr, das erschreckte sie. In ihren Träumen vermischten sich die Elemente. Der Fisch schwamm auf sie zu. Eine helle Drohung. Sie wusste, dass sie träumte, und versuchte, den schrecklichen Abläufen zu entkommen, was ihr sekundenlang glückte, doch dann stürzte sie wieder in die Traumwelt: Sand, Wüste, Hitze, eine Sonne, aus der sich das Fischmaul quallig schnappend löste.

In ihrer Unfähigkeit sich zu bewegen, kämpfte Anna Villiger mit nichts als Angst gegen den Traum.

Sie wachte schweißgebadet auf, ihr Herz schlug heftig. Immer noch von ihrem Angsttraum benommen, knipste sie das Licht der Nachttischlampe an. Es wirkte wie ein Kälteschauer. Sekundenlang betrachtete sie ihr Zimmer als sinnlose Ausstattung der Traumlandschaft, die sich ausgeweitet hatte und Wirklichkeit vortäuschte. Anna Villiger wollte den Möbeln und Bildern ihre Gegenständlichkeit nicht zugestehen.

Dann plötzlich lag sie hellwach.

Vor dem Weiterschlafen empfand sie Angst. Der Traum hatte Räume aufgerissen, vor denen sie zurückschreckte. Es umfing sie eine Stille, die nichts durchbrechen konnte, und sie strengte sich an, ein Geräusch zu hören. Sie wäre in diesem Augenblick selbst um den Lärm eines Motorrades auf der Straße dankbar gewesen. Dies hätte einen Bezug zur Außenwelt hergestellt. Doch nichts regte sich. Alles war gefangen in sich selbst. Kein Windstoß. Unbefahrene Straßen. Vollkommene Geräuschlosigkeit. Sie meinte, ihr Zimmer müsse in den Wandfugen reißen und krachend zusammenstürzen: so groß war ihr Verlangen nach einem Geräusch, das ihre Vereinzelung hätte aufheben können. Sie zwang sich, auf Eigengeräusche zu achten, horchte gebannt auf den eigenen Herzschlag. Wie über einen Verstärker geleitet kam er ihr vor. Sie verfolgte die eigenen Atemzüge. Sie gingen hörbar und schwer. Ein leises Stechen in der Brust trat auf, eine Beklemmung, die Atemnot ankündigte. Sie stellte sich vor, zum Weiteratmen schlagartig unfähig zu werden. Zu kraftlos. Vollständiges Unvermögen verursacht durch das abrupte Versagen der zuständigen Muskeln und Organe. Oder sie würde wieder in den Traumstrudel hineingerissen und gebannt vor dem Fischmaul harrend das Atmen unterlassen. So wie sie nun keuchte, wie sich ihr Brustkorb hob und senkte, so beschwerlich wie das nun geworden war, konnte sie doch Luft schöpfen nicht mehr weiterhin als Selbstverständlichkeit empfinden. Die Automatik der Atmung könnte versagen, sie würde sterben in diesem Traum und an diesem Traum. Tot würde man sie auffinden, vielleicht nach Tagen, allein wie sie lebte. Gelesenes schoss ihr in den Kopf, Geschichten von Greisen, die man Jahre nach dem Tod verwest in der Wohnung aufgefunden hatte.

Keiner würde sie vermissen, oder doch? Margrit vielleicht? In der Fabrik würde sie fehlen. Dem Postboten musste auffallen, wenn sie die Zeitung nicht mehr aus dem Briefkasten nehmen würde.

Anna Villiger setzte sich im Bett auf, und als müsste sie das eigene Sterben vorproben, hielt sie den Atem an. Aber das Gegenteil ihrer Befürchtungen stellte sich ein. Während sie den Atem anhielt, spürte sie ihr Leben, mächtig machte es sich bemerkbar, pochte gegen den Hals, verlangte sein Recht und zwang sie, wieder Luft zu schöpfen, tief und bis weit in den Bauch, in das Lebendigsein hinab. Unverhofft ging nun auch der Herzschlag leichter, beruhigte sich zunehmend. Sie atmete wieder gleichmäßig und ohne Anstrengung durch.

Etwas mühsam schob Anna Villiger die Beine aus dem Bett, erhob sich, stand auf, schlüpfte in die Pantoffeln, verweilte eine Zeitlang unentschlossen in ihrem langen, weißen Barchentnachthemd, das sie unförmiger zeigte, als sie war, massiger und breiter, und streifte dann den Morgenrock über, der auf dem Stuhl bei den abgelegten Kleidern lag.

Sie fühlte sich wieder besser und soweit beruhigt, dass sie vermeinte, auf Medikamente verzichten zu können. Trotzdem ging sie in die Stube hinüber. Ans Weiterschlafen, dies wusste sie aus Erfahrung, war nicht mehr zu denken. Die Gedanken konnten nicht so schnell zur Ruhe gebracht werden. Sie hetzten als aufgescheuchte Fische durch einen rasch ausfließenden Teich, eine Hoffnung bestand nicht, sie stürzten durch Schleusen in immer neue ausfließende Seen, durch bodenlose Räume, aber nie in stilles, tiefes Wasser.

Nach jedem Traum lehnte sich das Denken gegen die bedrohlichen Bilder auf. Es wehrte sich und führte ihnen gleichzeitig Nährstoff zu. Jedenfalls gelang es nie, die Gedanken zu beruhigen wie den Körper. Zwischen Gedanken und Körper hatte sich im Traum ein Riss geöffnet. Eine klaffende Spalte voller Unruhe. Dies brauchte seine Zeit.

In der Stube setzte sich Anna Villiger an den Tisch. Sie hatte ein frisches Tischtuch aufgelegt, fand seine Farbe passend, und wunderte sich darüber, dass ihr nun gerade dies auffiel. Auf dem Tisch stand die halb volle Weinflasche. Anna goss sich ein Glas ein. Neben der Flasche lag ein Sack mit frischen Erdnüssen. Sie riss ihn auf und nahm eine Handvoll heraus, begann sie aufzubrechen und schob sie in den Mund. Sie trank Wein, er schwappte leicht hoch, kreiste rot und langsam, als sie das Glas zurückstellte. Sie brach wieder Nüsse auf, schälte sie mit etwas ungelenken und steifen Fingern aus der roten Hülse und steckte sie in den Mund. Es tat ihr gut, gedankenverloren am Tisch zu sitzen, Erdnüsse zu schälen, zu essen und Wein zu trinken, geborgen im Schein der Deckenlampe, die halbhoch über den Tisch herunterbaumelte und durch ihren gelben Schirm ein warmes Licht verbreitete. Gegen die Gedankenbesessenheit, die der Traum bedingt hatte, stellte sich ihre Welt wieder her. Die Uhr tickte und gab mit jedem Pendelschwung vertraute Ordnung vor. Der Wein vernebelte die beängstigenden Bilder, auch wenn Anna Villiger mitten in der Nacht allein an einem alten Stubentisch saß. Sie kam sich nicht mehr ausgesetzt und verloren vor. Doch dies verblieb nicht als Zustand. In immer neuen Anläufen musste sie sich gegen den Aufruhr in ihrem Kopf, gegen die hartnäckig durchschimmernde Welt des Traumes stemmen. Sie glaubte, ihre Gedanken körperlich zu spüren. Körperhaft, als losgelöste Masse, spürte sie für Augenblicke ihr Gehirn. Deutliches Flimmern. Sekundenbruchteile nur. Sie blockte Gedanken ab, wenn sie von ihnen neue Ängste befürchtete, sie gab sich Gedanken, ganzen Reihen und Ketten hin, wenn sie der Beruhigung dienten. Alleinsein war sie gewöhnt, auch mitten in schlaflosen Nächten. Einsamkeit hatte sie eingeübt, jahrelang. Auch Gedanken konnten einsam und verloren machen. Sie kaute Erdnüsse, zerfaserte die roten Hülsen zwischen den Fingern, zerrieb sie und schob die Reste weg. Jetzt fröstelte sie leicht. Und draußen war noch immer diese unendliche Stille. Sie trat ans Fenster, schob den Vorhang beiseite und schaute auf die Straße hinunter. Von den Beleuchtungen war jede zweite ausgeschaltet. Die verbliebenen Lampen schwammen als Lichtinseln im Nebel, der lautlos durch die Straße floss.

Kein erhelltes Fenster. Die Häuser standen als unwirkliche Kuben im Nebelfluss. Bis zu den Knien stehen sie im Nebel, dachte Anna Villiger. Das Licht des Mondes wirkte so zerronnen, als wäre die Mondkugel ausgeleert worden. Einzelne Bäume ragten zwischen den Häuserzeilen hoch. Im kleinen Park waren Kieswege und Bänke untergetaucht. Ganz und gar und für immer versunken, dachte Anna Villiger. Die leeren Äste der Kastanien richteten sinnlose Gebärden gegen den Himmel.

Sie ging zum Tisch zurück und setzte sich.

Die Abgeschlossenheit dieser Nachtlandschaft kam ihr ebenso unwirklich vor wie diejenige des Traumes: als wäre die Welt verpuppt. Anna Villiger überlegte bedächtig und ohne Angst. Ihr Zimmer ruhte in sich selbst. Draußen wogte geräuschlos die Nacht. Dies machte es aus: die Geräuschlosigkeit schied Traum und Wirklichkeit. In den Träumen herrschte ob der alles ausfüllenden Bildhaftigkeit vollständige Stille. Draußen war folglich auch eine Traumlandschaft.

Nochmals brach sie Erdnüsse auf, schob sie in den Mund, trank Wein, roten Wein, den sie liebte. Die Nacht blieb Traumlandschaft, zeitloser Raum, und war nicht wirklicher als die endlos glühende Wüste. Anna Villiger war nur von einem Traum in einen anderen geraten. Auch ihr Dasitzen kam ihr ganz unwirklich vor. Ihr Kauen war unwirklich, der Wein war es.

Nachts, dachte sie, löst sich die Welt auf, nachts ist alles nur Gedankenwelt. Gedankenwelt wurde Traumwelt. Nichts mehr war wirklich. Die Wirklichkeit brauchte Geräusche. Keiner konnte ihr das Gegenteil beweisen, weil sie das Gegenteil gar nicht glauben wollte. Es zerstörte ihre Welt. Wenn auch die Nacht Wirklichkeit wäre, könnte ihr Traum ebenso gut wirklich sein. Nachts, wenn die Menschen schliefen, löste ihre Bewusstseinslosigkeit die Welt auf. Die Träume spiegelten sie nur täuschend ähnlich vor, und wer in diese Leere hinein erwachte, war ausgeliefert, verloren, er musste verrückt werden ob so viel Stille.

Zwischen diesen Traumwelten suchte Anna Villiger eine Wirklichkeit in ihrem Fotoalbum, das aufgeschlagen auf dem Tische lag.

Alles, was ich mir ausdenke, ist Wirklichkeit, wird Gegenwart, die zählt, dachte sie vor sich hin und suchte ein ganz bestimmtes

Bild. Als sie es gefunden hatte, strich sie mit den Fingerkuppen zärtlich über das Gesicht des abgebildeten jungen Mädchens, das sie selbst einmal gewesen war:

1930. Nachdem Anna und ihre Mutter an der Messe teilgenommen, die Kommunion empfangen, zur Heiligen Muttergottes gebetet und ihr eine Kerze angezündet und darauf die Großeltern besucht und bei ihnen gegessen und geplaudert hatten, machten sie sich wieder auf den langen Heimweg von Muri nach Merenschwand. Annas erste Periode schmerzte heftig, auf der linken Bauchseite vor allem, und drängte nach unten in eine Mitte. Es war kalt, der Schnee brach ein unter den Schritten. Die Großmutter hatte ihnen eine Züpfe mitgegeben, Anna trug sie und fühlte das weiche Gebäck an ihrem Körper. Sie folgte der Mutter, die in gleichmäßigen Schritten, sicher den Weg findend, voran ging, Tritt für Tritt durch den knöcheltiefen Schnee, der durchsackte. Es bestand eine Vertrautheit zwischen Anna und ihrer Mutter. Noch nie hatte sie dies so stark empfunden. Sie sprachen zusammen wie zwei Frauen, und dies ermutigte Anna, danach zu fragen, wie es eigentlich gewesen, als sie zur Welt gekommen war. Die Mutter war bereit, darüber zu sprechen.

Es war an einem ersten August gewesen. Über dem Dorf stand endlos der Himmel, blendend und hell. Die Hitze, die schon am frühen Morgen in die Äcker fiel, war eine Sommerhitze, die seit Tagen andauerte und die Tomaten bereits zur Reife gebracht hatte. Aus den Feldern stieg der herbe Geruch von reifender Frucht. Die anhaltende Trockenheit machte zu schaffen.

Auf dem Dorfplatz kaum Bewegung: ein Pferd, ein Braunfuchs, ein schweres Tier mit buschigen Fesseln und schweißnassen Flanken, zog einen mit Säcken beladenen Wagen. Der Fuhrmann, ein kräftiger, großgewachsener Mann mit schwarzem Vollbart, auffallend dunklen Augen und einer hohen Stirn, buschigen Augenbrauen und einer ausgeprägten Nase, saß auf dem Wagen und hielt die Zügel lose in den Händen; die Peitsche lag unbenützt auf der Ladebrücke. Der Vater liebte es nicht, sie zu gebrauchen.

Die Mutter saß neben dem Vater, lehnte an einen der Säcke, aß eine frische Tomate. Ihr blondes Haar schaute unter dem Kopftuch hervor und hing gefranst in die Stirn. Ihr Gesicht war sehr blass, sie verkniff den Mund, als ob sie Schmerzen verspürte. Vom Rücken her mussten diese Schmerzen kommen. Die Frau war schwanger, kurz vor der Geburt. Unter ihrem leinenen Kleid wölbte sich hoch und rund der Bauch.

Die mit Metallreifen beschlagenen Holzräder holperten auf der ausgetrockneten Straße. Eine Staubfahne bildete sich nicht. Der Vater trug damals einen Bart. Erst im Militärdienst rasierte er ihn ab. Nachher wollte er ihn nicht mehr wachsen lassen. Er hatte sich in vier Jahren an sein neues Gesicht gewöhnt.

Der Mann sprach ein paar Worte mit der Frau, sie nickte ihm jedenfalls zu, lächelte auch, biss in die Tomate und war es zufrieden, neben ihm zu sitzen. Sie hatte die Beine eingebunden und hielt sie breit, sodass der Rock zwischen den Oberschenkeln eine beutelartige Vertiefung bildete, in der weitere Tomaten lagen. Darüber stand der Bauch und trug die Brüste.

Der Braunfuchs ging seinen Weg, ohne dass er angetrieben werden musste. Auf ihn wartete die Kühle des Stalles, und die Frau freute sich auf die Frische ihrer geplättelten Küche. Aus einem Stall vernahmen sie das Muhen der Kühe, sonst waren nur wenige Geräusche zu hören. Vom Galgenholz her hallten in regelmäßigen Abständen die Schläge einer Axt. Am Waldrand oben bereiteten ein paar Männer und Burschen das Holz für ein Erst-August-Feuer.

Es war der Nationalfeiertag im Jahre 1914.

Und du hast gewusst, Mutter, heute kommt das Kind?

Ich habe es gewusst, sicher.

Schon am Tag zuvor hatte die Mutter erste Anzeichen verspürt. In der Nacht waren wehenartige Schmerzen aufgetreten, und den Weg mit dem Vater, die Fahrt mit dem Pferdewagen über die holprige Straße hatte sie nur mitgemacht, um die Geburt schneller einzuleiten. Zu Hause wollte sie sich waschen und dann zu Bett gehen. Der Vater sollte die Hebamme rufen, die etwas außerhalb des Dorfes wohnte und am Vortag schon benachrichtigt worden war.

Es war zehn Uhr am Morgen und um diese Zeit schon sehr warm. Der Vater war um vier Uhr früh aufgestanden, um Gras zu mähen, denn er wollte den Kühen so lange wie möglich frisches Futter einbringen. Die Mutter war um sieben Uhr aufgestanden und hatte dem Vater ein Frühstück bereitet. Er kam vom Stall, wo er bereits das Vieh versorgt hatte, zog vor der Küche die Stiefel aus und setzte sich in den wollenen Strümpfen an den Tisch, den er selber gezimmert hatte aus dem Holz eines gefällten Kirschbaums. Er bekam Käse, Butter und Brot zu einer Hafersuppe vorgesetzt, tunkte das Brot in die Suppe ein und aß es mit dem Löffel. Als er den Milchkaffee trank, schnitt er Käse in Streifen. Wie jeden Morgen frühstückte er schweigend, er hatte schon hart gearbeitet, doch die Frau merkte, dass er etwas sagen wollte, was das Kind und die bevorstehende Geburt betraf, aber Mühe hatte, es auszusprechen.

Ja, es ist so weit, sagte sie zu ihm, ohne dass er mit Worten danach hätte fragen müssen. Sie verstand ihn, und er war dafür dankbar. Als sie ihm erklärte, um zehn Uhr solle er die Hebamme benachrichtigen, schaute er vom Milchkaffee auf und strich sich mit der Hand über den Mund. Er antwortete nichts, aber sie wusste, dass sie sich auf ihn verlassen konnte. Sie setzte sich neben ihn, legte ihre Hand auf seine Schulter. Dies löste ihm die Zunge, und er fragte nach der Erträglichkeit ihrer Schmerzen. Sie gab ihm zu verstehen, es gehe. Dann nahm sie seine Hand und legte sie auf ihren Bauch. Er spürte das Kind und sagte, er fahre noch weg mit dem Braunfuchs, ob sie mitkommen könne und wolle. Dabei fiel schon die Sonne in den Garten vor dem Küchenfenster und beschien Gemüse und Kräuter. Wer besorgt mir den Garten, wenn ich im Bett liege, dachte die Mutter, die Tomaten sind früh dieses Jahr und brauchen sorgsame Pflege, die Bohnen müssen gelesen werden, sonst verholzen sie und bekommen Fäden. Er hat doch keine Zeit, es zu tun.

Das war am Morgen früh gewesen. Jetzt war es zehn Uhr. Sie lag im Bett und wartete auf die Hebamme. Doch hörte sie nicht richtig? Dieses Läuten? Es kam von der Kirche her. Die Kirchenglocken läuteten. Sie wusste keinen Grund dafür. Mit dem Nationalfeiertag konnte sie es auch nicht in Zusammenhang bringen. Es war kein Glockengeläute angekündigt. Sie schaute auf die Uhr, zehn Uhr war es genau. Und das ganze Geläute war in Gang gesetzt worden, wie sonntags zum Hochamt. Die Hebamme war noch nicht da. Sie spürte die Wehen jetzt stark und in kurzen Abständen, war froh, ein Fenster geöffnet zu haben, die frische Luft tat ihr gut. Draußen wurde es lauter. Sie hörte Stimmen von überall her. Und ihr Mann, wo war ihr Mann? Hatte er die Hebamme vergessen? Dies konnte sie sich nicht vorstellen. Schweigsam war er, doch ebenso zuverlässig. Noch immer Glockengeläute. Die Leute liefen offenbar zum Hirschenplatz. Dann hörte sie Geräusche im Haus. Eine Tür ging, jemand war also gekommen. Sie vernahm Schritte in der Küche, das musste die Hebamme sein. Sie hörte das Knarren der Treppe. Nun kam jemand herauf, es war die Hebamme, eine kräftige Frau, die selber drei Kinder hatte, eine, die zupacken konnte und nicht zimperlich war. Doch grob ebenso wenig.

Die Hebamme blieb unter der Tür stehen, verharrte in sehr hellem Licht, denn auch im Treppenhaus befand sich ein Fenster, stand da wie hingepflanzt und rief, noch bevor sie grüßte: Um Gottes willen, Krieg ist ausgebrochen. Dann trat sie ein.

Und du, was hast du gesagt, Mutter?

Sie hatte gar nichts gesagt, die Mutter in den Kissen. Sie hatte Gedanken, die richteten sich nur auf den eigenen Körper, denn im Augenblick drängten die Wehen mächtig und schnell, zerrissen den Bauch, fraßen Gedanken. Das war gut auch für die Hebamme, es löste sie aus ihrem Schrecken.

Mit sicheren Handgriffen stand sie der Mutter bei.

Das Kind kam dann schnell, schneller als bei einer Erstgebärenden üblich: es kam in raschen Schüben. Die Hebamme trennte es von der Mutter ab, hielt es kopfunten hoch, und es schrie. Es schrie, dieses Mädchen, als ob ein ganz gewöhnlicher Tag wäre, und musste gewaschen werden, wie an einem ganz gewöhnlichen Tag, bevor es die Hebamme der Mutter in die Arme legen konnte.

Die Mutter fühlte sich erleichtert und matt, sie betrachtete ihr Kind. Als sie es in den Armen hielt und seinen Körper an ihrem spürte, seine Wärme, und wusste, dass es nun ein eigenes Wesen war, war sie ebenso glücklich wie müde. Die Hebamme räumte die verblutete Wäsche weg, die rotfleckigen Betttücher und ...

Und du hattest mich geboren, an diesem Tag?

Ja, ich war glücklich.

Doch dann folgte die Angst. Die Mutter lag nach der Geburt versunken im Bett, ihr Gesicht war spitzer geworden und ganz blass.

Das Läuten der Glocken hatte aufgehört. Die Hebamme fand in die trübe Wirklichkeit zurück und meinte, als sie dachte, die Mutter sei auch für andere Dinge wieder ansprechbar, die Kirchenglocken hätten noch nie so wehmutsvoll geklungen.

Die Bundesfeier wurde abgesagt, das Feuerholz war umsonst gerichtet worden.

Der Sektionschef, der zugleich Gemeindeammann war, verlas aus einem offenen Plakat die Truppenaufgebote. Auf dem Hirschenplatz wurde die Pferdemusterung durchgeführt.

Dann kam der Vater nach Hause?

Ja. Und er freute sich trotzdem über sein Kind!

Anna Villiger hörte den Schlag der Kirchenuhr. Sie schaute auf, halb vier war es inzwischen geworden, sie saß bereits eine Stunde in ihrer Stube.

Sie fühlte sich gut, ganz ruhig. Alle Angst war gewichen. Sie ging in ihr Schlafzimmer zurück. Dort hatte sie doch das Licht brennen lassen. Sie schlüpfte aus dem Morgenrock, während auf der Straße ein Auto vorbeifuhr. Sie setzte sich auf ihr Bett, hob die Beine, steckte sie unter die Decke, legte sich hin, schaute zur Zimmerdecke und sah die braun verfärbten Stellen. Dabei heizte sie ihr Schlafzimmer kaum. Sie hatte zwar gelesen, dass bei geheizten Schlafräumen die Menschen durchschnittlich weniger träumten. Amerikanische Experimente hatten das bewiesen. In Kalifornien musste eine Studentengruppe probeschlafen, und die Versuchspersonen waren mit so elektrischen Drähten mit einem Computer verbunden, der Stromstöße des Gehirns aufzeichnete. Ja, bei geheiztem Raum hatten die Studenten erheblich weniger geträumt. Anna Villiger heizte ihr Schlafzimmer trotzdem kaum. Sie fürchtete bei geöffneten Radiatoren Schweißausbrüche und Anfälle von Atemnot. Darum drehte sie im Schlafzimmer die Heizung meist dreiviertel zu. Und nun dennoch diese braun verfärbten Stellen an der Zimmerdecke.

Dritter Tag

9

Aus einiger Entfernung sah Lur die Gestalten von der Sonne in den Schatten treten, er konnte sie mühelos ausmachen, es waren alles Männer. Sie gingen auf einer Straße, die an umzäunte Felder anschloss und Gartenland abgrenzte. Lur näherte sich ein wenig. Die armselige Bekleidung der Männer fiel ihm auf: Militärartikel, ausgediente Uniformstücke, Exerzierhosen, ein Militärkäppi, Militärhemden.

Noch haftete Tau am Gras, der Nebel hatte sich bereits aufgelöst, kalt war es noch immer, und Lur, der langsam auf die Arbeitskolonie Murimoos zuschritt, fröstelte ein wenig.

Die Männer beachteten ihn nicht. Sie schlurften in kleineren Gruppen zum Frühstück, kamen an Treibhäusern vorbei, dem Verwaltungsgebäude und gingen, ohne sich zu unterhalten, zum Haus, in dem Küche und Kantine untergebracht waren.

Lur hatte keine Angst.

Im Murimoos würde ihn die Polizei nicht suchen, hier am allerwenigsten. Man hatte ihm die Versorgung in die Arbeitskolonie angedroht, und er war darüber erschrocken.

Also, dachte er, hier schnüffeln die Bullen zuletzt herum.

Lur war befriedigt über diesen Gedankengang. So hätte auch Pep überlegen können. Immer wollte er genau abwägen, was in den Polizisten vorgehen könnte, die ihn zu finden hatten. Das war ein Vorsatz. Dass sie hinter ihm her waren, stand außer Frage, doch er würde sich nicht schnappen lassen.

Vor dem Eingang zum Essraum stand ein älterer Mann, die Hände in den Hosentaschen, ein Militärkäppi weit zurückgeschoben, gelbe und graue Haarsträhnen in der Stirn; der Alte sog an seiner Pfeife.

Das Gehen löste die Muskeln, Lur war lange am Waldrand gesessen, und die Beine waren ihm dabei eingeschlafen. Nun verspürte er Hunger. In der Tasche hatte er Dörrobst aus der Kammer seines Großvaters, Birnen und Äpfel. Er schob sie in den Mund und kaute langsam, der würzige Saft und das Fruchtfleisch waren gut. Dazu aß er Brot. In Muri hatte er einen Schulbuben aufgehalten und ihn mit einem Zweifrankenstück in die Bäckerei geschickt. Lur hatte von Pep fünfzig Franken erhalten, mit denen er haushälterisch umgehen wollte. Er hatte sich vorgenommen, nie selber ein Geschäft zu betreten und sich an einem Automaten mit Zigaretten versorgt.

Auch einen Mantel hatte er sich beschaffen müssen, denn sein Steckbrief war bestimmt im Umlauf und öffentlich angeschlagen; Signalement, die Angabe der mutmaßlichen Kleidungsstücke.

Den Mantel hatte er sich gestern Abend, nicht ohne Risiko, in Wohlen besorgt: Er hatte vor der Bahnhofstoilette gewartet, bis einer nicht nur das Pissoir benutzt, sondern auch die WC-Kabine aufgesucht hatte. Dort musste der natürlich seinen Mantel ausziehen. Lur hatte sich in die benachbarte Kabine geschlichen und zugehört, wie der Mann sich bereit machte. Als er mit Bestimmtheit wusste, dass der andere auf der Schüssel saß, hatte er sich den Mantel mit einem vorbereiteten Draht über die offene Kabine herausgefischt. Die Überraschung war ihm geglückt, und er konnte auch jetzt ein Grinsen darüber nicht unterdrücken. Bevor der Bestohlene reagiert hatte, war Lur aus der Toilette verschwunden und hinter den Bahnhof gelaufen.

Auch diese Idee hätte von Pep sein können. Lur war ein wenig stolz, dass er planen und denken gelernt hatte wie Pep. In der Manteltasche hatte er auch Geld gefunden, siebzig Franken, und sie behalten. Die Ausweispapiere, die in der Brieftasche lagen, warf er in den nächsten öffentlichen Briefkasten; die Post konnte sie dem Mann zurückbringen.

Der Mantel passte recht gut, war ausgefüttert und hatte einen Kragen aus synthetischem Fell, er gab warm.

Rechts und links fassten Drahtzäune weites Wiesland ein. Aus dem Essraum traten Kolonisten. Das Gebäude hatte einen Vorplatz mit einer Sitzbank, die von einem vorspringenden Dach geschützt wurde. Dort stand immer noch der Alte. Lur grüßte, doch er wurde nicht beachtet. Der Mann kaute eine schäbige Pfeife, die erloschen war, brabbelte unverständliche Sätze vor sich hin, hatte einen abweisenden Ausdruck im Gesicht und hässliche Alterswarzen. Über seinem rechten Auge fiel eine gerötete Narbe auf. Bartstoppeln und eine nussgroße haarlose Stelle bedeckten Wangen und Kinn. Er hatte helle Augen, wasserhelles Blau, doch sein Blick richtete sich ins Leere und blieb unfassbar, rote Adernetze durchzogen das Augenweiß.

Als sich der Alte umwandte, um in die Vorhalle zu gehen, zeigte es sich, dass er vergichtet war. Die eigenen Bewegungen fielen ihm schwer, er führte sie mit erzwungener Bedächtigkeit aus. Während er ging, in abgehackten Schritten, entstand der Eindruck, er schleife ein Bein nach und müsse die Muskulatur fortwährend überdehnen und sei nur mühsam und mit Beschwerden bewegungsfähig. Der Alte stellte sich in der Vorhalle vor das schwarze Brett. Aus seiner Kitteltasche zog er eine große Lupe und suchte einen ganz bestimmten Anschlag, als wäre er nur so lange vor der Halle gestanden, um sich zu erinnern, dass er nach diesem Anschlag hatte sehen wollen, und sich auch unverzüglich auf den Weg gemacht hatte, nachdem ihm dies klar geworden war. Er verharrte in gebückter Haltung, unfähig, den Rücken gerade zu halten, obwohl ihn das größer gemacht hätte und es ihm weniger mühsam gewesen wäre, den über seiner Kopfhöhe aufgehängten Anschlag zu lesen. Auf diesem Zettel waren die Namen der Kolonisten aufgeführt, die aufgefordert waren, im Verwaltungsgebäude persönliche Post abzuholen. Der Name des Alten war offensichtlich nicht darunter. In einer Bewegung, die er zeitlupenhaft ausführte, nahm er den Arm mit der Lupe zurück, als wäre er ein Fremdkörper und nichts als Träger von Beschwerden.

Lur las den Menüplan: es hatte zum Frühstück Porridge und

Kakao gegeben, zum Mittagessen waren Spaghetti Bolognese vorgesehen, zum Nachtessen Kaffee Komplet.

Der Alte hatte wohl gar nicht damit gerechnet, Post abholen zu dürfen, und beschäftigte sich immer noch umständlich mit dem Versorgen der Lupe; er war auch jetzt nicht ansprechbar, und ohne Lur zu beachten, verließ er die Vorhalle, dabei kauderwelschte er etwas lauter und auch unwilliger. Ein anderer Kolonist, der hinzukam, kümmerte sich nicht um den Alten, meinte aber zu Lur gewandt, als er wahrnahm, dass dieser die Speisekarte musterte, mit seltsam schneidender Stimme, auf den Menüplan sei kein Verlass, darauf könne man nicht gehen, der wechsle nach Belieben, wie das Wetter.

Der Alte beachtete auch den Kolonisten nicht, er blieb vollständig auf sich selber reduziert und war unfähig, sich nach außen hin zu öffnen. Er war ein Versager, den man draußen nicht einsetzen konnte, ein Lebensunfähiger, der ein Trinker geworden war und abgeschlossen hatte mit der Außenwelt, die ihn zur Strafe verwahrte und verbannte. Er hatte sich stumm getrunken und war an dieser Stummheit krank geworden, er war tot, auch wenn er vor dem Gebäude stand und an seiner Pfeife sog, zumindest in seinem Herzen. Er hatte Augen, aber keine Tränen.

Der Anschlag drohte auch. Wer das obligatorische Frühstück zwischen sieben Uhr und sieben Uhr fünfzehn verpasste, musste mit dem Entzug von Artikeln rechnen, die von der sich hauptsächlich selbstversorgenden Kolonie in einem großen Lebensmittelgeschäft eingekauft wurden und bei den Männern besonders beliebt waren.

Lur dachte an Schokolade.

In dem dunkelblauen Mantel mit dem Fellkragen sah Lur ganz gut aus. So ging er denn furchtlos durch die Kolonie, bemerkte wohl, dass er vom Küchenfenster aus beobachtet wurde und schaute darum lange hin und grüßte nickend. Es waren Kolonisten, die in der Küche arbeiteten. Sie hatten auffällig kahlgeschorene Köpfe, einer von ihnen hielt ein langes Küchenmesser in der Hand. Als sie merkten, dass Lur seinerseits sie beobachtete, senkten sie die Köpfe und gaben sich wieder der Arbeit hin.

Lur wusste nicht, warum er durch die Kolonie ging. Einmal packte ihn doch die Angst, weil er an die Möglichkeit dachte, den Besitzer des gestohlenen Mantels hier unter den Angestellten der Verwaltung anzutreffen.

Sein Gang durch die Kolonie war bestimmt nicht risikolos, aber wenn er so zu denken begann, musste er ja durchdrehen, dann gab es überhaupt keinen Ort, an dem er sich in Sicherheit fühlen konnte, keinen Ort, der für ihn ohne Risiko war. Lur überdachte diese Folgerung und musste sich dann eingestehen, dass sie stimmte; sie beschrieb seine Lage genau, was wie ein Schock auf ihn wirkte, worauf er eine Zeitlang regungslos zwischen den Gebäuden und den zwischen ihnen verkehrenden und darin arbeitenden Kolonisten stehen blieb. Dabei hielt er die Augen geschlossen, als wollte er nur noch in seine Gedanken sehen, in sich selbst hinein: Hau ab nach Deutschland. Möglichst schnell, hatte Pep gesagt. Jetzt sind wir quitt. Mit mir kannst du nicht mehr rechnen. Ich mache jetzt endgültig Schluss mit den Blackbirds. Deine Befreiung war zugleich mein Austritt. Wir sind uns nichts mehr schuldig.

Doch Lur war geblieben.

In der Arbeitskolonie fiel die militärische Ordnung auf; die Wege waren sauber gekehrt, die Plätze glichen Kasernenplätzen, die Fensterscheiben der einzelnen Gebäude blitzten vor Reinlichkeit.

Lur kam zu einem Brunnen mit einem langgezogenen Steintrog, an dem ein bärtiger Kolonist Milchkessel auswusch. Der Mann sprach Lur an, hielt den Blick allerdings auf seine Arbeit gerichtet, als er fragte, ob Lur neu eingewiesen sei.

Lur verneinte.

Es kam ihm vor, als hätte der Mann unwissend eine grausame Vorhersage gemacht und ihm einen Weg gewiesen, von dem es keine Abweichung gab. Nicht einmal den Anschein einer Möglichkeit dazu. War er hierhergekommen, um diese Frage zu hören, um sich ein Stück Zukunft voraussagen zu lassen?

Der Vormund hatte ihm die Versorgung in die Kolonie angedroht. Lur hatte auch einen Onkel, der hier in regelmäßigen Abständen verwahrt worden war, weil er sich als Trinker an keiner Arbeitsstelle hatte halten können und es auch mit den Arbeitszeiten nie so genau genommen hatte. Als er wieder einmal frei gewesen war und eine Anstellung bei einem Abfuhrunternehmen gefunden hatte, wo er mit einem Fünfliber Sackgeld pro Woche schmal gehalten wurde und ihm die Bettwäsche entzogen worden war, weil er sie im Rausch genässt hatte, hatte er sich an einem kalten Wintermorgen mit einem Kälberstrick erhängt.

Von diesem Onkel hatte der Vormund gesprochen und Lur einen ähnlichen Lebensweg vorausgesagt, eine Zukunft ohne Boden, Heimatlosigkeit.

Die Kolonie bot entlassenen Häftlingen, die keine Anstellung finden konnten und auf sich selber angewiesen, lebensuntüchtig waren, Kost, Unterkunft und Arbeitsplatz. Es konnten aber auch Trinker und arbeitsscheue Männer zur Erziehung oder Dienstverweigerer aus Gewissensgründen zur Verbüßung ihrer Strafe eingewiesen werden, um mit Männern und Burschen, die immer wieder rückfällig wurden und sich an keiner Arbeitsstelle länger bewähren konnten, zusammen zu arbeiten.

Die Arbeitskolonie war in den dreißiger Jahren nach einem deutschen Vorbild gegründet worden, obwohl sich die Bevölkerung des Freiamtes, vor allem Muris, entschieden dagegen ausgesprochen und ihr den Namen Zwäng Muri gegeben hatte. Man befürchtete von den ehemaligen Sträflingen, von den Trinkern, Verbrechern und Arbeitsscheuen, mit denen man den Umgang noch heute vermied oder aufs Nötigste beschränkte, könnte ein Zerfall der moralischen Ordnung ausgehen.

Lur schaute in einen Schuppen, in dem ein mächtiger Mann mit aufgedunsenem Gesicht Gemüse abwog. Seine Bewegungen waren sehr langsam, und obwohl der Mann kurzatmig war, rauchte er einen Stumpen. Ein kleiner, dürrer Mann, der den Hut tief in die Stirn gezogen hatte, war ihm behilflich, die abgewogenen Gemüseportionen in Plastiksäcke zu verpacken. Der Kleine besaß keine Zähne mehr, seine Wangen waren eingefallen und gaben dem Gesicht einen verkniffenen Ausdruck und ein Alter, das nicht abzuschätzen war. Beide Kolonisten waren mit dem Suppengemüse beschäftigt, sahen Lur wohl, doch ihr Interesse weckte er nicht.

Vor dem Hühnerhof, der einen weiten Auslauf besaß, blieb Lur stehen. Die Hühner flatterten, gackerten, pickten ununterbrochen, als müssten sie die Pracht des Hofes auf diese Weise entgelten. Es war eine schwere, weiße Hühnerrasse.

Hinter dem Hühnerhof war eine Koppel angelegt, zwei Pferde standen im Freien. Lurs Onkel hatte im Murimoos als Karrer gearbeitet. Die dunkelbraunen, glänzenden Pferde drehten den Kopf, blieben aber an ihrem Ort stehen. Lur verfiel in die Erinnerung an seinen Onkel und erschrak darum heftig, als er angerufen wurde. Langsam, auf ein vorzeitiges Ende seiner Flucht gefasst und gleichzeitig nach einer neuen Fluchtmöglichkeit trachtend, wandte er sich nach der Stimme um und verkrallte die in den Manteltaschen steckenden Hände ins seidene Futter: der Wald war nicht weit, der Weg mit einer Pumpe verstellt, wenn er weglaufen würde, könnte man ihn nur zu Fuß verfolgen.

Es war ein Kolonist, der Lur angerufen hatte. Er klopfte auf dem Balkon eines neben dem Hühnerhof stehenden Gebäudes Teppiche. Lur entsann sich jetzt des Klopfgeräuschs, das regelmäßig ertönt war und erst aufgehört hatte, als er angesprochen worden war.

Der Kolonist, ein junger Mann, hatte einen kräftigen Bartwuchs und sehr kurz geschnittene, schwarze Haare, er war mit einer dunkelblauen Arbeitshose und einem dunkelblauen Rollkragenpullover bekleidet und hatte eine Gärtnerschürze umgebunden. Sein Dialekt kam Lur fremd vor. Der Mann erkundigte sich, ob Lur ein Neuer sei, wie das vorher der andere Kolonist schon gefragt hatte.

Der Kolonist, den Teppichklopfer in einer Hand und übers Balkongeländer gebeugt, begann, als Lur verneinte, sofort zu klagen über das schlechte Essen in der Arbeitskolonie und beanstandete den Lohn. Die Arbeit bezeichnete der Kolonist allerdings als gut und vor allem abwechslungsreich und selbstständig. Doch die Freiheit, führte er weiter aus, sei eben keine Freiheit, viel zu wenig Freiheit hätten sie in der Kolonie. Er wolle hier weg, spätestens in drei Monaten wolle er hier weg. Dies habe er seinem Vormund bereits mitgeteilt, schriftlich habe er es ihm mitgeteilt, er habe einfach alles auf einen Zettel geschrieben und in der Verwaltung abgegeben und gesagt, das sei eine dringende Mitteilung, und sie müsse sofort an seinen Vormund weitergeleitet werden. Auf jeden Fall müsse er fort, er könne nicht bleiben, auf Dauer könne er es hier unmöglich aushalten, kaum Ausgang hätten sie nämlich, und am Sonntag müsse er abends um halb sieben schon wieder einrücken vom Urlaub, nein, das sei einfach zu früh, das passe ihm überhaupt nicht, und dann keinen Alkohol, verboten, nicht einmal ein Bier, nicht mit ihm, mit ihm könnten die das nicht machen, Fleisch, überhaupt auch zu wenig Fleisch würde er bekommen, aber als Hilfsarbeiter sei es natürlich schwierig, jetzt wegzukommen, habe der Vormund schon erklärt, jetzt seien halt Hilfsarbeiter nicht gefragt, in der Krise, sagte der Kolonist, nun wollen sie überall nur Bessere, und nur Bessere könnten jetzt wohl eine Stelle in der Fabrik finden, Bessere als er jedenfalls.

Dann fasste er den Klopfer wieder fest und begann erneut, den Teppich in regelmäßigen Schlägen und mit einer erstaunlichen Verbissenheit durchzuwalken. Er beachtete Lur nicht weiter, sein Gesicht hatte sich plötzlich versteinert, so, als ob er nie mit ihm gesprochen hätte und nun beinahe befürchtete, in seiner über alles wichtigen Tätigkeit, die ihn vollständig beanspruchte, gestört und aufgehalten zu werden.

Lur ging weiter, er kam zu den Stallungen. Der Stallbursche, auch ein Kolonist, der unter der Tenntür stand, sprach ihn nicht an. Er war damit beschäftigt, das Fleisch von einem Gnagi zu lösen, gab sich dieser Tätigkeit mit großer Aufmerksamkeit hin, klaubte mit andächtigen Fingern an dem fettigen Knochen und dem rosafarbenen Fleisch herum, riss mit den Zähnen Fasern und Stücke ab, als ob er zum letzten Mal Gelegenheit hätte, Fleisch zu essen. Er wurde denn auch von einem Kolonisten, der im gegenüberliegenden Stall beschäftigt war, herbeigerufen. Nun nagte er ganz hastig und nervös, einem Kaninchen vergleichbar, wie Lur dachte, den Knochen vollends ab, als würde ihm der andere, er war ein überaus großer Kerl, der über dem Gürtel einen mächtig hervorquellenden Bauch trug und auch jetzt, im noch frühen, kalten Morgen, nur ein kragenloses Hemd mit zurückgekrempelten Ärmeln anhatte, den Fleischanteil streitig machen. Er warf dann den blanken Knochen einem alten, dicken Entlebucher Sennenhund zu, der neben dem Scheunentor lag und sofort nach dem Happen schnappte und damit unter einen Ladewagen kroch, der unbenutzt in der Scheune stand.

Vor einem anderen Gebäude, einem offenen Schuppen, an dem Lur vorbeiging, türmten sich hohe Sägemehlberge auf. Zwei über und über gelb bestäubte Kolonisten standen, die Schuhe bis über die Knöchel im Sägemehl, vor einer Abfüllmaschine. Das Sägemehl haftete ihnen nicht nur am groben Stoff der Kleider, sie hatten auch vom Sägemehl verklebte Gesichter und Haare voller Sägemehl, das in den Augenbrauen besonders dicht hockte und dem einen den Schnauzbart ganz verstaubt und vermehlt hatte. Die beiden Kolonisten füllten an der automatischen Maschine die Sägemehlberge in Plastiksäcke zu zwei Kilogramm ab. Auf die Säcke war die Aufschrift »Kleintier Streue« gedruckt. Die Kolonisten verrichteten ihre Arbeit wortlos. Gelegentlich hustete einer und schniefte das Sägemehl aus der Nase. Sie grüßten Lur nicht, schauten aber, ohne ihre Arbeit zu unterbrechen, lange zu ihm hinüber. Dabei fielen Lur die großen, hervorquellenden Augen des Einen besonders auf.

Vor den Treibhäusern, zwischen denen Lur durchgehen musste, wenn er wieder zur Straße zurück wollte, standen auch Kolonisten. Nochmals fiel es ihm auf, wie viele von ihnen Armeekleidungsstücke trugen. Eine größere Zahl, und eigentlich alle älteren, deckten ihren Bedarf an Arbeitskleidern anscheinend aus Ausschussbeständen der Armee. Die meisten Kolonisten wandten sich ab, als er vorbeiging, oder sie nahmen eine Haltung an, die unmissverständlich ausdrückte, dass sie in Ruhe gelassen sein wollten. Es machte den Eindruck, als hätte die Mehrzahl von ihnen mit dem Leben abgeschlossen.

Lur aber noch lange nicht.

Und die Rechnung der Kolonisten, so schien es Lur, war nie aufgegangen. Irgendwo stand immer ein Rest zu ihren Ungunsten. Es war die Hoffnungslosigkeit, in der sich die Männer eingerichtet hatten – oder hatten einrichten müssen –, die Lur bedrückte.

Da sprach ihn doch wieder einer an, bemerkte nur abschätzig, zu Tode arbeiten, das kannst du dich hier, aber Geld, Geld bekommst du keines zu sehen, und einen Durst habe ich hier, einen unsagbaren Durst. Dabei war es augenscheinlich, dass der Kolonist weder ein besonders arbeitsfähiger oder auch nur arbeitswilliger Mann war und gar keine Antwort erwartete.

Vor dem Verwaltungsgebäude kehrte ein Kolonist den gepflasterten Platz. Es lag nur wenig Schnee, den er wegzuräumen hatte, doch er führte diese Arbeit mit größter Sorgfalt und sehr bedächtig aus, als gelte es, den Vorplatz für einen ganz hohen Besucher herzurichten, dem er durch Sauberkeit einen besonders guten Eindruck hinterlassen sollte.

Der Mann sah vollständig abgerissen aus, er hatte ein fleckiges, vernarbtes Gesicht und einen unsteten Blick, als wäre es ihm unmöglich, irgendwo einen Halt zu finden. Sein ausgemergelter Körper war mit einer Militärhose, einem blauen, kragenlosen Hemd und einer abgewetzten, an den Ellenbogen besonders zerschlissenen Manchesterjacke, die ihm um den Leib schlotterte, bekleidet. Seine Füße steckten in Militärschuhen, wie Bleigewichte hingen sie an seinen Beinen. Der Schädel war wie der vieler Kolonisten beinahe kahl geschoren.

Unter dem Vordach der Kantine hockte eine gefleckte Katze. In der Vorhalle pinnte ein Kolonist neue Weisungen auf das Anschlagbrett, der Schlag auf den Bostitch hallte aus dem Haus. Im Freien, ohne die Katze wahrzunehmen, die sich an ihn heranmachte, verweilte noch immer der Alte; in seinem Mund steckte die erloschene Pfeife, die Hände hatte er in den Hosensäcken, verloren stand er da in seinen zu großen Filzpantoffeln mit den abgebrochenen Schnallen, gichtkrumm, blicklos, ohne jegliches Aufnahmevermögen für die Vorgänge um ihn her.

Lur nahm denselben Weg zum Waldrand zurück. Über die Bäume fiel ein helles Licht auf Murimoos und blendete ihn, die Sonne besaß nur wenig Kraft und wärmte kaum, doch das Gehen vertrieb die Kälte aus dem Körper.

Die Arbeitskolonie lag vollständig in eine Landschaft eingebettet, die Verzauberung vortäuschte, versteckt und abgeschieden vom Dorf; in einer Landschaft auch, die sich für Verstecke eignete, im ehemaligen unfruchtbaren, tückischen Moor, noch immer gern geheim gehalten und verborgen. Verborgen wollte auch Lur sein, versorgt allerdings nicht.

Am Waldrand waren noch vereinzelte Schneebänder zu sehen, die sich in langen Streifen bis in die Felder hinauszogen. Die Kolonie sah vom Weg her wie eine verschwiegene Gemeinschaft aus. Lur trat in den Wald hinein, ohne genau zu wissen, wohin er eigentlich gehen wollte. Das machte ihn hilflos, ein Weg ohne Ziel war nichts als endlos.

War diese Hilflosigkeit der Grund gewesen, der ihn ins Murimoos hatte gehen lassen?

Zu den Ausgestoßenen, zu den Heimatlosen? Hatte es ihn zu ihnen gezogen, war er zu ihnen getrieben worden?

Jeder der Kolonisten hätte ihn im Grunde verstehen müssen, aber keiner war ansprechbar gewesen.

Abhauen nach Deutschland?

Es wäre klug gewesen, wenn er den Rat Peps befolgt hätte.

In Deutschland hätte er untertauchen können. Sonntagnacht hatte Pep vorgeschlagen, ihn an die deutsche Grenze zu fahren. Doch Lur hatte dies abgelehnt.

Am Sonntag hätte er den Übergang bestimmt geschafft. Aber jetzt? Nun stand sein Name bereits in den Nachtragslisten zu den Fahndungsbüchern. Kein Zöllner, kein Grenzer würde ihn passieren lassen.

Abhauen nach Deutschland! Es wäre das Beste gewesen.

Unter Lurs Schritten knackten Äste, dem Wegrand entlang lief ein kaltes Schneeband, in dem gefrorenes Laub und Holzstücke steckten. Der Schnee lag lose auf der Straße, einzelne Steine der Beschotterung drückten durch die Sohlen.

Was hatte er eigentlich in diesem kahlen Winterwald verloren?

In seine Bude nach Bremgarten durfte er sich nicht wagen, ebenso gut hätte er gleich aufgeben und sich der Polizei stellen können. Vielleicht würde ihm das sogar Strafmilderung einbringen. Er verscheuchte diesen Gedanken. Nach Wohlen zu fahren, war auch nicht ohne Gefahr, in Bremgarten kannte man ihn zu gut, in Merenschwand fiel es auf, wenn einer tagelang unbeschäftigt im Dorf herumstreunte. In Muri fühlte er sich am sichersten.

Aber auf die Dauer?

Abhauen nach Deutschland! Schwarz über die Grenze! Oder nach Zürich? Er dachte an die Möglichkeit, für ein paar Tage in Zürich unterzutauchen. Noch gab es Freunde. Aber dann? Pep würde dichthalten, er hing ja mit drin, wenn er gefasst würde. Und Anita? Lur nahm an, dass Pep ihr von der gemeinsam geplanten und durchgeführten Flucht erzählt hatte. Ob auf Anita Verlass war? Seine Freunde in Zürich wurden bestimmt auch kontrolliert. Untergrund, es war jetzt nur ein leeres Wort. Razzia, dies genügte für kalte Wut. Lur spuckte in den Schnee und kickte mit dem Fuß einen Stein von der Straße.

Sich mit Autostopp abzusetzen, am besten über den Albis nach Zürich, um dort die Lage auszukundschaften, wäre trotzdem nicht unklug.

Dass Pep mit ihm nichts mehr zu schaffen haben wollte, verwirrte Lur. Das war doch vorsätzliche Verstocktheit. Lur gab Anita die Schuld für diesen Wandel. Mit seiner Freundschaft zu ihr hatte Pep mehr und mehr das Interesse an den Blackbirds verloren.

Aber noch war er ein Blackbird, dachte Lur, und einen Austritt aus der Bande gab es nicht nach Belieben.

Auch »Folk Fairport« hatte Pep hauptsächlich wegen Anita aufgezogen. Die mit ihrem Gitarrenfimmel. Lur hatte das immer als Lächerlichkeit empfunden. Kinderzeugs.

Und Freunde? Besaß er im Freiamt noch Freunde, die er aufsuchen konnte, die ihm helfen könnten? Die Bande war aufgeflogen, die Mitglieder saßen in Untersuchungshaft, in Heimen, waren beaufsichtigt, bevormundet, versorgt worden. Nur ein paar hatten sich den Nachforschungen der Polizei entziehen können. Ob auf sie Verlass war?

Lur hob einen abgebrochenen Ast von der Straße auf und knallte ihn gegen einen Baum, er bückte sich nach einem Stein und schleuderte ihn ins Feld hinaus, dann sah er die Sinnlosigkeit dieser Handlungen ein, setzte sich auf einen der am Wegrand gestapelten Baumstämme, aß von seinem Brot, kaute Dörrfrüchte und rauchte danach eine Zigarette.

Das Schlimmste war, dass er nicht an sein Motorrad herankommen konnte.

Jetzt ein Motorrad haben, frei sein, mit 140 Sachen durch die Landschaft blochen, oder einfach das Freiamt hinunter nach Brugg, bei Mägenwil auf die Autobahn, los Richtung Bern, Gas, linke Spur, ab. Die Autofahrer würden sich fürchten, sich ärgern, sich hilflos zur Wehr setzen mit ihren lächerlichen Lichthupen gegen den allesfressenden Lur. Er würde sie überholen, sich zwischen ihnen durchschlängeln, vor ihnen einschwenken, Slalomfahren, wegjagen, bis nach Lausanne hinunter. Frei sein. Motorradfahren musste ihm nun wirklich keiner mehr beibringen, und einen, der ihm da etwas vorzeigen konnte, hätte Lur gern kennengelernt.

Dann würden sie ihn schnappen, ganz bestimmt.

Auf Pep war er wütend, dieser Kerl wollte nichts mehr mit ihm zu tun haben, ließ ihn einfach im Stich, hatte wohl vergessen, wer der Boss war. Hundsgemein fand Lur den, hundsgemein. Gut, Pep hatte ihn herausgeholt, aber das hätte er doch auch getan, das war eine abgemachte Sache. Wenn einer von der Bande geschnappt und eingesperrt war, musste er nach Möglichkeit herausgeholt werden, nur schon, damit er nicht singen konnte. Natürlich, jeden konnte man nicht freischlagen, und auch nicht jeder wusste alles, und mancher war selber schuld, wenn die Bullen ihn schnappten. Auch gab es Fälle, an die man einfach nicht herankommen konnte, so sicher wurden sie verwahrt.

Selbstverständlich hatten sie immer Unterschiede gemacht. Lur war der Boss, ihn hatte man herausholen müssen, das war klar, wenn einen um jeden Preis: dann ihn. Oder glaubte Pep vielleicht, er habe sich mit dieser Befreiung loskaufen können?

Wenn er die Blackbirds nochmals zusammenbringen könnte, so alle auf einen Haufen, das wäre ein Ding. Die Motoren aufheulen lassen, und ab die Post, eine Riesenshow abziehen, nochmals ganz klar demonstrieren, wer hier der Boss war, und dann abhauen nach Deutschland, am besten nach Frankfurt. Wenn Pep meinte, er habe sich losgekauft, dann war das eine Täuschung. Ha, dem würde er eine gesalzene Rechnung vorlegen.

Anita. Wenn aber Anita dahintersteckte, und wenn sie plauderte? Lur empfand erneut eine aufsteigende, maßlose Wut. An allem war diese Anita schuld. Jetzt in die Luft schreien, irgendetwas, einfach Laut geben. Wenn diese Anita ihnen nur nie in die Quere gekommen wäre. Weil er sich mit seiner Freundin hatte befassen müssen, hatte Pep bei den Blackbirds nicht mehr mitgemacht. Nun plagte ihn wahrscheinlich ein schlechtes Gewissen, er hatte wohl auch Angst und Lur vielleicht darum herausgeholt. Lur könnte ja wirklich einem Bullen etwas erzählen: über Pep.

Und wenn diese Anita nicht dichthielt? Ob es vielleicht ratsam wäre, ihr einen Denkzettel zu verpassen?

Das war wirklich hundsgemein, wie Pep ihn nun im Stich ließ. Einfach im kalten Wald frieren, Brot fressen, Dörrobst nagen und Zigaretten rauchen. Verdammich, war das eine Freiheit. Kalte Füße, auf einem gefällten Baum hocken und nicht mehr weiterwissen, hundsgemein war dieser Pep.

Pep war einfach ausgestiegen, nachdem er bei kleineren Unternehmungen noch mitgetan hatte. Lur war der Boss gewesen, Pep hatte die Pläne ausgeheckt, letztes Jahr, als die Blackbirds dem Männerchor Wohlen die Heimkehr vom Gesangsfest vermiesten: Die Sänger kamen von ihrem »Eidgenössischen« in Luzern, sie hatten sich einen Kranz ersungen, den goldenen in ihrer Stärkeklasse, und sie fanden den Lorbeer und den Stolz darauf berechtigt. Die Dorfmusik hatte sich auf dem Bahnhofsplatz eingefunden, um die singenden Kollegen mit einem Ständchen zu begrüßen und ehrenvoll in Empfang zu nehmen, wie es gegenseitiger Brauch war. Ein Sonntagabend, mildes Wetter, kaum Wolken am Himmel, Schwalben zogen ihre Formationen und Figuren. Als der Zug einfuhr, setzte die Blasmusik zum ersten Stück an. Eine große Ansammlung von Menschen hatte sich gebildet, Mädchen in leichten Kleidern, Blumen in den Händen, Frauen und Kinder in der Sonntagstracht, Männer, einen Stumpen im Mund, alle gut gelaunt, es waren meist Angehörige, Freunde und Bekannte der Sänger und der Blasmusikanten.

Der Männerchor stieg dann aus, die Sänger schwenkten die Hüte, lachten, zeigten fröhliche Gesichter, und manchem merkte man an, dass er dem Weißwein zugesprochen und über den Durst hinaus getrunken hatte.

Die Männer genossen den Applaus sichtlich, der Dirigent der Blasmusik reichte dem Dirigenten der Sänger mit demonstrativer Herzlichkeit die Hand, die Begrüßung sollte Freundschaft und Verbundenheit der beiden Vereine ausdrücken und wurde auch richtig verstanden. Zwei Ehrendamen hauchten dem erfolgreichen Dirigenten lippenstiftrote Küsse auf die Wangen, der ließ sich das gerne gefallen, den Blumenstrauß schenkte er dann seiner Frau, die sich freute und ein Lachen verbreitete, das anstecken musste. Und die Blackbirds?

Sie arbeiteten schon nach den Plänen von Pep. Ihre Motorräder hatten sie vorsorglich hinter dem Bahnhof stehen lassen und waren vereinzelt, um nicht aufzufallen, herbeigekommen. Nun bastelten sie an elektrischen Drähten und probierten eine elektrische Verbindung, sie gelang. Der große Augenblick der Vereine sollte erst noch kommen und war so vorgesehen: der Männerchor wollte das mit dem goldenen Lorbeer preisgekrönte Lied den versammelten Freunden vortragen.

Schon reihten sich die Sänger in ihre gewohnte Runde, bildeten den Halbkreis um den Dirigenten. Dort musste noch einer sein Kind von den Armen hinunternehmen und es der Mutter an die Hand geben, bevor er beim zweiten Bass eintreten konnte. Und einer, ein langer, dünner Mensch, wurde von seinem Hund, einem Dalmatiner, zurückgehalten. Auf die beiden Männer hatte der Dirigent noch zu warten, tat es, den Taktstock und die Linke bereits erhoben, etwas ungeduldig, Ungeduld im Blick, aber er wartete, der Lange war im Glied der Tenorsänger nicht zu entbehren.

Als die Sänger ihre Grundtöne abnahmen, die der Dirigent ihnen nach der Stimmgabel bot, verstummten die Leute ringsum. Dann erklang der einleitende Akkord, und er sollte der einzige sein, den die Blackbirds dem Männerchor erlaubten.

Ein Kopfnicken von Pep, ein Handzeichen von Lur: Anlage einschalten. Über den großen Lautsprecher der Bremgarten-Dietikon-Bahn, den sie angezapft hatten, lärmten die Blackbirds in solch unflätiger Wattstärke in die als gepflegt gemeinte, lange geprobte und auch erfolgreich gewesene Darbietung des Männerchors, dass diese unterging in einer Woge aus Lärm. Es ertönten Popmusik der Uriah Heep, Beschimpfungen und Gelächter der Burschen, die versteckt in einem Schuppen hockten und sich mit Gejohle, Flüchen und Klamauk Luft verschafften.

Dabei hatte Pep noch mitgespielt. Aber das war doch eine Kindersache gewesen, dachte Lur. Unsinn. Ein Ulk und nicht mehr, der in der Folge von der Lokalpresse hochgespielt worden war. Von Rockern war die Rede, von Halbwüchsigen-Terror, dem eine straffe Hand ein rasches Ende bereiten müsse.

Vom »Melken« wusste Pep anfänglich nichts, von Lur hatte er jedenfalls nichts erfahren. Diese Raubzüge hatten sie ohne ihn abgesprochen, nur der kleinste Teil der Bande, der harte Kern, wie Lur jetzt dachte, war daran beteiligt gewesen. Der harte Kern, diesen Ausdruck hatte Lur einmal gelesen, er stimmte ganz genau. Doch Pep war ihnen auf die Schliche gekommen, und er hatte Lur das »Melken« übelgenommen. Nachts war die Bande jeweils mit den Motorrädern losgezogen, um Automaten zu melken. Sie brachen die verglasten Kästen auf und holten das Geld und die Ware heraus. Die erbeuteten Zigaretten und Schokoladen versteckten sie mit anderen Waren in Milchkannen, die sie vor längerer Zeit bei einer Molkerei gestohlen und am Reussufer als Lagerkammern eingegraben hatten. Später hatten sie auch die Kassen von Telefonautomaten aufgebrochen. Erwischt wurden sie nicht.

Dann die Sache mit den Tonbandgeräten. Sie klauten sie in Warenhäusern, es war gar nicht so kompliziert. Einer verwickelte einen Verkäufer in ein Gespräch über Antennen, einer lenkte die Aufmerksamkeit auf sich. In Wohlen, im Kaufhaus »modern«, hatte einer in der Spielwarenabteilung Seifenwasser gekauft. In der Abteilung, in der sich die Musikgeräte befanden, blies er die leichten Seifenblasenkugeln unter die Käufer, die nicht wussten, ob sie sich ärgern oder freuen sollten. Bis der Geschäftsführer ihn aufgefordert hatte, mit der Spielerei aufzuhören, hatten die andern drei Kassettengeräte gestohlen. Und den Abgang verwehrte ihnen niemand. In Waldshut verkauften sie die Geräte, das Geld verjubelten sie in Lörrach. Auch davon hatte Pep erfahren. Mitgemacht hatte er nicht, wenigstens dichtgehalten.

An der Reussbrücke war dann der Streit zwischen Lur und Pep offen ausgebrochen. Es ging dabei um Brückenzölle.

Bei der Brücke von Rickenbach, wo ihnen Pep schon ins Netz gegangen war, hatten sich die Blackbirds festgesetzt und mit ihrer Kette, an die sie wieder eine tote Krähe gehängt hatten, hielten sie die Autos auf: Brückenzoll, 50 Franken. Wenn ein verängstigter Fahrer das Fenster hochkurbeln wollte, drohten sie, es einzuschlagen und fuchtelten mit einem Maurerhammer herum. Jeder Fahrer musste aussteigen und bezahlen. Wollte einer die Bezahlung des Zolles verweigern, schlitzten ihm die Blackbirds mit einem Tauchmesser das Polster des vorderen Autositzes auf. Dies wirkte zuverlässig. Und der Zuschlag für die Mehrarbeit des Aufschlitzens betrug zehn Franken. Sie gab der Fahrer dann wortlos hinzu, heilfroh, weiterfahren zu können.

Dem war der Streit vorausgegangen.

Lur hatte erklärt, nicht zahlungswillige Fahrer müssten verprügelt werden: ein harter Faustschlag auf die Nase, wenn dann Blut spritzt und es so ein Stinker nach dem stechenden Schmerz über sein Gesicht laufen fühlt, wenn ihm sein eigenes Blut über die Schnauze fließt und er es mit der Zunge ablecken kann, wird jeder bezahlen, mit Sicherheit.

Lurs Vorschlag hatte Pep in Wut versetzt, und er hatte die Idee mit dem Polster Aufschlitzen vorgebracht, obwohl er das Ganze als kriminell bezeichnet hatte, und Lur voraussagte, sie würden dabei geschnappt werden.

Schlitzt ihnen das Polster auf, sagte Pep ganz kalt und versuchte, sich und seine Stimme zu beherrschen. Das nützt ebenso oder noch besser. Am meisten lieben doch diese Spießer ihr eigenes Auto. Nasenbluten gibt sich wieder, aber ein aufgeschlitztes Polster ist kaputt und kostet Geld.

Pep behielt recht. Jeder bezahlte.

Aber auch Lur hatte sich abgesichert. Durch Vortrupps sorgte er dafür, dass immer nur ein Auto die Sperre erreichte und die anderen Fahrzeuge, auch der Gegenverkehr, unter irgendeinem Vorwand vor der Brücke aufgehalten wurden. Die bestohlenen Fahrer wurden zudem aufs fürchterlichste bedroht und eingeschüchtert. Lur ließ jede Nummer aufschreiben, jeden Ausweis sah er sich an, Adressen und Namen der Fahrer wurden notiert. Und keiner hatte die Polizei benachrichtigt, weil jeder die angekündigte Rache befürchtete. Meist ging die Abfertigung schnell vor sich. An diesem Brückenzoll-Sonntag hatten sie sechshundert Franken kassiert. Und den Spaß daran hatten wir auch, hatte Lur gesagt, als er das Geld grinsend eingesteckt hatte, während Pep den ganzen Nachmittag wütend am Reussufer gelegen war, ohne einen Ausweg zu wissen. Damals erwähnte er, als sie schon wieder auf ihren Motorrädern saßen, um abzuhauen, er hätte die Nase endgültig voll und wolle aussteigen.

Der harte Kern der Blackbirds flog später auf, und das war kein Fehler in der Methode. Das war ein Zufall, ein Missgeschick, jener

Knall im Warenhaus, in das sie eingestiegen waren, um einmal eine größere Sache steigen zu lassen.

Doch Pep sollte sich täuschen. Aussteigen ging bei den Blackbirds nicht so leicht. Wer in die Bande wollte, hatte zuerst ein Duell zu gewinnen. In der Bande bekam jeder seinen Platz, den er verbessern konnte. Pep war gleich am Anfang hoch eingestuft worden, weil Lur es so angeordnet hatte. Wenn einer aussteigen wollte, wurde es ihm ebenso wenig leicht gemacht. Er musste sich freikaufen mit einem Duell. Das Duell wurde immer mit dem Messer oder mit dem Motorrad ausgetragen. Lur bestimmte die Kampfart und den Partner.

Pep drückte sich nun zwar, aber noch gehörte er zur Bande.

Die Sonne erreichte den Baumstamm, auf dem Lur hockte, er streckte die Beine in die Wärme. Murimoos lag unverändert still vor ihm, als wäre dort alles abgestorben, alles aufgehoben. Über den Feldern bewegte sich ein durchscheinender Nebel, eine dünne Schicht, ein Schleier, der Einsamkeit mit sich schleppte.

Ausgestoßen konnte einer jederzeit werden, wenn Lur das so wollte. Doch der wurde mit Prügeln verjagt. Jeder durfte ihm eins auswischen, ihn in der Nacht anrufen und beschimpfen. Ein Ausgestoßener hatte kein leichtes Leben zu erwarten. Sein Motorrad konnte er gleich verkaufen, sonst wurden ihm die Pneus regelmäßig aufgeschlitzt. Am besten war es, wenn so einer die Konsequenzen zog und aus dem Freiamt verschwand. Möglichst weit weg. Und eines wusste jeder, ob er ausgestoßen wurde oder sich, was noch nie vorgekommen war, mit einem Duell freikaufte: den Mund hatte er zu halten, sonst kriegte er die Schnauze voll. Jederzeit und überall. Und zwar fürchterlich. Pep wusste das genau, dachte Lur. Und Pep gehörte noch dazu. Lur bildete sich ein, den verbliebenen Teil der Blackbirds wieder zusammenbringen zu können. Die hatten doch Schiss vor ihm und würden kuschen. Zusammen wären sie stark. Mit Lur als Boss war auszukommen, wenn man sich fügte. Das wussten doch alle.

Aber jetzt war das noch zu früh, zu gefährlich.

Nur mit einem Duell könnte Pep freikommen, dachte sich Lur. Wenn er das Duell, und es kam nur ein Duell zwischen ihnen beiden in Frage, gewinnen würde, konnte er austreten und würde danach unbehelligt bleiben. Falls er die Schnauze hielt, klar.

Lur hörte Schritte auf dem Schnee. Es kam jemand den Weg entlang. Lur versteifte sich. Nur nicht weglaufen jetzt. Einen allein würde er immer schaffen. Doch das war kein Polizist, auch keiner von der Kolonie. Der Spaziergänger auf dem Waldweg hatte Lur noch gar nicht bemerkt. Ein recht großer Mann, registrierte Lur. Er ging in einer schwarzen Manchesterhose, hatte hellbraune Lederstiefel an. Seine Jacke, Wildleder, war gefüttert, braunes Wildleder war es. Seine Schultern waren breit. Der Mann hatte ein schmales Gesicht, die Stirn war hoch und ausgeprägt, dunkle Haare, er hatte eine Brille aufgesetzt, ein Metallgestell mit großen Gläsern. Der Mann kam näher. Jetzt musste er Lur auch sehen. Doch er erkannte ihn nicht. In der Hand hielt er einen Zweig, den musste er frisch abgebrochen haben, und spielte damit. Lur hatte das Gefühl, dem Mann schon einmal begegnet zu sein. Dies war ihm unangenehm. Kannte er den Mann, so musste er damit rechnen, wiedererkannt zu werden. Der Mann rauchte Pfeife. Jetzt warf er den blattlosen Zweig in den Schnee, nahm die Pfeife aus dem Mund und zog einen Beutel Tabak aus der Tasche. Im Beutel war nicht mehr viel Tabak. Jedenfalls, dachte Lur, sah es so aus, als müsste der Mann den Tabak zusammenkrümeln. Als er die Pfeife stopfte, bedächtig, kam er an Lur vorbei, und er stopfte, ohne dass er auf den Pfeifenkopf blicken musste. Grüßend nickte er Lur zu, und Lur nickte zurück. Lur blieb ruhig sitzen und streckte die Beine und täuschte ein Gähnen vor, als ob er sich ganz behaglich fühlen würde und der Mann ihn in einer friedlichen Ruhe gestört hätte. Plötzlich wandte er seinen Blick ab. Er hatte den Fremden erkannt. Lur glaubte, auch in dessen Blicken ein Aufmerken gesehen zu haben. Das konnte eine Täuschung sein. Seine Brillengläser waren dunkel getönt, Gläser, die sich bei starkem Lichteinfall verfärbten. Der Mann hatte sehr helle Zähne. Als er gegrüßt hatte, war Lur sein Lächeln sofort bekannt vorgekommen. Er war ganz sicher. Der Fremde schaute nicht zurück. Oder ging er etwas langsamer? Verzögerten sich seine Schritte, als wollte er stehen bleiben, sich umwenden und Lur ansprechen?

Du bist doch Lur, könnte er fragen.

Er schritt weiter und blies jetzt Rauch in die Luft und warf ein abgebranntes Streichholz in den Schneestreifen am Wegrand. Von hinten sah Lur, dass der Mann die Füße beim Gehen etwas nach auswärts stellte. Auch ging er, zwar kaum merklich, ein wenig vorgeneigt.

Es war jener Aushilfslehrer, jener Stellvertreter, wusste Lur, der sich gedrückt hatte, als er ihn in der Turnhalle aufgefordert hatte, die große Hantel aufzuheben, die er selbst mühelos hatte hochstemmen können.

Lur entspannte sich, er merkte, dass sein Herz schneller geschlagen hatte. Die Angst kroch jetzt hoch.

Er war froh, dass der Mann so sehr mit dem Stopfen seiner Pfeife beschäftigt gewesen war und ihn nicht wiedererkannt hatte. Regungslos blieb er sitzen. Die Sonne beschien seine Beine, und er hatte Wärme nötig.

10

Margrit lag bei offenem Fenster auf dem Bett in ihrem Dachzimmer, sie empfand eine angenehme Kühle, die das Atmen leicht machte, und fühlte sich unter der warmen Decke, die sie über sich gebreitet hatte, geborgen. Draußen entfaltete sich ein frischer Nachmittag, auf dem Blechdach der Terrasse spiegelte die Sonne, ein paar aufgeplusterte Vögel hockten auf den Trägern der Veranda.

Sie hatte über Mittag eine Stunde geschlafen, denn Herbert war nicht nach Hause gekommen.

Wenn sie ganz still lag, hörte sie von weit her die Reuss, doch es kostete sie einige Anstrengung, ganz wach zu werden und sich auf die Geräusche zu konzentrieren. Im Waffenplatzgelände fielen manchmal Schüsse, sie knackten den Tag auf, als wäre er ein Sack voller Nüsse, der keinem gehörte. Immer wieder wechselte sie vom Halbschlaf in die Helligkeit des Nachmittages, bis sie sich einen Ruck gab und aufstand.

Nun war es doch etwas zu kalt geworden, Margrit legte sich eine Jacke um die Schultern und schloss das Fenster. Über Unterstadt und Au reichte ihr flüchtiger Blick bis zu den stumpfblauen Hügelzügen des Schwarzwaldes. Am Fenster kam es ihr mühselig vor, den schweren Körper bewegen zu müssen. Nach der Schwerelosigkeit eines Traumes tauchte sie in die Müdigkeit ein wie in eine Teigmasse, an ihren Füßen hafteten Gewichte, es war ein schmerzloser Zustand, doch als Empfindung zäh und schwer.

Margrit setzte sich an den Tisch, legte die Arme auf die Tischplatte und senkte den Kopf, bis ihre Stirn das Holz berührte. Die kühle Druckstelle auf der Stirn tat ihr wohl, die Augen nahmen die Maserung nur verschwommen wahr und konnten sich nicht so schnell auf die kurze Distanz umstellen. So verharrte sie eine Weile, dann spürte sie ihr Kind. Sie zog die Arme vom Tisch zurück und umschlang den Bauch. Allmählich glich sich die Wärme der Stirn der Kälte der Tischplatte an. Dann setzte sich Margrit aufrecht hin, dehnte den Rücken, streckte die Beine breit unter den Tisch. Nun hatte sie das Gefühl, vollständig aufgewacht zu sein. Ganz unmittelbar, von einem Herzschlag zum nächsten, war sie nicht mehr ein Gefäß, in das der Schlaf eine trunken machende Flüssigkeit einflößte, mit einem Wimpernschlag war sie aus dem dösenden Dämmerzustand in ein helles Wachsein aufgetaucht. Sie zog aus einer Schublade eine Mappe, in der sie Entwürfe für eine Geburtsanzeige aufbewahrte. Sie hatte es sich in den Kopf gesetzt, selber eine Anzeige zu entwerfen und das Motiv in Linol zu schneiden, doch bisher war ihr die Arbeit misslungen. Sie konnte sich nicht entscheiden, schwankte bei der Bestimmung des Motivs zwischen ernst und heiter, dachte an ein figürliches, dann wieder an ein abstraktes Sujet. Jedenfalls lagen bis jetzt nur ein paar verzeichnete und beschriebene Blätter in der Mappe, sodass sie noch nicht an die Ausführung denken konnte, obwohl der Linolstock und die Werkzeuge bereitlagen und sie auch die Druckfarben gekauft hatte: Ernst und heiter, beides gehörte zu ihr.

Sie zeichnete mit einem Bleistift Ovale und Kreise, Kugeln und Linien auf ein neues Blatt. Sie konnte sich einen zweifarbigen Linolschnitt, bestehend aus geometrischen Figuren, vorstellen, aber sie dachte auch an eine Hülse, sie musste birnen- oder kugelförmig sein, und darin sollte eine zweite Figur vollständig geborgen sein.

Doch es gelang ihr nicht, ihre Vorstellung, die sie noch vor ein paar Augenblicken bildhaft im Kopf geglaubt hatte, entsprechend aufs Papier zu bringen. In der Ausführung verschwamm die eben noch klar dagewesene Idee, zwei unbestimmte Formen blieben zurück, ärgerlich. Es gab Dinge, an die konnte sie mit dem Verstand nicht herankommen, sie mussten aus dem Gefühl heraus entstehen, und wenn sie Entscheidungen mit dem Verstand suchte, die nur das Gefühl finden konnte, musste die Arbeit scheitern.

Sie schob das Blatt von sich. Noch hatte sie Zeit.

Margrit stieg die Treppe in die Wohnung hinunter. In der Küche dachte sie daran, dass sie noch nicht gegessen hatte, wobei sie ein ungewöhnlich heftiges Verlangen nach Spargeln mit frischer Mayonnaise überkam. Es war wie im siebten Monat, als sie einmal mitten in der Nacht aufgewacht war und ein Verlangen nach Wurst verspürt hatte. Sie war dann aufgestanden und hatte in der Küche ein Paar Würste mit Konfitüre gegessen, scheußlich kam ihr dies nun vor.

Jetzt gelüstete es sie nach Spargeln und Mayonnaise, und das wollte sie auch essen.

Margrit nahm eine Dose Spargeln aus dem Küchenregal, setzte den Büchsenöffner an, schlug den Dorn in den Deckel und schnitt die Dose auf.

Während sie an der Büchse herumarbeitete, merkte sie, dass eine unerwartet gute Laune in ihr aufstieg. Nun wollte sie eine frische Mayonnaise anmachen. Unbeschwert pfiff sie vor sich hin. Ja, frisch sollte sie sein. Aus dem Kühlschrank nahm Margrit ein Ei und lachte über sich selbst. Sie schlug es auf und schied Dotter und Eiweiß, den Dotter goss sie in eine Schale, gab etwas Salz und eine Prise weißen Pfeffer dazu, träufelte frischen Zitronensaft hinein und schlug mit dem Schwingbesen, während sie tropfenweise Öl beimengte, eine steife Mayonnaise.

Dann setzte sie sich mit der Schale an den Küchentisch; einem Heißhunger hingegeben, aß sie die Spargeln, empfand dabei ein Lustgefühl, tunkte Spargel um Spargel in die Mayonnaise, bis die Dose leer war, und schleckte dann den Rest aus der Schale.

Von einem Völlegefühl benommen, blieb sie eine Zeitlang in der Küche sitzen, einer Gedankenleere hingegeben, die immer umfassender wurde und sie auf ihre Körperlichkeit reduzierte. Sie fuhr mit den Fingern über ihr Gesicht und in ihre Haare, glitt dem Hals nach hinunter und umspannte die Brüste, ertastete den Bauch und legte die Hände zwischen die Schenkel.

Aus dieser Leere wurde sie durch ein Geräusch gerissen, das sie nicht zu bestimmen vermochte, auf das hin stand sie aber auf, stellte die Schale in den Abwaschtrog und warf die leere Dose in den Kehricht.

Margrit ging ins Wohnzimmer, sie setzte sich aufs Sofa. Immer, wenn sie vorhatte, über den weiteren Verlauf eines Tages nachzudenken und sich dazu zwingen musste, Passivität aufzugeben, setzte sich Margrit im Wohnzimmer auf das Sofa.

Vor der Geburt hatte sie Angst, auch wenn sie Kurse besucht, an Gymnastikstunden teilgenommen und schon wochenlang Atemtechnik geübt hatte. Es kam ihr vor, die Zeit ihrer Schwangerschaft sei rasend schnell vorübergegangen, trotzdem war sie des dicken Bauches überdrüssig geworden und wollte ihn loshaben. Margrit saß auf dem Sofa und sah sich als Kind, das sie einst war, und fühlte sich gleichzeitig als Mutter, die sie werden sollte.

Dazwischen spannte die Zeit einen Bilderbogen, Filmschnitte, Zeitlupe, beschleunigtes Tempo, eine Abfolge von Ereignissen, deren Niederschlag im Gedächtnis schlierte.

Sie hatte sich Vergangenes bisher immer als losgelöst vorgestellt, als abgeschlossen, nun stellten sich Zusammenhänge her. Einem Bild folgte zwangsläufig ein neues und wurde durch das vorangegangene mitgeprägt. In diesem Gefüge von Erinnerungen machte sie Plattformen aus, auf denen einzelne Ereignisse verweilten, denn manchmal ruhte das Gedächtnis aus und nahm sich Bild um Bild gemächlich vor, damit umfassendere Gemälde entstehen konnten, gleichsam als Plakate zwischen den kleineren Formaten. Die Geburt ihres Kindes würde so eine Station sein. Und ihre Hochzeit war es, damals:

Es war ein Pfingstmontag, noch am Sonntag war ein unerwarteter Hagel niedergegangen, als müsste die Landschaft zerschlagen werden. Als sie dann am Pfingstmontag mit dem Autocar ihre Rundfahrt machten, stand der Himmel wolkenlos. Margrit hatte das Gefühl, von einer Welt in die andere geführt zu werden, durch Träume und Himmelsblau trug die Monotonie des Motors in einen Tag, der es mühelos schaffte, aus der Reihe anderer Tage zu treten, um als unvergessliches Bild bestehen zu bleiben.

Dabei hatte sich Margrit als Kind wegen einer Lesebuchgeschichte vor dem Hochzeitstag gefürchtet … eine Hochzeitsgesellschaft fuhr aus auf den See, die Zeichen eines nahenden Sturmes erkannte der Bootsführer nicht, die Brautleute waren zu sehr mit sich und ihrem Glück beschäftigt, um auf Gefahren zu achten und gefasst zu sein. Der Sturm bereitete der fröhlichen Gesellschaft ein schlimmes Ende, warf das Boot über Wellenkämme und ließ es kentern, dass alle den Tod fanden.

Um zehn Uhr am Morgen war Herbert mit seiner Familie angekommen. Die Braut bekam er allerdings noch nicht zu Gesicht, Margrit saß im weißen Kleid eingeschlossen in ihrem Zimmer. Eine Freundin, eine gelernte Coiffeuse, legte ihr die Haare zurecht. Ihr Vater nahm die neue Verwandtschaft in Empfang und ließ sie in der Wohnstube, wo die eigene bereits wartete, Platz nehmen. Herberts Eltern, Tanten, Onkel samt Kindern und Anhang saßen herum, knabberten vom bereitgestellten Salzgebäck und schoben die kleinen, an Zahnstochern steckenden Wurst-, Bündnerfleisch- und Käsehäppchen in den Mund, nippten an bereitgestellten Gläsern mit Fruchtsaft, kosteten Martini, auch leichten Schinznacher Weißwein, den der Brautvater bedächtig entkorkt hatte. Die Männer standen zusammen, eine Hand in der Hosentasche, und wussten nicht viel zu reden, sie hielten vorläufig noch Abstand. Es waren zwei Sippschaften, die einander beschnupperten.

In der Küche, wo sich die Frauen zusammengesetzt hatten, ging es bald lauter zu, ungezwungener, denn bei Kaffee und Kuchen geriet ihnen schon ein Du über Familiengrenzen hinweg. Natürlich fehlte Margrits Mutter, was dem Vater auch schmerzlich bewusst war. Er war dankbar und froh, dass Anna Villiger die Bewirtung der Gäste übernommen hatte, auch Margrits jüngere Schwestern halfen mit.

Dann stellte sich die Braut der Hochzeitsgesellschaft vor. Die Frauen klatschten vor Entzücken in die Hände und erhoben sich von ihren Plätzen, jede wollte den Saum des seidenen Kleides anfassen. Herbert durfte nun seinen Brautstrauß, rote Rosen, überreichen, zu einem Kuss war die Zeit allerdings ungünstig, so zurechtgemacht präsentierte die Braut, und es war ihm nur gestattet, ihr sacht und beinahe hauchend die Wange zu streifen.

Bevor die Hochzeitsgesellschaft zum wartenden Car hinunterging, fanden die längst verheirateten Paare im Hausgang zusammen: aus der Stube traten die Männer, aus der Küche kamen die Frauen und konnten es nicht lassen, ihren Männern, die sich allein plaudernd unterhalten hatten, Zigarrenasche vom Anzug zu wischen. Dieses unwillige und besitzerische Wegstäuben, Geste mit spitzen Fingern, diese Hände, die flach über Schultern und Revers glitten, hatten reflexartig den Verlegenheitsgriff der Männer nach dem Knoten der Krawatte zur Folge, ein Recken des Halses, einen verzogenen Mund.

Vor der Kirche, zu der sie der Car führte, warteten Schulkinder. Ein bestellter Fotograf schoss Bilder aus allen Lagen.

Der Priester verlieh der Trauung Feierlichkeit und nahm dem Paar das Eheversprechen als ein tonnenschweres ab, goss Wort für Wort Eisenketten und verlieh seiner Ansprache Gewicht, dass ihm die Schweißtropfen in Bahnen über die Stirn rannen. Der Fotograf nahm nicht nur die Ringübergabe und den Ringaustausch auf, er knipste auch die Heilige Kommunion, was Herbert als störend empfand; die Aufnahme zeigte, dass Margrit den Mund gespitzt und die Augen geschlossen hielt, als sie den Leib des Herrn schluckte. Herbert mochte die Aufnahme nicht, er fand den Augenblick zu intim.

Zu Orgelklängen, die eine Bekannte von Herbert spielte, folgte der Auszug aus der Kirche. Margrit ging sehr leicht und frei am Arm ihres Mannes, und anmutig hob sie den langen Saum ihres Kleides ein wenig hoch, sodass er, als er hinunterblickte, ihren Fuß sah im zierlichen Schuh. Ein Gruppenbild vor der Kirche hatte Margrit erwartet, doch nun wurde sie überrascht. Vor dem Kirchenportal standen der Schützenverein und die Fußballer Spalier. Die Hochzeitsgesellschaft, angeführt vom Brautpaar, hatte unter den zum Dach erhobenen Gewehren durchzuschreiten, Margrit sah dabei zum ersten Mal ein Sturmgewehr ganz aus der Nähe, sie passierten die anschließende Reihe der Fußballmannschaft Bremgarten I, die in kurzen Hosen aufgereiht, Mann für Mann mit Ersatz und Trainer, im weißen Dress mit dem roten Querstreifen, in rot-weiß geringelten Stulpen und Halbschuhen an den Füßen vor der Kirche stand.

Dann erst das Gruppenbild, zu dem der Fotograf bat.

In der Folge musste sich das Brautpaar auch in die Mitte der Fußballer stellen, und der Schützenverein wollte es ebenfalls umrahmen und abgelichtet haben.

Bei diesen Aufnahmen war Margrit etwas verloren, hielt den Arm Herberts krampfhaft, fühlte sich als junge Frau zwischen Sturmgewehren beinahe wie eine Helvetia und musste darob lächeln. Sie fand sich jetzt lustig auf der Fotografie und wunderte sich, wie schamlos fröhlich sie ein Lächeln zustande gebracht hatte, das ihren Unwillen nicht ahnen ließ und nichts von der Stimmung verriet, die sie bei der Aufnahme empfunden hatte.

Das war ihr wieder lieb gewesen: Den Schulkindern, die vor der Kirche gewartet hatten, Feuersteine austeilen. Und gerne nahm sie die Gratulationen der Gäste entgegen. Der Präsident des Fußballvereins überreichte einen Blumenstrauß. Die Freundlichkeit der Leute hielt Margrit für echt.

Dann wurde eine Carfahrt rund um den Hallwilersee unternommen, während der die traurige Geschichte wieder aufstieg, doch der See lag ganz ruhig, und Margrit fühlte sich sicher. Bald setzte sich ein Familienspaßmacher vorn neben den Fahrer, behändigte das Mikrofon und unterhielt die Gesellschaft mit Witzen und Sprüchen, die Margrit nicht immer angebracht fand; aber sie hörte dann gar nicht mehr hin und dachte, eine Traumlandschaft zu durchreisen, von einer Welt in die andere fühlte sie sich geführt, zusammen mit Herbert, in eine Zukunft, für die andere Maßstäbe galten.

In Wohlen, im »Bären«, war das Hochzeitsmahl vorgesehen. Dort konnte ein jeder gehabte Hemmungen ablegen, und über das Kalbssteak in Morchelsauce gebeugt, über einer Gemüseplatte, die Tomaten, neben Blumenkohl, Rosenkohl, Fenchel, Erbsen und Karotten anbot, über Kroketten glichen sich die Familien, wurden verwandt und schmolzen zusammen. Der Nachtisch, eine Riesentorte, löste Begeisterung aus, Kaffee-Luz wurde getrunken. Die Verwandtschaft sprach dem Schnaps ebenso zu wie vorher dem Rotwein.

Nach dem festlichen Essen saßen die Gäste ungezwungen zusammen, lösten die Gürtel, zogen Jacken aus, banden Krawatten los, die Frauen hatten gerötete Wangen und rote Flecken am Hals, Wein und Schnaps verbanden die Gruppen: endlich kamen auch die Kinder dazu, von den Gläsern der Erwachsenen Alkoholisches zu trinken.

Ein kleines Orchester baute Anlage und Instrumente auf, nach dem Stimmen folgte der Aufruf zum Hochzeitstanz. Ein paar Takte Musik, Applaus. Herbert und Margrit eröffneten den Tanz zu Geige, Handorgel, Klarinette, Bass und Klavier. Beim zweiten Stück erhoben sich die Männer und führten ihre Frauen auf die Tanzfläche zwischen den hufeisenförmig angeordneten Tischen, sie schoben einander vergnügt und laut die Melodie mitsingend durch den »Bären«-Saal. Die angeheiterte Gesellschaft hielt sich nicht zurück; manchem wurde der Tanzboden zu glatt, und mancher Onkel durfte seine Tante wieder einmal anfassen, so richtig.

Anna Villiger trug ein dunkelrotes Kleid mit einem runden Ausschnitt, sie hatte sich eine Dauerwelle legen lassen und hatte die Haare damals noch eingefärbt. Erst seit sie sechzig geworden war, stand sie vorbehaltlos zu ihrem Grau. Auch sie wurde zum Tanz aufgefordert. Herbert versuchte mit ihr einen Walzer, der vor allem ihm nicht gelang, doch sie verzieh ihm mit lächelnder Nachsicht. Hans Villiger tanzte ebenfalls mit Anna, die beiden hatten im Profil dieselbe Nase, Margrit war das aufgefallen. Anscheinend unterhielten sie sich gut, jedenfalls war Anna Villiger aufgeräumt, bog den Kopf in den Nacken und lachte laut, als ob Hans ihr eine lustige Geschichte erzählen würde. Margrit war froh, Anna glücklich zu sehen. Hans Villiger hatte sich bisher an dieser Hochzeitsfeier sehr zurückhaltend gezeigt, als würde er sich langweilen, und meist nur gequält über die Witze gelacht, die ein Onkel, der sein Tischnachbar war, zu erzählen wusste.

In den Gesichtern der ihm gegenübersitzenden Frauen hatte Margrit ablesen können, dass dem Onkel der Inhalt dieser Witze oft etwas schlüpfrig geriet, aber doch gut ankam, wenn auch nachträglich gemunkelt worden war, er habe es faustdick hinter den Ohren. Hans Villiger saß etwas abgerückt am unteren Tischende, saugte an seiner Pfeife, stopfte sie umständlich und sorgsam mit einer Ausführlichkeit, die mehr verriet, als er verraten haben wollte, saß da, als würde er nicht zur Verwandtschaft gehören und sei nur zufällig und eigentlich gegen seinen Willen in eine Gesellschaft geraten, aus der ihm nun kein passender Abgang einfallen wollte. Doch im späteren Abend trug er dann eine Schnitzelbank vor, über die sich Margrit sehr freute, er führte sie in Versen in eine gemeinsam verlebte Kindheit zurück, legte auch dabei die Pfeife nicht aus der Hand, aus dem Mund nahm er sie schon, zwangsläufig.

Dann kam Vaters großer Auftritt, das Zaubern war sein Steckenpferd. Schon mehrmals hatte er Herbert, der zu Besuch war, seine Kunststücke vorgeführt, dankbar um einen Zuschauer, der nicht kneifen konnte, wenn er bei seinem künftigen Schwiegervater gut angeschrieben sein wollte.

Und dieser Abend wurde ganz sein Abend.

Er stand in Frack und Zylinder, hatte die Galakleidung in einem Koffer mitgenommen und sich in der Herrentoilette vorbereitet, die er zum Ärger seiner männlichen Verwandten sicher eine halbe Stunde verschlossen gehalten hatte, während der sie genötigt waren, ihren Harndrang zwei Treppen tiefer zu tragen, was manchem nicht leichtgefallen war.

Er hatte eine Fliege umgebunden, eine rote Fliege. Nachdem er alle Aufmerksamkeit auf sich gezogen hatte und die Gesellschaft in einer gespannten Stille auf seine Vorführungen wartete, klatschte er in die Hände, und seine Fliege, überaus groß war sie, war nun eine gelbe Fliege, er klatschte nochmals, und jetzt war sie grün.

Dann schüttete er Wein in eine aus Zeitungspapier geformte Röhre und goss daraus Kaffee, heißen Kaffee in ein Glas. Auch der Trick mit dem Kaninchen gelang, Vater zauberte das schneeweiße Tier aus seinem Zylinder und schickte ihm gleich noch eine Taube nach. Die Verwandtschaft staunte, besonders die Tanten von Herberts Seite fanden für die Wunder keine Lösung, dabei saßen sie ganz nah, und einen doppelten Boden, dachten sie, hatte der Zylinder wohl kaum. Und die Hauptnummer war noch gar nicht gelaufen.

Nachdem er sich eine Weile suchend in seinem Publikum umgesehen hatte, rief er Anna Villiger nach vorn. Margrit erschrak, denn sie ahnte, was der Vater vorhatte. Anna wollte nicht mitmachen. Doch nicht nur der Vater, die ganze Verwandtschaft verlangte nach ihr, und weil sie das Wort Spielverderberin nicht hören wollte, erhob sie sich, bevor es ausgesprochen wurde. Etwas widerstrebend und schwerfällig, keineswegs vom Applaus der Familie getragen, ging sie nach vorn. Misstrauisch schaute sie zu Margrits Vater hin, ungeheuerlich kam ihr zum vornherein vor, was er im Sinn hatte, es konnte sein, was es wollte. Licht aus, rief der Vater. Die Bedienung löschte das Licht im Saal. Anna Villiger saß auf einem Stuhl, hielt die Knie verkrampft zusammengepresst und strich wieder und nochmals ihren Rock glatt, doch er zeigte nicht zu viel Bein.

Rechts und links stellte der Vater eine Dose neben ihren Stuhl. In die Dosen hatte er bengalisches Pulver gefüllt, das er anzündete, wobei das Oh der Familie seinen Bewegungen eine Geziertheit verlieh, die einem Tänzer wohlangestanden wäre. Das bengalische Licht verstrahlte schönstes Violett und schillerndstes Grün. In der

Mitte zwischen den Lichtern saß Anna unbeholfen und mit verzogenem Mund, sie hielt den Kopf schräg, ihr Gesicht nahm einen verbissenen Ausdruck an, in den Brillengläsern spiegelte das Licht. Der Vater zeigte seine Hände. Garantiert nichts habe er in den Händen, verkündete er laut und stülpte sogar die Ärmel zurück:

Garantiert hundertprozentig null und nichts.

Darauf kniete er theatralisch vor Anna nieder, kniete nieder ins unvergessliche, bengalisch beleuchtete Feld. Margrits Herz krampfte sich zusammen, sie verstand ihren Vater nicht. Er führte eine graziöse Gebärde gegen Anna aus, er lächelte beinahe berufsmäßig und gekonnt wie ein Schauspieler, aber auch etwas verschmitzt. Die heimliche Freude, die er selber am nun folgenden Trick hatte, vermochte er nicht ganz zu verbergen. Vater tippte Annas Haut über dem Ausschnitt leicht an, ganz leicht, mit spitzem Finger nur, und er zog darauf, zog da einen verzierten, durchsichtigen, feinen und doch auch stattlichen Büstenhalter aus dem Ausschnitt der unbeweglich dasitzenden Anna Villiger ins bengalische Licht. Die Münder blieben offen vor Staunen. Anna saß versteift und sprachlos, völlig verdutzt. Die Röte, die in ihr Gesicht schoss, bemerkte niemand. Der Vater war aufgestanden: Jetzt wissen es alle, sagte er vorwurfsvoll feierlich, Tante Anna trägt Reizwäsche aus Paris. Und er zeigte den Büstenhalter genüsslich vor, hielt ihn an einem der seidenen Träger, sodass er an seinem ausgestreckten Arm hinunterbaumelte.

Der Satz hatte den Bann gelöst, schallendes Gelächter gab dem Vater recht; während des anhaltenden Applauses sank das bengalische Licht in sich zusammen und erlosch wie im Zirkus, auch dies war berechnet, und der Effekt verblüffte nochmals.

Nur Anna Villiger hockte hilflos und verlegen da. Margrit stieg die Schamröte ins Gesicht, sie ging zu ihr hin. Anna fasste sich wieder, tat den Scherz des Vaters ab und ging an ihren Platz zurück. In der Toilette, die er wieder verschlossen hatte, zog sich der Vater pfeifend um.

Margrit war froh, dass der Car die aufgekratzte und angetrunkene Gesellschaft nach Hause fuhr und jeden vor seiner Haustür absetzte.

Im Car wurde es überraschend ruhig, im Dunkel saßen alle eingesunken in die Polster, der Fahrer ließ leise Musik spielen: James Last Classic Sound, das beruhigte und schläferte ein.

Margrit löste sich aus diesen Bildern. Nun hatte sie zuerst den halben Nachmittag verschlafen, jetzt vertrödelte sie Zeit mit Erinnerungen. Doch warum sollte sie eigentlich ein schlechtes Gewissen haben? Warum sollte sie es nicht genießen, nach Belieben über freie Zeit verfügen zu können? Bald würde sie ein Kind in Trab halten.

Schon senkte sich die Dämmerung in die Gassen, von der Straße her hallten Schritte.

Und dann die Nacht, damals: Sie schlief an ihrem Hochzeitstag zum ersten Male mit Herbert, dabei war sie einundzwanzig und kannte ihn seit drei Jahren. Margrit hatte eine katholische Erziehung nicht einfach abschütteln können, auch hätte sie sich gefürchtet vor einer Schwangerschaft. Und Verhütungsmittel, woher hätte sie Verhütungsmittel bekommen können?

Angst empfand sie nicht, sie fühlte sich gut und hatte das Gefühl, bereit zu sein, sie musste sich nicht zieren, das hätte auch nicht ihrer Art entsprochen. Sie hatte sich ausgezogen, schon etwas müde vom langen und lauten Abend, auch hatte sie Wein getrunken, was sie nicht gewohnt war. Als sie sich ins Bett legte, schien ihr das ganz selbstverständlich zu sein, es kam ihr nicht als etwas Besonderes vor. Herbert schlüpfte neben sie unter die Decke, sie spürte ihn gern und fühlte sich sicher; dann plötzlich drängte sie sich an ihn, hatte Verlangen nach seiner Haut, seinem Körper, sie suchte ihn und meinte, auch Geborgenheit zu finden, und in seiner Umarmung kam sie sich aufgehoben vor.

Und nun das Kind.

Unsagbar schnell waren seither vier Jahre vergangen. In zwei Wochen würde sie selber Mutter sein, ein eigenes Kind haben. Sie fühlte sich jetzt ebenso sicher und bereit.

Am Morgen nach der Hochzeit hatte sie ein heftiger Knall aufgeweckt. Ein kurzer, trockener und harter Schlag hatte sie aus dem Schlaf gerissen, es war ein Schlag, der alles durchdrang, ein Schlag durch Wände und Beton. Die Fensterscheiben klirrten nach, auf der Kommode schepperten die Dosen und Gläser.

In Dottikon hatte sich an diesem Morgen in der Sprengstofffabrik eine Explosion ereignet. Eine Baracke war in die Luft gesprengt worden. Fünf Arbeiter hatten den Tod gefunden. Ein guter Anfang war das nicht, doch Margrit nahm es nicht als Zeichen.

Margrit zog Schuhe und Mantel an. Sie wollte zur Bank gehen, um Herbert abzuholen, sie wusste, dass sie ihm damit eine Freude machen konnte.

Das Licht, das aus den Häusern fiel, kontrastierte zur verblauenden Luft, es war empfindlich kalt. Die Geräusche in den Gassen empfand Margrit als sehr hallig. Die Fassaden stiegen in den Abendhimmel, die Giebel berührten die Dunkelheit.

Als Margrit bei der Post vorbeiging, sah sie von der Zugerstraße her einen jungen Mann kommen. Er trug Bluejeans und eine Jacke aus schwarzem Leder, er hatte lange gewellte Haare und wirkte schmächtig, man mutete ihm Zähigkeit und Ausdauer zu, sein Schritt war leicht. Es war Pep. Er ging auf Margrit zu. Im Dämmer wurden seine Bewegungen zeitlupenhaft, locker schlenkerte er die Arme. Ob sie ihn ansprechen sollte?

Er musste sie gesehen und erkannt haben, er trug einen Brief in der Hand, ein großformatiges Couvert. Doch Pep gab kein Zeichen des Erkennens. Margrit merkte, dass er in seinen Gedanken an einem anderen Ort war, er blickte durch die Gegenstände hindurch und nahm sie wahrscheinlich erst wahr, wenn er anstieß. Margrit blieb stehen. Pep war größer, als sie ihn in Erinnerung hatte, er war auch magerer, und er verkniff den Mund zu einem schmalen Strich, seine Brust war etwas eingefallen.

Jetzt hatte Pep sie erkannt, doch er erwiderte ihr Lachen kaum, gab den Gruß nur zurück, um nicht unhöflich zu sein, und dachte gar nicht daran stehen zu bleiben. Aus seiner Miene schloss sie, dass er nicht angesprochen werden wollte.

II

Nach einem hellen Tag, der hektarenweise Blau verschwendet hatte, ging Anna Villiger von ihrer Arbeit nach Hause; die Dämmerung fiel ruckweise über die Höhenzüge des Wagenrains und des Lindenberges, einzelne Baumgruppen und Häuser standen in den abendlichen Feldern, aus denen die Kälte in bewohntere Gegenden und in den Wald vorkroch; die Verblauung der Landschaft wuchs zusehends aus in ein klares Schwarz. Über Wohlen sammelte sich ein Lichtblock, an den Geschäftshäusern leuchteten neongrelle Schriftzüge, der Verkehr wälzte sich durch die engen Straßen, Scheinwerferlicht fiel auf die Fassaden.

Ein paar Burschen und Mädchen plauderten vor dem Kaufhaus »modern«. Mit gespreizten Beinen, die Füße auf dem Boden, saßen sie auf ihren Mopeds.

Durch die Eingangstür wimmelten die letzten Käufer, die Kassenmädchen trugen den abgelaufenen Tag im Gesicht, als wäre er abwaschbar wie Make-up.

Zu Hause leerte Anna Villiger den Briefkasten und stieg, die Zeitung unter dem Arm, die Treppe hinauf. Kaum befand sie sich in ihrer Wohnung, umfing sie schon der vertraute Geruch. Sie fühlte sich müde, ihre Beine schmerzten, die Füße brannten, doch unzufrieden war sie nicht. Sie legte die Zeitung auf den Stubentisch, dann zog sie den Mantel und die Stiefel aus.

In der Stube öffnete sie ein Fenster und lüftete ihre Wohnung.

In der Küche füllte sie ihr rotes Plastikbecken und stellte, als das Fußbad bereitet war, ihre Füße ins heiße Wasser. Eine halbe

Stunde blieb sie sitzen, die Hände im Schoß verschränkt, spürte nur die Wärme des Bades, wie angenehm das Wasser die Füße umschloss und um die Knöchel spielte, sobald sie sich bewegte.

Ein Arbeitstag war überstanden. Eine Kollegin war erkrankt, und ihre Arbeit hatte zusätzlich zur eigenen auch noch verrichtet werden müssen. Am Morgen hatte sie in die bereitstehenden Lieferwagen Schachteln verladen, Kartons mit 50 Mohrenköpfen. Ungezählt oft war sie zwischen der Laderampe und der Fabrikhalle hin und her gelaufen.

Später hatte sie eine der Maschinen, in denen die weiße Füllung gerührt wurde, reinigen müssen und das mit Sorgfalt getan, auch wenn es ihr Mühe bereitet hatte, sich in den stählernen Kessel hinunterzubücken; doch sie hatte ihn sauber gewaschen, bis er ihr Gesicht breit und verzerrt gespiegelt hatte und auch den Schwingarm gründlich abgespritzt und nachgetrocknet. In den Nuten und an den Nocken durfte kein Zucker hocken bleiben, kein Schaum ansetzen und verkleben.

Nachmittags hatte Anna Villiger an der Verpackungsmaschine gearbeitet.

Am Morgen war der Betriebsleiter mehrmals in die Abteilung gekommen und hatte Anna ganz offensichtlich bei ihrer Arbeit beobachtet. Als sie die Maschine gereinigt hatte, war er mit verschränkten Armen neben ihr gestanden, und sie hatte sich damit abgemüht, ihm alles recht zu machen.

Dann hatte sie der Mann, gerade während sie über den Kessel der Rührmaschine gebückt stand, gefragt, ob eigentlich die Arbeit für sie noch zu bewältigen sei, oder ob ihr diese Mühe bereite oder gar beschwerlich falle. Als sich Anna aus dem Kessel aufrichtete, war ihr in einer Wallung Blutröte ins Gesicht gestiegen. Sie hatte sich einen Augenblick lang am kupfernen Rand des Kessels festhalten müssen.

Die Arbeit, hatte sie dem Betriebsleiter zu verstehen gegeben, sei zwar nicht leicht, und am Abend spüre sie den Tag bestimmt in den Beinen, doch eigentliche Probleme habe sie nicht, sie fühle sich gesund und körperlich imstande, diese Arbeit zu verrichten.

Während sie dies mit leiser, aber bestimmter Stimme gesagt hatte, war auch die Röte wieder aus ihrem Gesicht gewichen. Es hatte seinen bestimmten Ausdruck zurückgewonnen, dem Blick des Betriebsleiters wich sie nicht aus.

Der Betriebsleiter nickte, hatte sich beinahe entschuldigt. Schon gut, meinte er, ich habe mich nur erkundigen wollen. Dann ging er weg.

Anna Villiger blickte ihm nach, als er durch die Halle schritt, er war ein etwas beleibter Herr, und seine Schritte waren so patschig wie geziert; der Holzrost schepperte unter seinen Füßen und vibrierte hoch, während er bereits die Treppe in sein Büro hinaufstieg. Anna hatte dann nicht mehr länger über seine Fragen nachgedacht und sich beeilt, das Rührwerk mit Wasser und Bürste abzufegen.

Doch jetzt, als sie in der Küche saß, kam ihr diese Begegnung etwas ungewöhnlich vor.

Anna Villiger trocknete die Füße, streifte die Strümpfe über und schlüpfte in die Pantoffeln, trug das Wasser in die Toilette und leerte es in die Schüssel aus.

Nach dem Fußbad fühlte sie sich besser, die Beine waren kräftig durchblutet und erfrischt, nun verspürte sie Hunger.

Sie kochte einen Rest Erbsensuppe auf, das war schnell getan. Dann schlug sie ein Ei in ein Gefäß, schöpfte zwei Löffel Mehl dazu und rührte mit Milch einen Teig an, den sie in die Bratpfanne goss, um eine Omelette zu backen. Das genügte ihr als Mahlzeit. Sie aß in der Stube, schenkte sich Wein ein, brach das Brot in Würfel und brockte es in die Suppe, auf die Omelette strich sie Konfitüre, das liebte sie besonders.

Nach dem Essen las sie die Zeitung.

»Kurz gemeldet« hieß eine der Rubriken im »Wohler-Anzeiger«. Darin war vermerkt, dass im Tessin bereits die Kamelien blühten und der Kanton Aargau im letzten Jahr am meisten Tollwutfälle zu verzeichnen hatte, nämlich 1007.

Um die Zeitung auf dem Tisch ausbreiten zu können, schob

Anna Villiger das gebrauchte Geschirr zusammen und stellte es beiseite.

In Muri gelte es, berichtete die Zeitung, weniger Kirchensteuer zu bezahlen. Die Kirchengemeinde wolle die Kirche renovieren lassen und habe den Kredit bereits bewilligt. Etwas länger verweilte Anna bei dem Artikel, der das Sehvermögen älterer Menschen bei der Arbeit behandelte.

Darauf las sie die »Kleinen Ratschläge für die Frau«. Sie fehlten in keiner Ausgabe und meinten ihre Bemerkungen zur Schönheitspflege ernst: »Raue Ellenbogen und Knie. Tragen Sie auf die rauen Stellen eine Mischung aus Honig, welcher im Wasserbad geschmolzen wurde, sowie pro zwei Suppenlöffel Honig den Saft einer halben Zitrone auf.« Den Honig wollte Anna doch weiterhin lieber aufs Brot streichen, sie musste über den Vorschlag der Zeitung lächeln.

Es bereitete ihr Vergnügen, in der Zeitung herumzublättern, und obschon sie in der Nacht unruhig geschlafen hatte, fühlte sie sich kaum müder als an anderen Tagen um diese Zeit. Nochmals schenkte sie Wein nach. Auch war es ihr ein wenig zu warm geworden, sie zog ihre Strickjacke aus und legte sie über den Stuhl.

Am Nachmittag, beschäftigt an der Verpackungsmaschine, hatte Anna über Margrit nachgedacht, sie freute sich auf das Kind und auf das angekündigte Tauffest. Wie lange war es nun her, seit sie zum letzten Mal an einem Fest teilgenommen hatte? Sie rechnete nicht nach, es lag weit zurück. Während sie Mohrenköpfe Stück für Stück in Schachteln abgezählt hatte, war ihr auch ein Einfall zu einem Taufgeschenk gekommen. Sie hatte sich entschlossen, für das Kind einen Schlafsack zu kaufen, das war eine praktische Sache, Margrit würde sich bestimmt darüber freuen. Anna hatte im Schaufenster des »modern« einen geeigneten Schlafsack gesehen, er war aus starkem Stoff und mit einem Muster verziert, er besaß einen auswechselbaren inneren Teil aus weicher Baumwolle. Wenn Margrit im Spital liegen musste, wollte Anna sie jeden Tag besuchen, es war ja nur ein Katzensprung von Wohlen nach Muri.

Eine Woche Ruhe und Erholung würde Margrit nach der Geburt bestimmt nötig haben.

Eine Woche Ruhe hätte 1914 auch Annas Mutter gut getan. Wenn die Geburt auch rasch vor sich gegangen war, fühlte sie sich doch matt und geschwächt.

Für Erholung war die Zeit allerdings ungünstig. Ihr Mann wurde zum Grenzschutz aufgeboten.

Der Auszug der Infanterie bekam den Befehl, am 4. August einzurücken, und die Männer besammelten sich zur vorgegebenen Zeit vor dem Gasthof »Schwaben«, 38 Mann, Merenschwander, zu denen der Vater gehörte. Die wenigsten konnten das leichtnehmen.

Die Mutter lag zu Hause und stillte Anna, ihr Kind.

Sie war froh, ihm die Brust reichen zu dürfen, das lenkte ab, ihre ganze Aufmerksamkeit richtete sie auf das Kind, das sog und schmatzte, und sie spürte den Druck seines weichen Mundes auf ihrer weichen Brust, sie empfand das als tröstlich.

Die Hebamme verweilte am Bett der Mutter und weinte, denn unter den Männern, die einrücken mussten, war auch ihr Mann Soldat. Er ließ eine Frau und drei Kinder zu Hause zurück. Im Zimmer waren die Vorhänge halb zugezogen, die weinende Frau saß im hellgrün gefilterten Licht bei der Stillenden, und die Mutter hätte ohne ihr Kind Tränen wohl auch nicht zurückhalten können.

Die Geräusche im Zimmer sind vorstellbar: Schlucklaute und Schluchzen.

Vor dem »Schwanen«, von der steinernen Treppe aus, richtete der Pfarrer Worte an die in zwei Gliedern angetretenen Männer, deren blaue Uniformen sich gut ausmachten unter dem hellen Himmel. Es war ein warmer, trockener Tag. Der Pfarrer sprach wohlgeformte Sätze des Abschieds und meinte sie als Wegleitung für den Dienst für »Vaterland und höchstes Gut«. In dieser Schar von Soldaten stand einer, den ließ sein Vollbart auffallen in einem Haufen bartloser Männer, auch war er der längste, breit gebaut, die Uniform stand ihm vortrefflich, er hatte kräftige Hände und hielt das Gewehr mit festem Griff.

Es war Annas Vater, im Militärdienst nannten ihn alle den Langen. Doch er war nicht so ganz bei der Sache, es machte den Anschein, als dringe sein Blick durch Gegenstände und Reden an einen entfernten Ort. Er dachte an seine Frau, die er im Kindbett zurücklassen musste, und an ein Kind, das er noch gar nicht richtig kannte. Ein kleines Bündel Mensch war es gewesen, als er es ein paar Minuten auf dem Arm hatte halten dürfen, bis die Hebamme es ihm wieder abgenommen hatte, er war nicht unfroh gewesen, es wieder hergeben zu können, dieses Kleinkind, seine Tochter. Und er dachte an den Stall, an sein Vieh, er sorgte sich darum, auch wenn er wusste, dass es in seiner Abwesenheit versorgt werden würde. Er war Bauer und hatte sein Land im Kopf, das musste bestellt sein, und er konnte sich schlecht vorstellen, wer seine Arbeit nun tun würde.

Der Pfarrer gelangte zum Schluss seiner Ansprache und wiederholte den Soldaten die Worte des Bundesrates, er, der zurückbleiben durfte, legte ihnen schwungvoll und eindringlich diese Sätze ans Herz: »Unserem Heer ist die erhabene Aufgabe geworden, das Land bei einem ihm drohenden Angriff zu schützen und den Angreifer, sei er, wer er wolle, zurückzuweisen. – Wir erwarten von Euch, Wehrmänner, dass jeder freudig seine Pflicht tue, bereit, dem Vaterland Blut und Leben darzubringen.« Der Herr schütze euch, schloss der Pfarrer, er schwitzte im dunklen Rock, im Namen des Vaters und des Sohnes und des Heiligen Geistes. Und über das trotzig gemurmelte Amen der Soldaten und die gesenkten Häupter der Zuschauer schlug er mit ruhiger Hand das Zeichen des Kreuzes und trat von der Brüstung zurück. Dann baute sich ein Wachtmeister vor den Soldaten auf, und als er »Sammlung in Marschkolonne« rief, schreckte der bärtige Mann, der Lange, aus seinen Gedanken, die ihm die umstehenden Frauen auch als besondere Andacht hätten auslegen können, ruckartig auf. Er bewegte sich mechanisch mit den andern, die nun Kameraden waren und so genannt sein wollten, machte sich am Riemen seines Gewehres zu schaffen, rückte den Tornister zurecht, und alles lief so ab, wie es im Militärdienst gelernt und geübt worden war. Aber jetzt galt der Ernstfall, Zwei Tambouren knebelten an der Spitze der Kolonne den Marschschritt und sorgten dafür, dass jeder im Takt blieb. Der Zug der Merenschwander Soldaten zockelte über die knirschende Landstraße und nahm den Weg gegen den Wald hinauf. Die Frauen und Mütter blieben beim »Schwanen« zurück und winkten den Männern nach, solange sie diese sehen konnten, nachher führten sie das Taschentuch zum Gesicht, wischten die Augen aus, schnäuzten die Nase. Die Kinder zogen barfuß mit, versuchten nach den Trommelschlägen Schritt zu halten, mussten aber bald im Trab neben den Soldaten herlaufen, denn diese marschierten jetzt in den Krieg.

Es war vorgesehen, die Mannschaft in Benzenschwil in die Bahn zu verladen und nach Aarau zu fahren, doch als der Auszug in Benzenschwil anlangte, war der Zug noch nicht eingetroffen. Der Wachtmeister ordnete einen Halt an, der Lange nutzte die Gelegenheit, um sich ein wenig abzusondern, und setzte sich ins Gras. Es war ihm übel. Er wollte nicht weg, doch er musste. Es war nicht ein Gefühl der Auflehnung, das er gegen den Staat oder die Armee empfand, das nicht. Er sah die Notwendigkeit eines Grenzschutzes ein, aber er hatte Angst.

Andere nahmen es leichter. Sie waren erpicht auf ein Abenteuer, überzeugt von der Kürze der Auseinandersetzungen und betrachteten ihr Aufgebot als willkommene Abwechslung in einer monotonen Reihe ländlicher Tage. Es waren nicht viele, doch sie stimmten bereits ein Soldatenlied an, bei dem auch die ernsteren Männer gern mitsangen, und einer, ein untersetzter, braun gebrannter Melker, turnte zum Spaß der Kinder und Kameraden im Handstand die Treppe des Wirtshauses hinauf, stelzte auf den Händen durch die Gaststube in die Küche und beim hinteren Ausgang wieder hinaus. Er genoss den Applaus, das war ein Kamerad, er machte es den anderen lustig, und die Sache musste ja sein. Warum sollte man sich da nicht gleich am Anfang mit ihr abfinden und ihr die beste Seite abgewinnen? Das Austreten dauerte nur kurze Zeit, das war gut für den Langen. Beschäftigung half ihm zu vergessen, beim Nichtstun wurde er grüblerisch.

Der einfahrende Zug, der schrille Ruf »Sammlung«, die Geräusche von Menschen und Material brachten ihn aus dem Gras hoch und aus dem Sinnieren.

Nach dem Gedränge des Verlads fuhren sie Richtung Wohlen, bei allen Stationen stiegen weitere Truppen zu, Frauen winkten an Bahnhöfen.

Der Fahrtwind schlug in offene Fenster, einige Soldaten zogen lachend den blauen Waffenrock aus und jauchzten ins Freie hinaus. Andere verdrückten sich still in eine Ecke, hielten die Hände gefaltet im Schoß und blickten versonnen auf die Felder und Äcker, die arbeitsame Hände nötig gehabt hätten. An diesem Tag hatte der Auszug des ganzen Kantons einzurücken. Diesem Aufbruch aus allen Tälern, Dörfern und Weilern des Freiamtes schien eine frühe Morgensonne.

Frische Luft zog durch die Bahnwagen, es war ein angenehmes Reisen, doch der Duft, der aus den Feldern aufstieg und den der Wind auch in den Zug verwehte, bestärkte den Langen in seiner Wehmut und erschwerte den Abschied aufs Neue.

Der Zug gelangte nach Aarau, wo der Mobilmachungsappell auf neun Uhr im Schachen angesetzt war, aber ein Teil der Manschaften, vor allem aus dem nordöstlichen Kantonsteil, traf mit verspäteten Extrazügen erst gegen halb zehn Uhr ein.

Voran die Trommler, marschierten die Soldaten in lethargischem Schritt durch die Stadt. Der Lange heftete seinen Blick auf den Tornister seines Vordermannes und stellte sich auf Gleichmut ein, die Last seines Gewehres spürte er nicht. Das Grün des offenen Schachens machte zwar wieder das Zuhause erinnerlich, doch der Lange verschloss sich diesen Gedanken abrupt und bemühte sich, Soldat zu sein.

Zu Hunderten zogen die Männer daher, lenkten die Aufmerksamkeit auf sich und tupften die Schachenwiese mehr und mehr zu. Im Getümmel löste der Wachtmeister die Merenschwander Marschkolonne auf und gab schnarrend Befehl, jeder habe nun unverzüglich seine Einheit zu suchen.

Schwarze Blechtafeln bezeichneten die Sammelplätze, und schneller als es der Lange erwartet hatte, fand sich die Truppe zusammen. Die Bataillonshaufen formierten sich unter Geschrei in Kompanien, die Soldaten gliederten sich in Kolonnen und Reihen ein. Listen wurden verlesen, Mannschaftsstärken ermittelt und mit den Sollbeständen verglichen. Zugseinteilungen wurden vorgenommen. Das Material musste verteilt werden, der Lange fasste auch Artikel, die nicht zur persönlichen Mannsausrüstung gehörten. Es wickelte sich alles ab wie im Wiederholungskurs, mit dem Unterschied, dass strenger befohlen wurde und alles hektischer lief. Die Vorgesetzten zeigten sich nervöser, der Feldwebel war ungeduldiger, die Soldaten fühlten sich eingeschüchtert. Keiner traute sich das Maul aufzureißen, jeder behielt einen Witz, den er sonst bedenkenlos angebracht hätte, besser für sich. Die Offiziere machten ernste Miene zum ablaufenden Spiel, das gar keines mehr war, wie jetzt auch der Handstandkünstler merkte, sondern der Ernstfall. Und wie zum Beweis wurden auf jeden Mann 120 Schuss scharfe Patronen verteilt. Es war ein seltsames Gefühl, das einem den Hals zuschnüren konnte, sie einfach so in der Hand zu halten, 120 Schüsse mit der Gewissheit: jetzt ist Krieg. Doch für Überlegungen blieb nicht viel Zeit, gegen Nachdenklichkeit wusste das Militär schnelle Abhilfe. Die Unteroffiziere riefen ihre Gruppen zusammen, die Züge stellten sich bereit, denn die Kompanie hatte den Befehl erhalten, in die zugesprochenen Kantonnemente nach Oberentfelden abzumarschieren.

Nach dem ersten Arbeitstag besammelte der Kompaniekommandant seine Soldaten, ließ sie strammstehen, schritt die Zugsreihen ab und richtete sich dann mit Worten an sie, die er sich zu Hause schon zurechtgelegt hatte: »Es ist eine dunkle, ungewisse und vielleicht furchtbare Zukunft, der wir entgegensehen. Doch der Soldat ist kein Freund von Zukunftsplänen. Er nimmt den Tag wie er ist. Ich erwarte von euch …«

Da tauchten dem Langen die Gedanken wieder auf, und er sah seine Frau, die mit dem Kind daheim lag, er trug sich mit Sorgen um sie, legte die Stirn in Falten, senkte den Blick.

»...zudem vergehen«, schloss der Kommandant seine Ansprache in einem scherzhaft gemeinten Ton, den er sich erlauben durfte, denn an seiner allgemeinen Ernsthaftigkeit bestanden keine Zweifel, »Grillen und Sorgen bald unter jungen, lebensfrohen Menschen«.

In der Nacht weinte Annas Mutter. Sie wehrte sich nicht gegen die aufsteigenden Tränen, warum hätte sie es auch tun sollen, das Weinen brachte Erleichterung. Neben ihrem Bett stand die Zaine, das Kind schlief ruhig, nur sie lag schlaflos in den Kissen. Von der nahen Reuss her vernahm sie das Quaken der Frösche, die Tageswärme flirrte noch in der Dunkelheit, von der Wiese hinter dem Haus zirpten die Grillen. Aber in die vorläufige Befreiung hinein kroch die Angst, eine schleichende Ungewissheit, die einsam machte und sie aussetzte. Sie weinte in ihre Kissen, war bang vor den kommenden Tagen und wusste genau, dass sie nur schwer zu bestehen sein würden. Sie trug die Verantwortung für ein Kind, das hilflos war ohne sie, die nun Hilfe selber nötiger hatte, als sie es sich eingestehen wollte: sonst wäre sie an der Einsicht verzweifelt.

Mit offenen Augen lag der Lange im Stroh, seine Kameraden schnarchten, die Gerüche von Schweiß, Kampfer und auch Urin erfüllten den Schlafraum. Er war unruhig, der Staub erschwerte das Atmen, es plagte ihn eine Engnis, als ob ein stählerner Reifen um seine Brust gespannt und zugezogen würde. Etwas klemmte ihm das Herz ein, das pochte und setzte sich zur Gegenwehr. Dann stürzte er in einen traumlosen Schlaf, der so tief war, dass er jede Einwirkung ausschließen konnte und in den nach ein paar Stunden von weither das mächtige »Tagwach« schlug, wie ein Geschoss in einen Teich, und ihm unverzüglich klarmachte, dass er unter Gehorsam stand und Befehl.

Am 5. August radelte Mutters Schwester von Bremgarten nach Merenschwand hinüber, auch ihr Mann hatte einrücken müssen. Sie bot ihre Hilfe an, war jung und kräftig, selber noch kinderlos, sie verstand es zuzupacken, war die Arbeit in Feld und Stall gewohnt und verrichtete sie mit leichter Hand. Die Mutter konnte sich nicht vorstellen, wie sie ohne die jüngere Schwester zurechtgekommen wäre.

Am 5. August wurden die Mobilmachungsarbeiten fortgesetzt. Die Soldaten hatten in Einerkolonne anzutreten, um die neu geschaffene Erkennungsmarke und eine Verbandspatrone in Empfang zu nehmen. Der Kommandant bezeichnete die beiden Artikel als »neue Zeichen für den Ernst der Stunde«. Die Männer nannten die Plakette Grabstein oder Hundsmarke. Der Lange hängte sie ohne zu zögern um den Hals, ließ den Spott sein und spürte die metallische Kälte auf seiner Brust, bald nahm die Marke Wärme an, Körperwärme.

Nachdem sich die Kompanien organisiert hatten, wurde auch das Bataillon wieder besammelt. Das Marschieren der Infanterie nahm seinen Anfang. Zuerst marschierten die Männer nach Aarau zurück, dort galt es, die Fahnenübergabe hinter sich zu bringen. Den Soldaten wurden bei diesem Anlass die Kriegsartikel verlesen, die meisten hörten aufmerksam zu.

Um 13 Uhr 30 erfolgte die Vereidigung der Truppe durch den Militärdirektor. Das Regiment, gesäumt von einer tausendköpfigen Menge, war im Karree aufgestellt. Vor den einzelnen Bataillonen hatten sich die Fähnriche aufgepflanzt, die Offiziere präsentierten vor ihren Kompanien, und im ersten Glied der Soldaten fiel einer besonders auf: es war der Lange mit seinem dunklen Vollbart. In diesen Augenblicken merkte er das selber und fasste den Entschluss, ihn abzuschneiden, jetzt, als er dastand, entblößten Hauptes, die Waffe in der Linken, die Rechte zum Schwur erhoben:

»Ich schwöre, der Eidgenossenschaft Treue zu leisten, für die Verteidigung des Vaterlandes und seiner Verfassung Leib und

Leben aufzuopfern, die Fahne niemals zu verlassen, die Militärgesetze getreulich zu befolgen, den Befehlen der Oberen genau und pünktlich Gehorsam zu leisten, strenge Manneszucht zu beobachten und alles zu tun, was die Ehre und die Freiheit des Vaterlandes erfordert.«

Er sah zu seiner erhobenen Hand hoch, der Lange, und er hatte sich soeben entschlossen, diesen Bart abschneiden zu lassen. Auffallen, dies hatte er bereits erfasst, war nun immer ein Nachteil, und einer, der nicht nur lang war, stark und breit, musste doch auffallen, wenn er dazu noch einen Bart trug. Er betrachtete seine erhobene Hand und verlängerte die Linien seiner Schwurfinger weit in den blauen Himmel hinein. Dann bemerkte er plötzlich die Unruhe um sich, das Käppi war wieder aufzusetzen. Er spürte jetzt auch die Mittagshitze, die schwül war und drückte. Er hatte das Gefühl, beim Einatmen die Knöpfe seines Waffenrocks abzusprengen, und er hätte dies auch gerne getan.

Das Bataillon marschierte nach diesen Feierlichkeiten in die Unterkunftsräume zurück. Viele der Männer litten unter den Beschwerlichkeiten des heißen Nachmittags. Unter dem Rock staute sich die Hitze, sie hatten zu lange in der glühenden Sonnenhitze ausharren müssen. Die ungewohnte, schwere Packung drückte auf die Schultern, scheuerte an der Haut. Viele waren bei der Rückkehr ins Kantonnement erschöpft und mutlos.

Am anderen Tag hatte die Schwester der Mutter das Heft bereits fest in den Händen. Sie stand früh auf, wie der Vater früh aufgestanden war. Um halb sechs Uhr morgens werkte sie bereits im Stall, später spannte sie den Braunfuchs vor und holte frisches Gras ein, wie es der Vater getan hätte; die Arbeit in der Küche besorgte sie nebenbei und leicht. Annas Mutter konnte unbeschwert liegen bleiben. Dem Kind ging es gut, es trank seine Menge und schlief seinen Teil. Es war ein ruhiges Kind, lag still im weißen Kissen in der geflochtenen Zaine neben Mutters Bett. Sein Blick wusste noch nichts zu fassen, ein Vater fehlte ihm nicht.

Am anderen Tag erwarteten den Langen militärischer Drill, Gewehrgriff und Taktschritt. Jetzt war die Truppe eingerückt, vereidigt, nun galt es Zivilisten in Soldaten umzuerziehen, was gar nicht so schwerfiel, weil immerhin Krieg war.

Das Exerzieren bereitete dem Vater keine Mühe, mit dem Gewehr umgehen fiel ihm ebenso leicht. Nur das Herumrennen, er sah den Sinn nicht ein, und dieses fortwährende Schreien und Brüllen. Schon am Morgen bei der Tagwache begann ein Gehetze, dauerte fort den ganzen Tag und wollte kein Ende nehmen.

Der Lange sei beim Abzählen zu wenig laut gewesen, meinte der Leutnant, darauf zählte das Glied nochmals ab, und jetzt wieder. Auch könnte der Zug besser ausgerichtet stehen, und strammer. Der Leutnant fand immer Ansatzpunkte zu einer Kritik, er wollte gar nicht mit seinen Leuten zufrieden sein. Die militärischen Kommandos schlugen dem Langen in die Ohren, er lief, rannte, reagierte, gehorchte. Er trotzte nicht.

So verging der Tag.

Und auch den Abendkaffee, in den er sein Brot wie zu Hause einbrockte, hätte er gerne mit mehr Ruhe genossen.

Am nächsten Tag rasierte der Lange den Bart weg, das fiel nun wirklich auf. Doch er weigerte sich, eine Begründung abzugeben, er hatte es einfach getan, und Schluss. Die Witze, die nun zumindest unter Kameraden üblich geworden waren, ließ er gelassen über sich ergehen. Sticheleien berührten ihn nicht, er hatte sich auf Gleichmütigkeit eingestellt. Es blieb ohnehin bei Worten, es war keiner da, der es wirklich mit dem Langen hätte verderben wollen. Der wäre auch schlecht beraten gewesen. Jeder wusste das, jeder sah, wie er mit dem Gewehr umging – als wäre es ein leichter Stock, jeder sah, wie er den Tornister schulterte, als wäre er gewichtslos, und beim Waschen an den Trögen hatten sie die Muskeln seines straffen Körpers betrachten können.

Die Soldaten waren gerade mit dem Bajonett- und Säbelschleifen beschäftigt, als der erste Alarm sie erschreckte und einige Hektik auslöste. Gelassenheit wäre jetzt übel vermerkt worden, denn ein Gerücht wurde umgeboten, das besagte, vom nahen Elsass seien beunruhigende Nachrichten eingetroffen. Jedenfalls musste die ganze Division schnellstens über den Jura an die elsässische Grenze verschoben werden.

Die Kompanie machte sich marschbereit, verpflegte, verlud den Kaput und ein zweites Paar Hosen. Der Kommandant erklärte den Männern die Lage und fand mit eindringlichen Worten ihr Gehör.

Es wurde auch dem Langen etwas mulmig im Magen, als der Zugführer vor dem Aufbruch den Befehl erteilte, das Gewehr sei nun mit scharfer Munition zu laden und die Unteroffiziere die Handgriffe der Männer, die sie mit einem Anflug von Feierlichkeit ausführten, mit steinernem Gesicht kontrollierten.

Der Marsch führte zuerst nach Schönenwerd und von dort aus über Stüsslingen–Rohr–Schafmatt nach Oltingen–Tecknau und Gelterkinden. Der Lange nahm bald einem humpelnden Kameraden das Gewehr ab und schleppte es mit. Ein paar Schweißtropfen auf der Stirn, mit unbewegter Miene, zog er schweigend im Verband mit den andern, und jeder Schritt, der ihn weiter von zu Hause wegtrug, beunruhigte ihn mehr, bis schließlich nur noch eines half: Gedankenlosigkeit.

In der Nacht marschierte sich besser, da wurde es angenehm kühl, still zog die Kompanie über Feld. Keine Wolken schoben sich vor den Mond, die Nacht blieb gestochen klar und tarnte die Kolonnen nicht. Manchmal brach einer in lautes Fluchen aus, es hörte sich unter dem Sternenhimmel ohnmächtig an. Der scharfe Verweis des Unteroffiziers wäre nicht nötig gewesen. Auch Hilflosigkeit musste sich ausdrücken, die Nacht versagte Anteilnahme. Lange nach Mitternacht traf die Kompanie in Gelterkinden ein. Keiner verlangte nach Ausgang, Witze behielt man für sich, die meisten fühlten sich kraftlos, und es fiel nicht schwer, einfach zu schweigen. Die Mannschaft wollte, völlig ermüdet vom ungewohnt langen und anstrengenden Marsch, nur ausruhen, lagerte sich in kleinen Gruppen und wartete auf die Feldküche, denn jeder glaubte, eine Suppe vor dem Schlaf ehrlich verdient zu haben. Doch die Küche traf nicht ein.

Die Müdigkeit obsiegte gegen den Hunger, traumlos schlief auch der Lange. Aber bereits um fünf Uhr früh wurde die Truppe wieder geweckt und auf die Beine gebracht.

Unterdessen hatte auch die Feldküche Gelterkinden erreicht, die Suppe konnte gefasst werden, und manchem war sie ein nicht sehr zuträgliches Frühstück.

Um sechs Uhr musste die Kompanie weitermarschieren. Vielen Männern fiel es schwer, mit wunden Füßen und Blasen an Sohlen und Fersen, den Tritt wiederzufinden. Auf den entzündeten Schultern brannten die Riemen des Tornisters, das Gewehr war aus Blei.

In einem müden Gleichtrott hielt die Kompanie auf Sissach zu, dort fand sich das Regiment zusammen, schloss sich dem Gros der Brigade an und zog als langgestreckte Formation über Liestal–Nuglar–Gempen–Dornach in den Raum Oberwil–Therwil–Ettingen–Schlatthof–Dornachbrugg–Arlesheim.

Auf ihrem Durchgang wurden die Soldaten in allen Dörfern freundlich begrüßt. In Liestal säumte die ganze Bevölkerung die Landstraße und winkte den Männern zu, doch der Lange hatte wieder den Blick, der Aufmerksamkeit nur vortäuschte und alles durchdrang, ohne an Bildern haften zu bleiben. Er verpasste es gar, als ihm ein Mädchen einen Apfel reichen wollte, oder es stand ihm der Sinn gar nicht danach, das Mädchen zu beachten, um nicht an sein eigenes denken zu müssen.

Andere Soldaten vergaßen für Augenblicke ihre Müdigkeit, lachten froh, wenn sie am Straßenrand einen Stumpen oder einen Becher Kaffee gereicht bekamen.

In Dornach wurden Kantonnemente bezogen.

Nach diesem ausgedehnten und beschwerlichen Marsch hatte eine schläfrige Mattheit viele der Soldaten überwältigt, es bereitete manchem sogar Mühe, die maroden Füße zu pflegen, und ein Sanitäter, der zur Stelle war, um die schlimmsten Blasen und Wundstellen zu verarzten, konnte sich nicht über mangelnde Arbeit beklagen. Auf sein Geheiß hin streuten die Soldaten bei späteren Märschen Fußpulver in ihre Socken. Der Lange hatte auch eine Blase an seiner linken Ferse, mit einer Nadel stach er sie auf und zog einen Faden ein, der das Brandwasser aufzusaugen hatte. Nach dieser Behandlung goss er kaltes Wasser über die Füße, und er wusch sich Gesicht und Nacken.

Die zurückgelegte Distanz machte ihm auf eigene Art zu schaffen, sie schob sich gewaltsam zwischen die wehmütigen Gedanken und die zurückgebliebenen Gesichter seiner Frau und des Kindes. Konturen verschwammen, er hatte Mühe, sich seine Frau in Erinnerung zu rufen. Und das Kind? Er konnte sich bereits nicht mehr vorstellen, wie es aussah und hätte es, verschanzt hinter Müdigkeit und Gedankenleere, unter anderen Säuglingen wohl gar nicht erkannt. Oder war es bloß die Erschöpftheit, die den Gliedern eine schmerzende Schwere verlieh?

Der Körper schützte sich selbst, das Denken war abgestumpft, das Gehirn verpuppte sich, die Gedanken waren nun Klumpen, die man in die Hände nehmen und nach Belieben umdrehen konnte. Alles war gleichgültig.

Am Abend hörten die Soldaten zum ersten Mal die Kanonen jenseits der Grenze, jenes dumpfe, rollende Donnern und Platzen, das sich in der Nacht, als der Lange schlaflos lag, für ihn wie die Explosion von Gestirnen anhörte. Die Nacht stand klar. Die Friedlichkeit, die sie vortäuschte, erfüllte den Langen mit Misstrauen. In seinen Träumen fand der Sternenfall statt, und misstrauisch blieb er dann immer.

Anna Villiger trank ihren Wein aus. Immer häufiger war es in letzter Zeit vorgekommen dass sich ihre Eltern in die Bilder drängten, wenn sie in der Vergangenheit kramte. Seit ein paar Jahren verspürte sie ein zunehmendes Heimweh nach den Tagen ihrer Kindheit.

Sie stand vom Tisch auf, ganz unvermittelt war das Bedürfnis gekommen, das Haus nochmals zu verlassen. Im Korridor schlüpfte sie in die Stiefel und zog den Mantel an.

Etwas unsicher und nachdenklich verließ sie die Wohnung. Die Nacht war kalt und verhangen, kein Stern, kein Mond, nur wenn sie hochschaute, trieben Wolkenfelder über das Dorf, dicht und mit großer Geschwindigkeit. Wind spürte sie nicht in der Straße.

Sie nahm den Weg zum Bahnhof hinunter. Nur noch mäßiger Verkehr zog durch die Hauptstraße, viele Geschäftshäuser hatten ihre Schaufensterbeleuchtung ausgeschaltet, auf den Trottoirs kaum Menschen. Als sie beim Restaurant »Rütli« vorbeikam, wurde die Tür geöffnet, ein älterer Mann torkelte heraus, umspült von einem Schwall aus Helligkeit und Lärm, schlechtem Gerücht und Rauch. Ein Lachen kollerte in den späten Abend. Dann schloss sich die Tür, und ruckartig waren Licht, Gerüche und Geräusche abgeblockt. Da hatte eine Welt in eine andere einbrechen wollen und war gescheitert. Wie ein Ausgestoßener tastete sich der Mann hustend die Treppe hinunter und versuchte, im Windschutz eines kleinen Mauervorsatzes eine Zigarette anzuzünden.

In der Eingangshalle des Kinos »Rex« brannte noch Licht. Die Vorführung musste eben zu Ende gegangen sein, die Filmbesucher gingen in Grüppchen durch die rot austapezierte und mit Fotografien verstellte Halle. Anna Villiger beobachtete drei Mädchen, sie spazierten zusammen weg. Eines, es ging in der Mitte zwischen den anderen, mochte vielleicht 18 Jahre alt sein, trug rote Lackstiefel und Bluejeans mit weit umgeschlagenen Stößen; das Mädchen lachte, und Anna Villiger kannte das Lachen. Das Mädchen hatte eine Jacke, eine helle Kaninchenfell-Jacke, nur lose um die Schulter gelegt und war darunter mit einem schwarzen Pullover bekleidet: ein buntes Blümchenmuster verlief quer über die Brüste; das Mädchen war hübsch, man musste sein Gesicht mögen, helle Augen, eine weiche Mundlinie, volle Lippen. Es hatte ein ruhiges Gesicht und warf nun mit einer energischen Kopfbewegung lange Haarsträhnen aus der Stirn, das Haar fiel leicht und blond über die Schultern bis weit in den Rücken.

Jetzt löste sich Anita aus der Mitte und lief ein paar Schritte voraus, so, als ob sie eine gelernte Tanzfigur vorführen wollte, die sie nicht mit Worten hatte erklären können, und die ihr nun als Bewegung mit großer Anmut glückte. Darauf blieb sie lachend stehen, und als die beiden andern sie wieder eingeholt hatten, gingen sie untergehakt und plaudernd an Anna Villiger vorbei. Sie waren so miteinander beschäftigt, scherzten, erzählten, dass sie Anna nicht bemerkten, die mit dem Rücken zu den Aushängekästen des Kinos in sehr hellem Licht stand.

12

Hans Villiger war aufgewacht, ein Druck in der Herzgegend schmerzte ihn. Das Holztäfer der Decke knarrte, manchmal schlug die Heizung an, nachts besonders deutlich vernehmbar. Er litt unter der Schlaflosigkeit, drehte sich auf den Rücken, legte die Hände flach auf das Leintuch und versuchte, sich auf eine Mitte zu konzentrieren, die Ruhe bringen sollte. Doch es misslang, Gedanken und Bilder stellten sich ein, krochen unter die Augendeckel und spiralten sich durch den Kopf: feine Drähtchen mit glühenden Enden. Er verspürte Juckreiz. So begann das immer. Wenn er ihm nachgeben würde, konnte das den weiteren Schlaf verunmöglichen, doch er unterlag dem Reiz und begann, sich an der Wade zu kratzen. Nun wechselte das Jucken in den Arm.

Am Morgen, während einer Zwischenstunde, war Hans Villiger zum Murimoos hinuntergefahren. Er hatte sein Moped bei einem aufgeschichteten Klafter Holz stehen lassen und war zu Fuß in den lichten Wald hineingegangen. Nachdem er eine Zeitlang spaziert war und dabei die folgende Schulstunde nochmals überdacht hatte, bemerkte er einen jungen Mann, der auf einem der am Wegrand gestapelten Baumstämme hockte und mit einem Regenmantel bekleidet war, braune Manchesterhosen und schwere, schwarze Stiefel trug, die beschmutzt waren. Zuerst blickte der junge Mann etwas erschrocken auf, doch seine Augen nahmen dann sofort einen bohrenden Ausdruck an; er hatte dunkles Haar, braune Augen und auffällig breite Backenknochen. Hans Villiger nickte ihm zu, der Mann grüßte zurück und vollführte dabei eine fahrige Bewegung mit kurzen, breiten Händen, als wolle er einen

Staubfussel von seinem Mantel wischen. Hans Villiger ging achtlos vorbei – stopfte seine Pfeife und musste die letzten Tabakreste im Beutel zusammenkrümeln –, ohne einen Verdacht zu schöpfen, vielleicht mit dem Anflug eines Argwöhnens, das die Beschäftigung mit der Pfeife nicht zu einem Gedankengang werden ließ.

Jetzt lag Hans Villiger wach im Bett, er rief sich das Bild des jungen Mannes ins Gedächtnis; er erkannte die breiten Backenknochen, das spitze Kinn, die dunklen Haarsträhnen, es waren die Züge eines ehemaligen Schülers. Er erinnerte jene, nun Jahre zurückliegende Stellvertretung, wobei die Klarheit, in der ihm Lurs Gesichtsausdruck und die Art seiner Bewegungen dabei wieder präsent wurden, Zweifel an der Richtigkeit seines Wiedererkennens gar nicht mehr aufkommen ließen.

Hans Villiger war arglos weitergegangen, hatte sich später nochmals umgedreht, der junge Mann saß immer noch am Waldrand auf dem abgerindeten Stamm, im hellen Licht.

Der Morgen war frisch gewesen, an den Bäumen hingen noch Tropfen von Regen, obwohl er sich nicht besinnen konnte, wann es geregnet hatte. Ein paar Krähen hockten auf einer Tanne und setzten sich krakend ab, als er vorbeischritt. Sie segelten aufs freie Feld hinaus und überflogen die Arbeitskolonie. Er genoss es, durch den Morgen zu gehen, das entfernte Dorf verschwamm konturlos in durchscheinenden Dunstschwaden, die Häuser standen verschleiert, die Sonne brach über den Hängen des Lindenbergs durch den Nebel und blendete. Auch wenn er mit den Händen einen Schirm vor den Augen bildete, erhielt das Dorf keine deutlichen Umrisse. Auf der Rückfahrt dachte er bereits nicht mehr an die zurückliegende Begegnung, und beim Bahnhofkiosk angelangt, als er eine Dose Tabak und Pfeifenreiniger kaufte, hatte er den jungen Mann bereits vergessen. Vor dem Beginn der nächsten Schulstunde hatte er noch Zeit gehabt, in der Käserei ein Viertelpfund Emmentaler und frische Butter zu kaufen.

Als er das Schulhaus betreten hatte, war ihm nach dem erfrischenden Spaziergang der muffige Geruch gebohnerter Fliesen besonders aufgefallen. Da zudem gerade die Pausenglocke geschellt hatte, die Kinder lärmend aus den Schulzimmern liefen, strömte auch die abgestandene, viel zu warme Luft aus den offenen Türen in den Flur. Erst als Hans Villiger im Lehrerzimmer saß, wurden diese beengenden Gerüche durch den Duft frischen Kaffees wieder aufgehoben.

Diese elendigliche Schlaflosigkeit. Hans Villiger schwitzte. Lur war seit Tagen flüchtig, schoss es ihm durch den Kopf, er war verpflichtet, der Polizei zu melden, dass er ihn im Murimoos gesehen hatte. Doch hätte er das am Morgen getan, wenn er Lur sofort erkannt hätte? War es seine Angelegenheit, den Ausreißer dingfest zu machen?

Er hatte das Gefühl, plötzlich hintüber in einen tiefen Schacht zu stürzen, was ihn wieder aus dem Halbschlaf aufschreckte, in den er gefallen war. Er war immerhin bis an die Schwelle des Schlafs gelangt; aber einschlafen konnte er nur, wenn er ruhig war. Jetzt, als er von den eigenen Gedanken fortgeschwemmt wurde und überall hängen blieb und sich in jedem Netz verhedderte und in die dümmsten Fallen tappte, musste er wach liegen.

Es wurde ihm deutlich, dass es sinnlos war, im Bett zu bleiben. Und bei dieser Hitze. Er stand auf und ging zum Fenster, öffnete einen Flügel, nahm den Wasserstrahl des Brunnens wahr, eindringlich und laut. Die Kälte fuhr als eisiger Strahl in sein Zimmer und fasste im Halsausschnitt die nackte Brust an.

Dieser Lur.

Wo sich der bloß herumtrieb?

Wo schlief er diese Nacht? Bestimmt nicht im Freien. Es war viel zu kalt. Unter Null. Bei einem Bauern dürfte er auch nicht untergekommen sein. Die waren alle scharf auf ihn. Jeder würde ihn anzeigen, den Hund auf ihn hetzen.

Wahrscheinlich hatte Lur ihn ebenfalls erkannt und rechnete nun damit, von ihm gemeldet zu werden. Der verpfeift mich sicher, wird er sich denken.

Ob Lur sich abgesetzt hatte?

Geld würde er sich bestimmt zu beschaffen wissen.

Hans Villiger ertappte sich beim Gedanken, dass er Lur die Flucht wünschte, das Gelingen der Flucht.

Er schloss das Fenster. Dann kleidete er sich an, ohne Licht, und stellte sich wieder ans Fenster. Es kam selten vor, dass der Nebel bis Kallern hochstieg; die Wolkenfelder, die noch am Abend schnell und dunkel durchgezogen waren, waren verschwunden; der Himmel stand wolkenlos, der Mond hing darin als leuchtende Münze und beschien die Landschaft.

Hans Villiger wollte die schlaflosen Stunden zur Arbeit nutzen, er drehte das Licht an. Dann setzte er Wasser auf den Herd, er liebte es, während der Arbeit Tee zu trinken. Aus der Schreibtischschublade holte er sein Manuskript, heute war er den ganzen Tag nicht zum Schreiben gekommen. Die auf dem Tisch liegenden Schulhefte schob er beiseite.

Bis das Wasser aufkochte und er den Tee ansetzen konnte, wollte er sich eine Pfeife stopfen. Er wählte eine schwarze Pfeife mit einem langen, leicht gebogenen Mundstück, sie schmeckte gut und ließ sich trocken rauchen. Mit einem Messer öffnete er die Tabaksdose, die er am Morgen in Muri gekauft hatte. Der Tabak war gepresst und er lockerte die Krümel mit den Fingern auf und stopfte sich die Pfeife, die groß genug war, um anderthalb Stunden zu brennen. Jetzt brodelte das Teewasser. Während er Pulver ins Wasser schüttete, einen Deckel auf den Topf setzte, den Krug mit heißem Wasser ausspülte, alle diese Tätigkeiten führte er bedächtig und sorgsam aus, kam ihm Margrit in den Sinn. In Margrits Bauch schwamm jetzt ein Kind, dachte er, und er sah sie neben Herbert liegen, und er stellte sich vor, dass sie während des Schlafens das Gesicht an seinem Rücken barg. Er dachte sich Maria an Margrits Stelle und ersetzte Herbert durch sich selbst, und es kam ihm ein wenig fremd vor, besonders wenn er Sätze probte für ein Kind, das dann seines wäre.

Hans Villiger saß eine Zeitlang an seinem Schreibtisch und versuchte, sich in seine Arbeit einzustimmen. Er sog an der Pfeife, stopfte die Asche nach und benötigte noch ein Streichholz.

10. Januar, 1841.

Der Bezirksamtmann lag auf der Bahre und verspürte ein Kreisen im Kopf. Ein Schwindelgefühl, das periodisch auftrat, schlug Löcher in sein Gedächtnis. Das aufklarende Bewusstsein nahm die Umrisse des Schreibtisches wahr, erkannte mit schon festeren Konturen das Tintenfass und die Feder. Er erinnerte sich schattenhaft an einen angefangenen Bericht. Danach überwog die Erinnerung an Schmerz, und über die stülpte sich ein schwarzer Hut und tilgte alles aus.

Als ihn seine Untergebenen aufhoben, ernstlich um ihn besorgt, merkte er es nicht, so tief war er wieder in die Dunkelheit gestürzt.

Der Bewusstlose wurde aus dem Rathaus getragen und in die Wohnung des Gerichtsschreibers verbracht. Dort hatte die Hausfrau in aller Eile noch Zeit gefunden, das Bett mit den besten Leintüchern zu beziehen, doch sie reagierte trotzdem mit Verlegenheit, als der hohe Besuch mit den Füßen voran hereingetragen wurde. Vor dem Haus tobten die Aufständischen, sangen den Freiämtermarsch und beschimpften die Regierung. Einer der Anführer verschaffte sich den Zutritt ins Zimmer und bedrohte den auf dem Krankenbett liegenden Bezirksamtmann und hielt ihm eine Rede, die den Fieberschleier allerdings nicht zu durchdringen vermochte, was es dem Verletzten ersparte, die Schmähungen anhören zu müssen. Diese Tatsache verunsicherte den Redner, er stand da anklagend und gestikulierend vor einem Mann, dem es gar nicht ums Zuhören war.

Der Anführer erklärte dem Bezirksamtmann trotzdem, dass er nun als Gefangener der konservativen Partei betrachtet werde, und er konnte nur mit Mühe davon abgehalten werden, den Verletzten ins Gefängnis überführen zu lassen.

Die Frau des Wärters, die alle Aufmerksamkeit auf sich gelenkt und dem Bezirksamtmann mutmaßlich damit das Leben gerettet hatte, indem sie preisgab, wer die Schlüssel zum Gefängnis verwahrte, musste zur Befreiung der eingekerkerten Anführer vorausgehen. Dabei wurde sie geschlagen. Doch die Misshandlungen blie-

ben auf ein ertragbares Maß beschränkt, während sie ihrem Mann, der im Besitz der gesuchten und lautstark geforderten Gefängnisschlüssel gewesen war, das Leben kosteten. Auf dem Weg zu den Zellen rissen die Aufgebrachten die Frau an den Haaren, bedachten sie mit Stockschlägen und Fußtritten.

Als die Befreier dann noch feststellen mussten, dass nicht alle Gefangenen zusammen im selben Lokal untergebracht worden waren, musste die Frau, die daran unschuldig war, für diese Tatsache nochmals büßen. Ein Stockschlag riss ihr eine Fleischwunde in die Stirn, das Blut lief ihr übers Gesicht in den Mund, und ein gewalttätiger Kerl drohte ihr sogar mit einer langstieligen Axt den Tod an.

Nur Hagenbuch konnte im Rathaus befreit werden, Ruepp war im sogenannten Haberhaus eingesperrt, Weissenbach wurde im Spital festgehalten. Die Befreier zogen von Gefängnis zu Gefängnis, kümmerten sich nicht um Verletzte und Beschädigungen, und überall wichen die Bewacher vor ihnen zurück, denn niemand hatte den Mut, sich den Horden in den Weg zu stellen. Das Schicksal des Bezirksamtmannes und des Gefangenenwärters hatte sich wie ein Lauffeuer verbreitet, viele Frauen hatten von den Misshandlungen der Wärterin gehört. Diese Untaten machten den Stürmern den Weg frei.

Die Befreier warfen Stühle und Bänke aus den Fenstern, ohne sie zu öffnen; wenn ihnen in einem Spiegel ihr eigenes Gesicht missfiel, zerschlugen sie ihn in Stücke. Türen hauten sie gleich mit der Axt aus der Fassung, und der Standuhr im Haberhaus verunmöglichten sie mit Revolverschüssen jede weitere Zeitangabe. Vor den Häusern, aus denen die Gefangenen befreit wurden, herrschte Tumult, in den Gassen ein Lärmen, das die Hunde vertrieb und es den Kindern als ratsam erscheinen ließ, sich an die Schürzen ihrer Mütter zu flüchten. Die Mütter wiederum griffen nach dem Rosenkranz und zwar nicht, um Gnade für die Regierungstreuen zu erflehen, sondern sie riefen die Heilige Muttergottes zum Schutz ihrer tobenden Männer an.

Als Ruepp befreit war, kam er mit einem Grinsen aus dem

Gefängnis, hob und schüttelte die Faust, trat zwischen den ihn beschützenden Knüppelmännern unter die Menge und kostete den ihn empfangenden Jubel aus, bis er ihn plötzlich abwinkte und den Leuten zuschrie: Machts den liberalen Kaiben, wie sie es uns gemacht haben!

Auf diese Worte hin drängte sich ein stämmiger und mit einer Flinte bewaffneter Bursche an den Befreiten heran, umarmte ihn und drückte ihm vor allem Volk einen kräftigen Bruderkuss auf die Wange.

Die befreiten Anführer ordneten eine Kampfpause an und zogen sich von ihren Leibwächtern begleitet zu ihren Plänen zurück. Sie fühlten sich mächtig und vom Volk getragen. Es war nun vordringlich, den neuen, katholischen Staat auszurufen. Doch dies war ein Akt, der einer Vorbereitung bedurfte und Feierlichkeit verlangte – und vorerst ungestörte Schreibarbeit von klug denkenden Köpfen.

Die Horden hatten sich auf Abruf verzogen, so war es ausgemacht. Nur die Leibwächter harrten auf ihren Posten aus und bewachten die Wohnungen ihrer Führer. Das Fußvolk lief in die Wirtshäuser.

Die jeweilige Waffe zwischen die Knie geklemmt, hockten die Stürmer um ihre Stammtische, und ein umfassendes Trinkgelage nahm seinen Anfang; die Humpen kreisten in der Runde.

Bald beschlossen die Aufständischen, ein paar liberalen Herren zu demonstrieren, wer nicht mehr gewillt war, sich unter der Knute halten zu lassen, und nun, wenn auch nur ungern so benannt, so halt doch im katholischen Land Herr und Meister war. Nichts mehr sollte sie unter das Joch der falschgläubigen Unterdrücker und Religionsfeinde zwingen. Es war wie ein Schwur. Dabei kam auch der Gedanke auf, die eigenen Reihen mit Waffen und Munition aus den Häusern der Gegner zu verstärken, und die Liberalen, bei denen sie Waffen zu erbeuten hofften, wurden namentlich aufgezählt.

In den Gassen fanden sich die Rotten erneut zusammen, die Häuser und Wohnungen der Radikalen und Liberalen sollten gestürmt werden. Die Menge schlug gemeinsam einen Weg ein *und besammelte sich lauthals und selbstbewusst vor einem behäbigen Bürgerhaus. Es wurde gar nicht erwartet, dass der Besitzer die Tür freiwillig öffnete. Doch einem Balken, den sechs Männer gegen sie rammten, vermochten auch massive Eiche und stählerner Beschlag nicht lange zu widerstehen. Jeden Aufschlag auf das Türblatt begleitete ein Hochrufen. Bis Holz splitterte. Dann halfen die Äxte nach.*

Unterdessen war der Hausherr nicht untätig geblieben, sondern hatte sich verschanzt und sich eine Abwehr gegen den zu erwartenden Sturm genau überlegt. Als die Meuterer auf die Treppe losrannten, fiel ein Schuss. Es wurde zwar niemand getroffen, aber der Hausherr hatte sich damit einen Moment der Stille eingehandelt und einigen Respekt, denn er war für die Aufständischen so überraschend abgefeuert worden, dass er ihnen mit einem Mal zeigte, welche Entschlossenheit sie erwartete und womit sie im Schlimmsten zu rechnen hatten.

Die Rechnung des Hausherrn ging nicht restlos auf; der Schuss provozierte und musste abgegolten werden.

Vorerst zogen sich die Stürmer allerdings auf die Gasse zurück und einer, der allen als Vorbild gelten wollte und vorzuzeigen gewillt war, wie wichtig ihm die Angelegenheit und wie überzeugt er selber davon war, kniete nieder und raffte mit dem Säbel Schnee zusammen und schüttete Schießpulver hinein und fraß und schluckte unter dem Jubelschrei seiner Anhänger Pulver und Schnee. Das bedeutete Widerstand, Gewalt. Darauf sprang der Mann auf und wetzte seinen Säbel am Straßenpflaster. Das besagte deutlich: los jetzt.

Inzwischen war ein Bub zur Spitalkirche gelaufen und zog dort die Sturmglocke. Mit Gewehren bewaffnete Männer eilten zu dem bezeichneten Haus, das es nun auf Leben und Tod zu stürmen galt, zuerst hatte ja der liberale Herr geschossen. Die Bewaffneten formierten sich und eröffneten ein Rottenfeuer, andere Stürmer warfen mit Steinen und Scheitern nach den Fenstern. Der zweite Ansturm brachte die Männer erneut vor die Treppe. Da drängte sich in diesem Augenblick und mit der Absicht, größeres Unheil zu verhindern, einer der vernünftigeren Männer nach vorn, um zwischen den Stürmern und dem liberalen Herrn als Vermittler zu wirken. Doch er bekam von hinten einen Schlag ins Genick, der ihn außer Gefecht setzte. Es war ein Kerl aus der eigenen Partei, der den Hieb geführt hatte; so schnell konnte einer die Volksgunst einbüßen.

Das erstürmte Haus wurde vom Keller bis zum Dachboden nach Waffen durchsucht und geplündert. Dabei fand eine Münzensammlung einen neuen Besitzer, und der eine oder andere der Meuterer steckte sich ein Stück des silbernen Tafelbestecks ein und überreichte es später zu Hause der Frau. So auf dem Küchentisch neben den eigenen Löffeln liegend, nahm es sich eher fremd aus. Teure Aussteuerstücke wurden gestohlen, Möbel in Brüche geschlagen, feines Porzellan zerbrach. Der Hund, eine Dogge, wurde angeschossen und verendete zwischen umgestürzten Möbeln und zerbrochenem Glas. Die Horden spießten mit ihren Lanzen und Bajonetten wertvolle Gemälde auf, die Bibliothek des Hausherrn wurde auf die Straße geworfen. Einer schleuderte einen Käfig, in dem ein Kanarienvogel gegen die Gitterstäbe flatterte, aus dem Fenster in die Menge. Im Sturz löste sich der Käfigboden vom Gitterteil, und der Vogel entkam. Die Leute zielten noch mit Steinen nach dem entflohenen Tier, als es auf einer benachbarten Dachtraufe Schutz suchte.

Nur das Kreuz an der Wand ließen die Aufständischen unbehelligt. Mit Vorbehalten zwar: daran hing ja nicht der Katholische.

Vor dem Haus fielen Schüsse. Jetzt nochmals. Ihnen folgte ein trockener Knall. Hans Villiger horchte auf. Erneut der dumpfe Schlag, der die Gewehrschüsse nur so wegwischte.

Hans Villiger schraubte die Füllfeder zu und schob seine Schreibmaschine beiseite. Die Pfeife lag erkaltet im Aschenbecher, er klopfte sie aus. Den Knall und die Schüsse hatte er sofort erkannt.

Militär.

Das Füsilierbataillon 46 absolvierte seinen diesjährigen Wiederholungskurs im Freiamt und hielt eine große Übung, ein dreitägiges Manöver im Regimentsverband ab. Dies hatte er einem Zeitungsbericht entnehmen können.

Er zog die Schuhe und den Mantel an, dann trat er aus dem Haus in die schneidende Kälte.

Vorn auf der Straße brannte grelles Scheinwerferlicht.

Was er gehört hatte, war der Knall einer Panzerabwehrrakete gewesen, Markiermunition. Die Füsiliere hatten aus ihren Sturmgewehren ganz gewöhnliche, blinde Patronen verschossen.

Auf der Straße hatte eine Gruppe eine Panzersperre errichten müssen, und das Fahrzeug, ein Mowag, sollte den Panzer simulieren. Die Scheinwerfer des Mowag schnitten einen Lichtkeil aus der Dunkelheit. Vereinzelte Soldaten liefen über das Feld, kaum wahrnehmbare, vorbeistreichende Schatten. Hans Villiger ging zur Sperre hinunter. Hinter dem Panzer befand sich ein Volkswagen, von dem aus der Bataillonskommandant die Abwehr der Gruppe verfolgt hatte. Er stand nun im schwarzen Ledermantel vor den im Halbkreis um ihn versammelten Männern, die in Ruhestellung seine Kritik anhörten. Am Gürtel des Majors war eine Taschenlampe befestigt. Hans Villiger, der zu den Soldaten herangetreten war, sah, dass der Schein dieser Lampe die Hände und den Unterkörper eines Füsiliers in einen Lichtkreis legte. Auch der Korporal und der Leutnant, mit Taschenlampen vor dem Bauch, standen bei den Soldaten und ließen die Ausführungen des Oberen über sich ergehen. Hans Villiger bemerkte, dass sich die Männer die Gesichter schwarz eingefärbt hatten. Auch der Zugführer. Und alle trugen den Tarnanzug. Der Major redete auf die Leute ein, während sein Fahrer gelangweilt am Kühler des Volkswagens lehnte. Der Vorgesetzte rügte die Arbeit der Gruppe.

Sie hätten zu früh mit den Sturmgewehren geschossen, hielt der Major den Soldaten mit ruhiger Stimme vor. Es sei vollständig sinnlos, bei einem Panzerangriff das Sturmgewehr schon so früh einzusetzen. Und warum ist es zu früh, fragte der Major und gab seiner Stimme einen Anflug von Kameradschaftlichkeit. Doch keiner meldete sich. Sie müssten unterscheiden, setzte der Major seine Ausführungen fort, zwischen harten und weichen Zielen. Nur wenn dieser Unterschied gemacht werde, könne eine Waffe richtig eingesetzt werden, erklärte der Major und betonte jedes einzelne Wort. Es stünden nämlich Waffen für weiche Ziele und Waffen für harte Ziele zur Verfügung, und die Waffen für weiche Ziele seien nutzlos, wenn man sie gegen harte Ziele einsetze. Was meint ihr dazu, he, fragte der Major und lachte abschätzig, wenn ein Füsilier mit einer Panzergranate auf einen einzelnen Feind schießt? Und wer von euch würde mit einer Panzerabwehrrakete auf einen Füsilier schießen, dessen Kopf er aus einem Schützenloch auftauchen sieht?

Die Füsiliere lachten, und das hatte der Major erreichen wollen. Seht ihr, setzte er wieder an, das wäre eben ein Dummkopf, dieser Füsilier, das sieht jeder ein, klar; aber ihr seid ja keine Dummköpfe, nicht?

Der Panzer sei ein hartes Ziel, sprach er eindringlich weiter, die Panzerabwehrrakete sei eine Waffe für harte Ziele, darum sei es selbstverständlich, dass man mit einer Panzerabwehrrakete nur auf Panzer schieße, nicht auf Füsiliere, denn ein Füsilier ist ein weiches Ziel, und auf ein weiches Ziel setze man eine Waffe für weiche Ziele ein, eben das Sturmgewehr. Und das hätten sie nun falsch gemacht, belehrte sie der Major. Das richtige Vorgehen bei einem Panzerangriff wolle er ihnen nun schildern: Der Panzer kommt. Alle Köpfe in die Schützenlöcher. Panzerabwehrrakete in Stellung. Feuer frei. Treffer. Zweiter Treffer. Sofort nachladen. Der Panzer bewegt sich noch. Er dreht den Turm. Kopf im Schützenloch behalten. Dritter Schuss. Treffer. Der Panzer ist kampfunfähig. Die Besatzung ist gezwungen, auszusteigen, der Panzer brennt. Der Deckel des Panzerturms öffnet sich. Sturmgewehrschützen in Stellung. Die Besatzung klettert aus dem Panzer. Sturmgewehrschützen Feuer frei. Treffer. Treffer. Der Feind ist vernichtet. Zurück in die Stellungen. Beobachten.

So wäre das richtige Verhalten und Vorgehen, schloss der Major lässig: Hartes Ziel, weiches Ziel, sofort entscheiden, entsprechende Waffe. Und ihr habt mit den Sturmgewehren auf den Panzer geschossen, da hättet ihr ebenso gut Haselnüsse werfen können.

Das üben wir nochmals.

Der Major tippte kurz an seine Mütze. Der Fahrer hatte anscheinend trotz seiner Verschlafenheit darauf gewartet und hielt ihm schon den Wagenschlag auf. Der Offizier stieg ein, der Fahrer rannte um den Wagen, startete den Motor, fuhr aufs freie Feld hinaus, überholte den Mowag und steuerte an der immer noch im Halbkreis versammelten Gruppe vorbei.

Im Wagen, mit einem bewegungslosen Gesicht, saß der Major. Das Aufglühen des Feueranzünders zeigte an, dass er sich eine Zigarette ansteckte.

Die Übung wiederholen, rief der Leutnant.

Der Mowag ratterte zurück, fuhr nochmals heran, wurde aufgehalten von den Schüssen der Panzerabwehrrakete. Dann rief der Leutnant: Die Besatzung klettert aus dem Panzer. Sofort setzte das platzende Sturmgewehrfeuer ein. Zurück in die Stellungen, befahl der Zugführer.

Feind vernichtet.

Vierter Tag

13

Manchmal wünschte sich Margrit auf einer endlosen Straße in die Nacht hinauszugehen: über Felder und Hügel, längs Weidland, durch Wald. Kein Mond, sternenloser Himmel, eine Nacht verschwimmender Konturen. Der Wald wäre ein dunkler Fleck, zeitlos, tief und still. Ins Schwarze der Nacht auslaufende Wiesen. Die Kirschbäume am Wegrand erkennbar als weiche Formen; dunkelstes Grün. Auf die Beschotterung des Weges dürfte ein Weniges an Licht fallen, damit sie weiß erschiene. Der Himmel verhangen, dunkel und ruhig.

Auf dieser Straße würde einem niemand begegnen.

Weit entfernt, angelegt an den Horizont, der sich auch bei fortwährendem Gehen nicht näher heranschöbe, müsste als heller Lichtblock eine Stadt zu sehen sein, eine Stadt außer Reichweite.

Es wäre sinnlos, sie sich als Wegziel vorzunehmen. Ziellos könnte Margrit dann gehen.

Und das wäre gut so.

Es bliebe nur das Nahe. Das Licht als Sehnsucht, die Stadt als Bild.

Eine Zukunft suchen?

Eine Gegenwart leben: das wollte Margrit.

In der vergangenen Nacht, gegen den Morgen hin, war die Temperatur ganz unerwartet angestiegen. Nun vergraute ein Nieselregen den Tag, dicke Wolken verdeckten den Himmel. Auf dem Kopfsteinpflaster spiegelte das Lampenlicht, der Regen hatte die Gassen sauber gewaschen und die letzten Schneereste weggespült. In den Rinnen und Gräben schwemmte Streusand an und bildete kleine Dämme und hügelartige Ansammlungen, um die herum das Regenwasser den Weg in die Abflussschächte fand.

Margrit lehnte im Schlafzimmer ans geschlossene Fenster, die schräge Schraffur des Regens überzog die Scheiben. Die Unterstadt lag in Dunst und Nebelfetzen, die sich langsam bewegten, verschoben, lösten und zu Neubildungen fanden.

Ein Tag zum Heulen. Margrit wurde von einer Stimmung beherrscht, die sie nicht zu deuten vermochte. Eine Traurigkeit hatte sie grundlos übermannt, wenn sie Regen und Nebel als Grund nicht gelten ließ.

Außerdem hatte sie am Vorabend mit Herbert gestritten.

Die Bewegungen des Kindes. Margrit faltete die Hände über dem Bauch, es blieben diese störrischen Bewegungen.

So stand sie im Schlafzimmer, allein mit dem ungeborenen Kind, zum Heulen traurig – und grundlos verstimmt, wie sie selber dachte, als vermöchte der Gedanke die Gefühle zu verändern. Das Licht der Deckenlampe schien kraftlos und trüb. Groß und deprimierend kroch der Regenmorgen ins Zimmer. Nüchterne, kalte, farblos graue Schatten warf die Lampe. Und noch nie hatte Margrit die Flecken an den Tapeten, die verblichenen Stellen, wo früher Bilder und Fotos gehangen, die noch ihren Eltern gehört hatten, als so trostlos und schäbig empfunden. Sie strich mit der Hand über die Rechtecke, schabte mit den Fingernägeln an den Tapeten und wurde den Eindruck von Kälte, von Feuchtigkeit, von moderigem Geruch nicht los. Er strömte aus Fugen und Ritzen, schwelte vom Boden her aus dem Teppich und war scheußlich.

Margrit gab sich einen Ruck, sie musste sich aufraffen, sie wollte sich frei machen und sich eingestehen, dass alles nur Einbildung war. Das Zimmer war warm geheizt und freundlich. Es blieb ihre Stimmung, die alles vermieste.

Sie löste die über dem Bauch gefalteten Hände, die das Kind nicht beruhigt hatten.

Die Betten mussten gemacht werden, so oder so, auch wenn dies mühsam war und sie der Rücken schmerzte, sobald sie sich bückte. Von der nahen Kirche schlug es zehn Uhr, langsame, verhallende Töne, die sie nachzählte, als ob sie, Schlag für Schlag, die Nebelfetzen auseinandertreiben könnten. Der Regenmorgen verharrte stumpfsinnig und kalt. Margrit glättete das Unterleintuch über ihrem Bett und schlug es unter der Matratze ein. Dabei presste sie eine Hand ins Kreuz. Sie spannte das Oberleintuch, überwand Unwillen und Schmerz. Bevor sie die Wolldecke zurechtrückte, schmiegte sie ihr Gesicht in den flauschig weichen Stoff. Dann schüttelte sie Decken und Kissen, als vermöchten die schleifenden Geräusche Gedanken und Gefühle zu vertreiben. Immerhin befreite die Arbeit für Augenblicke von der drückenden Stimmung. Sie fühlte sich wohler dabei, verdrängte den Morgen, der ihr zusetzte, unverständlich zusetzte mit der Monotonie seines Lichts, dem Regenrauschen und der zeitlupenhaften Bewegung des Nebels. Margrit strich mit der flachen Hand über die Decke und setzte sich dann auf den Bettrand. Jetzt eine Zigarette. Als ob das Anstecken einer Zigarette den Tag verändern könnte. Es verlangte sie danach, etwas in sich hineinzusaugen, ganz tief, als verspräche das eine reinigende Wirkung. Dabei wusste sie um das Gegenteil, denn für ihr Kind hatte sie das Rauchen eingeschränkt und beinahe ganz aufgegeben. Doch nun blieb ein Verlangen, das mit vernünftigen Gedanken nicht stillbar war. Was scherte sie jetzt die Vernunft? Hatten dieser Morgen, diese Stimmung mit Vernunft das Geringste zu tun? Nichts, gar nichts; eine Zigarette, das begehrte sie jetzt. Herbert bewahrte Zigaretten in seiner Nachttischschublade auf. Margrit beugte sich über das Bett, um sie zu erreichen. Dann zündete sie sich eine an, und es kam ihr so vor, als gelänge es, mit den Rauchschwaden eine Gegenstellung zu diesem Regenmorgen zu errichten.

Alles, wünschte sie, müsste sich nun auflösen. Oder alles müsste versinken in Gedankenlosigkeit, besser, in Gedankenverlorenheit.

Margrit hockte rauchend auf dem Bett, versponnen, hielt die Beine breit gestellt, und ihr Bauch lag als eine große Frucht zwischen den Schenkeln. Die Auseinandersetzung mit Herbert, gestern Abend.

Es drehte sich wieder einmal alles um seinen Beruf, seine Karriere. Herbert strebte vorwärts. Er hatte sein Gehalt im Kopf, seine Stellung, er hatte Vorsätze und nannte Ziele. Oft verstand Margrit seinen Ehrgeiz nicht, einen Ehrgeiz, der, so hatte der Streit seinen Anfang genommen, überhaupt nichts veränderte, so oder so. Sein Beruf fraß ihn auf, oder präzise gesagt, Herbert ließ sich von seinem Beruf auffressen. Jede berufliche Verbesserung zahlte sich zwar direkt aus und war als zusätzliche Geldsumme auf dem Gehaltsstreifen verbucht. Doch sie kostete auch Zeit. Zeit für ein Gespräch, Zeit für das Kind, das nun bald da sein würde, Zeit, um ein Buch zu lesen. Gestern Abend hatte Herbert Margrit eröffnet, er habe sich um eine Stellung als Prokurist beworben, bankintern. Allerdings würde seine Berücksichtigung die Versetzung nach Brugg bedeuten. Es war die Brugger Filiale, die eine Prokura zu vergeben hatte, und Herbert kam in Betracht. Er hatte sich zuversichtlich gegeben, wenn er auch nicht der einzige Anwärter war. Er baute auf seine Leistungen, die er, wie er meinte, getrost vorweisen konnte.

Nicht, dass Margrit ihm den Erfolg nicht gegönnt hätte. Doch sie war verärgert, weil er sie einfach vor Tatsachen gestellt hatte, als ob sie das alles nichts angehen würde, als ob sie davon nicht ebenso betroffen würde.

Nein, ein schlimmer Streit war es nicht. Sie hatten schon wiederholt Auseinandersetzungen gehabt, weil er es meist unterließ, sie in seine beruflichen Pläne einzuweihen. Manchmal hasste Margrit seinen Ehrgeiz.

Bis zur Unterwürfigkeit kann das führen, hatte sie ihn angefaucht, dann frisst du deinen Vorgesetzten noch aus der Hand. Dieser Vorwurf hatte ihn stumm gemacht.

Sie hatte ihn angeschrien, ja, sich vielleicht sogar hysterisch aufgeführt, und sie war wütend geworden, weil sie wahrgenommen hatte, dass er ihre heftige Reaktion auf seine Eröffnungen hin nur ihrem Zustand zugeschrieben hatte, ihrer Schwangerschaft. Als würde sie ihn überhaupt nichts angehen, diese Schwangerschaft, als wäre das ihre Entschuldigung, etwas, das man ihr nachsehen musste und das nichts mit ihm zu tun hatte. Fuchsteufelswild konnte sie das machen, zum Heulen wütend. Und dann, wenn du in Brugg arbeitest, müssen wir doch umziehen. Das betrifft mich genauso, und ich habe ein Recht darauf, vorher gefragt zu werden. Oder willst du jeden Tag mit dem Auto nach Brugg fahren?

Herbert war stumm geblieben. Er schrie nicht zurück, nie schrie er zurück; seine Ruhe, seine Gelassenheit, diese Gefasstheit hatte etwas Herablassendes, etwas, das sie unmündig sprach ohne Worte. Herbert verstummte, das war seine Art. Sie deutete es als Zeichen: mit dir kann man ohnehin nicht vernünftig reden.

Er, mit seiner Vernunft und seiner Bank und seinen Zahlen und seinem Ehrgeiz.

Alles wollte er berechnen und auf sicher haben.

Auch sie. Und das Kind?

Sie betrachtete ihn in diesen Situationen als wehleidigen, eitlen Jungen, der den Verletzten spielte, und sie ärgerte sich gleichzeitig über ihre Unbeherrschtheit. Besonders verübelte sie es ihm, wenn er vorgab, auch wenn er selbst von seinen Sätzen überzeugt war, dies alles komme doch nur ihr und dem Kind zugute, dies alles erstrebe er nur für sie. Als ob sie nach einem besseren Auto verlangte, nach höherem Haushaltungsgeld, nach ausgefalleneren Kleidern, als ob die Safari ihre Idee gewesen wäre, als ob er Geld anhäufen müsste für eine Filmausrüstung, die sie sich gewünscht hatte und nicht er.

Dies war gestern Abend vorgefallen und vorbei. Sie hatten den Streit beigelegt, aussöhnende Worte gefunden, bevor sie schlafen gingen. Im Bett, als Margrit still und ohne Bitterkeit ins Kissen weinte, hatte er ihre Hand genommen; sie hatte sie ihm nicht entzogen und war unter seinen Worten, denen Zärtlichkeit nicht mangelte, eingeschlafen.

Böse war sie ihm nicht mehr.

Margrit rauchte die zweite Zigarette und betrachtete Herberts noch ungemachtes Bett, das aufgedeckt und zerwühlt war. Sein gelber Pyjama lag ordentlich zusammengefaltet in der Mitte. Auf

Ordentlichkeit bestand er. Stets hängte er seine Kleider über einen Stuhl; jeden Morgen schlug er die Bettdecke ordentlich zurück und legte seinen Pyjama zusammen; das schmutzige Hemd von gestern versorgte er ebenso bestimmt und zuverlässig in den Wäschekorb, wie er es als selbstverständlich erachtete, jeden Morgen ein frisches vorzufinden.

Zehn Uhr morgens, eine stumpfsinnige Zeit ohne Anhaltspunkte, ein Regenmorgen, der sich in seiner Trostlosigkeit gefiel und den Tag mit einem leichten Gefälle auf einen verlorenen Ort hin flachwalzte.

Was blieb mit diesem Tag noch anzufangen?

Nochmals ins Bett? Ein paar Besorgungen? Nichts Bestimmtes. Zehn Uhr, das blieb stehen; eine regenlange Ewigkeit zehn Uhr schüttete den Tag zu.

Margrit drückte die Zigarette im metallenen Deckel einer Puderdose aus, klaubte eine weitere aus der Packung und zündete sie an. Sie überlegte ganz klar: das Nikotin würde den Herzschlag ihres Kindes erhöhen; doch sie löschte die Zigarette nicht aus. Es gab nicht nur das Kind, es gab auch sie selbst, und sie benötigte jetzt den Trost einer Zigarette, eine Zigarettenlänge Trost, vielleicht schäbigen Trost.

Sie lehnte sich auf das Bett zurück und empfand das elende Gefühl, nichts mit sich, nichts mit dieser Traurigkeit anfangen zu können. Ein aufsteigendes Weinen, das ihr Tränen in die Augen trieb, versuchte sie zu verscheuchen wie ein Gespenst, denn es verärgerte sie, und sie lehnte sich auf gegen seine Sinnlosigkeit.

Dann gab sie trotzdem nach. Warum das Versperren? Warum die Verkrampfung? Und sie weinte die Traurigkeit aus sich heraus, eine lösende Flut, während das Regenwasser weiterhin durch die Dachtraufen und Abflussröhren gurgelte und der Nebel Schwaden zog, die Stadt immer neu verschleierte, sich über dem Fluss niederließ, von den Ufern her in die Wälder fingerte und sich festkrallte am Fuß des Heitersberges.

Danach überraschte sie ein Umschwung ihrer Stimmung, den sie selber kaum begriff, eine Belebung, durch die sie sich wohler fühlte, befreit. Beinahe überkam sie jetzt Heiterkeit. Es gab wirklich keinen Grund zur Verstimmung und Traurigkeit mehr, jetzt, da eine Geburt ins Haus stand, eine Taufe.

Eine Geburt – eine Taufe.

Damals, und Margrit zählte die Jahre nicht, es war in diesem Zimmer – die Erinnerung plazierte andere Möbel an dieselben Stellen: ein Doppelbett in hell gebeizter Buche mit gesundem Maser, weiß bezogene Betten und rechts neben das Fenster ein Kinderbettchen, dunkles Holz, wieder gerichtet.

Im Bett war die Mutter gelegen, Margrit erinnerte sich deutlich, und hatte ein von Heiterkeit gelöstes Gesicht und strich ihr mit der Hand übers Haar, mit einer Hand, die sich kalt anfühlte, wächsern war und glatt. Die Mutter hatte die Lippen rot nachgezogen wie jeden Tag. Vielleicht war es dieses dunkle Rot, das ihr Gesicht so weiß scheinen ließ. Zusammen mit dem Großvater verweilte Margrit, sechsjährig zu dieser Zeit, vor dem Bett. Sie wusste genau, es stand jetzt eine Geburt bevor. Im Hintergrund vor dem Spiegelschrank, es war ein hoher Spiegel mit zwei Seitenflügeln, in dem man sich gleichzeitig von vorn und von der Seite betrachten konnte, hantierte eine fremde Frau, die nach geraumer Zeit Margrit und den Großvater nicht unfreundlich aber bestimmt aus dem Zimmer wies und mit auffällig leisen Schritten zur Mutter ans Bett trat, um ihr mit einem Handtuch den Schweiß aus dem Gesicht zu wischen und unter aufmunternden Worten und sorgenden Blicken aus einer Kachel Tee zu trinken zu geben. Margrit wäre gerne geblieben. In ihr regte sich die Ahnung, die Mutter würde ihrer gerade jetzt besonders bedürfen, blass, wenn auch aufgeräumt, wie sie in den Kissen lag. Und seltsam hatte die Mutter ihr ja dann die Haare aus der Stirn gestrichen und die Hand, die so kalt gewesen war, so ungewohnt wächsern, auf ihrer Wange liegen lassen. Margrit hatte dies als Zärtlichkeit empfunden.

Die Mutter reichte dem Großvater die Hand. Der alte Mann hielt sie länger umschlossen, als bei einem gewöhnlichen Händedruck üblich war. Es war ein verlegenes Schnäuzen, das er dann hinter seinem Taschentuch versteckte, als sie beide, nicht geschoben zwar, aber doch von der Hebamme gedrängt, das Zimmer verließen.

Die Mutter wandte den Kopf, blickte ihnen nach mit großen, dunklen Augen. Margrit hatte stumm die hingehaltene Hand des Großvaters ergriffen. Bereits stand er unter der Tür, sein Rücken hob sich schwarz im Rahmen ab und wechselte als Farbfleck ins Dunkel des Korridors über, da löste sich Margrit nochmals von seiner Hand, wand sich geschickt an der bedrohend mächtig im Weg stehenden Hebamme vorbei und lief zurück zum Bett. Die Mutter lächelte, doch es war ein Lächeln, das merkte Margrit, das Schmerz zurückdrängen musste, und zog Margrit ganz heftig an sich, so heftig, dass ihr der Atem stockte und ihr ein wenig schwindlig wurde, nicht unangenehm schwarz vor den Augen. Solch ungestüme Zärtlichkeit hatte Margrit bisher nie empfangen; vielleicht spielte da auch Angst mit hinein, einen Atemzug lang Verzweiflung.

Dann küsste die Mutter sie, vergrub das Gesicht des Kindes an ihrem Hals und entließ es aus den Armen, ganz plötzlich, damit es zu seinem Großvater zurückkehren konnte, der hilflos und verlegen im Gang wartete.

Es war dies ein Abschied gewesen, Margrit begriff es erst jetzt. Und es war ihr im nachhinein, als hätte sie nie einen Abschied deutlicher empfunden. Als sie aus den Armen der Mutter befreit war, da war auch etwas zerrissen, etwas ungültig geworden. Der Blick der Mutter richtete sich in sie selbst, ihr Lächeln galt schon nicht mehr dem Kind, das noch für ein paar Wimpernschläge vor ihrem Bett verharrte, es galt schon alles dem andern. Die Mutter hatte sich von ihrem ersten Kind verabschiedet: es hörte nun auf, ihr einziges zu sein. Nicht dass sie gedacht hätte, ihm Liebe zu entziehen, oh nein, aber das Mädchen hatte nun Liebe zu teilen. Ein Verschworensein, ein Nur-einander-Haben und sonst niemand und nichts, das war vorbei, ging zu Ende.

So bewusst hatte die Mutter dies wahrscheinlich nicht empfunden, die Wehen setzten wieder ein.

Die Hebamme kontrollierte die Uhr.

Es war ein Abschied gewesen, etwas Unwiderrufliches, ein Abschied, gerade so lange, dass der Großvater den feinen Strohhalm aus einer Brissago hatte ziehen, ein Streichholz anreißen, mit diesem den Halm anzünden und ihn, so umständlich wie es seine Art war, an die Zigarre hatte halten können, um sie in Brand zu stecken, und immerhin so still, so stumm, dass auch die Hebamme ohne Worte blieb und das Kind wortlos aus dem Zimmer hinausbegleitete, um es wieder, und nun ganz, dem Großvater an die Hand zu geben.

Sicher im Rauch seiner qualmenden Brissago wusste der Großvater vor dem Haus bereits einen Spaß, der allerdings noch jede Wirkung verfehlte; doch schon vor der Reussbrücke, sie spazierten die Sternengasse und den belebten Bogen hinunter, hatte er das Kind zu einem Lachen gebracht.

Die Mutter gebar ein zweites Kind; aus diesem Grund hatte sie ihr erstes ein wenig von sich abrücken müssen. Aber dies wurde ihm entgolten: sie rückte es damit näher zu seinem Großvater. Das fühlte Margrit, und sie wusste ihre Hand geborgen in der des alten Mannes, dem sie vertraute.

Auf der Reussbrücke hob der Großvater sie hoch, damit sie über die hölzerne Brüstung in die Reuss hinunterschauen konnte. Das wilde Spiel des Wassers beeindruckte sie, auch wenn sie sich fürchtete und mit aller Kraft an den Arm ihres Großvaters anklammerte.

Zusammen stiegen sie den West hinauf, dem Wohlerwald zu, gegen den Erdmandlistein, einen mächtigen, haushohen, auch Kindlistein genannten Findling. Ihn hatte Margrit zu umlaufen, einmal, ohne dabei zu atmen; und in ein finsteres Loch im Gestein musste sie rufen: »Häx, bring mer es Brüederli«, dreimal, und ohne Angst. Es war ein Tag im Sommer, damals, am Morgen hatte es aus massigen Wolkenbergen geregnet, ein dräuschendes Sommergewitter begleitet von böigen Winden war niedergegangen. Noch tropfte es nass und warm aus dem Laub der Bäume, und das Mädchen, das vergnügt an der Hand seines Großvaters ging: es war zuversichtlich.

14

Im »Adler« saß Hans Villiger am Stammtisch und lehnte sich in die Ecke der hölzernen Bank zurück, er streckte die Beine von sich und saugte an der Pfeife und kraulte den Kopf der Katze, die neben ihm lag. Er hatte über Mittag in der Schule Aufsätze korrigiert und nun eine Kartoffelsuppe mit Käse und Brot gegessen. Er war gut gelaunt; die Mahlzeit hatte ihm geschmeckt, die Pfeife brannte ordentlich, und auf dem Tisch dampfte ein Glas Kaffee-Luz.

Der Regen hatte sich eingelassen, ein trüber Nachmittag. Es war gut, gedankenlos zu sitzen, die Pfeife zu schmauchen, den Tabak zu riechen, der süß und herb zugleich war.

Drei ältere Männer spielten mit Karten und schlückelten Wein. Einer klopfte mit der Hand auf den Jassteppich, während sein Partner die Brissago aus dem Mund nahm, die Lippen spitzte, wortlos lächelte und der dritte mit der Kreide Zahlen auf die Schiefertafel schrieb.

Das Regengeräusch hielt den Straßenlärm fern; die Stimmen der Gäste ertönten gedämpft in der Monotonie des Regenrauschens.

Die Serviertochter hatte im Augenblick nichts zu tun und setzte sich zu Hans Villiger an den Tisch. Sie strickte an einem Pullover, für ihren Freund, wie sie beiläufig erwähnte, ohne aufzublicken; es war ein Skipullover aus grober Wolle.

Der Wirt gesellte sich zu den beiden, brachte ein Kaffeeglas zum Tisch, setzte sich, rührte den Zucker, äugte zu den Spielern, zur Tür, nach der Uhr, rieb die Hände: er wartete auf den Primarlehrer, der am Mittwochnachmittag immer auf einen Kaffee-Luz vorbeikam.

Militärcamions rasselten vor dem »Adler« vorbei. Auf den Ladebrücken, hinter halb zurückgeschlagenen Plachen, hockten Soldaten in Tarnanzügen und schwarzen Helmen, die Sturmgewehre zwischen den Knien. Nachdem die Kolonne vorbeigefahren war, steuerte ein dunkelgrauer Volkswagen auf den Parkplatz, hielt an, und ein höherer Offizier, gefolgt von seinem Adjudanten, entstieg dem Auto. Die beiden schritten auf den »Adler« zu; der Fahrer, ein Gefreiter, trollte sich zur Bäckerei hinüber.

Die Militärs betraten die Gaststube; der Offizier, es war der Major, knöpfte seinen schwarzen Ledermantel nur auf, ohne ihn auszuziehen, und bestellte bei der Serviertochter, die sich nach dem Eintreten der Gäste erhoben hatte, einen Espresso. Sie ging zum Büfett und machte sich an der Kaffeemaschine zu schaffen. Bald zischte das heiße Wasser aus, Dampf wölkte hoch. Die Schweiz, begann der Wirt zu reden, es war offensichtlich, dass er vom Major verstanden werden wollte, auch wenn er sich Hans Villiger zuwandte, die Schweiz ist eines der reichsten Länder der Welt. Zu den drei reichsten gehören wir. Da kann man doch stolz sein, fügte er so laut hinzu, dass Hans Villiger sich gar nicht angesprochen fühlte. Das ist doch eine Leistung, darauf kann man doch einen Schluck genehmigen, fuhr er lachend fort und hob das Glas.

Hans Villiger beachtete die Aufforderung des Wirtes nicht, nickte nur, holte die Pfeife aus dem Mund, klopfte sie in den Aschenbecher aus, schraubte sie auseinander, reinigte sie und blies sie durch, bevor er sie wieder zusammensteckte.

Der Reichtum der Schweiz, meinte er, ohne die Stimme zu erheben, und blies nochmals die Pfeife aus, als wäre dieser Reichtum einfach wegblasbar, bedeutet auch eine Verpflichtung für das Land: Dass wir reich sind, ist bekannt. Aber dass dieser Reichtum verpflichtet, damit er nicht nur ein Götze ist, das weiß man nicht.

Hans Villiger, nachdem er das ganz ruhig gesagt und dem Wirt dabei ins Gesicht geschaut hatte, hängte die Pfeife wieder in den

Mund, hatte sie während des Sprechens umständlich gestopft, riss nun ein Streichholz an und betrachtete das Flämmchen.

Der Wirt beschäftigte sich mit seinem Kaffee-Luz; der Major rührte den Zucker in seinem Espresso.

Die Tür ging, Regenrauschen. Der erwartete Lehrer hängte seinen Mantel an einen Haken und den Hut an den Ständer. Mitten in der Gaststube rieb er die angelaufenen Brillengläser trocken. Wie ein Maulwurf komme ich mir vor, mit den blinden Gläsern, sagte er, als er sich setzte, und behandelte nochmals die Brille.

Die Serviertochter brachte ihm, ohne dass er hatte bestellen müssen, einen Kaffee-Luz, von dem er behaglich schlürfend einen Schluck zu sich nahm.

So, lachte er, jetzt bin ich wieder ein Mensch.

Der Wirt wiederholte seine Sätze vom Reichtum der Schweiz. Ja natürlich, griff der Lehrer nach dem angebotenen Gesprächsstoff, um ihn nach seiner Art zu drehen: Und trotzdem sind wir ein Bettlervolk. Der Lehrer sagte das mit prustendem Lachen, dies war seine Methode, er lachte immer, wenn er etwas kundtat, und der Wirt nahm ihm deswegen nichts übel. Der Lehrer demonstrierte eine lachende Meinung, jederzeit waren ihm ein Spruch oder ein Scherz zuzumuten, er war als Spaßvogel narrenfrei. Doch nun schaute der Major herüber; auch die Jasser unterbrachen ihr Spiel. Hans Villiger sückelte an der Pfeife, streichelte die Katze auf der Bank, deren Schnurren das einzige Geräusch in der Gaststube blieb, fasste den Blick des Wirtes und führte die Rede des Lehrers fort: Wer ist bei uns nicht auf Bettelei angewiesen. Die Blinden? Die Bergbevölkerung? Die cerebral Gelähmten? Die Krebskranken? Heime? Alle betteln sie, versenden Einzahlungsscheine, rufen uns um Unterstützung an. Jawohl, wir sind ein Bettlervolk.

Hans Villiger hatte diese Sätze etwas lauter als gewohnt ausgesprochen; jetzt riss er ein Streichholz an, die Pfeife war ihm wieder ausgelöscht. Der Lehrer nickte grinsend. Genau das, genau das habe er auch gemeint. Wir sind ein reiches Land, zugegeben, setzte Hans Villiger wieder an, auch wenn er wusste, dass dies seiner Pfeife nicht sonderlich bekam, es geht uns gut.

Doch der Staat hat kein Geld.

Und wieder grinste der Lehrer, während der Wirt, als hätte er die Worte Hans Villigers gar nicht gehört, aufstand, zum Büfett ging, eine Schublade öffnete und aus einem Kästchen eine Zigarre aussuchte. Als er an den Tisch zurückkam, sagte er, ohne auf Hans Villiger einzugehen, zum Lehrer: Ah, so haben Sie das gemeint; und nochmals, während er schon seine Zigarre paffte: So meinen Sie das.

Bei aller Betroffenheit schien er erleichtert zu sein. Er hatte befürchtet, der Lehrer hätte das Wort Bettlervolk anders gemeint, und dies wäre ihm in Anwesenheit des Majors, der am Nebentisch alles hatte mit anhören können, unerwünscht gewesen.

Der Major räusperte sich, begann dann zu sprechen. Er wolle nicht unhöflich sein und ungefragt in ein Gespräch eingreifen, aber er erlaube sich doch, denn immerhin fühle er sich auch angesprochen und in ganz besonderem Maß dem Volk verbunden und zugehörig, das, wenn auch scherzhaft, als Bettlervolk bezeichnet worden sei. Er auf jeden Fall empfinde die Situation gar nicht so, im Gegenteil. Die Aktion der Blinden, um ein genanntes Beispiel aufzunehmen, ja, er spreche jetzt von den Blinden, da er selber einen im hohen Alter erblindeten Vater zu unterstützen habe, was er weiß Gott als seine Pflicht erachte, die er gerne erfülle und nicht dem Staat überlassen wollte. Gerade die Tatsache, meinte der Major, und er äußerte das ernst aber durchaus freundlich, gerade die Tatsache, dass sich die Blinden um Geldspenden an die private Öffentlichkeit wenden würden, gebe doch dem einzelnen Bürger Gelegenheit, bewusst Anteilnahme am Schicksal leidender Mitmenschen zu zeigen, mit einer Geldspende, die dem einzelnen und gut situierten und gut verdienenden Bürger nicht so schwerfalle. Solidarität zu zeigen, Mitgefühl, das finde er doch schön, sehr schön, weil es gerade nicht der Staat sei, der sich zu kümmern brauche, gerade nicht der Staat, dieses abstrakte und oft unverständliche und dem einfachen Bürger unverständlich bleibende Gebilde, sondern der einzelne, private Mitmensch, der dem bedrängten Mitmenschen helfe, brüderlich sozusagen, sogar christlich, das meine er aus Überzeugung, und eines wolle er noch klarstellen, setzte der Major seine Ausführungen fort, es sei dem Staat zu geben, was dem Staat gebühre, und über die Sorte Mitbürger, die da alles dem Staate zuwenden und ihm ungebührlich Macht und Totalität zu verleihen gedächten, möchte er sich, ja, dürfe er sich in der Uniform, als Soldat und Offizier nicht auslassen, er enthalte sich daher eines weiteren Kommentars zum Gesagten.

Hans Villiger hörte zu und beobachtete unablässig die Lippenbewegungen des Majors, der nicht nur Kommandant des Freiämter Bataillons, sondern auch ein im Freiamt angesehener Großrat der katholischen Partei war.

Auch der Lehrer unterbrach die Ausführungen des Majors nicht. Hans Villiger hatte den Eindruck, des Offiziers Stimme sei nun nicht mehr so trocken, wie sie gewesen war, als er nachts seine Soldaten unterwiesen hatte.

Der Major zahlte dann, erhob sich, sein Adjudant hielt ihm die Tür auf, und verließ, wortlos seine Mütze antippend, die Gaststube. Er war es gewohnt, kein Widerwort zu erhalten, gewohnt, Schweigen zu hinterlassen, wo er geredet hatte, Nachdenklichkeit, die er als persönlichen Gewinn und als Bestätigung seiner Autorität als Mensch, Offizier und Politiker verbuchte.

Nächste Woche, sagte der Wirt, um das Schweigen aufzuheben, denn er fühlte sich dazu verpflichtet, lag ihm doch viel an der Gemütlichkeit in seiner Gaststube, die mit einen Teil ihres guten Rufs ausmachte, nächste Woche kommen die Sechsundvierziger nach Muri. Die Offiziere der zweiten Kompanie werden hier einquartiert sein. Auch das Kompaniebüro.

Da er mit seinen Neuigkeiten kein Interesse erwecken konnte, fragte der Wirt, ob jemand etwas erfahren oder Neuigkeiten vernommen habe, was diesen Lur Heggli betreffe, das müsse ja ein ganz sauberes Früchtchen sein. Doch keiner wusste Neues. Die Kartenspieler setzten die unterbrochene Partie fort, Hans Villiger schwieg sich aus, und der Lehrer befürchtete wohl, ein Lachen seinerseits könnte im Augenblick falsch ausgelegt werden und nicht wie sonst die heikle Situation ins Unterhaltsame abbiegen.

Die Schweiz, sagte dann Hans Villiger unerwartet zum Lehrer, komme ihm manchmal wie ein Reservat vor.

Ein Reservat für vollbrachte politische Leistungen.

Ein schützenswertes Objekt ist unser Land. Eine Mumie. Ein Nationalpark für den Stillstand. Und eine Armee unterhalten wir zur Verteidigung dieser Ruhe. Aber es ist keine Ruhe vor dem Sturm! Mit diesem Satz schlüpfte der Lehrer wieder grinsend in seine Rolle.

Der Wirt leerte seinen Kaffee-Luz und wandte sich gifteInd an Hans Villiger und fragte, was ihm denn nicht passe, und warum er dann bleibe. Wie zur Rettung der gespannten Situation setzte sich die Serviertochter, die in der Zwischenzeit in der Küche gewesen war, wieder zu ihnen an den Tisch und erzählte, ihr Freund sei jetzt auch Soldat. Hoffentlich erkältet er sich nicht bei diesem Regenwetter. Du kannst ihm ja, spottete der Wirt, am Samstag wieder warmgeben. An einem Schnupfen ist noch keiner gestorben.

Wenigstens kein Schweizersoldat, ergänzte der Lehrer. Die Serviertochter lachte, stimmte ihnen zu und strickte weiter. Nun witzelte der Lehrer: Ein Schnupfen – der Einsatz des Wehrmannes für die Sicherheit der Nation. Ein Schnupfen – Opfer für die Heimat. Während die Kartenspieler die Punkte des abgelaufenen Spiels aufschrieben, der Wirt und die Gäste am Stammtisch wortlos hinter den Gläsern saßen, fuhr der Lastwagen einer Bierbrauerei vor dem Gasthof vor. Der Wirt warf einen Blick auf die Uhr, als hätte er die Lieferung um diese Zeit noch nicht erwartet. Dann ging er hinaus, um dem Fahrer Anweisungen zu erteilen und kontrollierte, mit verschränkten Armen neben der Tür stehend, wie die Männer der Brauerei die Fässer in seinen Keller schafften.

Hans Villiger hatte seinen Kaffee-Luz fertig getrunken und verlangte zu bezahlen. Da es noch immer regnete, bot ihm der Lehrer an, ihn nach Hause zu fahren; er besaß einen Opel Caravan und konnte das Moped aufladen.

Als sie zusammen zum Parkplatz gingen, winkte ihnen der Wirt, auch die Männer der Brauerei, die in ihren blauen Kleidern und den steifen Lederschürzen die Rampe vom Keller her hochkamen, nickten ihnen zu.

Ohne Umstände ließ sich das Moped verladen. Hans Villiger war froh, nicht durch das Unwetter nach Kallern fahren zu müssen. Zu Hause wollte er die Arbeit an seinem Manuskript fortsetzen.

»Stroh her und Stauden her, die reformierten Kaiben müssen verbrannt sein!«

Diesen Satz schrie ein Aufständischer, und das Schimpfwort »reformiert« umfasste alles, was sich an Unwillen gesammelt und angestaut hatte. Reformierte gab es genug im katholischen Freiamt, besonders in Bremgarten.

Ein Zug der Katholischen bewegte sich zum Haus eines regierungstreuen Oberstleutnants, bei dem man von der Regierung vorsorglich gesandte Gewehre aufzufinden hoffte, die dem eigenen Zwecke dienstbar gemacht werden sollten.

Auf die erpresste Aussage, die gesuchten Waffen befänden sich in der Wohnung eines Gemeinderates, ließen die Stürmer von seinem Hause ab, allerdings nicht, ohne eine goldene Uhr, seine persönlichen Waffen, einen Vorrat an Flaschenwein und Geld mitzunehmen.

Als die Männer beim Haus des verratenen Gemeinderates anlangten, hatte dieser bereits die Flucht einer Misshandlung vorgezogen. Die Aufständischen fanden nur dessen Frau vor, auf die sie unverzüglich die Gewehre anlegten:

Jetzt Kanaille, musst du erschossen sein.
Du bist auch so eine neue Sau.

Die Frau verlor ihren Mut nicht, strich die Haare aus der Stirn, stemmte die Hände in die Seiten, wich keinen Schritt zurück, sondern trat vor:

Nun, so will ich als neu sterben, und nicht auf eure Religion. Die Gewehre, die ihr stehlen wollt, gehören der rechtmäßigen Regierung. Ihr seid Banditen, und wenn jetzt das Volk schon glaubt,

Meister zu sein, es werden keine drei Tage vergehen, so ist es die Regierung wieder.

Der Mut dieser Rede machte Eindruck auf die Männer, aber er hielt sie nicht davon ab, die Frau auszuspotten und zu verhöhnen; doch keiner rührte sie an. Allerdings wurde das Haus geplündert; die Gewehre fanden sich, und mit ihnen schleppten die Männer auch die persönlichen Waffen des Hausherrn weg.

Auf dem Rückweg traten sie das Treppengeländer mit den Schuhen, schlugen die Gewehrkolben gegen die Täferung der Türen. Ein kleiner und nervöser Mann, der sich bisher vor allem mit der Zunge ausgezeichnet hatte, wollte seine Worte in Taten umsetzen, drang in ein Zimmer ein und versuchte das Bett anzuzünden.

Eine andere Rotte stürmte den Gasthof »Zum Bären«, dessen Inhaber als regierungstreu galt und reformiert glaubte. In der Gaststube zechten die Stürmer, nachdem sie schon die Haustür mit einem Balken eingerammt hatten, auf Kosten des Wirtes, ließen sich den Wein schmecken, sprachen aber auch den Küchenvorräten nach eigenem Gutdünken zu. Den Trophäenschrank, der über dem Stammtisch an der Wand hing, schlugen sie mit einem Stuhlbein in Stücke; die Weiber und Töchter taten klug daran, wie der Hausherr zu fliehen.

Eine weitere Rotte nahm sich die Brauerei vor und drohte ihren Bewohnern mit Mord und Totschlag, bevor das ganze Haus nach Waffen und Munition durchwühlt wurde. Auch hier mussten Bier, Brot und Käse aufgetragen werden. Die Horden drangen nochmals in Küche und Keller ein, nachdem sie sich an Speis und Trank gelabt hatten, um nach Messern und Beilen zu suchen, die ihnen als Waffen ebenfalls tauglich erschienen.

Wo ist der Saukaib, rief einer der Männer nach dem Hausherrn, polterte mit dem Gewehrkolben an eine Zimmertür. Er muss diese Nacht aufgehängt, verschnitten, verhackt, verwurstet und den Hunden zu fressen gegeben werden.

In einer Kammer hockten die Frauen zusammen, hielten die Tür verriegelt und weinten vor Angst.

In den Gassen wurden die fürchterlichsten Drohungen gegen die Religionsfeinde und die Regierungstreuen ausgestoßen. Die Zeiten, in denen man die Faust im Sack hatte machen müssen, waren nun endgültig vorbei. Die Fäuste zum Himmel!

In der Marktgasse versammelte sich ein Trupp, dessen Anführer, ein bereits älterer Mann, die Hände vor dem Mund zu einem Trichter formte und zu einem Fenster hinaufschrie: Wartet ihr reformierten Kaiben, wir werden euch diese Nacht alle Scheiben einschlagen und euch töten.

Als der Alte seinen drohenden Satz wiederholte, fielen seine Kumpane mit ein und riefen ihn nochmals. Sie schlugen zur Bekräftigung die Knüttel auf die Straße, einer von ihnen schoss mit dem Gewehr in die Luft.

In den Wirtshäusern und Kneipen, deren Besitzer katholisch waren, saßen die Aufständischen an den Stammtischen und führten hetzerische Reden, die immer wieder von Gängen auf die Straße unterbrochen wurden. Vor dem Haus eines Liberalen, eines Reformierten, fand sich stets ein Stein, den man gegen ein Fenster hochwerfen konnte:

Aus dem Haus mit euch allen, ihr n e u e n Kaiben, ihr reformierten Teufel, wir erstechen euch.

Schimpfworte waren schnell ausgestoßen, ebenso rasch war ein Dolch aus dem Gürtel gezogen. Doch Worte waren noch keine Taten, und zum Glück blieben die Verwünschungen und Flüche meist nur leere Drohungen; so Aug in Aug mit dem Gegner steckte mancher sein Messer wieder zurück und ließ es mit rüden Ausdrücken bewenden.

Wenn die Männer nach solchen Ausfällen in die Wirtshäuser zurückkehrten, erbrachte ihnen die wilde Erzählung immerhin möglicher Taten bereits genügend Anerkennung, Zustimmung und Applaus.

Die liberalen Kaiben müssen alle umgebracht werden, schrie da einer und legte das Messer neben das Schnapsglas. Ein anderer stand auf, kletterte auf den Stuhl, erhob die Schwurfinger und verkündete lauthals: Man wird sie wohl finden; der eine muss verhauen, der andere verschnetzelt sein! Und während der Kerl von seinem Stuhl herabsprang und sein Glas mit einem raschen Zug austrank, wusste ein nächster, ein grobschlächtiger Bursche mit wirrem Haar und Schnauzbart, den schlimmen Fortgang der Geschichte: Sie sind noch nicht krepiert, wir wollen sie jetzt zu Kutteln verhauen.

Die mit ihm am Tisch sitzenden Kumpane bedachten ihn ebenso mit Beifall, wie schon seine Vorredner, und der Mann, der kleine nervöse, der das Bett des einen Gemeinderates hatte anzünden wollen, schrie in die Runde: Wo ist der schlechte Kaib, der keine Religion hat, er muss erhängt, er muss zu Riemen verschnitten werden.

Vor dem Fenster Dämmerung, verblauender Nachmittag. Eine hinter dem Regen dunkel aufsteigende Wand. Der Brunnen rauschte. Vom Stall her die üblichen Geräusche. In der Wohnstube des Bauern lief der Fernseher.

Warum hatte sich die katholische Bevölkerung derart in Wut und Hass steigern können? Warum war es zu diesem Aufstand gekommen?

Aufhetzung durch die Klöster, gut; doch das genügte nicht als Grund, wenn die Klöster auch ihre Hand mit im Spiel hatten und die Pfarrer das katholische Volk von der Kanzel aus Sonntag für Sonntag erreichten. Zur Aufnahme des gleichsam geistlichen Klostersamens musste ein weltlicher Acker brach gelegen haben. Die Unzufriedenheit hatte sich mit der Bereitschaft, einmal loszuschlagen, gepaart.

Katholizismus als Katalysator.

Die Freiämter waren im Verlauf der Geschichte an wechselnde Herrschaft gewöhnt worden. Ein Herr glich dem andern. Nun saßen die neuen Herren in Aarau; dort war das Bürgertum wohlhabend geworden, und es hatte die Allüren der Aristokratie übernommen. Außerdem bildete die katholische Vertretung im Großen Rat eine Minderheit.

Die Bauern zählten sich dieser Hauptstadt Aarau nicht zu, und warum hätten sie gerade den liberalen Herren trauen sollen?

Der Kanton Aargau litt außerdem an der Krankheit aller liberalen Staaten: so voll die privaten Geldsäckel waren, die Staatskasse war leer. Auch war das Schielen dieser reformierten Herren nach dem Reichtum des Klosters so offensichtlich, dass es der Geistlichkeit und den ihr hörigen Bewohnern hatte auffallen müssen. Im Weiteren zählte die Tatsache, dass katholische Tradition mit demokratischer Denkweise nichts zu tun hatte; das ließ sich nicht so einfach über Bord werfen.

Das Gewerbe und der Handel im Freiamt konnten sich nicht mit der Industrie messen, die viele Aarauer Stadtbürger zu Herren und reich gemacht hatte. Bremgarten war eine ländliche Stadt; das Bäurische dominierte das Bürgerliche. Selbst der Krämer hatte seine Kaninchen, und der Handwerker bestellte seinen Pflanzgarten.

Darum schob der Kleinbürger gerne den »lieben Gott« als Vorwand vor Missgunst und Neid. Man hatte bisher die Faust nur im Sack gemacht, man hatte das Zeichen des Kreuzes meist aus Angst geschlagen: Jetzt fanden sich Kreuz und Faust.

Katholizismus als Reaktion.

Die Bauernschaft wusste nichts anzufangen mit den neuen Staatsideen. Industriearbeit war ihr in den Wintermonaten als Ergänzung recht, und man leistete sie als Heimarbeit billig. – Die Herren von Aarau hatten sich einen Staat ersonnen, der vor allem ihre Interessen stützen sollte, und erstrebten die freie Konkurrenz, die Entfaltung der Industrie. Darin erblickte der Bauer, Genossenschaft gewohnt, nur Anarchie.

Und die Taglöhner? Sie waren schon zufrieden mit einer Handvoll Kartoffeln, mit einer Schüssel Rüben. Die Kirche stellte die Armut als Vorbild hin und versprach himmlischen Lohn. Und dieser himmlische Lohn war gefährdet. Unbesehen zog man los, die Hoffnung gegen den Religionsfeind zu verteidigen.

Der Katholizismus als Schraubstock für Seelen.

Der Pfarrer musste als Übermensch gelten; er sprach von Sünden los, oder auch nicht.

Der Pfarrer verteilte Almosen, er spendete die Heiligen Sakramente, oder auch nicht. Der Pfarrer verwandelte Brot und Wein in den wirklichen und wahrhaftigen Leib des Herrn.

Und er verfügte über eine Sprache.

Sie machte das Volk fügsam.

Im ganzen betrachtet, erstrebten die liberalen Regenten mit ihren politischen Ideen und mit ihrer radikalen Denkweise neue gesellschaftliche Verhältnisse, die den Durchbruch ihrer Profit und Macht versprechenden Industrie zu begünstigen hatten. Auch gegen diese Neuerungen wollten die Freiämter ankämpfen.

Katholizismus als Stillstand.

Hans Villiger öffnete ein Fenster. Der Regen stürzte in die Felder; im Stall brannte Licht.

Ihren ursprünglichen Absichten zuwiderhandelnd, hatten die Freiämter mit ihrem Kampf gegen den aufkommenden Liberalismus, wie er noch darstellen wollte, diesem nur Vorschub geleistet und die Gründung der neuen Schweiz mit der noch heute gültigen Bundesverfassung erheblich vorangetrieben. Doch die Rivalität war erhalten geblieben. Auch heute noch, nach hundertvierzig Jahren, verfochten die Nachfolger der ehemaligen Liberalen, die Freisinnigen, ein Gedankengut, das den Freiämtern fremd war. Ebenso wie zu jener Zeit war das Misstrauen gegen die Regierung geblieben: Von zehn zur Abstimmung vorgelegten Regierungsanträgen wurden im Freiamt sechs verworfen, während die Bevölkerung des auch heute noch freisinnigen Aaraus acht davon annahm.

Es brach eine neue Zeit mit neuen Wirtschaftsverhältnissen, mit neuen Märkten, aber auch mit einem neuen Demokratieverständnis an; diese Zeit hätten die Bauern gern aufgehalten. Sie hätten lieber die ihnen verständlichen, genossenschaftlichen Vorstellungen der Innerschweizerkantone aufgenommen. – Die demokratischen und menschenrechtlichen Bestrebungen, die alle damaligen Liberalen mitbestimmten, erkannten sie nicht. Die Kirche, als Musterbeispiel einer demokratiefeindlichen Hierarchie, hatte das Denken der Bauern abgewürgt und sie nicht nur in eine materielle, sondern ebenso sehr in eine anhaltende, bis heute nicht ausrottbare, geistige Abhängigkeit gebracht.

Zur neuen Zeit wollte der Freiämter nicht, zur Genossenschaft durfte er nicht.

Katholizismus als Denkkerker.

Doch ohne das so fremde Wesen des Liberalismus, ohne das Gefühl, zu kurz gekommen und in der eigenen Existenz bedroht zu sein, an den Abgrund gedrängt, wieder hintergangen, erneut unterdrückt, verunsichert in der Substanz seiner Hoffnungen, ohne den die Umstände begleitenden Neid und die Missgunst, allein aus der Religionsbesessenheit heraus, wäre es nicht zu diesem Volksaufstand gekommen.

Katholizismus als Vorwand und Lebensversicherung.

Nur innerhalb dieser Zusammenhänge konnte sich Hans Villiger die Wutausbrüche und den Volkssturm erklären.

Katholizismus als Sackgasse.

Im Kopf das Schreckgespenst eines reformiert-liberalen Staates, im Herzen die Wut der zu kurz Gekommenen, auf der Fahne das Kreuz: so zogen die Katholischen los, ihren Heiland zu retten, der nichtsahnend schlief in der Schatzkammer des Klosters. An die Gewalttätigkeiten, die in Bremgarten verübt worden waren, reihten sich mehrere Vorfälle auf dem Land, wo die Wohnhäuser der Gemeindeamtmänner die Treffpunkte der aufgebrachten Volksmengen bildeten. Überall drangen die Stürmer ein, erbeuteten Waffen und zerstörten die Einrichtungen. Dabei drohten sie mit Mord und Brand und erhoben die Forderung zum Auszug gegen die Regierung in Aarau.

Auf den Dorfplätzen wurden Freiheitsbäume aufgerichtet, junge schlanke Tannen, abgeastet bis auf die Krone, mit bunten Bändeln und Streifen geschmückt.

Die Männer traten zu Gemeindeversammlungen zusammen. Die Hände in den Hosentaschen, die Pfeife im Mund, berieten sie nicht allzu lange, sondern griffen bald nach Knüppeln und Stöcken, fassten den Schaft eines Gewehrs, und aus ihren Augen sprühte die

Aggression. Regierungstreue Bürger, die sich auf ihre Besonnenheit beriefen, wurden verlacht, geschlagen und verflucht.

Auf den Dorfplätzen schlossen sich die aufgelösten Versammlungen zu schlagkräftigen Rotten zusammen. Den Rosenkranz in der Tasche, in den Fäusten die Sense, so zogen die Aufständischen los.

Kurz nach ihrer Befreiung, und nachdem sie vor ihren Wohnungen die Huldigung des Volkes entgegengenommen hatten, trafen sich die Anführer bei Weissenbach, um das weitere Vorgehen zu beraten. Vor der Tür versammelten sich die herbeigeströmten Volksscharen, rasselten mit Waffen, stießen Parolen aus; die Rädelsführer gingen ein und aus, denn sie waren darauf bedacht, die Befehle der neuen Herren und Oberen persönlich entgegenzunehmen, um sie an ihre Männer weiterzugeben.

Die Zeit drängte die Führer zum Handeln, schon war Nachmittag, die Männer bedurften einer Aufgabe, eines Ziels, um Hass und Wut loszuwerden. Man konnte die Aufständischen nicht nur einfach toben lassen; dies wäre einer sinnlosen Verpuffung der eigenen Kräfte gleichgekommen. Es wartete ein höheres Ziel als die Entladung des Mutes auf die reformierte Bevölkerung und die regierungstreuen Bürger. Dieses Ziel war der Sturz der Regierung in Aarau.

Es war den Anführern klar, dass ihr Vorhaben einer militärischen Organisation bedurfte, und darum beschlossen sie, die allgemeine Mobilmachung auszurufen. Außerdem blieb zu überlegen, wie es am besten anzustellen war, die Gewehre und die Munition der regierungstreuen Schutztruppen durch einen Handstreich in die eigene Gewalt zu bringen, denn eines sahen die neuen Herren und Oberen ohne Illusion: die Regierung würde sich nicht scheuen, die ihr erwachsene Opposition mit militärischer Gewalt zu zerschlagen.

Gegen diese militärische Macht wollten die Freiämter militärische Macht stellen, ganz bewusst.

Nach der ausführlichen Besprechung der Anführer reiste Weissenbach mit einem Schlitten nach Zürich. Das ungeduldige Volk wurde zur Ruhe ermahnt. Die Unterführer wurden angehalten, für die bestmögliche Bewaffnung ihrer Männer zu sorgen. Die vom Lande herbeiströmenden Aufständischen mussten gefasst, ausgerüstet und verpflegt werden. Um ihre leiblichen Bedürfnisse zu stillen, wurden die Häuser und Vorräte der Reformierten freigegeben und nicht eben schonungsvoll benutzt.

Die Anführer stellten im Weiteren den Befehl aus, das in Rudolfstetten für den Straßenbau aufbewahrt liegende Schießpulver herbeizuschaffen. Eine Rotte machte sich auf den Weg. An ihrer Spitze kam später ein Gemeinderat von Widen zurück, dessen Idee es gewesen war, das Pulver mit dem Zuchtstier des Dorfes nach Bremgarten zu schaffen; es hatte den Männern nicht wenig Mühe bereitet, das unberechenbare Tier über den verschneiten Hasenberg zu treiben, um das Pulver in die Stadt zu bringen, wo in der Zwischenzeit eine andere Horde damit beschäftigt war, Patronen zu schmieden.

Die mit großem Einsatz und unter schwierigen Umständen hergestellte Munition konnte schließlich abgegeben werden: drei Schuss pro Gewehr, versehen mit der Mahnung, diese nicht mutwillig in die Luft zu schießen, sondern für den Feind aufzusparen, dem mit Worten nicht beizukommen war, aber mit Blei.

Eine Eskorte holte einen in der Stadt wohnhaften Offizier ab und führte ihn ins Quartier der Aufständischen, wo ihm die militärische Führung der Truppen unter der Versicherung angetragen wurde, die Anführer würden sich schützend vor ihn stellen, alle Befehle eigenhändig unterzeichnen und ihm nur die taktische, militärische Führung überantworten. Doch der Offizier lehnte ab.

Von Muri her, wo ebenfalls der Aufstand ausgebrochen war, kamen die Führer der dortigen Volksmassen mit dem Schlitten durch den Wald nach Bremgarten herüber, um sich mit den hiesigen Herren über die Koordination und weitere Abwicklung der Ereignisse zu beraten. Als sie im Hause Weissenbach anlangten, vernahmen sie zuerst, der Hausherr habe sich auf den Weg nach Zürich gemacht, um mit einem konservativen Staatsrat zu verhandeln; vielleicht lasse sich gemeinsame Sache machen, denn in Zürich war der Staatsrat auch mehrheitlich radikal, und die Konservativen wollten sich zur Wehr setzen, da ihre Zeit, wie sie wohl gemerkt hatten, abgelaufen war.

In der Wirtschaft »Zu den drei Königen« wurde eine Schreibstube des Stabes eingerichtet. Dokumente wurden aufgesetzt, in der Schreibstube ins Reine gefasst und ins Führerhaus zur Unterschrift getragen.

Der beschlossene Auszug und die festgelegte Mobilmachung forderten die Aussendung von Aufgeboten, und es blieb denn auch fast keine Gemeinde, der nicht an diesem Abend oder in der folgenden Nacht ein Kurier das militärische Aufgebot zur Mobilmachung überbrachte:

Bremgarten, den 10. Januar 1841 Wohlgeachteter Herr Gemeindeammann!

Die Interessen des katholischen Volkes fordern uns auf, Sie zu ersuchen, morgens 8 Uhr alle waffenfähigen Elitemannschaften zur Einteilung nach Bremgarten zu senden, da wir überzeugt sind, dass Sie dieselben mit uns teilen werden, so seien Sie hiermit unseres Wohlwollens versichert.

Sogleich ist die Reservemannschaft bereitzuhalten.

Spät in der Nacht kehrte Weissenbach enttäuscht von Zürich zurück. Die Reise über den winterlichen Hasenberg hatte ihm außer der vagen Zusicherung, die Zürcher würden sich wahrscheinlich nach dem Aufstand als Vermittler zur Wiederherstellung des Friedens bereit erklären, nichts eingebracht, womit auch klargestellt war, dass sie nicht an ein Gelingen des Aufstandes glaubten.

Doch die neuen Herren und Oberen dachten nicht daran, ihre Pläne aufzugeben.

Die Truppen waren aufgeboten, dies war die Hauptsache. Und mit der Selbstverständlichkeit, mit der sie über die Militärgewalt verfügten, dachten sie auch daran, die herrschende, großbürgerliche, die verhasste freisinnige, glaubensfeindlich reformierte Regierung zu stürzen, um eine neue zu errichten. Dabei rechneten sie mit der Unterstützung Badens; auch dort murrte das unzufriedene Volk. Außerdem war die Nachricht eingetroffen, es sei der Anmarsch von einer gegen fünfhundert Mann zählenden, die Freiämter verstärkenden Mannschaft von Freiwilligen zu erwarten, während in Baden die Kunde ging, im Freiamt sei der Krieg gegen die Regierung ausgebrochen.

Nach einer unruhigen, von mehreren Auswüchsen gestörten Nacht, gaben die neuen Herren am Morgen, es war der 11. Januar 1841, den Befehl zum allgemeinen Sturmläuten, auf das hin in Bremgarten die bewaffneten Scharen zusammenliefen. Unterwegs raubten die Aufständischen gleich noch die Postkasse aus, die an der Straße zum Sammelplatz lag.

Es war ein kalter Morgen mit leichtem Schneetreiben.

In der Marktgasse wurde die Mannschaft eingeteilt. Die Unterführer bildeten Kolonnen und wurden auch zu deren militärischen Führern ernannt. Der erwähnte Offizier hatte sich auch nach wiederholtem Angebot, ungeachtet der gegen ihn ausgestoßenen Verwünschungen und Drohungen, geweigert, mit den Stürmern zu ziehen. Ihre Armee hatte sich von einer staatlichen zu einer revolutionären gemausert, was der Offizier, der seinen Rang und Dienstgrad der Regierung verdankte, nicht akzeptieren konnte. Niemals sagte er, würde er gegen die rechtmäßige Obrigkeit meutern.

Die mit Gewehren ausgerüsteten Männer wurden in den vordersten Reihen aufgestellt. Die mit Knüppeln und anderen Geräten ausgestatteten Landstürmler bildeten die nachfolgenden Glieder, sie waren als Gefolge und Sturm für den Nahkampf ausersehen. Die ältere Mannschaft blieb in der Stadt zurück und erhielt den Auftrag, sie zu bewachen.

Man war zum Auszug bereit, aufgestellt, bewaffnet, entschlossen. Nun galt es ernst: Regierungssturz in Aarau.

Die Mannschaften erwarteten das Zeichen zum Aufbruch, eine tausendköpfige Schar, bereit auf ein Wort der Anführer durch Regen, Schnee und Matsch das Städtchen hinunter, über die Reussbrücke, den Wald hinauf zu marschieren.

15

Ein verhangener Himmel, in den Gassen stumpfes Licht, Kälte in den Ritzen der Hausmauern; graue Luft. Es hatte zu regnen aufgehört, von einzelnen Dachrinnen träufelte noch Wasser.

Anita verließ das Haus, sie wollte Pep besuchen, nahm aber nicht den Weg, der am Altersheim vorbeiführte, sondern stieg die Kirchentreppe hoch, deren Geländer von Tropfenketten behangen war.

Gedankenlos ging sie die Treppe hinauf, nahm behutsam Stufe für Stufe, der Tag hatte sie müde gemacht. Ihr Vater hatte beim Nachtessen zu viel wissen wollen, und es war ihr beschwerlich geworden, ihn mit ausweichenden Antworten zufriedenzustellen. Dann sein täglicher Kommentar zu den täglichen Abendnachrichten, während sie schon mit der Mutter das Geschirr spülte und ihr mit gedämpfter Stimme, damit sie den Vater nicht störte, den Verlauf des gestrigen Films nacherzählt hatte. Die Mutter hatte gar nicht richtig zugehört. Anita war das gleichgültig, sie hatte unverdrossen weitergeplaudert, nur um nicht in ein wirkliches Gespräch zu kommen. Langsam stieg sie die Treppe hoch, in deren Steinstufen der Glimmer glitzerte, der Silber gewesen war für das Kind, das sie einmal war; und im Sonnenschein hatte sie manchmal mit einem Nagel an dem Gestein gekratzt.

Anita vergrub die Hände in den Taschen ihrer Jacke, nicht nur, weil sie fror; sie tat es auch so, als ob sie vermeinte, im Futter einen Halt zu finden. Als sie die obersten Stufen erreichte und den Lärm des Straßenverkehrs bereits vernahm, den Kopf hob und eine Hand aus der Tasche zog, um das nach vorn gerutschte Haar zurückzustreichen, bemerkte sie einen Mann im dunkeln Eingang der alten Apotheke. Einen Augenblick später erkannte sie ihn: Es war Lur.

Vom verschatteten Gemäuer kaum zu unterscheiden, lehnte er in der Nische. Sie war ob seinem Anblick derart erschrocken, dass sie fassungslos stehen blieb: Kein Zweifel, es war Lur. Er hatte seine Zigarette aus dem Mund genommen und weggeworfen, und an dieser flüchtigen Bewegung hatte sie ihn bereits erkannt, noch bevor sein Gesicht zu erkennen gewesen war. Jetzt löste er sich von der Mauer, schob ein Bein vor. Er kam auf sie zu, der bekannte, leicht schleppende Gang ließ Zweifel gar nicht mehr aufkommen.

Erst als Lur auf sie zutrat, löste sie die Hände, die noch immer das Haar umspannten, und vergrub sie wieder in den Jackentaschen. Als sie die ersten Bewegungen in dem dunklen Hauseingang wahrgenommen hatte, hätte sie eigentlich schreien wollen; doch sie war unfähig gewesen, sich zu äußern, und sie war jetzt plötzlich auf alles gefasst. Lur grinste zwar, aber sie traute ihm nicht; er konnte freundlich bleiben, aber er könnte auch ausfällig werden, sie mutete ihm beides zu und fürchtete seinen Hass und rechnete damit, dass er gegen sie Gewalt anwenden würde.

Lur fasste ihren Arm mit einem Griff, der sie schmerzte. Anita versuchte einen Schritt zurückzuweichen, aber hinter ihr befand sich nur die gähnend leere, abfallende Treppe. Lur hielt sie fest. Auch wenn sie geschrien hätte, wäre das kaum aufgefallen, und wenn jemand käme, würde dies an ihrer Situation auch nicht viel ändern: ein junger Mann stand bei einem jungen Mädchen und hielt seinen Arm. Dass der Griff wehtat, verriet Anitas Miene nicht. Ein Fremder wäre achtlos vorbeigegangen. Es gab keine Hilfe, Anita sah das ein: sie war Lur ausgeliefert.

Komm, sagte er und zog sie in das Haus.

Anita gehorchte ohne Widerstand; sie war vor Schrecken unfähig, sich zu sträuben, eine innere Gelähmtheit, die den Körper willenlos machte, hatte sie befallen.

Widerstand und Gegenrede waren Unmöglichkeiten.

Die »Alte Apotheke«, am oberen Ende der Kirchentreppe dem Bogen zugewandt, stand seit Jahren unbewohnt, obwohl sie einmal ein behäbiges und herrschaftliches Bürgerhaus gewesen war. Vor Jahren hatte der Eigentümer sein Geschäft aufgegeben. Anita war er als ein ältlich aussehender, dicker Herr erinnerlich geblieben. Seine Lippen waren Wülste, seine Gesichtshaut glänzte, bis auf die violett durchaderten Wangen. Sein Gesicht war ein Faltenwurf. Buschigen Augenbrauen hatte er eine dunkle Brille vorgesetzt, hinter der sich die Augen in tiefen Höhlen versteckt hielten. Als dunkel und muffig stieg die Apotheke in Anitas Vorstellung auf: ein Verkaufstisch mit Gläsern, Vitrinen auf der Vorderseite, überall Flaschen, Fläschchen, Behälter auf Regalen; rechts neben dem Eingang war ein Tisch platziert, auf dem ein Wasserkrug und ein umgestülptes Glas standen; als vor Jahren die Sonne durch das Schaufenster in den Raum schien, bläselten im Wasserkrug feine Tröpfchen hoch. In der Fluchtwelt ihrer Erinnerungen zog der Sonnenstrahl schnurgerade durch den Raum und war eine gleißende Milchstraße aus Staubpartikelchen.

Hier hatten sie früher Bärendreck und Süßholz gekauft. Nach dem Türklingeln hatte der sich bewegende Bretterboden angezeigt, dass der Apotheker vom Labor in den Laden unterwegs war. Mit einem Zwanzigrappenstück war sie dagestanden, die Daumen unter die Gurten des Schulranzens gesteckt, jederzeit bereit, aus dem Geschäft zu laufen. Die Türklingel war aus mehreren Glasstäben zusammengesetzt, und es war ein klöppelndes Läuten gewesen, dem ein Moment der Stille gefolgt war, bevor die Dielen knarrten und der Apotheker im weißen Mantel erschienen war. Dies hatte den Kauf von Süßholz und Bärendreck zu einem Abenteuer gemacht.

Auch jetzt knarrte der Bretterboden. Doch Anita fand das ehemalige Gefühl zwischen kindlicher Erwartung und Furcht nicht wieder.

Jetzt empfand sie Angst.

Da der Apotheker den Wert seines Hauses wie auch die Geschäftslage und zudem die Entwicklung des Immobilienmarktes falsch beurteilt hatte, blieb der Preis ein Fantasiepreis und das Haus stand lange Zeit unverkauft. Es verlotterte und war zum Ärgernis einer fassadenbewussten Altstadtkommission geworden. Tauben flogen ein und aus, der Wind hatte die Läden losgerissen; Kinder hatten die Scheiben eingeworfen, Nachtbuben die Türen aufgebrochen und das Haus zerstörerisch ausgeweidet. Außen blätterte der Verputz, Kirchgänger ärgerten sich am Sonntag über den Anblick. Auf Reklamationen hin hatte das Bauamt einschreiten und das Haus verbarrikadieren und vernageln müssen. Die Kinder blieben unter angedrohten Strafen fern, die Nachtbuben suchten andere Objekte; nur die Tauben fanden immer wieder Eingang und erhielten sich den Bau als luftigen Schlag.

Lur hatte die Balken vor der Seitentür weggestemmt und das einfache Schloss mit einem Draht geöffnet. Er schob Anita in den Hausgang und zog hinter sich die Tür wieder zu.

Anita fasste sich: Hier hältst du dich also versteckt?

Nein, antwortete Lur, hier habe ich nur auf dich gewartet. Leider, fügte er hinzu, kann ich dich ja nicht in ein Café ausführen. Und warum hast du mich in diesen Bau verschleppt?

Ich will mit dir reden.

Lur stieg mit Anita über Schutt und Holzteile des Treppengeländers, die auf den Stufen verstreut lagen, in den ersten Stock hinauf. Dabei ließ er sie vor sich hergehen, obwohl es sie Mühe kostete, sich in dem düsteren Raum zurechtzufinden. Durch einen halb aufgerissenen Fensterladen drang ein wenig Licht von der Straßenbeleuchtung in das verlassene Haus. Anita ging die Treppe hoch, und es verunsicherte sie zusätzlich, Lurs Blick im Rücken zu spüren.

Am Ende der Treppe wies er auf eine angelehnte Tür, hinter der sich eine kleine Kammer befand. Eine Kerze, die er nach dem Betreten des Raumes anzündete, warf ihren Schein auf einen Stuhl und eine umgekehrte Kiste. Der Boden war mit Schutt bedeckt, mit Staub und Schmutz überzogen.

Setz dich, sagte Lur.

Anita gehorchte. Sie nahm sich vor, ruhig zu bleiben. Lur würde ihr nichts anhaben können, Angst war sinnlos. Sie musste sich vorsehen, seinen Zorn nicht zu erwecken; dass er unberechenbar bleiben würde, war ihr klar. Als ob es an der Situation etwas ändern könnte, zog sie eine Zigarette aus der Tasche und zündete sie an.

Lur besaß Whisky. Er nahm einen Schluck und bot Anita die Flasche wortlos an. Obwohl ihr ekelte, lehnte sie nicht ab.

Das Erkennen, das Erschrecken, die Gewissheit, die Angst; dies alles war sehr rasch vor sich gegangen. Ein Taumel zwischen den unterschiedlichsten Gefühlen hatte sich in kürzester Zeit abgespielt. Anita kam dies alles, während sie von dem Whisky trank, ganz unwirklich vor, so als hätte sie damit überhaupt nichts zu tun, als säße sie freiwillig bei Lur, hergekommen, um eine Zigarette zu rauchen und mit ihm zu reden.

Lur hockte auf der Kiste, stemmte die Beine in den Boden, hielt die Flasche, die er Anita wieder abgenommen hatte, in der Hand, setzte sie an, trank hastig, wischte den Mund ab, unterdrückte ein Rülpsen, und über seinen Körper wuchs bedrohlich sein Schatten hinaus.

Sie fasste all ihren Mut, saß ruhig, rauchte, gab sich den Anschein von Sicherheit und Langeweile, schlug die Beine übereinander, strich die Hose glatt, fingerte an den umgeschlagenen Stößen.

Du weißt, fing Lur an, du weißt, dass Pep mich …

Ich weiß es, fiel ihm Anita ins Wort, schürzte die Lippen und blies hörbar und lange Rauch aus.

Und warum hast du mich in diese windige Bude verschleppt, fragte sie nochmals.

Ich wollte sicher sein, dass du es weißt.

Darauf schwieg Lur. Es bereitete ihm Mühe, einen Satz auszusprechen, einen ihm wichtigen Gedanken auszudrücken.

Anita gab vor, das alles würde sie nicht im Mindesten interessieren. Und berühren schon gar nicht.

Sie stellte sich kalt gegen die eigene Angst, sie hatte keine Wahl.

Lur scharrte mit dem Fuß im Schutt auf dem Boden, saß jetzt mit dem Gesicht zur Wand und kehrte Anita den Rücken zu.

Pep hat es mir natürlich erzählt!

Lur wandte sich nicht um.

Und du hast nun Angst, ich könnte dich verpfeifen.

Kaum hatte Anita diesen Satz ausgesprochen, bereute sie ihn schon. Sie verwünschte den eigenen Mut, er konnte Lur herausfordern. Doch Lur rührte sich nicht. Anita bat um die Whiskyflasche und nahm nochmals einen Schluck. Der Schnaps brannte gegen die Vereisung ihres Herzens; sie trank hastig, verschluckte sich, unterdrückte ein Husten, als könnte es ihre Angst verraten. Die vorgetäuschte Ruhe kostete sie Nerven, mehr als sie geahnt hatte.

Warum sollte ich keine Angst haben, sagte Lur. Ich muss ja Angst haben.

Hör doch endlich auf, mit dem Schuh zu scharren, herrschte ihn Anita an. Sie wollte vermeiden, dass er weinerlich wurde. Das Scharren macht mich nervös, fuhr sie gereizt weiter und nahm noch eine Zigarette aus der Packung.

Jetzt hast du Angst, höhnte Lur und drehte sich um. Er stand auf, nahm die Hände aus den Manteltaschen, trat zu Anita, fasste ihr unter das Kinn und zwang sie, ihm ins Gesicht zu sehen. Die Blackbirds hast du nie verstanden, sagte er mürrisch. Nein, gab sie zurück, suchte seine Hand zu lösen, die kalte Hand unter ihrem Kinn.

Nein, die Blackbirds fand ich immer kriminell.

Lur war nun seit drei Tagen frei, und seit drei Tagen hatte er mit keinem Menschen mehr sprechen können. Auch aus diesem Grund hatte er Anita aufgelauert; er wollte sprechen, wollte, dass ihm jemand zuhörte. Und er hatte auch Angst, Anita würde ihn verpfeifen.

Du erinnerst dich an den Pfingstmontag vor zwei Jahren?

Anita nickte.

Ein strahlender Pfingstmontag; Markt und Rummelplatz mit Budenstadt in Bremgarten, Tausende von Menschen aus der ganzen Region. Durch das Gewimmel der Leute schob sich ein Mädchen, blieb hin und wieder vor einem Marktstand stehen, hatte einen wiegenden Gang, zählte vielleicht sechzehn Jahre. Das blonde Haar trug sie zu einem Rossschwanz gebunden; in der Stirn war es zu Fransen geschnitten, den Schweif am Hinterkopf umschlang ein schwarzes, besticktes Samtband. Das Mädchen war mit einem hellblauen Sommerrock bekleidet. Sie hatte an einer baumelnden Schlaufe eine weiße Ledertasche über die Schulter gehängt. Das Kleidchen war kurz und stand dem Mädchen, das vor einem Marktstand über die anscheinend lustigen Worte eines Verkäufers lachte. Sie ging dann weiter; ein Armband aus hellem Leder schmückte das rechte Handgelenk, und blieb bei einem Stand mit handgewobenen Kleiderstoffen wieder stehen, wühlte in den bunt bemusterten Tüchern und schüttelte den Kopf, dass der Rossschwanz beidseitig ausschwang. Das Mädchen schlenderte angeregt und doch gemütlich durch den Markt, offensichtlich zufrieden, und verlor sich im Gewühl der Leute. Doch manchmal blinkte das Blau ihres Kleides wieder zwischen den anderen Stoffen auf, und Lur, der ihr gefolgt war, fand sie vor einem Stand, wo sie sich ernsthaft mit einer Verkäuferin unterhielt, und dann einen Kristall, den sie aus einem Schächtelchen in die Hand genommen hatte, wieder hinlegte, weil er, das hatte Lur, der unbeachtet daneben stand, mitbekommen, für den Kauf zu teuer war. Das Mädchen suchte weiter, entdeckte eine Muschel, die ihr gefiel und die auch nicht so viel kostete, nestelte ein kleines, ganz aus Krällchen gefertigtes Portemonnaie auf, bezahlte, ging und hielt sich beim Weitergehen die Muschel ans Ohr, während Lur den Kristall kaufte, benommen, als hätte sich all sein Suchen darauf gerichtet, und nun war er fündig geworden.

Ja, ich erinnere mich an den Pfingstmontag, sagte Anita.

Auf dem Schulhausplatz verweilte das Mädchen lange, die erstandene Muschel am Ohr, als würde sie auf etwas warten, lauschte in die perlmutterne Wölbung, in der das Meer toste. Oder rauschte das eigene Blut? Beides schien dasselbe zu sein, letztlich ein Zeichen von Ferne, ein Stück verborgener Sehnsucht, die unerwartet in einer Muschel versammelt war und hörbar wurde.

Vor einer Schaubude, vor der ein Ausrufer die Kunststücke eines Motorradhelden anpries, der in einer Drahtkugel herumfahren sollte, sprach Lur Anita, der er unablässig gefolgt war, an und lud sie ein, mit ihm die Vorstellung zu besuchen. Anita zeigte weder Verlegenheit noch Überraschung, sondern lachte Lur zustimmend an und folgte ihm in das Zelt hinein. Im Innern des Vorstellungsraumes war es stickig heiß. Der Schweiß trieb aus allen Poren; Lur genierte sich vor dem Mädchen, dessen Haut trocken blieb; doch Anita schien gar nicht zu beachten, dass er schwitzte. Eine Riesenkugel aus festem Gitterdraht und Stahlringen stand in der Mitte der rundum angeordneten Sitzbänke. Der Motorradfahrer schwang sich auf seine Maschine. Zuerst kreiste er probeweise im Fuß der Kugel und kletterte nicht über ihre halbe Höhe hinaus, knatterte Runden in seinem Stahlkäfig, brach plötzlich steil nach oben aus und zog in tosender Fahrt rund um die senkrechte Achse der Kugel herum. Bald stoppte er, lachte dem Publikum zu, wies eine schwarze Binde vor, verhüllte sich die Augen und wiederholte blind die kühne Fahrt. Er ließ sogar den Lenker los, streckte die Arme aus, die tätowiert waren, und brachte seine Zuschauer zum Staunen.

Schließlich setzte sich eine junge Frau, es war ein schönes Mädchen mit langen, schwarzen Haaren und tiefrot nachgezogenen Lippen, zu ihm auf den Hintersitz. Ihre Augen funkelten im farbigen Scheinwerferlicht, es waren schwarze Augen; sie trug einen goldsilbernen Glitzerbikini und schwarze Netzstrümpfe zu hochhackigen Schuhen aus goldenem Leder.

Die beiden kreisten in der Kugel, die Haare des Mädchens flatterten im Fahrtwind; der Motor knallte. Die Sitze unter den Zuschauern vibrierten, die Stangen des Zeltes schwankten. Das

Haar des Mädchens glich einer schwarzen Fahne, wenn sie kopfunten in der Kugel hingen, Sekundenbruchteile nur, dann war der kritische Punkt überwunden.

Doch für dieses Mädchen hatte Lur keine Augen.

Er sah nur Anita.

Benommen von dem Lärm, dem Gestank und der Hitze, führte Lur Anita nach der Vorstellung ins Freie, wo sie es zuließ, dass er ihre Hand nahm und sie von der Bude wegzog, während der Ausrufer bereits die nächste »Todesfahrt« ankündigte und auf das Mädchen im Glitzerbikini wies, das neben dem Fahrer stand und sich, wenn sie angepriesen wurde, blicklos vor dem Publikum verbeugte, das seinen Blick auch nicht suchte, sondern Busen und Beine begaffte.

Dann habe ich dir ein Eis gekauft, Pistache mit Haselnuss. Ja, antwortete Anita, aber um das zu sagen, hast du mir doch nicht aufgelauert.

Die italienische Eisbude hatte ihren Platz jedes Jahr hinter dem Rösslispiel. Im Schwall der fröhlichen Orgelmusik, begleitet von Pfeifen und Trommeln und Tschinellen, hatte Anita ihr Eis geschleckt.

Sie war da ganz und gar glücklich.

Dem fremden Burschen schenkte sie nicht so viel Beachtung, wie er sich einbildete. Vielmehr sah sie das Spiel, hörte die Musik, beobachtete sie den von Kindern umringten Ballonverkäufer, lauschte sie nach den Schreien, die aus dem Zelt der Geisterbahn herübertönten. Sie genoss das Gelächter und Kreischen, die Zeit auf dem Rummelplatz; sie liebte die Budenstadt, den Tumult, die Glocken, den Markt. Und Lur sah nur Anita.

Ein sechzehnjähriges Mädchen, seit Ostern aus der Schule entlassen, hatte seine Gedanken verwirrt. Auf der Umrandung der elektrischen Autobahn hatte er sie erstmals gesehen. Sie wippte mit dem Fuß im Takt der Schlagermusik und schaute nach den zusammenprallenden Autos; die Flinkheit der Geldeinzüger, die von Wagen zu Wagen turnten, gefiel ihr, sie liebte das Zischen der elektrischen, von den Leitbügeln wegspringenden Funken.

Als sie sich von der Autobahn abgewandt hatte und von der Umrandung gesprungen war, war ihr Lur durch das Gewühl des Pfingstmarktes gefolgt.

Er hatte sie beobachtet, als sie bei einem Marktstand in der Auslage herumsuchte: ein doch eher zierliches Mädchen mit einem Rossschwanz, in den sie manchmal fasste.

Er hatte sie beobachtet, als er neben ihr vor einem Stand gewartet hatte: die eher kleine Nase, die aufgeworfenen Lippen, das Profil ihres Gesichtes, die Form ihrer Brüste, der Fall des leichten Kleides.

Er hatte ihr ins Gesicht geschaut, als sie ihr Eis geschleckt hatte: sie freute sich an den drehenden Figuren der Spielorgel, sie lachte mit ein wenig Pistache in den Mundwinkeln, das tupfte sie mit der Zunge weg. Sie hatte Grübchen in den Wangen und reichte ihm knapp bis zur Schulter.

Dieses Mädchen hatte seine Gedanken verwirrt, er wusste sich nicht zu helfen. Er stand meist neben ihr, ohne viel zu reden, wusste nicht wohin mit den Händen und suchte darum ihre Hand. Doch sie hätte sich auch keinen Schwätzer gewünscht, sie hatte Unterhaltung ringsum. Ihr genügte die Fröhlichkeit, in ihr ging sie auf. Und dass er ihre Hand hielt, störte sie nicht. Es war alles leicht, sie nahm es unbeschwert hin, fast wie ein Kind.

Doch mit Lur war etwas geschehen.

Wenn dieses Mädchen etwas zu ihm sagte, ihn anfasste, um Belangloses zu plaudern, so zog sein Herzschlag schon an. Er war glücklich, dass er sie bei der Hand halten durfte. Der Geruch ihres Haars, als sie sich in ihrer Heiterkeit an ihn lehnte, füllte ihn aus, und er sah nur noch dieses Mädchen: wie sie stand und lachte, wie sie neben ihm ging. Er war getroffen, wenn sie lachte, als würden Marmeln auf Stein fallen. Er strich ihr eine Strähne Blondhaar aus dem Gesicht und spürte ihre Haut an seiner Hand. Nur, sie fühlte den Schauer nicht, der ihn dabei überkam und ihm die Kehle verschnürte.

Mit Lur war etwas geschehen.

Sie setzten sich auf die Pferdchen des Rösslispiels. Anita freute sich, als Lur den goldenen Ring, der eine Freifahrt bedeutete, aus dem Galgen zog und ihr schenkte.

Sie sausten zusammen mit der »Tourbillon des Neiges« im Kreis über Berg und Tal, der Luftzug beklemmte den Atem. Im Tunnel, den sie durchschossen, wirbelte der Lichterschnee bizarre Flocken über die Zeltbahn und huschte über ihre Gesichter, als säßen sie gemeinsam unter einer Decke aus Licht, als umhüllte sie ein Kleid aus flockigem Stoff. Die Fliehkraft drückte Anita gegen Lur, er legte seinen Arm um ihre Schulter; lachend ließ sie es gut sein.

Leicht taumelig stiegen sie nach der Fahrt aus. Lur kaufte gebrannte Mandeln, Anita hielt die Tüte, aus der sie die knusprigen Kerne aßen. Plaudernd gingen sie durch das Gewimmel der Menschen. Es war Anitas Wunsch, Lur möge den Lukas hauen. Zehnmal und ohne Unterbruch, Schlag auf Schlag, die sie mitzählte, schlug er die Marke hoch, der kräftige Kerl im blauen Hemd, ohne zu schwitzen, zehnmal, und Anita streckte zu jeder Zahl, die sie rief, einen Finger mehr aus. Da war Lur seiner sicher. Den kleinen Teddy, den er gewann, schenkte er ihr. Sie hängte ihn an die Schlaufe ihrer Handtasche, wo er hin und her baumelte, als sie weitergingen. Noch stets brannte die Sonne, und der Pfingstmontag wurde für Lur immer mehr zum Traum, der nicht in die gewohnte Reihe seiner Tage passte.

Am Schießstand wollte Anita selber mit dem Gewehr umgehen. Das Budenfräulein musste fünfmal nachladen, dann hatte Anita eine Papierrose vom Gipsröhrchen geschossen.

Es war ein schöner Tag, bestimmt, sagte Anita.

Aber jetzt ist es kalt, und ich friere. Du hältst mich fest wie eine Gefangene. Warum?

Lur rauchte. Es blieb einen Moment still. Sie hörten zwar die Geräusche des Verkehrs, doch sie kamen aus einer anderen Welt, von ganz weit her. In die Stille hinein vernahmen sie das Tropfen des Regens, der wieder eingesetzt hatte und die Monotonie des Tages auch dem Abend aufstülpte. Wenn ein Windstoß durchs Haus fuhr, bebte der Schein der Kerze.

Lur hockte zusammengekauert da.

Es war ein schöner Tag, da hast du recht, sagte er zu Anita, doch du kennst sein Ende nicht.

Auf der Schiffschaukel schwangen sie ihr Boot hoch hinaus, so hoch, dass der Bug den Zelthimmel berührte und der Budenbesitzer ihnen den Bremsklotz nach jedem Schwung unter den Kiel schob. Doch Lur setzte Kraft ein; auch Anita stand sicher im hölzernen Schiffchen, ihre Beine stemmten sich gegen den Bodenbalken, ihre Muskeln strafften sich, mit festem Griff hielt sie das Gestänge des Kahns, ihr Haar flog im Wind. Es wurde die Welt mit jedem Schwung aus den Angeln gehoben.

Sie gingen durch die Budenstadt, durch den Markt, kauften Luftballons und ließen sie steigen mit einem Bauch voller Wünsche; sie bestellten sich Zuckerwatte und schauten zu, wie das luftige Gebäck am Stäbchen, das ein Mann in die Drehpfanne hielt, Schicht für Schicht anschlug.

Dann schlenderten sie zusammen die »Promenade« hinunter, vorbei an alten Kastanien, und gelangten zu einem Café an der Reuss. Sie setzten sich in die Gartenwirtschaft, aßen nochmals Eis, tranken Cola. Lur erzählte Anita von seinem Motorrad und fragte sie, ob sie Lust hätte, mit ihm auszufahren. Sie nickte. Und sie spazierten der Reuss entlang über die Holzbrücke, denn am anderen Ufer hatte Lur sein Motorrad hinter dem Casino geparkt. Vom Parkplatz aus, der an den Fluss grenzte, sahen sie über die Reuss das Café, die Farben der Sonnenschirme, die weißen Kleider der Gäste.

Sie lauschten nach dem Fluss. Das im Sonnenlicht aufblinkende Wasser passte zu Anitas ansteckender Fröhlichkeit. Eine Zeitlang blieben sie am Ufer stehen, um die Fische zu betrachten, die kaum die Flossen bewegend still standen, um auf Beute zu warten.

Auf sonnenwarmen Steinen verharrten Eidechsen, huschten aufgeschreckt weg, als Lur versuchte, sie zu fangen; keine ließ ihren Schwanz in seiner Hand zurück. Anita lachte.

Ich war glücklich an diesem Tag, sagte Lur.

Noch immer schlug der Regen aufs Dach. Anita fröstelte.

Aber du hast nicht gemerkt, sagte sie leise, dass der Tag mich glücklich gemacht hat; der Jahrmarkt, das Spiel, die Musik, das Karussell.

Der Tag war mein Glück. Nicht du.

Nein, Lur hatte das nicht bemerkt. Neunzehn war er damals, und Anita hatte seine Gedanken verwirrt. Er glaubte, ihr Glück habe mit ihm zu tun, vor allem mit ihm, er glaubte, sie für sich gewonnen zu haben, dies war sein Irrtum.

Sie fuhren weg mit dem Motorrad. Lur spürte den Körper Anitas an seinem Rücken, ihr Druck war ihm leicht. Anita genoss das Spiel des Windes, der als Gegenbewegung das Motorrad umfing, ihr Haar fasste, über die Schenkel strich. Sie empfand die Geschwindigkeit körperlich und fühlte sich doch schwerelos.

Sie preschten über Straßen. Ein Kornfeld flog vorbei; eine Wiese warf ihr Grün in den Weg; ein Wald bäumte sich auf und sackte zurück; sie rollten ein Tal auf; sie sprangen über Hügel. Sie fuhren mitten in einen Sonnenuntergang hinein und empfanden ein Gefühl vollständigen Verbrennens, schmerzlos und schön. Die Straße flog weg, alles wurde für ungültig erklärt; es gab keine Gesetze des Körpers mehr, nur noch ihn selbst. Und der dröhnende Motor vibrierte in diesem Körper, weckte ihn auf, riss die Gedanken aus dem Kopf. Alles war Glück, alles ein Spiel. Ihren Atem spürte Lur; ihre Hände um seinen Bauch, ihre Brüste an seinem Rücken; ihr Leben spürte er.

Die abkühlende Dämmerung, das Spiel des Lichts; die Wälder, plötzlich aufsteigende, dunkle Mauern; der Himmel, eine harte gespannte Glocke aus sattem Blau, am Horizont ein Streifen Gelb.

Sie hielten an vor einem Landgasthof, Lur lud Anita zu einem Imbiss ein. Sie verzehrten Wurst und Käsesalat; Anita trank ihre Cola, Lur verlangte ein Glas Bier. Von diesem Gasthaus rief Anita auch zu Hause an, um ihren Eltern den Grund des langen Ausbleibens zu erklären. Es war ihr doch etwas bang geworden; sie fürchtete den mit Fragen wartenden Vater, obwohl nichts vorgefallen war, das sie ihm nicht hätte erzählen können. Doch sie wollte gar nichts erzählen. Es blieb eine Verstimmung nach diesem Telefon, weil sie ihrem Vater den Hörer einfach aufgehängt hatte. Ein kleiner Unwillen hatte sich eingenistet, wo bisher nur unbeschwerte Fröhlichkeit war. Als sie spät zurückkamen, hielt Lur auf dem Casinoplatz an. Sie stiegen vom Motorrad. Dabei spürte sie, dass Lur sie um die Hüfte fasste, doch an Zärtlichkeit hatte sie nicht gedacht. Vom Schulhausplatz her drangen Geräusche herüber, der Lärm der Budenstadt, die Musik des Jahrmarktes. Am Himmel zeichnete sich ein Lichtblock ab, an dem sich die aus Lautsprechern hallenden Stimmen brachen, aus dessen Schein sie in das Tosen der Reuss stürzten.

Lur versuchte, Anita zu küssen; sie wand sich aus seinem Arm und entging seinem Mund.

Lur wollte ihr Liebe bezeugen, war erregt, und ihre Ablehnung war ihm unverständlich. Das schmale Mädchen im blauen, nun etwas zerknitterten Sommerkleid, nach der Fahrt durch die Nacht leicht fröstelnd, machte ihn hilflos, als es ihn so unerwartet und plötzlich zurückwies.

Anita wollte von Liebe nichts hören.

Natürlich hat es mir gefallen. Aber Liebe?

Freilich bist du ein netter Kerl, ganz gewiss. Aber Liebe? Der Tag ist es, der mich glücklich macht, der Jahrmarkt, die Budenstadt.

Lur wusste nicht weiter, er fasste nochmals die Hände des Mädchens. Doch Anita zog ihre Hände aus seinen; sie wollte auch nicht um die Schultern gefasst werden, jetzt nicht mehr. Das Mädchen lachte nur. Und dieses Lachen kam Lur so klirrend vor, als zerbräche Glas. Es war abweisend; auch ihr Blick war jetzt kühler. Den Kopf hielt sie steif und gerade.

Es ist mein Ernst, alles, was ich sage, beteuerte Lur.

Doch sie wollte seinen Ernst nicht wahrhaben.

Ich springe für dich von der Eisenbahnbrücke in die Reuss. Als Beweis meiner Liebe, dann musst du mir glauben.

Dabei merkte Lur, der eindringlich auf sie eingeredet hatte, nicht, dass er Anita erschreckte. Es war nicht nur ihr fehlender Glaube, ihr mangelte die Bereitschaft, das anzunehmen, was er ihr an Gefühlen anbot.

Es war Anita unmöglich, seinen Ernst zu erwidern.

Bleib hier stehen, hatte er gerufen und war schon weggelaufen zur nahen Eisenbahnbrücke. Keine zwei Minuten später stand er oben am Geländer, zündete als Zeichen ein Streichholz an und schrie ihr zu. Er fuchtelte mit den Armen im hellen Sommerabend; sie sah ihn als winkende Puppe, so entfernt war er, so weit von ihr. Wieder riss er Streichhölzer an, warf sie hinunter. Plötzlich stieg er über das Geländer. Er schaute ins Wasser; dabei war es ihm, als würde sich die Stadt wegdrehen, als würde die Welt auseinanderbrechen. Er empfand Angst, unheimliche Angst. Spring jetzt, redete er sich selber zu: spring! Wenn du den Sprung wagst, ist nachher alles anders. Sein Magen klumpte sich zusammen; sein Herz raste, als er sich fallen ließ, und im Sturz verlöschten Gedanken und Empfindungen; er verspürte nur den Aufschlag aufs Wasser und eine alles verschlingende Kälte.

Als er wieder auftauchte, ans Ufer schwamm, triefnass und mit schmerzenden Gliedern an Land kletterte und zu seinem Motorrad ging, ohne sich seines Gehens bewusst zu sein, lief Anita bereits über die Brücke und wandte sich nicht nach ihm um. Lur hatte sich neben sein Motorrad gesetzt. Er hatte sein Mädchen verloren und empfand sich ganz auf sich selbst reduziert; Lur zu sein versetzte ihn in Panik.

Lur warf seinen Zigarettenstummel in den Schutt, trat die Glut aus, schwieg, starrte vor sich hin.

Als du damals gesprungen bist, sagte Anita, habe ich gedacht, der Kerl ist verrückt.

Und jetzt lass mich gehen.

Lur stand auf, nahm einen Schluck aus der Flasche und fasste Anita an der Schulter: Damals habe ich dich gern gehabt. Das ist die Wahrheit.

Dann spuckte er aus: Jetzt hasse ich dich.

Geh nur, nun kannst du gehen.

Anita erhob sich zögernd, ging etwas unsicher zur Tür: Plötzlich die Erwartung von Unheil. Lur stand vor ihr. Sie erfasste das Aufblitzen in seiner Hand, es war sein Messer. Der Schreck stach sie in den Körper. Sprachlos blieb sie stehen, Lur versperrte ihr den Weg mit dem offenen Messer. Er setzte die Klingenspitze auf ihre Wange an, ritzte sie aber nicht.

Anita verharrte regungslos.

An jenem Abend stand Lur vor seinem Motorrad und weinte. Erstmals hatte er Glück empfunden, erstmals war er nicht ein Ausgestoßener gewesen; er hatte einen Nachmittag und einen Abend lang eine Hoffnung genährt – und sich getäuscht. Das Mädchen war weggelaufen.

Als er sich ausgeweint hatte, setzte er sich auf sein Motorrad und fuhr in die Nacht hinaus.

In seinem Elend kam ihm der Gedanke, seine Mutter aufzusuchen. Seit Jahren hatte er sie nicht mehr gesehen; doch er wusste, dass sie in Wohlen mit einem Geleisearbeiter zusammenlebte. Seinen Vater kannte Lur nicht. Er wollte sie aufsuchen, ganz plötzlich überkam ihn ein zunehmendes Heimweh. Er raste den Wald hinauf und nach Wohlen hinunter, stand bald darauf vor dem Wohnblock; aber er zögerte. Nass und frierend stand er mit seinem Motorrad unter einer alten Kastanie und schaute zum erleuchteten Fenster seiner Mutter hoch. Sie zu besuchen, getraute er sich nicht. Er beobachtete ihre Gestalt im Fenster. Dann löschte plötzlich das

Licht aus. Doch als er wegfahren wollte, bemerkte er erneut einen Schimmer von Licht. Seine Mutter hatte eine Kerze angezündet. Er sah deren Schein, er sah den darüber gebeugten Schatten seiner Mutter, dann nur noch den Schein. Er hätte jetzt hinaufgehen wollen; aber er war dazu nicht fähig, eine Kraft hielt ihn zurück.

Er stand unter der Kastanie und roch ihren Duft und sah den Kerzenschein. Das Schattenbild war bereits Erinnerung.

Er wartete eine Stunde: frierend hockte er auf seinem Motorrad und stützte es mit gespreizten Beinen am Boden ab. Er stritt mit seinen Gefühlen, und es blieb ihm unmöglich, zu seiner Mutter hinaufzugehen.

Plötzlich kickte er seine Maschine an und fuhr weg. Zu Hause, er wohnte in Bremgarten in einem Zimmer, schloss er sich ein und betrank sich.

Am folgenden Tag kam ein Beamter der Kantonspolizei bei ihm vorbei.

Seine Mutter war tot.

Sie hatte Blumen gekauft an diesem Pfingstmontag, Rosen, sie hatte ein weißes Kleid gekauft aus reiner Seide, sie hatte spät in der Nacht ihr Bett frisch bezogen und mit den Blumen geschmückt, sie hatte das neue, weiße Kleid angezogen und eine Kerze, es war ihre Taufkerze, neben das Bett auf einen Stuhl gestellt und angezündet, sie hatte drei Röhrchen Schlaftabletten in ein Glas geschüttet und mit dem Horngriff eines Küchenmessers zerstampft, sie hatte Wasser in das Glas geschüttet und die aufgelösten Tabletten eingenommen, sie hatte sich in ihr Bett gelegt, sorgfältig geschminkt, die Haare waren frisch gewaschen und gelegt, sie hatte ihren Rosenkranz um die Hände geschlungen und die Hände gefaltet.

Dann war mit dem Schlaf der Tod gekommen.

So war sie gestorben, so hatte man sie aufgefunden.

Das, Anita, war das Ende dieses Tages.

Jetzt bin ich darüber hinweg. Jetzt bin ich frei. Bald haue ich ab; aber ich habe noch ein paar Rechnungen zu begleichen. Und du, du hast die Schnauze zu halten, sonst schlitz ich dir die Wange auf. Denk daran.

Lur hatte dies in seiner Erregung eher gestammelt als gesprochen. Anita war verwirrt und konnte nichts entgegnen; noch hatte sie das Messer vor dem Gesicht.

Lur langte mit der freien Hand in seine Manteltasche, zog einen roten Filzschreiber heraus, biss mit den Zähnen den Deckel los, setzte die Spitze an Anitas linkem Mundwinkel an und zog einen roten Strich quer über ihre Wange zum Ohr. Sie fühlte den rauen Stift auf der Haut.

Vom Mundwinkel zum Ohr, sagte Lur, schlitz ich dir die Wange auf, wenn du singst. Halt die Schnauze, Mädchen.

Jetzt kannst du gehen.

16

Herbert musste Anna Villiger am Ausgang des Wohlerwaldes aussteigen lassen. Sie bestand darauf, den Rest ihres Weges, auch wenn es regnete, auch wenn Mitternacht vorbei war, trotz Dunkelheit und Kälte, zu Fuß zu gehen.

Herbert kippte den Blinker aus und hielt am Straßenrand an. Schweigend blieben sie noch einen Augenblick im Auto sitzen, nur der Blinker schlug leise an, auf dem Armaturenbrett kreiste der rote Sekundenzeiger der Uhr.

Dann verabschiedete sich Anna freundlich, und Herbert versteifte sich nicht in seiner Absicht, sie unbedingt bis vor die Haustür fahren zu müssen. Er reichte ihr die Hand, öffnete die Wagentür, damit sie aussteigen konnte.

Danke Herbert.

Der Abend hat mir Freude gemacht.

Anna warf den Schlag mit einer Bestimmtheit zu, die Herbert ihr nicht zugetraut hätte. Als er ein Stück weiterfuhr, um ungefährdet wenden zu können, spannte sie bereits ihren Schirm auf und machte sich auf den Weg.

Es war ein fröhlicher Abend, ganz bestimmt. Sie vernahm das Geräusch der Reifen auf der nassen Straße und blickte Herbert nach; er hob nochmals die Hand und winkte zeitlupenhaft hinter Glas. Anna Villiger blieb stehen, bis die roten Bremslichter hinter der Waldkurve verschwanden.

Margrit hatte Anna zum Nachtessen eingeladen und sie in

der Fabrik angerufen. Anna hatte in Wohlen, anstatt wie üblich nach Hause zu gehen, den Zug nach Bremgarten genommen. Voller Erwartungen, die auch nicht enttäuscht worden waren. Ein unregelmäßiger Wind fuhr durch den Regen und fegte ganze Wasserschöße quer über die Straße und verfing sich hartnäckig in Annas Schirm. Sie liebte es, durch die Nacht zu gehen, durch Regen und Kälte. Zum Schlafen fühlte sie sich noch zu angeregt. Das Gehen, so hoffte sie, würde ihr Müdigkeit sammeln: genug für traumlosen Schlaf.

Sie bog von der Hauptstraße ab und ging über Feld; sie stakste in der Wiese ein, das Wasser gluckste unter den Schuhen und nässte ihre Strümpfe. Anna richtete sich nach den dunklen Gerippen der Apfel- und Birnbäume. Sie kannte den Weg über das Feld, ließ den Wald rechts liegen, schritt gegen das schlafende Dorf hinab, genoss den samtenen Glanz seiner Dächer.

Das Verhältnis zwischen Margrit und Herbert gab ihr manchmal zu denken. Während Margrit ihn ganz offen neckte, konnte er ruhig am Tisch sitzen, ein Weinglas zum Mund führen, den Kopf etwas schräg halten oder die Schultern leicht anheben, einen Schluck nehmen, die Lippen lecken. Er blieb ruhig, was sie auch sagte, verkniff den Mund leicht, lächelte vielleicht verschmitzt, war anscheinend froh, dass die Brillengläser ihm die Augen verspiegelten und lehnte sich nicht auf gegen die Neckereien seiner Frau. Sie trafen ihn nicht, er spielte mit. Wenn Margrit Streit suchte, wusste er eine Abwehr, obwohl ihr manchmal eine offene Auseinandersetzung lieber gewesen wäre als die versteckten Seitenhiebe, die sie zudem mit schlechtem Gewissen austeilte. Er zwang sie, Worte in Wunden zu stoßen, und sie hätte lieber gleich mit den Fingern hineingegriffen.

Dies erinnerte Anna an das Verhalten ihres Mannes. Auch er hatte stumm dasitzen können, wenn er gemerkt hatte, dass sie den Streit vorbereitet und die Sätze gelernt hatte. Ganz still war er dann geblieben, verschanzt hinter Unausgesprochenem. Dann war sie beinahe geplatzt mit ihrer Wut, die sie nicht an den Mann bringen konnte, weil der damit nicht behelligt werden wollte.

So durch die Nacht war Anna auch mit ihrem Mann gegangen. Er hatte ruhig seinen Stumpen geraucht, die Hände in den Taschen, sie war eingehängt an seinem Arm neben ihm gelaufen, Luft schöpfend und verdunkelnde Bilder.

Früher, so dachte sie, war der Winter kalt, der Sommer heiß, Gewitterregen peitschten durch die Felder, früher blieb der Boden länger gefroren, war der Frost eingedrungen und hatte ihn wochenlang hart gemacht. Nun glucksten die Wiesen vor Nässe, und dabei war Januar.

Seit ihrem sechzigsten Geburtstag empfand Anna Villiger die Unvereinbarkeit ihres Lebens mit den Bildern der Erinnerung schmerzlich, und obwohl sie immer leichter von einem der Bereiche in den anderen wechselte, blieb die Gegensätzlichkeit bestehen. Die tägliche Wirklichkeit löschte Vergangenes aus; der erinnerte Bezirk hob den Alltag auf.

Es war vor Jahren. Anna und ihr Mann saßen in der Küche beim Nachtessen. Kaffeekanne und Milchkrug standen auf dem Tisch. Sie aßen Bohnensuppe aus Tellern mit Blumenmustern. Die Suppe hatte Anna mit Butter verfeinert, weil ihr Mann das liebte. Er löffelte schweigsam seinen Teller aus und las dazu in der Zeitung, die auf dem Tisch lag. Das Küchenfenster stand offen, der Wind bewegte den leichten Vorhang, kaum Lärm von der Straße. Sie hörten das Geschilpe der Spatzen, die in Scharen auf einer im Garten stehenden Birke saßen. Anna hatte ihre Suppe bereits gegessen und schnitt Brot vom Laib, den sie dabei an die Brust presste. Sie bestrich die Scheibe mit Butter und schaute nach ihrem Mann und dachte, dass er sich doch auch eine Lesebrille anschaffen müsste, und dann erwähnte sie das ganz ruhig, während im Radio, das auf dem Büfett stand, eine muntere Blasmusik spielte, die ihr Mann besonders gerne hörte. Er räusperte sich auf das Gesagte hin nur, schleckte den rechten Zeigefinger und schlug die Seite um, kam zu »Vermischtes« und las fort. Es war nicht das erste Mal, dass Anna von seiner Kurzsichtigkeit gesprochen hatte. Er löffelte weiter und plötzlich, Anna hatte ihr Brot nicht fertig bestrichen, und aus dem Radio spielte noch dasselbe Stück, ein Marsch mit viel Klarinette und Bass, ließ der Mann den Löffel fallen. Ein leichtes Zucken in seinem Gesicht wollte ihm nicht zu einem Lachen geraten; und Anna, das Messer in der rechten, das Brot in der linken Hand, fand nicht Worte, denn schon beugte sich der Mann vornüber, senkte den Kopf auf den Tisch; und als er dabei den Ärmel seiner Jacke in die Suppe legte und er sich vollsog, wusste sie, dass es ein Scherz nicht sein konnte.

Sie ließ Brot und Messer sein, für Sekunden lähmte sie ein Schrecken; der Mann verblieb in seiner vornübergekippten Haltung. Es bereitete ihr Mühe, den Zusammengebrochenen in die Stube zu schleifen, um ihn auf das Sofa zu betten. Er atmete schwer, sein Blick war Verstörung. Er blieb sprachlos, ein Arm baumelte über den Rand des Sofas hinunter. Die Hand lag erschlafft auf dem Teppich, die grüne Suppe tropfte auf den Boden und versickerte in dunkle Flecken. Als Anna Villiger vom Telefon in die Stube zurücklief, lag ihr Mann bereits ohne Bewusstsein.

Und kurze Zeit später rasten sie mit dem Krankenwagen ins Spital. Der Besinnungslose lag auf einem Schrägen und wurde von einem Pfleger versorgt. Da erst merkte Anna Villiger, dass sie in der Eile vergessen hatte, die Küchenschürze abzulegen. Sie fingerte an den Bändeln; aber das unaufhörlich aufblinkende Blaulicht und die schrille Sirene machten die Gedanken panisch und die einfachsten Handgriffe unmöglich. Während sie ungeschickt an den Bändeln ihrer Schürze weiternestelte, starb ihr Mann. Der Krankenpfleger, der den Tod feststellte, unternahm schweigend Versuche zur Wiederbelebung. Doch er war machtlos. Das war vor acht Jahren geschehen.

Anna Villiger erreichte den Eingang des Dorfes, ging durch schmale Wege an eingezäunten Gärten vorbei, über deren winterlichen Rasen ein Dunst zog. Aufgestapelte Bretter und Stangen lehnten unter Vordächern, von den Bäumen und von den laublosen Büschen rann Wasser. Bald wurden die Gärten kleiner und blieben ganz aus. Haus reihte sich an Haus, Fassaden: meist lichtlos, doch glänzend vor dunkler Nässe. Anna sah am Ende des Weges die

Kirche als Block in der Nacht. Sie schritt darauf zu und gelangte zu einer breiten Steintreppe, die sie hochstieg bis zum Portal. Als sie davorstand, nahm sie die Kirche als nachthelle Wand wahr, als steinkalt aus dem Boden gewachsenes Gebilde.

Über das bekieste Weglein ging sie zum Friedhof; durch das Regenrauschen vernahm sie das Ticken des Uhrwerks der mächtigen Turmuhr. Dann stand sie vor dem Grab ihres Mannes. Sie bückte sich und spritzte mit einem Wedel Weihwasser, mit Regen vermischtes Weihwasser, auf die Grabstelle, verweilte eine Zeitlang mit gefalteten Händen und betete.

Ohne sich Gedanken zu machen, hatte sie den Friedhof aufgesucht, und ohne Gedanken war sie den Reihen nachgegangen; sie kannte Grab für Grab, wusste, wer neu einen Stein bekommen hatte, kannte die Holzkreuze. Es war auch in der Dunkelheit kein Suchen gewesen; das Grab ihres Mannes hätte sie mit verbundenen Augen nicht verfehlt. Anna Villiger betete zur Heiligen Muttergottes, und eine plötzliche Traurigkeit stieg in ihr auf. Sie betete und atmete den Geruch regennasser Erde ein.

Kreuze, Grabsteine, Kränze, von künstlichen Blumen auf triefende Schlaufen tropfendes Wasser, frisch aufgeworfene Erde.

Die behagliche Wärme der Stube, die sie verlassen hatte, und die Kälte des Friedhofs waren daran schuld: sie fühlte sich auf einmal unsäglich müde, zum Umfallen müde. Ihr Herz begann gegen die Brust zu hämmern und verkrampfte sich schmerzend. Im Kopf Leere; als ob sich das Gehirn zusammenzöge, als wäre es ein kleiner Klumpen, der zu kreisen anfing, rundum, rasend schnell rundum.

Auf unsicheren Beinen und schwindlig verließ Anna Villiger die Grabstelle. Das Gebet hatte sie aus seiner Ruhe entlassen. Mit einer Hand fasste sie nach ihrem Herzen, die andere hielt krampfhaft den Griff des Schirms umspannt. Sie sah eine Katze als Schatten über die Gräber huschen; traumhaft nahm sie das fliehende Tier wahr. Auf eine betäubte Art war sie hellwach; sie registrierte genau, vergaß aber ebenso schnell alles wieder, ein Zusammenhang zwischen den Wahrnehmungen stellte sich nicht ein. Der grobkörnige Kies, der durch die Sohlen der Schuhe stach, war Bedrohung.

Doch sie ging weiter. Bedrohung waren die tiefhängenden, nachtschweren Wolken. Und der beinahe flüssige, in leichten Schwaden über die Gräber ziehende Nebel war es auch. In schwimmenden Fetzen floh da die Angst. Es war alles so mittelbar und plötzlich geworden. Das Vertraute war abgefallen. Was sie empfand, war Kälte; und ihr Puls klopfte Schlag für Schlag gegen die Schläfen. Eine innere Bündnis schmerzte in den Augen. Der Druck in der Herzgegend war aufdringlich und pumpenhaft. Das Herz wurde ein Schwamm, sog sich voll, wurde ausgepresst, war wasserschwer und leicht.

Anna Villiger setzte sich auf das Kirchhofmäuerchen. Warum hatte alle Kraft sie verlassen, warum war sie plötzlich so kleinmütig geworden, warum fühlte sie nach dem Abend bei Margrit ihre Einsamkeit doppelt und schmerzlich? Dies vermochte sie wieder klar zu denken, nachdem beim Stillsitzen der Druck vom Herzen gewichen, das Drehen im Kopf zum Anhalten gekommen war und sie wieder wusste, wo sie sich befand und was geschah. Doch alle Fröhlichkeit hatte sie verloren, war gewichen wie ein scheues Tier, das sich zu weit vorgewagt hatte; alles war umgekippt in Kleinmut, Verdrossenheit und Angst, und diese Empfindungen waren nur Parasiten an der Seele. Anna Villiger klappte den Schirm zu. Der Regen fiel in ihr Haar; er traf ihr Gesicht und war wärmer als die Haut.

Sie hockte zusammengesunken auf dem Mäuerchen, verspürte durch Mantel und Rock die Kälte des Steins, atmete Regen und Nacht. Das Wasser rann ihr über die Wangen, sie schmeckte es mit der Zunge: es war salzlos, also weinte sie nicht. Es kam ihr eigentümlich vor, dies selber zu prüfen, doch ebenso notwendig; außerhalb ihrer selbst, dem eigenen Körper entzogen, wurde ihr dies bewusst.

In diesen Gedanken wurde sie durch eine Berührung gestört. Sie bemerkte die Katze, die auf das Mäuerchen gesprungen war und ihren Kopf und ihr nasses Fell an sie schmiegte. Anna fasste nach dem Tier, sie wollte Leben spüren. Sie suchte in ihrer Tasche nach dem Stück Kuchen, das Margrit ihr in Stanniolpapier eingewickelt mitgegeben hatte, und sie fütterte die Katze damit. Das Tier fraß gierig und ließ keine Reste zurück. Als Anna Villiger nach einer Weile das knisternde Stanniolpapier zusammenfaltete, in ihre Handtasche zurücklegte und aufstand, um nach Hause zu gehen, folgte ihr die Katze nach. Sie ließ sich nicht abschütteln, nicht zurückweisen, hartnäckig schloss sie sich an. Es war ein vielleicht halbjähriges Tier. Auch vor der Haustür konnte Anna die Katze nicht abwehren; sie hob sie darum mit einer Entschiedenheit, die sie selber überraschte, hoch und trug sie in die Wohnung hinauf.

Anna Villiger hatte am Grab ihres Mannes gebetet, es war ihr nun, als hätte sie der Tod gestreift.

Ein Rest von Traurigkeit: die Katze half ihn abzutragen.

Anna zog ihren Mantel aus. In der Küche rieb sie das Fell der Katze mit einem Frottiertuch trocken. Dann setzte sie dem Tier ein Schüsselchen Milch vor. Die Katze läppelte die Milch sofort aus und leckte den Teller sauber, schleckte das Maul trocken und strich sich mit den Pfoten über die Schnauze. Dann beschnupperte sie Küche und Stube, sprang auf einen Sessel und rollte sich ein. Anna war zufrieden, und froh, nicht allein zu sein; das Schnurren der Katze, es war ihr recht.

Sie schenkte sich noch ein Glas Wein ein und setzte sich an den Stubentisch; sie hatte sich beruhigt und verspürte keine Herzbeschwerden mehr. Eine Katze, dachte sie, eine schwarz-weiß gefleckte Katze passt zu meinen Erinnerungen.

Es hatte am 28. November 1914, als der Vater von seinem ersten Grenzdienst am frühen Nachmittag heimkam, ebenso geregnet. Nachdem er das Gewehr und den Tornister in der Küche in eine Ecke gestellt hatte, umarmte er seine Frau, und als er sie wieder freigab, holte sie das in Tücher gewickelte Kind, um es ihm auf den Arm zu geben. Da fand er nicht, dass es ihm gleiche, aber er wusste, dass es sein Kind war; das genügte.

Er war nicht redsamer geworden beim Militär.

Etwas verlegen saß er in der Küche; seine Frau stellte einen Krug frischen Most hin, ein Stück Käse, einen Laib Brot, sie hatte frisch geschnittenen Speck bereit und ließ ihrem Mann Zeit, sich wieder zu finden.

So saß er am hölzernen Tisch in der heimischen Küche, wo um diese Zeit bereits das Licht eingeschaltet werden musste, denn dicke Wolken verhängten den Himmel, und es regnete ohne Unterbruch.

Er saß am Tisch und entrindete den Käse, versuchte den Most in auskostenden Schlücken. Äpfel und Birnen hatten die Frauen ohne ihn eingeholt und ins Dorf zur Presse gefahren. Der Most war geraten, auch dieses Jahr und ohne sein Zutun, dachte er stumm in sich hinein und leerte das Glas.

Nachdem er die Uniform ausgezogen hatte und wieder ein Bauer war, ging er in den Stall, schaute nach seinem Vieh, griff den Kühen Fell und Euter. Sechs waren es, die da standen, und auch ihnen mangelte nichts.

Er machte dann einen Gang über sein Land. Die Winterfurche musste er noch fahren. Die Obstbäume fand er gepflegt. Das Korn war ebenso rechtzeitig eingebracht worden, wie wenn er zu Hause gewesen wäre. Waldarbeit verblieb ihm für den Winter. Seine Frau hatte sich allerdings nicht ganz von ihrer Geburt erholen können. Ihr Gesicht war blasser, und die Haut um die Augen fand er doch sehr gefältet; ihrem Haar fehlte der Glanz, den er liebte, ihr Gang war etwas schwerer geworden.

Während er an der Grenze Wache geschoben hatte oder untätig herumgesessen war, mit dem Bajonett Stecken geschnitzt oder sich in Manövern herumgebalgt hatte, musste sie hier arbeiten, sich abrackern, dass sie abends mit schmerzendem Kreuz ins Bett gefallen war, mit rissigen Händen, die sie vor dem Bildnis der Heiligen Muttergottes noch faltete, damit sie ihr beistehe: und dem Mann und dem Kind und dem Land.

Den kommenden Winter saß der Vater oft missmutig in der Küche, runzelte die Stirn, schüttelte den Kopf, wenn er die Zeitung las, saß mit verkniffenem Mund, stopfte sich die Pfeife mit Teetabak, von dem die Mutter alle zwei Wochen ein Paket aus der landwirtschaftlichen Genossenschaft nach Hause bringen musste.

Und rauchend lehnte er, die Hände in den Hosentaschen, an der Stalltür und betrachtete die Wolken, die nordwärts zogen.

Die Arbeit ging ihm leicht von der Hand. Im Stall besserte er die Futterkrippe aus, in der Scheune reparierte er das Dach; in der Küche dichtete er einen tropfenden Wasserhahn mit Hanf ab; mit dem Braunen fuhr er zu Acker; er holzte im Wald. Aber die Zeit, die am meisten Arbeit von ihm erfordert hätte, hatte er im Militärdienst verbracht. Sie reute ihn jetzt. Zu entbehren hatte er nichts: er besaß eigenes Vieh, die Milch nahm ihm die landwirtschaftliche Genossenschaft ab wie in Friedenszeiten, er hatte eigene Kartoffeln im Keller, Mehl vom eigenen Korn in der Kammer, hinter dem Haus standen die Ställe seiner Kaninchen, und wenn es vorkam, dass einer im Dorf notschlachten musste, kam auch Kuhfleisch auf den Tisch, denn jeder Bauer übernahm einen Anteil.

An Sonntagnachmittagen, wenn die Frau in der Stube strickte und das Kind schlief, im Ofenrohr ein Bratapfel schmorte und ihm die behagliche Stimmung die Zunge leichter machte, wusste er von »Dienstkameraden« zu erzählen, die Arbeiter waren, nicht Bauern; sie erhielten nach kaum einem halben Monat Grenzdienst bereits keinen Lohn mehr, und der Sold, achtzig Rappen, reichte kaum aus, die eigenen Bedürfnisse zu decken. Dabei hatten sie Familien zu Hause, die darbten und Hunger litten, die froh waren um Kartoffeln und Brot, denn ein Pfund Schweinefleisch kostete einen Franken und zwanzig Rappen und war für sie unerschwinglich. Der Vater erzählte dies, Pfeife saugend und mit Bedacht, aber mit unverkennbarer Bitterkeit.

Was der Vater befürchtete, wenn er am Sonntag in der Kirche saß, wo die Worte des Pfarrers ihn schläfrig machten, wenn er hinter der Scheune Drähte zuschnitt, um Wellen zu binden, wenn er am Samstagnachmittag den Kaninchen ausmistete, wenn er den Braunen zur Tränke führte und neben dem Brunnen wartend die Pfeife stopfte, trat im März ein. Auf den 12. wurde er wieder aufgeboten.

Der Aarauer Schachen lag tief verschneit; das Gelärme der Mannschaften auf dem Sammlungsplatz schlug über dem Langen zusammen. Am liebsten wäre er bei den aufwiehernden Pferden geblieben, um ihnen den Hals zu tätscheln und beruhigende Worte zu sagen. Aber er hatte anderen Befehl in der Tasche. Er stand in Reih und Glied, bevor er zum Nachdenken kam, und wurde von Offizieren, die nun bereits Feldgrau trugen, während die Soldaten noch immer ihr preußisches Blau zeigten, befehligt, bevor er sich mit seinem Befehl zurechtgefunden hatte.

Auf dem Marsch in die Mobilmachungskantonnemente verspürten die Soldaten erstmals den Druck der neuen Munitionstaschen an ihrem Gürtel, und auch damit fand sich der Lange ab.

Transport ins Welschland. Mit der Bahn.

Zum ersten Mal in seinem Leben kam der Lange nach Basel; doch zu sehen gab es nicht viel, er war ja Soldat.

Weiterreise nach Pruntrut.

Die winterliche Kälte machte den Männern zu schaffen. Auch boten die Kantonnemente, die sie zugeteilt erhielten, ein jämmerliches Bild und mussten zuerst bewohnbar gemacht werden. Der Lange war dabei zu gebrauchen. So leicht wie das Gewehr war ihm die Axt. Er besaß einen Verstand für Säge, Beil und Hobel. Es war ihm außerdem lieber, an der Herrichtung der Schlafräume zu arbeiten, als mit dem Gewehr in der Hand Posten zu stehen.

Die Offiziere äußerten das Bedürfnis nach einem Lokal, das ihnen zur Verbringung der Freizeit angenehm wäre. Die Soldaten richteten es ein. Sie bauten ein Schulzimmer zu einem Casino um. Kochherd, Geschirr und Besteck wurden angeschafft. Ein Tischler fertigte die Möbel an, zimmerte Stühle und Tische aus frisch gehobelter Tanne, legte auf leichte Gestelle buchene Platten und stellte das Lob seiner Oberen für die verrichtete Arbeit noch lange als heiteres Lachen zur Schau.

Einige Soldaten kamen auf die Idee, dem Bataillonskommandanten einen Thron zu errichten. Den platzierten sie dann an den Kopfplatz des größten Tisches, und bei jeder Dislokation wurde er mitgeschleppt. Freiwillig.

Gleich vom ersten Diensttag an wurde die Kompanie einem strengen Drill unterworfen. Es gehe darum, so sagte der Kommandant, aus weichen Zivilisten wieder harte Soldaten zu machen. Doch der Lange hatte das nicht nötig, er war seiner Kraft sicher, und was ihn hätte hart machen sollen, verhärtete ihn.

Gewehrgriff und Taktschritt.

Wer hätte dem Langen etwas vormachen können? Der Zugführer, der mit herrischer Stimme seine Befehle schnarrte, schaute immer um ein Weniges an den Augen des Langen vorbei, wenn er den Blick der Soldaten suchte, denn er wusste: diesem Blick hätte er nicht standhalten können. Dieses Wissen machte ihn keineswegs freundlicher; doch schikanieren konnte er den Langen darum noch lange nicht, der wusste schon, was galt und Recht war.

Auf einem Orientierungsmarsch, sie wollten gerade einen Halt einlegen, wurden sie Zeugen, als im Feindesland eine deutsche Batterie die französischen Stellungen an der Bahnlinie Bonfol–Pfettenhausen beschoss. Aus der sicheren Ferne des Beobachters sahen sie die Erdfontänen aufsteigen, hörten sie das Geheul der Granaten; und sie duckten sich unwillkürlich, als die feindlichen Geschosse auch über ihre Köpfe flogen.

Erst im Kantonnement schimpften sie über den Vorfall: der Feind hatte widerrechtlich schweizerisches Territorium überschossen; aber zu kümmern schien ihn das nicht.

Es folgten die Manöver, miserables Wetter, Regen und Schnee, Gefechtsübungen zwischen schweizerischen Verbänden, langweilig und sinnlos. Der Lange schrieb das nach Hause und fragte in seinen Briefen auch nach dem Kind. Er teilte der Mutter die Adresse eines Arbeiters mit, der in Zürich wohnte, aber mit den Aargauern Dienst leistete, und dem sie Kartoffeln und Gemüse schicken sollte.

Schildwache. Ausgedehnte Patrouillengänge durch versumpftes Gelände. Dann wurde der Befehl ausgegeben, ab sofort sei die Anzahl der feindlichen Kanonenschüsse festzuhalten. Das schaffte zusätzlich Verwirrung und bereitete manchem Mühe: War da ein Schuss – oder nur Einbildung?

Schussgespinste, Kanonengespenst.

Der anhaltende Regen überschwemmte einzelne Posten. Die Langeweile führte zu Schildbürgereien, die den Langen ärgerten: beim Posten »Kanada« musste eine Doppelschildwache mittels eines stattlichen Wäschezubers während mehreren Tagen über einen plötzlich entstandenen See gegondelt werden. Die Gondelfahrt und Witze darüber machten den Posten beliebt; und selbst strenge Offiziere hatten für den Ausdruck »Schweizerische Kriegsmarine«, der dem Wäschezuber galt, ein Lächeln übrig.

Die Mannschaft, so ihre Interpretation, hatte Moral; das schlechte Wetter konnte Schweizersoldaten die Laune nicht verderben.

Eine neue Dislokation führte die Kompanie des Langen nach Alle. Das war in einer Zeit, als er gern Briefe heimschrieb, und dort lernte er zum ersten Mal eine der neuen Soldatenstuben kennen, in denen verschiedene Speisen und Getränke billig abgegeben wurden, Schreibpapier, Tinte und Feder standen zur freien Benützung bereit.

Doch der Dienstbetrieb blieb zum Verzweifeln langweilig. Zu dem nassen Wetter gesellte sich der Nebel, keine zehn Schritte Sicht vor den Posten. Aber auch das Exerzieren und Türken war unmöglich; da der Kommandant für die zahlreichen Schildwachen und Patrouillen zu viele Soldaten benötigte, blieb für den Drill keine Mannschaft verfügbar, was dem Langen mehr als lieb war.

Ein Offizier, der seine Männer nicht mehr untätig herumhocken und Löcher in die Luft starren lassen wollte, hieß sie einen Garten rund um das Wachtlokal anlegen. Nach seinen Anweisungen schichteten sie Steine zu einem Rundmäuerchen auf und spielten Gärtner in einem welschen Frühling, der nichts bot als Regen und Nebel.

Gesang als Pflichtübung. Lieder für den Gefühlshaushalt. Ein Offizier vertrieb sich die Zeit mit der Laute, er dichtete Lieder und sang sie seinen Kameraden im Casino vor. Kunde und Text davon trug die Ordonnanz in die Mannschaft.

Singen war nur beschränkt ein Mittel gegen die Langeweile; auf Posten war es zudem nicht angebracht. Dort antwortete ein angefragter Korporal einem Obersten auf die Frage, was er denn mache: Ich lasse mir den Bart wachsen. Er hatte die Lacher auf seiner Seite.

Zeit zu sinnieren blieb den Männern auch. Das Wort Heimweh war ein Tabu. Man fluchte es weg. Doch es wuchs zunehmend; der Nebel war ihm als Nährboden gut.

Der Lange schnitzte Muster in Stecken, und er schrieb an seine Frau:

Schildwachbefähl:
Ich bewache die Stross und s Vorgeländ
und brüele-n-alli-a wo dure wänd
Ufs Wachlokal füehri verdächtigi Zivilischte
und sonigi wo chömed mit schwere Chischte
Zivilauto heb i ebefalls a
damit-i-dNumere notiere cha
I de-n-eigne und i de frömde Soldate
isch s Überschrite vo de Gränze abzrote
Wer ned still stoht ufs dritte Halt
werd ohni witeres abeknallt.

Er versuchte, seiner Frau mit dem Gedicht die Sinnlosigkeit des Dienstes aufzuzeigen; doch er blieb verdrossen dabei. Er kam sich hilflos vor, und einen Ausweg hätte er nicht gewusst. Krieg war nur ein anderes Wort für Sinnlosigkeit. Und der Krieg, auch wenn er die Schweiz nicht einmal streifte, war nicht wegzureden.

Es fiel wieder Arbeit für Handwerker an. Schützengräben, die bei Kriegsbeginn andere Kompanien ausgehoben hatten, mussten wieder eingedeckt werden, da sie voreilig und falsch angelegt worden waren. Blockhäuser mussten zerstört werden, sie standen am falschen Ort.

Bald wieder die endlosen Marschübungen. Gesang gegen Kilometer. Lieder gegen die Monotonie des Zockelschrittes, denn schwer bepackt trotteten sie bis zu fünfundsechzig Kilometer an einem Tag. Sie hielten Gefechtsschießen ab, defilierten vor hohen Offizieren und marschierten und marschierten. Gesang gegen die Müdigkeit. Abends pflegten sie in den Unterkünften die marodierten Füße. Gesang gegen den Schmerz.

In diesem Grenzdienst wurde die Stielhandgranate eingeführt. Der Lange war zur Ausbildung vorgesehen. In einer Kiesgrube ging es ans Werfen. Übungen in wüstgelegten Höfen. Die Detonation war das hörbare Zeichen der eigenen Stärke. Die abkömmliche Mannschaft verfolgte die Bewegungen der Werfer geschützt hinter Bretterwänden.

Handgranaten waren besser als Lieder, auch gegen das Heimweh.

Der Lange war froh, als das Gespräch endlich auf die bevorstehende Entlassung kam. Das machte seinen Blick lebhafter und nahm ihm einen Teil seiner verschlafenen Wachheit, mit der er sich nicht nur Freunde gemacht hatte und die ihm, weil sie irritierte, den Ruf heimtückisch zu sein eingetragen hatte.

Es war inzwischen Juni geworden; eine heftige Hitze hatte eingesetzt und die Marschübungen zusätzlich beschwerlich gemacht. Der Bau einer Wasserleitung wurde notwendig; der Lange war hinbefohlen. Diese Arbeit schien ihm sinnvoller zu sein, als sinnlos auf Posten zu stehen, die der Feind beliebig überschoss.

Und stumpfsinnig Kanonenschüsse zählen war auch nicht nach seinem Geschmack.

Die Gerüchte von der Pikettstellung auf den 21. Juni verdichteten sich und wurden endlich bestätigt. Am 15. und 16. Juni marschierten die Kompanien im Regimentsverband durchs Gäu in die Demobilmachungskantone zurück.

Der Lange schritt leichtfüßig; er hatte einen Grashalm im Mund, oder er pfiff, wenn ihm danach zu Mute war.

Gesang als Bedürfnis: »In der Heimat, in der Heimat, da gibts ein Wiedersehn«.

Der Lange dachte dabei nur an Frau und Kind und an seinen Hof in Merenschwand.

Die Heimat der Männer, die mit ihm gingen, hätte er ebenso leicht benennen können. Heimat war nie groß, und schnell lokalisiert. Eine Aufzählung für die fünf Finger einer Hand genügten, stattete Heimat schon aus. Doch der Lange fragte nichts. Er marschierte, steckte die Daumen unter die Riemen seines Tornisters und spuckte den Grashalm aus, weil er den Speichel bitter machte.

Das Mädchen würde er diesmal schon sicherer auf den Arm nehmen. Es würde ihn bereits anlächeln; sein Blick hatte nicht mehr das Ungenaue, das Unbestimmte, das nichts fassen und nichts behalten konnte. Er wusste nun mit seinem Mädchen etwas anzufangen; so jedenfalls malte sich der Lange das aus. Sie zogen zurück in die Heimat, die sie im Welschland verteidigt hatten. Ein Widerspruch? Man sang ihn beiseite.

Unter den Männern schritten nicht nur zuversichtliche Bauern, es waren auch Arbeiter dabei. Sie gingen den gleichen Schritt, aber sie dachten mit Verzweiflung an ihr Zuhause. Sie wurden von hungernden Kindern erwartet, von einer Frau, die kein Verständnis für die Stellungslosigkeit heimkehrender Soldaten aufbringen konnte. Für diese Männer war der Grenzdienst eine Pflicht, die Ruin bedeutete.

Gesang, Gesang.

Das Brot war bereits wieder teurer geworden.

Am Freitag, es war der 18. Juni, defilierte das Regiment vor dem General. Der Lange ging dabei rechts außen als Flügelmann, und beim zackigen »Achtung rechts« bekam er den General in den Blick. Während er ausschritt, in angestrengter soldatischer Haltung, musterte er diesen General. Der saß etwas dickbauchig auf seinem Pferd; etwas zurückgelehnt saß er, hielt die Zügel vor der Gurtschnalle, die einen straffen Bauch zu stützen hatte. Er lugte unter seinem Käppi hervor, dieser General, und das Gesicht, das der Lange bisher nur als Porträt gekannt hatte, war nun da aus Fleisch und Blut. Ein unregelmäßiges Gesicht, buschige Augenbrauen, wasserhelle, kalte Augen, eine breite und klobige Nase, der Schnurrbart etwas ungepflegt. Der Zug des Mundes deutete die Möglichkeit an, dass der Mann brutal sein könnte. Aus dem steifen Stehkragen quoll Kinn um Kinn. Unter der Mütze gelblichgraues Haar.

Nein, wenn er einem hätte trauen müssen, es wäre nicht dieser General gewesen. Dass er Wille-von-Bismarck hieß, machte ihn dem Langen nicht lieber. Und so plump wie er auf dem eleganten Pferd saß, so hatte er ihn sich vorgestellt; es verunsicherte ihn beträchtlich, wissen zu müssen, dass dieser der mächtigste Mann der Schweiz war.

Marschtüchtig konnte er jedenfalls nicht sein. Und an der Spitze eines Angriffs sah er ihn auch nicht. Doch ein schönes Pferd besaß er, und Generale gehörten ja nicht an die Front. Sie lieben ihren Gefechtsstand und wissen mit dem Feldstecher umzugehen, dachte der Lange. Eine Pferdelänge hinter dem General zurück saß ein Oberstdivisionär auf einem ebenso stattlichen Pferd. Er konnte sich dessen Namen nicht in Erinnerung rufen, und es kümmerte ihn wenig.

Dann war der Lange an den hohen Offizieren vorbei, paradierte mit Kopf geradeaus weiter und hörte das rhythmische Rauschen schwingender Arme um sich.

Am Samstag, den 21. Juni, wurde der Vater auf unbestimmte Zeit entlassen.

Er blinzelte in die Sonne, er hätte jetzt gerne in die Hände gespuckt, doch sie hielten Gewehr und Tornister, er ging zum Bahnhof und fragte nach dem Zug Aarau–Wohlen–Muri.

Immerhin, zum Heuet würde er rechtzeitig kommen, doch der Fliederbusch neben der Haustür würde jetzt schon verblüht sein.

Fünfter Tag

17

Am frühen Morgen erwachte Pep nach einem unruhigen Schlaf. Das Zimmer war noch dunkel, ohne Konturen. Er spürte neben sich den Körper Anitas; sie schlief und hielt den Kopf zur Seite geneigt.

Sorgsam stieg er aus dem Bett, er wollte sie nicht aufwecken. An seinem Schreibtisch setzte er sich und knipste die Lampe an.

Auf der Tischplatte lag eine Landkarte, es war die Schülerkarte für den Kanton Aargau. Pep faltete sie so zusammen, dass nur noch das Freiamt sichtbar blieb.

Er fuhr mit dem rechten Zeigefinger um die Abmessungen des Hasenbergs herum: hier war er als Kind noch Ski gelaufen. Er verdeckte Bremgarten mit der Hand; einfach verschwinden lassen, dachte er. Wenn er beide Hände auf die Karte legte, vermochte er beinahe das ganze Gebiet abzudecken. Verschüttet, dachte er. Darauf nahm er die Hände wieder weg und fuhr den Höhenlinien des Lindenbergs entlang. Jetzt tippte er einzelne Stellen an: die Brücke von Rickenbach. Sie löste eine Bilderflut aus, deren Hauptgestalt Lur war. Er zählte die Kirchtürme, er folgte dem Lauf der Reuss, die bei Bremgarten eine auffallende Schlaufe beschrieb und weitere Richtungswechsel und Windungen wiederholte. Er maß Straßen aus und stellte sich sein Motorrad darüberrollend vor; und in einer plötzlichen Anwandlung von Unmut ließ er einen Tropfen Speichel auf die Karte fallen, der Wohlen zuschwemmte: da musste er auch Angst ersäufen. Pep kannte die Wirklichkeit dieser Karte: die Wälder, Wasserläufe, Höhenzüge, Straßen, die Dörfer – die Menschen. Das war sein Lebensraum.

Verstört und weinend war Anita am Abend zuvor gekommen und aus Angst und einem Bedürfnis nach Geborgenheit über Nacht geblieben.

Sie schlief noch. Die Dunkelheit löste sich allmählich auf. Pep erkannte in Anitas Gesicht die zurückgebliebenen Spuren des Filzstiftes, diesen angedeuteten Messerschnitt, mit dem Lur sie zu Tode erschreckt hatte.

Pep legte die Karte beiseite und löschte die Schreibtischlampe aus. Er hatte sich entschlossen, nicht zur Arbeit zu gehen, auch wenn er wusste, dass sich die Mutter darüber ärgern und der Vater aufbegehren würde. Dass Anita bei ihm schlief, wussten die Eltern; doch es wurde als ungehörige Tatsache möglichst überspielt. Es hätte nicht in die Morgengebete der Mutter gepasst, in die der Sohn noch Einlass fand. Die Mutter zweifelte zwar manchmal an der Wirkung ihres Betens, versagte der Muttergottes aus Enttäuschung die morgendliche Andacht und schleppte dafür Schuldgefühle durch den ganzen Tag. Die Ungehörigkeit kramte sie dann vor dem Beichtvater aus. Bestimmt teilte er ihre Sorgen, indem er ihr recht gab, was immerhin ein Trost war.

Pep saß im halbdunklen Zimmer krumm in seinem Stuhl und streckte die nackten Füße auf den Teppich; er stellte die Ellenbogen auf die Tischplatte und senkte das Kinn in die Hände. Es war gut, dass Anita nach ihrem Schrecken hatte schlafen können und noch schlief. Manchmal schloss er die Augen; nicht aus Schläfrigkeit, innerlich fühlte er sich hellwach und aufgebrochen. Er schloss die Augen, um Gedanken zu ordnen: bildhaft tauchten sie auf und sammelten sich im Augendunkel.

Das war also sein Lebensraum. Und oft wäre es ihm lieber gewesen, gerade hier nicht zu sein. Aber wo sonst?

Pep dachte an seine Ausbrüche mit dem Motorrad, oder Versuche zu Ausbrüchen. Kilometerfressen, Eroberung von Neuland, das nichts weiter war als ein verstaubter Straßenrand, eine abgelegene Wiese. Auf der stand das Motorrad wie ein Pferd aus einer unheimlichen Welt.

Ja, manchmal war ihm seine Welt unheimlich.

Er hatte Lur aus dem Gefängnis befreit, dies blieb ein Fehler. Dass er ihn hatte befreien müssen, war eine andere Sache. Mit Vernunft hatte es nichts zu tun, das wusste er. Über die Gründe war er sich selber im Unklaren, und was hieß schon Vernunft, dieser Tumor in Bürgerköpfen.

Nun lungerte Lur herum und schaffte neue Probleme, mit denen Pep fertigzuwerden hatte.

Meldung bei der Polizei? Für Pep kam das gar nicht in Frage. Bullenlösung. Väterruhe. Er suchte nach einem eigenen Ausweg.

Ein Poster von Che Guevara, das an der Wand hing, erhielt einen Streifen Tageslicht. Dieses Bild hatte Pep in der Schule nach einer Fotografie im Koordinatensystem vergrößert und rot und schwarz ausgemalt. Als er es nach Hause gebracht und an die Wand geheftet hatte, war sein Vater wütend geworden. Dass es gerade dieser Revoluzzer sein musste. Che Guevara an der Zimmerwand. Und ein Sohn, der anscheinend nicht mehr wusste, wo ihm der Kopf stand, der die Sonntagsmesse nicht mehr besuchte, von Beichte und Kommunion zu schweigen. Dieser Sohn, der früher doch Messdiener gewesen war.

In der Zeit, da er an seinem Che-Guevara-Kopf malte, hatte Pep noch das Seminar in Wohlen besucht und Lehrer werden wollen. Der Vater hatte offenen Stolz öffentlich demonstriert, und schon dies hatte Pep zum Widerspruch gereizt. Bald hatte er sich mit dem Vater verstritten, weil er neben der Schule regelmäßig als Tankstellen-Aushilfe arbeitete, um sich Geld für ein Motorrad zu verdienen.

Und mit diesem Motorrad war er mitten in Lurs Bande hineingefahren.

Lur war ein Ausgestoßener.

Pep hatte nicht an eine Freundschaft gedacht und sich den Blackbirds aus einer Notlage heraus angeschlossen. Für ihn war Lur zuerst ein Fall gewesen, der ihn interessiert hatte. Eigene Schwierigkeiten fand er bei ihm noch gesteigert, und Ausdrucksmittel, über die er verfügte, fehlten Lur ganz. Ein Stück Bewunderung war dann hinzugekommen; die Härte und Unverfrorenheit Lurs, seine zornige Art sich zur Wehr zu setzen, auch wenn es sinnlos war, hatten Pep beeindruckt.

Die Schwierigkeiten in der Schule hatten sich summiert. Pep begann seine Lehrer zu hassen. Sein Widerstand traf auf ihren Widerstand. Die Lehrer drückten ihre Macht in schlechten Zensuren aus. In Peps Träumen stritten die Gefühle mit Mathematik, Physik und Chemie. Sie unterlagen immer, und das morgendliche Schellen des Weckers wurde zum vernichtenden Gelächter, das ihn aus dem Schlaf schreckte und in die Schule zwang.

Dass er dumm sei, bekam er zu hören. Schule als Niederlage wurde zur neuen Erfahrung.

Immerhin: die Zeichenlehrerin war eine Ausnahme gewesen. Als Pep den Wunsch äußerte, ein Poster von Che Guevara zu malen, unterstützte sie ihn wie andere Schüler, die ein Bild von einem Skirennfahrer anfertigten. Sie gestand den Schülern eine eigene Meinung zu. An der Übereinstimmung aller Meinungen mit ihrer eigenen lag ihr nichts. Im Gegenteil, sie liebte es, wenn einer zum Widerspruch fand. Sie wollte Formen aufzeigen, wie Widersprüche ausgetragen werden konnten. Sie sprach den Schülern Eigenverantwortung zu, auch wenn dann viele hilflos und unfähig dastanden, weil sie nur dieses rechthaberische Besserwissen des Lehrers kannten.

Erwachsenwerden beginnt im Kopf: die Zeichenlehrerin hatte irritiert. Doch sie war eine Lehrerin gewesen, zu der Pep Vertrauen hatte, weil er wusste, dass sie zumindest den Versuch machte, ihn zu verstehen.

Im Frühjahr war Pep zum ersten Mal ins Provisorium versetzt worden, weil er den geforderten Notendurchschnitt nicht mehr erreicht hatte. Der Vater hatte dafür kein Verständnis aufbringen können, war aber ebenso wenig zu einer Hilfe fähig gewesen, der Schulstoff ging über sein Wissen hinaus. Pep war der einzige Mittelschüler in der ganzen Verwandtschaft. Die Mutter trug ihren

Kummer in die Kirche, vertraute ihn betend der Muttergottes an und entzündete drei Kerzen vor dem Marienaltar; Kerzen gegen schlechte Zensuren.

In seiner Hilflosigkeit versteifte sich Pep im Zorn gegen alle Lehrer, gegen den Lehrerberuf. Die Vorstellung, dass es ihm unmöglich sei, Lehrer zu werden, festigte sich damals.

Vor dem Herbstzeugnis gab es für Pep eine alles entscheidende Prüfung in Mathematik. Aus Angst vor einer ungenügenden Note, die er sich nicht leisten konnte, denn sein Notenschnitt war knapp ausreichend und eine ungenügende Mathematiknote hätte ihn in die Minuspunkte gebracht, schrieb er bei einem Mitschüler ab. Bei den Korrekturarbeiten stellte der Lehrer fest, dass zwei Schüler dieselbe Mathematikaufgabe auf dieselbe Art falsch gelöst hatten. Die ausgeteilte schlechtest mögliche Note setzte Pep ins zweite Provisorium. Nach der Promotionsordnung hieß das: Klasse wiederholen – oder Abgang von der Schule.

Gegen den Willen des Vaters war Pep ausgetreten; gegen die Gebete der Mutter; gegen die Macht der Kerzen. Er ließ sich nicht umstimmen. Wenn er an die Lehrerschaft dachte, konnte er nicht Lehrer werden. Um keinen Preis.

Seitdem arbeitete Pep ganz an der Tankstelle, und an ein gütliches Einvernehmen mit dem Vater war nicht mehr zu denken. Im Sommer, nach der Rekrutenschule und nach seinem zwanzigsten Geburtstag, wollte er zu Hause ausziehen. Ganz bestimmt.

Was, dieser Scheißpauker, dem wollen wir es zeigen, hatte Lur gesagt, saß schon auf seinem Motorrad, kickte es an, trieb den Motor hoch, kurvte weg, jagte zum Haus des Mathematiklehrers und schmiss ihm einen Ziegelstein durchs Panoramafenster ins Wohnzimmer.

Für Lur war die Angelegenheit damit erledigt; so einfach und bestimmt löste er Probleme. Davor keine langen Reden, danach kein Wort.

Dies hatte Pep zuerst erschreckt; doch eine Genugtuung, jenseits aller Vernunft, wo Denken aufhörte und nur noch Zuschlagen galt, hatte er dennoch empfunden. Reden hätte man mit diesem Lehrer ohnehin nicht können; der saß zu sicher auf seinem Hintern, und man konnte ihn nur aufschrecken. Ein Ziegelstein inmitten von Scherben brachte den zumindest aus der Fassung. Mit Worten wäre so einem nicht beizukommen; aber heimleuchten konnte man ihm. Seine verfressene Ruhe war störbar, seine Sicherheit verwundbar. Angst konnte man so einem in die Knochen jagen. Lur hatte das bewiesen und Pep es als Lehre genommen.

Lurs Vater war ein Scherenschleifer jenischer Abstammung, ein Trinker. Jenisch sein, hatte Lur mit einem Brandzeichen verglichen. Die Jenischen galten als jähzornig, als Messerstecher, als arbeitsscheu. Lur hatte die Erwartungen erfüllt: er trank, er war jähzornig, er besaß ein Messer. Und er arbeitete nur, wenn es ihm passte.

Lurs Mutter hatte sich als kaum zwanzigjähriges Mädchen von diesem Jenischen, von diesem Scherenschleifer, der damals allerdings noch kein Trinker war und an den Wochenenden in den Wirtschaften mit seiner Klarinette zum Tanz aufspielte, im katholischen Lande ein Kind machen lassen.

Der Pfarrer hatte das Mädchen zu sich kommen lassen. Unter einem weiten Rock hatte sie versucht, den Bauch zu verstecken. Sie hatte ihn eingeschnürt; sie hatte alles gegen das Kind unternommen, doch es war nicht abgegangen. Und dem Pfarrer war es nicht schwergefallen, ihr die Tränen zu lösen, sie vor Schande erröten und versinken zu lassen.

Auch wenn er die Ungehörigkeit ihrer Schwangerschaft zu betonen wusste und die schandbare Herkunft des Kindes unterstrich, machte er ihr klar, dass es keinen anderen Weg geben durfte, als das Kind auszutragen. Die Sünde war einigermaßen gutzumachen durch büßenden Lebenswandel und durch eine dem Kind den rechten Lebensweg weisende katholische Erziehung. Dies musste die Mutter Lurs dem Pfarrer in die Hand versprechen, und dazu schlug sie die Augen nieder.

Sie war eine schöne Frau, zu schön und zu sinnlich, um die

Worte beherzigen zu können, immerhin katholisch genug, um daraus die eigene Schuldhaftigkeit abzuleiten, immerhin fromm genug, um daran zu Grunde zu gehen.

Sie war vierzig Jahre alt, als sie starb.

In Wohlen hatte sie mit verschiedenen Männern zusammengelebt; den Vater ihres Kindes zu heiraten, wäre ihr nie in den Sinn gekommen. Lur wurde hin und her geschoben. Er lebte in einem Heim, bei Verwandten, bei den Großeltern in Merenschwand. Kaum sechzehnjährig erhielt er in Bremgarten ein Zimmer und wohnte dort auf sich selbst gestellt unter der Kontrolle eines Vormundes, den er ebenso hasste, wie er seine Mutter liebte, auch wenn sie ihn niemals hatte ganz annehmen können. Doch er erinnerte sich an einzelne Momente, da sie ihn in der eigenen Ausweglosigkeit an sich gezogen und mit Zärtlichkeiten überschüttet hatte, deren Heftigkeit sich ihm tief eingeprägt hatte. Er war aber auch der Anlass zu Zornesausbrüchen gewesen, und sie hatte ihn geschlagen. Er war das Zeichen ihrer Schande; er war ihr leibhaft gewordener Fehltritt.

Was erwartest du eigentlich von deinem Leben?

Peps Vater stellte diese Frage bei jeder Auseinandersetzung. Glaubst du, gerade dir würde etwas geschenkt?

Weltverbesserer.

Jedenfalls mehr als der Vater, erwartete Pep vom Leben. Aber vorerst eckte er nur an.

Tankwart, das ist doch kein Beruf für ein Leben.

Das ist doch kein Auskommen für einen Mann.

Wenn einer jung ist, mag das gehen. Jahrelang Tankwart. Denk an die Zukunft, Pep.

Und der Vater?

Der Vater lebte seit Jahren in seiner faulen Sicherheit. Gelernter Schreiner, das war sein Beruf für ein Leben. Seit Pep zurückdenken konnte, hatte der Vater immer als Schreiner in der Büromöbelfabrik gearbeitet. Das war sein Auskommen. Um sieben Uhr morgens begann seine Arbeit.

Um zwölf Uhr kam er nach Hause.

Um halb zwei stempelte er die dritte Zeit auf seine Karte. Um sechs Uhr hatte er Feierabend.

Montag bis Freitag; und bis zum Mittwoch redete er vom vergangenen und ab Mittwoch redete er vom kommenden Wochenende. Die Mutter strich ihm jeden Tag seine belegten Brote, eines mit Salami, eines mit Fleischkäse, und packte ihm eine Thermosflasche heißen Kaffee in die Mappe.

Drei Wochen Ferien standen ihm zu. Hatte er Ferien, ging er in den Wald, suchte Blumen, sammelte Pilze, schaute den Vögeln nach, er werkelte in der Wohnung, las den Sportteil der Zeitung, verschlief die Stunden des frühen Nachmittags.

Als vierzehnjähriger Bezirksschüler hatte Pep in den Ferien in der Büromöbelfabrik gearbeitet. Ein Franken vierzig war sein Stundenlohn im Sommer, ein Franken sechzig war sein Stundenlohn im Herbst gewesen.

Und die Arbeit?

Aus vorgefertigten Teilen musste er Schubladen für Büropulte zusammenfügen.

In einer Werkhalle stand er an der Hobelbank und sah durch ein Fenster auf das Holzlager und auf die Wiesen vor der Fabrik. Er hatte zwei Stapel Brettchen vor sich: die Seitenteile und die Vorder- und Rückwände. Die Brettchen waren vorgefertigt: gesägt, gehobelt, geschliffen, gezargt. Pep musste die Zargen mit Leim bestreichen und die Brettchen zu einem Rahmen zusammenfügen. In diesen Rahmen musste er eine Sperrholzplatte stecken, die genau in die vorgefrästen Rillen passte. Von der Hinterwand aus hatte er in diesen Sperrholzboden einen Nagel einzuschlagen, dies war der schwierigste Teil seiner Arbeit. Zuletzt schraubte er einen kleinen Metallgriff an die fertige Schublade; auch die Schraubenlöcher waren genormt.

Das war seine Arbeit in der Büromöbelfabrik. Wenn im Sommer die Sonne auf die Werkbank brannte, dachte Pep an den Fußballplatz, und er hätte die Sommerhitze gerne eingetauscht gegen die zähe Wärme der Leimöfen. Die trockene, staubige Luft klebte in den Nasenlöchern; Staubteilchen setzten sich in den Augenbrauen fest und trockneten den Gaumen aus.

Das kalte Wasser in der Garderobe war nach einem Fabriktag wie eine Befreiung.

Fünf Schubladen pro Stunde, 40 jeden Tag. Und manchmal schmerzten Pep die Beine so sehr, dass er mit dem Holzlift, einem wankenden Kasten, in den Keller hinunterfuhr, um sich in eine Ecke zu hocken und auszuruhen. Oder er legte sich einfach auf den Liftboden, ließ den Fahrstuhl vom Dachboden in den Keller laufen und kümmerte sich nicht um das gehässige Poltern der Arbeiter an die Stockwerktüren, die ob den Schlägen schepperten. Sie brauchten den Lift und wussten nicht, warum er nur durchfuhr.

Und der Vater?

Er fertigte zwar nicht Schubladen an, er war ja gelernter Schreiner und arbeitete an den Tischplatten. Dies war feinere Arbeit, Maßarbeit, und verlangte einen Könner.

Den ganzen Tag und das ganze Jahr und seit Jahren fertigte der Vater Tischplatten an.

Unterschiedlich waren ihre Größe, ihre Beschaffenheit und die Qualität des verwendeten Furniers. Hin und wieder gab es auch Massivholz zu verarbeiten, helle Buche, dunklere Eiche, weiße Tanne, und das schön gemaserte Holz des Kirschbaums blieb immer gefragt für ein Direktionsbüro.

Tischplatten ohne Abwechslung, seit Pep zurückdenken konnte, das war das Auskommen des Vaters; aber es war auch, und das musste beigefügt werden, das Einkommen der Familie.

Pep erwartete mehr vom Leben als sein Vater, und das war es, was der Vater nicht verstehen wollte. Hätte er die Probleme des Sohnes begriffen, wäre ihm die eigene, sinnleere Arbeit wohl sauer aufgestoßen. Sein Unverständnis war auch ein Selbstschutz, denn der Vater achtete auf das, was ihm bekömmlich war.

Es war ihm bekömmlich, abends vor dem Fernseher zu sitzen, mit Salzgebäck und zwei Flaschen Bier.

Es war ihm bekömmlich, jeden Samstag von vier Uhr nachmittags bis zwei Uhr nachts hinter dem Jasstisch zu verbringen, bei Kaffee-Luz, mit einem Streichholz im Mund, weil er Nichtraucher war, und auch das war bekömmlich.

Es war ihm bekömmlich, während der Spielzeit jeden Sonntagnachmittag auf dem Fußballplatz zu stehen und den Match zu kommentieren. Und das durften auch vier Spiele hintereinander sein, wenn nicht nur die erste Mannschaft, gegen Villmergen etwa, anzutreten hatte, sondern schon am Morgen die zweite spielte, am Nachmittag die InterJunioren das Vorspiel bestritten und um fünf Uhr die Italienermannschaft das Feld auch noch beanspruchte. Der geglückte Aufstieg von der dritten in die zweite Liga war auch ein Verdienst der Zuschauer, sagte der Vater, und das war ihm bekömmlich.

Es wäre ihm bekömmlich, die Sonntagsmesse zu besuchen, meinte die Mutter und ahnte vorerst nicht, dass der Vater sie in dieser Angelegenheit belog. Er hatte vorgegeben, an der Messe teilzunehmen, und war zum Jasstisch in den »Löwen« gegangen. Dabei war er nicht der Einzige in der Jassrunde gewesen, der, wenn er sich beim Trumpfmachen über den Tisch beugte, das Gebetbuch in der Jackentasche verspürte. Zwischen Tischkante und Bauch drückte es den Magen. Nach einiger Zeit war ihm die Mutter jedoch auf die Schliche gekommen.

Er hatte angegeben, von der Kommunion zu kommen, aber der Pfarrer teilte nach Meinung der Mutter nur die Oblate aus, und deren makelloses Weiß war weit entfernt von Biergeruch und Pfefferminz, die den Atem des Vaters verdarben.

Sie hatte gutgläubig die Achtuhrmesse besucht und nachher das Sonntagsessen bereitet, den obligaten Schweinsbraten langsam im Schmortopf gar werden lassen, Kartoffelstock geschlagen, nicht mit Butter gespart, Erbs und Rüebli an feiner Sauce köcheln lassen, während der Vater angeblich das Hochamt besuchte, die Predigt aber nie hersagen konnte, wenn sie ihn fragte, und erst noch den

Biergeruch heimbrachte. Es wäre ihm bekömmlich, wieder einmal zur Beichte zu gehen, hatte die Mutter bestimmt, nachdem sie ihren Unmut darüber, dass er sie ein halbes Jahr derart belogen hatte, begraben hatte und nun Kontrolle führte, um nicht mehr getäuscht zu werden. Ihrem Wunsch entsprechend ging der Vater vor Ostern zur Beichte, und am Ostersonntag empfing er neben der Mutter die Heilige Kommunion. Das war Mutter dem Herrn schuldig gewesen, Vater seiner Ehe, und gab ihnen das Recht, vom Sohn Frömmigkeit zu verlangen: Beichte, Kirchgang, Kommunion. In seiner Verstocktheit war Pep jedoch ein ungehorsamer Sohn, und dies vor allem, so Vater und Mutter, war dem Vater gar nicht bekömmlich.

Vater war bei keiner politischen Partei als Mitglied eingeschrieben, wenn er zur Urne ging, wählte er aus Gewohnheit katholisch. Mutter ging nie mit zur Wahl; Politik blieb Männersache, auch die Einführung des Frauenstimmrechts hatte das nicht geändert. Sie sei zu alt, meinte sie, die Jungen, klar, für sie fand sie das richtig. Demokratie begann im Kopf, und Politik machte ihr Kopfweh. Nur zur Teilnahme an der Kirchgemeindeversammlung ließ sie sich überreden und besuchte sie regelmäßig.

Ein Freund des Vaters gehörte als Vertreter der Katholischen dem Gemeinderat an und hatte zum Ärger des Vaters bei einem Besuch Peps Che Guevara entdeckt und lachend gesagt:

Wer mit 20 kein Sozialist ist, hat kein Herz.

Wer mit 30 immer noch Sozialist ist, hat keinen Verstand.

Pep hatte sich darüber noch nie Gedanken gemacht. Er war kein Sozialist; er war ja nicht einmal er selbst. Er hatte Probleme, Fragen – keine Lösungen, keine Antworten, er fühlte sich verraten und ausgesetzt, er empfand sich von Zwängen umstellt, er litt unter seiner Ohnmacht. Er sah keine Zukunft. Zu sehr mühte ihn die Gegenwart. Und was ihm andere als seine Zukunft anboten, wollte er nicht annehmen.

Das Recht auf eine eigene Zukunft!

Kein Mensch, belehrte ihn die Mutter, hat auf irgendetwas ein Recht. Wer einsah, dass alles nur Geschenk war, lernte Bescheidenheit.

Pep stellte sich ein freies Leben vor. Ohne Unterdrückung und ohne Angst. Dies war ein Traum, und dass er ein Träumer sei, bekam er zu hören. Seine Hoffnungen behielt er, Erwartungen, Wünsche, Sehnsüchte.

Es gab Dinge, die konnte man nicht benennen, was noch lange nicht hieß, dass sie nur Einbildung waren. Es gab Dinge, da reichte der Verstand nicht heran. Doch es gab nicht nur den Verstand, es gab auch das Gefühl. Und dem konnte Pep trauen, es war verlässlich, ein Gradmesser. Ein Lot in dieser verplanten Zeit, eine unberechenbare Größe in diesen genormten Gehirnen. Und es gab auch den Bauch. Und sein Recht. Wünsche meinten Kopf, Herz und Bauch. Eine Sehnsucht wollte das Ganze, nicht Teile oder Stummel. Das machte sie aus: Alles.

Pep hasste die Gehirnidioten, die Gefühlsmaschinen, die Betköpfe, die Vernunftschläfrigen.

Er hatte Lur gefunden: der erhoffte sich gar nichts mehr. Der sah nur abgebrochene Brücken und Widerstände. Sein Verhalten war ein Gegenmittel: Zuschlagen.

Es führte immer zu Streitigkeiten, wenn das Gespräch auf die Rekrutenschule kam: Zur Sanität willst du, höhnte der Vater.

Und Pep bejahte hartnäckig.

Der Aushebungsoffizier, ein Oberst, hatte ihn ohne auf Widerrede zu achten, zur Infanterie eingeteilt und den alles besiegelnden Stempel ins Dienstbüchlein eingesetzt. Es war wie das Amen des Pfarrers in der Kirche.

Der Vater war im zweiten Weltkrieg an der Grenze gestanden, und er hatte von einem Kameraden erzählt, der auf die Zeiger der Kirchenuhr einer kleinen deutschen Grenzstadt geschossen hatte: und hätte er auf den Wetterhahn gezielt, er wäre gefallen.

Vater hatte die Grenze bewacht.

Und Hitler war nicht gekommen.

Noch jetzt hing das Bild des Generals in der Stube.

Vater hatte die Grenze bewacht, winters mit steifen Fingern das Gewehr gehalten. Zu Hause hatten sie den Fußballplatz umgepflügt und Kartoffeln angebaut. Er hatte auch mit eigenen Augen Flüchtlinge gesehen, abgerissene Gestalten, die auf einem Militärlastwagen wieder an die deutsche Grenze gefahren wurden. Seine ganze Brotration hatte er ihnen zugeworfen, alle Zigaretten hatte er ihnen geschenkt. Ein Unmensch war Vater nicht, und schon damals Nichtraucher.

Dieser Hitler hätte eins auf die Schnauze bekommen, wenn er mit seinen Armeen in die Schweiz eingefallen wäre. Das Land war bewehrt. Ein »Stachelschwein« voller Stacheldraht.

Überall hätten ihn Panzersperren aufgehalten.

Doch Hitler kam nicht.

Wenn Vater von seinen Diensterlebnissen erzählte, hatte Pep nichts beizusteuern; er war auch auf taube Ohren gestoßen, als er einmal beigefügt hatte, er habe von ausgiebiger Rüstungs- und Finanzhilfe gelesen, von schweizerischen Milliarden, damit Hitler nicht käme.

Die Bomben auf Basel, die Bomben auf Schaffhausen, Versehen? Unbeabsichtigte Zwischenfälle? Vater ließ sich auf eine andere Interpretation nicht ein. Pep schwieg.

Das Schweigen verdeutlichte seine Hilflosigkeit. Es blieb unmöglich, dem Vater Antwort zu geben; er hörte nicht hin, keiner hörte überhaupt hin. Jeder redete auf die eigene Mühle, jeder hatte recht, denn alle erzählten sie dasselbe, alle vertraten sie eine durchgehend gleiche Meinung, mit der sie nirgends anstießen. Alle waren Meinungskrüppel.

Und wenn alle dasselbe sagten, musste niemand zuhören. Aber wenn Pep dann schwieg, konnte das schon als Widerstand aufgefasst werden, als Provokation.

Pep hatte über seine Situation nachgedacht und empfand sie als aussichtslos. Er hatte das Gefühl, in einer Falle zu sitzen. Manchmal war ihm, als erwache er aus einem Traum, aus dem Traum eines verstümmelten Lebens, das ihn auf ein Mindestmaß reduziert hatte, auf ein Mindestmaß an menschlichen Bedürfnissen, damit er seinen Pflichten besser nachkommen konnte.

Der Vater hatte die Wirtschaftskrise mitgemacht und durchgestanden.

Pep hatte die Krise noch vor sich, und ob er sie durchstehen würde, schien ihm ungewiss.

Vaters Generation hatte etwas aufgebaut und zustande gebracht. Für Pep war es die Krise.

Man war in den letzten Jahren zweifellos auf allen technischen Gebieten rapide fortgeschritten – aber wohin?

Auf die Frage nach einer Zukunft gab es als häufigste Antwort das Wort Angst.

Der Vater erwähnte das Wort Zukunft nur im Zusammenhang mit der Landesverteidigung: sie würde das Land auch zukünftig sichern, seine Parole war Sicherheit.

Zukunft als Angelegenheit veränderter Köpfe?

Zukunft als Bewahrung des Bestehenden!

Sicherheitskaries als neue Bürgerkrankheit: man starb unbemerkte Tode an Gehirnfäulnis, man ging zuversichtlich in die Himmel der Konsumkerker ein.

Ich kann nichts dafür, dass du für ein Fahrrad jahrelang hast sparen müssen, schrie Pep seinen Vater an.

Du bist stolz auf den Wohlstand, deine Generation, sagst du, hat ihn erarbeitet. Aber mir machst du zum Vorwurf, dass ich die Armut nicht kenne.

Was du hinter dir hast, weißt du, und daraus hast du die Lehren gezogen.

Was ich aber noch vor mir habe, weiß ich nicht. Und dafür kenne ich keine Schule, jedenfalls nicht die deiner Erfahrungen.

Diese Gespräche endeten mit Türenschlagen. Vater setzte sich vor den Fernseher, die Mutter weinte in der Küche. Pep lief aus dem Haus. Und nie fanden solche Gespräche am Mittwochabend statt; wenn die internationalen Fußballer am Fernsehen ihre Gegner ausspielten; Europacup der Meister und Cupsieger. Dieser Fußball genügte dem Vater als Lebensinhalt; er stellte sich taub, wenn Mutter dann etwas von ihm wollte. Doch sie blieb begriffsstutzig, den internationalen Fußballmittwoch hatte sie in langen Jahren ihrer Ehe nicht zu respektieren gelernt.

Dann dieser Lur: er verhielt sich destruktiv aus Hilflosigkeit. Er hätte alles in Scherben geschlagen, und er hätte jeden verlacht, der ihm mit schönen Worten gekommen wäre. Bei ihm zogen Sprüche nicht mehr. Er hasste. Dieser Hass war sein Antrieb.

Als die Unternehmungen Lurs kriminell geworden waren, hatte Pep versucht, sich von ihm loszusagen, was ihm allerdings nicht gelungen war, und er hatte sich noch verpflichtet gefühlt, ihm aus dem Gefängnis zu helfen. Die Ablösung war jetzt vollzogen. Lur hatte sich das selber zuzuschreiben. Die Ausfälligkeiten gegen Anita, die Sache mit dem Messer gestern Abend, hatte Pep aufgebracht, und seinen Entschluss, mit ihm zu brechen, endgültig bekräftigt.

In der Zeit, als Lur mit Einbrüchen und Raubzügen begann, verwirklichte Pep die Idee zur Gründung eines Jugendlokals. Nicht zuletzt hoffte er, sich damit von Lur absetzen zu können. Und eine allmähliche Entfremdung hatte zwischen ihnen auch stattgefunden. Nur zum vollständigen Bruch war es nie gekommen.

Pep wusste jedoch ganz klar, dass dieser Bruch durch ein Duell besiegelt werden musste, weil für Lur die üblichen Gesetze nicht galten. Er lebte nach eigenen.

»Folk Fairport« war zum Treffpunkt geworden, ganz so wie Pep sich das ausgedacht hatte. Im offenen Hof vor dem ausgebauten Stall hängten sie buntfarbige Lampions auf, damit sie bei schönem Wetter auch im Freien sitzen konnten. Hier besprachen sie gemeinsame Probleme. Das heißt, weil einzelne angefangen hatten, von ihren Schwierigkeiten zu reden, hatten sie erst feststellen können, dass es gemeinsame Probleme gab. Es bedeutete manchem schon

Hilfe, wenn jemand zuhörte ohne aufzubrausen. Besonders gut war aber die Stimmung gewesen, wenn Anita zur Gitarre gesungen und alle den Refrain mitgesummt hatten. Sie verspürten während dieser Zeit eine Sehnsucht nach Schlagworten der Freiheit und fanden sie in den Liedern von Bob Dylan und Joan Baez. Sie sangen die Balladen von Brüderlichkeit und Liebe, glaubten sich verstanden und zeigten ihr Verständnis ihrerseits im Refrain vom Frieden. In den Liedertexten fühlten sie sich bestätigt und geborgen, immer neu:

Die Antwort, mein Freund, weiß ganz allein der Wind. Die Antwort weiß ganz allein der Wind.

Gegen die Ohnmacht entstand ein Gefühl von Zusammengehörigkeit; es war auch Weltschmerz mit Zorn vermischt, und ein wenig verfielen sie der romantischen Lagerfeuertäuschung aller Folksänger, die aus Problemen immer Abkürzungen machten. Pep wurde es bald bewusst, dass sich hinter der Illusion nichts veränderte. Immerhin: sie war schön.

Ein Mensch drückte sich in seinen Liedern aus. Sie nahmen den Ausdruck als eigenen, weil ihnen Ausdrucksmittel fehlten. Es bedeutete für viele ein Erlebnis, plötzlich das ausgesprochen zu hören, was sie in Ansätzen selber schon gedacht, aber nie formuliert hatten.

Das waren die Stunden, die Pep auch jetzt noch liebte, wenn er an Folk Fairport zurückdachte. Über alle Schwärmerei und Traurigkeit hinaus, jenseits des Verlogenen hatten sie eine eigene Sprache bekommen. Zwar nur für Momente, aber das hatte schon Hoffnungen geweckt.

Andere Stunden hatten ihm die Stimmung vergällt.

Aufgedrehte Popmusik. Jeder suchte den anderen fertigzumachen. Anfälle von Aggressionen. Die Lautstärke als Schild. Als Abwehr, damit die eigene Verletzbarkeit unbemerkt blieb. Lautstärke, um Gespräche zu verunmöglichen. Keiner hatte etwas zu sagen. Keiner konnte sich äußern. Jeder verschlüsselte, was er eigentlich offen hätte ausdrücken wollen. Verständnislosigkeit. Verunsicherung durch Spötteleien. Dann gab es Eifersüchte und Streit um zerkratzte Platten, die in kruden Wortschwällen ausgetragen wurden. Dies alles hatte Pep doch sehr belastet; er hatte es nur in Kauf genommen, weil ihm das Vorteilhafte insgesamt zu überwiegen schien.

Das Ende des »Folk Fairport« war dann schnell beschlossen.

Eine Gruppe Erwachsener trug den Vorwand übermäßigen Lärms vor, um die Vermutung, es werde Hasch geraucht, nicht aussprechen zu müssen, weil sie dies den eigenen Kindern nicht zutrauen wollten.

Von der Kirchenpflege her wurden Bedenken geäußert und betrafen, unausgesprochen, die Möglichkeit entgleisender Geschlechtlichkeit.

Die Polizei führte an einem Abend eine Kontrolle durch, in deren Verlauf sich die Jugendlichen falsch benommen hatten. Den freundlichen Mann mit dem Polizistenkäppi, der mit einem verlegenen Lächeln in den Stall trat, pöbelten sie so heftig an, dass er wütend in die Buhmann-Rolle fand, die ihm schon unterstellt worden war, als er als zugänglicher Polizist nach Pep gefragt hatte. In der Folge schrie er die Halbstarken, wie er sie nannte, zusammen.

Auf seinen Rapport hin hatte der Gemeinderat verfügt, Folk Fairport unverzüglich zu schließen.

Ein stumpfer Tag ohne Regen. In den frühen Morgenstunden musste ein feiner Schnee gefallen sein. Die weiße Schicht war so dünn, dass sie das regelmäßige Muster des Kopfsteinpflasters nicht zu überdecken vermochte. Pep vernahm das Hantieren seiner Mutter in der Küche; er ging zur Zimmertür und schob den Riegel vor.

Er würde nicht zur Arbeit gehen, auch Anita nicht.

Es war so sinnlos, so einerlei.

Zwanzig Jahre Tankwart oder zwanzig Jahre Lehrer oder zwanzig Jahre Schreiner oder ebenso lang im Bett liegen bleiben: dies schien ihm jetzt völlig gleichgültig und dasselbe zu sein. Seine Gleichgültigkeit war jedoch ebenso sehr Kleinmut, und kleinmütig und verzweifelt setzte er sich zu Anita auf den Bettrand. Sie war schon eine Weile wach gelegen und hatte ihn wortlos angeschaut, ohne dass er es bemerkt hatte.

Sie hatte seine Stimmung sofort erfasst und rückte nun zur Seite und schlug die Bettdecke zurück.

Er spürte die Offenheit, die sie ihm entgegenbrachte, und empfand Zärtlichkeit, die alle anderen Gefühle verdrängte und löschte.

Er legte sich ins Bett und strich über Anitas Körper; seine Hand fand die glatte Innenseite ihrer Schenkel.

18

Anita war nicht zur Arbeit gekommen. Anna Villiger aß mit Margrit allein zu Mittag: Teigwaren mit Bratwurst, dazu grünen Salat. Zufrieden verplauderten sie ihre Mittagszeit. An den Nebentischen saßen ein paar Lastwagenchauffeure, sprachen dem Essen mächtig zu und scherzten mit der Serviertochter. Vor dem Haus, auf dem grob beschotterten Parkplatz, standen ihre Lastenzüge, deren Aufschriften die Frauen von ihrem Tisch aus lesen konnten.

Dass du dich nicht hast heimfahren lassen, Anna, bei der Kälte, und geregnet hat es doch auch.

Ich habe jetzt eine Katze, das zählt. Und ich bin gerne durch die Nacht gegangen.

Ein graues Licht fiel in die Fabrikhalle und flimmerte an den weiß gekalkten Wänden; der geplättelte Boden schluckte es auf. Aus der Schaumbäckerei strömte ein süßer Geruch und füllte mit dem Duft heißer Schokolade die Halle.

Seit zwei Stunden saß Margrit an der Verpackungsmaschine; auf einem Band fuhren die Mohrenköpfe in ungeordneten Reihen heran. Sie bereitete das Einwickelpapier vor, altgoldenes Stanniolpapier mit dem Mohrengesicht, und legte die Blätter in einen Halter, damit der Greifer der Maschine sie fassen konnte. Metallene Fäuste langten nach den Mohrenköpfen, umschlossen sie, wickelten sie ein, und die so eingewickelten fuhren auf einem anderen Band weg. Anna Villiger nahm sie in Empfang und verpackte sie in Kartons zu fünfzig Stück.

Ein ruhiger Nachmittag, der vom Geräusch der Maschine und

von den Gerüchen lebte. Er war nicht unangenehm, doch leer in seiner Dauer, ermüdend in seiner fortwährenden Monotonie. Regen und Schneefall hatten aufgehört. Noch blieb der Himmel bewölkt, aber er war nicht mehr so unerbittlich verhangen wie am Vortag. Er war offener und ohne Schwere; hinter den Fabrikfenstern blinkten einzelne Blaustellen. Die Felder trockneten ab.

Zwölf Greifer gehorchten der Maschine. Margrit ging in ihrer Arbeit auf, es blieb kein Rest. Anna füllte Karton um Karton.

Wortlos saß Margrit an der Maschine. Das Kind lag ruhig. Wenn sie ganz in sich hineinhorchte, hatte sie das Gefühl, einen doppelten Herzschlag zu vernehmen. Vielleicht bildete sie sich dies auch nur ein. Am Morgen hatte sie ein Weniges an Blut in ihrem Wasser entdeckt, dem sie keine Bedeutung gab. Manchmal verspürte sie ein Stechen im Rücken, während sie sich dem Band zuwenden musste, um die Reihen der Mohrenköpfe zu ordnen, dass der Greifer sie richtig fasste und keiner vom Band rutschte. Sie fürchtete, der Schmerz könnte wehenartig auftreten, was ihr ungelegen gekommen wäre, und es war auch noch zu früh.

Damals: Margrits Mutter verspürte die Wehen regelmäßig, und das war ihr mehr als recht.

Als Margrit und ihr Großvater vom Erdmandlistein zurückgekommen waren, ermüdet vom anstrengenden Weg, waren sie voller Erwartungen. Der Großvater hatte dem Kind aus Haselholz eine Pfeife geschnitten, und im Baumgarten hatten sie Rehe beobachten können. Im Hausgang zogen sie die Schuhe aus und gingen auf den Strümpfen die Treppe hoch, damit die ausgeleierten Stufen nicht knarren sollten. Sie vermuteten die Mutter nach der Geburt schlafend vorzufinden. Aber sie lag mit weit offenen Augen im Bett. Ihre geschminkten Lippen und die auf der Decke liegenden, weißen Hände fielen besonders auf. Sie saß halb aufgestützt in ihren Kissen und begrüßte die beiden mit einem Lächeln, das mehr in den Augen spielte, als um den Mund. Der Säugling war ein haarloses Bündel, hatte ein Gesicht aus zerknautschter Haut und wimpernlose Augen; schmale Schlitze waren es nur, denen jedes Licht zu viel war. Er lag in seinem Bett und war durch einen Vorhang, der das Licht in mildes Grün filterte, zu betrachten. Er bewegte kaum wahrnehmbar die Lippen, steif und ungelenk auch die Finger.

Margrit wunderte sich, weil das Kind auch Fingernägel hatte, richtig ausgebildete Fingernägel und runzlige Handflächen.

Das Kind sei ein Knabe, sagte die Mutter. Rolf war sein Name, und Margrit fand nicht, dass es schön sei.

Margrit unterbrach die Arbeit für einen Augenblick, presste eine Hand ins Kreuz; sie atmete schwer. Der süße Geruch des Mohrenkopfschaums war ihr widerlich. Schokolade ekelte sie an, und sie musste einen Brechreiz unterdrücken. Sie nahm das nächste Stanniolpapier in die Hand, gab es der Maschine, fand in die Arbeit zurück, empfindungslos.

Anna stand über ihren Arbeitstisch gebeugt; sie sah müde aus.

Natürlich, es war gut, dass sie die Katze mit nach Hause genommen hatte, dachte Margrit. Eine Katze für die einsamen Abende. Eine Katze als Trost; das war auch ein wenig traurig.

Anna steckte steife Papierstreifen zu Kartons zusammen und füllte die Mohrenköpfe Schicht für Schicht ein. Jeder ihrer Handgriffe verriet große Übung, sie machte keine Bewegung zu viel. Das graue Licht, das aus einem Fenster auf sie fiel, dieses unentschiedene Licht der Fabrikhalle, ließ sie alt aussehen und verwischte ihre Züge ins Unbestimmte. Auch im Profil waren die Konturen nur schwach zu erkennen; es verblieb immer ein Rest von Müdigkeit. Ein wenig mehr Tageslicht hätte genügt, um auch die Entschiedenheit zu zeigen, die ihr Gesicht annehmen konnte. Es war ein ruhiges Gesicht, und es wirkte verbraucht. Die Lippen waren mit den Jahren schmal geworden, die von der Nasenwurzel aufsteigenden Falten hatten mit Verzweiflung zu tun – oder mit dem Überstehen verzweifelter Tage.

Nach einiger Zeit stiller Arbeit schaute Anna von ihren Kartons auf. Sie blickte zu Margrit hinüber und bemerkte sofort, dass sie keine Stanniolblätter mehr auflegte; die Greifer der Maschine fassten ins Leere, das Band führte schokoladenbraune Mohrenköpfe zu Anna hinüber. Am Anfang hatte sie dies nicht mit den Augen wahrgenommen, sondern sie hatte an den Händen plötzlich die wärmere, klebende Oberfläche von Schokolade verspürt.

Sie rief jetzt Margrit an, die untätig vor der Maschine saß, lachte und brachte die Mohrenköpfe, von denen die Greifer einige eingedrückt hatten, sodass sie zu der Ausschussware gelegt werden mussten, wieder zu ihr zurück.

Mit einem müden Lächeln nahm Margrit die Mohrenköpfe an, strich eine Haarsträhne aus dem Gesicht, stellte sie wieder aufs Band, griff in den Behälter mit den Stanniolpapieren, legte sie der Maschine vor. Die Arbeit nahm ihren Fortgang.

Damals: Die Taufe. Die notwendige Eingewöhnung in dieses Leben war dem Bruder anfänglich schwergefallen. Er litt unter Atembeschwerden, die den Unwillen, sich mit dieser Welt abfinden zu müssen, angsterregend ausdrückten. Aber die Mutter wollte dem Kind den Willen nicht lassen; ein Inhaliergerät wurde herbeigeschafft, mit dessen Hilfe der Bruder zum Weiterleben gezwungen wurde. Als zehn Tage später die Taufe angekündigt war, stand die Mutter bereits wieder im Haushalt, dessen wichtigster Teil nun das Kleinkind war, doch auch für Margrit blieben genügend Zeit und Zärtlichkeit übrig. Abseits sollte sie nicht stehen; dafür sorgte die Mutter.

Am Tauftag, einem Sonntag, gingen sie morgens zur Kirche, und für den Betrag von zwanzig Franken, der dem Sigrist auszuhändigen war, taufte der Stadtpfarrer den Kleinen.

Während die Patin das Kind auf einem Kissen trug, goss ihm der Pfarrer mit einer Kelle das Wasser über Stirn und Kopf. Der Kleine hatte da schon Haare besessen, denn Margrit erinnerte sich, dass sie verklebten. Langsam und ausführlich, mit dem Daumen, der von Öl glänzte, zeichnete der Pfarrer dem Kind das Kreuz auf die Stirn. Margrit verfolgte die Zeremonie und war unfähig zum Gebet. Es war ihr, als würde der Priester das Kreuzzeichen auf der

Stirn des Kindes einbrennen, was sie die Glut auf der eigenen Haut empfinden ließ.

Die Mutter war nach katholischem Brauch nach der Niederkunft unrein und darum während der Feierlichkeit nicht anwesend. Erst nach ein paar Tagen würde der Pfarrer die Gebete der Aussegnung über sie sprechen.

Zum Taufessen, das im ›Säli‹ des »Sternen« stattfand, hatte sich eine aufgeräumte Gesellschaft versammelt, in deren Runde die Mutter allerdings wieder fehlte. Das Essen konnte sie von ihren Pflichten nicht abhalten. Sie war mit dem Kleinen zu Hause geblieben, da sie ihn zur rechten Zeit gestillt wissen wollte, und außerdem musste der Bub noch regelmäßig inhalieren; dies alles ging vor.

Margrit hatte sich von der Gesellschaft weggeschlichen und Pommes frites und Kalbspätzli, sowie ein nicht gänzlich leer getrunkenes Fläschchen Vivi Kola zurückgelassen und war nach Hause gelaufen. Sie suchte die Mutter, sie wollte den kleinen Bruder sehen.

Auf den Zehenspitzen war sie die Treppe hochgestiegen und hatte die Zimmertür leise geöffnet. Sie traf die Mutter am Fenster beim Kinderbett stehend, wo sie am Inhaliergerät hantierte. Der Bub wimmerte leise, es fiel ein helles Sonnenlicht in den Raum. Margrit wollte die Mutter überraschen und rief sie freudig an. Da sie sich in ihrer Beschäftigung jedoch unbeobachtet gemeint hatte, erschrak sie heftig, fuhr herum und stieß das Inhaliergerät aus einer Körperdrehung heraus zu Boden. Es war ein Modell, das mit Brennsprit aufgeheizt werden musste, und sie hatte eben Flüssigkeit nachgefüllt, sodass sich der Sprit über den Teppich ergoss, über den aus roten und grünen Strohhalmen geflochtenen Teppich, der augenblicklich Feuer fing.

Das entsetzte Gesicht der Mutter. Der eigene, entsetzliche Schrecken. Dieses blitzartig aufsteigende Gefühl einer nicht mehr gutzumachenden Schuld. Als ob sie das Entsetzen beide im gleichen Augenblick gestreift hätte, standen sie sich, getrennt durch den aufflammenden Teppich, gegenüber.

Margrit verharrte unter der Tür, mit schreckoffenen Augen, beide Hände vor der Brust zu Fäusten geballt, Verkrampfung im Magen. Die Mutter erstarrte in ihrer Bewegung, als ob sie durch diese todesähnliche Starrheit den Stoß zurücknehmen könnte. Ihr Gesicht fror sekundenlang ein, bevor es jeden Ausdruck verwischte und wechselhaft alle Möglichkeiten sich überstürzender Gefühle annahm. Dazwischen die aufsprühenden, hellen und durchsichtigen Flammen, der betäubende Geruch von Brennsprit, das farblose, heimtückische Züngeln des sich ausbreitenden Feuers, dieses Gelocke, das sich unbekümmert ob der Versteinerung der beiden an das Kinderbett heranleckte.

Über dem Teppich, in einer Wandnische, ebenfalls von Flammen umleckt, stand eine Herzjesu-Figur. Margrit liebte sie und hatte schon oft mit der Mutter davor gebetet. Jetzt traf ihr Blick die Figur, als sich die Starrheit zu lösen begann und absprang wie ein eiserner Reif; diese Herzjesu-Figur sah sie, und sonst nichts.

Der Heiland im rotweißen Gewand blieb unsäglich mild, er war so, wie sie ihn immer geliebt hatte und liebte. Schmerzversöhnt stand er in seiner Nische und vergab dem Kind alles. Er hatte ein offenes Herz aus blutrotem Gips, umschlungen von einer grässlichen Dornenkrone, auf das er mit schlanken Händen, ohne Aufdringlichkeit, aber mit unbeirrbarer Güte verwies. Er allein blieb gefasst, er wusste von der Unschuld des Kindes an diesem Brand, und Margrit wollte es ihm nie vergessen. Er verstand die Absichtslosigkeit, die kindliche Freude, mit der sich Margrit an die Mutter und den Bruder hatte heranmachen wollen. Alles wusste er. Unbeeindruckt stand er in seiner Milde. Ein Abgeklärter, Vergebender. Alles verzieh er: wer tausend Tode gestorben war, dem konnte ein Flammengestöber, ein brennender Teppich nichts anhaben.

Doch dem Kind konnte das Feuer etwas anhaben.

Bleib stehen, schrie die Mutter, bleib bei der Tür, denn Margrit hatte, sich im Schutze des Heilands sicher fühlend, über den brennenden Teppich zu ihr hinlaufen wollen. Dann riss die Mutter die Wolldecke von ihrem Bett und schlug damit auf die Flammen ein, mit den bloßen Händen griff sie nach dem glosenden Teppich und warf ihn aus dem Fenster auf die Terrasse hinunter. Dabei versengte sie sich die Haut. Als sie alle Flammen niedergeschlagen hatte, setzte sie sich auf das Bett und brach unter dem Blick des Heilands in der Nische, der wieder einmal über sie und die Kinder seine schützende Hand gehalten hatte, in ein Weinen aus, das stoßweise herauskam. Später betete die Mutter.

Vorwürfe hatte sie Margrit nie gemacht. Die Brandwunden an den Händen behandelte sie in der Küche. Schweigend und verschüchtert stand Margrit daneben, als sie ihre Finger in Salatöl eintauchte und darauf die Hände von sich hielt, als wären sie Fremdkörper, als wären sie nicht mehr verwendbar und auch zu Zärtlichkeiten nicht mehr fähig. Ein zärtliches Gefühl für ihre Mutter stieg in Margrit auf, auch wenn sie sich nicht getraute, es zu zeigen. Sie drängte es zurück, und an seiner Stelle äußerte sich ein Weinen, zuerst glucksend, dann ließ sie es strömen und versuchte nicht, es zu bekämpfen. Sie barg ihr Gesicht an der Brust der Mutter, die ihr Kind zwar mit den verbrannten Händen nicht an sich drücken konnte, es aber mit den Unterarmen festzuhalten versuchte wie eine verlorene und wiedergefundene Tochter.

In dieser Umarmung hörten sie nicht, dass die Tür geöffnet worden und der Vater eingetreten war. Er hatte seine Pfeife vergessen und wollte sie holen, auch hatte er nach dem weggelaufenen Kind gesucht. Nun stand er wortlos in der Tür, die Hände in den Hosentaschen, stand etwas ratlos vor seiner Frau, die sein Kind an der Brust hatte und die Hände in einer Gebärde gegen ihn ausstreckte, als wollte sie ihn abwehren. Und warum wusste er nicht.

Nachdem ihm die Mutter den Vorfall erzählt hatte, richtete er das Inhaliergerät wieder ein und beseitigte die Überbleibsel des Teppichs bis auf einen Rest verkohlter Strohhalme, die er in die Wohnung brachte und die von der Mutter zum Heiland in die Nische gelegt wurden. Alles schien gut. Nur auf dem Holzboden im Schlafzimmer blieben Brandstellen zurück; sie waren noch jetzt sichtbar, angekohlte Bodenplanken. Auch der Heiland stand noch immer in seiner Nische. Die Teppichreste hatte Margrit allerdings weggelegt; sie bewahrte sie in einer Schublade in ihrem Zimmer auf.

Gegen den Widerstand Herberts war der Heiland in seiner Nische verblieben. Zweimal jährlich wurde er abgestaubt. Und immer noch hatte er denselben gütigen Blick, und immer noch verwies er auf sein lanzendurchbohrtes, blutrotes Herz. Sein Gesicht hatte die ihm eigene Blässe über all die Jahre behalten und wirkte zeitlos in seinem Weltschmerz. Und zumindest eines bewies die ewig gleiche Gebärde noch heute – unendliche Geduld. Solche Geduld verhieß doch Güte? Darum behauptete er seinen Platz. Oder war es Unbeirrbarkeit in einem Glauben, den Margrit abzustreifen versuchte wie eine zu eng gewordene Haut?

Oder war er das Sinnbild der katholischen Hierarchie, die Gläubige nach Belieben zermalmte? Manchmal zweifelte Margrit diesen Heiland an. Sie betete gegen ihn.

Aber damals hatte er ihr verziehen und sie schuldlos gesprochen in einem entsetzlichen Moment der Schuldhaftigkeit. Das zählte, das war tief gegangen, wenn die Gebärde manchmal auch nichts als Sturheit war.

Jedenfalls behauptete die Herzjesu-Figur ihren Platz.

Margrit verspürte nun den Schmerz im Rücken regelmäßig und mit Heftigkeit. Er zog bis ins Gesäß hinunter, machte das Sitzen beschwerlich und pochte im linken Oberschenkel. Das Kind bewegte sich und trat sie in den Bauch. Sein Herz schlug gegen ihr eigenes; es klemmte ihr den Atem ab. Sie dachte an die bevorstehende Geburt, bisher hatte sie die Gewissheit, dass Schmerzen zu erwarten waren, verdrängt. Die Arbeit wurde ihr mühsam. Die Wärme in der Halle war unerträglich, Schweißtropfen liefen ihr über das Gesicht, und sie hatte ganz kalte Hände.

Margrit öffnete die Arbeitsschürze.

Ob es nicht besser wäre, nach Hause zu gehen?

Dann müsste sie Herbert anrufen, und das widerstrebte ihr. Sie hatte am Morgen das Auto zu Hause stehen lassen und war mit dem Zug nach Wohlen gefahren. Es hatte geschneit, und die glitschige Schneedecke hatte sie zu diesem Entschluss bewogen. Außerdem fürchtete sie sich vor Glatteis und hatte die Folgen eines Unfalles, der allerdings glimpflich abgelaufen war, noch nicht ganz verwunden.

Immer noch der Schmerz im Rücken, Schmerzen im Bauch.

Einen Moment lang verspürte sie die Brüchigkeit und Zerbrechlichkeit von Gedanken und Körper.

Dann wurde ihr schlecht.

Sie beugte sich vornüber, schob die Mohrenköpfe achtlos mit den Händen beiseite und senkte das Gesicht auf die Arme.

Anna, der die Bewegungen aufgefallen waren, legte ihre Arbeit nieder, stoppte unverzüglich das Transportband, begab sich zu Margrit und schaltete auch die Verpackungsmaschine aus. Der Schweiß rann Margrit übers Gesicht, sie hatte Atembeschwerden. Wallungen erschauerten sie, im Rücken zog der lästige Schmerz heftiger; das Kind dehnte ihren Bauch. Der Betriebsleiter, der sich in der Schaumbäckerei aufhielt, hatte die Vorgänge beobachten können und kam zu den Frauen, um nach dem Grund für den Stillstand von Band und Maschine zu fragen.

Anna begleitete die blasse Margrit in die Toilette und wusch ihr das Gesicht mit kaltem Wasser, während dem sie ihr fortlaufend gut zuredete und ihr Aufmunterungen sagte, die sie gerne hörte und die ihr guttaten. Der Betriebsleiter wagte es nicht, ihnen in die Toilette zu folgen; er ging in sein Büro und schickte Anita, die am Nachmittag wieder zur Arbeit erschienen war, zu den Frauen, um sich nach dem Befinden Margrits zu erkundigen und zu fragen, ob es notwendig sei, einen Arzt anzurufen. Er war erleichtert, als Anita mit dem Bescheid, Margrit fühle sich bereits wohler, wieder in sein Büro zurückkam; aber Band und Maschine blieben stillgelegt.

In der Toilette war es nicht so warm wie in der Halle. Die Schmerzen hatten nachgelassen, der Druck im Bauch flaute ab, das Ziehen beruhigte sich allmählich.

Nach einiger Zeit verließen die Frauen die Toilette. Eine Büroangestellte anerbot sich, Margrit mit dem Auto nach Hause zu fahren und sagte zum Betriebsleiter, dass sie die Fehlzeit nach Feierabend nachholen werde, was er allerdings gar nicht haben wollte.

Anita und Anna führten Margrit zum Auto hinaus.

Der Betriebsleiter befahl Anita, nachdem das Auto mit Margrit abgefahren war, deren Platz an der Verpackungsmaschine einzunehmen. Als sie eine Stunde zusammen gearbeitet hatten, ohne dass sie über den Vorfall sprachen, und Anita in ihren Gedanken sehr abwesend zu sein schien, sagte Anna Villiger zu ihr:

Du hast doch Probleme. Ich habe das schon lange gemerkt. Komm heute Abend bei mir vorbei. Ja?

19

Anna füllte das Plastikbecken mit Wasser, goss Kamillosan hinein und stellte es vor einen Stuhl. Sie setzte sich, zog Schuhe und Strümpfe aus und hielt die Füße ins Wasser. Die Hände im Schoß verschränkt, schaute sie zum Küchenfenster hinüber, hinter dem in der Dämmerung noch die verdunkelnden Konturen des gegenüberliegenden Hauses und ein Stück des Himmels zu sehen waren. Die Katze sprang auf ihren Schoß und wollte beachtet und gekrault werden. Sie schnurrte sich ein, stand zuerst steifbeinig, wölbte dann den Rücken, streckte den Schwanz und rieb den Kopf an Annas Brust.

Das Fußbad wärmte auf und machte die Haut weich; es löste die Verkrampfung, verdrängte die Müdigkeit. Die Katze legte sich auf Annas Schoß und rollte sich ein. Obwohl sie ein wenig störte, ließ ihr Anna den Platz.

Sie sorgte sich um Margrit.

Eine Zeitlang blieb sie sitzen und dachte an das Kind, das Margrit bald bekommen würde. Während sie saß und nachdachte, wurde das Fenster dunkel. Erst als Anna eine Hand ins Wasser tauchte und spürte, dass es lau geworden war, bemerkte sie, wie lange sie einfach dagesessen war, ohne an die Zeit zu denken. Ihre Gedanken glitten vom Alltag in die Erinnerung, und die Vergangenheit weitete sich zu einer wohnlichen Behausung aus. Die Wirklichkeit wurde immer unwirtlicher.

Anna Villiger hob die Katze von ihrem Schoß und setzte sie auf den Boden. Sie zog einen Fuß aus dem Wasser und schlug die Beine, was etwas beschwerlich war, offen übereinander. Mit einem Frottiertuch rieb sie den Fuß und den Knöchel trocken und betrachtete ihre Zehen: die kleine drückte manchmal, das Fußbad hatte verhornte Haut aufgeweicht. Anna legte das Frottiertuch beiseite, nahm eine Klinge und schabte damit Hornhaut weg. Sie hielt diese bleiche, fremde Masse in der Hand, verkrümelte sie und ließ sie ins Wasser fallen. Die Haut bedeckte den Fuß schlaff; sie war locker und wirkte etwas ermüdet. Altersflecken überzogen den Knöchel; doch das Bein war schlank. Ein glanzloses Gelb verfärbte die Zehennägel; sie waren spröde geworden, auch wenn sie nach dem warmen Bad etwas glatter schienen. Unter dem Gelenk standen Adern vor. Anna zog den anderen Fuß aus dem Wasser. Die große Zehe war verkrümmt; ein eingewachsener Nagel bereitete ihr manchmal Beschwerden. Ein Dorn im Fußballen belästigte sie schon lange; es war ihr jedoch bisher nicht gelungen, ihn zu entfernen. Als sie den Fuß trockenrieb, spürte sie, wie spannungslos die Sehnen auf dem Rist geworden waren. Der linke Fuß war hellhäutiger und fleckiger als der rechte.

Wie lange war es eigentlich her, seit sie barfuß durch eine Wiese gelaufen war? Durch taunasses Gras? Barfuß über die Landstraße? An der Hand der Mutter; hinter dem Vater her, der, eine Sense geschultert, vorausgeschritten war? Und am Militärgürtel, den er immer getragen hatte, baumelte der Schleifstein. Wie lange war das jetzt her?

Nachdem Anna Villiger die Strümpfe wieder übergestreift und die Hausschuhe angezogen hatte, trug sie das Wasser mit den schwimmenden Hornkrümeln in die Toilette, wo sie es in die Schüssel leerte, und ging, von ihrer Katze, die ihr Schritt auf Schritt folgte, begleitet, in die Stube: das Tier stellte den Schwanz hoch, drängte sich an ihren Rock, stand stelzbeinig da und hob den Kopf.

Anna machte sich Sorgen um Margrit. Der Zwischenfall von heute Nachmittag war zwar glimpflich verlaufen, was aber nichts daran änderte, dass es für Margrit höchste Zeit war, ihre Arbeit aufzugeben. Das Kind musste jetzt den Vorrang haben, auch wenn sich Anna darüber im Klaren war, wie sehr ihr Margrit bei der Arbeit fehlen würde.

Sie erinnerte sich an die Zeit, da für sie Mutter sein eine alles ausfüllende Aufgabe gewesen war. In ihrem ständigen Alleinsein vermisste sie diese Zeit, in der sie, wie sie jetzt mit Gewissheit glaubte, glücklich gewesen war. Hätte ihr damals eine Bekannte oder ein Freund die heute bestehende Entfremdung von den eigenen Kindern vorausgesagt, wäre er von ihr ausgelacht worden. Die Annahme, dass dieses Leben, das sie ganz und gar in den Dienst der Familie gestellt hatte, auch Selbsttäuschung gewesen sein könnte, wies sie von sich. Damals war das Wort Glück für sie mehr als ein Begriff gewesen: sie hatte Glück gelebt. Erst der Tod ihres Mannes war ein Schritt ins Ungefähre der Einsamkeit gewesen.

Sie hatte sich damit abfinden müssen, auch wenn dies nicht ausschloss, dass sie manchmal noch Stunden der Verstörung erlebte. Gegen diese Verstörung kämpfte sie an; als Zustand wäre sie unerträglich geworden und hätte sie zerbrochen. Fröhlichkeit konnte ein Schutz sein; schutzlos und traurig waren viele ihrer Abende. Sie hatte ihr Leben den Kindern als Geschenk gegeben, und als sie es nach Jahren des Gebrauchs zurücknehmen sollte, war sie dazu unfähig: ein Geschenk konnte sie nicht zurücknehmen – sie hatte es nicht als Lehen gemeint. Aber die Kinder konnten es wegwerfen.

In der Folge war Annas Zusammenbruch still aber unaufhaltsam vor sich gegangen, als ein Sterben ohne Tod – Lebenstod. Ihr Platz als Frau und Mutter war in der Familie so bestimmt gewesen, dass ihr darüber nie Zweifel gekommen waren.

Für sich allein zu leben und zu denken war auf bestürzende Art neu für sie gewesen. An sich selber denken, eigene Gefühle und Empfindungen haben – diese Erkenntnis, die zuerst nichts als Irritation auslöste, unterhöhlte den Boden, auf dem sie stand, und erst als er eingebrochen war, hatte sie sich damit abfinden können: sie richtete sich ein mit sich selbst, in Trümmern, so kam es ihr manchmal vor.

Sie hatte Zuflucht gesucht, als ihre Kinder sich zurückgezogen und sie abgewiesen hatten. Im Gebet hatte sie Zuflucht gefunden. Gott war ihre Zuversicht, jeden Tag neu; im Gebet fand sie Trost; in der Kirche fand sie Geborgenheit.

Aber wo war ein neues Leben zu finden?

Ein eigenes?

Zu Margrit pflegte sie den herzlichen Kontakt, der zu den eigenen Kindern nicht mehr möglich war.

Mach jetzt, was dich freut, sagte Margrit.

Denk jetzt an dich, nur an dich.

Unternimm, was du immer gern unternommen hättest.

Leb dein eigenes Leben. Genieße es. Mach dich frei von den alten Vorstellungen, vergiss deine Trauer.

Hör nicht auf das, was andere reden. Auf dich allein kommt es an. Du musst nicht so sein, wie die anderen sagen, dass du sein solltest.

Du hast gut reden, sagte sie zu Margrit, du bist noch jung. Mit dem Alter hat das überhaupt nichts zu tun, setzte Margrit dem entgegen. Auch du bist jung gewesen, und als du jung warst, hast du es versäumt, mehr aus dem Leben zu machen.

Mehr, was hieß da mehr: waren die Kinder nicht alles? Anna fühlte eine große Zuneigung zu Margrit, und sie wusste, dass sie diese auch erwiderte. Sie war, im Gegensatz zu ihren Töchtern, nie derart von ihr abhängig gewesen; zwischen ihnen bestand ein Verhältnis von Frau zu Frau, eine Liebe, die auch Distanz ertragen konnte.

Anna nahm die Katze auf den Arm und strich ihr übers Fell und über den Kopf; sie spürte die Katzenzunge auf ihrer Hand. Die Uhr tickte. Stille im Haus; als müsste sich Zeitlosigkeit in den Zimmern einnisten, als müsste der Abend gerinnen. Stille, die plötzlich in den Wänden mit tickte.

Anna kümmerte sich um ihre Pflanzen; von einer Zimmerlinde brach sie ein Blatt. Als es in ihrer Hand lag, verglich sie seine Welkheit mit der ihrer Haut. Sie befühlte die Erde im Topf des Philodendrons, sie war feucht genug. Anna nahm sich vor, die Blätter am Samstag mit Öl abzureiben, damit sie wieder mehr Glanz bekamen.

Vor dem Fenster verwoben Nebel und Dunkelheit die Sicht

auf das durchlässige Gerippe der Kastanien im kleinen Park. Kein Schnee auf der Straße.

Anna setzte sich an den Tisch, schenkte sich ein Glas Wein ein und trank. Um neun Uhr sollte Anita vorbeikommen. Das Mädchen hatte am Nachmittag plötzlich zu weinen angefangen und darauf ihr Herz ausgeschüttet. Sie freute sich über das Vertrauen, das Anita ihr entgegenbrachte, es schloss sie auch in ihre Schwierigkeiten ein. Schon ein paar Tage hatte Anita versucht, ihre Probleme zu überspielen, was ihr allerdings nicht gelungen war. Anna besaß noch immer das, was andere als Mutterinstinkt verlachten. Anita hatte am Nachmittag, während sie die Arbeit Margrits verrichtete, stockend von einem Widerstand gesprochen. In sich spüre sie einen Widerstand. Das Denken richte sich gegen die Gefühle. Die Angst quirle beides durcheinander. Sie sei nicht mehr fähig, hatte Anita sich Anna anvertraut, einen vernünftigen Gedanken zu fassen.

Doch was ist das schon, vernünftig, hatte sie beigefügt: Das was alle tun. Das was alle tun würden.

Da sie der Wein ein wenig zu kalt dünkte, umschloss Anna mit beiden Händen ihr Glas. Die Katze lag satt auf dem Teppich und rührte sich nicht; zwischen ihren Pfoten lugte eine Fadenspule hervor, die Anna ihr zum Spielen gegeben hatte.

Von der Straße her ertönte starkes Motorengeräusch. Anna nahm einen Schluck Rotwein, nun war er wärmer, sein Geschmack verblieb im Gaumen, und er schmeckte gut auf der Zunge. Sie kannte die Geräusche, es waren Militärlastwagen. Auf dem Heimweg hatte sie Soldaten gesehen. Im Tarnanzug und mit vorgehängten Gewehren war eine Kompanie durch die Straßen marschiert.

Am 7. Oktober 1915, so lautete der neue Marschbefehl, hatte sich der Vater wieder im Aarauer Schachen einzufinden, um das Vaterland zu schützen.

Er hatte nun drei Monate zu Hause verbringen dürfen, während der Krieg weiter gewütet hatte und ein Ende nicht abzusehen war. Er hatte das Heu eingebracht, das Korn war geschnitten und gedroschen, er hatte eine gute Kartoffelernte eingekellert; und der Mais, den er erstmals angepflanzt hatte, war ein Erfolg geworden. Er hatte seinen Vater zu Grabe tragen müssen, und das hatte ihm zugesetzt. Seine Tochter war nun älter als ein Jahr und ein Kind, mit dem er bereits etwas anzufangen wusste. In einem geflochtenen Korb nahm er es mit aufs Feld. Im September hatte er mit der Frau Tafelobst gelesen und gut absetzen können. Das anfallende Mostobst würden seine Frau und deren Schwester, die wiederkommen würde, bewältigen können. Um sein Vieh machte er sich kaum Sorgen, auch wenn eine Kuh vor dem Kalben stand. Der Tierarzt musste nicht zum Grenzdienst einrücken; er war den Militärs zu kurzsichtig. Auf dem Küchentisch zerlegte er seinen Karabiner, kontrollierte Lauf und Verschluss. Den Kaput rollte er auf dem Boden, und seine Frau musste ihm dabei behilflich sein wie jedes Mal, wenn er einzurücken hatte.

Im Winter, so hoffte er, würde er wieder entlassen sein, dann wollte er im Stall einen Verschlag für ein Mastkalb bauen, er dachte, dann für diese Arbeit Zeit zu haben.

Die Winterfurche würde ihm ein Nachbar fahren. Seiner Frau schärfte er ein, darauf zu achten, dass der den Mist nicht vergrabe. Bei dem schweren Boden könne der Mist sich sonst nicht zersetzen und käme bei der nächsten Pflugarbeit in vertorftem Zustand wieder zum Vorschein.

Die Abwicklung der Mobilmachungsarbeiten erforderte bereits weniger Geschrei. Die Mannschaften und Vorgesetzten kannten einander, die Verhältnisse waren gegeben. Nachdem die Truppen zwei Tage Dienst getan hatten, wurden bereits große Manöver angesetzt. Der Kommandant erläuterte die folgende Feindlage: »Eine rote Armee ist von Nordwesten her bis Biel, Delsberg und Laufen vorgedrungen; eine Kavalleriedivision ist im Abschnitt Münchenbuchsee–Wengi angekommen. Alle Aarebrücken zwischen Bielersee und Solothurn befinden sich in gegnerischem Besitz.«

Die blaue Armee, zu der der Lange gehörte, besammelte sich im Raum Brugg-Aarau und bei Luzern.

Als nach einiger Zeit die vorgesehenen Stellungsräume bezogen waren, wurde am Hauenstein mit den Schanzarbeiten begonnen. Um die Füsiliere bei guter Laune zu halten, teilte man sie auch den Sappeuren zu, damit sie in der Zusammenarbeit mit diesen Sprengungen vornehmen konnten.

In einer frostig kalten Manövernacht hockte der Lange mit einem anderen Soldaten in seiner Stellung; sie führten kein Gespräch über den Krieg, sie redeten über den Brotpreis, der schon wieder angestiegen war, redeten über den Preis der Kartoffeln, wobei der Lange froh war, in seinem Keller genügend davon für den Eigenbedarf gelagert zu haben, während der andere, es war ein Arbeiter, ihm seine Sorgen eröffnete.

Die Nacht blieb ruhig. Die beiden vernahmen hin und wieder das Knallen blinder Patronen und den entfernten Manöverlärm kleinerer Truppen und Patrouillen. Das stumpfsinnige Knallen störte sie eher, als dass es sie beschäftigt hätte. Der Lange hörte zu, und der Arbeiter sprach über seine Armut und über die Ausweglosigkeit seiner Lage. Er wusste nicht, wie er seine Familie durchbringen sollte mit dem lächerlich geringen Sold und ohne zusätzlichen Verdienst, da sein Arbeitgeber ihm während seiner Dienstzeit keinen Lohn zu bezahlen hatte.

Die Ernsthaftigkeit, in der sie ihr Gespräch führten, machte die wenigen Schüsse, die ihnen in den Momenten ihres Schweigens besonders auffielen, zu Lächerlichkeiten. Als bei Tagesanbruch der Angriff des Gegners erfolgte, riss er sie aus einer Besinnlichkeit, die es ihnen schwer machte, bei dem Krieg, den es nun in den kalten Morgenstunden gegen die Berner zu gewinnen galt, befehlsgemäß mitzustreiten.

Mit Grabenscheinwerfern, Leuchtraketen und Pechfackeln war das Gelände vor den Stellungen ausgeleuchtet worden; und durch diesen Lichtschein huschten die lärmenden und brüllenden Schatten der Gegner, die laut Manöverbestimmungen die bestehenden Drahthindernisse nicht hätten überschreiten dürfen, sich aber keinen Deut um diese Vorschrift kümmerten, sondern mit Drahtscheren bewaffnet darangingen, sich Sturmgassen zu schneiden: Berner und Aargauer wollten einander an die Gurgel.

Bernerböcke! Bernerböcke!

Rüebliländer!

Als das Spottgeschrei und das gegenseitige sich Anfrotzeln hin und her ging, schrie einer der Berner über den Kampflärm hinweg: Heitr Schnaps? Heitr Schnaps?

Mit diesem Ruf schaffte er sich eine große Gefolgschaft, und sein »Heitr Schnaps?« wurde sofort zur neuen Parole.

Ohne an ein Ziel zu denken, schoss der Lange die blinden Patronen in die Luft; aus einer Keilerei wollte er sich heraushalten, so kindisch kam ihm das alles vor. Er dachte an seine Arbeit, die er zu Hause hätte verrichten müssen, an seine Frau, die sich schinden musste, an sein Kind. Die Sinnlosigkeit seines Tuns löste in ihm eine Wut aus, gegen die er ankämpfen musste: denn zuschlagen wollte er wirklich nicht.

Die blinden Patronen der Aargauer hielten die mit Hirtenhemden bekleideten Berner von ihrem Vorhaben, die Drahtverbauungen durchzuschneiden, nicht ab.

Die Auseinandersetzung wurde härter geführt; die Aargauer legten die Gewehre beiseite und stiegen aus den Schützengräben, wobei sie Tannzapfen, Petarden und Pechfackeln nach den Bernern warfen. Es kam zu einem Nahkampf, der sich zu einem gemeinen Handgemenge auswuchs, bei dem es blutig geschlagene Köpfe und wunde Leiber absetzte.

Um sieben Uhr traf endlich der Befehl zum Gefechtsabbruch ein und trennte die Hitzköpfe. Der Lausbubenkampf der Truppen, die ausgezogen waren, das Vaterland zu schützen, fand ein Ende. Der Lange vermochte seinen Missmut nicht zu verbergen: so hatte er sich den Grenzschutz nicht vorgestellt. Vor versammelter Kompanie äußerte sich dann der Kommandant zu den Vorfällen. Seiner Meinung nach waren die Prügel, die einzelne bekommen und andere ausgeteilt hatten, nicht allzu schlimm gewesen und ganz bestimmt freundeidgenössisch gemeint; für ihn hatten sie bewiesen, dass seine Truppe das Dreinschlagen nicht fürchtete. Der Lange teilte diese Ansicht nicht, auch wenn er darüber zu schweigen hatte, und schwieg.

Dislokation der Truppe an die Grenze; die Eintönigkeit eines langen Marsches. So Schritt vor Schritt gesetzt, die wehmütigen Lieder, derbe Sprüche, das Gefluche, dies konnte einem zusetzen. Der Oktoberhimmel mit seinem Blau, der morgendliche Dunst über den Feldern, die Stille des Waldes: da musste einer ja ins Sinnieren kommen.

Als die Winterkantonnemente bezogen wurden, verhielt sich die Bevölkerung misstrauisch gegen die fremden Soldaten, ihr Vertrauen sollte zuerst gewonnen werden, was der Lange begriff. Da in den letzten Grenzdienstablösungen Auswüchse vorgekommen waren, mussten gegen den Alkoholismus der Truppe Maßregeln getroffen und der Genuss von Alkohol während der Arbeitszeit verboten werden. Im Weiteren wurde die Verheimlichung von Geschlechtskrankheiten durch Dienstbefehl unter Strafe gestellt.

Als der Kompaniekommandant vor der angetretenen Mannschaft stand, sagte er: Wir richten uns nun für den Winterfeldzug behaglich ein; wobei er vermeinte, mit diesen Worten einen Spaß gemacht zu haben. Der Lange schloss jedoch daraus, dass er seinen zu Hause gefassten Plan, im Stall einen Verschlag für ein Mastkalb zu bauen, begraben konnte, und er sah seine Frau und stellte sich vor, wie sie mit dem Braunen Jauche über die verschneiten Felder ausführen würde.

Nach einiger Zeit des Grenzschutzes musste die ganze Kompanie geimpft werden, da bei einigen Truppen Fälle von Typhus aufgetreten waren. Der Lange reagierte auf die Impfung mit leichter Fiebrigkeit, die ihn ein paar Tage plagte, die er aber vor seinen Kameraden verheimlichte; nachts lag er oft fröstelnd und wach im Stroh und wickelte sich enger in seine Wolldecke ein.

Nachdem er sich wieder ganz erholt hatte, gab es für seine Kompanie, die zum Glück von der Seuche verschont geblieben war, neue Probleme zu lösen. Wegen des herrschenden Mangels wurde das Wasser für die Truppen alle zwei Tage mit einem sechsspännigen Fuhrwerk herbeigeführt. Der Lange hätte gerne die Pferde gelenkt; das wäre eine Arbeit für ihn gewesen. Aber es blieb ihm nichts anderes übrig, als hin und wieder nach den Tieren zu sehen, bei den Spritzenwagen, die Zürich zur Verfügung gestellt hatte, zu stehen und mit den Fuhrleuten ein paar Worte zu reden.

Was er in der Arbeitszeit zu tun hatte, hieß »Einzelausbildung« und war Drill. Vor den Übungen sagte der Leutnant: So, nun wollen wir euch die Eier schleifen.

Der Befehl, am 15. November sei der Gedenktag der Schlacht am Morgarten zu feiern, wurde vom General persönlich herausgegeben, und die Truppen kamen ihm mit Militärmusik, Fahnen und Ansprache nach. Der Lange fühlte sich während der Feierlichkeiten unbehaglich; es fiel nicht leicht, einen Sieg zu feiern, der für das Freiamt, das zu dieser Zeit noch österreichisch war und auf der Verliererseite gekämpft hatte, gar keiner gewesen war. Als Schutz und zur Abwehr stellte sich der Lange gleichgültig. Auch bei späteren Gelegenheiten war es ihm nicht möglich, eine eidgenössische Geschichte zu feiern, die nicht diejenige des Freiamtes war, vielmehr die Geschichte dessen Unterdrückung, Knechtschaft und Leidenszeiten. Es stand dann jeweils nicht der Mann stramm; es war nur die Uniform.

Der Lange behielt mit seinen Befürchtungen recht: Weihnachten verbrachte er beim Militär.

Er dachte an den Christbaum zu Hause, den seine Frau in der Stube geschmückt hatte. In einem Brief hatte sie davon geschrieben. Im Stadtkasino von Basel feierten die Truppen Soldatenweihnacht. Die Mannschaften saßen dicht gedrängt und bekamen ein vortreffliches Essen vorgesetzt, das der Lange zu schätzen wusste. Der Feldprediger hielt eine Ansprache: … fällt es doch manchem unter uns schwer, viele Wochen von zu Hause abwesend zu sein, mehr als einer denkt nur mit Zittern an sein Geschäft. Was wird daraus werden? Die Kundschaft hat sich der Konkurrenz zugewandt, weil die Bestellungen nicht regelrecht und pünktlich ausgeführt werden konnten. Schwer ist's manchem Landwirt ums Herz. Gewiss, jetzt ist die Arbeit zu Hause zu bewältigen, aber seine Angehörigen haben in den früheren Ablösediensten zu viel leisten müssen, seine Frau hat sich überschunden, sie ist krank geworden. Ein Haus aber, in dem die Frau kränkelt, ist bös dran …

Als der Feldprediger in seiner Ansprache zu einem Ende ansetzte, nahm der Tischnachbar des Langen unerwartet den Stumpen, den er geschenkt bekommen hatte, aus dem Mund, legte ihn auf den Tellerrand, senkte den Kopf in die Arme und begann hemmungslos zu weinen. Zwar sorgte der sich nicht um ein Geschäft; er hatte keines, um das er sich hätte Sorgen machen müssen. Er sorgte sich nicht um eine Landwirtschaft; und vielleicht hätte er diese Sorgen nicht ungern getragen, aber er hatte auch keine Landwirtschaft. Was er hatte, waren zwei Hände zur Arbeit. Was er hatte, war eine Familie, die nun zu Hause froh sein musste um Suppe und Brot und an eine weihnächtliche Bescherung gar nicht zu denken wagte.

Und was brachte das Jahr 1916?

Am 3. Januar wurde die neue, feldgraue Uniform gefasst.

Folgende Tagesrationen wurden den Soldaten zubemessen: 650 Gramm Brot, 200 Gramm Fleisch, 100 Gramm Käse, 52½ Rappen für Gemüse und Milch. Zu hungern brauchte bei dieser Zuteilung keiner. Hunger litten die Angehörigen zu Hause: Kinder, Frauen, Alte, Gebrechliche.

Der Tagessold für Soldaten betrug immer noch 80 Rappen. Die Kartoffeln waren wieder teurer geworden; der Fleischpreis stieg; Briketts konnte ein Arbeiter kaum noch kaufen. Die Wirtschaft und die Industrie verdoppelten ihre Gewinne. Die Sozialdemokraten wollten mit diesem Krieg nichts mehr zu schaffen haben.

Und dieser Krieg nahm kein Ende.

Obwohl die Kriegshandlungen nie auf die Schweiz übergriffen, machten technische Fortschritte der Kampfführung auch vor ihren

Grenzen nicht Halt. Die Offiziere redeten von einem Maschinengewehr. Es kam der Befehl an die Kompanie, zur Ausbildung seien Männer abzukommandieren; die fähigsten müssten es sein. Viele der Kommandanten misstrauten allerdings der neuen Waffe und schickten nur schlechte Soldaten, die sie loshaben wollten, zu den Kursen. Auch war die Zeit gekommen, ein neues Kampfverfahren einzuführen und mit den Mannschaften zu üben. Die Offiziere instruierten ein reihenweises Vorgehen mit fünf Schritt Abstand von Mann zu Mann; sie schwärmten von lockerer Einerkolonne und Tiefenstaffelung. Dies waren die neuen Merkworte für den gegenseitigen Totschlag. Gewiss, für die Schweizer Soldaten waren die Manöver weiterhin gut für ausgiebige Prügeleien, denen ein General von seinem hohen Ross herab beiwohnte; und diesem General hätte der Lange auch Jähzorn zugemutet.

In diesem Dienst unterwiesen die Offiziere die Mannschaft im Bajonettfechten, und das wurde dem Langen zum Verhängnis. Parade hoch, Parade tief, Stich, Bajonett umdrehen, Leiche mit dem Fuß abstreifen. Es war der Tonfall, in dem diese Instruktionen vorgetragen wurden, der ihm nicht behagte.

Manche der Soldaten fanden die neuen Übungen zwar lustig und betrachteten sie als ein Spiel. Für den Langen aber wurde es mit zu viel Kälte ausgeübt, und das kam ihm verdächtig vor. Der Feind war ein Strohpuppenmann, aber die Ausdrücke, die ihm die Soldaten vor dem Stoß zuriefen, meinten Menschen, was den Langen bedrückte. So redete er nicht von Menschen, auch wenn sie Feinde waren. Einmal, als ihm vor Wut und Scham die Blutröte ins Gesicht schoss, nahm er seinen Karabiner wie eine Lanze in die Hand und schleuderte die Waffe mit dem aufgepflanzten Bajonett, aus einem Abstand von gut zehn Schritten, mit einem verächtlichen, die Übung betreffenden Ausdruck auf die Puppe. Und noch als alle über die Kraft und die Zielsicherheit seines Wurfes staunten, ging der Lange vom Übungsplatz weg. Die Hände in den Hosentaschen, den Kopf hielt er schief, mit verzogenem Mund, sein Blick drückte Zorn und Abscheu aus; so schritt er davon, schaute nicht einmal nach dem Zugführer um, der ihn barsch zurückrief, sondern ließ seinen Karabiner liegen und stapfte durch den Schnee zum Kantonnement, wo er sich ins Stroh legte.

Fünf Tage Arrest nahm der Lange gleichmütig hin. Was konnte ihm Arrest schon anhaben? Er senkte den Blick nicht vor Vorgesetzten. Er wusste, wer er war. Ohne Hast, aber auch ohne Widerspruch, gab er seinen Leibgurt ab, zog die Hosenträger aus, löste die Schnürsenkel aus den Schuhen und legte alles wie es gefordert worden war auf den Tisch. Sollten sie das Zeugs haben. Sollten sie ihre Vorschriften befolgen und ihre Befürchtungen hegen. Er hätte sich mit dem Gurt nicht erhängt, und nicht mit den Schnüren. Dass sie es ihm zugetraut hatten, war ihm egal, und er konnte ein Lächeln nicht ganz unterdrücken. Die schmalere Kost nahm er in Kauf, verhungern würde er nicht; er kannte Leute, denen diese Gefangenenkost noch lange gut genug gewesen wäre.

Aus dem Fenster seines Arrestlokals, das auf den großen Platz vor dem Kantonnement hinausging, konnte er beobachten, wie seine Kompanie in einen Sonntagausgang entlassen wurde; das war bitter für ihn. Nach den lauten Kommandos der Vorgesetzten richteten die Soldaten die Reihen aus. Es war ein sonnenwarmer Sonntag im Februar, Schnee lag auf dem Feld. Endlich stand die Kompanie. Der Hauptmann schritt vor der Truppe hin und her, den Säbel bei jedem Schritt mit dem bespornten Stiefel wegschlagend. In den Fenstern des Schulhauses, in dem sich die Kantonnemente der Mannschaft befanden, spiegelten die Goldknöpfe seiner Uniform. Im hintersten Glied hatte ein dicklicher Soldat Mühe, seinen Stumpen, den er nicht ausgehen lassen wollte, zu verbergen. Als die Männer nach dem Kommando des Feldwebels die Absätze mit einem hallenden Klopfen zusammengeschlagen hatten und die Achtungsstellung ausgeführt war, ein Vorgang, der den Langen wie die Versteinerung der Truppe anmutete, und der Feldwebel die Kompanie dem Kommandanten meldete, wobei er die einzige Bewegung zwischen der regungslosen Front und der nicht minder starren Gruppe der Offiziere war, vor der in einer um eine Spur lässigeren Haltung der Hauptmann stand, kamen dem Langen die Dienstfertigkeit und die Beflissenheit dieser Meldung sehr lächerlich vor. Der Kommandant hörte sich den Feldwebel an, wandte sich darauf an seine Offiziere, fuhr dann plötzlich auf dem Absatz herum und musterte seine Soldaten, schritt nochmals auf und ab, bevor er »Ruhn« befehlen ließ. Als die Männer gelockert standen und ihm, wie es befohlen war, mit den Augen folgten, sagte er:

Wenn eine en Aff ifoot, wägemine.

Aber met emene Aff mues mer chönne umgo.

I erwarte Astand und guets Beneh.

Dass keine de Rayon überschritet, mer stönd onder Chriegsgesetz. Desertation werd met Tod bestroft.

Dass all zäme Zobig bem Bettzitlüte im Stroh liged, und zwar in voller Marschbereitschaft, soscht wehe.

Kompanie: Achtung steht.

Der scharfe Arrest ging vorüber; der Lange kam zur Truppe zurück und war froh, als bald darauf die Rückmärsche in die welschen Gebiete des Jura angesetzt wurden. Er war allerdings nicht mehr ansprechbar: Einzelausbildung, Manöver und Gefechtsschießen ließ er über sich ergehen. Er begehrte nicht auf, aber er brummte vor sich hin, zog sich zurück, wenn sich eine Gelegenheit dazu ergab, und glaubte sich abseits sicherer. Geselligkeit war ihm nie leichtgefallen; die Kameradschaft einer Armee widersprach seinem Wesen.

Am 24. Februar wurde der »Marsch in die Heimat« angesagt. Dafür waren fünf Etappen vorgesehen. Der Lange fand jetzt Halte lästig, auch wenn schwere Schneefälle den Rückweg erschwerten und mancher nicht mehr weiterkonnte.

Frostbeulen wurden zur Gewohnheit; die Kälte machte die Glieder ungelenk; in den Nächten fiel Schnee, großflockig und weich. Mühsam stapften die Soldaten vorwärts, der Durst machte allen zu schaffen.

In Cornol, Bassecourt, Welschenrohr, Bannwil und Niedergösgen wurden Kantonnemente bezogen.

Doch der Dienst zog sich hin; die Hoffnungen der Soldaten wurden enttäuscht, als der Hauptmann die Kompanie strammstehen ließ: »Der Lage und den inneren Verhältnissen entsprechend, muss die Entlassung verschoben werden.«

Nochmals wurden Manöver angesetzt, die im Divisionsverband durchgeführt werden sollten und für die auch der Besuch des Generals angekündigt war. Der Lange bekam ihn allerdings während der Übung nie zu Gesicht. Nicht dass er ihm gefehlt hätte; er war genug geplagt mit der eigenen Langeweile, mit dem Missmut, der ihn befallen hatte, mit der Sinnlosigkeit seines Tuns. Er hatte zwar keinen Bart mehr, aber er hätte auch kein Lachen gehabt, es hämisch und verstohlen in den Bart zu schieben.

Am 19. März wurde die Truppe endlich entlassen.

Der Vater hatte jetzt ein anderthalbjähriges Kind. Er nahm sich vor, aus dem Anlass seiner Heimkehr ein kleines Fest zu machen und ein Kaninchen zu schlachten, das er selber zubereiten und mit seiner Frau essen wollte. Im Keller suchte er den Wein aus, und es war ihm, als würde er die steinernen Stufen hinuntersteigen, als spürte er den modrigen Geruch in der Nase, während er jetzt daran dachte.

Er hatte die Nase voll, er musste sich Luft machen, er stapfte die Bahnhofstraße hinunter und durch den Wald Merenschwand zu.

Die Katze lag ausgestreckt auf dem Boden und spielte mit der Fadenspule, als es an der Tür klingelte. Anna ging hin, sie öffnete und begrüßte Anita, half ihr aus der Jacke und gab ihr einen Kleiderbügel.

Anita folgte ihr dann in die Stube und setzte sich an den Tisch. Anna stellte ihr eine Schale mit Nussstengeln hin und ging in die Küche, um Kaffee zu machen.

Als Anna mit dem Kaffee zurückkam, saß Anita mit übereinandergeschlagenen Beinen und zupfte am Stoff ihrer Hose, knabberte Nussstengel ohne rechten Appetit und blätterte im Fotoalbum, das Anna offen auf dem Tisch hatte liegen lassen.

Anna füllte den Kaffee in die Tassen, setzte sich ebenfalls, und sie kamen schnell ins Gespräch.

Ob sie von dem Ausbruch in Bremgarten gelesen oder gehört habe, fragte Anita. Anna bejahte die Frage.

Das war Pep, sagte Anita.

Pep?

Ja, er hat Lur herausgeholt, verriet Anita.

Und ich weiß es natürlich seit Sonntagnacht.

Anna wusste auf Anhieb auch keinen Rat; eine Zeitlang saßen sie zusammen, ohne zu reden. Zu hören war nur das knackende Geräusch, wenn Nussstengel zwischen den Zähnen brachen. Und Lur hat mich bedroht, fuhr Anita fort.

Lur? Aber er hat dir nichts getan, fragte Anna.

Mit dem Messer, er hat mir aufgelauert und hat mich dann wieder laufen lassen. Einen Schrecken hat er mir eingejagt.

Und jetzt, fragte Anna.

Jetzt strolcht er irgendwo herum, sagte Anita, und Pep hängt doch immer noch in der Sache drin.

Warum hat er ihm aus dem Gefängnis geholfen, wollte Anna wissen. Doch Anita wusste es auch nicht.

Bei Nussstengeln und Kaffee sprach sich leichter, auch wenn Pausen nicht zu vermeiden waren und eine unangenehme Stille erzeugten. Unerwartet sprang die Katze auf Anitas Schoß; sie kraulte das Tier und setzte es dann wieder auf den Boden. Die Katze gängelte mit der Fadenspule, drehte sich auf den Rücken und schlug die Spule mit der Pfote weg. Dies brachte ein wenig Ablenkung, überdeckte das beidseitige Schweigen und Annas Betroffenheit mit ein paar Sätzen. Anita musste gar über die Katze lachen, auch wenn das nochmals nicht weiterhalf.

Du musst zur Polizei gehen, sagte Anna.

Ich will doch nicht. Dann schnappen sie Pep.

Es bleibt dir keine andere Wahl! Anna schaute Anita ins Gesicht; das Mädchen senkte den Blick, Anna fasste nach Anitas Hand, die ein wenig zu kalt war, und hielt sie fest.

Anrufen kannst du doch!

20

Hans Villiger saß in der Stube der Bauersleute am runden Tisch, trank Wein, aß von dem ofenfrischen Brot und dem Käse, die von der Frau aufgetragen worden waren.

Der Bauer war missmutig, rauchte seine Toscani, wobei der Ausdruck seines Gesichtes noch mehr über den Ärger besagte, als seine wenigen Worte. Das Militär hatte ihm ein Stück Wiesland mit Schützenlöchern verwüstet, und über die ihm zustehende Entschädigung lachte er nur: Was soll ich mit Geld, wenn mein Land kaputt ist.

Die Bäuerin erzählte von einem Todesfall, der sich im Kreisspital Muri ereignet hatte, wo eine Frau im achten Kindbett gestorben war.

Im Dorf, sagte der Bauer, während er einen Schluck Wein nahm, musste ein Rind wegen Tollwutverdacht notgeschlachtet werden. Es war nun zu erwarten, dass der Tierarzt als vorbeugende Maßnahme auch seinen Stall untersuchen würde.

In Boswil war ein Fuchs in eine Scheune eingedrungen und hatte den Hund, der bei seinen Jungen lag, angefallen, sodass nicht nur der Fuchs, sondern auch alle Hunde getötet werden mussten.

Eine Weile saßen sie schweigend beisammen, bis die Bäuerin aufstand, um den Kindern, die schon ins Bett geschickt worden waren, Gutenacht zu wünschen. Durch die den Schall nur wenig isolierende Holztäferung konnte Hans Villiger mitverfolgen, wie sie in der Kammer mit den Kindern betete, auch waren, als sie zurückkam, der Zeigefinger und der Daumen ihrer rechten Hand vom Weihwasser noch nass.

Der Bauer gehörte seit zwei Jahren dem Gemeinderat an und redete gern mit Hans Villiger.

Die Decke und die Wände der Stube waren ganz mit Tannenholz getäfert. Eine Schwarzwälderuhr tickte in die Sätze hinein. Die Möbel hatte ein Bruder, der in Muri Schreiner war, nach eigenen Entwürfen angefertigt.

Bei uns in der Schweiz, sagte der Bauer, geht ja keiner mehr zur Urne; den Leuten geht es gut, darum ist ihnen die Politik gleichgültig.

Hans Villiger pflichtete dem nicht ganz bei, er meinte, die Bürger empfänden so etwas wie Ohnmacht und hätten das Gefühl, trotz der auf dem Papier ausgewiesenen Demokratie keinen Einfluss zu haben und mit ihrem Stimmzettel nichts bewirken zu können.

Dabei haben wir doch politische Freiheit in der Schweiz, sagte der Bauer.

Und was ist denn das, politische Freiheit, fragte Hans Villiger. Bei uns, lachte der Bauer, heißt es anscheinend auch, dass die Leute von der Politik frei nehmen.

Sie sprachen darüber, dass Stimmenthaltung eine Waffe sei, die man dem politischen Gegner in die Hand gebe, erwähnten Drahtzieher im Hintergrund, die auch das Parlament entmachtet hätten, den Wohlstand, der jede Opposition ersticke. Sie saßen zusammen, tranken, und aßen einen Laib des wohlschmeckenden Brotes und berieten über das neue Spritzenhaus, das die Gemeinde zu errichten gedachte. Sie sprachen auch über Probleme der Wasserversorgung; besonders in niederschlagsarmen Sommermonaten reichte das zur Verfügung stehende Reservoir nicht mehr aus.

Der Bauer stützte die Ellenbogen auf den Tisch, dann, nachdem er sich eine neue Toscani angezündet hatte und ihm die Frau das Glas nochmals mit Wein aufgefüllt hatte, klopfte er mit den Knöcheln auf den Tisch und sagte: Das Holz ist von dem Baum, der da stand, wo jetzt das Haus steht. Wir fällten ihn vor dem Bau.

Ein Birnbaum, fragte Hans Villiger und strich mit den Fingerkuppen über die Maserung des Holzes.

Ja, nickte der Bauer.

Die Bäuerin erwähnte, sie habe gehört, dass das Kloster Muri im kommenden Jahr 950 Jahre alt werde. Es sollten im Sommer verschiedene Veranstaltungen und eine offizielle Feier durchgeführt werden.

Der Herzog Otto von Habsburg wird die Festrede halten, sagte die Bäuerin.

Und der im Exil lebende Abt von Muri wird die Festmesse lesen.

Kurz vor Mitternacht verabschiedete sich Hans Villiger und ging in sein Zimmer, wo er noch an seinem Manuskript weiterzuschreiben gedachte.

Bisher hatte er den Aufstand aus der Sicht der Katholischen beschrieben und beabsichtigte nun, anhand der Ereignisse, die sich am selben Tag auch in Muri abgespielt hatten, das Vorgehen des Regierungskommissärs Waller darzustellen, der im Auftrag der aargauischen Regierung gesandt worden war, um dort die Anführer und Mitglieder des Ausschusses zu verhaften und für Ruhe und Ordnung zu sorgen.

Als Waller mit den ihn begleitenden zwölf Landjägern am Sonntag, dem 10. Januar 1841, morgens um neun Uhr in Muri ankam, verfügte er sich mit dem Bezirksamtmann und den Landjägern in das Amthaus, bezog dort die Gerichtszimmer und ließ den Bezirkskommandanten und den Klosterverwalter herbeirufen. Wallers erste amtliche Handlung bestand in einer schriftlichen Aufforderung, die ein Bote nach Muri, Besenbüren und Boswil zu bringen hatte und die beinhaltete, dass die aufgestellten Freiheitsbäume entfernt werden müssten, wobei er androhte, dass er andernfalls die genannten Gemeinden militärisch besetzen lassen würde.

Nachdem er dieses Schreiben aufgesetzt hatte, schickte Waller den Bezirksamtmann und den Amtsschreiber nach der Wohnung des katholischen Anführers Baur, wo die von ihm verfassten Schriften im Beisein der übrigen Familienmitglieder herausgefordert und beschlagnahmt wurden, da der Gesuchte sich nicht zu Hause aufhielt. Auf eine Anzeige hin, im Hause des Dr. Baur halte sich der Kantonsrat Meyer von Birri, der ein viel beschäftiges und bekanntes Mitglied des Ausschusses war, versteckt, ordnete Waller dessen sofortige Verhaftung an.

Unmittelbar nach dieser Verhaftung wurde diejenige des alt Gerichtsschreibers von Muri, Frey, vorbereitet, der sich im Augenblick, als er hätte festgenommen werden sollen, als gläubiger Katholik in der Sonntagsmesse befand, nach deren Ausgang er sich selber freiwillig zur Haft stellte.

Unterdessen war der Gemeindeammann eingetroffen, den Waller aufforderte, unverzüglich eine Versammlung des Gemeinderates einzuberufen und für die Ruhe der Bürgerschaft Sorge zu tragen, was der Mann auch nach Kräften zu tun gelobte.

Bald darauf zeigte einer der Landjäger Waller an, dass auf der gegen das Amthaus gerichteten Seite des Klosters eine ziemliche Anzahl von Menschen zusammenlaufe. Sofort begab sich Waller, begleitet von dem Staatsweibel und dem Polizeileutnant, in das Kloster und dort auf das Zimmer des Prälaten, zeigte ihm den Grund und Zweck seines Kommens an, machte ihn auf den sich vor seinem Haus zusammenrottenden Haufen aufmerksam und forderte ihn auf, Maßnahmen zur Entfernung dieser unter den gegebenen Umständen verdächtigen Versammlung zu ergreifen, mit der Erklärung, dass er ihn für rechtswidrige Folgen verantwortlich mache.

Der Abt beteuerte, von diesem Zusammenlauf keine Kunde zu haben, und erklärte, daran unbeteiligt zu sein. Er begleitete Waller bis in den Hofraum, wo er einem anwesenden Laienbruder den Auftrag gab, das in den Hof eingedrungene Volk energisch wegzuweisen.

Waller schritt zwischen den Leuten hindurch, die schon Zeichen des Unmutes äußerten, und begab sich wieder in das Amthaus.

Nachdem der Bezirksamtmann in Begleitung von vier Landjägern nach Meienberg weggeritten war, um dort den Bezirksrichter Suter von Sins zu verhaften, und er den Klosterverwalter zum Mittagessen in seine Wohnung entlassen hatte, setzte sich Waller für vielleicht eine Viertelstunde an seinen Schreibtisch.

Lange blieb er nicht ungestört, denn ein vor den Zimmern der Gefangenen Wache haltender Landjäger trat mit der Meldung an ihn heran, ein Volkshaufe, der sich vor dem Klostertor zusammengerottet habe, dringe gegen das Gerichtshaus vor – mit Geschrei.

Waller griff nach einer Doppelpistole und nach einem Säbel und begab sich zum gegen das Kloster hinausgehenden Gangfenster, öffnete es, um wenigstens teilweise selber beobachten zu können, was das aufgebrachte Volk vorhatte, aber auch aus dem Grund, um den Leuten ihm notwendig erscheinende Erklärungen abzugeben.

Als der Haufe Waller erblickte, ertönte ein grässliches Geschrei.

De Waller esch do.

So, hämmer dech jetz.

Mer verrissed di. Di Gfangene use.

Waller erhob seine Stimme, um über das Gebrüll hinaus den Tobenden zu erklären, dass die Gefangenen im Auftrag der Regierung verhaftet worden seien, dass sie alle ihrem Richter nicht entzogen und menschlich behandelt würden, dass er unter diesen Umständen, und entgegen jeder und aller Drohung, die Gefangenen nicht herauslassen werde, und dass er jeder Gewalttat und dem Versuch einer rechtswidrigen Befreiung mit den Waffen entgegentreten werde.

Während dieser Äußerungen, die Waller im gleichen Sinn und in immer stärkerer Form mehrmals wiederholte, wobei seine Worte von den Leuten jedes Mal mit dem grässlichsten Geschrei aufgenommen wurden, wuchs der Haufe, vermehrt durch die aus der nahen Kirche Herbeieilenden, zu einer Masse an, die beinahe den ganzen Raum zwischen Kloster und Gerichtshaus einnahm und gegen 1600–1800 Menschen betragen mochte.

Mit der Zahl der Heranstürmenden schien sich auch die an

Wahnsinn grenzende Wut zu steigern; auch wälzten sich einige von den Leuten unter den fürchterlichsten Verwünschungen wie Tiere auf dem Boden herum.

Als Waller längere Zeit auf die Drohungen und das Gebrüll des Volkes keine Rücksicht nehmend und von heraufgeschleuderten Scheitern nicht abgeschreckt, kalt und entschlossen am Fenster verharrte und die tausendstimmige Aufforderung zur Herausgabe der Gefangenen entschieden von der Hand wies, sah er, dass sich aus der Richtung des Klosters ein Mann mit einem Beil durch die Menge gegen das Gerichtshaus vordrängte. Weil der Mann, in der Absicht, die Tür des Gerichtshauses einzuschlagen, über die Vortreppe heraufrannte, ergriff Waller die bis zu diesem Augenblick hinter der Brüstung verborgene Doppelpistole des Bezirksamtmannes, und die Waffe gegen den anstürmenden Beilmann gerichtet, rief er dem Volk zu, dass er denjenigen niederschießen werde, der es wagen würde, das Erbrechen der Tür zu versuchen. In dieser Situation, die ein entsetzliches Geschrei hervorrief, richtete ein anderer Mann, der sich nah bei der Tür befand, wo er sich schon längere Zeit durch eine auffallende Raserei ausgezeichnet hatte, und den Waller später als den Gerichtssuppleanten Rey identifizierte, eine Pistole auf den Regierungskommissär, der Waller sofort die seinige entgegenhielt.

Es gelang Waller mit dieser drohenden Stellung Rey und den mit dem Beil bewaffneten Mann sowie die übrigen Sturmlustigen in Schach zu halten.

Während dieser Szenen war Waller vom Bezirkskommandanten, dem Polizeileutnant und anderen, die im Gang hinter ihm standen und den Volkshaufen übersehen konnten, wiederholt ersucht und aufgefordert worden, dem Volk endlich nachzugeben, der Gewalt zu weichen und die Gefangenen freizulassen.

Waller hatte diese Zumutungen zurückgewiesen, bis er endlich vor dem andauernd sich mehrenden, in immer grässlicheren Ausbrüchen sich manifestierenden Volkshaufen für sich die Überzeugung gewann, dass er seiner Pflicht volles Genüge getan und dass weiterer Widerstand unmöglich war. Mit dieser Einsicht entfernte er sich vom Fenster und begab sich ins Zimmer des eingesperrten alt Gemeindeschreibers Frey, dem er erklärte, dass er auf gewalttätige Weise von einem Volkshaufen heraus gefordert werde, dass seine Befreiung gesetzwidrig gegen seinen Willen, jedenfalls aber nur unter der Bedingung stattfinde, dass er, Frey, sein Ehrenwort gebe, auf jeden Ruf der Behörde sich dem Richter zu stellen. Als Frey diese Auflage bereitwillig annahm, wurden er und der Mitgefangene Meyer von Birri von Waller unverzüglich entlassen.

Frey stellte sich sogleich unter das Fenster, um dem Volk seine Befreiung aus der Haft anzuzeigen. Während des Jubels über diesen Sieg ließ Waller Frey und Meyer von seinen Landjägern die Treppe hinab begleiten. Als die Landjäger die Tür geöffnet hatten und die Befreiten hinausgetreten waren, stürmte ein Haufe in das Gerichtshaus hinein und drängte die sich mit ihrem Polizeileutnant im Gang befindlichen Landjäger zurück.

In der folgenden Auseinandersetzung fiel ein Schuss, der natürlich von der Menge einem der Landjäger zugeschrieben wurde, aber aus mehreren Gründen aus dem Volkshaufen abgefeuert worden sein musste.

(Für den Umstand, dass einer der Aufständischen den Schuss abgefeuert hatte, sprachen nach Ansicht Wallers, der den Vorfall später zu Protokoll gegeben hatte, dass der Knall viel schwächer war, als der eines scharf geladenen Karabiners gewesen wäre, dass der Schuss eines Landjägers gegen die dicht geschlossene und herandrängende Menge beinahe notwendig hätte treffen müssen und dass im Hausgang, in dem sich die Landjäger aufhielten, Spuren der Ladung zurückgeblieben wären. Und endlich hätte das Volk selbst den Beweis erbringen können, als es den Landjägern die Gewehre entrissen hatte, von denen keines die Merkmale einer Entladung aufwies.

Der gefallene Schuss war nach Wallers Ausführungen ganz eindeutig ein Alarmschuss, der die Wut des Volkes womöglich noch höher zu steigern und die Schuld für das Abfeuern den Landjägern unterzuschieben hatte.)

Als er im untern Gang den Schuss fallen hörte, ergriff Waller den schon zu Beginn des Auflaufes bereitgehaltenen Säbel, hieß die seine Befehle erwartenden Landjäger und alle übrigen Anwesenden zurückbleiben, sprang die Treppe hinunter und stellte sich dem andringenden Volkshaufen entgegen.

Den Säbel schwingend und die Pistole den Stürmern entgegenhaltend, drohte Waller jeden niederzuschießen oder niederzustechen, der es wagen würde, die Treppe zu betreten.

Geraume Zeit wirkten die Drohung und die entschlossene Haltung, die Waller eingenommen hatte. Jedenfalls wurden die Vordersten des Haufens, unter denen sich auch wieder Rey mit der gezückten Pistole befand eingeschüchtert, auch der Wütende mit dem Beil, und wagten nicht, die Treppe zu betreten.

Doch von der Tür her drängten die Leute, sie schrien in den Gang, pressten hinein, rückten vor, Hunderte waren es, die von draußen hineinwollten, sodass die vordersten gegen ihren Willen mit vorgehaltenen Armen, um sich gegen Hieb und Schuss möglichst zu schützen, Waller entgegengewälzt wurden.

Hans Villiger unterbrach seine Arbeit, stand auf und ging ans Fenster. Er schaute für eine Weile in die Nacht hinaus und sog an seiner Pfeife. Mit einem zornroten Kopf, so stellte er sich diesen Waller vor; er sah den wütenden, entschlossenen Ausdruck seines Gesichtes vor sich und es war ihm klar, dass sich die Freiämter vor dem Regierungsvertreter aus Aarau, der ein Herr war und Herrschen gewohnt, gefürchtet haben mussten. Draußen lag eine samtene Nacht, nur wenig Licht fiel auf die Wiesen, der Wald fasste die Dunkelheit zusammen.

Hans Villiger ging zu seiner Arbeit zurück. Er wollte die Vorgänge nach den Aussagen Wallers nochmals durchlesen. Für diese Arbeit hatte er ein Protokoll vor sich.

Da stand also Waller auf der Treppe, Angst hatte wohl auch er, und seine Entschlossenheit diente ihm vielleicht hauptsächlich dazu, die eigene Furcht zu überspielen. Vor der Treppe drängten sich die vorwärtsgestoßenen Männer und erhoben die Arme schützend vor dem Regierungsvertreter. Vielleicht kaute einer an den Fingernägeln, vor Furcht, aus Hilflosigkeit.

Hans Villiger stopfte den Tabak nach, er trank Tee; die Pfeife schmeckte gut, der Tee war heiß und belebte.

Vor Gericht hatte Waller ausgesagt: »Ich fasste in diesem grässlichen Moment den Entschluss, das Blut meiner Mitbürger nicht zu vergießen und meinem Geschicke in Ehren entgegenzugehen. Ich zog mich von der Treppe zurück, ließ die im Gange Befindlichen mir ins Gerichtszimmer folgen und stellte mich an den Gerichtstisch, wo der Stuhl des Vicepräsidenten ist, legte meine Waffen vor mich hin auf den Gerichtstisch, das Kommende gewärtigend.

Alsogleich stürzte das Volk in das Zimmer auf die Jäger los und begann nun die frevelhafte gräuelvolle Misshandlung, Entwaffnung und Einkerkerung derselben. Während dies geschah und der Mann mit dem Beil dasselbe wie ein Kabyle über unseren Köpfen morddrohend schwang und ein anderer die auf dem Tische ergriffene Pistole auf mich anschlug, drängte sich durch die Masse Gemeinderat Stierli von Aristau an mich heran und scheinbar gleichgültig gleich den übrigen tobend, flüsterte er mir die Worte zu: Um Gottes Willen, sind Sie hier. Ich will alles versuchen, Sie zu retten.

Während der Bezirkskommandant und die unglücklichen Landjäger unter fürchterlichsten Misshandlungen in die Gefängnisse geschleppt wurden, blieb Stierli stets an meiner Seite, und als die Reihe an mich kam, und die Wütenden auf mich losstürzten, erwies sich Stierli wirklich schon in der Gerichtsstube als der Retter meines Lebens, indem ich die Überzeugung habe, dass das Volk mich als den Verhasstesten niedergemetzelt haben würde. Es gelang ihm und noch einem anderen Manne, dessen Namen ich nicht kenne, mich vor den Keulen und Beilen, Messern und Dolchen bis zur oberen Stiege, die zu den Gefängnissen führt, zu schützen, wenn auch nicht ganz vor Stößen, Ritzwunden, Haarraufen zu schirmen. Auf der oberen Treppe angekommen aber, ward ich an den Haaren zu Boden gerissen und erhielt im gleichen Augenblicke einen Streich auf das Hinterhaupt. Das Zerknittern meines Hutes war die letzte Empfindung, der ich noch bewusst bin. Wie ich weiter durch den Gang in das Gefängnis kam, ist mir nicht klar. Daselbst angekommen, erblickte ich den Bezirkskommandanten mit zerrissenem Rocke, über heftige Schmerzen wegen erlittener Misshandlungen klagend. Auch ich begann Schmerzen zu verspüren, aus einer Ritzwunde am linken Ohr und der linken Wange floss Blut, am Hinterhaupte schmerzten mich zwei Beulen, die Gegend der rechten Hüfte war verwundet. Da das Gefängnis sehr kalt war, verfügten wir uns in das gegenüberliegende warme, woselbst wir die Landjäger trafen, von welchen alle mehr oder weniger Spuren von Misshandlung, einer sehr gefährliche, an sich trugen.«

Die Gefangenen des Volkes saßen im Kerker und trösteten sich gegenseitig klagend über die erlittene Schmach hinweg.

Vor dem Haus schossen die Aufständischen die Karabiner ab, die sie den Landjägern weggenommen hatten, stießen Drohungen aus, riefen ihren Gott an und verwünschten die liberale Regierung in Aarau, die ihnen einen Kommissär ins Land geschickt hatte, und eine Schutztruppe dazu.

Auch waren inzwischen Reiter eingetroffen, vielleicht zehn Mann, sie wurden nicht eben freundlich empfangen.

Einer der Anführer nötigte Waller nach dem Eintreffen der Berittenen ein Schreiben aufzusetzen, das den Reitern befahl, sich unverzüglich wieder auf den Heimweg zu machen und der Regierung mitteilte, im Freiamt stehe alles zum Besten, sie solle es tunlichst unterlassen, das Gebiet militärisch zu besetzen.

Und Waller gehorchte.

Während er dieses Schreiben verfasste, tobte das Volk vor dem Haus und forderte seinen Tod. Den wartenden Reitern wurden die Pferde scheu gemacht, und sie waren froh, endlich abziehen zu können, nachdem sie das Schreiben ausgehändigt erhalten hatten.

Während Hans Villiger den letzten Satz schrieb, hörte er ein Klopfen, ein Pochen gegen sein Fenster; oder war es nur eine Täuschung?

Nochmals ein Klopfen; Knöchel auf Glas. Nicht eindringlich, eher zaghaft klopfte jemand an die Scheibe. Hans Villiger nahm die Pfeife aus dem Mund, erhob sich und ging zur Tür.

Es war Lur.

Grußlos trat er ein, streifte die Schuhe an der Türvorlage ab, behielt die Hände in den Taschen des Mantels, stand dann etwas verlegen im Zimmer, durchfroren und blass.

Hans Villiger blieb ganz ruhig, er überspielte seine Überraschung, hielt die Pfeife in der Hand und wies mit dem Beißer auf einen der Stühle beim Tisch. Lur stutzte einen Moment, zog eine Hand aus der Tasche, machte mit dem Arm eine Bewegung, als wollte er mit dieser Geste danken, setzte sich, saß aufrecht, gespannt. Hans Villiger erkannte in seiner Haltung die sofortige Bereitschaft aufzuspringen und wegzulaufen. Er verstand das, er verglich sein Verhalten mit dem eines Tieres, mit der Fluchtbereitschaft eines verwundeten Tieres. Auch Misstrauen hätte einer nicht offener im Gesicht tragen können. Hans Villiger musste es hinnehmen.

Er holte eine Tasse, schenkte Lur Tee ein, nahm die Schnapsflasche aus dem Schrank und goss zwei Gläschen voll und stellte eines neben Lurs Tasse.

Sie haben mich im Murimoos erkannt, fragte Lur und nahm einen Schluck von dem angebotenen Tee; ihn verlangte nach dem heißen Getränk; nach Wärme. Den Schnaps ließ er noch unberührt; beide Hände schloss er um die heiße Tasse.

Ja, sagte Hans Villiger, es war das erste Wort, das er zu Lur sagte, und dabei dünkte es ihn, sie hätten schon lange miteinander geredet.

Aber sie haben mich nicht verpfiffen?

Hans Villiger stopfte die ausgelöschte Pfeife nach, die Asche fiel in sich zusammen, er riss ein Streichholz an und strich damit über den Pfeifenkopf, blies es aus und redete in die Schwaden hinein, stockend, weil er die Pfeife richtig in Brand saugen musste. Nein! Warum hätte ich es tun sollen? Ich bin kein Polizist!

Weil Sie mich nicht verpfiffen haben, sagte Lur, bin ich gekommen. Er sprach leise, so, als würde er sich seines Zutrauens, das er bekundet hatte, und das ihn selber verwunderte, bereits schämen und auch schon darüber nachdenken, ob es nicht doch ein Fehler war, dass er diesen Lehrer aufgesucht hatte. Nun trank er auch Schnaps, leerte das Glas in kleinen Nippschlücken, aber ohne es wieder abzustellen, etwas hastig und nervös.

Hans Villiger setzte sich zu ihm an den Tisch, schaute ihm ins Gesicht und sagte: Und jetzt weißt du nicht mehr weiter?

Es war selbstverständlich, dass er Lur duzte. Es ging jetzt nicht um Förmlichkeiten. Da saß einer in der Tinte, und er musste wenigstens versuchen, ihm zu helfen.

Jetzt bist du am Ende, wandte er sich wieder an Lur, der keine Antwort gegeben hatte. Hans Villiger wollte ganz hart sein, um ihm keine falschen Hoffnungen zu machen: Es ist knochenkalt. Du kannst in der Gegend nirgends mehr hin, und wohin du sonst gehen könntest, weißt du ebenfalls nicht. Du hast dich herumgetrieben, zur Kälte kam der Hunger. Die Angst ist nie gewichen.

Lur legte die Hände auf den Tisch, sie zitterten ein wenig: Ich habe in Merenschwand geschlafen, zweimal in der Kammer meiner Großeltern, einmal in der alten Apotheke, dann in einer Waldhütte, sagte Lur und schaute Hans Villiger ins Gesicht. Und überall, fing Hans Villiger wieder an, hat man dich gesucht und verfolgt. Gehetzt. Alle haben sich gegen dich gestellt. So wenigstens hast du es empfunden.

Hans Villiger stand auf und ging zum Kühlschrank. Als er an den Tisch zurückkam, brachte er Käse, Butter, Speck und Brot. Iss, sagte er zu Lur.

Du hast das Gefühl, fuhr er fort, während Lur begierig von den Speisen aß, alles laufe gegen dich. Alle springen dich an, aber du bist nicht hart genug, sie abprallen zu lassen.

Verstehst du, fügte Lur hinzu, und es fiel ihm leicht, Hans Villiger zu duzen, für alles muss ich den Kopf hinhalten. Für alles, was man mir zumutet. Ich bin schon verurteilt, bevor ich etwas getan habe.

Du hast den Hals in der Schlinge, sagte Hans Villiger, du fürchtest, dass sie zugezogen werden könnte, und du weißt, dass sie einmal zugezogen wird. Wie der Aff in der Mondkapsel, kommst du dir vor. Hilflos und ausgesetzt.

Früher hast du dich immer mit Gewalt gewehrt, wenn du geglaubt hast, es habe dir einer ein Unrecht getan. Und zur Gewalt, die du erfahren hast, ist immer ein Gewalttäter gekommen, wie du selbst auch einer warst.

Aber jetzt ist das Ganze Gewalt, sagte Lur. Es treibt einem die Angst in den Bauch. Ich hätte nach Frankfurt abhauen sollen.

Nach Frankfurt, lachte Hans Villiger, in Frankfurt werden deine Probleme auch nicht gelöst.

Lur versteckte sich hinter seinem Schweigen. Hans Villiger ließ ihm Zeit. Nochmals schnitt sich Lur eine Scheibe Brot ab, entrindete den Käse und aß mit einem Heißhunger, der nicht nachlassen wollte. Warum war er nicht nach Frankfurt gefahren? Mindestens den Versuch hätte er wagen können. Er fand keine Antwort. Hier kannte er die Dörfer, Bremgarten, die Menschen.

Plötzlich sagte er zu Hans Villiger: Du hast recht, hier weiß ich wenigstens, was ich von den Leuten erwarten kann. Nämlich nichts.

Das wäre mindestens ein Ansatz, ging Hans Villiger auf ihn ein. Bei Null kannst du anfangen. Er bot Lur eine Zigarette an, er hatte in der Schublade ein Päckchen für Besucher. Als er Lur die Streichhölzer reichte, wusste er, dass er ihm nicht helfen konnte, und sagte: Du kannst dich nicht gegen das Recht stellen, auch wenn es unmenschlich ist, du hast keine Chance. Stell dich der Polizei!

Gefängnis, sagte Lur nach einer Pause, während der er an der Zigarette sog, Gefängnis ist auch keine Lösung.

Hans Villiger trank langsam seinen Schnaps aus. Gefängnis, was würde es Lur bringen? Absonderung, Engnis, Isolation. Die Haft konnte ihn vollständig kaputt machen, und sie versah ihn mit einem zusätzlichen Brandzeichen: Zuchthäusler.

Lur war aufgestanden und ans Fenster getreten; er sah in dieser Gesellschaft keinen Platz für sich. Das hatte er in der Untersuchungshaft schon dem Priester gesagt, der ihn besucht hatte. Er hatte ihm die Beichte verweigert und den beleidigten Mann weggeschickt. Der Priester hatte sich genötigt gesehen, den Leib des Herrn, die weiße Hostie, die er eingewickelt in ein feines Tüchlein in der Brusttasche seiner Jacke geborgen hatte, wieder nach Hause zu tragen, zurück in den Tabernakel der Kirche.

Und zu Hans Villiger sagte Lur mit leiser Stimme: Ich bin erst einundzwanzig und schon am Ende.

Du hast bestimmt auch schon den Wunsch gehabt, sagte Hans Villiger ganz ruhig, zu dieser Gesellschaft zu gehören. Dass sie dich ausschließt, schürt deinen Hass. Das ist mir klar. Und hassend hast du dich aufgelehnt. Du hast dabei auf einzelne geschlagen und die Zusammenhänge gemeint, die sie hervorgebracht haben.

Lur hörte stumm zu.

Du bist hier aufgewachsen. Du liebst einzelne Plätze, auch wenn sie dir vielleicht eher Verstecke und Zufluchtsorte waren. Du suchst eine Heimat. Dafür musst du dich nicht schämen.

Lur nahm es an.

Du musst dich stellen, damit du bei null anfangen kannst. Das ist immerhin eine Möglichkeit.

Hast du keinen Vater, der dir dabei helfen kann? Hans Villiger fragte ahnungslos, um die entstandene Pause zu füllen und das Schweigen zu lösen, das im Zimmer tickte und in das Lur sich sonst eingepuppt hätte, wie in einen Mantel, der Schutz vorgab und nichts als Kälte war.

Fünfzehnjährig war Lur, eben der Schule entlassen, er entsann sich genau, Hilfsarbeiter in einer Kunststofffabrik, noch zu jung, um die Lehre beginnen zu können. Er verfügte über eigenes Geld und gab es nach seinen Vorstellungen aus, nicht nach den Wünschen des Vormunds.

Es war Herbst, auf den Straßen lag das mürbe Laub. Da suchte Lur zum ersten Mal nach dem Mann, der sein Vater war. Ein Jenischer war mit einem Wägelchen, auf das ein Schleifstein montiert war, durch die Straßen gezogen, hatte an den Hausglocken geläutet und die aus den Fenstern schauenden Frauen um Scheren und Messer gefragt, die er für sie schärfen wollte. Lur sah den Wagen vor einem Wirtshaus stehen. Es war in Wohlen. Und sofort hatte er gedacht: in der Gaststube muss mein Vater sitzen.

Der Vormund hatte ihm bisher jeden Kontakt zu dem ihm ohnehin unbekannten Mann untersagt; die Mutter verschwieg ihn beharrlich, die Großeltern hätten ihn aus dem Haus gewiesen, wenn es ihm in den Sinn gekommen wäre, seinen Sohn einmal sehen zu wollen. Doch das war ihm gar nie in den Sinn gekommen.

Lur stand vor dem Wagen und befühlte den rauen Schleifstein; er registrierte die Schäbigkeit. Die Wagendeichsel war mehrfach zusammengeflickt, die Räder waren beschädigt.

Lur fasste Mut, es fiel ihm nicht leicht. Er stieg die wenigen Stufen zur Wirtschaft hoch und betrat die Gaststube.

Schummriges Dunkel. Das helle Tageslicht lag ihm noch in den Augen; er musste einen Augenblick lang in der Mitte des Raumes stehen bleiben, bevor er sich zurechtfinden konnte. Hinter der Theke stand die Serviertochter und trocknete Gläser. Ein Radio spielte. Außer seinem Vater saß kein Gast in der Wirtsstube, und sein Vater schaute nicht auf.

Lur fasste sich ein Herz und ging auf ihn zu, fragte aus Verlegenheit, ob nicht ein Platz frei sei. Dabei waren alle Plätze frei. Dann setzte er sich dem Mann gegenüber, der nicht einmal genickt hatte. Das war also sein Vater; er saß vor einem Glas Kaffee-Luz, hatte die Arme auf den Tisch gelegt, kaute an einem Stumpen, redete nicht.

Auch Lur fand keine Worte für ein Gespräch. Er fing an, von den Blättern auf der Straße zu reden, die dem Wagen in die Speichen geraten konnten und die Nabe verschmutzten. Dem Mann war das gleichgültig. Immerhin zuckte er mit den Achseln. Lur fragte nach den Geschäften. Der Vater winkte nur ab; darüber verlor er kein Wort.

Die Serviertochter kam an den Tisch; Lur bestellte eine Flasche Bier und fragte den Mann, ob er ihn einladen und ihm einen Kaffee offerieren dürfe.

Doch dieser verneinte. Seinen Kaffee könne er immer noch selber bezahlen, und den Schnaps ebenso. Dann bestellte er Kaffee-Luz bei der Serviertochter und starrte wieder vor sich hin. Er trug eine abgewetzte Jacke und ein kragenloses Hemd mit einem großen Flicken auf der Brust. Rasiert war er nicht; sein Haar eisengrau. Er war von kräftiger Postur, hatte große Hände, die das ganze Kaffeeglas umschlossen, und im Mund gelbliche, schadhafte Zähne. Seine Nase war scharf gebogen und etwas zu lang; die Stirn hatte tief eingegrabene Falten, sein Adamsapfel war kolbenhaft und bewegte sich rasch auf und ab, wenn er trank.

Betrunken war der Vater nicht, auch wenn er bestimmt schon einige Zeit in der Wirtsstube saß und schon mehrere Schnäpse getrunken haben mochte. Aber er war unansprechbar. Auch für einen Sohn, den er nicht einmal kannte, und Lur war bei dieser Begegnung nicht über ein Sie hinausgekommen.

Dieser Mann war sein Vater, aber sonst nichts. Er hatte mit seiner Mutter geschlafen, das war schon ein Fehler, und ihr ein Kind gemacht. Dieser Fehltritt saß nun leibhaftig als Sohn vor einem fremden Mann, den er gerne Vater genannt hätte. Aber dies, wusste Lur, wäre nun wieder sein Fehler gewesen. An eigene Fehler wiederum wollte dieser Mann bestimmt nicht erinnert werden. Lur trank, und doch suchte er im Gesicht des Vaters eigene Züge, Verwandtes. Er konnte es nicht finden. Blut zählt nicht, dachte er, es könnte auch ein anderer gewesen sein. Dieser Kerl war ja nicht der einzige Jenische, der als Messerschleifer herumzog. Lur hätte ihn jetzt nach seiner Klarinette fragen können, und ob er nicht früher manchmal an Samstagen und Sonntagen zum Tanz aufgespielt habe; doch er verschanzte sich hinter Bierglas und Schweigen. Der Vater hätte ihm vielleicht von diesen Tanzabenden, von seiner Klarinette und von den Mädchen erzählt, auch von den Augen der Mädchen, von denen eines seine Mutter gewesen war. Damals war er jung, dieser Mann, dieser Vater, hatte schwarzes Haar und verstand es, Musik zu machen, die den Mädchen gefiel wie der dunkle Glanz in seinen Augen, wie sein Gesicht, in dem noch nicht der Zerfall gewohnt hatte.

So jedenfalls malte er sich das aus. Ein Grund mehr zu schweigen.

Dann bezahlte er, ging grußlos, und auch der Mann grüßte nicht.

An diesem Tag hatte er sich erstmals betrunken.

Nein, einen Vater hatte Lur nicht.

Sechster Tag

21

Als das in den Heizungsradiatoren glucksende Wasser Anna Villiger aufgeweckt hatte, versuchte sie nicht mehr, nochmals einzuschlafen, sondern stand auf, kleidete sich an, nahm ihr Frühstück ein und versorgte die Katze. Sie wollte die Messe besuchen. Nachdem sie in der Küche das Geschirr gespült und den Tisch sauber gewischt hatte, schlüpfte sie in die Stiefel, zog den Mantel an und verließ das Haus. Sie trat in die schon durchlässigere Dunkelheit hinaus, empfand nach der behaglichen Wärme ihrer Wohnung die Kälte dieses Morgens besonders heftig und ging die Straße hinunter, in deren Häuserfront einzelne Fenster hell erleuchtet waren, als würde das Licht die Summe eines Traums zusammenfassen.

Tief atmend, mit langsamen Schritten, ging Anna Villiger durch das Dorf den Weg zur Kirche.

Der Sigrist hatte eben das Hauptportal aufgeschlossen und war, als Anna Villiger die Kirche betrat, damit beschäftigt, am Hochaltar Kerzen anzuzünden.

Das »Ewige Licht« brannte rot und hing schattenlos in der Kuppel des Altarraumes. Die brennenden Kerzen erhellten das Kirchenschiff, und der bebende Schattenwurf spielte an den Wänden und huschte über Heiligenbilder und den Gekreuzigten. Die Wärme in der Kirche schien zu fließen. Der Geruch verbrannten Weihrauchs, der sich in Fugen und Rissen der Holzbänke eingenistet hatte, war auch als Film über die Wände gezogen und in die Farben der Malerei eingedrungen, er stand in Heiligengesichtern, wohlriechend überall, obwohl auch das Reinigungsmittel, mit dem der Sigrist die Steinfliesen der Gänge und des Altarraums sauber hielt und pflegte, seinen Geruch mit einmischte: etwas schärfer als Weihrauch und chlorig.

Anna tauchte den Daumen ins Weihwassergefäß und schlug sich das Kreuz auf die Stirn; sie beugte die Knie vor dem Herrn, was etwas beschwerlich war so früh am Morgen, sie spürte den Schmerz im Gelenk und im Rücken. Sie stand dann in der Kirche auf der Frauenseite unter einer hohen Decke, die zu wenig Licht erhielt, sodass die Malerei nicht zu erkennen war. Ganz allein stand Anna da, der Sigrist war, begleitet von dem leisen Girren seiner Schuhsohlen, in die Sakristei verschwunden.

Sie kniete sich in eine Bank und schlug ihr Gebetbuch auf. Als sie sich räuspern musste, störte sie das Geräusch: es verbreitete sich in der Kirche und verlor den Anschein einer Ungehörigkeit lange nicht.

Jeden Freitag ging Anna zur Frühmesse. Es war eine Gewohnheit. Schon als sie noch ein Kind war, hatte sie jeden Freitag in Begleitung ihrer Mutter den frühmorgendlichen Gottesdienst besucht. Vor dem Frühstück waren sie jeweils zusammen in die Kirche gegangen, Mutter und Tochter. Der Vater hatte bereits mit der Arbeit im Stall begonnen, und wenn sie von Messe und Kommunion zurückgekehrt waren, hatten sie das Frühstück bereitet. Aus dem Stall war der Vater zu Tisch gekommen, er hatte das Gebet gesprochen und dann in Milchkaffee eingebrocktes Brot gegessen, Käse in Stücke geschnitten und in den Mund geschoben. Und über jedem Brotlaib hatte er, bevor er ihn anschnitt, mit der Messerspitze ein kleines Kreuz angedeutet.

Am 18. Dezember 1916 musste der Lange wieder einrücken. Er packte wortlos seine Militärsachen, rollte den Mantel, band die Gamelle auf den Tornister und reinigte sein Gewehr: er nahm den Verschluss auseinander und legte die einzelnen Teile in ein Taschentuch auf den Küchentisch.

Der Lange hatte aufgehört, über den Grenzdienst zu grübeln. Er ging, es war seine Pflicht, was einzelne Vorbehalte nicht ausschloss, aber er hätte auch jetzt noch bedenkenlos ein Bekenntnis zu diesem Land ablegen können.

Ihn plagten die den Grenzdienst begleitenden Verhältnisse. Er ärgerte sich über die Unverfrorenheit der Leute, die sich an diesem Krieg gesund verdienten. Es machte ihm Mühe, dass die Regierung dem den Riegel nicht schob; Querverbindungen dachte er sich aus. Er liebte sein Land als eine Heimat und misstraute dieser Heimat als Staat. Er verstand die Haltung des Parlaments nicht immer, er verstand die Haltung des Bauernverbandes ebenso wenig, der seine Macht ausnutzte und mitschuldig war an den steigenden Preisen.

In der Nacht vom 19. auf den 20. Dezember, als Schneetreiben und Kälte den Transport erschwerten, fuhr das Bataillon morgens um drei Uhr in Aarau ab Richtung Grenze. Im Abteil roch es nach Schweiß und ein wenig auch nach Urin, nach erkaltetem Lederfett und nach Fußpulver. Mit offenen Mündern hockten die Mannschaften schlafend zusammen, während der Zug seinen Schienenweg lief und durch das Schneetreiben nicht viel Landschaft zu sehen war, auch bei gelöschtem Licht. Im monotonen Rollgeräusch schlief auch der Lange ein, die Pfeife im Mund.

Die Tage an der Grenze waren nicht leicht. Gehorsam ohne Aufmucken fiel dem Langen besonders bei Offizieren schwer, die ihren Ton rau herzlich meinten; dabei fand er ihn herzlos und hart. Auf ihre Volkstümlichkeit pfiff er; die Zotenhaftigkeit ihrer Witze war Anbiederung. Zoten konnte die Mannschaft auch, dann war der Ton ein anderer. Und mit Anzüglichkeiten konnte sich ein Offizier bei ihm nicht beliebt machen. Die Mannschaft war rüde, aber nicht nur; und sie war empfindlicher, als mancher Vorgesetzte dachte.

Den Taktschritt verspürte er abends in den Kniegelenken, den Gewehrgriff vergaß er im Traum nicht.

Wieder war es ein Grenzdienst im Jura.

Nächtliche Eilmärsche dem Doubs entlang. Verschneite Wege. Manchmal machte ein Sternenhimmel, der einem das Gefühl von Geborgenheit verlieh, die schwere Packung erträglicher. Auch wenn derselbe Himmel Frankreich und Deutschland überspannte. Im nächtlichen Wald war es still, hin und wieder knackte ein Zweig, ein Soldat fluchte, wenn ihm ein Hintermann auf die Schuhe trat. Der Lange schickte die Gedanken nach Hause. Bald wurde ihm nachgesagt, er schlafe im Trott. Er legte sich Fragen nach dem Kind zurecht, das er pausbäckig zurückgelassen hatte.

Es gab in der Schweiz allerdings kränkelnde Arbeiterkinder, das wusste der Lange. Trotzdem war er froh, sein Mädchen gesund und wohlgenährt zu wissen.

Gegen den Morgen erreichten sie dann meistens ihr Marschziel, wo die Feldküche das Frühstück bereithielt: Milchkaffee, Käse und Brot. Es war genug da für jeden. Die Männer hockten dann auf roh gezimmerten Holzbänken, stützten die Ellenbogen auf den Tisch, hatten den Waffenrock aufgeknöpft und die Mütze in den Gurt gesteckt. Sie tunkten Brot in den Kaffee, schnitten mit den Messern den Käse in Würfel und schoben sie in den Mund.

Frühmorgens und in der Nacht war es am besten, Soldat zu sein. Im Morgengrauen schrie niemand, und Befehle wurden nicht in die Nacht hinausgebrüllt. Dann war vollständige Kontrolle nicht möglich; in der Dunkelheit musste der Lange auch nicht befürchten, es lese einer aus seinem Gesicht, was er nicht abgelesen haben wollte.

Mit kalten Winden, einer schneebedeckten Landschaft und vereisten Straßen präsentierte sich der Largzipfel. Sie befanden sich nun, wie der Hauptmann der strammstehenden Mannschaft erklärte: » … im Bereich zweier kämpfenden Armeen, und ein abgesprengter Heeresteil kann leicht in die Schweiz gedrängt werden.«

Grenzalltag.

Der Lange stapfte als Schlussmann einer Gruppe durch den Laufgraben zum Blockhaus, wo sich die Patrouille zurückmelden musste. In langwieriger Arbeit hatten die Soldaten die Wände des Laufgrabens mit eingeschlagenen Hölzern verstärkt und die ausgehobene Erde vor dem Graben als Wall aufgeschüttet. Als der Lange hinter seinen Kameraden zum Posten zurückschritt, bekam er das nackte Geäst von Bäumen über den Grabenrand in den Blick. Trostlos. Hinter der Blockhütte stand eine Reihe junger Tannen. Dunkles Grün. Ein spärlich mit kahlen Weiden und Haselsträuchern bestandener Bachlauf teilte das Vorgelände. Hin und wieder machte sich eine Ratte bemerkbar, nach der die Soldaten Steine warfen. Vögel hockten aufgeplustert auf den Bäumen, als wären sie grindige Wucherungen in der Umgebung. Trübes Licht lag über verschneiten Feldern, jede Weite war eingezogen. Der Zeigefinger der rechten Hand wollte sich gegen die Monotonie auflehnen: doch es war verboten, auf Ratten und Krähen zu schießen. In die Wiesen und Äcker des flachen Landes waren viele Pfähle eingeschlagen worden, deren Zwischenräume die Soldaten mit Stacheldraht verspannt hatten. Diese militärischen Geländeverbauungen bewiesen den Krieg.

Im Laufgraben sammelte sich die Kälte, gefrorenes Wasser sprengte die Balken und Verstrebungen, man konnte das Eis mit dem Bajonett abschlagen.

Die Gruppe des Langen hatte auf ihrem Kontrollgang französische Soldaten angetroffen. Sie hatten sie Kameraden genannt, weil die Franzosen das Gewehr am Rücken hängend getragen und sich nicht am vorgehaltenen und bajonettbewehrten Lauf der Schweizersoldaten gestört hatten. So waren sie einander eine Zeitlang gegenübergestanden. Die Franzosen hatten nach Rauchwaren gefragt. Das war bei ihnen ein Mangel, also stand man selber besser. Tabak war über die Grenze gereicht worden.

Die Hände in die Hüften gestützt, oder den Daumen im Gurt, das Gewehr immer am Rücken, Lauf nach unten, so waren die Franzosen dagestanden und hatten vom Krieg gesprochen. Die Schweizer hatten das Gewehr im Anschlag behalten, und es war scharf geladen.

Auf beiden Seiten war derselbe Wald, ein lichter Wald, Laubwald gemischt mit viel Buchen, Tannen in Gruppen. Auf französischer Seite ein ausgefahrener Weg, an seinem Rand wuchs

Unterholz und Gestrüpp. Wildgänse waren mit langgestreckten Hälsen darüber weggeflogen und hatten sich nicht um die Grenze gekümmert.

Am Ende des Laufgrabens, bevor sie die Blockhütte betraten, scharrten die Männer Schnee und Dreck von den Schuhen.

Im warm geheizten Raum nahmen sie auf Befehl des Unteroffiziers Stellung an. Die Hände an den Hosennähten, das Gewehr an die Hüfte gepresst, standen sie stramm, während der Korporal, ein rothaariger Kerl, mit dem auszukommen war, einem Leutnant, der etwas gelangweilt am Tisch saß und in einem Buch las, Meldung erstattete. Ein Wachmeister schrieb einen Eintrag in das Wachjournal: Besondere Vorkommnisse – keine.

Landesgrenze.

An einer anderen Stelle befand sich ein übermannshoher Zaun; ein Pflock mit einem Halt-Schild war als zusätzliche Warnung in den Boden gerammt. Ein paar Schritte von der Grenze entfernt sperrte ein querliegender Baumstamm einen nach Deutschland hinüberführenden Weg. Der Zaun teilte eine Waldschneise. Makellos blauer Himmel, im Schnee glitzerte die Sonne. Hoher Buchenwald auf deutscher Seite. Aus ihm kamen zwei Soldaten; sie saßen auf Pferden und waren in Mäntel gemummt, die sich über den Rücken der Tiere ausbreiteten; ihre Gewehre hingen vom Sattel hinunter. Zwischen den Soldaten ging eine ältere Frau. Der Lange stand auf schweizerischer Zaunseite, und es war dieser Zaun – was er zu bewachen hatte. Er klemmte das Gewehr waagrecht unter den Arm; den Kolben spürte er durch Mantel und Waffenrock. Die linke Hand hielt den Gewehrschaft, die rechte Faust schloss sich um den Abzug. Das Bajonett war aufgepflanzt, ein blinkender Stahl in der Sonne.

Doch die Deutschen wollten gar nicht herüber. Ihren Pferden hätte der Lange mehr Hafer gegönnt, etwas struppig kam ihm ihr Fell schon vor. Die Soldaten hatten teilnahmslose Gesichter, hielten die Zügel nur locker in den Händen. Die Frau schritt neben ihnen, eine Gefangene war sie also nicht.

Auch mit den Deutschen konnte man reden. Sie fragten nach Soldatenbrot. Der Lange gab ihnen Brot durch die Maschen des Zaunes.

Kohlrübenwinter.

Auch da stand man also besser, und der Lange stellte sich vor, wie die Deutschen, nachdem sie weggeritten waren, das Brot aßen: verborgen hinter einer Baumhecke, hinter blattlosem Gebüsch, im Unterholz. Dazu stiegen sie wohl ab von ihren Pferden, dachte der Lange, und sie würden das Brot mit der Frau teilen müssen. Stumm essend, so sah sie der Lange, behielt sein Gewehr noch eine Weile im Anschlag, als die deutschen Soldaten schon aus seinem Blickfeld verschwunden waren, blieb auf der Hut.

Keine Geräusche mehr, jetzt.

Grenzalltag.

Die Unterkünfte im Largzipfel waren schlecht. Bei einer Kälte von 15–20 Grad war ihnen das Essbesteck im Tornister zusammengefroren, und sie hatten es vor den Mahlzeiten über dem Feuer wieder auftauen müssen. Um sie vor den Mäusen zu schützen, wurden die Brotsäcke über Nacht mitten in den Schlafräumen unter die Decke gehängt.

Es ging bereits in den März hinein, als wärmere Tage kamen. Der Lange liebte sie. Manchmal fand er eine Gelegenheit sich abzusondern. Er legte dann seinen Mantel auf den Boden, setzte sich darauf, verschränkte die Arme, lehnte den Kopf an den Stamm eines Baumes, rauchte die Pfeife.

Schneereste an schattigen Waldrändern, doch Sonne auf dem Platz, wo er saß; der Lange genoss das.

Grenzalltag und scharfe Schüsse.

Hin und wieder gab es von weißen Schrapnellwölkchen umgebene Flieger im Kampf zu beobachten. Dann ratterten die Maschinengewehre über die Grenzen, und der Lärm der Abwehrgeschütze schlug in die Ohren. Der Lange hatte sich an den Gefechtslärm gewöhnen müssen; er holte ihm die abschweifenden Gedanken auf den Boden zurück. Es drängte ihn allerdings nicht, da mitzutun, und auch dass er manchmal Angst empfand, hatte er noch keinem gesagt, so offen konnte das ein Soldat auch nicht zugeben. Er hatte sich Schweigsamkeit angewöhnt, zu sehr schon, denn es war auch zu Hause seiner Frau aufgefallen, wie häufig er schwieg, obwohl sie ihm deutlich ansehen konnte, was er dachte. Im Militär war es ein brütendes Schweigen. Wenn andere redeten, blieb er im Hintergrund. Schläfrig saß er an seinem Baumstamm und rauchte.

Ab und zu waren Schweizer Soldaten gezwungen, in den Kampf einzugreifen, weil fremde Flugzeuge von Neutralität nichts hielten und ihren Wachbezirk überflogen. Die Flieger verletzen »schweizerische Neutralität und Gebietshoheit«, erläuterte der Leutnant und befahl in aller Eile eine Gruppe auf ein Glied, die an einem schon grünenden Waldrand, im Schatten einer Hütte, vor einem Stapel Holz übte. Die Morgensonne fiel von der Seite her ein und spielte mit Licht. Aber Flugzeuge konnte sie nicht vorspiegeln, die waren Wirklichkeit. In eine Reihe ausgerichtet standen die Soldaten da. Sie stellten ein Bein vor oder nahmen eine Grätschhaltung ein. Das Gewehr richteten sie gegen den Himmel, schräg über die Köpfe hinaus. Eine Wange am Kolben, ein Auge zugekniffen, den Zeigefinger am Abzug, Druckpunkt fassend. Sechs Flugzeuglängen vorhalten, Visier zwei Drittel der Höhe plus 200 Meter.

Feuer.

Dann fielen die Schüsse. Eine Salve gegen den Himmel. Krachen, das auslief in den Wald, die Krähen aufscheuchte und die Flugzeuge, wenn schon nicht vom Himmel herunterholte, immerhin vertrieb. Jedenfalls drehten sie ab, jagten aus dem Schussfeld und verschwanden, wenn die Sonne sie vor dem Horizont nochmals traf, als silberne Blinkzeichen in der Tiefe des Blaus.

Hinter der Schützenreihe, auf seinen Säbel gestützt, eine Hand als Schirm vor den Augen, im Mund ein Blümchen, stand der Leutnant und schaute den Jägern nach, die sich seinen Blicken entzogen, bevor sich die Krähen wieder gesetzt hatten.

Der Lange schoss mit.

Doch nie fiel ein Flugzeug vom Himmel, was vor allem dem Leutnant Scherereien ersparte. Das wäre ihm dann wie eine ausgedachte Geschichte vorgekommen, die plötzlich unheimlich und wahr wird.

Nach einiger Zeit wurde der Rückzug aus dem Largzipfel befohlen, da andere Einheiten den Bewachungsdienst zu übernehmen hatten. Der Hauptmann versammelte die Kompanie vor der Unterkunft, wo er sie strammstehen hieß und ihre Reihen abschritt, bevor er sich vor der bewegungslos verharrenden Front aufbaute, die flache Hand an den Säbel schlagend, dass es schepperte, und sagte: »Wir haben nun wochenlang, unvergesslich, ein ernstes Stück Krieg aus der Nähe zu sehen bekommen.«

Marschieren.

Entlang der Birs marschierten die langgezogenen Reihen Basel zu.

Drill.

Es gelte nun, so der Zugführer, vom langen Wachdienst und Winterschlaf steif gewordene Glieder wieder biegsam zu machen und alle zu senkeln.

Ein einsamer Wachposten, die Stille eines verschneiten Waldes, eine nächtliche Patrouille, die Stunden am frühlingshaften Waldrand, sie waren dem Langen das Angenehmste gewesen. Er hasste den militärischen Betrieb, der nun wieder Tagesordnung war, wobei er feststellte, dass anderen, die es wahrscheinlich gewohnt waren, das Gehorchen leichter fiel als ihm: Er aber wusste, was zu tun war, was er zu leisten hatte, und was er wollte. Die ausgedehnten Übungsmärsche, die nun regelmäßig durchgeführt wurden, waren ihm lieber als das Üben von Taktschritt und Gewehrgriff. Wie schon in jedem Dienst trug er auf diesen Märschen nach ein paar Kilometern bereits ein zweites Gewehr; wenn einer nicht weiterkonnte, half ihm der Lange.

Manöver nahm er als Abwechslung, auch wenn dichter Nebel manche der Übungen erschwerte und die Orientierung beinahe verunmöglichte. Gerade im Nebel fand sich der Lange nämlich zurecht. Der Nebel löste eine Kolonne in Einzelpersonen auf. Jedes Mal war der Lange dankbar für eine Stunde Alleinsein.

Wenn die Manöver abgebrochen wurden und die Männer verpflegten, setzte sich der Lange abseits auf einen Baumstrunk, auch wenn der Waldboden vor Nässe troff und leichter Nebel in den Bäumen hing. Nicht weit von seinem Platz entfernt sah er die zu einer Pyramide aufgebauten Gewehre seiner Gruppe im milchigen Licht des frühen Tages stehen, er aber hatte einen Schlag Suppe in der Gamelle, ein Stück Militärbrot in der Hand: dies machte ihn unansprechbar. Bedächtig aß er seine Suppe, sie dampfte, und etwas Tannenreisig darin konnte ihm den Appetit so wenig verderben wie ein Offizier, der auf dem Pferd angesprengt kam. Der Lange aß seine Suppe Löffel für Löffel, als würde er zu Hause am Küchentisch sitzen.

Im Hintergrund schepperten die Kannen der Feldküche.

Am 24. März 1917 wurde die Truppe entlassen.

Zu Hause lief dem Vater ein lachendes Mädchen entgegen. Er lachte zurück, lehnte das Gewehr an den Gartenzaun und hob die Kleine auf seinen Arm. Das Kind griff ihm an die Uniformknöpfe, die in der Sonne glänzten. Er stellte es wieder auf den Boden und nahm die Hände seiner Frau, die schon immer ein wenig rau gewesen, nun aber auch noch etwas breiter geworden waren. Er suchte ihren Blick und bemerkte den Glanz in ihren Augen; ein Weniges an Weichheit hatte ihr Gesicht verloren, das schon. Dann umarmte er sie und verspürte ihren Körper mit Heftigkeit an seinem.

In der Küche knöpfte er den Waffenrock auf und dem Kind, das ihm dabei zuschaute, zählte er mit seiner festen, trockenen Stimme, die so klang, als würde ihm das Sprechen schwerfallen und müsste zuerst wieder eingeübt werden, die Zahl der Knöpfe vor. Er tat es, auch wenn das Kind nicht viel davon begriff, aber er war ja ein Vater und wollte sich Zeit nehmen für sein Mädchen, das doch zumindest seine Stimme hörte. Er zählte langsam, fünf Knöpfe waren es, einer wie der andere aus Metall, blank, mit dem glänzenden Schweizerkreuz, fünf Knöpfe.

Die Mutter hatte den Tisch gedeckt und brachte einen Krug mit Milch und eine Kanne Kaffee, und für sich und das Kind stellte sie ebenfalls Tassen bereit.

Der Vater, essend und trinkend, hatte das gute Gefühl, bei einer Familie zu sitzen. Bei seiner.

Familientage.

Der Vater hatte ein Mädchen, das hinter ihm herlief und in der Stube am Boden herumkroch. Es aß am Tisch und kaute einen Brotreif. In der Scheune, auf einem Haufen leerer Säcke, schlief es an späten Nachmittagen ein. Wenn er auf dem Melkstuhl hinter einer Kuh saß, stand es in der Stalltür, klein und krummbeinig, doch furchtlos. Er nahm es mit aufs Feld, und es spielte unter den Obstbäumen.

Er zeigte ihm im April den gelben Löwenzahn, und im Mai bliesen sie dessen weiße Lichter von den Stengeln. Das bereitete dem Kind Freude. Er nahm es mit, wenn er wegfuhr, um Gras zu mähen, dann hockte es mit einer Puppe auf der Ladebrücke des Wagens und erschrak auch nicht, wenn der Braunfuchs mit dem Schweif nach Fliegen schlug.

Er hob es hoch, damit es über das blühende Rapsfeld schauen konnte, in dem sich eine Katze versteckt hielt, um den Mäusen aufzulauern.

Das Mädchen langte in das Gesicht seines Vaters. Er hatte sich wieder nicht rasiert vor dem Mittagessen.

Durch Rock und Strümpfe verspürte Anna Villiger den Druck der Kirchenbank an den Knien. Es fiel gewiss nicht schwer, ihn zu ertragen, er störte jedoch die Gedanken und lenkte sie auf die Schwäche und Gebrechlichkeit des Körpers, dessen Hinfälligkeit Anna in der Kirche ganz besonders empfand.

Vorn am Altar, rechts und links von einem Messdiener flankiert, zelebrierte der Priester die Heilige Messe vor ein paar alten Weibern, Anna Villiger zählte sich ihnen zu, die gekommen waren und in verschiedenen Bänken, jede für sich allein, weit auseinander knieten. Die meisten der Frauen waren schwarz gekleidet, und ihr ständiges Husten oder Schnupfen störte in der leeren Kirche. Der Priester schaute ins Kirchenschiff, breitete seine Arme aus, zeigte den Leib des Herrn und schlug das Zeichen des Kreuzes. Die Frauen gaben seinen Sätzen mit dünnen Stimmen Antwort, den Sätzen, die aus einem Lautsprecher tönten. Auch das flüsternde Gebet des Priesters, der sich nun über die Hostie beugte, wurde von den Lautsprechern in die Kirche getragen, wie auch das Krachen, als seine Hände die Hostie brachen, und das Kauen, nachdem er sie in den Mund geschoben hatte. Anna Villiger liebte die Lautsprecheranlage in der Kirche nicht; die verstärkten Laute kamen ihr beinahe ungehörig vor. Sie sah nicht ein, warum die Kirchengemeinde auf Anraten des Pfarrers im Altar ein Mikrofon hatte einbauen und Lautsprecher hatte aufstellen lassen, die jede Bewegung des Priesters, jedes Rascheln seiner Gewänder, seiner Tücher, und jedes, auch das geflüsterte Wort in die ganze Kirche austrugen, wie eine Ware auf den Markt. Das Mikrofon und die Lautsprecher kamen ihr wie eine dem Gefühl angesetzte Abhöranlage vor, als die Prostitution der Frömmigkeit, die zur Frömmelei degradiert wurde, wenn man sie in ein Mikrofon sprach und über Lautsprecher aussandte, als der Ausverkauf des Glaubens vor ein paar alten Weibern.

Anna Villigers Blick suchte das »Ewige Licht«, diese weinrot gefasste Innerlichkeit. Es war diese Innerlichkeit, die Anna liebte. Immer wieder schweifte sie jedoch mit ihren Gedanken in jene andere Zeit ab, in der sie ein Kind war und zugesehen hatte, wie die Mutter dem Vater wollene Socken stopfte und frische Wäsche bereitlegte, als die Mutter sie in die landwirtschaftliche Genossenschaft mitgenommen hatte, um drei große Packen Teetabak zu kaufen, denn der Vater hatte das Aufgebot erneut erhalten.

Wieder legte er die Verschlussteile seines Gewehrs auf den Küchentisch, um sie zu reinigen, und als er den Tornister packte, hielt seine Frau das Weinen zurück. Als er den Waffenrock anzog und die fünf Knöpfe wieder zumachte, zählte er sie nicht. Wortlos umarmte er seine Frau. Ihr Haar, das früher aschblond gewesen war, hatte mehr nachgedunkelt, als er bemerkt hatte, und immer in Momenten des Abschieds oder der Ankunft nahm er die Unterschiede wahr. Es waren Äußerlichkeiten, doch sie zählten, wenn die Erinnerung nach einem Zuhause suchte, und die Vorstellungskraft, die durch den Militärbetrieb, der nichts neben sich duldete, bald zugeschüttet wurde.

Es war ein Abschied, der ihm zu schaffen machte: er dachte an die Kornernte, den Heuet. Die Gewissheit, dass die Schwester der Frau wieder von Bremgarten herüberkommen würde, nun mit einem eigenen Kind, tröstete ihn. Er gab seiner Frau nochmals die Hand, hielt in der Linken bereits sein Gewehr, hatte den Tornister am Rücken. Er trat aus der Küche ins Freie, blinzelte ins Licht, schützte die Augen aber nicht mit der Hand; er verkniff sie zu Schlitzen und ging auf die Straße hinaus.

Es war der 10. Juli 1917 und Vaters 5. Aktivdienst.

Vom Stall her keine Geräusche. Auf der Straße lag ein Hund, er beachtete den Soldaten nicht.

In der Küche saß die Frau am Tisch und konnte ihr Weinen jetzt nicht mehr zurückhalten. Mit tränennassem Gesicht lief sie in die Kammer, wo das Kind schlief und umarmte es: dies half gegen ihr Unglück.

Bestand: 24 Offiziere, 797 Unteroffiziere und Soldaten. Versuchsweise waren schon auf den 7. Juli pro Bataillon zehn Mann aufgeboten worden, die das Korpsmaterial gefasst, die Fahrzeuge beladen und bereitgestellt hatten. Diese Maßnahme beschleunigte und vereinfachte die Mobilmachungsarbeiten.

Dienstbetrieb.

Eine Nacht im Stroh, schon war der Lange an die Gerüche und Geräusche gewohnt. Die Einübung fiel von Dienst zu Dienst leichter. Ein paar Tage, schon war der Lange abgestumpft. Abschalten. Das kam ihm manchmal bedrohlich vor. Es existierte nur noch das Militär. Die Armee war ein Gedankenfresser. Und nur in seinen Briefen gelang es, sich einen eigenen Bezirk zu schaffen. Das Zuhause war dem Schreiben vorbehalten. Der Lange fragte nach dem Kind, dem Vieh, fragte nach seiner Frau: nein, schwanger war sie nicht, mit Bestimmtheit jetzt. Er berichtete von ausgedehnten Märschen: ein solcher habe sie von Welschenrohr über Gänsbrunnen und Höhe Binz geführt, und am nächsten Tag hätten sie im Tavannes Tal, das er bisher nur von Fotografien und Bildern gekannt habe, Kantonnement bezogen: und er schrieb in diesem Brief an seine Frau das Wort FEDERSOHLIG mit großen Druckbuchstaben, es war der Ausdruck, den die Vorgesetzten am liebsten für das Marschieren der Truppen gebrauchten. »Es ist ein Dienst hinter der Front«, sagte der Kommandant. Das bedeutete im Klartext Ausbildung, mit der sich auch der Lange abzufinden hatte.

Oberhalb der Kantonnemente, die hier die besten waren, die er im Militärdienst vorgefunden hatte, richtete die Kompanie auf den Wiesen Übungsplätze ein. Die Soldaten exerzierten auf blühenden Hochmatten. Immerhin: nach dem Winterdienst im Bernerjura und in den Freibergen war dieser Dienst auch ein Stück weit erholsam. Unter mächtigen Tannen, deren Äste bis auf den Boden hingen, deponierten die Züge ihr Material, und da die Bäume die Übungsplätze säumten, saßen sie beim Austreten auch in deren Schatten.

Weidendes Vieh. Pferde und Fohlen. Aussicht ins Weite. Wolkenlose Tage. Das liebte der Lange.

Morgenschoppen.

So nannten sie die täglichen Turnübungen, die sie auf leicht abschüssigen Hängen nur im Oberhemd und ohne den beengenden Waffenrock in aller Frühe im meist noch taubeschlagenen Gras als obligatorisches Programm, bei dem das Gewehr als Turngerät diente, durchzuführen hatten: Grätsche, Gewehr hoch; und wie ein Holzprügel lag es quer auf den ausgestreckten Armen. Der Lange liebte das Turnen nicht, obwohl es ihm leichtfiel. Er schätzte die Frühe des Morgens, die paar Dohlen im blassen Himmel, ihren Ruf, das anschließende Frühstück.

Noch immer hasste er die Nahkampfübungen; er fluchte in sich hinein, wenn Mann für Mann mit Gewehr und aufgepflanztem Bajonett über eine Hindernisbahn gehetzt wurde, an deren Ende es einen Puppenmann im Laufschritt zu erstechen galt.

Der Lange erstach ihn. Seine Hosenträger, den Leibgurt und die Schnürsenkel wollte er nicht noch einmal abgeben müssen. Die Tage waren zu hell für scharfen Arrest.

Wenn er am Abend nach dem Hauptverlesen bei einem Glas Most in der Soldatenstube saß und schrieb, ließ er sich von niemandem stören. Er schrieb seiner Frau vom Vieh auf der Weide, er hatte den Kühen Fell und Euter gegriffen, und stellte Überlegungen an, ob diese Rasse im Freiamt nicht für Blutauffrischung sorgen könnte, und er erkundigte sich nach den Milcherträgen zu Hause. Er schrieb von den Dohlen, deren Ruf er nachzuahmen gelernt hatte, und den er dem Kind dann vormachen wollte. Von der Hindernisbahn schrieb er nicht.

Über dem Tisch, an dem er schreibend saß, hing ein Karton, den ein Unteroffizier beschriftet und aufgehängt hatte:

Was Wille will
und Sprecher spricht
dem füge dich
und murre nicht!

Dem Langen kam jetzt ein Lächeln bei, doch es galt dem Kind, nach dem er gefragt hatte.

Er sorgte sich um seine Frau, obwohl sie in ihren Briefen nie klagte und überhaupt nur wenig von sich schrieb.

Der Mannschaft gehörten auch Leute an, die Mitglieder der Sozialdemokratischen Partei waren. Sie hüteten sich jedoch, im Dienst über Politik zu reden. Ihre Partei hatte im Juni am Parteitag beschlossen, die Landesverteidigung abzulehnen, und damit ihren neu erwachten Widerstand gegen den bürgerlichen Staat bekundet.

Der Lange hatte davon in der Zeitung gelesen.

Soldat und Arbeiter.

Am dienstfreien Sonntagnachmittag war ein Gespräch möglich. Der Lange wollte die Meinungen, die ihre Vorbehalte und ihren Unmut gegen den Staat ausdrückten, anhören.

Er lag dabei unter einer Tanne, hatte einen Grashalm im Mund und hielt die Arme hinter dem Kopf verschränkt. Er hatte das Geläute der Kirchenglocken im Ohr und Himmel durchs Tannengezweig im Blick. Neben ihm hockte einer, ein magerer kleiner Kerl, dem auf langen Märschen das Gewehrtragen Mühe machte und der nachts, wenn die anderen schliefen, im Stroh sein Hüsteln unterdrückte. Er war etwas nervös, verängstigt, und dem Langen vertraute er, weil ihm dieser Kartoffeln geschickt hatte. Ihm klagte er; der Lange erschrak über das, was er zu hören bekam.

Dass es so schlimm stand, hätte er nicht geglaubt.

Dieser magere Arbeitersoldat hätte sein Leben für diesen Staat nicht hingegeben, denn dieser Staat beutete ihn aus, oder besser, wie er selber sagte: die Mächtigen in diesem Staat saugen die Arbeiter bis auf den letzten Blutstropfen aus; und die Arbeiter stehen an der Grenze, um den Besitz und den Reichtum dieser Herren zu verteidigen.

Handgranatenwerfen.

Zuerst übten die Soldaten mit blinden Wurfkörpern. Bald darauf wurden scharfe Granaten ausgegeben. Der Lange hatte schon in seinem zweiten Aktivdienst, als die Stielgranate neu eingeführt worden war, ein paar Stück davon in Kiesgruben hochgehen lassen. Für die meisten der Soldaten war aber die Waffe, deren Handhabung nun von den Offizieren instruiert wurde, neu und ungewohnt.

Als der Lange während einer Übung hinter einem verlassenen Bauernhof eine dieser Granaten in der Hand hielt und sie abzog, zögerte er den Wurf hinaus, da ihm plötzlich sein eigener Hof in den Sinn gekommen war, und dann warf er die Granate weit neben das Ziel. Mit den Händen hielt er sich die Ohren zu, als das Geschoss explodierte.

Drilltage.

Als neues Kampfverfahren wurde der wellenförmige Angriff eingeübt. Die in Schützenlinien formierten Mannschaften mussten unter dem Feuer von Maschinengewehren vorrücken.

Schutzfeuer.

So wurde das tackende Hämmern der Maschinengewehre geheißen. Der Lange kam sich ausgesetzt vor.

Der Lange war ins Nachdenken geraten, und langsamer, als er es gewohnt war, stand er am Morgen in aller Frühe auf, aber auch das kalte Wasser, mit dem er sich am Trog vor dem Kantonnement wusch, vertrieb diese Nachdenklichkeit nicht.

Vaterland.

Es war der 1. August 1917, und der Lange rechnete nach: Drei Jahre Krieg, ein dreijähriges Mädchen zu Hause. Eine Frau, die sich in diesen drei Jahren abgeplagt hatte. Arbeiter, die sich mit diesem

Staat nicht mehr abfinden konnten. Eine Partei, die Grenzdienst und Landesverteidigung nicht mehr unterstützte. Hungrige Kinder. Männer im Aktivdienst. Verhärmte Frauen. Kriegsgewinnler. Politische Spannungen. Eine unerfreuliche Bilanz.

Nationalfeiertag.

Das Regiment hatte sich um fünf Uhr morgens auf den Höhen des Montoz zu versammeln. Es war ein anstrengender Marsch in langgestreckten Einerkolonnen bis zu dem auf der Karte bezeichneten Punkt, der sich als eine Bergweide erwies, von der aus die Soldaten die ersten Strahlen der Sonne über die weißen Kuppen der Oberländerberge gleißen sahen, während das ganze bernische Mittelland noch im Nebel lag.

Der Lange empfand Heimweh bei diesem Anblick, zunehmendes Heimweh. Traurigkeit ließ sich nicht wegreden, auch die markige Ansprache half da nichts: »Wir sind, ob welscher oder deutscher Zunge, treue, gute Eidgenossen und Brüder eines Stammes.«

Der Lange hörte nicht hin.

Er hörte nicht hin, als das Regimentsspiel konzertierte, und die Bedeutung, die der Feldprediger dem Tag zumaß, machte nicht, wie verlangt, sein Herz wärmer. Es war der dritte Geburtstag seines Mädchens. Er hatte einen Bauernhof zu Hause und fehlte dort wirklich. Er hatte eine Frau, die rackerte sich ab: gottlob war sie nicht schwanger.

Als das Vaterlandslied angestimmt und gesungen wurde, blieb der Lange stumm. Er bewegte nicht einmal die Lippen, ums Singen war es ihm nicht, auch wenn er im Grunde nichts gegen ein Vaterland hatte.

Dann kam das Kommando niederzuknien. Tausende von Männern knieten unter freiem Himmel und beteten zu Gott, damit er dieses Vaterland schütze.

Der Lange betete nicht.
Er wollte nach Hause.
Doch der Dienst ging weiter.
Marschtage. Drill. Der feldgraue Tornister wurde geändert, und erstmals eine Regimentsübung durchgeführt: Es galt, gemäß der Kriegslage, eine Stellung gegen ein angreifendes Bataillon zu verteidigen.
Ein leichter Sieg.
Und nach dem Gefechtsabbruch bei herrlichem Wetter westlich von Tavannes Verpflegung.
Dann der Heimmarsch: federsohlig.
Entlassung: am 26. September 1917.

Anna Villiger folgte dem Priester, der die Messe las, kniete, betete, bekreuzigte sich, wenn es gefordert war, bekannte Schuld, bereute, betete und gab dem Priester Antwort im Chor der Altweiber; doch sie betete nur mit den Lippen, sie glitt immer wieder ab in ihre Erinnerungen. Sie ging zur Heiligen Kommunion und bekam die dünne Scheibe ewigen Lebens in die Hand, schob sie in den Mund, wo sie fad am Gaumen kleben blieb. Noch immer brachte sie es nicht über sich, die Oblate zu zerbeißen, obwohl das nun längst nicht mehr als Sünde galt und nicht mehr verboten war.

Und als das Jahr 1917 zu Ende ging, trugen in Zürich Frauen Tafeln mit Aufschriften vor das Rathaus, in dem der Kantonsrat tagte:

Wir hungern
Unsere Kinder hungern
Wir fordern gerechte Verteilung
der Nahrungsmittel.

Drei Tafeln trugen sie mit in ihrem Protestzug, und dreihundert Frauen waren es, die sich nicht mehr anders zu helfen wussten, sie verzweifelten in diesem Land, dessen Schlagworte von Demokratie, von Freiheit und Friede sie nicht mehr verstanden. Die polizeiliche Abriegelung des Eingangs hielt sie nicht ab, und verschiedene von ihnen brachten ihre Beschwerden in Ansprachen vor: Eine beklagte sich darüber, dass sie zu Hause für sich und die Kinder zu wenig Brot habe.

Eine verlangte für die Arbeiterbevölkerung pro Kopf einen Liter Milch jeden Tag.

Eine behauptete, in der Gegend von Eglisau seien einem Bauern mehrere Säcke Getreide verdorben, weil sie ihm nicht abgenommen worden seien.

Eine brachte vor, die Butterverteilung sei falsch angefasst worden, es ginge daher zentnerweise Butter kaputt, die dann zu Seife verarbeitet werden müsse.

Der Lange las davon in der Zeitung. Er war Bauer und hatte genügend Kartoffeln, Korn, Butter und Brot.

Und im Dezember bezahlten dieselben Frauen, wenn sie einkaufen gingen, für ein Pfund Schweinefleisch 2.50 Franken. Das hatte bei Kriegsausbruch noch 1.20 Franken gekostet; für 1 Kilo Brot 70 Rappen. Das hatte bei Kriegsausbruch noch 35 gekostet; für 100 Gramm Butter 62 Rappen. Das hatte bei Kriegsausbruch noch 32 gekostet; und 50 Kilo Kartoffeln wurden für 9 Franken verkauft. Drei Franken teurer als bei Kriegsausbruch. Und ihre Männer?

Wenn sie bei Kriegsausbruch für einen Stundenlohn von 72 Rappen gearbeitet hatten, erhielten sie nun einen Franken.

Eine weitere Erschwerung brachten die Grenzdienste mit entsprechendem Lohnausfall und geringem Sold.

Die Nahrungsmittelindustrie hatte ihren ausgewiesenen Reingewinn seit dem Kriegsausbruch von 20 auf 33 Millionen gesteigert und stand damit hinter der Metallindustrie zurück, die sich von 12 auf 33 Millionen verbessert hatte und wiederum zurückblieb hinter der Chemieindustrie, die sich brüsten konnte, von 11 auf 43 Millionen Franken gekommen zu sein.

Und das Reingewinn.

Welchen Wert hatte da ein Wort wie Vaterland noch, und für wen stand der Soldat an der Grenze? Was war da zu verteidigen?

Reingewinn!

Der Vater dachte darüber nach, wenn er übers Feld ging. Er hatte den Mais zu wenig tief gesät, und die Krähen hatten ihn ausgegraben. Den schon lange geplanten Verschlag für ein Mastkalb hatte er gebaut.

Er saß in der Küche, hatte sein Mädchen auf den Knien. Und diesem Kind hätte man einen Krieg nicht ansehen können.

Irgendwo, dachte er, ist ein Fehler in der Rechnung, und in der landwirtschaftlichen Genossenschaft bekam er seinen Teetabak, und auf den Dächern schilpten ein paar Spatzen.

Als Anna Villiger nach der Messe die Kirche verließ, fiel Schnee, leichtflockiger Schnee, ganz dicht.

Es war kalt und immer noch dunkel. Langsam, mit eingeschalteten Lichtern, fuhren Autos auf der Straße.

22

Nun drückte das fremde Mädchen schon zum dritten Mal diese verträumte Mandolinenmelodie und lehnte sich, während die Platte spielte, versonnen gegen die Jukebox. Und draußen fiel noch immer dieser elende Nieselschnee, dieses graue, leichte Rieseln, das die Distanzen verwischte. Lur saß auf einem Hocker an der Bar, lehnte den Oberkörper über die Theke und drehte sein Bierglas in den Händen.

Er war mit der Bahn nach Luzern gefahren. Hans Villiger hatte ihm Geld gegeben, nicht geschenkt; er hatte es geliehen gemeint und hoffte wohl mehr auf Rückzahlung, als dass er damit rechnete. Aber ein Rechner, so schien es Lur, war dieser Hans Villiger ohnehin nicht. Das Mädchen an der Jukebox trug Jeans und war kaum älter als Lur. Der Barmann hantierte beim Abwaschtrog und wartete auf seine Ablösung, vier Uhr nachmittags. Lur und das Mädchen waren die einzigen Gäste; zu tun gab es nicht viel. Der Barmann angelte eine Flasche aus dem Regal und goss sich selber ein Glas voll. Bevor er trank, prostete er Lur zu.

Bis in den Morgen hinein hatte Lur mit Hans Villiger geredet. Es gab nicht nur begehbare Wege, absehbare Ziele. Lur fühlte manchmal einen Abgrund in sich. Bodenlos.

Frei sein, das war eine Illusion für einen, der außerhalb der Gesetze stand. Lur wollte Boden finden. Frankfurt wäre auch nur eine Illusion gewesen, eine Sackgasse. Dort wäre er vollständig verkommen. Es gab nur eine Möglichkeit: er musste sich der Polizei stellen.

Nach Verbüßung seiner Strafe würde er in diesem Abgrund

zumindest auf dem Boden sitzen. Gefängnis löste keine Probleme. Es schaffte neue hinzu. Immerhin hätte er nach der Entlassung die Möglichkeit, nochmals ein neues Leben zu versuchen. Untertauchen war bestimmt Illusion. Irrgarten. Ein neues Leben führen war vielleicht möglich.

Aug um Aug, hatte Hans Villiger gesagt, ist die simpelste Reaktion. Gleiches mit Gleichem vergelten führte nur zur Eskalation der Gewalt und war die Taktik der Militärs. Die Gesellschaft hatte ihn ausgeschlossen, und durch die Art, wie er sich zur Wehr gesetzt hatte, hatte er den Ausschluss sanktioniert.

Nach der verbüßten Strafe gab es zumindest die neue Chance. Lur dachte an Möglichkeiten, die seine neue Chance wieder kaputt machen konnten.

Und dann die Gefühle. Sie konnten den Verstand glatt wegfegen bei dieser verdammt traurigen Mandolinenmelodie. Da wuchs die Vorstellung der Haft zu einer Mauer, gegen die er mit dem Kopf anrannte. Unerträglich und vielleicht doch keine Lösung. Man sollte seine Probleme totschießen. Aber dazu müsste man sie zuerst aus sich herausnehmen und ins Zielfeld stellen können. Lur trank sein Bier in einem Zug leer und bestellte nochmals. Der Barmann, der leise zu pfeifen angefangen hatte, schob ihm das nächste Glas wortlos hin. Es war sinnlos, sich zu betrinken. Lur wusste das. Es war sinnlos zu schießen. Aber so total bestimmt und einfach wie ein Maschinengewehr sollte man sich äußern und ausdrücken können. Das Mädchen an der Jukebox hatte sich umgedreht und schaute zu Lur, sie rauchte eine Zigarette. Es spielte nun keine Musik, und in der Bar war nur das Geräusch des Wassers zu hören, das in den Abwaschtrog tropfte.

Lur stand auf und ging zum Flipperkasten, der neben der Jukebox aufgestellt war. Er warf einen Franken in den Metallschlitz und fragte das Mädchen, ob sie mit ihm spielen wolle, und als sie nickte, drückte er ein Zweierspiel und sagte ihr, dass sie anfangen solle. Das Mädchen zog den Stöpsel und schnellte die erste Kugel ins Spiel. Die Kontakte surrten, das Zählwerk schlug an, die Zahlenreihen wechselten klopfend. Das Mädchen spielte geschickt, fing den Ball mit den Flippern auf und jagte ihn wieder ins Feld. Sie war ganz bei der Sache und konzentrierte sich darauf, das Karussell anzuschießen, wobei man einen Freiball herausspielen konnte, wenn es gelang, den roten Stern zwischen den kreisenden Zahlen zu treffen.

Als die erste Kugel ins Loch rollte, löste sich das Gesicht des Mädchens in ein Lachen auf, dessen Leichtigkeit Lur ansteckte, und er lachte zurück. Er zog den Stöpsel, hielt die Feder eine Zeitlang gespannt und dachte dabei: Wenn ich jetzt ein Freispiel gewinne, wird alles gut. Dann ließ er die Feder schießen und jagte die zweite Kugel ins Feld. Als Lur sie auf den Flipper bekam, zielte er auf einen der aufleuchtenden Köpfe. Wenn er einen Leuchtkopf traf, löschte er aus, und die Punktzahl wurde zehnmal addiert. Lur stellte sich vor, mit jedem Leuchtkopf einen abgeschossen zu haben, den er hasste, obwohl er wusste, dass es sinnlos war, Einzelne zu hassen. Es war auch verhext: jedes Mal, wenn es ihm gelang, einen Leuchtkopf auszulöschen, leuchtete sofort ein anderer auf. Das lag am System des Kastens. Er konnte einen nach dem anderen abknallen, irgendwo leuchtete unvermeidlich ein nächster auf. Es musste so sein, es war das Prinzip des Spiels; es war das System, gegen das er anspielte. Bald vergaß er den Hass. Er spielte um Punkte. Ja, ein Freispiel wollte er gewinnen, oder weiterspielen, bis ein Freispiel herausgepunktet war. Gegen alle Köpfe und Widerstände. Lur fing die Kugel mit den Flippern auf und schoss sie gegen die Zahlenreihe des Karussells und spielte es, nachdem er es getroffen hatte, nochmals an, sammelte Punkte. Ziffern wechselten auf seinem Konto. Nach kurzer Zeit glitt ihm die Kugel gleichwohl weg, das Zählwerk stand still. Das Mädchen war wieder an der Reihe.

Sie spielten viermal. Das Mädchen erreichte die höchste Punktzahl, warf das Geld für die nächste Serie ein und bedeutete Lur, dass er nun anfangen solle.

Endlich erspielte er den ersten Freiball, und nach zehn Durchgängen hatte er genügend Punkte für ein Freispiel gesammelt. Das Mädchen kam allerdings auf eine noch höhere Punktzahl.

Nachdem sie eine gute Stunde gespielt und dabei alles um sich herum vergessen hatten, waren sie zufrieden und guter Laune. Lur lud das Mädchen zu einem Bier ein. Sie sagte nicht nein. Inzwischen war der Barmann von einem anderen abgelöst worden, der die Kerzen für den Abend bereit machte und Gläser polierte, während Lur und das Mädchen ihr Bier tranken.

Lisa.

Und du?

Lur.

Lisa sagte, dass sie ihren freien Tag habe, und er sagte, dass er eigentlich auf dem Bau arbeiten würde, aber im Augenblick ohne Anstellung sei. Er ertappte sich bei Zukunftsgedanken, in die er das Mädchen mit einschloss. Sie legte ihre Hand unbekümmert auf seine Schulter: Ich muss noch einkaufen. Kommst du mit?

Zusammen verließen sie die Bar. Lur kam das fremd vor. Zu seinem eigenen Erstaunen hatte er diesem Mädchen in den Mantel geholfen und ging nun mit ihr unter dem Schirm durch den nieselnden Schnee. Er erinnerte sich nicht, jemals mit einem Mädchen unter einem Schirm gegangen zu sein. Der Boss der Blackbirds ging mit einem Mädchen unter einem Schirm. Es war, dachte Lur, als ob sich zwischen den Gedanken und Gefühlen eine Spalte geöffnet hätte, die er nun auf einem schmalen Steg zu überqueren versuchte. Lisa plauderte. Und plötzlich wusste er, dass er dieses Mädchen nicht täuschen durfte. Sie bot ihm nun vielleicht den Hauch einer Chance. Er hatte dieses Mädchen vor einer guten Stunde kennengelernt, es war offensichtlich, dass sie ihn mochte. Sie war ohne Vorurteile gewesen, aber, dachte er, sie wusste natürlich auch nichts von seinem Vorleben. Auf dem Bau, sagte er, habe ich gearbeitet, als ich siebzehn Jahre alt war:

Fornara war ein Italiener, der seit zehn Jahren in der Schweiz lebte und im selben Haus, in dem Lur ein Zimmer gemietet hatte, wohnte. Da der Italiener wusste, dass Lur eine Arbeit suchte, nahm er ihn mit zu seiner Baufirma.

In einem Bunker hatten sie tagelang zusammen Pflaster und Zementreste von Gerüstläden gekratzt. Die Haut an den Händen war ihnen dabei aufgesprungen. Es war im Januar gewesen; das Wasser, das aus den Wandfugen des Bunkers heraussickerte, war zu Eiszapfen gewachsen, in den Gummistiefeln schmerzten Frostbeulen an den Füßen.

Im Frühjahr arbeiteten die beiden in der Pflasteranmacherei, wo sie aus Behältern Sand und Zement zusammenführten und Wasser dazugossen; den Mörtel schaufelten sie auf ein Transportband, das ihn wegführte. Wohin, das wusste Lur nicht; es war auch egal. Viel zu reden gab es mit Fornara nicht. Der Italiener konnte nur ein paar Brocken Deutsch. Lur verstand bald besser Italienisch. Nach dem Feierabend saß Lur meistens mit den Fremdarbeitern zusammen. Sie hatten ihn angenommen, so wie er war.

Hinter dem Areal der Baufirma befand sich eine ausgebeutete Kiesgrube, in deren Senke, am Fuß einer mit Büschen und Bäumen bestandenen Halde, der Unternehmer einen Teich angelegt und mit Jungfischen bestückt hatte. Aus diesem Teich hatte Lur Fische gestohlen und sie verkauft, bis ihn ein Vorarbeiter beobachtet und gestellt hatte.

Der Besitzer hatte auf eine Anzeige verzichtet; Lur war jedoch nach seinem Geständnis entlassen worden.

Zurzeit, sagte Lur, müsste ich eigentlich im Gefängnis sitzen. Lisa blieb stehen und ließ seinen Arm los. Ungläubig schaute sie ihn an, er hatte sie mit seiner Mitteilung erschreckt.

Im Gefängnis?

Lur wollte ihr nichts vormachen; er stand auf dem Trottoir, der Verkehr bewegte sich langsam durch den späten Nachmittag, Scheinwerfer schnitten Keile von Licht aus den Straßenschluchten, in denen die Schneeflocken langsam zerfielen: Meinst du, fragte er Lisa, es wäre besser, wenn ich jetzt ginge? Da nahm sie seinen Arm wieder.

Lisa bewohnte in einem Appartementhaus ein »Studio« und konnte auch eine gemeinsame Küche benützen.

Ihr Zimmer war einfach eingerichtet. In einer Nische befand sich ein Bett, vor dem Fenster war der Tisch mit vier Stühlen, ein Ledersessel stand im freien Raum. Auf einer Kommode war eine Stereoanlage eingerichtet, ein Lautsprecher hing über dem Bett, der andere stand auf dem Fensterbrett. Die Platten bewahrte sie in Plastikständern auf, die auf dem Boden in eine Ecke geschoben waren. Ein paar der Platten, Alben bekannter Pop-Gruppen, waren auf dem Teppich verstreut. An den Wänden hingen Poster.

Lur saß Lisa gegenüber. Sie hatte Wein aufgestellt. Er schaute sie an; sie hatte schwarzes Haar, eine gerade Nase und volle Lippen. Sie lachte gern, das war ihr anzusehen, das passte wohl zu ihren Sommersprossen.

Geschminkt hatte sie sich nicht.

Im Gefängnis. Wie meinst du das?

Lur erzählte von Pep und von seinem Ausbruch. Nein, davon hatte Lisa weder gelesen noch gehört.

Und Angst hab ich auch nicht vor dir!

Von den Blackbirds redete Lur. Von Anita und dem Tod seiner Mutter, und er erzählte ihr von jenem Kristall, den er am Pfingstmarkt gekauft und später mit einem Hammer zerschlagen und weggeworfen hatte.

Und wie bist du ins Gefängnis gekommen?

Es war am 1. August. Letztes Jahr. Lur und ein paar seiner Blackbirds, ohne Pep, hatten sich vorgenommen, einmal eine Sache laufen zu lassen, die auch etwas abwarf. Sie planten einen Einbruch in das Warenhaus »modern« in Wohlen. Bisher hatten sie Radio- und Tonbandgeräte geklaut und sie in Waldshut auch mühelos verkaufen können. Nun hatten sie beschlossen, die Finger für einmal von diesen Geräten zu lassen, um die Polizei auf eine andere

Täterschaft zu lenken, und sich dafür die Uhrenabteilung ausgiebig vorzunehmen. Die Uhren, so hatten sie abgeschätzt, hatten zudem den Vorteil, dass sie leicht und unauffällig weggeschafft werden konnten. Ein Verkauf an den Badestränden der Adria, die sie gleich nach dem Diebstahl mit ihren Motorrädern ansteuern wollten, schien ihnen gewinnträchtig und durchführbar zu sein. Als sie einmal in Italien in den Ferien gewesen waren, hatten sie mehrmals Händler beobachtet, die mit dem Verkauf von Schweizeruhren unter der Hand Geschäfte gemacht hatten.

Während die Nationalfeier durchgeführt und vaterländische Reden gehalten wurden und sich die Leute um ein Rednerpult auf dem Schulhausplatz versammelt hatten, als Turner, Dorfmusik und andere fahnentragende Vereine dem Redner lauschten, der von alten Zeiten über Freiheitsliebe einen Bogen schlug zur heute im Staat verwirklichten Freiheit, waren Lur und drei seiner Burschen im »modern« eingestiegen.

Ein klarsichtiger Abend. Vom Schulhausplatz her vernahmen sie Bruchstücke der von der Musik intonierten Landeshymne und den schleppenden Gesang der Leute. Sie hoben ein Gitter hoch, das einen Lichtschacht zum Kellermagazin zudeckte, und kletterten hinunter. Beim Fensterverschluss zogen sie mit dem Glasschneider ein Viereck aus, das groß genug war, eine Hand durchgreifen zu lassen, und verklebten das vorgeritzte Feld zur Hälfte mit einer elastischen Klebebinde. Die unverklebt gebliebene Hälfte ritzten sie nun durch. Darauf überklebten sie die durchgeschnittene Hälfte, entfernten das erste Band und trennten auch die zweite Hälfte des Glases durch. Das herausgeschnittene Viereck konnte so nicht in den Schacht fallen und zerscherben, sondern blieb am Band kleben, und sie lösten es heraus. Weil das Fenster mit einer Doppelscheibe versehen war, wiederholten sie das Ganze. Das lief geräuschlos ab. Als die beiden Vierecke herausgeschnitten waren, griff Lur hinein und öffnete den Riegel. Der Rest war kein Problem.

Die unheimliche Stille, die alle Warenberge und Warentürme umschloss, irritierte sie ein wenig. Sinnlos posierten Puppen im

Weg. Eine Landschaft toter Konsumgüter umgab sie. Registrierkassen standen als Pfeiler dazwischen.

Als sie mit gefüllten Taschen, jeder hatte sich fünfzig Uhren ausgesucht, über die stillstehenden Rolltreppen hinunterschlichen, huschten ihre Schatten über die Schatten der Puppen und waren nur an der fortwährenden Bewegung von diesen zu unterscheiden. Die ganze Warenhauswelt schien nichts anderes als eine erstarrte Drohgebärde gegen das Leben zu sein. Im Erdgeschoss, in der Nähe des Einganges, war noch immer ein Stand mit Feuerwerksartikeln aufgebaut. Hier unterlief ihnen ein Fehler. Sie füllten sich die noch freigebliebenen Taschen mit Feuerwerkskörpern auf und dachten, es wäre ein Spaß, nach dem geglückten Raub, um ihn zu feiern, unterwegs ein kleines Feuerwerk abzuschießen. Zudem glaubten sie, damit rechnen zu dürfen, dass an einem 1. August, dem Nationalfeiertag, an dem jeder in der Landschaft herumfeuerwerkte und hinter jedem Haus Raketen knallten und auf jeder Wiese Feuersonnen abgebrannt und an jedem Waldrand Sprühraketen abgeschossen wurden, auch niemand Verdacht schöpfen würde, wenn vier junge Männer patriotische Gesinnung vortäuschten, um ein ganz privates Ereignis auf ihre Weise zu feiern.

Im Keller, als sie wieder aussteigen wollten, passierte das Unglück. In der Hosentasche des einen fing das Zeug aus unerfindlichen Gründen Feuer und explodierte. Der Getroffene schrie auf, stürzte zu Boden und wälzte sich, bis er ohnmächtig wurde. Die Explosion hatte ihm den rechten Oberschenkel aufgerissen.

Sie konnten den Freund nicht liegen lassen. Er wäre verblutet. Einer schlug vor, vom Warenhaus aus einen Arzt anzurufen, und er fügte hinzu, dass sie dann Gelegenheit hätten, abzuhauen, während der Arzt herkam, um den Freund zu versorgen.

Und wenn er uns nicht glaubt, fragte Lur, wenn er denkt, wir wollten ihn bloß auf den Arm nehmen? Das Risiko war ihm zu groß, auch wollte er den Freund nicht einfach im Stich lassen; für ihn kam das gar nicht in Frage.

Mit Verbandsstoff, den sie in einer Abteilung gefunden hatten, war es ihnen gelungen, den Verletzten zu verbinden. Darauf schleppten sie ihn aus dem Keller und trugen ihn zum Arzt, der die sofortige Überführung in das Kreisspital Muri anordnete. Sie redeten von einem Feuerwerksunfall, nannten einen falschen Ort und falsche Namen, und der Arzt schöpfte an diesem 1. August keinen Verdacht.

Als die Ambulanz anfuhr, hauten sie mit ihren Motorrädern und den erbeuteten Uhren ab, ohne nochmals in das Warenhaus zurückzukehren, wo sie Blutspuren zurückgelassen hatten. Lur vertraute darauf, dass der Freund sie nicht verpfeifen würde. Sie fuhren Richtung Innerschweiz, sie wollten noch in derselben Nacht nach Italien gelangen.

Der Zusammenhang zwischen dem Warenhauseinbruch und dem Feuerwerksunfall wurde bald aufgedeckt. Ihr Freund gab die Namen an und gestand auch den Einbruch.

Bei ihrer Rückkehr, sie hatten die Uhren losgeschlagen, aber kein Geld mehr in den Taschen, wurden sie beim Grenzübergang in Chiasso festgenommen.

So, sagte Lur, kam ich ins Gefängnis.

Und jetzt?

Lur schob sein Glas beiseite und legte das Gesicht in die Arme auf den Tisch. Lisa hätte jetzt mit ihren Händen, die neben dem Weinglas mit der Zigarettenschachtel spielten, sein Haar berühren können. Sie unterließ es, zog eine Zigarette aus der Packung und steckte sie an, goss nochmals Wein ein, füllte aber auch das Glas von Lur wieder auf.

Er sollte also bleiben.

Lur konnte die Tränen nicht mehr zurückhalten; er weinte, und es wurde ihm dabei bewusst, dass es sehr lange her war, seit er zum letzten Mal hatte weinen müssen. Es war auch jetzt nicht ein befreiendes oder gar befreites Weinen, es war mehr ein Schluchzen, ein Würgen, das Worte verunmöglicht hätte, wenn er den Versuch zu sprechen gemacht hätte; es war auch ein trotziges Weinen, gegen das er ankämpfte; so trotzig hatte er auch geweint, früher, als er ein Kind war. Nun berührte Lisa sein Haar. Es war allerdings ein Gefühl des Mitleids dabei, und Befangenheit. Der Nachmittag, der in der Bar, wo sie sich anfänglich schlecht und einsam fühlte, plötzlich eine Wendung genommen hatte, war nun so ausgegangen, wie sie sich das durchaus nicht gewünscht hatte.

In widersprüchliche Gefühle verstrickt, empfand Lisa, dass sie Lur mochte, diesen breitschultrigen Kerl, der nun in sich versank, auch wenn er dagegen kämpfte.

Weshalb ihn dieses Weinen, das er nicht mehr gewohnt war, überkommen hatte, wusste Lur nicht. Vielleicht weil er die Gewissheit hatte, von Lisa nicht weggestoßen zu werden und ihr Vertrauen gewonnen zu haben. Lisa war ein Mädchen, bei dem Weinen möglich war; er hatte sie bei der Hand gehalten und war in einem Einverständnis, das er nicht mehr im Bereich des Möglichen vermeint hatte, mit ihr durch die eindunkelnde Stadt gegangen. Er weinte jetzt leichter.

Lur hatte geweint, als er ein Kind war.

Er weinte, wenn die Mutter ihn schlug. Er weinte nicht, wenn der Lehrer ihn in der Schule strafte. Er weinte, wenn die Großmutter ihn prügelte. Er weinte nicht, wenn der Vormund ihm zusetzte.

Und als Kleinkind hatte er nicht bloß geweint, sondern ganze Nächte lang geschrien. Er sei ein geplagtes Kind, hatte die Großmutter gesagt, um das Wort besessen zu vermeiden.

Gegen dieses Schreien wusste niemand eine Abhilfe wie auch niemand einen Grund dafür einsah.

Lur schrie.

Einmal, als er wieder schrie, als ob er misshandelt würde, trug ihn die Mutter aus dem Haus und über die Straße in die Stube des Nachbarn, der ein Telefon besaß, und wählte die Nummer des Arztes, damit er, ob es ihm passte oder nicht, ihr heulendes, schreiendes Kind, das nicht zu beruhigen war, hören konnte. Etwas betroffen umringten die Nachbarn das Telefon und wagten es schon nicht mehr, den mit rotem Kopf und offenem Mund schreienden Lur zu berühren. Nur eines ihrer eigenen Kinder, das schwachsinnig war, blieb unberührt am Tisch sitzen und blätterte in einem »Gelben Heftli« und zupfte unablässig am Ärmel seiner Jacke.

Der Arzt kam vorbei, konnte aber das brüllende Kind mit seinem Zureden ebenso wenig wie die Mutter besänftigen. Er untersuchte es und vermutete, blaue Flecken an seinem Körper zu finden, die auf eine Misshandlung hingewiesen hätten und ihm als Erklärung dienlich gewesen wären. Doch es war nichts zu finden. Es blieb kein anderer Ausweg, als dem Kind beruhigende Medikamente einzugeben, und der Arzt schrieb der Mutter, bevor er kopfschüttelnd aus dem Haus ging, ein Rezept über dreimal täglich einzugebende Tropfen, die dem Kind helfen sollten, wie er versicherte.

Lur schrie weiter. Nacht für Nacht. Und ein Grund war nicht ersichtlich.

Eine Nachbarin wusste von einem Bauern, dessen Kühe ebenso grundlos nächtelang geschrien hatten, und wies die Mutter und die Großmutter auf einen außerhalb des Dorfes hausenden Geisterbeschwörer hin, der über erstaunliche Gaben verfüge und darüber hinaus, auch was das Katholische betreffe, völlig zuverlässig sei.

Doch davon wollten die Frauen vorerst nichts wissen, und sie suchten Erfolg mit der Anwendung eigener, abergläubischer Rezepte.

Wenn das Kind von einem Geist geplagt wurde, so musste dieser zuerst in das Kinderzimmer hineinkommen, und wenn die Türen und Fenster verschlossen waren, konnte das nur durch das Schlüsselloch geschehen. Also zerbrachen sie ein Glas, bespritzten die Scherben mit Weihwasser und füllten sie ins Schlüsselloch, damit der Geist sich zerschneide, wenn er ins Zimmer fuhr. Lur schrie weiter.

Dann musste sich der Geist bereits im Zimmer aufhalten. Aus dieser Einsicht legten die Frauen zwei Küchenmesser überkreuz unter Lurs Kopfkissen, damit der Geist sich zerschneide, wenn er kam.

Lur schrie weiter. Nacht für Nacht.

Als alle eigenen Mittel versagt hatten, machte sich die Mutter auf den Weg zu dem abgelegenen Gehöft. Sie traf den Bauern. Er war im Stall beschäftigt, saß melkend bei einer Kuh und war weder freundlich noch gesprächig. Während er jedoch die schäumende Milch von seinem Kessel in die Milchkanne umleerte, bedächtig, damit kein Tropfen verschüttet wurde, und nachdem er die Mutter, ohne sie ein einziges Mal zu unterbrechen, angehört hatte, versprach er vorbeizukommen. Er setzte sich hinter die nächste Kuh, griff in ihr Euter, zog die Milch Strich für Strich in den Kessel. Um die Beine der Mutter schmeichelte die Katze, die in dem Stall Junge hatte. Er molk, wälzte einen Stumpen zwischen den Zähnen, hatte keinen Blick mehr für die junge Frau, die auch schön war – und hinter deren Rücken man tuschelte: der Teufel habe sie geritten, darum der schreiende Balg, dieser uneheliche. Ja, der Stumpen machte ein weiteres Gespräch unmöglich. Die Frau ging nach Hause.

Am anderen Abend kam der Bauer. Wieder schrie das Kind, es lag unbeweglich im Bett, schrie einfach, die Augen zugekniffen, der Mund ein rundes Loch.

Der Bauer schaute sich im Zimmer um. Er hatte die schreienden Kühe im Dorf beruhigt, er würde auch hier Abhilfe wissen. Nachdem er eine Zeitlang nachgedacht hatte, verlangte er den Ehering der Mutter, und als sie heftig errötete, zog er seinen eigenen vom Finger, band ihn an einen schwarzen Faden und ließ ihn pendeln. Die Mütze auf dem Kopf, den Stumpen im Mund, wortlos, so schritt er durch die Kammer, deren Holzboden unter seinen Militärschuhen knarrte. Bei der Kommode blieb er stehen, betrachtete kaum das Bild der Heiligen Muttergottes, das darüber hing, und nicht den bronzenen Schäferhund, der darauf stand. Dann wieder die Schritte. Beim Palmzweig, der an der Wand neben dem Weihwassergefäß angeheftet war, blieb er nochmals stehen. Er besann sich eine Weile, bevor er sagte: Dort, wo die Kommode steht, muss das Bett hin.

Er schaute nur zu und half nicht mit, als Mutter und Großmutter das schwere Möbel wegschoben und das Bett, in dem das Kind noch immer schrie, an den neuen Platz stellten.

Als die Frauen die Möbel umgestellt hatten, stippte der Bauer den Daumen in das Weihwassergefäß und schlug damit das Kreuz über der Stirn des Kindes. Über dem nassen Kreuz ließ er den Ring hin und her pendeln. Bedächtig löste er nach diesen Handlungen den Faden und schlang ihn um den Palmwedel neben dem Weihwassergefäß. Den Ring streifte er sich wieder über. Nun wies er die Frauen an, die Heilige Muttergottes um Fürbitte anzuflehen, und während sie laut und eindringlich betend im Zimmer standen und das schwache Licht ihre Schatten riesenhaft an die Wand warf, zog der Bauer eine Kreide aus seiner Rocktasche und zeichnete mit kräftigem Strich einen Drudenfuß an die Schlafzimmertür.

Dann gab ihm die Mutter zwanzig Franken, und er ging grußlos. Von diesem Tag an schrie Lur nicht wieder.

Lur hatte sich gefasst, er hob den Kopf, wischte mit dem Ärmel über sein Gesicht und versuchte ein Lachen, das etwas schief geriet.

Lisa war still. Sie saß mit verschränkten Armen und wartete, dass er etwas sagen würde. Doch es war kein drängendes Warten. Im Gegenteil.

Es gibt etwas, sagte Lur, das ist schneller als das Licht. Die Gedanken; sie sind so schnell, dass ich sie nicht in Worte fassen kann. So schnell weg. Oder noch nicht da, weil sie von weither kommen. Seit ich ein Kind war, bin ich immer wieder besessen von dem Gefühl, in einer Falle zu hocken.

Ja, wie ein Aff in der Mondkapsel, so komme ich mir vor.

Es gibt keinen Ausweg, aber immer wieder habe ich das irrsinnige Bedürfnis nach einem Ausweg. Es gibt ihn nicht. Das ist die Wirklichkeit.

Lisa entgegnete nichts, sie nahm einen Schluck Wein, der Abdruck ihrer Lippen trübte den Rand des Glases.

Lur fasste nach ihrer Hand und verschränkte seine Finger mit ihren, verspürte ihre Haut, die Wärme, sah, dass sie auch auf den Handrücken kleine Sommersprossen hatte, fand den Pulsschlag zwischen ihren Fingern; und plötzlich vermochte er nicht mehr zu unterscheiden, ob es ihr Pulsschlag war oder sein eigener. Das war ein gutes Gefühl.

Nachdem er einige Zeit schweigend so dagesessen war, zog er die Hand zurück und stemmte das Kinn in die Fäuste. Jetzt schaust du mich an wie ein geprügelter Hund, lachte Lisa.

Als Lur zehn war, hatte es angefangen. Scherenschleifer riefen ihm die Kinder nach. Korbmacher, Kesselflicker. Er wusste nur mit den Fäusten Antwort.

Doch er bekam die Schläge zurück. Nach der Schule passten ihn die Kinder ab. Lur erinnerte sich genau: Er war auf dem Heimweg, die Großmutter hatte ihm aufgetragen, noch Brot einzukaufen. Draußen war es schon dunkel. Ein kalter Tag im Winter. Es lag Schnee auf der Straße. Das Schaufenster der Bäckerei leuchtete hell. Lur vernahm ein Tuscheln hinter sich und beeilte sich, davon loszukommen. Die Knaben, die ihm folgten, ließen ihn unbehelligt in die Bäckerei treten. Er kaufte ein langes Schwarzbrot. Als ihm die Verkäuferin das Herausgeld in die Hand legte, war die Hand feucht. Lur hatte Angst, denn er wusste, dass die Knaben vor der Bäckerei auf ihn warteten. Als er in den Winterabend hinaustrat, knirschte der Schnee unter den Füßen. Der Bauer, der den Hof neben der Bäckerei bewirtschaftete, trieb seine Kühe aus dem Stall, sie gingen zum Brunnen, um zu saufen. Schwere Eiszapfen hingen an der Röhre. In den Trog hatte der Bauer ein Brett gelegt, damit er die Eisdecke leicht losschlagen konnte. Die Kühe soffen und schauten mit großen Augen. Zeitlupenhaft bewegten sie die Köpfe. Sie zuckten mit den Ohren und standen mit triefenden Mäulern da. Der Sohn des Bauern trieb die Kühe, die vom Brunnen weggehen wollten, mit einem Stock zurück.

Da hörte Lur wieder das Tuscheln in seinem Rücken. Und trotz seiner Angst, oder gerade deshalb, fiel es ihm auf, wie zertreten und verschmutzt der Schnee um den Brunnentrog herum war.

Die Knaben, die ihm gefolgt waren, stellten sich vor ihm auf. Lur sah den Weg versperrt, sah hämische Gesichter, hörte böses Grinsen und musste sich abschätzige Ausdrücke gefallen lassen. Er stand in leicht gebeugter Haltung, als würde er nur auf Hiebe warten, krümmte die Schultern, hielt den Kopf schief, verkniff den Mund. Er trug den Schulranzen am Rücken und empfand ihn als hindernd; er klemmte das Brot unter den Arm. Der Sohn des Bauern stand mit seinem Stock abseits und stocherte nach einer Kuh, die nicht in den Stall zurückwollte.

Einer der Knaben trat vor. Er war größer als die anderen, ein Sechstklässler, als bösartiger Kerl bekannt.

Er schlug Lur in den Bauch, ins Gesicht, schlug einfach wortlos und mit der Brutalität des Stärkeren, der seine Überlegenheit ausspielte, wie es ihm passte. Für dieses Abschlachten war er bezahlt worden. Einer der Knaben besuchte mit Lur dieselbe Klasse, und als er Kesselflicker gerufen hatte, hatte Lur ihn verprügelt. Sein Vater besaß ein Kolonialwarengeschäft. Der Knabe hatte eine Tafel Schokolade aus dem Magazin gestohlen, die dem Sechstklässler als Lohn geboten worden war, damit er es Lur zurückzahle.

Lur empfand nicht einmal besonderen Schmerz. Die Wirkung der ersten Schläge löschte Schmerz aus. Er fühlte nur den Zusammenbruch. Dass sein Brot weggeschleudert wurde und im verschmutzten, von den Kühen zertretenen Schnee liegen blieb, nahm er nicht wahr. Er sackte einfach um. Dabei schepperte die hölzerne Schulschachtel im Tornister.

Er blieb im Schnee liegen, Leere im Kopf.

Der Sohn des Bauern half ihm wieder auf die Beine und wischte ihm mit Schnee das Nasenbluten aus dem Gesicht. Er hob auch das im Schmutz liegende Brot auf und gab ihm den nassen Laib zurück. Dann führte er ihn in den Stall und ließ ihn bei den Mastkälbern eine Zeitlang auf ein paar leeren Säcken liegen. Erst nach einer Zeit der Ruhe konnte Lur nach Hause gehen. Seine Mutter erschrak, die Großmutter jammerte, durch die Blutkruste an der Lippe sickerte wieder Blut, ein Auge begann sich zu verfärben.

Lur legte das verdorbene Brot auf den Tisch und weinte in sich hinein. In der Nacht plagten ihn Kopfschmerzen, und er musste sich übergeben.

Nach drei Tagen konnte er die Schule wieder besuchen. Lur hatte das nicht vergessen, nie würde er das vergessen können. Und daraus hatte er eine Lehre gezogen: zurückschlagen.

Ja, ich bin ein geprügelter Hund, sagte er zu Lisa.

Und jetzt?

23

Kein Schneefall mehr, eine stille Landschaft, weiße Felder und verschattete Waldränder; hinter den Fenstern vereinzelt stehender Häuser brannte Licht.

Von Muri her fuhr ein Zug im Bahnhof Wohlen ein, und während er abgefertigt wurde, stieg Hans Villiger aus, den Mantel nur über den Arm gelegt. Als der Zug ruckend wieder anfuhr, ging er über die Geleise zum Bahnhofsrestaurant.

Freitagabend und Zahltag, Feierabend nach einer Arbeitswoche. Hans Villiger betrat das Restaurant. Es herrschte eine gelöste Stimmung, lärmige Gespräche wurden geführt. Über den Tischen hing Rauch.

Das Linoleum, das seit einiger Zeit den alten Holzboden ersetzte, war von Schneewasser und Straßenschmutz verunreinigt. Hans Villiger stand einen Augenblick unschlüssig in der Gaststube. Die Geräusche, die Wortschwälle, das Scharren, Schritte, Lacher, das Karcheln der Kaffeemaschine, auffloppende Bierverschlüsse, Gläserklingeln waren um ihn wie eine Kulisse. Es war ein Überfall. Hans Villiger hatte nicht damit gerechnet. An einem Tisch in der Nähe der Garderobe sah er Anna Villiger mit einem ihm unbekannten Mädchen sitzen. Das Mädchen hatte blonde Haare, über den Stuhl war eine Felljacke gehängt. Hans Villiger schätzte, dass es weniger als zwanzig Jahre alt war. Die beiden hatten sein Eintreten nicht bemerkt. Als Hans Villiger den Mantel aufhängte, sah er keinen Grund, sich nicht an ihren Tisch zu setzen. Mit Anna hatte er schon lange nicht mehr gesprochen.

Das ist Anita, sagte Anna Villiger, als Hans sie begrüßt hatte. Bei der Serviertochter bestellte er einen Zweier Magdalener. Als er dann mit Anna anstieß, bemerkte er an ihren geröteten Augen, dass sie geweint hatte.

Der Wein war gut. Hans Villiger nahm seine Pfeife aus der Jacke und stopfte sie. Während er sie anbrannte, sagte Anna zu ihm: Hans, ich bin gekündigt.

Hans Villiger blies das Streichholz aus, sog an seiner Pfeife, brachte sie rundum zu gleichmäßiger Glut. Was sollte er sagen? Was hätte einer nun sagen können? Er dachte nach. Blitzartig schossen ihm mögliche Antworten durch den Kopf. Er sprach jedoch keine aus. Er machte nur an seiner Pfeife herum und blies Rauch aus: es gab nichts zu sagen. Auf diese Mitteilung hin war eine Antwort zum vornherein zur Phrase verdammt.

Und so schwieg er.

Am 1. August, sagte Anna, werde ich 62. Dann bekomme ich die AHV und muss zu Hause bleiben.

Ich habe jetzt eine Katze, fuhr sie fort, und sie lachte ein wenig. Es war ein Lachen, das selbst nicht an die eigene Fröhlichkeit glaubte und ebenso Hilflosigkeit ausdrückte – oder gar Verzweiflung.

Aber warum, fragte Hans Villiger, kündigen sie dich im Januar schon. Das ist doch nicht üblich.

Damit Anna sich vorbereiten kann, mischte sich Anita ein und setzte ihr Teeglas ab, damit sie Zeit hat, damit fertigzuwerden. So hat es mir der Chef gesagt, denn ich musste die Kündigung schreiben.

Anita war nervös. Sie hatte am Nachmittag Annas Kündigung schreiben müssen. Noch nie war es ihr so schwergefallen, ein Diktat ins Reine zu tippen, da sie beim Schreiben genau gewusst hatte, was dies für Anna bedeuten würde.

Sie saßen eine Weile schweigend im Lärm der Wirtschaft. Hans Villiger schaute der Serviertochter zu, die ein Tablett mit Kaffee-

Luz-Gläsern durch die Tisch- und Stuhlreihen balancierte. Aus den Gläsern stieg Dampf, sie waren beschlagen. Jedes Mal, wenn die Tür geöffnet wurde, spürte er einen kalten Luftzug. Am Nebentisch hatten vier Männer einen Jassteppich und Karten verlangt; nun stellten sie ihre Gläser beiseite und hoben die Flaschen hoch, damit die Serviertochter den Teppich auf dem Tisch ausrollen konnte.

Hans Villiger war nach Wohlen gefahren, weil ihm der Nachmittag zu schaffen machte. Er hatte mit seiner vierten Klasse, die im Frühjahr aus der Schule entlassen werden sollte, das Alters- und Pflegeheim Muri besucht. Er machte dies jedes Jahr, wenn er eine Abschlussklasse unterrichtete, und jedes Mal war er nach dem Besuch niedergeschlagen und bedrückt. Darum war er in Boswil nicht aus dem Zug gestiegen, war einfach noch eine Station weitergefahren und hatte dabei den Entschluss gefasst, in Wohlen im Bahnhofsrestaurant noch ein Glas Wein zu trinken und eine Pfeife zu rauchen, um wieder zu sich zu kommen. Den »Adler« hatte er gemieden; er hätte die Geschwätzigkeit des Wirtes nicht ertragen, und auch dem Primarlehrer wollte er ausweichen, dem er bei einem Gespräch ein maulfauler Partner gewesen wäre. Ebenso wenig hatte er aber in seinem Zimmer allein sein wollen, bei Schulheften und Büchern, allein bei seinem Manuskript, allein in dieser Stille.

Am Morgen hatte er aus Amsterdam, von Maria, einen Brief erhalten. Nun hockte er im Bahnhofsrestaurant, und es war auch nicht so, wie er es sich gewünscht hatte. Er fühlte sich zu einem Gespräch unfähig. Aber er war auch außerstande, allein zu sein. Es war ein Abend, der in kein Konzept passte. Und die beiden Frauen, denen er gegenübersaß, wussten auch nicht ein und aus mit sich selbst.

Hans Villiger mochte Anna. Doch was konnte er unternehmen, um ihr zu helfen? Diese Kündigung war ein Schlag für sie, mit dem sie selber fertigwerden musste. Trost aus Mitleid hasste er. Er könnte nun, dachte er, von Margrits Kind erzählen, von dem zu erwartenden Kind, dessen Pate er sein würde. Dies hätte Anna vielleicht abgelenkt.

Als er darüber nachdachte, kam ihm auch Lur in den Sinn, und es beschäftigte ihn, dass er nun schon zum zweiten Mal in dieser Woche einem Menschen gegenübersaß, der einer Hilfe bedürftig war und dem er sie nicht geben konnte. Mit wirklichen Schwierigkeiten musste einer offensichtlich selber fertigwerden. Man konnte ihm dazu nur Mut machen. Gegen ein System konnte der Einzelne nicht ankommen, jede Hilfe war ein Kompromiss. Hans Villiger wusste, dass Anita das Mädchen war, das Lur mit dem Messer bedroht hatte, und ohne dass er das eigentlich gewollt hätte, sagte er zu ihr: Sie sind doch die Freundin von Pep? Anita nickte nur, schloss beide Hände um das Teeglas, als hätte sie es nötig, die Hände zu wärmen, vor so viel innerer Kälte. Es waren schlanke Hände mit rot lackierten Nägeln, und sie trug einen Ring mit einem dunkelblauen Stein. Ich arbeite jetzt an einem Manuskript, sagte Hans Villiger und wandte sich zu Anna. Vor bald 150 Jahren gab es im Freiamt einen Volksaufstand gegen die Regierung. Es ging dabei um eine neue Verfassung, und die Bauern spürten, dass sie im Grunde gegen ihre Interessen war. Es war eine Verfassung für Kapitalisten und für die Industrie. Vordergründig ging es um die Religion. Und im Hintergrund standen die Pfarrherren und das Kloster. Vordergründig sollten die Bauern ihren Heiland schützen, im Hintergrund lag der Besitz der Klöster. Es war ein richtiger Tumult, ein Losschlagen gegen alles, was reformiert und modern war. Und so ein Freiämter, der mit dem Kopf durch die Wand will und erst zu denken anfängt, wenn er in der Tinte sitzt, so einer, der seine Probleme mit dem Herz in den Händen oder mit einer Stinkwut im Herzen lösen will, scheint mir auch dieser Lur zu sein.

Als Hans Villiger den Namen aussprach, schaute er weder Anna noch Anita an, sondern brannte nur ein weiteres Streichholz an und zündete die ob dem Reden ausgegangene Pfeife neu an. Und was machen wir jetzt mit Lur?

Hans Villiger wusste, dass dieser Satz Anita verwirren musste, und auch, dass sie ihn nicht ganz verstehen konnte. Und was machen wir mit Pep?

Anita zeigte ein erschrockenes und verblüfftes Gesicht, auch Anna hatte diese Fragen nicht erwartet. Er selber hatte eigentlich gar nicht die Absicht gehabt, das Mädchen derart direkt anzugehen. Aber nun merkte er, dass er in eine Wunde gestochen hatte. Vielleicht aus der eigenen Unentschiedenheit heraus. Jedenfalls hatte er seine Gedanken laut ausgesprochen. Um der Lösung einen Schritt näher zu kommen? Um die eigene Belastung abzutragen? Und vielleicht erhoffte er einen Rat. Ratlos wie er selber war.

Anita war etwas blasser geworden und stand auf. Sie nahm ihre Handtasche und die Jacke und entschuldigte sich, sie ging vom Tisch weg zur Toilette, ganz offensichtlich verwirrt. Sie wollte diese Fragen gar nicht hören. Eine Antwort wusste sie noch weniger als Hans Villiger. Sie war überfallen und überfordert. Sie konnte über diese Fragen nicht reden, und schon gar nicht in einer lärmigen Wirtschaft. Sie war mit Anna nur hierhergegangen, weil sie darum gebeten worden war, denn die Kündigung hatte Anna doch sehr zugesetzt.

Hans Villiger zerbrach einen Bierteller und schaute der sich entfernenden Anita nach, sah schräg von der Seite auch die Serviertochter vorbeigehen und behielt seinen Blick einen Moment lang auf ihren Beinen.

Anna Villiger schenkte den Rest des Zweiers in ihr Glas, trank, und als Anita nach einiger Zeit, in der Hans Villiger wortlos am Tisch saß, noch immer nicht in die Wirtschaft zurückkam, sagte sie: Sie kommt nicht mehr. Du hättest sie nicht so überfallen dürfen.

Hans Villiger rief die Serviertochter. Als sie an den Tisch kam, bezahlte er seinen Wein, aber auch den Magdalener, den Anna, und den Tee, den Anita getrunken hatte.

Zusammen verließen sie die Gaststube. Im Freien war die Kälte nach der Wärme, die im Lokal geherrscht hatte, besonders spürbar.

Anna Villiger lud Hans ein, mit ihr nach Hause zu kommen, um eine Tasse Kaffee zu trinken. Er nahm ihre Einladung an. Was blieb ihm heute noch zu tun? Er wollte noch an seiner Arbeit weiterschreiben. Aber das konnte auch am späteren Abend sein.

Es war ein Tag, der plötzlich aufgezeigt hatte, wie sehr alles ineinanderlief, wie sehr es verhängt, verknotet und verzahnt war, wie verquer die Fäden liefen. Doch einen, der diese Fäden in der Hand hielt, sah er nicht.

Anna Villiger hakte Hans ein, er ließ es gerne geschehen. Sie war seine Tante, er hatte sie letztmals bei Margrits Hochzeit gesehen. Er wusste, dass sie allein lebte und einsam sein musste und dass diese Einsamkeit einen Menschen aufbrauchen konnte.

Sie gingen durch die Straßen, langsamer, als er zu gehen gewohnt war. Dies machte seine Schritte etwas unsicher.

Anna schien es nicht zu bemerken.

Du kennst die Geschichte, fragte er sie.

Ja, antwortete Anna, und Anita hat Angst.

Beim Sprechen bildete sich eine weiße Fahne vor ihren Mündern. Als ob sie Sprechblasen ausstoßen würden, als ob sie in einer Bildergeschichte mitspielen würden, die sie in unerwartete Verstrickungen geführt hatte, und Hans Villiger wäre sie unwirklich erschienen, wenn er nicht die Wärme von Annas Arm an seiner Seite verspürt hätte.

Schnee hockte auf Gartenzäunen und geparkten Autos, er lag in den Gärten; Schnee hing glitzernd weiß an den Bäumen in diesem von Neonlichtern und Leuchtreklamen durchzogenen Abend. Das Haus erreichten sie bald.

Annas Kaffee schmeckte, und sie tischte Hans auch noch Apfelkuchen auf. Er aß und schaute ihr zu, als sie die Katze fütterte, und lachte, weil sich das Tier mitten im Zimmer auf den Boden legte und sich nach der Mahlzeit daran machte, die Schnauze zu lecken, unermüdlich.

Es musste ja einmal so kommen, sagte Anna, insgeheim habe ich die Kündigung erwartet. Befürchtet von Zahltag zu Zahltag.

Hans Villiger versuchte, ihr die Vorteile aufzuzeigen, und redete von Zeit, viel freier Zeit, die sie dann für sich zur Verfügung hatte.

Anna wollte nichts davon wissen.

Margrits Kind werde ich hüten. Spaziergänge im Wald.

Und mit der Katze werde ich sprechen, wenn ich am Abend allein bin.

Anna trug das Kaffeegeschirr weg und brachte für sich und Hans ein Weinglas an den Tisch.

Dieser Lur, sagte er, ist nicht so schlimm. Anita braucht sich nicht zu fürchten. Ich denke nicht, dass er ihr nochmals auflauern wird.

In dieser Gesellschaft muss er sich für das, was aus ihm geworden ist, nicht schämen. Aber er darf sie auch nicht allein für das verantwortlich machen, was er nicht geworden ist. Längere Zeit saßen sie zusammen ohne viel Worte. Eine Vertraulichkeit hatte sich eingestellt. Nicht ganz unerwartet. Hans Villiger nahm sich vor, Anna wieder zu besuchen.

Eines ist sicher, sagte sie, und sie schaute Hans dabei ins Gesicht, um eine Meldung bei der Polizei kommen wir nicht herum.

Dir kann das auch Schwierigkeiten machen; du hast ihn nicht angezeigt, nachdem du ihn gesehen hast.

Ich habe ihn nicht angezeigt, sagte Hans, dass das strafbar ist, ist mir gleichgültig.

Von den Leuten, die ich kenne, sagte er noch, hat Lur nicht das schlechteste Gesicht.

Hans Villiger wollte den Zehnuhrzug erreichen und musste sich beeilen, als er zum Bahnhof ging. Jetzt war die Straße glatt, in den Pfützen gefror das Wasser zu Eis. Die Bäume kamen ihm wie Monumente vor. In den Fenstern an den Häuserfassaden brannte überall dasselbe bläuliche Fernsehlicht. Die Klarheit der Nacht half ihm, die eigenen Gedanken zu klären. Am Bahnhof standen nur wenige Leute, die in ihre Mäntel vermummt auf den Zug warteten, der auch bald einfuhr. Es war eine schwere Lokomotive. Noch nie war ihm eine Lokomotive so stählern, kalt und mächtig vorgekommen.

Als er im fahrenden Zug saß, stieg der Nachmittag wieder in die Erinnerung auf, und als er die Augen schloss, lief ein Film, der die Ereignisse des Tages festhielt, ab: das Pflege- und Altersheim. Freundliche Gänge. Das Tuscheln der Schüler bei der Begrüßung durch eine Sozialarbeiterin. Weiß gekleidete Pfleger und weiß gekleidete Schwestern gingen auf Gummisohlen über Linoleum. Der Geruch eines Krankenhauses. Würgen im Hals.

Die Sozialarbeiterin führte sie in einen Raum, in dem eine Gruppe von alten Leuten wie eine Familie zusammenlebte. In einem Lehnstuhl saß ein Mann, der noch vor einigen Monaten regelmäßig im Wald anzutreffen gewesen war. Nun hockte er mit teilnahmslosem Blick und auf den Knien gefalteten Händen da. Es waren verarbeitete Hände mit vorstehenden Adern; sie ruhten, als hätten sie nie gearbeitet, als hätten sie nur geruht, sie waren ruhend ein Vorwurf gegen die Arbeit, es waren tote Hände. Was noch lebte an diesem Mann, hätte man nicht benennen können. Es lebte nichts in seinen Augen, nichts in seinem Gesicht. Dieser Mann hatte mit der Welt abgeschlossen, doch sein Blick ging nicht in eine andere Zeit. Nur ins Leere. In ähnlicher Teilnahmslosigkeit saßen verschiedene Patienten in dem freundlichen, sauberen Raum. Die Trostlosigkeit ging von den Menschen aus, und sie war ansteckend.

Ein Mann kauerte bei einem Sofa und nickte immer mit dem Kopf. Er nickte und nickte, und dieses Nicken war ohne Bedeutung. Eine Frau zupfte an ihrer Schürze, sie öffnete die Bändel nicht, sie rückte die Schürze auch nicht zurecht, sie zupfte nur, denn das Zupfen an dieser Schürze war der einzige Inhalt ihres Lebens. Ein alter Mann erschreckte Hans Villiger, denn er griff aus Bewegungslosigkeit heraus unerwartet nach seiner Hand und hielt sie in einer hilflosen Zärtlichkeit fest. Er lachte mit zahnlosem Mund, mit wässrigen Augen, und er ließ Hans Villiger nicht mehr frei. Die Sozialarbeiterin musste ihn von dem Alten erlösen.

Als sie durch den Flur gingen, begegneten sie zwei geistesgestörten Frauen, die einen Wagen mit Bettwäsche schoben. Die beiden nahmen ihre Arbeit sehr ernst, ließen den Wagen aber doch eine Zeitlang stehen, um den Schülern nachzustarren.

In einem hellen und neu eingerichteten Raum saßen drei alte Frauen mit ausgelöschten Augen. Stumm saßen sie, und auch ein Mann saß auf einem Stuhl. Er hielt die Beine gespreizt und hatte einen Gehstock dazwischen, seine Hände waren stark verquollen, und er hatte eine dunkle Brille aufgesetzt. Vereinzelt, ohne miteinander zu sprechen und auch ohne die Besucher wahrzunehmen, saßen die alten, kranken und geistesgestörten Menschen in diesem für sie freundlich hergerichteten Raum, als wären sie Zubehör. Im Aufenthaltsraum spielte ein Radio. Eine Werbesendung sprudelte Schlagermusik in die tauben Ohren der Leute und wurde durch eine junge Frauenstimme immer wieder unterbrochen, da zwischen den Musiktakten Schokolade und Waschmittel angeboten wurde. Es war lächerlich und beklemmend zugleich.

In der Frauenabteilung trafen sie auf eine sehr kleine verrunzelte Frau, die in einem Rollstuhl am Fenster saß und sofort, als sie die Besucher wahrnahm, gurrende Laute ausstieß und seltsam unverständliche Wörter bildete und sich ganz ungemein anstrengte, sich auszudrücken und mitzuteilen. Die Sozialarbeiterin wies denn auch darauf hin, dass ihr diese alte Frau Probleme aufgeben würde, da sie ganz bestimmt etwas mitteilen wolle und wahrscheinlich daran zerbrechen müsse oder schon zerbrochen sei, diese Mitteilung, diese für sie so wichtige Aussage nicht anbringen zu können.

Verschiedene der Frauen gingen einander untergehakt und lachend durch den Gang; andere standen stumm an einer Tür oder saßen regungslos bei einem Fenster. In der Männerabteilung saßen Patienten bei einem Kartenspiel, andere verschoben Schachfiguren auf einem Brett. Einige der Männer hatten den Hut aufgesetzt und den Gehstock in der Hand und einen Stumpen im Mund, als wären sie dabei, den Entschluss zu fassen, die Anstalt zu verlassen. Ein jüngerer und nach seinem Aussehen stark gestörter Mann trug einen schwarzen, tadellosen Anzug und ein weißes Hemd mit Krawatte. Beim Radio stand ein dickbauchiger Mann, er rauchte Brissago und drehte die Wählscheibe, hatte aber den Apparat nicht eingeschaltet.

Im Therapieraum saßen Patienten und schoben Drähte in einen Karton. Das Geld, das sie mit dieser Arbeit verdienten, sagte die Sozialarbeiterin, würden sie sparen. Die Patienten, die weder geistig noch körperlich aussichtslos behindert waren, durften mit dem Ersparten bei einer Carfirma Karten erstehen und an den regelmäßig durchgeführten Ausfahrten ins Blaue mitreisen. Solche Ausfahrten liebten diese armen Menschen über alles, und ein Patient, der das Gespräch hatte mitverfolgen können, lachte Hans Villiger an: Jawohl, in einer Schokoladenfabrik seien sie gewesen, und Schokolade hätten sie bekommen, so viel Schokolade wie sie hätten essen wollen.

In der Abteilung, in der sich die bettlägerigen Patienten befanden, besuchten sie ein Zimmer, in dem vier Frauen lagen. Drei von ihnen gaben mit keinem Zeichen zu erkennen, dass sie den Besuch wahrnehmen konnten. Eine davon, erwähnte die Sozialarbeiterin, erwache nur noch selten und sei auch dann kaum mehr ansprechbar. Die Frauen dämmerten dem Tod entgegen. Sie liegen in diesen Betten und warten auf den Tod, einen Tod, so die Sozialarbeiterin, den wir ihnen so leicht wie möglich machen. Es waren meist Frauen ohne Angehörige, oder mit Angehörigen, die für sie zu Hause keinen Platz hatten oder auch gar nicht in der Lage waren, sie zu pflegen. Sie hatten Jahre im Heim verbracht, manche andauernd im Bett, und bei diesen würde es zumindest nicht mehr Jahre dauern, bis der Tod sie erlöste.

Eine der Frauen machte sich bemerkbar, sie war sehr alt und griff mit einer blutleeren Hand nach dem Bügel über dem Bett und versuchte, sich daran hochzuziehen. Hans Villiger dachte, dass diese alte Frau einmal schön gewesen sein musste, noch jetzt hatte sie ausdrucksvolle Augen, blaue Augen, die er nicht so schnell wieder vergessen würde.

Ihr Gesicht war weiß wie die Hände, ihre Lippen waren blutlos, aber ihr Mund war doch schön. Die Sozialarbeiterin ging zu der Frau ans Bett, und flüsternd, doch so deutlich, dass alle Besucher es hören konnten, sagte die Frau: Ich bin die Königin von Frankreich, vergessen Sie das bitte nicht.

In Boswil musste Hans Villiger aussteigen. Hinter dem Bahnhof hatte er am Morgen sein Moped wegen des schlechten Wetters eingestellt. Er knöpfte seinen Mantel zu und schlang die Schärpe enger um den Hals.

Der Zug entfernte sich, wie ein Lichterwurm zog er weg; sein Rollgeräusch verlor sich in der Schneestille. Das Moped sprang besser an, als Hans Villiger befürchtet hatte. Er saß auf und fuhr gegen Kallern. Auf halber Höhe, umgeben von Weiden und Äckern, schaute er nach Boswil hinunter. Die Häuser ragten aus dem Boden und bildeten verschwiegene Nester. Der Kirchturm stach in den Himmel, und am Himmel glänzten Sterne. Es war eine weite Nacht als Geschichte, die nicht zu Ende erzählt werden konnte. Rechts, in einer Mulde zwischen den Feldern, lag die Siedlung schwarz im bläulich schimmernden Schnee. Als er den Weg zu den Stallungen einbog, rannte ein Fuchs durch den Lichtkegel des Scheinwerfers. Aus dem Stall ertönte das Geräusch von Kühen, die an ihren Ketten rissen.

Im Zimmer zog Hans Villiger Mantel und Schuhe aus, schlüpfte in die Pantoffeln und wärmte sich am Heizungsradiator die kalt gewordenen Hände auf. Als er nach einiger Zeit der Ruhe zu sich gefunden hatte, nahm er eine Pfeife aus dem Ständer, stopfte sie mit Sorgfalt und brannte sie an.

Am 10. Januar 1841, während der Festnahme Wallers durch die Aufständischen, wurden auch in Meienberg, wo der Bezirksrichter Suter, ein Mann, der sich gegen die Regierung gestellt hatte, verhaftet werden sollte, ähnliche Vorkommnisse registriert. Der Bezirksamtmann, den Waller zur Verhaftung ausgeschickt hatte, traf in Begleitung von Landjägern in Meienberg ein und ritt zum Wirtshaus, wo der aufrührerische Suter wohnte.

Es fiel leichter Schnee, es war kalt, und die Pferde warfen mit ihren Hufen Matsch auf.

Die Kunde, der Bezirksamtmann sei unterwegs, und zwar in Begleitung von Landjägern, machte wie ein Lauffeuer die Runde.

Die dem Bezirksrichter Suter ergebene Bevölkerung traf bewaffnet vor dem Wirtshaus ein; die Männer schwangen Knüppel und fuchtelten mit ihren Gewehren, sodass es dem Bezirksamtmann nicht möglich war, für Ruhe und Ordnung zu sorgen, wie es Waller ihm aufgetragen hatte.

Im Gegenteil. Nachdem er von seinem Pferd gestiegen war, wurde er von der Menge in die Wirtschaft gedrängt und dort festgehalten. Bald kam die Nachricht, Suter, der sich angeblich abgesetzt haben sollte, sei da, und der Bezirksamtmann wurde unter den Armen gefasst, aus der Wirtschaft gestoßen und inmitten der Aufständischen unter Verwünschungen und Drohungen zum Marktplatz geschleppt. Dort befand sich Suter bereits und erwartete ihn; und zwar stand er hochaufgerichtet auf einem Stuhl, den er unter einer Linde platziert hatte. Im kahlen Geäst des Baumes wagte sich kein Vogel niederzulassen, so sehr lärmte die Menge.

Suter, in tadelloser Kleidung und selbstbewusst, überragte die Menge um Stuhleshöhe und blickte auf den Bezirksamtmann herab, der sich immer noch im Griff der Männer befand. Auf ein Kommandowort ließen ihn die Arme, die ihn wie Wagendeichseln umspannt hielten, frei, damit er sich aufrichten konnte; und Suter forderte ihn auf, ihm mitzuteilen, was er ihm zu sagen habe. Der Bezirksamtmann fasste sich, zupfte seine Jacke zurecht, setzte den schräggerutschten Hut gerade und eröffnete Suter, dass er gekommen sei, um ihn im Auftrag der Regierung zu verhaften. Als er dies mit fester Stimme gesagt hatte, tobte die Menge wieder los. Der Bezirksamtmann fühlte sich nicht mehr wohl in seiner Haut und spähte nach seinen Landjägern aus, von denen er im großen Volkshaufen jedoch keinen zu finden vermochte. Suter richtete seine Rede an das Volk. Er beteuerte seine Unschuld und rief, nur zum Schutz der Religion der Väter habe er gehandelt, wie er eben musste. Er verlangte schließlich vom Bezirksamtmann die Vorweisung des Haftbefehls und weigerte sich, nachdem er das Papier eingesehen hatte, ihm Folge zu leisten.

Der Bezirksamtmann wollte sich daraufhin von dem Platz entfernen. Die Bauern verunmöglichten aber seinen Abzug, hielten ihn fest, und er, der zur Verhaftung eines Aufständischen ausgezogen war, sah sich selbst festgenommen. Zusammen mit den Landjägern, die in der Zwischenzeit schon längst vom Volk entwaffnet und festgenommen worden waren, sperrten ihn die Männer im Wirtshaus ein.

Nach diesen Ereignissen wurden einer schlanken Tanne die Äste bis auf den Wipfel abgeschlagen. Als die Krone mit bunten Bändeln geschmückt war, zogen ein paar Burschen die Tanne als Freiheitsbaum hoch und verkeilten sie im Boden. Da noch immer Schnee fiel, setzte sich in ihrem Wipfel ein weißer Kranz fest, aus dem die Bändel schlaff herunterhingen.

Vor dem Wirtshaus wurde ein Posten aufgestellt. Die ganze Nacht schüchterten die einander ablösenden Wachen den gefangenen Bezirksamtmann mit der Behauptung ein, Waller und andere regierungstreue Männer seien bereits umgebracht worden, bis ihn gegen Morgen eine Rotte mit dem Schlitten nach Muri überführte, wo er in der Arreststube des Gerichtshauses eingesperrt wurde.

Nachdem Suter in Meienberg den Bezirksamtmann hatte festsetzen lassen, zog er mit seiner bewaffneten und entschlossenen Schar nach Muri, wo es seiner Ansicht nach in einer Sitzung mit den anderen Anführern hauptsächlich zwei Angelegenheiten zu besprechen gab: Erstens mussten Blei und Pulver herbeigeschafft werden; zweitens war eine Vorsorge für die Möglichkeit der Regierung, den Aufstand im Freiamt durch das Entsenden von bewaffneten Truppen niederzuschlagen, mit aller Klugheit zu treffen. Nach dieser Besprechung boten die Führer die militärpflichtige Mannschaft auf, da sie sich wie ihre Kollegen in Bremgarten bereits als die neuen Machthaber sahen, und sie wähnten sich aus dieser Annahme heraus berechtigt, auch über die Miliz zu verfügen.

Aus den bereits versammelten, militärpflichtigen Männern wurde eine Wache zusammengestellt, zu deren Verpflegung die Führer vom Kloster 150 Portionen Wein und Brot forderten. Und sie bekamen sie auch. Eine ausgeschickte Rotte schaffte aus den Kantonen Zug und Luzern Pulver und Blei herbei. An mehreren Orten fertigten die Aufständischen Patronen an.

Die Führer von Muri richteten ihr Hauptquartier im Wirtshaus »Engel« ein. Von dort aus verschickte Suter folgendes Aufgebot, das zu Pferd und zu Fuß in alle Gemeinden getragen wurde:

»Der Kreis Merenschwand wird seine milizpflichtige Mannschaft gehörig bewaffnet und ausgerüstet sofort nach Muri beordern, um einem allfälligen Angriff der Regierung entgegenzutreten. Jeder Miltär wird bei seiner Bürgerpflicht aufgefordert, dieser Aufmachung Folge zu geben.«

Das war ein offener Aufruf zum Bürgerkrieg, der keineswegs auf taube Ohren stieß: Bewaffnet oder unbewaffnet strömten die Männer und Burschen auf die Kunde von dem bereits Vorgefallenen nach Muri.

Wie schon in Bremgarten richtete sich die Wut des Volkes auch in Muri gegen einzelne, als regierungstreu bekannte Männer, die misshandelt und verhöhnt wurden. Oberrichter Müller konnte wegen Krankheit nicht ausgehen und lag im Bett, als etwa um neun Uhr abends eine Rotte von 50–60 Mann vor seinem Haus erschien und Einlass verlangte. Nachdem die Stürmer alles im Haus untersucht hatten, traten sie mit Säbeln, Spießen und Knütteln vor das Bett des Kranken und befahlen ihm mitzukommen: Der Tag ist unser. Wir sind nun einmal Meister.

Als der Mann sich von seinen Kindern verabschieden wollte, drängten sich die Aufständischen dazwischen und verhöhnten seine Frau: Es ist gut, wenn der Kaib von den Kindern hinwegkommt, sonst gibt es aus ihnen auch noch Bern- und Züribieter-Kaiben.

Der Oberrichter hätte in seiner Angst sogar den Mantel vergessen, wenn ihm seine Frau, die bei allem Tumult ruhig geblieben war, diesen nicht übergehängt hätte. Auf dem Weg zum Gerichtshaus erlitt er außer einigen Schlägen keine Misshandlungen. Aber dort wurde er von allen Seiten mit Stöcken und Säbeln geschlagen. Man raufte ihm Haare aus und schleppte ihn dann zur Gefangenschaft in das Wohnhaus eines der Anführer, wo ihm noch auf der Treppe zugesetzt wurde. Sein Leben verdankte der Oberrichter seinem Knecht, einem baumlangen treuen Kerl, der ihn begleitete und sich auch von Drohungen und Schlägen nicht zurückweisen ließ. Mit den Armen fing er einen Teil der seinem Herrn zugedachten Schläge ab, und er schützte ihn mit dem eigenen Körper.

Zur gleichen Zeit hielt einer der Führer, Altammann Villiger, vor dem Gasthaus »Löwen« eine Ansprache. Er lobte das Volk für seinen Eifer. Seine Rede war hitzig und musste die Leute auch aufwärmen, denn es war ein kalter Abend, und vor lauter Aufregung und Revolution war ein großer Teil der Anwesenden noch gar nicht dazu gekommen, etwas Warmes zu essen. Villiger beschwor die Heiligkeit der katholischen Religion, sprach von dem Schutz des Klosters und meinte, es gelte nun, den von der Regierung eingesetzten Klosterverwalter abzuholen.

Alsbald machte sich eine Mannschaft daran, dieser Aufforderung nachzukommen. Das mit Balken gesperrte Klostertor wurde gesprengt; die Tür des Hauses, in dem der Verwalter wohnte, schlugen die Männer mit einer Axt in Stücke. Lärmend drang der Haufe die Treppe hinauf.

Der Klosterverwalter trat unter die Wohnungstür und sagte, er stelle sich der Verhaftung freiwillig. Doch keiner hörte auf seine Worte. Jemand löschte das Licht aus. Im Dunkeln schlug einer dem Verwalter die Hellebarde über den Schädel. Dieser Hieb traf oberhalb der rechten Schläfe und raubte ihm die Besinnung. Die Frau des Verwalters hatte in dem Durcheinander doch wieder Licht anzünden können und beugte sich zu ihrem hingestreckten Mann hinunter. Sie ließ sich weinend auf die Knie fallen und schützte ihn vor weiteren Schlägen; sie vergrub seinen Kopf in ihrem Schoß und hielt ihn umschlungen und presste ihn unter ihren Bauch, der kugelförmig und dick war, denn sie war hochschwanger. Auf ihrem Nachthemd bildeten sich Blutflecken. Der Verwalter röchelte und stöhnte. Die Stürmer kippten den Tisch um und schleuderten Stühle gegen die Wände und aus dem Fenster. Der Frau, die vor Angst aufschreiend und dennoch mit großem Mut den zerschundenen Kopf ihres Mannes unter dem schwangeren Leib barg, riefen die Männer zu: Es geschieht dir recht, Kanaille, warum hast du den reformierten Kaib geheiratet. Sie versuchten, die Frau an den Haaren wegzureißen und schlugen zu. Sie klammerte sich an ihren Mann, konnte aber nicht verhindern, dass er durch die Kammer geschleift wurde. Er gab keinen Laut mehr von sich. Die Bauern kehrten ihn auf den Rücken und sahen ihm ins Gesicht, um sicher zu gehen, dass er tot war. Dann ließen sie von ihm ab.

Fluchend verließen sie die in Tränen der Wut und Tränen der Angst völlig aufgelöste, verzweifelte Frau und polterten die Treppe hinunter. Geld, das sie bei ihrem Rundgang durch die Wohnung gefunden hatten, Geräte, Geschirr und Besteck nahmen sie mit.

Nur seiner überaus kräftigen Konstitution und dem Mut seiner Frau, sagte der Arzt, habe der Klosterverwalter sein Leben zu verdanken, denn die ihm zugefügten Wunden hätten für den Tod mehr als ausgereicht.

Im Gerichtshaus, wo sich ein Landjäger widersetzen wollte, zog ein wachhabender Aufständischer kurzerhand sein Messer und stieß es ihm in den Oberschenkel. Er trennte ihm dabei den Muskel durch, und ein zweiter Messerstich traf ihn in die Schulter.

Im Wirtshaus »Adler« vermuteten die Aufständischen Waffen und Munition der Regierung; darum wurde die Durchsuchung angeordnet, während der vom Wirt auch Geld erpresst wurde. Im »Löwen«, der als zuverlässig galt, wurden Patronen angefertigt.

Alle Munition, die in Muri hatte aufgetrieben werden können und zum größten Teil Eigentum der Armee war, war schon verteilt worden.

Das Kloster stellte den Aufständischen seine Pulvervorräte ebenfalls zur Verfügung.

Und so war in fieberhafter Anstrengung und in kürzester Zeit eine Truppe ausgerüstet, eine katholische Bauernmannschaft, die zu einem großen Teil aus der Miliz angehörenden Männern bestand, eine der Regierung untreu gewordene, von der Armee abgesprengte Truppe, gegen die, das wussten die Führer und das ahnten die Männer, die Armee vorgehen würde.

Doch der Bürgerkrieg für die katholische Sache war beschlossen.

In verschiedenen Gemeinden fanden eiligst einberufene Versammlungen statt, in denen, nachdem das Aufgebot eingetroffen war, nach förmlicher Abstimmung beschlossen wurde, dieses zu befolgen und Pulver und Blei anzuschaffen. Dagegen kam auch die Kälte nicht an, der Nieselschnee nicht und die Nacht.

Auch ein Schreckgespenst breitete sich aus: das Gerücht, 4000 reformierte Berner wollten über den Lindenberg ins Freiamt einfallen.

Mit größtem Jubel wurde darum ein Fässchen Pulver in Empfang genommen, das auf einem Schlitten, den zwei dampfende Pferde zogen, gebracht wurde – als Geschenk des katholischen Zug.

Mittlerweile war es Morgen geworden.

11. Januar. In Muri, im »Engel«, fand die letzte Sitzung des Ausschusses statt. Ein Sturmläuten wurde befohlen. Im Kloster fielen drei Alarmschüsse.

Von allen Seiten ertönten die Glocken, das Sturmläuten von den Kirchtürmen aller katholischen Kirchen erklang laut und aufdringlich in den Morgen hinein. Es verlieh den Männern Mut.

Es war kalt, und unter dem Geläute zogen die Bewaffneten von allen Gemeinden in Muri ein. Unter den Schritten der Aufrührer knirschte der Schnee. In den Tümpeln und Pfützen war das Wasser zu Eis gefroren. Auf Suters Befehl holte eine Eskorte unter klingendem Spiel im Haus des Bezirkskommandanten die Bezirksfahne ab.

Die Mannschaft wurde von den Offizieren in Reih und Glied befohlen.

Die Aufständischen von Muri waren zum Auszug bereit.

Regierungsrat Waller erstattete später darüber folgenden Bericht:

»Am Morgen des 11. Januars, zwischen 6 und 7 Uhr, fielen einige Schüsse in der Nähe des Müller'schen Hauses, für uns die ersten Zeichen des blutigen stürmevollen Tages. Gegen 8 Uhr (die Angabe der

Zeit fällt mir schwer, weil ich meine Uhr nicht bei mir hatte und diejenige der Klosterkirche nicht ging) erschienen Weißenbach und Ruepp auf unseren Zimmern und grüßten mich. Ruepp erzählte seine Verhaftung und Befreiung und deutete auf den schnellen Wechsel der Schicksale, Weissenbach war schweigsamer und entfernte sich mit Ruepp und gab mir weitgehend die unaufgeforderte Erklärung, dass für unsere Sicherheit gesorgt sei. Nach ihrer Entfernung erblickte ich auf der Straße vom Müller'schen Haus bis zum Brunnen vor dem Haus zum »Löwen« herangeströmtes Volk mit den mannigfachsten Waffen: Sensen, Beilen, Knütteln, Karsten, Stutzern, Flinten, Säbeln usw. ausgerüstet. Die Tambouren schlugen Alarm; während die regelmäßig bewaffnete Mannschaft sich ordnete, bogen scharenweise und einzeln Scharfschützen und Sensenmänner vor dem Haus vorbei abwärts. Als das Peleton mit der herbeigeholten Bataillonsfahne aufmarschiert war, traten Offiziere, die blanke Waffe in der Hand, auf mein Zimmer, erklärten, dass das Volk nun ziehen wolle, dass es in meiner Macht stände, Blutvergießen zu verhindern, dass wenn Bürgerblut vergossen würde, das meine zuerst oder zuletzt vergossen werden müsse, dass ich die Regierung beschwören möge, ein blutiges Zusammentreffen zu vermeiden. Ich entgegnete, dass ich jeden Augenblick gefasst und gerüstet sei, der Wut des Volkes mich zum Opfer zu bringen, dass ich es aber auch in meiner Pflicht halte, das Mögliche zu tun, um das Unglück eines Bürgerkrieges zu verhindern. In diesem Sinne und zu diesem Zwecke richtete ich ein Schreiben an die h. Regierung.

Nach Empfang desselben entfernten sich die Insurgentenchefs und zogen mit der militärisch geordneten Mannschaft ab.

Vor unserem Haus pflanzten sich dann während mehreren Stunden Rotten auf, mit Stöcken, Heurüpfeln, Morgensternen bewaffnet, die von Zeit zu Zeit die gewohnten Drohungen von Zerreißen und Zerhacken heraufschrien.«

24

Margrit lag im Bauch eines Gefäßes: so dunkel war das Zimmer. Neben ihr schlief Herbert und atmete regelmäßig; dieses schleifende Atmen war der Stille zugehörige. Wenn er die Luft einzog, schrumpfte der Raum, wenn er sie wieder ausblies, dehnte sich der Raum. Das fliehende Ticken des Weckers. Die Dunkelheit stellte sich als Wand gegen die Zeit und warf die Tausendfüßler-Sekunden zurück. Es war Nacht, und andere Maßstäbe bekamen Gültigkeit. Die Sekunden hörten auf, eine Rolle zu spielen. Zeit kletterte durch beliebige Räume und kümmerte sich nicht um Gesetze und tickte nicht lächerlich im Kreis. Mit jedem Herzschlag verdoppelten die Welt und das Weltall ihren Durchmesser und stellten so die Unendlichkeit her. Nein, es war nicht das Kind, das Margrit nicht schlafen ließ; das Kind verhielt sich ruhig. Margrit schob die Hände unter das Nachthemd und legte sie über den Bauch. Er war warm und weich; sie spürte die Haut und darunter das Kind. Sie griff mit den Händen in diese Haut und schob sie zu einer Falte zusammen, die sie mit einer Hand hielt, während die andere nach dem Kind tastete.

Dann strich sie mit zärtlichen Händen über ihren Leib und wollte Weichheit und Wärme zusammenfassen und geborgen behalten; und diese Zärtlichkeit galt nicht nur ihr selbst, sie meinte auch das Kind.

Nein, es war nicht das Kind, das Margrit nicht schlafen ließ.

Herbert war spät in der Nacht mit offenem Hemdkragen und einer nur mehr lose umgebundenen Krawatte nach Hause gekommen und hatte auf Margrit, die noch lesend im Bett gelegen war, einen niedergeschlagenen Eindruck gemacht. Sie hatte ihn nicht nach einem Grund gefragt. Wenn er ihr etwas zu sagen hatte, würde er das tun, und Herbert sprach dann auch, während er auf der Bettkante saß und ohne die Knoten zu lösen die Schuhe abstreifte und sie auf den Vorleger warf.

Die Stelle in Brugg kannst du abschreiben.

Ich will nicht mehr. Auf einmal habe ich festgestellt, dass ich selber nicht mehr will.

Es ist einfach über mich gekommen. Unwillen. Ich sah nur die Schwierigkeiten. Jeden Tag mit dem Auto nach Brugg. Oder einen Umzug, den du nicht gewollt hättest. Herbert sprach, ohne sich Margrit zuzuwenden, und entkleidete sich dabei.

Und jetzt machst du mir Vorwürfe, fragte Margrit, schloss ihr Buch und legte es auf das Nachttischchen.

Nein, das ist ein Unterstellung, sagte Herbert, stand im Unterleibchen da, sah schmächtiger aus, als er war, und Margrit fiel eine Impfnarbe an seinem linken Oberarm auf, daumennagelgroß war die Haut noch blasser als die des Körpers. Schon oft hatte sie diese Narbe im Dunkel ertastet.

Herbert ging ins Badezimmer, barfuß.

Als er zurückkam, zog er sich ganz aus und ging zu Bett; er roch nach Seife und Zahnpasta. Er löschte auf seiner Seite das Licht aus, drehte sich auf den Rücken, faltete die Hände über der Brust und sagte zu Margrit, die wieder zu lesen angefangen hatte: Ich war im »Stadthof«, den ganzen Abend. Wir haben gespielt, und als wir genug gespielt hatten und ich mit meinen siebzehn gewonnenen Franken dasaß, sagte einer der Mitspieler, dass er eine Geschichte erzählen werde, wenn ich eine Flasche Wein bestelle:

In einer Firma arbeitete ein Prokurist, seit zwanzig Jahren. Es war ein Tag im Juli, drückende Hitze. Der Hemdkragen scheuerte dem Mann den Hals wund. Da langte er nach seiner Schreibmaschine, hob sie hoch und schleuderte sie aus dem offenen Fenster auf die Straße hinunter, er riss Aktenordner aus einem Regal und warf sie hinterher; er brach in ein lautes Gelächter aus, und als seine Sekretärin ins Büro gelaufen kam, hatte er den Kopf schon auf die Schreibtischplatte gelegt und weinte.

Bald stand er auf, glaubte, keinem eine Erklärung schuldig zu sein, und verließ wortlos und grußlos das Büro. Er ging zu einem Anwalt und gab die Scheidung ein; er schrieb einen Brief an seinen Chef und reichte die Kündigung ein.

Weder der Vorgesetzte noch seine Frau konnten das Verhalten des Prokuristen verstehen.

Ich habe dich doch immer geliebt, sagte die Frau, und ich liebe dich noch immer.

Seine Antwort: Eine Frau, die es zulässt, dass ihr Mann neun Stunden täglich und das seit zwanzig Jahren im gleichen Büro sitzt und eine ihm gleichgültig gewordene Arbeit verrichtet, kann ihn gar nicht lieben. Es ist unmöglich.

Heute, als ich gerade einen Briefbogen in die Maschine gespannt hatte und das Datum schreiben wollte, den Tag und den Monat schon getippt hatte und die Jahreszahl hätte hinsetzen sollen, schoss mir das wie ein Blitz durch den Kopf. Die Jahreszahl war auswechselbar geworden. Zehn Jahre mehr oder weniger. Was wäre der Unterschied. Und ich sah mich vor zehn Jahren ein Datum tippen, ich hatte damals noch mehr Haare und wog vielleicht zehn Pfund schwerer. Und ich stellte mir mich in zehn Jahren ein Datum schreibend vor. Ich werde vielleicht keine Haare mehr besitzen, aber dafür die zehn Pfund wieder zugenommen haben. Ich habe eine Spanne von zwanzig Jahren überschaut und eine Nullsumme errechnet.

Den Rest kennst du ja.

Heute hat der Mann eine Tankstelle gepachtet und lebt mit einer anderen Frau zusammen. Häufig liegt er in der Garage unter einem alten Wagen und bastelt an ihm herum, um ihn wieder fahrtüchtig zu bekommen. Alte Wagen waren schon immer sein Steckenpferd. Wenn man ihn aus der Werkstatt klingelt, weil man bei ihm Benzin tanken will, kommt er pfeifend und mit ölverschmierten Händen zur Tanksäule.

Offensichtlich führt er ein glückliches Leben.

Das ist alles. Das ist die Geschichte.

Mit anderen Vorzeichen versehen eine Bruder-Klaus-Geschichte.

Margrit lag mit offenen Augen. Schlaflose Nächte hatten sie nachdenklich werden lassen. Manchmal fühlte sie dabei auch Geborgenheit in sich selbst, fand sie Einlass in die inneren Räume.

Das Kind rührte sich jetzt: es war die einzige Bewegung, die Margrit, selbst regungslos, wahrnahm. Als würde ihr Bewusstsein erweitert. Das fremde Herz schlug im eigenen. Das Eigenleben ihres Kindes pulste in ihrem eigenen Leben.

Eine Wärme durchflutete Margrit und trieb sie unmerklich an den Rand des Schlafes, bis sie kopfüber in einen Schacht stürzte, dessen Grund sie nicht sehen konnte. Sie schreckte wieder auf, pendelte zwischen Halbschlaf und Schlaf und erwachte erneut: die Wärme war Hitze geworden und verbrannte sie.

Margrit schlug die Bettdecke zurück. Sie war schweißgebadet. Sie stand auf, dehnte den Rücken, den Bauch und stemmte die Fäuste in die Seite; die Hitze blieb im Körper. Margrit ging zum Fenster, zog die Vorhänge auf, öffnete die Flügel. Die eisige Kälte machte sie augenblicklich hellwach.

Eine ruhige Nacht über den Gärten, ein heller Mond über der Unterstadt. Der Schnee als weiter Gedankenmantel. Straßen und Wege: nachtschwarzer Asphalt. Vereinzelte Bäume in der Gegend des Friedhofs–Trauerobelisken.

Die Kirche war ein mächtiger Klotz. Steil und massig überragte ihr Turm die umliegenden Häuser und lief in eine lange, schlanke Spitze aus. Von weither brach der Anlasser eines Autos die Stille. Kein Licht. Keine Lichter mehr weit und breit. Eine mondhelle Nacht, eine in Kälte erstarrte Landschaft, verschlafene Häuser: ein Bild, das sich aus einem Traum weggestohlen hatte.

Die Kälte löschte die Hitze im Körper, sie machte ihn leicht und frei; Margrit atmete ruhig, stand gelöst am Fenster und schaute hinaus, als würde sie in einen Traum von außen hineinsehen können; sie nahm die äußere Landschaft ganz als innere wahr und erkannte da draußen eine innere Welt. Als wäre der Mond Geborgenheit, als läge nicht Schnee, sondern Schnee als Ruhe auf den Gärten, als wäre diese Landschaft nur als Bild vorhanden, das nichts anderem als sich selbst zu genügen hatte.

Die Wirklichkeit als Frösteln. Margrit verschränkte die Arme vor der Brust, um sich selber zu wärmen, dann trat sie vom Fenster zurück; und der Ausschnitt wurde sofort kleiner, und kleiner wurde das Bild aus dem Traum, und nach einem weiteren Schritt war die Welt nicht mehr als ein gerahmtes Bild an der Wand. Margrit ging wieder ans Fenster und schloss es. Sie legte sich ins Bett, zog die Decke hoch und sah ein Kind.

Dieses Kind war sie selbst.

Damals. Sie ging an der Hand des Vaters durch die mondhelle Nacht. Sie kamen zurück von der Mitternachtsmesse. Die Hand des Vaters umschloss die ihre ganz. Das Geläute füllte alle Straßen und Gassen, und das Dröhnen hockte sich schwer in die Gärten.

Und Margrit sah dasselbe Mädchen in einem anderen Bild. Ein strahlender Frühlingstag. Sie ging weiß gekleidet in einer Reihe mit anderen weiß gekleideten Mädchen. Ihre Mutter hatte sich damals geärgert, weil ihr beim Gehen einer der weißen Kniestrümpfe hinuntergerutscht war. Auf der Fotografie machte sich das schlecht. Es war der Tag der ersten Heiligen Kommunion. Wieder hatten die Glocken der Kirche geläutet.

Es war die Erinnerung an dieses Kirchengeläute, an diese mächtigen Glocken, die sie manchmal nicht einschlafen ließ. Dieses Geläute drängte sich immer wieder in Bilder, Gedanken und Träume.

Einmal waren sie zu diesen Glocken hochgestiegen. Margrit und ihr Vater. Als sie im Glockenstuhl angekommen waren, sagte der Vater, wenn er jetzt mit dem Knöchel eine der großen Glocken anschlage, könne man den Ton weitherum hören. Doch er schlug die Glocke nicht an; er zog nur ein Päckchen Parisiennes aus der Tasche und rauchte eine Zigarette.

Margrit schaute auf die Stadt hinunter und beobachtete einen

Schwarm Tauben, die über ihrem Schlag kreisten, und als sie fragte, ob sie hinunterspucken dürfe, sagte der Vater: Ja.

Dann das Kirchengeläute damals, als der Großvater gestorben war und sie mit der Mutter am Tisch gesessen war und in Kakao eingebrocktes Brot essen sollte.

Die Glocken zur Sonntagsmesse: als sie während der Predigt Heiligenbildchen austauschte und immer Angst davor hatte, der Sigrist könnte sie dabei ertappen. Dann hätte sie vor allen Leuten in den Mittelgang hinausknien müssen. Und das wäre das Schrecklichste gewesen, was sie sich denken konnte.

Die Glocken zur Maiandacht. Margrit hatte sie immer geliebt. Es war ein Grund gewesen, das Haus nochmals zu verlassen. Laue Abende blieben in der Erinnerung zurück. Leiergebete, Rosenkranz. Und die Lieder, bei denen sie das Weinen zurückhalten musste.

Es waren die Erinnerungen an dieses Geläute, die Margrit wach hielten.

Margrit dachte an das Mädchen, das sie selber einmal gewesen war, und an der Schwelle zum Schlaf sah sie das Kind, das sie gebären würde, und sie stellte sich für seine Kindheit Bilder vor, die sie aus der eigenen stahl.

Es waren auch katholische Bilder dabei. Sie hatten Margrit geprägt. Messe, Christenlehre, Beichte, Kommunion.

Dies alles war, während sie schlaflos lag, wieder nah und bildhaft geworden.

Ihre Mutter war jeden Sonntag zur Kirche gegangen und hatte, ohne Zweifel zu kennen, die Heilige Messe besucht.

Margrit zweifelte.

Sie hatte darüber einmal während der Mittagspause mit Anna Villiger und Anita gesprochen. Als Margrit ihre Zweifel geäußert hatte, hatte Anita nur lachen müssen. Sie lehnte den katholischen Glauben ab und ging nicht zur Kirche.

Jetzt bist du achtzehn, hatte Anna zu dem Mädchen gesagt, und du stellst dich gegen die Kirche. Mit dreißig zweifelst du wie Margrit, aber du bezweifelst deine Ablehnung. Und mit sechzig, sagte sie zu beiden, glaubt ihr wieder wie ich.

Margrit vermochte dem Glauben mit dem Verstand nicht beizukommen. Eine katholische Erziehung war etwas Körperhaftes. Sie erinnerte nochmals den Tag ihrer ersten Heiligen Kommunion. Im weißen Kleid kniete sie auf der Kommunionbank, die Hand gab ihr die Hostie in den Mund, und dabei hatte sie mit den Lippen ganz leicht die Finger des Priesters berührt.

Der Katholizismus war ein Sünde-Reue-Buße-Organ.

Eingenistet zwischen Herz, Lunge und Magen.

Dieses Organ konnte sich höchstens herauswachsen, und das brauchte seine Zeit.

Margrit dachte an den Kapuzinerpater, der den halbwüchsigen Mädchen in einem obligatorischen Aufklärungskurs von der Schauerlichkeit erzählte, die in diesem Wort enthalten sei: Zungenkuss.

Es war eine kalte Herbstwoche. Die Mädchen saßen in der ungeheizten Kirche auf der Frauenseite. Ein paar Kerzen brannten. Sonst kein Licht. Aber das Geflacker der Schatten an den Wänden. Die verschlungenen Leiber auf den im Halbdunkel hängenden Gemälden. Von der Kanzel sprach der Kapuzinerpater. Und auf dem Heimweg empfand Margrit Furcht, Angst vor jedem Mann, der ihr entgegenkam.

Der katholische Glaube war ein neuer Sinn geworden gegen jede Sinnlichkeit.

Margrit fasste wieder die Haut an, die warme Haut ihres Bauches. Sie fuhr mit den Händen um die Rundung, und die Hände fanden auch den Schoß.

Sie konnte diesem Glauben nicht einfach den Kopf abhauen und wollte das auch gar nicht tun. Gewaltsames Vorgehen taugte nicht: dann würde er als kopfloses Huhn weiterhin durch ihre Träume flattern.

Margrit hatte von Theologen gelesen, die vom Tode Gottes predigten. Sie konnte das begreifen. Doch »Gott ist tot«, das wollte sie nicht glauben. Dass er im Sterben lag, fühlte sie. Du zweifelst? Zweifel sind verboten; das war noch die Haltung ihrer Mutter gewesen.

Anna Villiger zweifelte nicht, nicht an Gott jedenfalls.

Der Zweifel war der Anfang seiner Austreibung.

Margrit erinnerte sich auch an die Stunden, als sie verzweifelt in der Kirche gesessen war und Trost gefunden hatte. Sie konnte sich auch vorstellen, einmal mit ihrem Kind so allein in der Kirche zu sitzen. Und diese Vorstellung war tröstlich.

»Ach, o Herr, ich bin nicht rein, dass du kehrest bei mir ein.« Wie oft hatte sie diese Worte gesprochen, war dann von der Kirchenbank aufgestanden und zum Altar gegangen, um den Heiland zu schlucken, als ob das weiter nichts wäre.

Es war manchmal auch diese Kirche, die Margrit nicht schlafen ließ. Sie hatte nun die Hände zwischen die Schenkel gelegt, flach an die weiche Innenseite, geborgen in der Wärme der Haut.

Die katholische Kirche ist vor allem ein schwerreicher, multinationaler Konzern, hatte Herbert einmal gesagt. Ihre Geschichte ist nachweisbar der Abfall von ihrem Ursprung.

Gott ist eine Erfindung, der Katholizismus eine Herrschaftsform. Es geht um Machtausübung und Geld.

Margrit konnte sich damit nicht abfinden.

Gott war der Schweigende.

Und so wie das Geheimnis Gottes sein Schweigen war, war das Elend der Kirche ihr Sagen.

Sie unterstellte Gott, dem Schweiger, Sätze und Reden und wurde dadurch eine Schwätzerin.

Es war Margrit nicht leichtgefallen, Herbert eine Antwort zu geben. Er hatte sie getroffen und verletzt.

Margrit drehte sich auf den Rücken und legte die Hände neben den Körper. Sie atmete tief, und sie spürte sich selbst von den eigenen Gedanken losgelöst.

Es war nicht das Kind, das sie nicht hatte schlafen lassen. Und die Erinnerungen an die Kirchenglocken waren nun verstummt. Sie sah nur noch das Bild, das sie aus dem Fenster aufgenommen hatte: die Bäume, den Friedhof, die Schneeflächen auf den Gärten, die Straße, die Kirche und Häuser. Und dieses Bild, das sich aus einem Traum gestohlen hatte, kehrte zurück und blieb stehen als ein Bild in einem Traum von Margrit.

Eisblau. Kalt und ruhig.

Siebter Tag

25

Vor dem Haus türmten die Kinder des Bauern einen Schneemann auf, Hans Villiger beobachtete von seinem Schreibtisch aus ihr Spiel. Der Hund rannte zwischen Stall und Brunnen hin und her; beim Brunnen löste der Bauer die Eiszapfen von der Röhre, beseitigte die Eisschicht, schöpfte die losgeschlagenen Schollen mit einem Eimer aus dem Trog, da er die Kühe zur Tränke führen wollte. Es war kalt. Den Kindern machte es Mühe, aus dem pulvrigen Schnee einen Schneemann zu formen, und sie gossen Wasser über seinen Leib, damit er nicht auseinanderfiel.

Es war ein Wintermorgen abseits der Zeit. Das Licht der Sonne schien über den Lindenberg; im Schneefeld gingen die Krähen mit nickenden Köpfen.

Hans Villiger hatte bis gegen Mitternacht geschrieben und auch gewartet: doch Lur war nicht zurückgekommen.

Er saß vor seinem Manuskript und rauchte eine Pfeife aus glattem, rotem Bruyere-Holz; sie hatte einen halbhohen Kopf und einen langen Beißer. Diese Pfeife hatte ihm Maria geschenkt. Neben seiner Arbeit lag ihr Brief. Sie kam mit ihrer Geschichtsarbeit gut voran. Maria war Jüdin, eine Cohen aus Amsterdam. Sie schrieb eine Arbeit über die Juden in Amsterdam zur Zeit der deutschen Okkupation, und in ihrem Brief fragte sie danach, wie es eigentlich zur Zeit des Zweiten Weltkriegs den Juden in der Schweiz ergangen sei.

Hans Villiger musste sich eingestehen, darüber nur sehr wenig zu wissen; er stellte sich Bremgarten vor, wo er ein Jahr nach dem Krieg geboren und aufgewachsen war. Er dachte an Einwohner, von denen er wusste, dass sie Juden waren. Aus seiner Kinderzeit war ein dicker Herr nicht wegzudenken, er war ein jüdischer Viehhändler gewesen.

Aber wie war es zur Zeit, als in Deutschland die Juden verfolgt worden waren, in Bremgarten gewesen? Was hatte die Zeitung berichtet? Hans Villiger nahm sich vor, darüber einmal Material zu sammeln und diesen Fragen nachzugehen.

Er hielt den Brief in den Händen, er war in einer lockeren Schrift auf ein blaues Papier geschrieben. Und während er an seiner Pfeife sog, dachte er an Maria, die er liebte. Die rote Pfeife war ein besonders schönes Stück in seiner Sammlung und rauchte sich gut. Lur war nicht zurückgekommen. Hans Villiger hatte das befürchtet. Er schob das Manuskript beiseite und las nochmals den Brief. Nachdem er eine Zeitlang in seinen Stuhl zurückgelehnt dagesessen war, faltete er das blaue Papier zusammen und versorgte es in der Schublade. Anita kam ihm in den Sinn. Er hatte ihr nicht zusetzen wollen, und ihr grußloser Abschied, der eigentlich eine überstürzte Flucht vor weiteren Fragen gewesen war, beschäftigte ihn. Es gab für Lur keine andere Möglichkeit, als sich der Polizei zu stellen und die Strafe abzubüßen. Gewiss lag in dieser Gefängnisstrafe kein Sinn, und sie würde nichts bewirken. Sie war nur unvermeidlich.

Es gab Möglichkeiten, Lur die Gefängniszeit zu erleichtern. Hans Villiger würde sie ausnützen.

Er nahm sich vor, bis zum Abend zu warten. Wenn Lur bis neun Uhr nicht zurückkehren sollte, würde er Pep und Anita anrufen und sie bitten, zu ihm zu kommen. Dann würde er den beiden die Karten offen auf den Tisch legen und sie auffordern, dasselbe zu tun. Mit seiner Verschwiegenheit konnten sie rechnen; er mutete sich zu, ihr Vertrauen zu gewinnen. Die Vorfälle mussten besprochen werden, damit eine Entscheidung getroffen werden konnte. Sie waren in eine Angelegenheit verwickelt, die nicht geheim gehalten werden durfte. Lur würde den Fahndern in die Falle gehen, dann käme alles nur schlimmer. Hans Villiger wollte ihnen raten, das kleinere Übel zu wählen, um ein größeres zu vermeiden. Es war klar, dass das kleinere Übel für Lur groß genug und beinahe unerträglich war.

Du hast dir die Suppe eingebrockt, würde er zu Lur sagen, jetzt musst du sie auch ausfressen. Das war eine Sprache, die Lur verstand.

Hans Villiger stand auf und legte die Pfeife auf den Schreibtisch. Er zog die Stiefel an, band einen Wollschal um und ging zu den Kindern hinaus. Sie begrüßten ihn mit Schneebällen; er warf Schneebälle zurück, ohne zu treffen, was die Kinder ermunterte, näher heranzukommen, bevor sie ihre Bälle abschossen; und als das ältere der beiden Mädchen ihn traf, schrien alle vor Freude auf. Der Bauer stand beim Brunnen und lachte; er hatte einen Stumpen in der Hand und die Mütze ein wenig zurückgeschoben. Der Schneemann war beinahe fertig. Das ältere der Mädchen ging zum Bauern und sagte, es müsse ihm etwas mitteilen, das könne es ihm aber nur ins Ohr flüstern. Der Bauer beugte sich zum Kind hinunter, worauf ihm das Mädchen rasch die Mütze vom Kopf riss und damit zum Schneemann lief, damit Hans Villiger sie ihm aufsetzen sollte. Der Bauer ließ sich den Spaß gefallen, kam hinzu und sagte dann, indem er den Kindern zublinzelte: So ein Schneemann friert bestimmt ohne Halstuch. Die Kinder merkten, worauf er hinauswollte und stimmten ihm bei. Fürchterlich würde sich so ein Schneemann ohne Halstuch erkälten. Der Bauer langte nach dem Wollschal Hans Villigers und band ihn dem Schneemann um.

Nachdem das Lachen und Jauchzen der Kinder über die gelungene Überraschung vorbei war, sagte der Bauer zu Hans Villiger, er hätte noch etwas mit ihm zu besprechen, und bat ihn, in den Stall zu kommen. Darauf nahm er seine Mütze vom Kopf des Schneemanns und setzte sie wieder auf, was den Kindern unmissverständlich anzeigte, dass der Spaß zu Ende sei. Auch Hans Villiger erhielt das Halstuch zurück. Er folgte dem Bauern, der zum Stall vorausgegangen war. Die Kinder machten sich auf die Suche nach einem Stock, einem Hut und einem Halstuch, mit denen sie den Schneemann ausstatten konnten, und liefen zum Geräteschuppen hinüber, wo sie dies alles zu finden hofften.

Im Stall vermischten sich Wärme und Dunggeruch.

Der Bauer kettete die Kühe los, klapste ihnen die Hand aufs Fell und schickte sie aus dem Stall. Die Kühe machten sich ohne Aufregung daran, ins Freie hinauszugehen; sie waren den Schnee gewohnt. Der Hund passte auf, dass keine in den Acker hinauslief und alle zum Brunnen trotteten. Ihre Hufe zertraten den Schnee zwischen Stall und Brunnen; Strohhalme, Haarbüschel und Dung fielen ins Weiß.

Als der Bauer die letzte Kuh mit einem Klaps aus dem Stall trieb, sagte er zu Hans Villiger, dass er auf Frühjahr sein Zimmer benötige. Sein ältester Sohn sei groß genug für sein eigenes Zimmer, und seine Frau sei in der Hoffnung, auf den Sommer erwartete sie ihr sechstes Kind, und er brauche den Platz. Das Kleine würde im Zimmer schlafen, wo jetzt der älteste Bub mit den beiden Brüdern hause. Die Mädchen würden zusammenbleiben. Hans Villiger war über die Mitteilung des Bauern nicht sonderlich überrascht. Als er vor zwei Jahren eingezogen war, hatte man ihm deutlich gesagt, dass er nur so lange bleiben könne, bis das Zimmer für eigene Zwecke benötigt werde. Und das war nun der Fall.

Hans Villiger trat hinter der letzten Kuh ins Freie, die im Gegensatz zu den anderen mit ein paar Sprüngen zum Brunnen rannte und dort, anstatt zu saufen, den Versuch machte, in den Acker auszubrechen. Der Hund wies sie zurecht.

Natürlich könne er bleiben, wenn er nichts Passendes finde, sagte der Bauer.

Hans Villiger antwortete ihm, dass er eigentlich damit gerechnet habe, von hier einmal wegziehen zu müssen, und dass es ihm bestimmt nicht schwerfallen werde, wieder ein Zimmer oder auch eine kleine Wohnung zu finden.

Neben dem Brunnen stand der fertige Schneemann. Die Kinder hatten im Schuppen einen Strohhut gefunden, einen Reisigbesen und ein Halstuch; sie hatten dem Schneemann aus Kohle Augen und Mund eingesetzt und ihm eine Rübennase ins Gesicht gesteckt.

Schon vor einiger Zeit hatte Hans Villiger an das Rektorat der Bezirksschule Bremgarten geschrieben und sich angeboten, anfallende Stunden zu übernehmen. Einmal hatte er mit dem Rektor auch telefonisch gesprochen.

Er hatte schon ein paarmal daran gedacht, wieder nach Bremgarten zu ziehen. Bestimmt würde er die Siedlung vermissen, die Ruhe der Felder, die Hänge des Lindenberges. Die Menschen und die Tiere.

Die Mitteilung des Bauern beschleunigte nur einen Entschluss, den er vor sich hergeschoben hatte. Unter den Kühen, die im Schnee standen und mit den Schwänzen schlugen und die Mäuler in den Brunnen steckten und mit triefenden Lippen dastanden, befand sich auch diejenige, um die sich der Bauer Sorgen gemacht hatte. Ihre Augen blickten nicht mehr so leer, das Fell war nicht mehr glanzlos. Sie hat ein gesundes Kalb zur Welt gebracht, lachte der Bauer. Weiß Gott, was ihr fehlte. Er kraulte die Kuh an der Stirn und tätschelte ihr Fell. Hans Villiger ging in sein Zimmer zurück.

Er hatte noch kein Frühstück gegessen, machte die Teekanne bereit, setzte Wasser auf, tischte Geschirr und Besteck, schnitt ein Stück Käse ab und bestrich Brot mit Butter; er stellte das Honigglas auf den Tisch und legte eine Orange dazu, deren säuerlicher Duft ihm in die Nase stieg und leicht kribbelte.

In einem ihrer letzten Briefe hatte Maria ihn gefragt, warum er eigentlich im Freiamt lebe, denn er hatte ihr vorher von der Engstirnigkeit und der konservativen, katholischen Haltung geschrieben, die er immer wieder feststellen müsse. Die Frage Marias hatte ihn aber verblüfft; die Sätze, die er ihr als Antwort geschrieben hatte, kamen ihm nun wieder in den Sinn. Er dachte daran, während er am Frühstückstisch saß und Tee trank, die Pfeife stopfte und anmachte, nachdem ihm der Bauer gesagt hatte, er müsse von hier wegziehen, während die Kinder noch immer um ihren Schneemann herumtollten und die Sonne ihre bunten Kleider beschien. Wie er nun in seinem Zimmer saß und die Kühe wieder in den Stall getrieben wurden, kamen ihm diese Sätze also in den

Sinn: Wer im Freiamt geboren und aufgewachsen ist, seine Eltern ebenfalls dort geboren und noch zu Hause weiß, wer Großeltern, die er liebte, im Freiamt begraben hat und auf dem Friedhof die Stellen kennt, wo seine Urgroßeltern, die auch im Freiamt geboren wurden und gelebt hatten, nach ihrem Tod ein Vierteljahrhundert lagen, bevor ihre Gräber eingeebnet und ihre Überreste ins Beinhaus gebracht worden waren, dem kann es geschehen, dass er nachts aufwacht und sich sehr einsam fühlt und diese Einsamkeit als Heimweh erkennt, das zunehmend stärker wird und dem er nachgeben muss.

Hans Villiger stellte das Geschirr zusammen und trug es zum Abwaschtrog. Die Teekanne stellte er auf den Schreibtisch. Er setzte sich. Die Kinder hatten den Schneemann Schneemann sein lassen und waren zum Wald hinübergelaufen. Ihre bunten Jacken leuchteten am Waldrand auf. Die Kälte lugte durchs kahle Geäst der Bäume.

Hans Villiger schlug sein Manuskript auf.

Er wollte den Schluss seiner Arbeit noch schreiben.

1841.

Nachdem die Anführer der aufständischen Truppen dem Regierungsrat Waller das Schreiben an die Regierung abgetrotzt hatten, setzte sich der Zug von Muri unter fortwährendem Sturmgeläute in Bewegung.

In der Folge zeigte es sich, dass die Führer nicht ganz einer Meinung waren, was das Ziel ihres Zuges betraf.

Viele der Aufständischen meinten, man ziehe nach Baden, um eine provisorische Regierung an einem neuen Regierungsort einzusetzen. Dies war vor allem die Meinung der höhergestellten Mitglieder des Ausschusses von Bremgarten, denen es um die Gründung eines neuen Kantons ging, während die weniger eingeweihten aber entschlosseneren Führer von Muri es auf einen Handstreich gegen den Sitz der Regierung in Aarau abgesehen hatten.

Die Männer gingen entschlossen über die verschneite Landstraße, und bereits in Boswil schloss sich der größte Teil der wehrfähigen Mannschaft dem Zug an. Ebenso stießen die Männer von Bünzen und Besenbüren zu den Stürmern. Schon am frühen Morgen hatten sie sich auf den Weg machen müssen, um den Auszug rechtzeitig zu erreichen.

Die Männer brauchten nicht angetrieben zu werden. Sie marschierten freiwillig und gegen die Kälte des Morgens. Die Tambouren schlugen den Schritt.

Auf der Höhe von Waltenschwil, im Büelisacker, rechterhand floss die Bünz und zog einen Graben durch die Felder, hielt der Zug an, denn die Vordersten sahen einen Punkt von weither in der Landschaft näherkommen und größer werden. Den Reiter, der da herangesprengt kam, erwarteten die Anführer mit gezogener Waffe. Der Mann sprang von seinem dampfenden Ross und meldete: Die Regierungstruppen sind unterwegs!

Als Regierungsrat Waller am 10. Januar nach Muri abgegangen war, hatte das Bezirkskommando Lenzburg den Auftrag bekommen, die Truppen des Bezirks nötigenfalls zu Wallers Verfügung zu halten. Im Besitz einer Depesche des Klosterverwalters über die Vorfälle in Muri, erließ die Regierung am Abend des 10. Januars das Aufgebot der Eliten- und Landwehrmannschaft der fünf reformierten Bezirke. Die Mannschaften von Aarau, Kulm und Zofingen hatten sich am 11. Januar morgens um sechs Uhr in Aarau, diejenigen von Lenzburg und Brugg in Lenzburg einzufinden.

1841 herrschte im Kanton Aargau ein schneereicher Winter. Durch tiefen Schnee und kalte Nacht eilten die aufgebotenen Wehrmänner zu Fuß, auf Leiterwagen und mit Schlitten zu den von der Regierung bezeichneten Sammelplätzen.

In Aarau übernahm ein Oberleutnant das Kommando über die sich im Dienst befindliche Artilleriekompanie, und ein Scharfschützendetachement wurde in die Stadt gerufen.

In der Nacht vom 10. auf den 11. Januar trat unter dem Regierungsrat die Militärkommission zusammen. In derselben Zeit meldeten sich drei hohe Offiziere zum freiwilligen Dienst.

In Aarau herrschte große Aufregung. Die ganze Nacht kamen Truppen an, mussten verpflegt, ausgerüstet und weiterspediert werden.

Es fehlte an Munition. Sie lag zum größten Teil in der Feste Aarburg und war unter großen Mühen herbeizuschaffen. Doch als sie ankam, waren keine Pferde für den Weitertransport verfügbar.

Morgens um acht Uhr, als die Truppen der Aufständischen bereits unter den Waffen standen, fehlte den Regierungstruppen noch immer die Munition, obwohl sich die Soldaten auf den Sammelplätzen befanden und zum Marsch gegen die aufständischen Freiämter Bauern geordnet wurden.

Der Oberkommandant von Lenzburg reklamierte Infanteriemunition. Der Jägerhauptmann richtete ein dringendes Gesuch an die Militärkommission in Aarau: »Meine Leute sind vom besten Mute beseelt, aber mit leeren Patronentaschen bring ich sie nicht vor den Feind.«

Der Zeughausverwalter von Lenzburg stand ohne sachkundige Hilfe allein und vermochte dem Drängen um Aushändigung und Spedition von Kriegsbedarf nicht mehr nachzukommen. Die Zustände waren chaotisch. Es musste befürchtet werden, dass die aufgebrachte, fluchende Mannschaft, die nicht richtig ausgerüstet war, sich weigern könnte, gegen den Feind zu ziehen. Die Kälte der Nacht hatte auch an den Kräften gezehrt; der Tag brachte nochmals Schnee. Und es gab mit der Verpflegung Schwierigkeiten.

Von Aarau aus wurde ein Regierungsrat nach Aarburg abgeordnet, um die schleunigste Herbeischaffung aller 6-Pfd.-Kanonen, aller 21-Pfd.-Haubitzen und Munition, nebst 100000 Schuss Infanteriepatronen zu betreiben.

Auf Schlitten verladen, wurden die angeforderten Kanonen und die Munition durch den Schnee nach Lenzburg geschafft; es war ein beschwerliches Unterfangen für Pferde und Soldaten. Auf diese Weise folgte die Munition hinter den Regierungstruppen her, die im Bewusstsein, dass höchste Gefahr im Verzug sei, mit unzureichenden Mitteln auf den Weg geschickt worden waren. Die Bauern aber machten zu diesem Zeitpunkt Halt im Büelisacker und hörten den vom Pferd gesprungenen Reiter sagen: Die Regierungstruppen sind unterwegs!

Über die Bewaffnung der Regierungstruppen konnte der Reiter keine Auskunft geben. Die Bauern dachten, dass deren Ausrüstung der eigenen überlegen sei, und betrachteten verunsichert ihre Gewehre, für die sie bloß ein paar Patronen besaßen, und zweifelten an der Wirkung ihrer Sensen und Knüppel. Sie wussten zu Hause betende Frauen, die in der Stube vor dem Bild der Heiligen Jungfrau Maria knieten. Und in den Kirchen brannten Kerzen.

Jetzt erst recht, sagten die Anführer. Die Mannschaft zog weiter. Man erwartete den Zusammenstoß mit dem Gegner und vermeinte ihn vollbewaffnet und vollständig ausgerüstet. Die Aufständischen ahnten nicht, dass auch die Regierungstruppen nur mühsam vorwärtskamen im Schnee. Immer wieder blieb die Artillerie stecken.

Während sich der Gewaltshaufen von Muri schon in den frühen Morgenstunden in Bewegung gesetzt hatte, zogen die Aufständischen von Bremgarten erst später aus. Nach Art großer Feldherren marschierten die Anführer nicht mit dem Militär, sondern fuhren nach einer halben Stunde in drei Schlitten hinter dem Tross her. Die Führer glaubten sich ihrer Sache sicher, saßen in warme Decken gehüllt auf dem Schlitten, rauchten Zigarren, und der Rauch, den sie ausbliesen, blieb wie eine Fahne hinter den Schlitten stehen, die dampfende Pferde über den Wagenrain zogen. In Wohlen angelangt, gingen die Führer zuerst ins Gemeindehaus, wo sich der Gemeinderat schon versammelt hatte. Sie verlangten die Unterbringung der Truppen, um dann erfrischter nach Baden ziehen zu können.

Die Truppen ihrerseits unterstützten dieses Begehren mit Ungestüm; die Gemeinderäte, darunter auch liberale, wussten Bescheid über die Vorfälle und fürchteten, den Unwillen der Männer auch auf sich persönlich zu lenken. Darum gaben sie nach.

Quartierzettel wurden ausgefüllt.

Die sich in Wohlen befindlichen Truppen und Anführer von Bremgarten hatten angenommen, diejenigen von Muri schon hier vorzufinden; doch der bedeutsamste Führer der Aufständischen von Muri, Suter, befand sich bereits in Villmergen.

Die Bremgarter schickten darum einen berittenen Mann dorthin, um ihn holen zu lassen, und gaben den Befehl aus, der Landsturm von Muri sei anzuhalten und dürfe auf keinen Fall weiter vorrücken.

Gegen Villmergen marschierten auch die Regierungstruppen. Sie quälten sich mit ihrer Artillerie durch den Schnee.

Suter kam nach Wohlen geritten und traf die Führer von Bremgarten. Er hatte ihnen schnell klargemacht, dass der Zug auf keinen Fall nach Baden führen könne, sondern unverzüglich der Marschbefehl nach Villmergen gegeben werden müsse, denn es sei klar, was ihnen nun bevorstehe: der Zusammenstoß mit den Regierungstruppen.

Der Bremgarter Truppe wurde darauf der Befehl erteilt, wie der Landsturm von Muri nach Villmergen vorzurücken. Der von den Trommlern geschlagene »Sturmmarsch« trieb die Männer zur Eile an. Die Anführer folgten wieder im Schlitten. Nur Weber machte eine Ausnahme; seinen Säbel schwingend ging er zu Fuß mit der Truppe.

Bei Villmergen waren schon 1656 und 1717 Religionskämpfe ausgetragen worden, und das Dorf wurde nochmals zum Schlachtfeld für die Auseinandersetzungen des 11. Januars 1841.

Die Regierung hatte den reformierten Bezirken das Aufgebot zukommen lassen. Es galt den Feind zu schlagen: er hieß auf ihrer Seite Verfassungsfeind und war katholisch; es war ein Religionskrieg für weltliche Ziele.

Als die Bremgarter Truppen in Villmergen eintrafen, war das Gefecht schon im Gang. Es war mehr eine Schlägerei als ein Krieg. Die Landstürmler kamen nur noch in die zweite Reihe zu stehen. Vorn schlugen sich die Vortrupps die Köpfe blutig.

Major Sauerländer von den Regierungstruppen hatte schnell

erkannt, dass die Aufständischen nicht wahrnahmen, wie schlecht ausgerüstet und bewaffnet seine Mannschaften waren. Er sah, dass die Bauern wohl Hitzköpfe waren, die den Mund gern voll, aber das Herz nicht unbedingt in beide Hände nahmen, wenn sie glauben mussten, ihr Gegner verfüge über ein geladenes Gewehr. Und das konnte er ihnen auch nicht verübeln. Doch Major Sauerländer dachte nicht lange, er handelte. In rascher Folge ließ er seine Artillerie abprotzen und gab die wenigen verfügbaren Schüsse wohlgezielt auf Kirche und Dorf Villmergen ab. Als die erste Kanonenkugel in den Kirchenturm einschlug, verstummte das Sturmgeläute der Glocken, und bevor die Infanteriekolonnen zum Angriff vorgehen konnten, zerstoben die Aufständischen in wilder Flucht.

Die Artillerie hatte den Bauern Angst und Schrecken in die Glieder gejagt. Sie wähnten sich einer unbesiegbaren Übermacht gegenübergestellt und zogen den Laufschritt nach Hause dem Heldentod vor. Auf dem Schlachtfeld blieben trotzdem sieben Tote und dreizehn Verwundete zurück. Die Verprügelten zählte niemand. Auch die Betrunkenen nicht.

Von dem weiteren Benehmen der Führer von Muri erfuhr man nichts. Im Klosterhof wurde aber ein Schlitten gefunden, der einem der Anführer gehört hatte und nun reichlich Blutspuren aufwies.

Die Führer von Bremgarten, die bereits von Regierungssesseln in Baden und von einem neuen, katholischen Kanton geträumt hatten, waren warm verpackt hinter ihrer Armee hergefahren; nach der Niederlage eilten sie im Galopp voraus, und keiner rauchte mehr Zigarren. Schon auf dem Hinzug hatten sie die Leute zum Kampf aufgehetzt, und noch auf der Flucht riefen sie Nachzüglern zu, es seien bereits zwei Kanonen erobert, sie führen nur zurück, um weitere Mannschaft zu holen.

Nach kurzer Rast in Bremgarten flüchteten sie ins Ausland.

Hans Villiger hielt in seiner Arbeit inne. Vor dem letzten Satz gönnte er sich eine Pause. Der Aufstand der katholischen Bauern war von den reformierten Truppen der Regierung zerschlagen worden. Und dieser niedergeschlagene Aufstand, den die Regierung als vom Kloster geschürt darstellte, führte in der direkten Folge zur bereits anderntags ausgesprochenen Aufhebung der Klöster im Kanton Aargau. Nachdem die Klöster aufgehoben und alle Mönche vertrieben worden waren, hatten sich die katholischen Kantone zum Sonderbund zusammengeschlossen, gegen den sich die reformierten Stände formiert hatten, und es war in der weiteren Folge zu den bekannten Sonderbundskriegen gekommen, bei denen die katholischen Kantone besiegt worden waren. Ihre Niederlage hatte den Boden für die Bundesverfassung von 1848 bereitet.

Nach der Unterwerfung der katholischen, konservativen Kantone vermochte sich das radikale Gedankengut durchzusetzen, und es war die liberale Schweiz entstanden, deren Verfassung den modernen Industriestaat ermöglicht hatte.

Die aufständischen Bauern aus dem Freiamt hatten dafür unfreiwillige Vorarbeit geleistet.

Dies wollte Hans Villiger dem Redaktor sagen, dem er seine Arbeit abliefern musste.

Er legte die Pfeife aus den Hand, bevor er den letzten Satz seiner Arbeit niederschrieb:

Die militärische Besetzung der aufständischen Gegenden wurde ohne Schwierigkeiten vollzogen.

26

Anna Villiger hörte nach dem Mittagessen Radio, schaltete das Gerät aber während der Nachrichten aus, weil es sie beelendete, die Aufzählung der von Menschen an Menschen begangenen Untaten von der unbeteiligten Sprecherstimme aufgezählt zu bekommen. Sie stellte ihr Mittagsgeschirr zusammen, sie hatte Röstkartoffeln, Rosenkohl und eine Schweinsbratwurst an Zwiebelsauce gegessen, schob es beiseite und schenkte sich ein Glas Wein ein. Mit dem Glas in der Hand, gefolgt von der Katze, ging sie in die Stube, setzte sich an den Tisch, während die Katze unverzüglich auf einen mit einem Kissen belegten Stuhl sprang und sich die Pfoten leckend hinlegte.

Am 6. Februar 1918 musste der Vater wieder einrücken. Als er in der Küche den Tornister packte, saß das Kind, einen Daumen im Mund, auf der Eckbank und schaute im zu. Seine Frau holte mit einem Holzrechen Brote aus dem Ofen, und er hielt den Griff seines Spatens in der Hand, als wäre dieser eine Schlagwaffe und nicht zuerst ein Schanzwerkzeug.

Er hatte diesmal das Aufgebot nicht wie üblicherweise zu einem Grenzdienst erhalten, was er zu leisten hatte bekam den Namen Ordnungsdienst. In der Wirtschaft hatte ein Bauer, der die Angelegenheit eher auf die leichte Schulter nahm, diesen Aktivdienst nochmals anders benannt: Belagerung von Zürich.

Dem Vater war es nicht wohl bei diesem Namen; er packte seinen Tornister, band die Gamelle fest, prüfte Messer und Gewehr.

Als er damit fertig war, setzte er sich an den Küchentisch. Die Frau stellte ihm ungeheißen Kaffee und Milch hin. Das Mädchen rückte näher, aber ganz nah zu dem Soldaten kam es nicht.

Nachdem Hans Villiger am Vorabend zur Bahn gegangen war, hatte Anna noch eine Zeitlang nach Erinnerungen gesucht; durch ihre Fotos angeregt, konnte sie sich in jene Zeit zurückversetzen, in der sie, wie sie nun vermeinte, noch wirklich gelebt und nicht wie jetzt ein gleichsam todesähnliches Leben geführt hatte.

Spätabends hatte sie dann den Entschluss gefasst, am Samstagnachmittag nach Merenschwand zu fahren, um wieder einmal die Gräber ihrer Eltern zu besuchen.

Sie nahm einen Schluck Wein, die Katze schlief jetzt; der Zug nach Benzenschwil fuhr erst in einer Stunde.

Sie faltete einen Zeitungsausschnitt auseinander, den sie in ihrem Fotobuch aufbewahrte: »Wir stehen schon weit im vierten Kriegsjahr. An Stelle der Sorgen von anno 1914 ist längst eine optimistischere Auffassung vom Pflichtgefühl der kriegführenden Mächte getreten. Das Schweizervolk kennt sein gutes Recht und hat wieder volles Vertrauen in seine, wenn geeint, nicht gering zu schätzende Kraft. Ein Konflikt mit irgendeiner fremden Macht scheint nun ausgeschlossen. Die Kriegführenden haben alle Gegner genug.

Mehr und mehr ist seit 1917, neben den militärischen und machtpolitischen Ereignissen, auch die soziale Struktur einzelner Teile Europas in den Vordergrund des Interesses getreten. Vom Osten her beginnt ein bitteres Gift sich in Europa einzufressen. Die russische Revolution hat im März 1917 mit dem zaristischen Absolutismus und der Adelswirtschaft in diesem Riesenreiche aufgeräumt. Die Macht scheint in die Hände von Führern gekommen zu sein, deren westeuropäische Ideale von Republik und Demokratie unsere Sympathien verdienten. Allein die schwere Umwälzung des gewaltigen Landes kam an diesem Punkte nicht zu stehen. Der Maximalismus oder Bolschewismus, die extreme russische kommunistische Partei schwang oben auf und verstand es, sich auf den blutigsten Terror stützend, die Macht über Land und Leute an sich zu reißen. Bald hat sich als eines der Hauptziele dieser im Ausgangs- und Grundgedanken vorwiegend zerstörenden und negativen Geistesrichtung das Bestreben offenbart, sich dem Ausland aufzudrängen, alten, bewährten Demokratien, in denen keine der russisch-asiatischen Voraussetzungen des Bolschewismus vorliegen. Dieses Bestreben der russischen Machthaber wird mittels der unerhörtesten, mit keinem der Gebote westeuropäischer Moral und Anständigkeit beschwerter Propaganda verfolgt.

Auch in der Schweiz fällt diese unschweizerische Propaganda bei einzelnen Volkskreisen auf empfänglichen Boden. Man schreitet auch nicht früh genug ein gegen die namenlosen Hetzer, die den gesunden Sinn und das bodenständige Denken gewisser Teile unserer Nation, leider nicht immer erfolglos, zu untergraben suchen«.

Anna Villiger stand auf, zog Schuhe und Mantel an, nahm die Handtasche, setzte einen Hut auf, streichelte ihre Katze, gab ihr ein Stückchen Käse aus dem Kühlschrank und verließ die Wohnung. Sie ging zum Bahnhof.

1918, am 6. Februar hatte sich der Lange auf den Weg zum Bahnhof gemacht. Den Tornister hatte er wie immer leicht getragen. »Die Belagerung von Zürich« wog als Gedanke schwerer als militärisches Gepäck und ein Gewehr, dessen hölzerner Schaft in der Sonne glänzte.

Der Bundesrat hatte am 1. Februar von Bern aus einen Aufruf an das Volk erlassen: die äußere und innere Lage der Schweiz lasse es ihm als zweckmäßig erscheinen, die zurzeit als Grenzschutz aufgebotenen Truppen durch Bildung einer Reserve zu verstärken.

Der Vater hatte bald den Bahnhof von Benzenschwil erreicht. Es war ein heller Tag gewesen.

Es war ein heller Tag, und im Bahnhof Benzenschwil wollte Anna Villiger den Zug verlassen.

Sie fuhr mit der Bahn durch eine im Sonnenschein ausgebreitet daliegende Landschaft und musste die Augen zusammenkneifen, so sehr blendete das Weiß von den Wiesen und Äckern. Nur die Wälder boten den Augen Ruhepunkte.

Schon in Muri hatte ein anderer Soldat den Langen in ein Gespräch ziehen wollen. Der Mann hatte sich an den Brand des Klosters erinnert und hatte dem Langen davon erzählen wollen. Er sei noch ein Knirps gewesen, hatte der Soldat zu berichten angefangen, drei Tage habe das Feuer gebrannt und noch zehn weitere gemottet, in einem Extrazug habe die Feuerwehr sogar von Aarau anreisen müssen und sei noch verstärkt worden von den Feuerwehren aus Zug und Luzern; das im Giebel ausgebrochene Feuer habe in den im Estrich gelagerten Holzvorräten Nahrung gefunden, und innert kurzer Zeit sei der ganze etwa 200 Meter lange Dachstock in Flammen gestanden, und das Wasser sei von Hand aus allen Bächen heraufgepumpt worden.

Doch der Lange hatte dem Soldaten kaum zugehört, sondern aus dem Fenster des fahrenden Zuges geschaut; auch ihn hatte das Weiß auf den Wiesen und Äckern geblendet, und seine Augen hatten sich in denselben Wäldern ausgeruht.

Der Soldat hatte dann vom neuen Kaiser Österreichs, Karl I., zu reden begonnen und hatte gemeint, dass dieser den Frieden vorantreiben würde, mit Bestimmtheit.

Der Lange hatte aber nur an die Belagerung von Zürich gedacht, sich verdrossen die Pfeife gestopft und sie angebrannt. Mit der Pfeife im Mund war er, zum Verdruss des anderen, maulfaul geblieben.

Der Zug, in dem Anna fuhr, näherte sich Muri. Anna war ganz allein in einem Abteil. Als der Zug in Muri anhielt, stiegen nur wenige Leute zu; niemand betrat das Nichtraucherabteil, in dem Anna, in Gedanken versunken, saß: 1916 war der Kaiser Franz Joseph gestorben und sein Großneffe Karl I. war eingesetzt worden. In der Klosterkirche gab es eine Kapelle, in der das Herz dieses Kaisers aufbewahrt wurde. Es ruhte in einem mit einer Flüssigkeit gefüllten Glas, das in eine Silberkassette gelegt war, hinter einer Grabplatte mit den Namen und sämtlichen Titeln des letzten Habsburgerkaisers. Für Karl I. war ein Seligsprechungsprozess im Gang; schon 1923 hatte der spätere österreichische Bundespräsident Miklas ein Gesuch an Rom gerichtet und dieses vor allem mit den Friedensbemühungen des letzten Kaisers begründet.

Der Zug ruckte und fuhr wieder an.

Der Lange hatte die Pfeife geraucht und bis Aarau kein Wort mehr gesprochen; auch als der andere Soldat ihm in Wohlen die Schnapsflasche angeboten hatte, hatte er nur den Kopf geschüttelt. In Wohlen hatte er aus dem Fenster eine Frau beobachten können, die sich, ein Kind auf dem Arm und eines an der Hand, von einem Soldaten verabschiedete. Der Mann war dann zu ihnen ins Abteil gekommen und hatte den Tornister und das Gewehr umständlich verstaut. Als der Zug abgefahren war, hatte die Frau nicht geweint, sie hatte auch keine Hand frei gehabt, um winken zu können.

In Benzenschwil stieg Anna Villiger aus.

Das Dorf lag im Oberfreiamt. Anna Villiger hatte es in einer knapp viertelstündigen Bahnfahrt erreicht. Am Kiosk in Wohlen hatte sie eine Tafel Milchschokolade gekauft, nun riss sie die Packung auf und ging, Schokolade essend, der Hauptstraße entlang, die um diese Zeit, obwohl Samstag war, nur wenig befahren wurde, gegen Merenschwand. Sie wollte das tiefer in der Reussebene gelegene Dorf in einer Stunde erreichen. Außerhalb Benzenschwil lehnte sie dankend ab, als ein Automobilist sie mitfahren lassen wollte. Sie schaute ihm nach, als er wieder anfuhr und die

Vorderräder des Autos durchdrehten, weil er die Kupplung hatte schleifen lassen. Bald bog sie in einen nach Norden weisenden Weg ein, der durch den Wald zum Waidhof führte. Der Waldweg war beschottert, auch hier lag Schnee. Pulvrig deckte er die Steine.

An einem Baum war ein Plakat angeheftet, das auf die Tollwut hinwies. In einiger Entfernung sah sie zwischen Gezweig und Stämmen hindurch den Waidhof. Kein Laut, keine Kinder, doch als sie näher herankam, sah sie einen alten Mann auf einem Bänklein in der Sonne sitzen. Der Alte trug eine warme, dicke Jacke; seine Beine waren mit einer Wolldecke umhüllt, auf seinem Kopf saß eine Mütze, im Mund hatte er einen Stumpen. Der Mann saß mit geschlossenen Augen da und bemerkte die vorbeigehende Anna Villiger nicht. Die Sonne schien sehr hell. Auch der Hund, der auf dem Miststock stand und scharrte, machte keine Anstalten, sie kläffend vom Hof zu verweisen. Sie ging über die Wiese dem Wald entlang, in dessen Schatten die Kälte deutlich zu spüren war. Abgeknickte Zweige und Äste lagen am Boden und waren teilweise angefroren. Der Schnee war bläulich. Am Boden gefrorenes Laub. Als Anna Villiger einen Augenblick stehen blieb und sich zum Hof zurückwandte, sah sie aus dem Kamin eine Rauchsäule aufsteigen. Senkrecht stieg der Rauch in die Kälte, kletterte an unsichtbaren Schnüren hoch und flockte dann im Blau des Himmels aus. Im Unterholz raschelten Amseln. Auf den Feldern gingen nickende Krähen, schwarz und glänzend kontrastierte ihr Gefieder zum Schnee.

Ein atmender Tag.

Du wirst pensioniert Anna.

Jetzt fängt das Leben an.

Sei doch froh, dass die Plackerei ein Ende hat.

Sie erreichte die Stelle, wo ein Bächlein, das jetzt eher einem Rinnsal glich, aus dem Wald in die Wiese floss. Überall fanden sich zugefrorene Stellen, Eisklumpen, eingefrorene Holzstücke, vereiste Steine. Bei der Baumgruppe, zwischen der das Bächlein aus dem Wald austrat, befand sich eine Bank, die von der Sonne beschienen wurde. Anna setzte sich und zog den Mantel vor der Brust zusammen und kuschelte sich ein. Sie nahm die Schokolade, die sie noch nicht ganz gegessen hatte, aus der Tasche, brach ein Stück davon ab und ließ es auf der Zunge zergehen. In der Reussebene lag Merenschwand, angelehnt an niedere Hügelzüge, deren langgestreckte Felder bis hinauf zu der bewaldeten, Galgenholz genannten, Anhöhe stießen, an deren Rand sie nun auf einer Sitzbank saß, nachdenklich, Schokolade im Mund, die Hände unter den Mantel geschoben und an den Körper gelegt. Sie beobachtete eine Zeitlang eine Bachstelze, die sich am Ufer zu schaffen machte. Mit dem Schnabel schlug der Vogel in den zugefrorenen Boden; plötzlich hüpfte er weg, wippte mit dem Schwanz und flog auf.

Merenschwand war früher eine geschlossene Siedlung gewesen, denn das sumpfige Gelände hatte das Entstehen größerer Einzelhöfe verhindert. Heute präsentierte sich die Ebene zersiedelt und überbaut. Industrie hatte Fuß gefasst. Nur ein Teil der Reusslandschaft war unberührt geblieben, er verlockte zu Spaziergängen, die Anna Villiger liebte.

Nach einiger Zeit des Ausruhens, als der Mantel sie nicht mehr genügend vor der Kälte schützte, stand Anna Villiger auf und folgte dem Bachlauf die Wiesen hinunter, als wäre sie noch das Mädchen, das sie einst in dieser Landschaft gewesen war; sie hörte den unter ihren Schuhen knirschenden Schnee und spürte seine Kälte durch die Strümpfe an den Waden. Bald erreichte sie den Weg wieder, den sie, um über die Wiese zu gehen, verlassen hatte, auf dem sie aber, von Benzenschwil her kommend, am Waidhof vorbei, bis zur Sitzbank schon gegangen war, und folgte ihm bis nach Merenschwand.

Anna kehrte in den »Hirschen« ein; sie beabsichtigte, nach dem ausgedehnten Marsch einen Zweier Magdalener zu trinken und ein Restbrot zu essen. Auch die kalten und von dem Weg, den sie genommen hatte, nass gewordenen Füße wollte sie in der Gaststube aufwärmen, und sie verspürte das Bedürfnis, unter Menschen zu verweilen, auch wenn es Fremde waren. Über die breite

Steintreppe mit schon ausgetretenen Stufen erreichte sie die Gaststube. Es kostete sie ein wenig Mühe, die schwere Holztür aufzustoßen, und plötzlich spürte sie ihr Herz als Schmerz in der Brust, als Druckstelle. Zum Glück gab sich das schnell wieder.

Die Wirtin führte sie zu einem Tisch und bot ihr einen Platz beim Fenster an. Die Gaststube war gut besetzt, auch an Annas Tisch befanden sich noch andere Gäste.

Die Serviertochter hatte alle Hände voll zu tun, die Wirtin half aus. Und Anna Villiger erhielt ihren Magdalener und das Restbrot ohne lange Wartefrist serviert. Mit den Händen wärmte sie den Wein, obwohl er nicht zu kalt war, einfach darum, weil sie die Hände ganz gern um das bauchige Glas legte.

Dann aß sie das Restbrot. Sie schnitt es in mundgerechte Stücke, genoss den Aufschnitt und von diesem den Salami und die Kalbfleischwurst ganz besonders. Sie dachte daran, dass sie früher, als ihr Mann noch gelebt hatte, nach einem längeren Spaziergang, den sie meist mit der Einkehr in ein Restaurant abzuschließen pflegten, ihm von ihrem Imbiss die Cornichons gegeben hatte. Nun biss sie selber in ein Cornichon. Es knackte zwischen den Zähnen, sauer vermischte sich die Essigbeize mit ihrem Speichel. Als sie gegessen hatte, beobachtete sie durch das Fenster ein paar Buben, die auf dem Parkplatz um einen gelben Porsche herumstanden und seine Karosserie mit den Händen befühlten. Anna saß zufrieden in der Gaststube, sie genoss die Wärme, schaute den Kindern zu, schlückelte ihren Wein. Nur manchmal pochte ihr Herz zu heftig zwischen ihre Gedanken und die Gesprächsstücke, die sie von den Nebentischen vernahm, hinein. Nach einiger Zeit trug die Wirtin den Teller ab; die Frage, ob ihr die kleine Mahlzeit geschmeckt habe, bejahte Anna Villiger. Nach einiger Zeit betraten zwei jüngere Männer die Wirtschaft und setzten sich zu Anna an den Tisch, an dem die anderen Gäste bezahlt und die Plätze frei gemacht hatten.

Der eine der beiden musste ein Polizist sein; aus der Unterhaltung, die die befreundeten Männer führten, hörte sie heraus, auch wenn der Name nicht fiel, dass sie von dem geflüchteten Lur sprachen. Der Polizist trank Café Crème, hatte blondes, schon gelichtetes, aber sauber gescheiteltes Haar und war sehr mager. Ein drahtiger Kerl, dachte Anna Villiger. Mit Bestimmtheit besuchte er regelmäßig die Übungsstunden des Turnvereins. Die Hände des anderen, der einen Stumpen rauchte, verrieten, dass er ein Bauer war. Er trank einen Zweier Weißwein, wirkte behäbig und hatte auch einen Bauchansatz. Seine Hände waren kräftig; Anna sah sofort, dass dieser Mann es gewohnt war, täglich Vieh zu melken.

Es sei auch an der Zeit, sagte der Bauer, den Herumtreiber einzubringen. Die Bauern würden sich sonst zusammenschließen, um ihm eine Falle zu stellen, schon jetzt würden sie jeden Abend ihre Scheunen und Schöpfe kontrollieren.

Wir werden ihm das Handwerk legen, meinte der Polizist.

Anna Villiger wusste, dass die Leute, wäre in dieser Woche eine Scheune abgebrannt, den Namen des Brandstifters sofort laut und in jeder Wirtschaft ausgesprochen hätten.

Die beiden Männer bemerkten, dass Anna ihrem Gespräch folgte, worauf der Polizist das Thema wechselte und von einem Fuchs berichtete, den er in der vorletzten Nacht hatte abschießen müssen, weil das tollwütige Tier ein Ehepaar durch mehrmals wiederholte Sprünge gegen das Schlafzimmerfenster aufgeweckt hatte.

Anna Villiger trank ihren Wein aus und rief die Serviertochter. Sie wollte bezahlen und gehen, der lärmige Betrieb in der Gaststube begann sie zu stören. Es befanden sich an mehreren Tischen Ausflügler, die in dem Landgasthof üppig zu Mittag gegessen hatten und nun beim Dessert angelangt waren. Sie stachen mit der Gabel in Rüeblitorte, die eine Spezialität des Hauses war, oder verschlangen Meringues Glacé. Die Männer genossen Kaffee, Pflümli und Zigarre. Anna Villiger stand auf. Sie verschaffte sich zwischen den Stühlen und Tischen Platz und blickte beim Hinausgehen auf die weißen, über dem Bauch gespannten Hemden der Männer: die Krawatten sahen aus wie heraushängende Zungen. Ihre Frauen hatten gerötete Gesichter, auf ihren Stirnen, unter den wohlgeordneten Frisuren, wuchsen ihnen Schweißtröpfchen. Am Fußballkasten spielte ein dicker Mann mit drei Buben: knallend schlugen die Korkbälle in den Torkasten ein, nervöse Hände schoben am Zählrahmen eine Kugel nach. Ein vielleicht sechzehnjähriges Mädchen, das trotz des engen Pullovers und des auffällig geschminkten Mundes sehr knabenhaft wirkte, stand bei der Jukebox und spielte immer wieder dieselbe Platte, die außer ihr niemand zu hören schien. Es war eine romantische Mandolinenmelodie, zu der ein Sänger mit rauer Stimme mehr sprach als sang. Diese Platte nahm zurzeit den ersten Platz der Hitparade ein. Anna Villiger dachte, dass auch Anita das Musikstück liebte und es während der Mittagszeit einmal vor sich hin gesummt hatte.

Die Serviertochter hatte ein vor Wärme und Anstrengung fleckiges Gesicht. Sie trug die leeren Teller von den Tischen, auf denen die übrig gebliebenen Pommes frites und die abgenagten Kotelettknochen und beiseitegeschobenen Fettschwarten lagen.

Den Lärm, den Rauch, die Musik und die Gesichter ließ Anna Villiger zurück, als sie das Wirtshaus verließ und die Steintreppe hinunterstieg. Nur die Mandolinenmelodie verfolgte sie noch, als sie bereits im Freien stand. Als Anna Villiger über den Parkplatz ging, bekam das dunkelblaue Seidenband ihres schwarzen Hutes vom schräg über die Häuser einfallenden Sonnenlicht einen warmen Glanz. Ihr Gesicht war ein heller Fleck, in dem die Augen besonders auffielen. Ihr Haar, das unter dem Hut hervorlugte, war stark ergraut. Seine ursprüngliche Farbe hätte niemand erkannt. Zwischen den parkenden Autos hindurch und am gelben Porsche vorbei, von dem die Buben inzwischen losgekommen waren, schritt Anna Villiger zur Straße und ihr entlang bis zur katholischen Kirche.

Sie betrat den Kirchenplatz. Die Kieselsteine waren zusammengeklumpt, mit jedem Schritt trat sie diese auseinander.

Sie erreichte das Hauptportal der Kirche und öffnete die Tür.

Im düsteren Licht, das vielfarbig und gedämpft durch die Glasfenster einfiel, wurde sie von einer Stille empfangen, die wohltuend war; auch die Gerüche empfand sie als beruhigend und in einem Gegensatz zu denen der Gaststube.

Im Mittelgang bekreuzigte sie sich mit Weihwasser; die Kniebeuge geriet ihr leicht. Vor dem Marienaltar, den sie aufsuchte, blieb sie betend stehen. Nach einiger Zeit nahm sie eine der bereitliegenden weißen Kerzen, zündete sie an einer brennenden an und steckte sie zu den anderen vor dem Bildnis der Heiligen Muttergottes. Licht und Wärme.

Sie bezahlte mit einem Fünffrankenstück und kniete sich hin. Ein Gefühl von Geborgenheit ließ sie froh werden. Sie dachte über ihre Einsamkeit nach und suchte einen Gegenpol. Einsamkeit, überlegte sie, war ein Mangel an Geborgenheit. Und Geborgensein war der Gegenpol. Sie betrachtete die niederbrennende Kerze. Gleichmäßig, nur manchmal ein Flackern. Der Kerze ist eine Zeit bemessen, dachte sie. Wie mir auch. Und wie die Kerze ihre Zeit verbraucht, wenn sie abbrennt, habe ich einen großen Teil meiner Zeit verbraucht. Abgebrannt. Die Kerzen hatten unterschiedliche Längen. Die eigene, ihr noch verbleibende Zeit, verglich sie mit einer schon weit hinuntergebrannten und leise flackernden Kerze. Doch sie blieb dabei leicht und froh in ihren Gedanken.

Du wirst pensioniert. Jetzt beginnt das Leben erst recht. Anna Villiger wusste, dass das nicht stimmte.

Die Betbank beim Marienaltar hatte einen mit rotem Plüsch beschlagenen Schemel, und ihre Knie drückten diesen Plüsch ein. Als sie nach ihren Gebeten aufstand, bauschte er sich wieder auf, als wäre sie gar nicht hier gewesen.

Sie ging zum Hauptschiff zurück und machte vor dem Altar nochmals eine Kniebeuge. Ihr Blick suchte dabei das Ewige Licht, das glimmend an einer Kette befestigt in der Kuppel hing. Als sie sich vom Altar entfernte, widerhallten ihre Schritte in der Kirche und nahmen Anna einen Teil der Geborgenheit weg. Dies stülpte ihre Gefühle jäh nach außen.

Geborgenheit, dachte sie, ist als Zustand gar nicht denkbar, Geborgenheit ist eine Angelegenheit von Momenten und nicht messbar in sinnloser Minutenzählerei. Für diese Momente wollte sie dankbar sein.

Die Bilder des Kreuzganges, auch die groß gemalte Kreuzigungsszene neben dem Weihwasserbecken, wo sie wieder das Kreuz schlug und die Nässe auf ihrer Stirn verspürte, erschienen ihr wie ein Vorwurf, dem sie nichts entgegensetzen konnte. Es sei denn, dachte sie, die eigene Demut. Der Gesichtsausdruck des Herrn Jesus Christus versetzte ihr einen Stich ins Herz. Und dieses Herz war ein pulsender Klumpen. Das Atmen wurde ihr beschwerlich. Anna Villiger wehrte sich dagegen, diesen Stich als eine Strafe zu empfinden, als ob sie den Schmerz des Herrn mit ihren hallenden Schritten absichtlich vermehrt hätte.

So verließ sie die Kirche. Sie beabsichtigte, auf dem Friedhof die Gräber ihrer Eltern zu besuchen. Vor dem Gotteshaus erschien ihr die Helligkeit des Wintertages wie eine große sinnleere Wand, die ihr die eigene Ohnmacht, derer sie ja ohnehin bewusst war, nochmals verdeutlichte. Sie schloss die Augen, um das Licht abzuwehren. Aber auch durch die geschlossenen Lider machte es sich schmerzhaft bemerkbar.

Und ihr Herz, so kam es ihr vor, schlug verlangsamt und überstark. Mit bedächtigen Schritten ging sie über den Kiesweg zu den Gräbern, ging über den platten Schnee zwischen den ausgerichteten Reihen der Grabsteine und begegnete einigen in Gebete und Erinnerungen versunkenen, ebenfalls älteren und schwarz gekleideten Frauen, deren der Welt abgewandte Gesichter ihr leblos vorkamen, ledern, und sie abstießen.

Das Grab ihrer Mutter befand sich im hinteren Friedhofsteil.

62 Jahre, Anna, das ist doch heutzutage kein Alter.

Ich weiß eine Frau, Anna, die hat sich in deinem Alter nochmals verliebt.

Vor einem frischen Grab, über dem auf Holzgerüsten aufgebaut viele Blumen- und Efeukränze mit violetten, roten und weißen Schlaufen mit Aufschriften wie »Ein letzter Gruß« oder »Auf Wiedersehen« und »Von Deinen Schützenkameraden« lagen, stand eine vielleicht fünfunddreißigjährige Frau mit stark geröteten Augen und einem vom Weinen verquollenen Gesicht. Diese Frau, die eine zierliche Figur hatte und für die Jahreszeit auffällig dünnsohlige Stöckelschuhe trug, musste, wenn sie den Schmerz verwunden haben würde, ein anziehendes Gesicht haben. Sie stand mit verschiedenen Personen, auch Kindern, in einem Halbkreis um das frische Grab versammelt und hatte einen älteren und müde wirkenden Mann untergehakt. Anna Villiger glaubte zu sehen, dass die Frau schwanger war.

Beim Grab ihrer Mutter verweilte sie längere Zeit. Zuerst hatte sie, beinahe einem Zwang folgend, den in den schwarzen Marmorstein eingemeißelten Namen gelesen und wenn auch stimmlos, so doch mit unverhaltener Zärtlichkeit nachgesprochen:

Rosa Bürgisser, 1890–1959. Ruhe in Frieden.

Sie versuchte, den Weihwasserwedel aus dem Gefäß zu nehmen, er war jedoch angefroren. Das Grab war zugeschneit. Unter der Schneedecke waren Erika, Heidekraut und Tannäste erkennbar. In der Mitte des Grabhügels steckte eine halb abgebrannte Kerze. Anna machte den Versuch, sie anzuzünden. Eine lange Zeit blieb sie stehen. Sie befühlte den kalten Stein mit den Händen, was als Zärtlichkeit gemeint war. Sie wischte den Schnee vom Rand des Grabsteins und fuhr den schwarzen Rundungen entlang, bis die Kälte des Marmors sich auf die Hände übertrug. Äußerlich ganz fühllos, so stand sie vor dem Grab. Im Innern bewegte sich alles. Ein Wogen gegen ihr Herz. Takte gegen die Traurigkeit. Anna Villiger weinte nicht. In den letzten Jahren hatte sie ein heftiges Heimweh nach ihrer Mutter empfunden. Heimweh, dachte sie, hat mit Einsamkeit zu tun, und Einsamkeit ist immer ein Mangel an Geborgenheit.

Sie stand dann vor einem anderen Grab, es war das Grab ihres Vaters. Sie hatte vier Reihen zurückgehen müssen. Es war ein gleiches Grab mit einem ebenso kalten, schwarzen Marmorstein. Sie erinnerte sich nicht an die Schritte von Grabstelle zu Grabstelle. Sie stand vor dem zugeschneiten Grab ihres Vaters und nahm nicht mehr wahr, wie viel Zeit verstrich, dass es kühler wurde, sie blieb stehen mit gefalteten Händen, und Tränen wären ihr jetzt auf den Wangen eingefroren, und sie hätte dies wohl nicht einmal bemerkt.

Doch Anna Villiger weinte nicht.

Am 6. Februar 1918 stand das Bataillon in Aarau zum Abmarsch bereit. Der Lange machte ein bekümmertes Gesicht, als der Kommandant sich an die Soldaten wandte: »Muss und wird es zum Bürgerkrieg, zum Vergießen von Bruderblut kommen? Keiner von uns wünscht sich das. Können frevelhafte heimatlose Hetzer wirklich daran glauben, dass Schweizer bereit sind, ihre demokratische Heimat Utopien zu opfern? Es gibt Leute, die so denken. Ihnen gilt es, das Handwerk zu legen.«

Bereits in der zweiten Nacht wurde die Mannschaft mit der Bahn nach Dübendorf gebracht. Belagerung von Zürich, Witzbolde fanden das immer noch lustig. Während der Bahnfahrt rauchte der Lange seine Pfeife und sagte nochmals einen ganzen Weg lang nichts. Nach der späten Ankunft in Dübendorf wurde der sofortige Weitermarsch in die Unterkunftsorte befohlen. Der Lange trottete im Gleichschritt mit den andern und reagierte nicht einmal, als ihn sein Nebenmann ansprach und fragte, wie lange er die erloschene Pfeife noch im Mund behalten wolle. Ein Offizier verbot dann jedes Gespräch. »Strohsack« war die Parole dieser Nacht; das Ziel der Soldaten war ein ländliches Schulhaus irgendwo in der Gegend.

Als es Tag geworden war, hatte sich der Lange mit dem erneuten Dienst abgefunden. Er gab jetzt für ein Wort ein Wort. Beim Frühstück dachte er an sein Zuhause. Seine Frau strich jetzt wohl Butter auf eine Scheibe des frisch gebackenen Brotes und reichte sie dem Mädchen, das es längst gewohnt war, ohne den Vater bei Tisch zu sitzen. Einen kleinen Spritzer Kaffee, der die Milch einfärbte, das liebte das Kind.

Der Lange brockte Brot in seinen Kakao.

Das Zürcher Platzkommando orientierte die Bataillonskommandanten und auch die Kommandanten der einzelnen Kompanien noch am selben Tag an Ort und Stelle über die neue Aufgabe. In ihrer Offiziersuniform schritten die Herren zur Rekognoszierung durch die Stadt, wo die Bevölkerung sie nicht nur mit Freundlichkeit begrüßte. Gewiss gab es Einwohner, die sie erwartet hatten und sich von ihren Maßnahmen Sicherheit erhofften. Doch die Offiziere begegneten auch Spöttern und erzählten das, was sie zu hören bekommen hatten, den Mannschaften nicht wörtlich.

In Zürich erkundeten die Aargauer Offiziere Plätze, um Maschinengewehre gegen Zürcher Arbeiter zu installieren. Sie schritten Straßenfluchten ab, und ein zugsweises Vorgehen der Truppen wurde abgesprochen. Planspiele. Sandkasten im Maßstab 1:1. Im eigenen Land.

Der Lange saß im Kantonnement und reinigte mit dem Militärmesser seine Fingernägel. Sein Gewehr sei in Ordnung, sagte er dem danach fragenden Unteroffizier. Aber der Leutnant fand bei der Kontrolle Pulverspuren im Verschluss.

Der Lange saß auf einer Bank im Freien und aß Militärbrot und trank Kaffee. Neben ihm und ihm gegenüber hockten andere Männer. Wenn einer von ihnen furzte, lachte die ganze Reihe. Einen Soldaten, der es beim Vorbeigehen nicht lassen konnte, die Hosenträger des Langen anzuziehen und sie ihm auf den Rücken schnellen zu lassen, schaute er mit einem Blick an, der dem Spaßvogel unmissverständlich klarmachte, dass er das kein zweites Mal machen durfte. Auf Schlägerei in der Mannschaft stand scharfer Arrest.

Am Abend nach der Rekognoszierung ließ der Kommandant die Kompanie strammstehen und erklärte mit schnarrender Stimme, wobei er die Hand auf den Säbel schlug: »Der Stadtabschnitt unseres Bataillons umfasst den Raum Central–Quaibrücke–Pfauen–Universität–Central.«

An den Waldrändern bauten die Soldaten Kampfbahnen. Die Vorgesetzten nannten sie Hindernisgärten, und sie dienten nach ihren Worten zur Übung von Wille, Kraft und Mut.

Der Lange tat, was ihm befohlen war, und dachte nicht viel dabei, und wenn er schon dachte, dann bestimmt nicht laut.

Der eidgenössische Flugplatz Dübendorf befand sich in der Nähe der Übungsplätze; die Flugzeuge zogen die Blicke der Soldaten an den Himmel. So stand denn hin und wieder ein ganzer Zug untätig am Waldrand und starrte den Doppeldeckern nach; die Soldaten staunten, wenn die Flieger landeten und auf ihren Speichenrädern mit Gummipneus aufsetzten. Am meisten Aufmerksamkeit zogen jedoch die metallenen Nieuport Jagdflugzeuge auf sich. Ihre Leiber glänzten im Blau des Himmels, der sich um das Militär nicht kümmerte und nicht um die Arbeiterfamilien, die in der Stadt hungerten und sich gegen diesen Staat zur Wehr setzen wollten, der ihnen nach vier Jahren Grenzdienst mit der Armee drohte.

Der Lange im Widerspruch.

Die Aargauer gegen die Zürcher. Es war wie in alten Zeiten. Es hätten auch Protestanten gegen Katholiken sein können. Die Heimat, das war doch die Schweiz. So jedenfalls hatte ein Bundesrat bei Kriegsausbruch gesprochen. Dieser Heimatbegriff war nun reduziert. Die Heimat war dort, dachte der Lange, wo Frau und Kind lebten, wo sein Hof stand.

Der Heimatbegriff war lädiert: Zürich als Feindesland.

Ob er schießen würde auf Arbeiter, die Schweizer waren wie er? Oder waren sie mehr Zürcher und er mehr Aargauer?

Der Lange stellte sich diese Fragen nachts und fand den Schlaf jedes Mal vor einer Antwort.

Gutgläubigkeit und Profitgier.

Manche der Soldaten sahen sich für dumm verkauft. Während sie gutgläubig und von der Sache überzeugt, die Grenzen bewacht hatten, hatte eine Gruppe mächtiger Drahtzieher Reichtum geäufnet, und sie selber waren verarmt.

Dienstverdrossenheit.

Beim Kommandanten trafen Reklamationen ein: zwei Aargauer Soldaten, deren Aufgabe es gewesen wäre, einen Zaun zu streichen, hatten in achtstündiger Arbeit zwei Quadratmeter mit Farbe bemalt. Den Säumigen wurde Strafe angedroht.

Hinter dem Flugplatz lag eine entwässerte Moorebene, über der am Morgen ein dunstiger Nebel schlierte, den die Sonne oft erst gegen Mittag aufzulösen vermochte. Auf dieser Ebene galt es, Planierungsarbeiten durchzuführen. Besser als Drill, dachte der Lange und meldete sich freiwillig zur Arbeit.

Abends erhielten die Truppen manchmal Besuch von Zivilisten aus Zürich, die den Soldaten die Sinnlosigkeit ihres Dienstes klarzumachen versuchten und ihnen Bescheid über die Situation der Arbeiterschaft sagen und ihnen die Anliegen der Sozialdemokratie erklären wollten. Sie nannten das Bürgertum korrupt und verrottet und die Schweiz einen Ausbeuterstaat, faul in seinem innersten Kern. Als der Kommandant davon Kunde bekam, schritt er energisch ein und verbot den Umgang mit Zivilisten bei Strafe. Die Soldaten klärte er anlässlich einer Aussprache auf: »Es sind Sendlinge einer fremden Denkweise. Ich werde diese geheimen Wühlereien in meinem Rayon nicht dulden.« Die zwei arbeitsscheuen Maler-Soldaten wurden als Beispiel passiven Widerstandes nochmals erwähnt. Der Kommandant verbat sich derartige Vorkommnisse und sprach von Methoden, die sie sonst noch kennenlernen würden. Der Lange blickte ins Leere, und einer, der in der hintersten Reihe eingeschlafen war, bekam einen zusätzlichen Wachdienst aufgebrummt.

Die Tage zogen sich dahin als eine endlose Kette, kaum unterscheidbar, wenn man nicht aufpasste.

Ein Oberst besuchte die Truppe und hielt einen Vortrag über den militärischen Gruß. Der Lange saß unter den Zuhörern, und anzumerken, ob er zuhörte, war ihm nicht. Die Frau hatte ihm von einem hartnäckigen Husten geschrieben, der das Kind befallen habe und gegen den sie kein Mittel fand.

Ein Telefonkurs wurde durchgeführt. Telefonkarren und Zubehör mussten gefasst werden. Der Lange stapfte durch den Schnee, zwei Kabelrollen am Rücken, das Gewehr umgehängt; er spulte Kabel ab und lief einem nervösen Leutnant hinterher, der an einer Kiste kurbelte und in eine Muschel sprach. Was ging es ihn an?

Zur Ablenkung und Belehrung der Truppe wurden regelmäßig Vorträge gehalten. Über die Militärgerichtsbarkeit zum Beispiel. Auf den Übungsplätzen hatten die Soldaten Tische und Bänke gezimmert, damit die Offiziere in den Kampfpausen zusammensitzen konnten, während die Mannschaft am Waldrand lag. Der Lange schrieb an seine Frau: »Der ganze Februar war auch hier regnerisch und kühl. Am 27. hielt einer unserer Offiziere auf der Blutmatte bei Nänikon vor dem Greifenseedenkmal eine Ansprache und gab eine geschichtliche Darstellung der Ereignisse des Jahres 1444. Er sagte, wie sehr Hader und Zwietracht im eigenen Land den Eidgenossen immer wieder mitgespielt hätten.«

1436–1450, das wusste der Lange, der wie die anderen Soldaten strammstand und den Ausführungen folgte, war die Zeit der alten Zürcherkriege gewesen. Die Zürcher, reich und militärisch stark geworden, hatten ihre Macht ausweiten wollen und waren dadurch in Streit mit den andern Eidgenossen geraten. Die Stadt hatte einen Handelsboykott gegen Glarus und Schwyz erlassen, der in eine Zeit der Hungersnot gefallen war. Es war zu Kämpfen gekommen, bei denen Zürich, das sich mit den Österreichern verbündet hatte, unterlegen war.

1444 war der Krieg nochmals aufgenommen worden. Die Eidgenossen waren vor das Städtchen Greifensee gezogen und hatten dort mit barbarischer Grausamkeit gehaust. Sie waren dann bis zur Beendigung der Heuernte wieder nach Hause gekehrt, um darauf einen neuen Streich zu versuchen: die Belagerung von Zürich.

Das alles war dem Langen bekannt. Nur etwas erwähnte der

Offizier nicht, der von Hader und Zwietracht sprach. Er stand vor Soldaten aus dem Kanton Aargau; und zu jener Zeit hatten die Zürcher den Österreichern das Angebot gemacht, als Dank für die Unterstützung dafür zu sorgen, dass eben dieser Aargau, der eine Landvogtei der Eidgenossen war, wieder Österreich zugeschlagen werde.

Der Lange hatte den Ausführungen zugehört, ohne mit der Wimper zu zucken. Ebenso empfindungslos hatte er die Begründung für die neue Belagerung von Zürich über sich ergehen lassen.

Am Abend hatte er sich betrunken. Es war sein einziger Rausch in sechs Aktivdiensten. Und der Lange schrieb auch das seiner Frau.

Was hatte er eigentlich zu klagen?

1914 waren bei der Schlacht von Tannenberg 96 000 Russen in deutsche Kriegsgefangenschaft geraten. Seine Frau hatte in diesem Jahr ihr Kind geboren.

Die deutschen Truppen drangen nach Paris vor und wurden durch die Marneschlacht aufgehalten. Die Heuernte war gut. Das Korn gedieh. Das Obst füllte die Bäume und machte ihre Kronen voll. Der Lange war an der Grenze gestanden, mit scharf geschliffenem Bajonett. Scharfe Munition war auf den Mann verteilt gewesen.

1915 wurde während der Winterschlacht in Masuren die russische Armee vernichtet, und 100 000 Soldaten gerieten in Gefangenschaft. Der Lange hatte an der Grenze vor Kälte klamme Finger. Aber er konnte sie nach der Wachablösung in der Unterkunft wärmen. Deutschland unternahm den ersten Gasangriff durch Abblasen von Chlorgas an der Westfront. Der Lange hatte davon in der Zeitung gelesen.

Was gab es also zu klagen?

1916 fanden die Kämpfe um Verdun statt. Der Lange kannte die Verlustzahlen und stellte sich diese wirklich vor, indem er Kompanien aneinanderreihte, sie zu Bataillonen ergänzte und mit diesen Regimenter bildete: 440 000 Tote von Februar bis Juni. Der Lange wusste von Hungernden in der Schweiz, von Arbeitern, die vierzehn Tage nach der Einberufung bereits keinen Lohn mehr ausbezahlt erhielten. Er hatte sein Brot, das buk ihm die Frau. Sein Mädchen war jeden Tag satt.

An den Fronten wurde hochwirksames Gelbkreuzgas (Senfgas) angewendet. Der Lange schlief in seinem Bett, und manchmal weckte ihn nachts das Quaken der Frösche von den Tümpeln in der Nähe der Reuss.

Im deutschen Heer wurden Gasmaske und Stahlhelm eingeführt. Der Lange bestellte die Felder und besorgte den Stall. Franz Joseph I., der Kaiser von Österreich, war gestorben.

1917 herrschte in Deutschland eine Hungersnot: Kohlrübenwinter. Die Frau des Langen litt unter plötzlich auftretenden Zwischenblutungen und verlor an Gewicht, ohne dass der Arzt eine Ursache ausmachen konnte. Dem Internationalen Roten Kreuz wurde der Friedensnobelpreis zugesprochen.

Die USA erklärten Deutschland den Krieg und mobilisierten 1,7 Millionen Soldaten für den Einsatz. Der Lange hatte deutschen Soldaten Brot unter dem Grenzzaun durchgereicht. Mit vorgehaltenem Gewehr.

In Russland siegte die Revolution.

Was gab es also zu klagen? 1918.

Jetzt, 1918, anlässlich der Belagerung von Zürich, der Ausdruck war nicht auszurotten, wurden Gasmasken gefasst und angepasst. Die Männer standen in Gruppen zusammen, hatten die Maske vor dem Gesicht und lachten sich schnorchelnd aus und wagten den Vergleich mit Elefantenköpfen.

Sie standen in einem frühlingshaft aufgeweichten Acker, in Wiesland nach der Schneeschmelze. In schweren Nagelschuhen, mit Wadenbinden. In viel zu weiten Hosen. Im doppelgeknöpften

Rock, Patronentaschen um den Bauch, mit dieser Gasmaske vor dem Gesicht. Barhäuptig, denn einen Stahlhelm hatten sie noch nicht gefasst. Das Lachen verging der Mannschaft jedoch bald. Bei den Kampf- und Marschübungen mit der Gasmaske kämpften sie um den Atem. Der Lange ließ sich nicht viel anmerken. Aber er litt.

Märsche.

Endlose Märsche durchs Zürcherland, durch den Frühling nun. Wärme. Über Hügelzüge und dem See entlang. Das Marschieren war nicht das Schlechteste, sagte der Lange. Und Schlachten sollen auch schon mit den Füßen gewonnen worden sein, meinten die Offiziere als Aufmunterung.

Warum nicht, dachte der Lange. Ihn drückte der Tornister wenig. Und wieder trug er ein zweites Gewehr.

Was gab es also zu klagen?

Der Lautensänger Hanns in der Gand reiste zur Kompanie und bereitete den Soldaten einen vergnügten Abend. Und zum Abschluss sangen sie das von Hanns in der Gand verfasste Lied von Gilberte de Courgenay:

Und wenn der Chrieg denn dure n isch
Und alles heizue gaht,
Und denn der Wirtin ihres Hus
Leer a der Straße staht,
Wer wüscht am Pfeischter d Äugli us …

Und der Lange sang mit. Was gab es also zu klagen?

Auf den Abend des 18. März waren in Zürich politische Versammlungen angesagt. Die Kompanie des Langen stand in Alarmbereitschaft. Zu einem Einsatz kam es glücklicherweise nicht.

Es kam zu Manövern mit einem unfreiwilligen Bad in den hohen Wassern der Sihl.

Es kam zu einem Defilee, zu Dislozierungen, Märschen und Feldgottesdienst.

Es gab deutliche Anzeichen wachsender Dienstmüdigkeit.

Und Aufruhr. In verschiedenen Kompanien wurden Urlaubskommissionen gebildet, um die den Soldaten zustehenden Urlaubstage gerecht und nach sachlicher Prüfung ohne Bevorteilungen und Diskriminierungen zuzusprechen. Die Befürworter in der Kompanie des Langen wurden abgekanzelt und als Neuheitsapostel hingestellt. Der Kommandant nannte ihre Bestrebungen vergebene Liebesmühen und sagte, es scheine auch in seiner Kompanie verblendete Elemente zu geben. Namen nannte er nicht, aber jeder Soldat wusste, wen er meinte.

Soldaten.

Kurze Zeit später vermeldete der Kommandant seiner Kompanie, es habe die Idee der Gründung von Soldatenvereinen auch in ihrem Bataillon in einigen Utopisten vorübergehend Anhänger gefunden, doch dank der Vernunft der großen Mehrheit der Soldaten und dank dem ruhigen und bestimmten Auftreten der Offiziere sei auch dieser Schädling im Keim erstickt worden.

»Für Soldatenräte werden die Aargauer nie zu haben sein.«

Am 22. April marschierten die Aargauer heimzu. Über Sihlbrugg gelangten sie nach Kappel, Mettmenstetten, Ottenbach und Bremgarten. Der Lange hatte Mühe, nun nicht auszuscheren. Von Ottenbach nach Merenschwand wäre es ein Katzensprung gewesen. Doch er war klug genug, in den letzten Tagen keinen Fehler zu machen. Er trug schweigend seinen Tornister, hatte einen Grashalm im Mund, da er beim Marschieren diesmal nicht rauchte, und blickte vor sich auf die Straße.

In Bremgarten, wo sie Unterkunft bezogen, wurden die Soldaten herzlich empfangen. Am nächsten Tag marschierten sie bei kühler Witterung über Wohlen nach Lenzburg. Hier wurden ihnen Blumen und Süßkonserven aus der dortigen Fabrik zugeworfen.

Dann Defilee. Es war zur Gewohnheit geworden. Der Lange schaute gar nicht mehr zu den Vorgesetzten hin.

In Aarau zeigten sich kaum Leute auf der Straße, als das Freiämter-Bataillon einmarschierte. Am Weg standen bereits entlassene Soldaten und ein paar Kinder. Die Offiziere waren enttäuscht. Der Lange nahm den kühlen Empfang gleichgültig hin.

Endlich die Entlassung. Der Kommandant war nicht um Worte verlegen: »Mit Stolz und Zuversicht, trotz der ungewissen Lage im In- und Ausland, nehmen wir von unserem rot-weißen Banner Abschied.«

Stolz war der Lange nicht. Zuversichtlich schon.

Wieder zu Hause saß er am Tisch in der Küche, als wäre er nie fortgewesen, aß geschwellte Kartoffeln, schälte die Rinde weg, tupfte die Stücke in Salz, steckte sie in den Mund, aß Käse und Brot dazu, trank Milchkaffee, und die Kartoffeln seiner Tochter zerdrückte er mit der Gabel.

Die Mutter saß dabei und lachte. Der Vater fuhr ihr mit der Hand übers Gesicht, mit einer rauen Hand, aber sie war zärtlich. Die Mutter gab Zärtlichkeit zurück, als sie ihm die Hand auf den Nacken legte; sie kam ihm sehr leicht vor, und die Worte wurden ihm schwer.

Das Mädchen verlangte mehr Kartoffeln, das war dem Vater lieb. Er langte sie aus der Schüssel und reichte sie dem Kind wortlos, doch er lächelte, und um seine Augen bildeten sich Fältchen. Die Frau bemerkte das gleich.

Es wurde Oktober. Der Vater las Zeitung und war mit einem neuen Begriff vertraut gemacht worden: Sozialismus. Die Erfolge des Sozialismus machten den Sozialisten in der Schweiz Auftrieb und Mut. Die Partei gab einen Oktoberaufruf heraus: »Schon rötet sich der Himmel über Zentraleuropa, der erlösende Brand wird das ganze, morsche Gebäude der kapitalistischen Welt erfassen …« Die russische Revolution und ihre Ausstrahlung, ihre Kraft wurden in der Schweiz zum Katalysator. Es war ja im Grunde auch dem Vater nicht ganz verständlich, warum die Arbeiterschaft sich überhaupt so lange hatte ausbeuten und niederhalten lassen.

Im November kam es zum Generalstreik.

Der Vater erinnerte die Belagerung von Zürich. Er hätte jetzt die Abgrenzungen des Rayons seiner Kompanie hersagen können.

Die Armee stand gegen die Arbeiter.

Es waren dann andere Einheiten, die den Befehl erhielten, auf die Streikenden zu schießen.

Auf dem Tisch lag die aufgeschlagene Zeitung mit dem Bericht über das unrühmliche Ende der Belagerung von Zürich. Der Vater schüttelte den Kopf.

Anna Villiger löste sich mit einem Ruck aus ihren Gedanken. Es war ihr, als zöge sie ein Netz aus einem tiefen Wasser; und es war voll. In einer guten Stunde würde ihr Zug fahren. Sie verließ den Friedhof. Die Dämmerung war bereits in die Straßen gefallen, die Umrisse der Häuser standen in dunstigem Licht.

Sie ging den Weg nach Benzenschwil anscheinend ohne Anstrengung zurück. Angst vor dem Einbruch der Dunkelheit hatte sie nicht. So leicht kam ihr alles vor. Ihr Körper war fühllos. Doch plötzlich, als sie bereits oben im Wald am Waidhof vorbeigekommen war, fühlte sie den unruhigen Schlag ihres Herzens wieder. Die Kälte fiel sie an wie ein Tier, auch wenn sie eilig ging.

Beim Bahnhof erwartete sie den Zug und fröstelte. Es war ihr etwas flau im Magen, und sie versuchte, die restliche Schokolade zu essen. Aber sie hatte Mühe zu schlucken, sie würgte an der Schokolade herum, die Süßigkeit war ekelerregend.

Als der Zug ankam, stieg sie in den ersten Wagen hinter der Lokomotive ein. Der Wagen war stark überheizt. Sofort schoss ihr das Blut in den Kopf, ihr Herz raste, sie merkte, dass sie sich überanstrengt hatte. Sie war zu schnell durch den Wald gegangen, zu hastig bergauf gelaufen, um den Bahnhof rechtzeitig zu erreichen. Als ob sie Zeit hätte einholen müssen, einholen können. Und so lange hätte sie auch nicht in der Kälte stehen bleiben dürfen. Grabeskälte. Sie setzte sich, und im Sitzen zog sie den Mantel aus, behielt den Hut auf dem Kopf, den Mantel auf den Knien. Das Herz, wenn nur dieses Herz nicht so schmerzen würde, und wieder schoss ihr eine Hitzewelle in den Kopf, und sie fühlte ihre eiskalten Füße wie Klumpen, und sie fröstelte heftig, und dann wieder diese Wärme, am liebsten würde sie ein Fenster aufreißen.

Der Zug fuhr durch die abendliche Landschaft, es war ein später kalter Winternachmittag. Dämmerung nun schon als schwarzer Flor über allen Gegenständen, über Gebäuden und über dem Wiesland. Anna Villiger saß zusammengesunken an ihrem Platz.

Sie konnte nichts mehr denken, sie fühlte sich aus sich selbst ausgetrieben und sah sich dasitzen, als wäre sie eine Hülse, die sie beobachtete, als wäre ihr Ich außerhalb dieser Hülse ein unbeteiligter Zuschauer des Elends, das sich mit ihrem Körper abspielte, und wieder dieses Herzklopfen; sehr schwarz stand der Wald, und der Zug raste in diesen Wald hinein, die Hitze schmolz den Schnee weg, und der Zug fuhr eine Spirale aus Glut hoch, feuerspeiender Himmel, und aus dem Gehölz trat ein Mann und hatte eine rote Tasche umgehängt und fragte nach dem Grab ihres Vaters und nach dem Grab ihrer Mutter und meinte, Heidekraut wär im Winter das Beste und ob sie auch so friere, und redete mit ihren Eltern, die nun zusammen mit ihrem Mann im Abteil saßen und ihren Leib, ihren zusammengesunkenen Körper nicht beachteten und die sie, obwohl sie sich als licht darüber schwebend frei und leicht fühlte, nicht ansprechen konnte, sie hatten eine fremde Hörweise, eine andere Hörart und Wahrnehmungsfähigkeit, und von den Bäumen des Waldes flogen die Vögel auf, oder war das der Schatten einer riesenhaften Wolke, und vom Himmel schneite es Sterne, die Dauer der Sterne war zerstört, und der Fall der Sterne hatte begonnen, und es war ein sonniges Tal, und dieses Stechen in der Herzgegend, der Mann beugte sich nochmals über sie und fragte wieder etwas, dessen Sinn sie nicht zu verstehen vermochte, er hatte eine Sprache, derer sie nicht mehr mächtig war, und seine Worte waren Fische in einem Netz, zappelnde Worte, denn jetzt war nur noch diese bittere Kälte, und in dieser Kälte brannte ein Feuer, es war in einem Tal, in einem weiten, schwarzen Tal, und jemand zog in diesem unendlichen Tal einen Vorhang zu, und dieser Vorhang brannte lichterloh, eine unheimliche, tödliche Hitze löste dieser Brand aus, und der Mann mit der roten Tasche versuchte ihn mit Eiswasser zu löschen, er hauchte in die Feuersbrunst und spie Wasser aus; ein heftiger Stich in der Herzgegend, das Herz zuckte zusammen, wurde ein Klumpen, der ganze Körper war nur noch ein schmerzender Klumpen, ein verbrennendes Herz, und vollständige Stille und Finsternis und mächtig wogende Zeit, und ganz weit entfernt eine Kerze, eine flackernd brennende Kerze, eine Kerze auf dem Altar der Heiligen Muttergottes Maria, die Kerze brannte ab und verlöschte.

Die Frau hat einen Herzanfall erlitten, sagte der Zugführer und hielt die eine Hand hilflos in der Schlaufe seiner roten Tasche. Sofort einen Krankenwagen bestellen. In Muri warten.

Der Zug ist auch wieder überheizt, sagte ein Reisender.

Und hinter einer Zeitung versteckt saß ein junger Mann, breitschultrig, und tat so, als würde ihn der Zwischenfall nicht berühren, seine Zeitung aber über alle Maßen interessieren. Anna Villiger saß vornüber gesunken auf der Bank; der Kopf war ihr seitwärts gefallen, das Kinn auf die Schulter gerutscht. Ihre Augen waren geschlossen. Farblos die Lippen. Weiß die Haut. Stumpf und grau ihr Haar.

Der Hut lag am Boden.

27

Margrit saß in einem bequemen Stuhl im Wohnzimmer und strickte. Hin und wieder schaute sie von ihrer Arbeit auf in das warme Rot der Vorhänge und wusste dahinter die finstere Kälte des Abends. Herbert saß am Tisch und las in einem Buch, saß unter einer Glocke aus Licht, versunken in eine Bücherwelt, die sie allerdings kannte. Sie hatte ihm das Buch, nachdem sie es gelesen hatte, auf das Nachttischchen gelegt: wortlos empfohlen.

Margrit unterbrach ihre Strickarbeit und blickte zu Herbert. Über seinen Entscheid, auf die Prokura in Brugg zu verzichten, hatten sie nicht mehr gesprochen. Sie fragte auch nichts, denn sie wusste, dass Fragen ihn schweigsam machen konnten. Herbert würde auf die Sache zurückkommen, ganz bestimmt.

Sie trug das Kind dieses Mannes in ihrem Bauch, und dieses Kind würde ihr fremd vorkommen, wenn sie zu diesem Mann nicht Ja sagen könnte. Sie hatten sich zu einem gemeinsamen Leben entschlossen, zu einem Stück gemeinsamer Lebensgeschichte.

Eine Frau hat für ihren Mann offen zu sein, dies hatte ihr Anna Villiger gesagt und damit Selbstaufgabe gemeint, ohne sich dessen ganz bewusst zu sein. Eine Frau hat sich anzupassen, hatte sie gesagt. Und Anpassung, dachte Margrit, konnte die eigene Vernichtung bedeuten. Einfach aus Gewohnheit.

Margrit hatte eigene Vorstellungen entwickelt; doch sie hatte Zeit gebraucht, zu ihnen zu gelangen. Das Kind war bei dieser Entwicklung wichtig gewesen; die Schwangerschaft war zu einem Katalysator für ihr Denken geworden.

Das Kind band sie an den Mann, und der Mann wurde durch dieses Kind an sie gebunden. Sie sah diese Gebundenheit nie einseitig. Gewiss, es war eine Abhängigkeit da, aber Margrit hatte gelernt, sie ohne Vorurteil zu akzeptieren. Von einem anderen Menschen abhängig sein musste nicht zum vornherein etwas Negatives bedeuten. Aber gegenseitige Abhängigkeit, dachte sie, war auch ein wichtiger Anlass gewesen, über die Form ihres Zusammenlebens mit Herbert nachzudenken. Im täglichen Leben fand dieses an den anderen Gebundensein einen Ausdruck.

Herbert hatte seinen Beruf, und sein Ehrgeiz hatte ihr Probleme gemacht, bis diese Vorstellungen von einer beruflichen Laufbahn gestern Abend einen Knick bekommen hatten, was natürlich noch besprochen sein musste. Margrit beneidete Herbert nicht um seinen Beruf. Sie verlangte auch nicht nach einem Rollentausch; »erwerbstätig« hieß für sie noch lange nicht frei sein. Unterlegen fühlte sie sich nicht; sie betrachtete ihren Haushalt als gleichberechtigt. Auch das Gefühl, Herbert verdiene das Geld und müsse den Lohn mit ihr teilen und sie gerate so in eine finanzielle Abhängigkeit, die belastend sei, hatte sie nicht. Es war gemeinsames Geld; wie das Geld, das sie mit ihrer Teilarbeit verdient hatte, gemeinsames war.

Margrit sah die Erfüllung ihres Lebens nicht in der Bestätigung durch den Mann. Sie hatte sich darum in ihrer Ehe eine Eigenständigkeit geschaffen. Herbert war dabei, sie zu anerkennen. Sie erwartete von ihm genauso viel Anpassung, wie er selber forderte. Eine Offenheit ohne Selbstaufgabe war ihr wichtig, wobei sie wusste, dass dies nicht eine Sache war, die erzwungen werden konnte, sondern vielmehr Warten und Schweigezeit erforderte. Sie strickte weiter.

In letzter Zeit war es wiederholt vorgekommen, dass Margrit trotz ihrer Schwangerschaft ein heftiges, körperliches Verlangen nach Herbert verspürt hatte. Sie dachte ganz offen daran, und sie vermochte mit ihm auch darüber zu sprechen. Sie war sich ihres eigenen Körpers durchaus bewusst geworden, und ihre Geschlechtlichkeit hatte sie aus der Sphäre des sich Schämens befreien können. Die körperfeindliche Einstellung, die ihr die katholische Erziehung hatte einimpfen wollen, war überwunden. Sie erinnerte sich an den Pater in der düsteren Kirche, der ihr während seines Aufklärungskurses Angst vor der Schlechtigkeit der Männer eingejagt hatte, die alle nur das Eine, Unaussprechbare wollten. Dagegen stand jetzt die Zärtlichkeit ihres Mannes.

Sie liebte Herberts Hände auf ihrer Haut. Und auch die eigenen. Und nach der Umarmung fühlte sie sich gelöst. Sie hatte gleich viel genommen wie gegeben. Auf dieses Gleichgewicht kam es ihr an, auch sonst.

Margrit stand auf, ging zu Herbert an den Tisch, legte ihm von hinten die Arme um den Hals und presste ihr Gesicht in sein Haar und sog seinen Geruch ein; sie fuhr ihm mit den Händen unters Hemd, legte sie flach auf seine Brust. Herbert spürte dabei die Weichheit ihrer Brüste auf seinen Schultern und den härteren Bauch an seinem Rücken.

Komm, sagte Margrit.

Darauf nahm sie seine Hände und legte sie auf ihren Bauch.

Spürst du das Kind?

Herbert hielt die Hände auf ihrem Bauch, seinem Kind. Der Bauch war prall und gab dem leichten Druck der Hände nach. Er verspürte die Bewegungen des Kindes an seinen Handflächen, als wären es Signalwellen aus einer anderen Welt, aus der Vorwelt des Mutterbauches. Herbert stellte sich das Kind nie vor; er empfand die Bewegung nur als Ganzes, als würde sie von einer schwappenden Masse ausgelöst und nicht von einzelnen Gliedern verursacht. Es war sein Kind, das wusste er mit dem Verstand, und es bereitete ihm Mühe, für das Ungeborene auch Gefühle zu entwickeln. Obwohl er von anderen Vätern gehört hatte, dass sie dies nicht so wie er empfunden hatten, blieb dieses Kind weit von ihm weg und war ein fremdes, auch wenn er seine Bewegungen an den Handflächen spürte.

Es war nicht Körper, nicht Haut. Körper und Haut seiner Frau nahm er wahr: ihren Duft, ihre Flächen. Das Kind war ein Gedanke. Er musste es zuerst auf dem Arm tragen können, so wie es Margrit in ihrem Bauch trug; dann würde es sein Kind werden. Herbert hatte Margrit noch nie von diesen Überlegungen erzählt. Später, dachte er, wollte er ihr das zu erklären versuchen.

Was war für den Vater das ungeborene Kind?

Er wüsste nicht einmal davon, wenn ihm die Frau nichts sagen würde. Und machte ihm die Frau ihre Schwangerschaft bekannt, setzte sie ihm sein Kind in den Kopf, und in seiner Vorstellung übersprang er die neun kommenden Monate und sah es schon in der Wiege.

Die Frau trug das Kind im Bauch; neun Monate lang blieb es körperlich da, jeden Augenblick; es veränderte den Körper der Mutter unaufhaltsam, es machte sie körperlicher als in jedem anderen Zustand. Für den Vater ist es ein Kopfkind, dachte Herbert, und wenn er den Kopf freimachen muss für andere Dinge, vergisst er das Kind, er spürt es ja nicht. So jedenfalls empfand er das. Diese Einsicht machte ihn hilflos, als er die Hände auf Margrits Bauch und seinem Kind hielt. Da legte er den Kopf an ihre Brust, als wäre er dieses Kind; er empfand Wärme; Margrit schlang ihre Arme um ihn, als wollte sie ihn sich einverleiben, um ihn so mit seinem Kind leibhaft zusammenzubringen.

Eine Zeitlang verhielten sie so.

Dann löste Margrit ihre Umarmung.

Die Kopfkinder, dachte Herbert, machen die Väter hilflos. Nach der Geburt stehen sie da und halten einen körperhaft gewordenen Gedanken auf dem Arm: ein Bündel Mensch. Der Geruch hilft ihnen vielleicht, dieser süßliche Babygeruch, er signalisiert: Das Kind ist Fleisch und Blut und Haut und Haar, dein Kind. Herbert wagte eine Vorstellung, in der er sein Kind auf den Armen trug und ganz dicht an der Kopfhaut des Kindes den Babygeruch einsog; und darauf dachte er das Kind, das er etwas umständlich halten würde wie eine Puppe aus sehr kostbarem Porzellan, an der Brust der Mutter schmatzend. Saugpumpe mit Eigenleben. Herbert lachte ob dieser Vorstellung und fragte Margrit: Soll ich dir einen Kaffee machen?

Margrit setzte sich wieder in ihren Stuhl und ließ den Blick über Vorhänge und Bauch auf den Boden gleiten. Sie suchte nach Fusseln im Teppich wie nach Erinnerungsstücken oder verlorenen Gedanken, verweilte regungslos, hielt die Strickarbeit in den Händen und die Hände im Schoß.

Damals. Strickend und in dieser Stube am Tisch sitzend erinnerte sie ihre eigene Mutter, und das Kind, das bei ihr über Schulaufgaben am Tisch saß, war sie selbst. Die Mutter hatte einen Pullover gestrickt, das Mädchen eingekleidete Rechenaufgaben geschrieben, und die Fragen an die Mutter hatten es zu den richtigen Lösungen geführt. Im Winter war es in dieser Stube warm gewesen, und das Stricken hatte einen Teil der Stille ausgemacht. Die Vorfenster waren angebracht und zwischen den Rahmen lag die Butter, stand die Milch, denn sie besaßen damals noch keinen Kühlschrank. In der Stubenecke, wo jetzt das Büffet stand, war ein kleiner Kachelofen eingebaut gewesen. Die Mutter hatte darin Äpfel gebraten; und auf der steinernen Sitzbank waren Mandarinenschalen verschmort, ihr Duft hatte das Zimmer erfüllt. Wenn am Abend der Vater heimgekommen war, hatte sie seine Schritte auf der Treppe vernommen, wie sie jetzt Herbert hörte, als wären inzwischen nicht 15 Jahre verstrichen.

Margrit stellte sich ihr Kind vor, sitzend über Aufgaben an einem Stubentisch. Sie sah sich strickend daneben und kannte auf die Fragen des Kindes auch die richtigen Antworten. Das Rechnungsbuch war dasselbe geblieben.

Wo würde dieser Tisch stehen?

Margrit wusste es nicht; es war ihr nur klar, dass er nicht in dieser Stube stehen konnte.

Sie musste sich Mühe geben, das eigene Kind nicht einfach dort einzublenden, wo sie das Kind, das sie gewesen war, aus der Erinnerung wegdenken konnte, es hatte nicht einfach einen Platz einzunehmen, den sie ihm frei machte, gleichsam als Weißblende im Film der eigenen Kindheit. Es hatte ein Anrecht auf einen eigenen Platz in einer neuen Welt.

Damals.

Ein Winterabend. In der Küche hatte die Mutter Mehl auf den Tisch ausgestreut und einen Teig flach ausgewalzt. Aus diesem Teig stach Margrit mit Blechförmchen Herzen und Kreuze und Männchen aus. Darauf hatten sie das Blech mit einem Butterpapier bestrichen und die aufgestochenen »Guezli« daraufgelegt. Zum Schluss pinselten sie Eigelb darüber und schoben das Blech in den vorgeheizten Backofen.

Es waren Bilder, in die Margrit ihr Kind getrost einsetzte. Sorglos konnte sie dies dem eigenen Kind wünschen.

Anderes würde sie ihm ersparen.

An schulfreien Nachmittagen war sie heimlich zur Kirche gelaufen und hatte mit klopfendem Herzen ein Aufklärungsheft für Mädchen aus dem Schriftenstand genommen. Im Friedhof auf einer verschwiegenen Bank hatte sie als Vierzehnjährige Verbotenes gelesen.

»Vom Mädchen zur Frau.« Doch genau das, was sie hatte wissen wollen, verschwieg die Schrift und erzählte dafür von »Reinheit und Liebe« von »Keuschheit und Jungfräulichkeit«, von der »Glückseligkeit« unberührt vor den Traualtar treten zu dürfen. Von »Gnade und Kraft« konnte sie lesen, und über die »Versuchungen«, und sie wurde zum Gebet zur Heiligen Muttergottes Maria, dem Vorbild aller Jungfrauen, angehalten. Und sie war enttäuscht.

Das war damals in einem Sommer gewesen; ein Jahr später im Herbst war der Pater gekommen, nach dessen aufklärenden Reden sie lange Zeit einen Zusammenhang zwischen Zungenkuss und Schwangerschaft vermutet hatte. Diese Verstörungen, die aus der katholischen Erziehung eine Kinderkrankheit gemacht hatten, wollte sie ihrem Kind ersparen. Es sollte auf Fragen Antworten erhalten, und nicht nur, wenn es um Hilfe bei der Lösung von Rechenaufgaben bat. Herbert brachte den Kaffee.

Mit seiner Tasse setzte er sich wieder an den Tisch zu seinem Buch zurück; doch er öffnete es nicht mehr und legte bloß die Hände auf den Einband und dachte eine Weile lang in sich hinein. Nach einiger Zeit des Schweigens langte er nach dem Kaffee und trank mit großen Schlucken. Als er die Tasse wieder absetzte, sagte er: Der Chef hat mich heute aufgefordert, meinen Verzicht zu begründen, aber ich konnte ihm keine befriedigende Antwort geben. Es ist mir manchmal, als sähe ich in weiter Entfernung eine offene Tür, und ich gehe darauf zu, ein Raum wartet da, und ich kenne ihn nicht, aber ich will ihn sehen.

Das sei keine Begründung, hatte der Chef geantwortet. Ich weiß, hatte Herbert gesagt.

Vielleicht hatte es etwas mit Fantasie zu tun: Sie weckte Bedürfnisse.

Vielleicht hatte es auch etwas mit Anna Villiger zu tun. Als er sie am Mittwoch nach Hause gefahren hatte, war sie ihm sehr vereinsamt vorgekommen. Ein Leben lang Arbeit und am Ende doch nur leere Hände. Ein leeres Herz. Herbert hatte auf der Heimfahrt an sein eigenes Leben gedacht: an seine begrenzte Lebenszeit; an die Art, wie er sie nutzte. Er hatte darüber nachgedacht, wie lange es eigentlich schon her war, seit er zum letzten Mal die Angelrute aus dem Keller geholt und zur Reuss hinuntergegangen war, um in aller Frühe zu fischen.

Und er hatte an sein Kopfkind gedacht, es bei der Hand genommen und schon zehnjährig gesehen und mit ihm in der Stube Eisenbahn gespielt. Und er hatte an seine Frau gedacht, die sich gegen seine Lebensweise innerlich sträubte und auflehnte, weil sie wusste, dass ihm sein Ehrgeiz nichts einbrachte. Außer Geld. Ich verdiene zu wenig, um mit Geld wirklich etwas anfangen zu können, sagte er zu Margrit, und zu viel, um es sinnvoll aufzubrauchen.

Wenn wir im Monat zweihundert Franken mehr haben, sagte er, ändert sich im Grunde nichts. Ich kaufe mir neue Überzüge für die Autositze, und einen neuen Anzug. Das ist alles. Der Büromief bleibt mir erhalten. Und da müsste ich raus.

Margrit nahm ihre Tasse und setzte sich zu Herbert an den Tisch. Sie zog die Füße aus den Hausschuhen und umfasste mit ihnen seine Knöchel; sein rechtes Bein hielt sie mit ihren Füßen fest und spürte die Wärme seiner Haut. Sie trank Kaffee und betrachtete die Traurigkeit in Herberts Gesicht.

Und plötzlich verspürte sie ein mächtiges Ziehen in ihrem Bauch. Als würde sie auseinandergerissen. Als müsste er aufplatzen. Schweiß brach ihr aus. Wärme stieg in den Kopf. Die Hände, die die Tasse hielten, begannen zu zittern. Sie verspürte einen unaufhaltsamen Drang, Wasser zu lösen. Schmerzhaft zog der Bauch und drückte nach unten und auf die Blase. Sie stand auf und lief zur Toilette hinaus.

Herbert hatte nicht mitbekommen, warum Margrit so brüsk und unerwartet aufgestanden und aus der Stube gelaufen war. Es war halb elf Uhr. Er schaltete den Fernseher ein, um die Sportschau zu sehen. Das war eine Samstagsgewohnheit und lenkte ihn ab.

Nach kurzem Flimmern und Zischen zeigte der Bildschirm Ausschnitte von einem Skirennen. Die Stimme des Kommentators füllte den Raum. Das blaue Licht des Fernsehers nahm der Stube einen Teil ihrer optischen Wärme.

Bald kam Margrit wieder. Sie war ganz blass, sah schmal aus und hatte ein aufgelöstes Gesicht.

Es ist losgegangen!

Herbert erschrak. Er hatte überhaupt nicht mit dieser Möglichkeit gerechnet. In einer Woche vielleicht; doch Margrits Befinden und Aussehen ließen gar keinen Zweifeln Platz. Er führte Margrit zu ihrem Stuhl und wollte ihr Kaffee nachgießen. Sie schüttelte nur den Kopf und verschränkte die Arme über dem Bauch, in dem der Schmerz rumorte.

Willst du einen Schnaps, fragte Herbert.

Margrit wollte gar nichts, sie verlangte bloß den Arzt, unmissverständlich und ein zweites Mal.

Sie war mit dem schmerzhaften Ziehen und dem Harndrang in die Toilette gelaufen, hatte sich gesetzt und dabei war bereits ein Strom aus ihr herausgebrochen, der nicht abreißen wollte, als würde ein Eimer ausgeschüttet. Ihre Fruchtblase war aufgeplatzt, und das Fruchtwasser lief aus. Sie war dagesessen, willenlos und betäubt vor Schmerz und doch mit ganz klarem Kopf, der genau registrierte. Über den Bauch hatte sie zwischen den Schenkeln hindurch in die Schüssel gestarrt, in die sich das Wasser ergossen hatte, als wäre sie ein Teich mit gebrochenem Damm. Glasklares Wasser war aus ihr heraus in die Schüssel gestürzt.

Herbert kam vom Telefon zurück. Der Arzt war nicht zu Hause, dessen Frau hatte ihm jedoch den Rat erteilt, mit Margrit unverzüglich nach Muri ins Spital zu fahren.

Margrit saß bleich im Stuhl. Sie sah mitgenommen aus, auch wenn sie ein Lächeln versuchte.

Es ist einfach zu früh losgegangen, und nicht so, wie wir es uns gedacht haben, sagte sie.

Im Schlafzimmer holte Herbert ein kleines Köfferchen, das Margrit vorsorglich schon vor einigen Tagen eingepackt hatte und das alle Utensilien enthielt, die sie im Spital benötigen würde. Von der Garderobe nahm er ihren Mantel und legte ihn ihr um. Darauf lief er zur Straße hinunter, holte das auf dem Rathausplatz geparkte Auto, ließ es mit laufendem Motor vor der Haustür stehen und rannte die Treppe wieder hoch.

Er fand Margrit im Korridor auf einem Stuhle sitzend. Sie hielt den Telefonhörer in der Hand, aus dem nur das Rufzeichen ertönte, da niemand am Ende der Leitung den Hörer von der Gabel nahm.

Ich wollte Anna anrufen, sagte Margrit, aber sie ist nicht zu Hause.

Herbert nahm ihr den Hörer aus der Hand und legte ihn auf. Er versprach, Anna morgen gleich Bescheid zu sagen. Dann half er Margrit die Treppe hinunter. In der Wohnung brannte das Licht und der Fernseher lief; der Kommentator sprach in ein leeres Zimmer hinein. Auf Margrits Stuhl lag die Strickarbeit; auf dem Tisch standen die Kaffeetassen, in denen noch immer das Getränk dampfte.

In der Toilette schwamm das Fruchtwasser in der Schüssel. Herbert fuhr bereits mit Margrit über die Reussbrücke und schwenkte links ab die Weststraße hinauf.

Geht es, fragte er.

Erträglich, antwortete sie und versuchte ein Lächeln. Sie legte ihm vom Hintersitz aus die Hand auf die Schulter. Er hatte das Gefühl, ihre Hand sei kalt, doch er spürte sie gar nicht durch seine Kleidung, er bildete sich das nur ein.

Margrit, die merkte, dass er sich Sorgen machte, sagte: Ich bin nicht am Sterben, ich bekomme nur mein Kind.

Die Landschaft zog vorbei als ein nächtlicher Winterfilm, dessen Bilder sich Margrit einprägte. Die Scheinwerfer leuchteten die Straße aus; die Räder rollten sie wie einen Teppich auf. Beidseitig fielen die Bäume des Waldes zurück. In Bünzen kaum Menschen auf der Straße. Bald die Häuser von Boswil. Bei der Einbiegung in die Kantonsstraße nach Muri musste Herbert anhalten und fasste dabei nach der Hand auf seiner Schulter.

Margrit saß stumm; der Schmerz machte das Sprechen beschwerlich.

Auf der Hauptstraße raste ihnen ein Motorrad entgegen; sonst kein Verkehr.

In Margrits Kopf sprangen die Gedanken von Bild zu Bild; wenn sie darüber hätte sprechen wollen, wäre es der Zunge nicht möglich gewesen, den Bildern zu folgen. Sie halluzinierte eine Geschichte: In einem Wohnblock, mitten in der Nacht, befand sich ein Liebespaar in der Umarmung, als es an der Tür läutete, und da das Läuten nicht aufhörte, sondern panikartig wurde, stand der Mann auf, zog sich einen Morgenmantel an und öffnete die Tür, vor der seine Nachbarin stand, die hochschwanger war und deren Mann sich auf einer Geschäftsreise außer Landes aufhielt. Das Gesicht der Frau war schmerzhaft verzogen, ihr Kind kam, sie fürchtete eine Sturzgeburt; das Fruchtwasser sei gebrochen, erklärte sie dem Mann und bat ihn, sie mit seinem Auto ins Spital zu fahren. Während der Fahrt setzte die Geburt ein; mit geöffneten Beinen lag die Frau auf dem Hintersitz, und der Kopf des Kindes suchte den Durchbruch. Als sie beim Spital ankamen, stützte sie der Mann und brachte sie in die Empfangshalle. In der Halle befanden sich gerade zwei Pfleger, die eine Bahre zum Lift schoben, und auf dieser Bahre lag ein toter Mensch, den sie mit einem weißen Tuch zugedeckt hatten. Und während sie den Toten in den Fahrstuhl verluden, gebar die Frau ihr Kind in der Halle, und der Mann fühlte sein von Sperma noch verklebtes Glied, der Lift mit der Leiche fuhr hoch, und in der Portiersloge saß der Pförtner und aß ein Wurstbrot. Mit vollem, kauendem Mund kam er aus seinem Häuschen. Dann eilte ein Arzt herbei, ihm folgte eine Schwester, und als der in seinem Liebesakt gestörte Mann nach der Geburt das Spital verließ, um zu seiner Geliebten zurückzukehren, saß der Pförtner bereits wieder in seiner Loge, aß immer noch Wurstbrot und hatte auf dem Pult eine Thermosflasche mit Kaffee stehen.

So nah, dachte Margrit, liegen Geburt, Liebe und Tod beisammen. Da fielen sie die wehenhaften, reißenden Schmerzen wieder an.

In Muri bog Herbert in den Weg zum Spital ein und fuhr ihn mit übersetzter Geschwindigkeit. Er lenkte sein Auto quer über den Platz vor die Eingangstür des Hauptportals und stellte es ab. Behutsam half er Margrit aus dem Wagen. Sie stellte sich tapfer und untersagte es ihm, sie als eine Kranke zu behandeln.

Ein Kind bekommen ist keine Krankheit!

Eine Schwester öffnete ihnen die Tür.

Auf Schuhen mit Gummisohlen, die auf den Fliesen girrten, kam ein Arzt herbei. Überall in der Eingangshalle standen Topfpflanzen in großen Kübeln. Herbert fiel das Grün in der sonst sterilen Umgebung auf. Und vor den großen Scheiben wartete eine schwarze Nacht mit vereinzelten Sternen, die sich wie Punkte in einem weitgespannten Tuch ausnahmen. Der Mond war nicht zu sehen. Die Freundlichkeit der Schwester beachtete er kaum, Herbert schaute zu Margrit hin; sie saß auf einem Stuhl und sprach mit dem Arzt. Dieser war aufmerksam und zuvorkommend, und alles kam Herbert ganz unwirklich vor.

Nach dem Gespräch fasste die Schwester Margrit unter den Arm und half ihr aufzustehen. Leicht gekrümmt stand sie in der Halle und stützte eine Hand in den Rücken; ihr Mantel spannte über dem Bauch, und sie öffnete die Knöpfe. Ihr Gesicht kam Herbert fleckig vor. Die Augen hatten einen fiebrigen Glanz bekommen.

Herbert wusste genau, und in seinem Wissen war er hilflos, dass sie Schmerzen hatte und auf die Zähne biss.

Ein Kind bekommen.

Das ist die natürlichste Sache der Welt.

Aber so hatte er das nicht erwartet. Nun führte die Schwester Margrit weg und trug auch ihren kleinen Koffer; wenigstens da hätte er helfen können. Herbert kam sich überflüssig und ungeschickt vor. Es war eine Nebenrolle, in die man ihn drängte. Das Tölpelhafte werdender Väter. Dieser Gesichtsausdruck der Ohnmacht. Er war der Vater des Kindes, und nicht mehr; seinen Anteil hatte er längst und ohne Anstrengung geleistet. Seine Rolle kam ihm beinahe wie ein Vorwurf vor.

Margrit stand vor ihm, dicht vor seinem ihr Gesicht. Er wagte es nicht, sie zu küssen, streichelte ihr über Wangen und Haar. Es fielen ihm keine Worte ein. Erbärmlich kam er sich vor. Dann wurde er in ein Wartezimmer abgeschoben. Margrit verschwand mit dem Arzt und der Schwester hinter einer Tür mit geriffeltem Glas.

Als würde ihm das Ablenkung verschaffen, kam eine andere Schwester zu ihm und begann von einer älteren Frau zu sprechen, die am Nachmittag nach einem Herzanfall eingeliefert worden sei und die der Tod bereits im Zug zwischen Benzenschwil und Muri erreicht habe. Niemandem war diese Frau bekannt; Ausweise habe sie nicht bei sich getragen, sagte die Schwester.

Sie ist vielleicht fünfundsechzig Jahre alt. Bis jetzt hat sie offenbar niemand vermisst. Und das mit ihrer Frau ist nicht schlimm, wechselte die Schwester das Gesprächsthema, es kommt hin und wieder vor, dass bei einer Frau die Fruchtblase platzt. Sie sind ja rechtzeitig mit ihr gekommen, das war klug. Komplikationen sind nicht zu erwarten, tröstete die Schwester. Sie können beruhigt sein; die Geburt ist eingeleitet worden. Darauf verließ sie das Wartezimmer. Herbert saß allein auf einem Plastikstuhl. Er sah die Zeitschriften vor sich auf dem Tischchen, nahm jedoch keine zur Hand. Der Raum war nüchtern und kahl. Plötzlich begann ihn der Spitalgeruch anzuwidern. Aber Herbert blieb sitzen unter dem weißen Licht einer Lampe, die in einer Kugel brannte; kaltes Licht war es, und kalt kam alles ihm vor.

Hinter der Milchglasscheibe von Zeit zu Zeit Bewegungen. So saß er und wartete: die Hände vor der Brust verschränkt, auf der Unterlippe kauend, manchmal wippte er mit den Füßen.

Das Kopfkind begann aus seiner Gedankenschale zu brechen.

Sie müssen pressen, richtig pressen, sagte die Schwester zu Margrit.

Der Arzt fragte nur: Erstgeburt?

Als Margrit nickte, sagte er zur Schwester gewandt: Wir müssen einen Dammschnitt machen.

28

Pep hatte das Café R. in Wohlen seit längerer Zeit nicht mehr besucht, doch als er es gegen Mitternacht betrat, nahm er an, mit Sicherheit ein paar ehemalige Bekannte zu treffen, die ihm nun helfen konnten, denn er benötigte Hilfe.

Das Lokal war von Lämpchen mit unterschiedlich gefärbten Glühbirnen, die an den Wänden über den Tischchen befestigt waren, nur mangelhaft beleuchtet. Pep beachtete die Leute, die an diesen Tischen saßen, überhaupt nicht, sondern strebte auf eine sich im hinteren Teil des Lokals neben den Toiletten befindliche Tür zu. Er öffnete sie und gelangte in eine kleine Stube, in der ein kaltes Neonlicht brannte. Eine Jukebox lärmte; an den Wänden hingen verschiedene Spielautomaten.

In diesem Raum hatten sich früher die Blackbirds häufig getroffen. Und hier verkehrte noch immer, wer ein Motorrad fuhr und dabei nicht gerade ein Briefmarkensammler war.

Pep wurde nicht begrüßt. Hier stellte niemand Fragen; hier gab es keine Demonstrationen von Brüderschaft.

Er bestellte sich eine Cola und hebelte an einem Geschicklichkeitsautomaten. Am Flipperkasten spielte er mit bei einer Viererrunde. Nach einiger Zeit ging er auf ein kleines Tischchen zu, an dem zwei Burschen, die er kannte, saßen. Er beugte sich zu ihnen hinunter und sagte: Ihr könnt einen Lappen verdienen. In einer Viertelstunde. Eine saubere Sache.

Als er dies gesagt hatte, wandte er sich, ohne auf eine Antwort zu warten, von ihnen ab und machte sich an einem der Fußballkasten zu schaffen. Die beiden erhoben sich und folgten ihm. Pep warf fünfzig Rappen in den Schlitz und zog den Hebel, damit die Kugeln ausgeworfen wurden. Die beiden stellten sich ihm gegenüber auf. Pep gab die erste Kugel in den Kasten. Sie kollerte zu den schwarzen Spielern, und der eine der beiden Burschen, ein magerer Blonder, der ein ziemlich geübter Spieler war, kickte den Ball in Peps Tor.

Eins zu null, grinste er. Sein Partner, der ein Stück kleiner und untersetzt war, stellte am Zählrahmen das Resultat ein und strich sich dann über den schwarzen, buschigen Schnauz, bevor er die Griffe seiner Spielerreihen wieder anfasste. Pep gab die zweite Kugel ins Spiel. Sie rollte nach hinten, und mit seinem Zweier schoss er sie aufs Tor. Doch der Kleine blockte sie ab und schob sie zwischen den Reihen hindurch dem Blonden zu, der sie in Schussposition bekam.

Präpariert, sagte er. Zwei null. Dann erst schoss er die Kugel zwischen den Holzmännchen durch auf Peps Tor.

Zwei null, kicherte der Kleine, schniefte in seinen Schnauz und langte wieder nach dem Zählrahmen.

Der Spielstand ist klar, sagte er und schaute Pep an.

Und nun?

Draußen steht meine Yamaha, sagte Pep. Hier ist der Schlüssel. Pep tippte mit dem Zeigefinger auf die linke Brusttasche seines ledernen Motorradanzuges, und diese Gelegenheit nützte der Blonde sofort aus, um das dritte Tor zu schießen.

Du setzt dich draußen auf deine Maschine, wandte sich Pep an den grinsenden Schützen, und du, sagte er zum Kleinen, nimmst meine Yamaha. Dann fahrt ihr nach Muri zum Bahnhof. Dort stellt ihr meine Maschine ab und steckt den Schlüssel in die Satteltasche. Nun setzt ihr euch auf die zweite Maschine und kommt zurück, und meine Yamaha bleibt schön in Muri stehen. Das ist der Job.

Das Spiel stand vier zu null. Während Peps Ausführungen hatte der Kleine ein Tor geschossen. Pep gab wieder eine Kugel in den Kasten; den Schuss des Blonden vermochte er mit seinem Zweier abzufangen. Er spielte sich den Ball geschickt nach vorn auf seinen Dreier und kickte ihn ins Tor. Vier zu eins.

Sie spielten weiter. Pep verlor dreizehn zu acht. Dabei redeten sie nichts mehr. Als das letzte Tor gefallen war, sagte der Kleine nur »okay«.

Fünfzig jetzt, sagte Pep, den Rest, wenn ihr zurückkommt.

Die beiden verließen das Café R., und Pep hörte, wie sie die Motorräder starteten. Er saß bei seiner Cola und wartete.

Nach vielleicht zwanzig Minuten kamen die Burschen zurück. Problemlos, sagte der Blonde.

Der Kleine machte das hohle Händchen, und Pep händigte ihm den Rest des Betrages aus.

Die Burschen stellten keine Fragen; das war wirklich eine saubere Sache. Ein bisschen Motorradfahren für einen Lappen, meinte der Blonde und zwinkerte dem anderen zu, der fing darauf an, schallend zu lachen.

Nach einiger Zeit trat die Serviertochter an den Tisch und wollte kassieren. Es ist gleich ein Uhr, sagte sie. Feierabend.

Der Kleine lachte und fragte das Mädchen, das schlank und gut gewachsen war und auf hohen Korksohlen in einem schwarzen, kurzen Rock und in einem schwarzen Pullover vor ihnen stand, ob sie in ihrem Bett für heute Nacht vielleicht noch keine Bettflasche habe, er wüsste ihr prima Abhilfe. Die Serviertochter war solche Bemerkungen gewohnt. Sie erwiderte gar nichts, so als hätte sie die Anspielung nicht verstanden. Ein Wort hätte das andere ergeben, und sie hatte den Kopf bereits voll von Geschwätz und Gerede.

Die Cola dieses Herrn da bezahlen wir auch, sagte der Blonde und wies auf Peps Glas und schlug seinem Partner die Hand auf die Schulter: Wir sind heute in Spendierlaune.

Pep stand auf, nickte nur und ging hinaus.

Hans Villiger saß in seinem Zimmer. Lur war nicht zurückgekommen, und es war ihm auch nicht möglich gewesen, Pep und Anita telefonisch zu erreichen. Diese Angelegenheit ließ ihm nun keinen Schlaf. Umständlich stopfte er sich eine Pfeife, und als er versuchte, den Tabak zu einem rundum gleichmäßigen Brand zu bringen und dicke Rauchwolken in sein Zimmer ausblies, schreckte ihn das Läuten des Telefons aus seiner Nachdenklichkeit.

Er schaute auf die Uhr. Es war ein Uhr. Er stand auf und hob den Hörer ab.

Hier ist Anita, Sie kennen mich seit gestern, sagte eine weibliche Stimme.

Hans Villiger merkte sogleich, dass das Mädchen aufgeregt war.

Pep besaß einen Schlüssel zur Tankstelle, in der er arbeitete. Ohne einen Menschen anzutreffen, ging er durch das nächtliche Wohlen. Es war sehr kalt; eine klare Nacht, trockene Straßen. Pep ging in seiner Motorradkleidung; zwischen den Schenkeln schabte das Leder, den Helm trug er unter dem Arm.

Bei der Tankstelle, die außerhalb Wohlens lag, angekommen, schlich er zum Hintereingang. Alles still. Kein Licht. Sein Chef musste bereits zu Bett gegangen sein und schlafen. Jedenfalls vernahm Pep weder aus der Werkstatt noch aus der darüber liegenden Wohnung irgendein Geräusch.

Er schloss die Tür auf und betrat die Werkstatt, ohne das Licht anzumachen. Er kannte sich in dem langen, hohen Raum genügend aus. Zudem fiel noch Licht durch die großen Fenster. Hinter einem Stahlträger, unter einer Zeltbahn, fand er Lurs Motorrad. Seit Lur festgenommen worden war, wurde die Maschine hier verwahrt, denn er hatte sie in dieser Garage auch immer warten lassen. Nach dem Ausbruch war die Polizei vorbeigekommen und hatte nach der Yamaha gefragt. Doch sie stand unter der Zeltbahn, und die Beamten hatten abziehen müssen, etwas ratlos, denn Lur galt für sie als unverbesserlicher Motorradtyp. Pep hatte mit ihm ausgemacht, dass er die Maschine hier stehen lassen müsse. Dies lenkte keinen Verdacht auf Pep; die Polizei etwas hilflos zu machen, war beabsichtigt. Lur war nun bald eine Woche ohne Motorrad. Im Grunde undenkbar für die Bullen. Dies passte nicht ins Bild, das sie von diesem Streuner hatten.

Ohne Motorrad kommst du durch, hatte Pep gesagt.

Die halten jetzt jedes Motorrad auf. Da kannst du Gift drauf nehmen. Fahr Zug und lies die Zeitung.

Lur hatte bei Lisa übernachtet. Bei ihr hatte er ein Gefühl der Ruhe gefunden, Geborgenheit; sie hatte ihn offensichtlich angenommen, so wie er war. Mit ziemlich viel auf dem Kerbholz; er selber hatte dies gesagt. Auch den Tag hatten sie zusammen zu Hause verbracht. Er hatte Platten gehört, sie war rauchend auf dem Bett gelegen.

Ich stelle mich der Polizei, hatte er gesagt.

Es bleibt mir gar nichts anderes übrig.

Wir finden einen Weg. Verlass dich auf mich, hatte sie ihm zur Antwort gegeben.

Sie hatte seine Hand genommen und war ihm mit den Fingerspitzen über die Handfläche gefahren: Soll ich dir aus der Hand lesen, hatte sie scherzend gefragt.

Nein, hatte er gesagt, bitte nicht. Darauf hatte sie ihn zu sich auf das Bett gezogen, und sie waren beieinandergelegen bis in den Mittag hinein.

Wenn ich wieder ein Motorrad habe, hatte Lur gesagt, fahren wir nach Italien.

Lisa hatte lachen müssen.

Lur strich mit den Händen durch ihr Haar, löste sie dann und glitt über ihren Körper und fühlte, als sie die Zärtlichkeit ohne Widerstand geschehen ließ, Entgegenkommen. Du hast mir gestern von dem Mann erzählt, hatte sie gesagt, der den Drudenfuß an die Zimmertür gezeichnet und Weihwasser verspritzt hat. Auch ich bin katholisch gewesen. Ich erinnere mich an den Ostersonntag, wie das gewesen ist, wenn der Heilige Vater den Segen sprach und das vom Radio übertragen wurde. Die Eltern knieten vor dem Radioapparat und beteten, und wir Kinder mussten das auch tun.

Lur legte Lisa die Hand auf den Mund. Sie schwiegen. Sie fühlten jeder die Haut des anderen, und diese Haut war warm.

Ich stelle mich, hatte Lur gesagt, als er aufgestanden war und die Schuhe angezogen hatte. Aber eine Sache muss noch durchgeführt werden.

Lisa war vor ihm gestanden und hatte ihr Haar gekämmt.

Ich muss jetzt nochmals weg, hatte er gesagt, mit niedergeschlagenen Augen, als würde er sich schämen, dass er ihr den Grund nicht erklärte.

In der Nacht komme ich zurück.

Dann erzähle ich dir alles.

Pep zog die Zeltbahn vom Motorrad weg. Es war dieselbe Yamaha, die er auch fuhr. Sorgfältig füllte er den Tank auf und holte in einer Kammer, die er von der Werkstatt aus erreichen konnte, den Motorradanzug Lurs aus einem Schrank. Er schob die Maschine aus der Werkstatt und verschloss die Tür wieder. Er entfernte sich mit der Yamaha von der Garage. Nach einigen Schritten blickte er zurück. Kein Licht in der Wohnung. Keine Geräusche. Sein Chef hatte nichts bemerkt. Morgen, dachte Pep, werde ich ihm alles erklären. Eilig schob er das Motorrad weiter.

Als er sich genügend weit von der Garage entfernt wähnte, kickte er den Motor an. Er setzte sich in den Sattel, stülpte den Helm über, hielt den Packen mit Lurs Anzug vor sich auf dem Tank fest. Er fuhr gegen Muri. Beim Bahnhof sah er, dass seine Maschine nicht mehr an dem Ort stand, den er mit den Burschen im Café R. vereinbart hatte. Die Sache lief also nach Plan. Er schwenkte rechts ab und fuhr in Richtung Hitzkirch das Dorf hinauf vorbei am Schulhaus Badweiher zur Badeanstalt. Mit ausgeschaltetem Licht und abgestelltem Motor rollte er einen leicht abfallenden Feldweg hinunter. Beim Eingang zur Badeanstalt erwartete ihn Lur mit seiner Yamaha.

Ich bin sicher, sagte Anita am Telefon mit verstörter Stimme, dass sich die beiden gegenseitig umbringen.

Ein Motorradduell, wissen Sie, was das bedeutet?

Ich halte es nicht mehr aus vor Angst.

Während sie sprach, nahm Hans Villiger die Pfeife nicht aus dem Mund, und sie stellte fest, dass er Rauch in den Hörer blies;

dieses kratzende Geräusch irritierte sie, und sie fürchtete bereits, dass ihn das, was sie vorzubringen hatte, nicht im Mindesten interessieren könnte. Oder er täuschte nur Ruhe vor.

Sie haben ein Duell verabredet. Heute Nacht. Und wo?

Auf der Luzernerstraße. Ich nehme an zwischen Boswil und Muri. Können Sie sofort kommen, fragte Hans Villiger.

Halb zwei Uhr. Pep und Lur tauschten die Motorräder.

Lur zwängte sich in den Anzug, stülpte den Helm über. Bis jetzt hatten sie kaum miteinander gesprochen.

In einer halben Stunde, raunzte Lur. Ich muss mich einfahren. Ohne Rücksicht auf eine Entdeckung startete er seine Maschine und fuhr weg.

Er lenkte die Yamaha ins Dorf hinunter, fuhr beim Bahnhof Richtung Luzern, sah schwarze Kuben von Häusern vorbeiflitzen, bog ab Richtung Zürich, schoss den Hang hinunter nach Merenschwand; er legte das Motorrad in die Kurve, schaltete, beschleunigte, durchfuhr Merenschwand; über die Reussbrücke bei Rickenbach jagte er mit geschlossenen Augen. Lur fühlte sich gut auf seinem Motorrad; nichts vermochte ihm etwas anzuhaben.

Am späten Nachmittag, nachdem er sich von Lisa getrennt hatte, war er von Luzern nach Muri gefahren. Mit dem Zug. Und er hatte die Zeitung gelesen, als ob er nichts Klügeres zu tun gewusst hätte. In Muri hatte er unbehelligt aussteigen können, denn alle Aufmerksamkeit hatte einer älteren Frau gegolten, die im Zug einen Herzanfall erlitten hatte und aus dem Wagen getragen worden war.

Niemand hatte Lur erkannt. Ohne Zeit zu verlieren, war er durch ein angelehntes Fenster in eine außerhalb des Dorfes gelegenen Scheune eingestiegen und in diesem Versteck wach gelegen bis in den späten Abend hinein.

Unter seinem Körper vibrierte das Motorrad; Lunnern, er bog links ab, kein Verkehr; der Lichtstrahl seiner Maschine streifte die

Ortsschilder, Jonen; Lur drehte den Gashahn auf, die Maschine röhrte unter ihm, die Kälte schnitt ins Gesicht, trotz des Helmes, er fühlte Hände und Füße kaum mehr; vor sich sah er ein Auto, er fuhr darauf zu, schloss ganz nah auf, machte dann einen Schlenker in die Straßenmitte und flog an dem Auto vorbei, der Lenker hupte ihm nach.

So müsste man in die Zukunft hineinfahren können. Alle Türen geöffnet. Doch es gab keine Zukunft. Nur in die Zukunft projizierte Gegenwart. Nur zementierte Scheißgegenwart.

Lur raste durch die Nacht und schrie in die Nacht hinaus. Von den Wörtern beschlug sich der Helm, die Glasscheibe lief feucht an, er stoppte nicht, um das in Ordnung zu bringen, blind steuerte er seine Maschine, sollten ihn doch alle kennenlernen; der Atemfleck löste sich schnell wieder auf, Oberlunkhofen, Unterlunkhofen, rechterhand jetzt der Nüeschewald; er sah, dass ihm ein Auto entgegenkam, er schwenkte auf die linke Straßenhälfte, der Fahrer blendete das Fernlicht auf, er zögerte bis zum letzten Augenblick, dann legte er die Yamaha wieder nach rechts; intakte Reflexe. Vorprobe auf das Duell. Die lange Gerade nach Bremgarten, der Motor drehte auf vollen Touren, ein kurzer Anstieg, der Sentenhügel; er legte sein Gewicht nach vorn, damit die Maschine nicht von der Kante wegspringen konnte, sie gehorchte jeder Gewichtsverlagerung; im Städtchen leere Straßen, ein Spätheimkehrer blickte kopfschüttelnd nach dem Motorrad, das die Stille wie einen Reißverschluss aufriss; als er den Bogen hinunterfuhr, waren die Häuser nur vorgestellte Bauten, Kulissen in einer Traumlandschaft, wie in einen Tunnel tauchte er in die Reussbrücke ein, dann schoss er den Wohlerwald hinauf, mühelos schaffte das Motorrad die Steigung.

Noch diese Sache, dachte Lur, dann stelle ich mich. Dieses geplante Motorradduell sollte das Ende seiner Beziehungen zu Pep sein. Abbruch. Totalschaden. Dann sind wir quitt, hatte er zu Pep gesagt. Dann kennen wir einander nicht mehr. Aber dieses Duell bist du mir schuldig.

In Wohlen brannten keine Lichter mehr, doch es war eine helle Nacht; außerhalb des Dorfes bog Lur links ab und fuhr durch den

Büelisacker nach Boswil. Einen Moment lang dachte er an Lisa, dabei bauten seine Gedanken in einer fantastischen Architektur.

Hinter dem Gebäude der landwirtschaftlichen Genossenschaft endete Lurs Traumfahrt. Hier wartete Pep.

Als Anita an der landwirtschaftlichen Genossenschaft vorbei gegen Kallern hinauffuhr, beachtete sie Pep nicht, der bei ausgeschaltetem Licht auf seiner Yamaha hockte; die Zigarette, die er rauchte, hielt er so in seiner Hand abgeschirmt, dass sie nicht aufglimmen und ihn verraten konnte. Außerdem hatte Anita von dem kalten Wind Tränen in den Augen, was ihr die Sicht verschleierte, und auch Pep, der in seine Gedanken versunken saß, er hatte das Gefühl, den Kopf voller Schrott zu haben, nahm den Motor des Mopeds nicht wahr, das einen Steinwurf von ihm entfernt vorbeifuhr und dann rechts abbog.

Anita bemerkte das Licht von Hans Villigers Fenstern schon von Weitem, auch wenn sie es nur verschwommen wahrnehmen konnte, es war das einzige in der Umgebung; und die weiten, verschneiten Felder kümmerten sich nicht um seinen Schein.

Hans Villiger hörte das Moped in den Weg zur Siedlung einbiegen; er hatte es schon auf der Straße als langsam von links nach rechts wandernden Punkt beobachten können. Jetz fuhr der Lichtkegel auf ihn zu und wurde größer. Er stand vor dem Haus und wartete. Als Anita abgestiegen war, gab er ihr die Hand und sagte: Kommen Sie in die Stube. Er hielt ihr die Tür auf, und noch immer hatte er die Pfeife im Mund. Gewiss, der Geruch im Zimmer, dieser Tabaksgeruch ist beruhigend, dachte Anita. Zögernd setzte sie sich; Hans Villiger stellte ihr eine Tasse hin und goss Tee ein, aus dem Schrank holte er die Schnapsflasche.

Wollen Sie, fragte er Anita.

Sie nickte.

Und nun erzählen Sie.

Ein Duell bei den Blackbirds, das geht so vor sich. Von zwei Punkten einer geraden Straße aus starten die Gegner gleichzeitig mit dem Motorrad. Dabei fahren sie in der Straßenmitte, die Räder genau auf der Leitlinie, aufeinander los. Wer ausweicht, ist der Verlierer.

Die katholische Kirche von Boswil schlug zweimal. Lur und Pep verglichen ihre Uhrzeit, sie zogen die Aufziehschraube heraus und stimmten die Sekundenzeiger aufeinander ab. Jetzt, sagte Pep, und beide ließen den Zeiger, den sie bei zwölf Uhr aufgehalten hatten, wieder laufen. Darauf fuhren sie zur Straße hinüber. Nun Richtung Muri, drei Kilometer, sagte Pep. Er fuhr nach Uhr und Tachometer. Lur verglich die Strecke mit der Zahl auf dem Kilometerzähler. Als sie eineinhalb Kilometer gefahren waren, sagte Pep: Halt. Hier ist die Mitte, bestätigte Lur. Pep zog eine Spraydose mit rot phosphoreszierender Farbe aus seinem Anzug. Damit sprayte er über die Leitlinie einen Querstrich. Beide schritten fünfzig Meter zurück. Lur zählte. Dann machten sie einen weiteren gleichen Strich auf die Straße. Sie gingen zur Mitte zurück und zählten fünfzig Meterschritte in Richtung Muri und zogen einen dritten Strich über die Leitlinie. Die drei Querstriche würden aufleuchten, sobald sie ein Scheinwerfer anstrahlte. Lur nahm eine Münze aus der Tasche.

Kopf oder Zahl?

Zahl, sagte Pep. Lur warf die Münze hoch und fing sie mit der Hand auf. Als er die Faust öffnete, lag die Zahl oben. Ich fahre nach Boswil zurück, bestimmte Pep, der die Wahl gewonnen hatte.

Tempo? Lur antwortete: Hundertzwanzig.

Einverstanden. In fünf Minuten starten wir. Lur nickte. Voller Start und sofort auf hundertzwanzig. Immer Leitlinie. Wer ausweicht, hat verloren.

Klar, sagte Pep, kickte den Motor an und fuhr gegen Boswil. Lur startete gegen Muri.

Kein Verkehr. Kein Licht. Eine geräuschlos helle Nacht. Mit tausendköpfiger Angst.

Pep war in Boswil angekommen und stand mit seiner Yamaha, die er gewendet hatte, mitten auf der Straße. Er konsultierte seine Uhr. Noch eine Minute. Er wusste, dass in Muri auf der anderen Seite Lur genauso wartete. Seine Yamaha gegen ihn gerichtet. Dazwischen erstreckten sich drei Kilometer, ganz flach. Sie hatten diese Strecke auch schon früher für Motorradduelle benützt. Die Startpunkte auf beiden Seiten waren als heimliche Zeichen in den Straßenbelag geschlagen worden. Die Mitte maßen sie jedes Mal aus. Lur und Pep besaßen dieselbe Maschine. Wenn sie diese sofort nach dem Start auf hundertzwanzig hochtrieben, mussten sie sich in der Mitte treffen. Noch dreißig Sekunden. Pep hatte Angst.

Es wird mein letztes Duell sein, dachte Lur. Ich werde ihn kommen lassen. Ganz nah werde ich ihn kommen lassen. Dann weicht er aus. Bestimmt.

Pep kickte die Maschine an, drehte das Gas auf, ließ die Kupplung los, startete. Ich werde ihn kommen lassen, nahm er sich vor, aber ich weiche ihm aus. Er soll gewinnen. Das ist mir egal. Schon war der Zeiger auf hundertzwanzig hochgeschnellt. Der Fahrtwind teilte sich am Körper. Die Scheinwerfer der beiden Maschinen, die aufeinander zu rasten, zeichneten präzise die Leitlinie nach, und die Reifen rollten auf ihr, zentimetergenau. Pep sah jetzt den Lichtkegel von Lurs Maschine. Er hatte blitzschnell gerechnet, drei Kilometer Strecke ergaben bei hundertzwanzig eine Fahrzeit von neunzig Sekunden, zuzüglich die Zeit für die Beschleunigung. Der Lichtkegel kam näher und wuchs sich aus in ein Riesenauge. Nach ungefähr fünfzig Sekunden würden sie aufeinanderprallen. Pep nahm den ersten roten Strich wahr, noch fünfzig Meter zur Mitte, eine gute Sekunde, die Landschaft brach auseinander, nur noch dieses Lichtauge, riesenhaft.

Lur senkte den Kopf und schloss die Augen. Er wollte nicht nachgeben. Sein letztes Duell. Sein Abschied aus einer Welt. Sein Aufbruch in eine neue Zeit. Es musste ein Sieg sein. Mit einer ruckartigen Bewegung legte Pep seine Maschine nach rechts. Er verspürte den Zug von Lurs Maschine, kam durch seinen abrupten Schwenker beinahe zu Fall und konnte den Sturz nur mit Mühe verhindern. Als er seine Yamaha ausbalanciert hatte, sah er das Schlusslicht von Lurs Motorrad im Rückspiegel.

Lur öffnete die Augen. Kein Knall. Kein Sturz. Er sah nur die Weite der Straße vor sich. Das Band, das er einrollte mit seiner Maschine. Gewonnen!

Er nahm sich vor, nach Boswil abzuschwenken und eine Schlaufe um das Nidermoos zu fahren. Dann nach Luzern. Er fühlte das Pochen seines Herzens, und seine Hände waren schweißnass.

Die Angst fiel ab wie eine Fessel. Die Nacht war ein Meer der Zuversicht.

Ich habe die Polizei informiert, sagte Anita, ich hielt es einfach nicht mehr aus. Diese Angst.

Sie hatte den Tee und den Schnaps getrunken und erhob sich. Kommen Sie, wir müssen zur Straße hinunter. Die beiden bringen einander sonst um.

Lur sah vor sich ein kreisendes Licht, und gleichzeitig bemerkte er den Polizisten, der eine Taschenlampe in der Hand hielt und mit ihr diese Kreisbewegungen ausführte. Er stellte ebenso schnell fest, dass neben dem Gebäude der landwirtschaftlichen Genossenschaft ein Polizeivolvo parkte, und es war ihm klar, dass die Bullen auch ein Nagelband über die Straße gezogen hatten.

Er bremste seine Geschwindigkeit herunter. So nicht, so würden sie ihn nicht bekommen. Diese Häscher. Er überlegte, wie er aus der Falle entkommen könnte; in seinem Magen klumpte sich alle Angst zusammen, während sein Gehirn klar zu arbeiten vermochte. Lur wendete seine Maschine und jagte gegen Muri zurück. Da sah er auch auf dieser Seite die Lichtquelle, die kreisend Halt gebot. Ausscheren aufs Feld wäre sinnlos. Es lag mindestens dreißig Zentimeter Schnee. Da wäre er glatt eingesoffen. Es gab keinen Ausweg. Er kannte eine kleine Straßenkreuzung. Eine unscheinbare

Straße querte die Luzernerstraße. Lur lenkte seine Maschine nach links; doch auch hier war die Straße gesperrt. An der Abzweigung stand ein Polizeibeamter und winkte mit der Lampe. Sofort legte Lur die Yamaha auf die andere Seite. Die Straße war da für einen Durchbruch bestimmt weniger günstig und zwang ihn gegen den Sentenhof in den Hang des Lindenberges hinauf, während er auf der anderen Seite durch Murimoos an die Reuss hinuntergelangt wäre, zu befahrbaren Straßen. Es blieb ihm jedoch keine Zeit für ausführliche Überlegungen. Auch rechts ein Polizist mit einer Stablampe. Das Nagelband. Lur hielt an.

Als Hans Villiger und Anita auf ihren Mopeds Boswil erreichten, wurden sie von den Beamten aufgehalten und gefragt, wohin sie fahren wollten. Hans Villiger ahnte, warum die Polizei bereits hier war, und um Anita zu schützen, die sich womöglich durch eine unbedachte Aussage hätte verraten können, fragte er einen der Polizisten: Was ist denn hier los, Razzia?

Lur sah einen Polizisten auf sich zukommen. Nein, dachte er. So nicht, so würden sie ihn nicht bekommen.

Halt, rief der Polizist.

Doch Lur hielt bereits still, bewegte sich nicht, lauerte. Neben der Straße war das Polizeiauto geparkt. Ein zweiter Bulle stand im Hintergrund neben der offenen Autotür. Steigen Sie ab, schrie der Polizist. Hände hoch.

Lur schaltete seinen Scheinwerfer auf Fernlicht und richtete ihn dem Mann ins Gesicht, dann trieb er den Motor hoch und ließ die Maschine gegen den Polizisten springen. Der wich zurück. Lur sprang blitzschnell von seiner Yamaha, ließ aber das Gas nicht los. Noch immer heulte der Motor.

Machen Sie keinen Blödsinn, rief der Polizist und kam wieder näher. Er hatte seine Pistole gezogen.

Lur ließ die Kupplung los, der Motor heulte auf, dann sprang die Maschine mit einem Satz gegen das Polizeiauto und prallte mit ihm zusammen. Der Tank der Yamaha wurde dabei verletzt und das Benzin fing Feuer, das sofort auf den Wagen der Polizei übergriff.

Lur rannte los; die beiden Polizisten hatten sich erschrocken den brennenden Fahrzeugen zugewandt.

Lur rannte den Weg zum Sentenhof hinauf.

Hinter ihm brannten das Auto und seine Yamaha wie Fackeln. Seine Füße brachen ein. So nicht, so würden sie ihn nicht bekommen. Lur stapfte durch den Schnee. In seinem Leib fühlte er Hitze. Das Herz schlug rasend. Lisa kam ihm in den Sinn. Ihr Bild war ein Fantasiebild. Unwirklich. Morgen stelle ich mich freiwillig. In Luzern. So nicht, so bekommen sie mich nicht.

Er näherte sich dem Hof. Der Weg war beschwerlich. Lur stürzte mehrmals und schlug in den Schnee hin. Er fühlte die Kälte und die Nässe im Gesicht und presste den Kopf auf den Boden.

Dann raffte er sich wieder auf und stürzte weiter.

Die Bullen verfolgten ihn. Hinter sich hörte er Halt rufen. Er dachte, dass der eine der Polizisten die Pistole schon beim Auto gezogen hatte und der andere wohl ebenso bewaffnet war. Lur lief Zickzack. Jedenfalls nahm er sich vor, so zu laufen. Wie ein Hase. Haken schlagend. Einer der Bullen kam immer näher.

Halt! Oder ich schieße!

Lur rannte durch den Schnee, nochmals fiel er hin, erhob sich und kroch weiter den Hang hinauf. Nach einiger Zeit erreichte er keuchend den Sentenhof und tauchte unter im Schatten der Gebäude. Doch er wusste, dass es sinnlos war, sich hier zu verstecken. Die Polizisten würden bestimmt alle Winkel nach ihm durchkämmen. Er lief weiter. Den Polizisten, der ihm schon bedrohlich nah gekommen war, hatte er abschütteln können. Jedenfalls hatte er ihn aus dem Blickfeld verloren. Als Lur in das helle Schneefeld rannte, hörte er erneut die Halt rufende Stimme hinter sich. Aber sie war weiter entfernt.

Dann krachte ein Schuss. Lur war es, als ob er die ganze Landschaft niederreißen würde. Er lief weiter, blickte zurück und sah den Polizisten, der auf ihn zielte. Lur ließ sich augenblicklich fallen. Der Polizist löste den Schuss nicht aus. Lur rappelte sich hoch und kletterte weiter, lief, stürzte, torkelte und empfand eine immer schmerzendere Müdigkeit. Keuchendes Atmen. Und dieser Mond, der am Himmel seinen Job erfüllte und gemein die Landschaft ausleuchtete, wie der Bulle seinen Job tat und nun wieder die Pistole anlegte. Darauf der Schuss. Ein Schlag. Lur spürte einen heftigen Schlag in seinem Oberschenkel. Als ob jemand in einem einsamen Haus mit einem Holzhammer auf den Tisch geschlagen hätte. Und der Schlag lähmte sein Bein.

Es hat ihn erwischt, rief der Polizist.

Dann kam er keuchend zu dem im Schnee liegenden Lur heran. Im Oberschenkel, sagte der zweite Beamte, der auch hinzugekommen war.

Der Schütze beugte sich zu Lur, der die Augen geschlossen hielt und schwer und stoßweise atmete. Nicht dass Lur Schmerzen empfunden hätte, aber die Welt drehte sich in seinem Kopf, der Wald stürzte auf ihn ein, das Gewicht des Himmels drückte auf seinen Körper, und das verdammte Schneefeld wurde immer heller und weiter.

Die Kugel hat ihm den Schenkel durchschlagen, sagte der Schütze. Wir müssen ihn verarzten.

Aus der Schusswunde rieselte Blut und verfärbte den Schnee und war trotz des Mondlichts nur ein dunkler Fleck in diesem Schnee, den die Beamten nicht beachteten. Die Nacht vertuschte alles. Der andere Polizist legte Lur einen Druckverband an und benutzte dazu sein Halstuch. Hastig rieb er ihm das Gesicht mit Schnee ein und schlug ihn: He du, bist du noch da, ja? Reiß dich zusammen, ja, wir bringen dich jetzt ins Spital, ja.

Der Schütze sagte: Hast nochmals Glück gehabt. Kerl, du.

Um Lur war Schneestille, Eiszeit. Ihn kümmerte nichts. In ihm war alles gefroren. Alle Gefühle ein Eismeer. Keine Träume als Treibeis. Aber auch keine Angst mehr.

Als sie ihn aufhoben, verlor er das Bewusstsein.

Hans Villiger wandte sich wieder an den Polizisten, den er von gelegentlichen Besuchen im »Adler« her kannte. Lur Heggli haben sie hier erwischt, fragte er. Dann fügte er hinzu: Wissen sie, ich kenne ihn persönlich, er war nämlich einmal einer meiner Schüler. Es ist vielleicht gut, wenn jemand mit ihm redet, den er kennt. Dabei kommt er vielleicht zur Vernunft. Der Beamte versicherte, dass er sich das durchaus denken könne, dass es aber über seine Befugnisse hinausführen würde, wenn er unter den gegebenen Umständen die Weiterfahrt nach Muri erlauben würde; er sei aber bereit, Hans Villigers Aussagen an den Kommandanten weiterzuleiten. Dann ging der Polizist zum Volvo und bediente das Funkgerät. Nach einiger Zeit kam er zurück und sagte: Kommen Sie. Der Boss will mit Ihnen sprechen.

Hans Villiger und Anita bestiegen das Polizeiauto, und der Polizist fuhr mit ihnen gegen Muri. Beim Wilihof sahen sie die brennenden Fahrzeuge, um die sich Beamten mit Löschgeräten kümmerten. Anita erschrak.

Während sie vor Muri mit dem Kommandanten redeten, fielen die Schüsse am Hang des Lindenberges.

Da Anita im Polizeiwagen, der am Straßenrand geparkt stand, Pep erkannte, ging sie zu dem Auto hin und schaute durch die Scheiben ins Innere. Sie sah, dass Pep mit Handschellen gefesselt war.

Das ist der andere, sagte der Kommandant beiläufig, als er sah, dass Anita an den Wagen herangetreten war. Der war mit Heggli zusammen und fuhr uns gleich in die Falle. Nur ist er nicht so dumm wie der erste.

Sie haben auf Lur geschossen, fragte Hans Villiger.

Kommen sie, erwiderte der Kommandant, und er zeigte mit dem Arm zum Sentenhof hinauf, wo ein Polizist mit der Stablampe winkte.

Jumbo von Wolf, tönte es aus dem Funkgerät. Der Kommandant ging zum Wagen hin und sagte ruhig: Hier Jumbo. Wolf antworten. Alles okay, meldete die Stimme aus dem Funkgerät. Es hat ihn erwischt. Oberschenkel. Ruft den Krankenwagen. Eine

Bahre ist notwendig. Wir schleppen ihn bis zum Sentenhof. Notverband gemacht.

He Sie, machen Sie keinen Blödsinn. Es war ein Polizeibeamter, der sich mit diesen Worten an Anita wandte. Sie war beim Auto geblieben, als sich der Kommandant und Hans Villiger schon wieder entfernt hatten. Sie hatte die Tür geöffnet und sich neben Pep gesetzt und ihm die Arme um den Hals geschlungen und angefangen zu weinen. Es war ein ersticktes Weinen, ein Würgen, das keine freien Tränen kannte. Der Beamte zog Anita aus dem Auto.

Was ist in Sie gefahren? Kennen Sie den Kerl?

Nein, sagte da Pep mit verhaltener Stimme und ohne, dass ihn jemand gefragt hätte: Ich kenne das Mädchen nicht.

Der Polizist führte Anita zum Kommandanten. Diesem musste sie ihren Namen angeben. Wenn wir nach Bremgarten fahren, sagte er lächelnd, nehmen wir Sie gleich mit, Fräulein Anita. Der Anruf kam doch von Ihnen, fragte der Kommandant und versuchte einen väterlichen Ton. Anita antwortete ihm nicht, sie zuckte ein wenig zusammen, trocknete mit dem Taschentuch die Tränen aus den Augen.

Das haben Sie prima gemacht, Fräulein.

Jetzt können Sie sich auch in den Wagen setzen.

Der Krankenwagen kam herangefahren und hielt beim Kommandanten, die Sanitäter wurden auf die Lichtsignale am Lindenberg hingewiesen. Darauf setzte der Wagen die Fahrt fort. Nach einem mühsamen Aufstieg erreichten die Träger mit ihrer Bahre den Sentenhof, wo Lur mit offenen Augen, deren Blick allerdings nichts zu fassen vermochte, auf den Mänteln der Polizisten lag. Er war unansprechbar. Die Sanitäter luden ihn auf die Bahre und deckten ihn zu. Dann schleppten sie die Bahre zum Krankenwagen. Die Polizisten nahmen ihre Mäntel vom Boden auf, klopften sie aus und zogen sie wieder an. Der Druckverband hatte dichtgehalten.

Der Kommandant, und bei ihm befand sich immer noch Hans Villiger, erwartete den Krankenwagen vor dem Spital. Zusammen mit den Trägern, die den Verwundeten aus dem Wagen hoben, betraten sie die Eingangshalle und wurden sofort von Ärzten und Schwestern empfangen. Der Kommandant ging mit einem Arzt weg.

Hans Villiger saß plötzlich allein. Die Polizei schien ihn vergessen zu haben. Er fragte eine Schwester, die vorbeiging, ob es erlaubt sei zu rauchen, und als sie nickte, zündete er sich eine Pfeife an. Er hatte keinen Grund, hier zu sitzen und zu rauchen, und die Schwester fragte ihn auch, was er denn wolle und auf wen er warte. Oh, sagte er, ich warte nur auf Bescheid, ich will wissen, was mit diesem Lur Heggli geschieht. Nachdem er eine Zeitlang rauchend gewartet hatte, kam der Kommandant wieder mit dem Arzt aus dem Lift. Sie steuerten direkt auf Hans Villiger zu.

Wir fahren Heggli jetzt in den Operationssaal, er wird vorbereitet, sagte der Arzt. Darauf fuhr er fort: Er hat Sie erkannt, als Sie neben seiner Bahre standen, und will Ihnen etwas mitteilen. Mit uns redet er nicht, fuhr der Kommandant dazwischen.

Er hat zwar einen Schock erlitten, aber es ist durchaus möglich, dass er sich mit Ihnen verständigen kann. Hans Villiger war aufgestanden und ging mit den beiden Männern zum Lift. Vielleicht ist es gut, wenn Sie versuchen, mit ihm zu sprechen, sagte der Arzt. Es könnte die Schockwirkung herabsetzen; es ist schwierig, ihn in seinem Zustand zu operieren.

Lur lag auf einem fahrbaren Bett, das im Korridor vor dem Operationssaal stand. Als er Hans Villiger erkannte, löste sich seine Starrheit.

Lur versuchte ein Lächeln.

Morgen, sagte er leise, morgen hätte ich mich gestellt, morgen in Luzern.

Dann bedeutete er Hans Villiger, sich zu ihm hinunterzubeugen, und als er es tat, flüsterte Lur ihm den Namen eines Mädchens ins Ohr.

Rufen Sie Lisa an und sagen Sie ihr Bescheid.

Hans Villiger versprach es.
Lur wurde in den Operationssaal geschoben.

Der Kommandant verabschiedete sich, forderte aber bei seinem Weggehen Hans Villiger auf, sich am Montag zu einer Vernehmung einzufinden. Hans Villiger blieb in der Eingangshalle sitzen.

Es war halb vier Uhr, als der Arzt zu ihm kam. Die Operation sei gut verlaufen, vermeldete er: Ein glatter Oberschenkel-Durchschuss. Aber nun ist er über den Berg. Gehen sie jetzt nach Hause.

Als er das Spital verlassen wollte, trat nochmals ein Arzt in Begleitung eines Mannes in die Eingangshalle. Es war Herbert. Ohne zu zögern, ging er auf Hans Villiger zu, er strahlte und sagte: Es ist ein Mädchen.

Hans Villiger stutzte für ein paar Augenblicke und wiederholte dann: Ein Mädchen. Erst jetzt dämmerte ihm, und er begriff den Zusammenhang: Ein Mädchen, gratuliere Herbert. Und Margrit? Sie schläft, alles ist gut verlaufen.

Zusammen verließen sie das Spital. Hans Villiger verspürte eine dumpfe Müdigkeit; Herbert erkundigte sich, warum er sich denn im Spital aufhalte, und er erklärte ihm, er sei bloß Zeuge eines Unfalls geworden und habe sich hier nach dem Opfer erkundigt.

Ja, sagte er auf Herberts fragenden Blick. Der Bursche ist davongekommen. Er war einmal bei mir in der Schule.

Herbert bot Hans Villiger an, ihn nach Hause zu fahren, da er sonst ein Taxi hätte bestellen müssen, was um diese Zeit gar nicht so einfach gewesen wäre. Hans Villiger nahm das Angebot dankend an. Er fühlte sich ausgelaugt und erschöpft.

Morgen, meinte Herbert, müssen wir zusammen Margrit besuchen. Hans Villiger nickte, sog an seiner Pfeife.

Fahr doch bitte langsamer, bat er Herbert.

Die Straße teilte die Landschaft. Linkerhand lagen die ausgebrannten Fahrzeuge im Schnee. Die Polizei war abgezogen. Den roten Phosphorstrich auf der Straße beachteten sie nicht.

Hans Villiger schwieg; Herbert konnte seine gute Laune nicht verbergen, und er hatte auch keinen Grund dazu: Wir taufen das Mädchen auf den Namen Anna, sagte er, Margrit will das so haben.

Glück hatten wir, das kann ich dir sagen, es hat beinahe eine Sturzgeburt gegeben.

Bei dem Gebäude der landwirtschaftlichen Genossenschaft schwenkte Herbert links ab und fuhr den Lindenberg gegen Kallern hinauf. Vor dem Haus parkte er den Wagen. Hans Villiger bot ihm noch einen Schnaps an. Zusammen betraten sie das Zimmer und setzten sich an den Tisch.

Nachdem sich Hans ein paar Atemzüge ausgeruht hatte, stand er auf und holte zwei Gläser. Die Schnapsflasche stand noch auf dem Tisch. Bedächtig füllte er Schnaps ein. Er schmeckte gut, und eine Zeitlang saßen sie schweigend nebeneinander. Hans Villiger stopfte die Pfeife nach, behielt sie in der Hand und fragte Herbert: Wenn du jetzt deine Stimmung in ein einziges Wort zusammenfassen müsstest, welches Wort würdest du dann wählen?

Herbert dachte einen Moment lang nach, dann leerte er sein Glas in einem raschen Zug:

Zuversicht.

Herbert stand auf und verabschiedete sich, nachdem sie nochmals verabredet hatten, am Nachmittag Margrit einen Besuch zu machen.

Langsam fuhr Herbert weg. Hans blieb unter der Tür stehen und schaute dem Auto nach; die Schlusslichter sprangen über den unebenen Weg. Er erkannte Herberts Schultern und seinen Kopf durch die Hinterscheibe; und durch den Wagen hindurchblickend, sah er vorne das vom Scheinwerfer beleuchtete Feld.

Hans Villiger stand unter seiner Tür, sog an der Pfeife. Der Wagen verschwand hinter der Kurve und war nicht mehr zu sehen. Hans Villiger erinnerte nochmals diese Nacht, und sie zog wie eine Halluzination an ihm vorbei. Er sog an seiner Pfeife und blies Rauch in die Nacht hinaus. Blau und dunkel schimmerten die

Felder, verschneit und kalt lag das Ackerland. Die Siedlung kauerte im Schnee. Keine Geräusche. Nur der Brunnen, sein leises und gewohntes Plätschern. Hans Villiger trat ein paar Schritte in den Schnee hinaus und schaute zum Himmel hinauf. Die Erde, dachte er, ist nichts anderes als ein Partikel im Weltall. Und weil wir keine Distanz zu ihr einnehmen können, sehen wir alles viel zu groß, in ständiger Nahaufnahme. Er stand im Schnee, die Adresse eines fremden Mädchens im Kopf; nach Luzern würde er morgen einer Lisa Bescheid geben müssen. Er hielt seine Pfeife in der Hand, und ein anderes Mädchen schob sich in die Bilderwelt seiner Gedanken, Maria Cohen, und er nahm sich vor, ihr morgen zu schreiben.

Der Mond stand kaum mehr handbreit über dem Wald, und der Wald war eine schwarze Mauer.

Lur schläft jetzt, dachte er, und er verglich diesen Schlaf mit der Dunkelheit und der Stille des Waldes.

Hans Villiger ging in sein Zimmer zurück, legte die Pfeife auf seinen Schreibtisch, und nochmals kam ihm das einzige Wort in den Sinn, das Herbert auf seine Frage gesagt hatte: Zuversicht.

Der Autor dankt den Kantonen Zürich und Aargau für die Unterstützung seiner Arbeit an diesem Buch.